MARCEL PROUST · DER WEG ZU SWANN

Marcel Proust

DER WEG ZU SWANN

PARKLAND VERLAG

Herausgegeben von Abraham Melzer

2004 Lizenzausgabe für Parkland Verlag, Köln

Satz & Layout: Bernhard Heun, Rüssingen
Umschlagentwurf: Klaus Dempel
Druck und Bindung: Graphischer Großbetrieb Pößneck

ISBN 3-89340-051-6

Printed in Germany

ÜBERTRAGEN VON
RUDOLF SCHOTTLAENDER

Erster Teil

COMBRAY

I.

Lange Zeit ging ich früh zu Bett. Manchmal war meine Kerze kaum erloschen, und schon fielen mir die Augen zu, so schnell, daß ich mir nicht mehr sagen konnte: „Nun schlaf' ich ein." Und dann, eine halbe Stunde später, weckte mich der Gedanke: „Jetzt heißt es aber schlafen!"; ich wollte den Band, den ich noch in den Händen zu halten glaubte, fortlegen und mein Licht ausblasen. Während des Schlafes hatte ich mit meinen Betrachtungen über das gerade Gelesene nicht aufgehört, nur daß diese Betrachtungen eine etwas sonderbare Wendung genommen hatten; mir schien, ich selber sei das, wovon das Werk sprach: eine Kirche, ein Quartett, der Streit zwischen Franz I. und Karl V. Dieser Glaube überdauerte mein Erwachen noch um einige Sekunden; er geriet nicht in Konflikt mit meinem Verstand, lastete aber wie Schuppen auf meinen Augen und ließ sie nicht zur Klarheit darüber kommen, daß die Kerze nicht mehr brannte. Dann begann er mir unfaßlich zu werden, wie nach einer Wanderung der Seele die Gedanken einer früheren Existenz; der Gegenstand des Buches löste sich ab von mir, es stand mir nun frei, mich damit zu beschäftigen oder nicht; da gewann ich sofort die Sehkraft zurück und war äußerst erstaunt, rings um mich Dunkelheit zu finden — eine Dunkelheit voll beruhigender Wohligkeit für meine Augen, doch vielleicht noch mehr für meinen Geist: ihm erschien sie wie etwas Grundloses, Unbegreifliches, wie ein Urdunkles. Ich fragte mich, wie spät es wohl sein könne; das Pfeifen der Züge drang an mein Ohr, bald näher, bald ferner, wie der Sang eines Vogels im Walde, machte die Räume spürbar und malte mir deutlich die Weite des öden Feldes, wo der Reisende der nächsten Station entgegenhastet, indes der kleine Weg, den er einschlägt, sich fest in sein Gedächtnis gräbt; erregt den Eilenden doch so mancherlei: Orte, die ihm neu, Tätigkeiten, die ihm ungewohnt waren, dazu die Nachklänge der Plauderei und die Abschiedsgrüße unter der fremden Lampe — die ihm noch folgen in die Stille der Nacht — und die nahe Wohltat der Heimkehr.

Zärtlich drückte ich meine Wangen gegen die schönen Wangen des Kopfkissens, die in ihrer Fülle und Frische sind wie die Wangen unserer Kindheit. Ich zündete ein Streichholz an und sah auf die Uhr. Bald Mitternacht! Jetzt mag es geschehen, daß der Kranke, der auf einer dringenden Reise in einem unbekannten Gasthaus übernachten mußte, von einem Anfall geweckt, mit Freuden unter der Tür einen Streifen Tages gewahr wird. Gottseidank, schon Morgen! Einen Augenblick noch — dann sind die Dienstboten auf, dann kann er klingeln, dann wird ihm Hilfe. Die Hoffnung auf Erleichterung gibt ihm Mut zum Leiden. Da! — eben glaubte er Schritte zu hören; die Schritte kommen näher . . . gehen weiter. Und der Streifen Tages unter der Tür ist verschwunden. Es ist Mitternacht, sie haben eben das Gas ausgelöscht, der letzte Dienstbote ist fort, und nun heißt es: hinein in eine ganze Nacht hilflosen Leidens!

Ich schlief wieder ein, und nun hatte ich manchmal nur noch kurze Wachaugenblicke, gerade lang genug, um die organischen Knarrlaute der Holzmöbel zu hören, mit geöffneten Augen das Kaleidoskop der Dunkelheit anzustarren und, dank einem Augenblicksleuchten des Bewußtseins, zu spüren, wie der Schlummer um die Möbel, um das Zimmer, um dies ganze Reich flutete, von dem ich nur ein kleiner Teil war und in dessen Unempfindlichkeit ich rasch wieder einging. Oder ich hatte, tief im Schlaf, eine auf immer verstrichene Epoche meiner Lebensanfänge mühelos wiedererreicht, hatte kindliche Schrecken wiederentdeckt, wie mein Großonkel sie mir einjagte, wenn er mich an den Locken zauste — eine Angst, von der mich erst der Tag erlöste, an dem sie geschnitten wurden (für mich datierte von da an eine neue Ära). Ich hatte dies Ereignis während meines Schlafes vergessen, fand aber die Erinnerung daran sogleich wieder, als ich bei dem Versuch, den Händen meines Großonkels zu entrinnen, glücklich aufgewacht war; jedoch vergrub ich zur Vorsicht meinen Kopf ganz und gar ins Kopfkissen, bevor ich in die Welt der Träume zurückkehrte.

Wie Eva aus einer Rippe Adams entstanden, so entstand manchmal während meines Schlafes ein Weib aus einer falschen Lage meines Schenkels. Sie, Gebilde nur der gerade verspürten Lust, schien deren Spenderin in meiner Phantasie. Mein Leib, der in dem ihrigen meine eigene Wärme fühlte, wollte sich ihr verbinden; ich wachte auf. Alle anderen Sterblichen erschienen mir weit entfernt im Vergleich zu ihr, die ich erst ein paar Augenblicke vorher verlassen; meine Wange glühte noch von ihrem Kuß, wie zerschlagen war mein Leib unter dem Gewicht ihrer Gestalt. Wenn sie, wie es sich öfters traf, die Züge eines Weibes hatte, das ich im Leben kennen gelernt, dann gab ich mich ganz und gar dem einen Ziel hin: sie wiederzufinden; wie Leute, die auf Reisen gehen, um mit eigenen Augen eine ersehnte Stadt zu schauen, und sich einbilden, man könne in einer Wirklichkeit den Zauber des Traumes verspüren. Nach und nach verblaßte ihr Erinnerungsbild — ich hatte das Mädchen meines Traumes vergessen.

Ein schlafender Mensch ist umringt vom Bande der Stunden, von der Reihe der Jahre und Welten. Wacht er auf, dann befragt er sie unwillkürlich, dann liest er an ihnen in einer Sekunde den Fleck Erde ab, den er innehat, die Zeit, die bis zu seinem Erwachen verflossen ist; aber ihre Rangordnungen können sich verwirren und aus den Fugen kommen. Der Schlaf ergreife ihn gegen Morgen, nach etlichen schlaflosen Stunden, mitten im Lesen in einer Haltung, die von seiner gewöhnlichen Ruhelage sehr verschieden ist — so genügt sein etwas erhobener Arm, um die Sonne anzuhalten und rückläufig zu machen, und in der ersten Minute seines Erwachens wird er die Zeit nicht mehr wissen, er wird annehmen, er sei eben erst zu Bett gegangen. Wenn er in einer noch ungeschickteren und abweichenderen Lage einschlummert, etwa nach dem Essen in einem Sessel sitzend, dann wird es ein vollendetes Durcheinander in den aus ihrer Bahn geschleuderten Welten geben, der Zaubersessel wird ihn im Eiltempo in die Zeit und in den Raum reisen lassen, und im Augenblick, da er die Lider öffnet, wird er glauben, einige Monate früher in einer anderen Gegend zu sein. Aber auch in meinem richtigen Bett brauchte mein Schlaf nur tief und gründlich erholsam für meinen Geist zu sein, dann ließ er die Umrisse der Stelle, an der ich eingeschlafen war, verschwimmen, und wenn ich mitten in der Nacht aufwachte, war ich nicht nur ohne eine Ahnung, wo ich mich befand — ich wußte im ersten Augenblick nicht einmal, wer ich war; ich hatte nur in aller Ureinfachheit das Gefühl des Daseins, wie es zittern mag im Innersten der Kreatur; entblößter war ich als der Höhlenmensch; aber dann kam die Erinnerung — noch nicht an den Ort wo ich war, sondern an einige, die ich einst bewohnt oder wo ich hätte sein können — kam über mich wie eine Hilfe aus der Höhe und zog mich aus dem Nichts, aus dem ich ganz allein nicht hätte herauskommen können; ich überflog in einer Sekunde Jahrhunderte der Zivilisation, und das wirr und flüchtig erblickte Bild irgendwelcher Petroleumlampen, dann irgendwelcher Hemden mit heruntergeklapptem Halskragen, setzten nach und nach die ursprünglichen Züge meines Ich wieder zusammen. Vielleicht ist die Unbeweglichkeit der Dinge um uns herum ihnen nur aufgedrängt durch unsere Gewißheit „sie sinds und keine anderen", durch die Unbeweglichkeit unseres Gedankens angesichts ihrer. Das eine jedenfalls weiß ich: wenn ich so erwachte, voll von meines Geistes fruchtlos-unruhigem „Wo bin ich?" — dann umkreiste mich alles in der Dunkelheit: Dinge, Länder, Jahre. Mein Leib, zu erstarrt, um sich zu rühren, suchte dann, je nach der Form seiner Müdigkeit, die Lage seiner Glieder festzustellen, um von da aus die Richtung der Wand, den Platz der Möbel zu erschließen, und die Stätte, wo er sich befand, zu rekonstruieren und zu benennen. Sein Gedächtnis, das Gedächtnis seiner Rippen, Kniee, Schultern, stellte ihm so manche Zimmer, in denen er geschlafen hatte, nacheinander vor Augen, während rings um ihn die unsichtbaren Wände, richtungwechselnd mit jeder neuen Vision eines Zimmers, in der Finsternis taumelten. Ja, sogar bevor mein Geist, der noch zögerte auf der Schwelle der Zeiten und Gestalten, durch Vergleichung von Einzelheiten das Logis wiedererkannt hatte, erinnerte er, mein Leib, sich jedes Mal an die Art des Bettes, die Stelle der Tür, das Einfallen des Lichtes in die Fenster, das Vorhandensein eines Flurs — und zugleich an den Gedanken, den ich dort beim Einschlafen hatte und beim Erwachen wiederfand. Wenn meine steifgewordene Seite ihre richtige Lage zu erraten suchte, so träumte sie sich z. B. lang ausgestreckt gegenüber der Wand in einem großen Himmelbett, und sofort sagte ich zu mir: „Sieh mal, da bin ich schließlich doch eingeschlafen, und dabei ist Mutter garnicht gekommen mir gute Nacht sagen!", ich war auf dem Lande bei meinem Großvater, der nun schon lange

Jahre tot ist: mein Leib, die Seite, auf der ich ruhte, — treue Hüter einer Vergangenheit, die mein Geist nie hätte vergessen dürfen — erinnerten mich an die Flamme der Nachtlampe aus böhmischem Glas mit ihrer Urnenform und den Kettchen, an denen sie von der Decke herunterhing, an den Kamin aus Sieneser Marmor im Combrayer Schlafzimmer bei den Großeltern; und ich dachte mir jene fernen Tage in diesem Augenblicke neu verwirklicht, freilich ohne sie mir genau vorzustellen, doch würde ich sie ja bald ganz deutlich wiedersehen, wenn ich erst einmal völlig wach wäre.

Dann wurde die Erinnerung an eine neue Situation wiedergeboren; im Nu hatte die Wand eine andere Richtung: ich war in meiner Stube bei Frau von Saint-Loup auf dem Lande; um Gotteswillen! es ist mindestens 10 Uhr, sie müssen längst mit dem Abendessen fertig sein. Ich werde meine allabendliche Siesta nach dem Spaziergang mit Frau von Saint-Loup wohl zu lang ausgedehnt haben, ohne mich vorher umzuziehen. Denn es sind schon sehr viele Jahre vergangen seit Combray, wo ich selbst bei noch so verspäteter Heimkehr höchstens den roten Widerschein der untergehenden Sonne auf dem Glase meines Fensters erblickte. Anders lebt sich's hier in Tansonville bei Frau von Saint-Loup, andere Freude lern' ich hier: nur des Nachts geh' ich noch aus, beim Schein des Mondes auf den Spuren, wo ich einst in der Sonne spielte; und die Stube, wo ich wohl eingeschlafen bin, anstatt mich zum Abendessen umzuziehen — von fern erscheint sie dem Heimkehrenden, durchdrungen von den Feuern der Lampe, der einzigen Leuchte der Nacht.

Diese taumeligen, wirren Geisterbeschwörungen dauerten immer nur einige Sekunden; oft vermochte ich die mannigfachen Wahnbilder, aus denen sich mein kurzer, ungewisser Aufenthalt an einem Ort zusammensetzte, kaum voneinander zu sondern; kann man doch auch an einem rennenden Pferde die aufeinanderfolgenden Phasen seiner Bewegung nicht so isolieren wie an Figuren im Schnellsehapparat. Aber ich hatte doch bald das eine, bald das andere Zimmer, das ich in meinem Leben bewohnt, vor mir gesehen und hatte sie mir schließlich alle vergegenwärtigt in den langen Träumereien, die meinem Erwachen folgten; Winterstuben, wo man gleich nach dem Schlafengehen den Kopf einmummelt in ein warmes Nest, das man sich aus allen möglichen Dingen zusammenstoppelt: einer Ecke des Kopfkissens, dem oberen Teil der Decke, einem Ende Shawl, der Bettkante und einer Nummer der „Débats roses", die man nach der Technik der Vögel durch immer wieder erneuerten Druck glücklich festgemacht hat; da verspürt man bei eiskaltem Wetter ein wahres Behagen, wenn man sich vom Draußen getrennt fühlt (wie die Seeschwalbe, die ihr Nest auf dem Grunde eines Erdloches in der Wärme des Bodens hat), da geht die ganze Nacht über das Feuer nicht aus, und man schläft in einem großen Mantel von warmer, rauchiger Luft — den nur der Schimmer neuaufglimmenden Holzes durchdringt — schläft wie in einem unantastbaren Alkoven oder einer warmen Höhle, die geradewegs ins Innere der Stube eingegraben wurde, einer glühenden Zone mit flimmerndem Wärmesaum und erfrischenden Brisen, die einem aus den Winkeln und den neudurchkälteten Stellen nah beim Fenster oder weit vom Ofen übers Gesicht wehen; — Sommerstuben, wo man mit der lauen Nacht verschmelzen möchte, wo der Mondschein, an die halbgeöffneten Fensterläden gelehnt, seine Zauberleiter bis zum Fuß des Bettes hinabwirft, wo man fast wie unter freiem Himmel schläft, wie die Meise vom Windhauch gewiegt auf der Spitze eines Strahles —; manchmal in aller seiner Heiterkeit das Louis-Seize-Zimmer, wo ich sogar am ersten Abend nicht allzu unglücklich sein konnte, wenn ich sah, wie lässig die

Säulchen die Decke stützten und wie anmutig sie Platz machten, um auf die Stelle des Bettes zu deuten und sie freizuhalten; — manchmal hingegen ein kleines Zimmer mit hoher Decke, das bis zur Höhe von zwei Stockwerken pyramidenförmig ausgehöhlt und teilweise mit Mahagoni verkleidet war: dort war ich von der ersten Minute an seelisch vergiftet durch den unbekannten Duft des Vétiver und durchdrungen von der Feinseligkeit der violetten Vorhänge sowie von der unverschämten Gleichgültigkeit der Pendeluhr, die ganz oben klapperte, als ob ich garnicht da wäre; ein sonderbarer und unbarmherziger großer Spiegel auf viereckigen Füßen schnitt dort schräg eine Zimmerecke ab und erarbeitete sich mit Gewalt in dem wohligen Ganzen meines gewohnten Gesichtsfeldes ein unvermutetes Raumstück; mein Geist, der sich stundenlang angestrengt in die Höhe reckte und streckte, um die Form des Zimmers genau zu erfassen und schließlich bis nach oben hin seinen gigantischen Trichter zu erfüllen, hatte dort so manche harte Nacht durchlitten, während ich lang ausgestreckt im Bette lag, den Blick nach oben, das Ohr angstvoll lauschend, mit starrgeweiteten Nasenflügeln und pochendem Herzen: — bis endlich die Gewohnheit die Farbe der Vorhänge verändert, die Pendeluhr zum Schweigen gebracht, den schrägen grausamen Spiegel Mitleid gelehrt, den Duft des Vétiver verflüchtigt, wenn nicht ganz verjagt, und die anscheinende Höhe der Decke merklich vermindert hatte. Was ist sie doch für eine geschickte, wenn auch äußerst langsame Wirtschafterin, die Gewohnheit: sie läßt unseren Geist erst einmal wochenlang in einer vorläufigen Einrichtung leiden, und doch ist er so froh, sie gefunden zu haben, denn ohne die Gewohnheit und nur auf seine eigenen Mittel beschränkt, wäre er außerstande, uns ein Logis wohnlich zu machen.

Jetzt war ich allerdings wirklich aufgewacht, mein Körper

hatte sich ein letztes Mal umgedreht und der gute Engel der Gewißheit hatte alles um mich herum angehalten, hatte mich unter meine Bettdecke und in mein Zimmer gelegt und meine Kommode, meinen Schreibtisch, meinen Kamin, das Fenster, das auf die Straße ging, sowie die beiden Türen bei aller Dunkelheit an ihren annähernd richtigen Platz gestellt. Aber was half mir das Wissen darum, daß ich nicht an den Stätten war, die in der Augenblicksbenommenheit des Erwachens zwar nicht dem geistigen Auge als deutliche Bilder, doch dem glaubenden Sinn als Ahnungen von Wirklichkeiten erschienen waren! — mein Gedächtnis hatte den Anstoß empfangen; meistens wollte ich dann garnicht gleich wieder einschlafen, sondern verbrachte den größten Teil der Nacht damit, mir unser Leben von einst zurückzurufen: in Combray bei der Großtante, in Balbec, in Paris, in Doncières, in Venedig und anderwärts, mir die Stätten zurückzurufen und die Menschen, die ich dort gekannt, was ich von ihnen gesehen und was man mir über sie erzählt hatte. —

Schon am Spätnachmittag, lange vor dem Augenblick, in dem es hieß zu Bett gehen und fern von Mutter und Großmutter schlaflos daliegen, wurde mein Combrayer Schlafzimmer stets von neuem das unverrückbare, schmerzvolle Ziel meiner Sorgen. Wohl hatten sie zu meiner Zerstreuung an Abenden, wenn sie fanden, ich machte ein gar zu unglückliches Gesicht, sich ausgedacht, mir eine Laterna magica zu schenken, die sie in der Wartezeit vor dem Abendessen um meine Lampe stellten. Die setzte dann, wie die ersten Architekten und Glasermeister der gotischen Zeit, an die Stelle des Wandmassivs ihr ungreifbares Regenbogengeflimmer und ihre übernatürlichen Erscheinungen in aller Farbenpracht — es war eine Art Legendenmalerei wie auf einem flackernden, vergehenden Kirchenfenster. Aber meine Traurigkeit war dadurch nur gewachsen, weil schon der Wechsel in der Beleuchtung die Vertrautheit mit meinem Zimmer zerstörte, der es zu verdanken war, daß ich es abgesehen von der Qual des Schlafengehens schließlich doch darin aushielt. Jetzt erkannte ich es nicht mehr wieder und war so unruhig dort, als wäre ich gleich vom Bahnhof aus in das Zimmer eines Hôtels oder eines Schweizerhäuschens gekommen. Auf seinem ruckweis trabenden Rosse kam Golo, voll von grausem Plane, aus dem kleinen dreieckigen Walde heraus, der mit düsterem Grün den Hang eines Hügels samten umwob, und bewegte sich zuckend immer näher an das Schloß der armen Genoveva von Brabant heran. Dies Schloß hörte wie abgeschnitten längs einer krummen Linie auf (die war nichts anderes als der Rand eines der Glasovale, innerhalb des Rahmens, der in die Rinnen der Laterne eingelassen war). Es war also nur ein Torso von Schloß, und vor ihm lag eine Heide, wo Genoveva im blauen Gürtel träumte. Das Schloß und die Heide waren gelb, doch hatte ich nicht erst auf ihren Anblick zu warten brauchen, um ihre Farbe zu wissen, denn die war mir schon vor dem Erscheinen der Bilder im Rahmen durch den goldkäferfarbenen Wohlklang des Namens Brabant mit voller Klarheit vor Augen geführt worden. Golo hielt einen Augenblick inne, um mit kummervoller Miene die Anpreisung zu vernehmen, die meine Großtante mit lauter Stimme verlas und die er vollständig zu verstehen schien, da er seine Haltung mit einer Gefügigkeit, die eine gewisse Majestät nicht ausschloß, den Angaben des Textes anpaßte. Dann entfernte er sich im gleichen ruckweisen Trab. Und nichts vermochte seinen langsamen Ritt aufzuhalten. Wurde die Laterne verschoben, so gewahrte ich das Roß des Golo, wie es sich unaufhörlich über die Fenstergardinen hin weiterbewegte: es wölbte sich mit den Bergen und senkte sich in den Tälern ihrer Falten. Golos Leib selber, nicht minder übernatürlichen Wesens als der seiner Mähre, wurde mit jedem materiellen Hindernis, jedem störenden Gegenstand, auf den er stieß, fertig, indem er ihn wie ein Gerippe nahm und ihn sich einverleibte — den Knopf an der Tür nicht ausgenommen, über den er sich urplötzlich, schmiegsam-unbesieglich hinüberwand mit seinem roten Gewande oder seinem bleichen Antlitz, das immer gleichmäßig vornehm und melancholisch blieb und sich von dieser Rückgratsdurchstoßung nie irgendwie erschüttert zeigte.

Gewiß, ich fand Geschmack an diesen glänzenden Visionen, die merowingischer Vorzeit zu entquellen schienen und mich mit so althistorischem Abglanz umgaben. Aber unaussprechlich widerwärtig war mir doch diese Störung des Geheimnisses und der Schönheit in dem Raum, den ich allmählich so sehr mit meinem Ich erfüllt hatte, daß mir Zimmer und Ich schließlich mit gleicher Selbstverständlichkeit gegeben waren. War nun der abstumpfende Einfluß der Gewohnheit geschwunden, so kamen mir die traurigen Gedanken und Gefühle. Dieser Knopf an der Tür meines Zimmers, der sich für mich von allen übrigen Türknöpfen der Welt dadurch unterschied, daß er ganz allein, auch ohne daß ich ihn drehen mußte, zu öffnen schien (seine Handhabung war mir eben derartig unbewußt geworden) — was mußte ich sehen? er diente jetzt dem Golo als Astralleib. Kaum läutete es also zum Essen, so hielt mich nichts mehr: ich rannte ins Eßzimmer — wo die dicke Hängelampe, die nichts von Golo und Blaubart wußte, dafür aber die Eltern und den Schmorbraten kannte, ihren allabendlichen Schein spendete — und stürzte in Mutters Arme: sie war mir ja durch die Leiden Genovevas von Brabant nur noch teurer geworden, wohingegen mich Golos Missetaten veranlaßten, mein eigenes Gewissen einem peinlicheren Verhör zu unterwerfen.

Aber ach! nach dem Abendessen mußte ich gleich fort

von Mutter, die mit den anderen noch ein Plauderstündchen verbrachte, bei schönem Wetter im Garten, sonst im kleinen Salon, dem Zufluchtsort für Alle bei schlechtem Wetter. Für Alle — nur für Großmutter nicht. Sie fand nämlich, es sei doch „ein Jammer, auf dem Lande im Käfig zu hocken“, und hatte unaufhörliche Diskussionen mit Vater, insbesondere an den schlimmsten Regentagen, weil er mich dann mit einem Buch in mein Zimmer schickte, statt mich draußen bleiben zu lassen. „So wirst du ihn nicht zum robusten und willenskräftigen Menschen machen,“ sagte sie traurig, „noch dazu diesen kleinen Kerl, dem es so nottäte, Muskeln und Energie zu bekommen.“ Vater zuckte die Achseln und prüfte das Barometer—er war nämlich ein leidenschaftlicher Wetterprophet — während Mutter, die Lärm vermeiden wollte um ihn nicht aufzuregen, ihn mit einem weichen Blick der Ehrfurcht ansah, freilich absichtlich nicht allzu fest, denn das hätte dem Mysterium seiner Überlegenheit gefährlich werden können. Aber Großmutter, die! — bei jedem Wetter, selbst wenn es in Strömen goß und Françoise in ängstlicher Hast die kostbaren Korbsessel vor dem Durchweichtwerden rettete, sah man sie, wie sie im kahlen, vom Platzregen gepeitschten Garten ihre aufgelösten grauen Strähnen zurückstrich, damit ihre Stirn die Heilkraft von Wind und Regen besser einsauge. „Endlich atmet man auf,“ rief sie und lief durch die aufgeweichten Wege — der neue Gärtner, den Vater vom frühen Morgen an fragte, ob das Wetter sich machen würde, hatte sie, bar allen Naturgefühls, für ihren Geschmack allzu symmetrisch und schnurgerade angelegt — lief mit ihren enthusiastischen und stoßweisen kleinen Schritten, zu denen die mannigfachen Sturmgeister ihrer Seele den Takt schlugen: die Trunkenheit des Gewitters, die Macht der Hygiene, die Empörung über meine stumpfsinnige Erziehung, die Wut über die Symmetrie der Gartenanlagen —

nur nicht der ihr unbekannte Wunsch, auf ihren grünen Rock keine Dreckspritzer kommen zu lassen, in denen sie vielmehr bis zu einer Höhe verschwand, die für ihr Zimmermädchen jedesmal eine Verzweiflung und ein Problem bedeutete.

Fanden Großmutters Gartentouren nach dem Abendessen statt, dann gab es eins, was sie zur Rückkehr zu bewegen vermochte: wenn nämlich der periodische Umlauf ihres Weges sie wieder einmal wie ein Insekt zu dem Anblick der Lichter im kleinen Salon zurückführte, wo die Liköre auf dem Spieltisch serviert wurden, und wenn dann Großtante ihr zurief: „Bathilde, komm, sorg doch dafür, daß dein Mann keinen Cognac trinkt!" Um sie zu necken (denn sie hatte in Vaters Familie einen so neuen Geist hineingebracht, daß alles sie aufzog und quälte) gab Großtante Großvater, dem das Likörtrinken verboten war, tatsächlich ein paar Tropfen zu kosten. Großmutter, die Gute, kam herein und flehte ihren Mann glühend an, er solle doch ja keinen Cognac versuchen; da wurde er ärgerlich und trank nun gerade seinen Schluck hinunter. So ging denn Großmutter wieder fort, traurig, entmutigt und doch lächelnd, denn sie war so demütigen Herzens und so sanft, daß ihre innige Liebe zu den Anderen und das wenige Aufhebens, das sie von ihrer eigenen Person und von ihren Leiden machte, sich in ihrem Blick zu einem Lächeln paarten, in dem — ganz im Gegensatz zu dem Gesichtsausdruck gewöhnlicher Menschenkinder — nur Selbstironie lag, nur gleichsam ein Kuß an uns alle von ihren Augen, welche die geliebten Menschen nicht ansehen konnten, ohne sie leidenschaftlich mit Blicken zu liebkosen. Diese Qual, die ihr Großtante bereitete, der Anblick von Großmutters vergeblichem Flehen, ihrer von vornherein zum Unterliegen verurteilten Schwäche und ihres fruchtlosen Versuchs, Großvater von seinem Glase Likör abzubringen — das war so etwas, an dessen

Anblick man sich später gewöhnt, bis man es lachend mitansieht und ebenso entschieden wie vergnügt für den Verfolger Partei nimmt, um sich selber einzureden, es sei ja gar keine Verfolgung; und es wurde mir schließlich so abscheulich, daß ich Großtante am liebsten geschlagen hätte. Sowie ich aber hörte: „Bathilde, komm, sorg doch dafür, daß dein Mann keinen Cognac trinkt!", tat ich, schon ein Erwachsener an Feigheit, das, was wir alle tun, wenn wir erst einmal groß sind und vor unseren Augen Leid und Unbill sich breitmachen: ich wollte nichts sehen; hinauf ging ich und schluchzte ganz oben im Hause beim Arbeitszimmer, unterm Dach, in einem kleinen Raum, in dem es nach Schwertlilie roch und in den ein wilder Johannisbeerstrauch hineinduftete, der draußen zwischen den Steinen des Mauerwerks hochgeschossen war und einen Zweig von Blüten in das halboffene Fenster hineinsteckte. Dieser Raum, der eine speziellere und gewöhnlichere praktische Bestimmung hatte — tagsüber konnte man von ihm aus bis zum Turm von Roussainville-le-Pin sehen — dieser Raum diente mir lange Zeit als Zufluchtsort, wohl deshalb, weil er der einzige war, zu dem ich einen Schlüssel haben durfte, sodaß ich mich dort mit all den Dingen einschloß, die eine unverletzliche Einsamkeit erforderten: Büchern, Träumen, Tränen und Seligkeiten. O, ich wußte ja nicht, daß die Traurigkeit über die kleinen Ordnungsverstöße ihres Mannes nicht heranreichte an die tiefe Sorge, die mein Mangel an Willenskraft, meine zarte Gesundheit und der Schatten von Ungewißheit, der sich dadurch über meine Zukunft breitete, Großmutter auf ihren rastlosen Nachmittags- und Abendspaziergängen verursachte, wenn ihr schöner Kopf, schräg gen Himmel gewandt, immer wieder auftauchte mit den braunen gefurchten Wangen, die vor Alter fast malvenfarbig wie umgepflügte Herbstfelder geworden und, wenn sie ausging, mit einem halbgelüfteten kleinen Schleier vergittert waren, diesen Wangen, auf denen, von der Kälte oder einem traurigen Gedanken hingeweht, immer eine unwillkürliche Träne im Trocknen war.

Wenn ich hinauf in mein Schlafzimmer ging, war mein einziger Trost, daß Mutter kommen und mich küssen würde, wenn ich erst im Bett wäre. Aber dieses Gutenacht dauerte so kurze Zeit, und sie ging so rasch wieder hinunter, daß der Augenblick, in dem ich hörte, wie sie nach oben kam und im leichten Rauschen ihres Gartenkleides aus blauem Musselin mit seinen strohgeflochtenen kleinen Schnüren den Flur mit den Doppeltüren durcheilte — daß dieser Augenblick mich schmerzlich berührte. Denn war er nicht das Signal der Minute, in der sie auf einmal wieder fort und hinunter sein würde? So kam es dahin, daß ich wünschte, dies so sehr geliebte Gutenacht möge sich nur ja recht lange verzögern, damit die Frist, in der Mutter noch nicht gekommen, möglichst lang würde. Wenn sie dann nach dem Gutenachtkuß weggehen wollte und die Tür öffnete, wollte ich sie manchmal zurückrufen und ihr sagen: „gib mir noch einen Kuß!", aber ich wußte, daß sie dann sofort ein böses Gesicht machen würde, denn das Zugeständnis, das sie meiner Traurigkeit und meiner Erregung dadurch machte, daß sie nach oben kam und mir diesen Kuß des Friedens brachte, ärgerte Vater, der solche Formalitäten albern fand, und sie hätte mich am liebsten von dieser Sehnsucht und Gewohnheit abgebracht, statt mir nun noch das Verlangen nach einem zweiten Kuß, wenn sie schon die Tür in der Hand hatte, anzugewöhnen. Sie böse zu sehen zerstörte aber die ganze Ruhe, die sie mir einen Augenblick vorher gebracht, wenn sie ihr liebendes Antlitz über mein Bett geneigt und mir dargereicht hatte wie eine Hostie zum Abendmahl des Friedens, an dem meine Lippen ihre echte Gegenwart und schlummerspendende Macht schlürfen sollten. Doch waren diese Abende, an denen Mutter alles in allem nur so kurze Zeit in meinem Zimmer blieb, noch eine Wohltat im Vergleich zu denen, an welchen Besuch zum Essen da war und sie deshalb nicht nach oben kam mir Gutenacht sagen. Besuch — das beschränkte sich gewöhnlich auf Herrn Swann, der, abgesehen von einigen durchreisenden Fremden, fast der einzige Mensch war, der uns in Combray besuchte, manchmal zu einem nachbarlichen Essen (allerdings viel seltener seit seiner Mésalliance, denn meine Eltern wollten seine Frau nicht empfangen), manchmal auch unangemeldet nach dem Essen. Da saßen wir denn abends unter dem großen Kastanienbaum rings um den eisernen Tisch und hörten am Ende des Gartens nicht etwa die reichlich anschlagende keifende Schelle, die jeden Hausgenossen, der die Tür aufklinkte und „ohne zu klingeln" eintrat, anspritzte und verblüffte mit ihrem rostig-eisig-unerschöpflichen Gelärme, sondern das schüchterne, goldigrunde zweimalige Bimmeln der Fremdenklingel — und sofort fragte sich jeder: „Besuch? Nanu wer kann das sein?" aber alle wußten sehr wohl, daß es nur Herr Swann sein konnte; Großtante sprach mit lauter Stimme in einem gezwungen natürlichen Ton, denn sie wollte mit gutem Beispiel vorangehen und sagte, wir sollten nicht so tuscheln, denn es gebe nichts Peinlicheres für den Besuch, der dann denken müsse, man rede gerade über Dinge, die er nicht hören soll. Als Patrouille schickten wir Großmutter, die immer glücklich war, einen Vorwand zu einer neuen Tour durch den Garten zu haben; sie benutzte dann die Gelegenheit, um unterwegs heimlich ein paar Stützpfähle an den Rosenstöcken abzureißen und dadurch den Rosen ein wenig Natur wiederzugeben, wie eine Mutter, die ihrem Jungen durch die Haare fährt, damit die vom Friseur allzu beflissen weggeglätteten Locken sich wieder bauschen.

Wir harrten alle gespannt der Dinge, die Großmutter uns

über den Feind melden würde — als ob man zwischen einer großen Zahl möglicher Angreifer zu wählen gehabt hätte! — und bald danach sagte Großvater: „Ich erkenne Swanns Stimme.“ Man erkannte ihn tatsächlich nur an der Stimme, denn sein Gesicht mit der krummen Nase, den grünlichen Augen unter einer hohen Stirn und den modisch gekräuselten rötlichblonden Haaren war schlecht zu unterscheiden, weil wir möglichst wenig Licht in den Garten ließen, um keine Mücken anzulocken. Ich ging nun mit einer wenig dazu passenden Miene die Liköre bestellen, wobei Großmutter großen Wert darauf legte — denn sie fand das hübscher — daß man sie nicht so auftrug, als machte man für den Besuch besondere Umstände. Herr Swann war zwar viel jünger als Großvater, aber doch sehr befreundet mit ihm, denn Großvater war einer der besten Freunde seines Vaters gewesen, eines bedeutenden, aber eigenartigen Mannes, bei dem, wie es schien, bisweilen eine Kleinigkeit genügte, um den Schwung seines Herzens zu unterbrechen und den Lauf seines Gedankens abzulenken. Mehrere Male im Jahr hörte ich Großvater bei Tisch immer wieder dieselben Anekdoten erzählen über die Art, wie der alte Swann den Tod seiner Frau getragen habe, bei der er Tag und Nacht gewacht hatte. Großvater, der ihn seit langem nicht gesehen hatte, war zu ihm geeilt in die Besitzung der Swanns in der Umgegend von Combray und hatte ihn schließlich dazu gebracht, während der Aufbahrung für einen Augenblick, tränenüberströmt wie er war, das Sterbezimmer zu verlassen. Sie gingen ein paar Schritte im Park umher, wo ein bißchen Sonne schien. Plötzlich packte Herr Swann Großvater am Arm und rief: „Ach alter Knabe, wie herrlich ist das, wenn man so zusammen im schönen Wetter spazieren gehen kann! Findest du das nicht entzückend, all diese Bäume, diese Weißdornsträucher, und meinen Teich, zu dem du mir noch gar nicht gratuliert hast? Was machst du für ein schlafmütziges Gesicht! Spürst du diesen kleinen Wind? Ach, man mag sagen was man will — das Leben hat doch sein Gutes, mein lieber Amédée!“ Urplötzlich zuckte dann die Erinnerung an seine tote Frau wieder in ihm auf, und da er es fraglos für allzu schwer ergründbar hielt, wie er sich in einem derartigen Augenblick zu einer Regung der Freude hinreißen lassen konnte, begnügte er sich mit einer Geste, die ihm immer dann eigentümlich war, wenn sich vor seinem Geiste eine schwierige Frage auftürmte: er strich sich mit der Hand über die Stirn, trocknete sich die Augen und wischte die Gläser seines Kneifers ab. Trotzdem konnte er sich über den Tod seiner Frau nicht trösten, sondern während der zwei Jahre, die er sie überlebte, sagte er oft zu Großvater: „Komisch! ich denke sehr oft an meine gute Frau, aber ich kann nie sehr viel auf einmal an sie denken.“ Oft, aber nicht viel auf einmal, wie der gute alte Swann — das war eine von Großvaters stehenden Redensarten geworden, und zwar brachte er sie bei den verschiedensten Gelegenheiten an. Ich hätte diesen alten Swann für ein Monstrum gehalten, wenn nicht Großvater — in meinen Augen der beste aller Richter, dessen Spruch für mich rechtsgültig war und mich in der Folge noch manche Fehler, die ich sonst sehr leicht verurteilt hätte, verzeihen hieß — wenn er nicht immer wieder gerufen hätte: „Was tut's? Er hatte ein Herz wie Gold!“

Obgleich doch Herr Swann junior meine Großtante und meine Großeltern so manche Jahre hindurch, besonders vor seiner Ehe, immer wieder in Combray besucht hatte, kamen sie doch nie auf den Gedanken, daß er gar nicht mehr in der Gesellschaft lebte, in der seine Familie verkehrt hatte, und daß der Name Swann ihm bei uns eine Art Inkognito schuf, unter dem sie — mit der vollkommenen Unschuld von ehrbaren Hotelwirten, die, ohne es zu wissen, einen berühmten Hochstapler unter ihrem Dache haben — eines der elegantesten Mitglieder des Jockey-Klubs beherbergten, einen speziellen Freund des Grafen von Paris und des Prinzen von Wales und eine der begehrtesten Persönlichkeiten des Faubourg Saint-Germain.

Unsere Unkenntnis dieses glänzenden mondänen Lebens, das Swann führte, lag offenbar zum Teil an der Zurückhaltung und Verschwiegenheit seines Charakters, ebenso sehr aber daran, daß die Bürger von damals sich von der Gesellschaft eine etwas indische Vorstellung machten und sie sich aus geschlossenen Kasten bestehend dachten, wo sich jeder schon bei der Geburt in die Rangstufe seiner Eltern eingeordnet vorfand, und wo nichts, es sei denn eine außergewöhnliche Karriere oder eine unverhoffte Heirat, einen herausziehen und in eine höhere Kaste vordringen lassen konnte. Swann senior war Makler; also fand Swann junior sich vor als lebenslängliches Mitglied einer Kaste, deren pekuniäre Verhältnisse, wie bei einer Kategorie von Steuerpflichtigen, zwischen einer oberen und einer unteren Einkommensgrenze lagen. Man kannte den Verkehr seines Vaters — also kannte man auch den seinigen und wußte, wer zu seinen „Beziehungen" gehörte. Und hörte man auch von anderen — nun, dann waren das eben Verbindungen von jungen Leuten, und da drückten die alten Freunde der Familie, z. B. meine Eltern, wohlwollend ein Auge zu, und das um so eher, als er, seit er Waise geworden war, nicht aufhörte, uns getreulich zu besuchen. Dabei hätte man wetten können: diese uns unbekannten Leute, mit denen er umging, hätte er nicht zu grüßen gewagt, wenn er ihnen auf einem Spaziergang mit uns begegnet wäre. Wollte man Swann mit aller Gewalt eine gesellschaftlich interessante persönliche Note geben, im Vergleich mit den anderen Maklerssöhnen aus der Schicht seiner Eltern, so mußte diese Note ziemlich mäßig ausfallen; er wohnte jetzt nämlich, anspruchslos wie er war und immer schon von einem „Fimmel" für antiquarische Sachen und Malereien besessen, in einem alten Häuschen, wo er seine Sammlungen aufstapelte; Großmutter schwärmte davon einmal hinzugehen, aber es lag am Quai d'Orléans, und in diesem Viertel zu wohnen, fand Großtante kompromittierend. „Sind Sie überhaupt Kenner? Ich frage das nur in Ihrem Interesse, denn Sie lassen sich von den Händlern gewiß rechten Trödel aufreden!" sagte Großtante zu ihm; sie traute ihm nämlich nicht die geringste Sachverständigkeit zu und hatte überhaupt in punkto Geist keine sehr hohe Meinung von ihm, denn er war ein Mensch, der in der Unterhaltung die ernsten Gegenstände vermied und eine recht prosaische Genauigkeit an den Tag legte, nicht nur wenn er uns, mit Berücksichtigung der kleinsten Détails, Küchenrezepte gab, sondern sogar, wenn Großmutters Schwestern über Dinge der Kunst sprachen. Wenn sie ihn dazu animierten, seine Meinung zu sagen, seiner Bewunderung für ein Gemälde Ausdruck zu verleihen, dann bewahrte er ein beinahe peinliches Stillschweigen. Dafür revanchierte er sich aber dadurch, daß er, wo er konnte, eine Tatsachenauskunft über das Museum, wo das Bild stand, oder über das genaue Datum seiner Entstehung beisteuerte. Gewöhnlich aber begnügte er sich mit dem Versuch, uns dadurch zu belustigen, daß er jedesmal eine neue Geschichte erzählte, die ihm mit Leuten, die wir kannten, gerade passiert war, mit dem Apotheker von Combray, unserer Köchin oder unserem Kutscher. Gewiß, diese Erzählungen brachten Großtante zum Lachen, aber sie konnte dabei nicht recht unterscheiden, ob das auf Rechnung der komischen Rolle kam, die sich Swann dabei zu geben pflegte, oder seiner geistvollen Art zu erzählen: „Sie sind 'ne richtige Type, möcht' man sprechen, Herr Swann!" Da sie der einzige etwas gewöhnliche Mensch in unserer Familie war, legte sie Wert darauf, wenn man von Swann sprach, den Fremden klar zu machen, der könnte, wenn er nur wollte, auf dem Boulevard Haußmann oder in der Avenue de l'Opéra wohnen, der sei ja der Sohn vom alten Swann und müsse von seinem Vater vier bis fünf Millionen geerbt haben — aber er habe nun einmal seinen Spleen. Einen Spleen, den sie übrigens als so ergötzlich für die anderen ansah, daß sie in Paris, wenn ihr Herr Swann beim Neujahrsempfang seinen Sack voll kandierter Maronen brachte, nicht verfehlte, in Gegenwart von Leuten zu ihm zu sagen: „Na, Herr Swann, Sie wohnen ja immer noch so nah beim Entrepôt des vins, Sie wollen wohl sicher sein, daß Sie den Zug nicht verpassen, wenn Sie nach Lyon reisen?" Und dabei musterte sie mit einem Seitenblick über ihr Lorgnon weg die übrigen Besucher. Hätte man aber Großtante gesagt: dieser Swann, der in seiner Eigenschaft als Swann junior wie geschaffen ist, in alle „Patrizierfamilien", Juristenkreise und anerkannt feinsten Häuser von Paris aufgenommen zu werden (er stand natürlich unter dem „Pantoffel" und machte deshalb von diesem Privileg keinen Gebrauch), dieser Swann führt wie im Versteckspiel ein zweites ganz anderes Leben, und wenn er in Paris von euch weggeht und gesagt hat, er wolle nach Haus und zu Bett, kehrt er noch vor dem Ende der Straße plötzlich um und geht in einen Salon, wie Maklers oder Maklersgleichen Blick ihn nie geschaut — nun, das wäre meiner Tante so übermenschlich vorgekommen wie einer gebildeteren Dame der Gedanke einer intimen persönlichen Verbindung mit Aristäus, der nach einer Plauderei mit ihr sogleich, das wußte sie, ins Innere des Thetisreiches hinabtauchen würde, in sterblichem Blick entzogene Regionen, wo man ihn nach der Schilderung Vergils mit offenen Armen aufnehmen würde; oder — um sich an ein Bild zu halten, das mehr Aussicht hatte ihr einzugehen, denn sie hatte es auf unseren Kuchentellern in Combray gemalt gesehen —, wie nach einer Mahlzeit mit Ali-Baba, der, sowie er sich allein weiß, in die von ungeahnten Schätzen strahlende Höhle eindringt.

Als er uns eines Tages in Paris nach dem Abendessen besuchte und sich entschuldigte, daß er in Gala sei, sagte Françoise, nachdem er weg war, sie wisse vom Kutscher, er habe bei einer Fürstin zu Nacht gegessen. — „Ja, bei einer Fürstin der Halbwelt," erwiderte meine Tante achselzuckend mit überlegenem Spott, ohne die Augen von ihrer Strickerei zu wenden.

Dementsprechend behandelte ihn Großtante etwas von oben herab. Sie glaubte, er müsse sich durch unsere Einladungen geschmeichelt fühlen, und fand es daher nur natürlich, daß er uns im Sommer nie ohne einen Korb Pfirsiche oder Himbeeren aus seinem Garten besuchte und daß er mir von jeder Italienreise Photographien der großen Kunstwerke mitbrachte.

Man holte ihn ungeniert, wenn man vor einem großen Diner ein Rezept für holländische Sauce oder Ananassalat brauchte, holte ihn, obwohl er meist nicht eingeladen war, da man fand, er sei nicht so etwas „Besonderes", daß man ihn Fremden, die das erstemal kämen, vorsetzen könnte. Manchmal kam die Rede auf die Fürsten des französischen Königshauses, „Leute, die wir nie kennen lernen werden, Sie nicht und ich nicht, also lassen wir das lieber, nicht wahr?", sagte Großtante zu Swann, der vielleicht eine Einladung von Twickenham in der Tasche hatte, und sie ließ ihn das Klavier zurechtrücken und die Seiten umwenden an den Abenden, an denen Großmutters Schwester sang; so behandelte sie dieses anderwärts so begehrte Wesen mit der naiven Barschheit eines Kindes, das mit einer Nippsache aus einer kostbaren Sammlung ebenso unvorsichtig spielt wie mit einem ganz billigen Stück. Wahrhaftig: der Swann, den zur gleichen

Zeit so viele Klubgrößen kannten, war sehr verschieden von dem, den Großtante erschuf, wenn abends in dem kleinen Combrayer Garten die beiden zaghaften Klingelzeichen ertönten und sie nun mit allem, was sie über die Familie Swann wußte, dem dunklen schattenhaften Individuum Substanz und Leben einflößte, das da, gefolgt von Großmutter, einem Meer von Finsternis enttauchte und das man an der Stimme erkannte. Denn sogar hinsichtlich der unbedeutendsten Dinge des Lebens sind wir nicht ein reinstofflich zusammengesetztes Ganzes, identisch für Alle, mit dem ein jeder sich nur eben bekannt zu machen braucht wie mit einem Frachtbrief oder einem Testament — nein: unsere gesellschaftliche Persönlichkeit ist eine Schöpfung des Gedankens der anderen. Selbst der so einfache Akt, den wir mit den Worten: „ich sehe einen Menschen, den ich kenne" bezeichnen, ist zum Teil ein geistiger Akt. Wir erfüllen die körperliche Erscheinung des Wesens, das wir da sehen, mit all den Begriffen, die wir von ihm haben, und an dem Gesamtbilde, das in unserer Vorstellung lebt, haben diese Begriffe sicherlich den größten Anteil. Schließlich lassen sie die Backen so naturgetreu schwellen, zeichnen das Profil so genau nach und geben der Stimme, als wäre sie nur eine durchsichtige Hülle, so bestimmte Klangschattierungen, daß wir jedesmal beim Anblick dieses Gesichts und beim Hören dieser Stimme eben diese Begriffe wiederfinden und vernehmen. Fraglos hatten meine Eltern in den Swann, den sie sich zurechtgemacht hatten, eine Fülle ihnen einfach unbekannter Eigenheiten seines mondänen Lebens nicht mitaufgenommen, Eigenheiten, in denen andere Menschen, die mit ihm umgingen, die Geister der Anmut erkannten, wie sie seine krumme Nase, ihre natürliche Grenze, souverän umspielten. Dafür konnten meine Eltern aber in diesem von allem Nimbus befreiten, offenen und geräumigen Gesicht, in der Tiefe dieser schmalen Augen einen unbestimmten zarten Bodensatz aufschichten: eben jene — halbgewußten-halbvergessenen — Mußestunden von einst nach unseren allwöchentlichen Abendmahlzeiten, am Spieltisch oder im Garten, als wir noch wie rechte Gutsnachbarn miteinander lebten. Die körperliche Gestalt unseres Freundes war von jenem Leben her noch so reichlich ausgestattet, und dazu kamen noch so viele Erinnerungen, die mit seinen Eltern zusammenhingen, daß jener Swann ein ganzes und lebendiges Wesen geworden war; und mir ist, als verließe ich einen Menschen, um mich einem anderen zuzuwenden, wenn mein Gedächtnis von dem Swann, den ich späterhin ganz genau kennen gelernt habe, zu jenem ersten Swann übergeht — zu jenem ersten Swann, mit dem mir der Schmelz meiner tastenden Jugend wieder fühlbar wird und der dem anderen Swann tatsächlich weniger ähnelt als manchen Menschen, die ich in der gleichen Epoche kannte (als ob es mit unserem Leben wäre wie mit einem Museum, wo alle Porträts aus einundderselben Zeit einen Familiencharakter und eine gewisse Gleichheit der Stimmung besitzen); — zu jenem ersten Swann, dem Mann der Muße im Dufte des großen Kastanienbaums, der Himbeerkörbe und eines Hälmchens Estragon.

Als aber Großmutter eines Tages eine Dame um eine Gefälligkeit anging (es war eine Bekannte von der Kirche Sacré-Cœur, mit der sie jedoch infolge unserer Auffassung vom Kastengeist nicht in Verbindung hatte bleiben wollen, trotz gegenseitiger Sympathie), nämlich die Marquise von Villeparisis aus der berühmten Familie derer von Bouillon, da sagte die zu ihr: „Ich glaube, Sie sind gut bekannt mit Herrn Swann, das ist ein intimer Freund meiner Neffen, der Laumes.“ Großmutter war Feuer und Flamme von ihrem Besuch zurückgekommen, sie war begeistert von dem mitten in

Gärten liegenden Hause, wo ihr Frau von Villeparisis geraten hatte, sich einzumieten, und ebenso von einem Flickschneider und seiner Tochter, der seinen Laden im Hof hatte und bei dem sie sich ihren auf der Treppe eingerissenen Rock mit ein paar Stichen hatte nähen lassen. Großmutter fand diese Leute tadellos, sie erklärte, die Kleine sei eine Perle, der Flickschneider habe die feinste Lebensart und sei überhaupt der beste, den sie je gesehen hätte. Für sie war nämlich Feinheit etwas vom gesellschaftlichen Rang vollkommen Unabhängiges. Sie war entzückt über eine Antwort, die ihr der Flickschneider gegeben hatte und sagte zu Mutter: „Die Sévigné hätte es nicht besser sagen können!", dagegen sagte sie von einem Neffen der Frau von Villeparisis, den sie bei ihr getroffen hatte: „Weißt du, Kind, das ist ein ganz gewöhnlicher Kerl!"

Die Äußerung über Swann hatte nun nicht etwa die Wirkung gehabt, ihn in Großtantes Vorstellung zu heben, sondern nur die: Frau von Villeparisis zu drücken. Die Achtung, die wir im Vertrauen auf Großmutters Urteil der Frau von Villeparisis zollten, schien ihr die Verpflichtung aufzuerlegen, nichts zu tun, was dieser Achtung unwürdig wäre — und dagegen hatte sie dadurch verstoßen, daß sie von Swanns Existenz erfahren hatte und ihresgleichen gestattete, mit ihm zu verkehren. „Was? sie kennt Swann? Und das will eine Frau sein, von der du behauptest, sie sei mit dem Marschall von Mac-Mahon verwandt?!" Diese Meinung meiner Eltern über die Beziehungen Swanns schien ihnen sofort bestätigt durch seine Ehe mit einer Frau aus der Hefe der Gesellschaft, fast einer Kokotte, (die er uns ja übrigens nie hatte vorstellen wollen, denn er kam unentwegt allein zu uns, allerdings immer seltener); sie glaubten nämlich, nach dieser Frau könne man das uns unbekannte Milieu seines gewöhnlichen Verkehrs — als ob er sie von da genommen hätte! — beurteilen.

Einmal aber las Großvater in der Zeitung, Herr Swann sei einer der treuesten Stammgäste bei den Sonntagmittagsmahlzeiten des Herzogs von X . . ., dessen Vater und Onkel die prominentesten Staatsmänner unter der Herrschaft Louis Philippes gewesen waren. Nun war Großvater sehr erpicht auf all die Geschichtchen, die seiner Phantasie zum Eintritt in das Privatleben der Männer vom Schlage Molés, des Herzogs Pasquier oder des Herzogs von Broglie verhelfen konnten. Er war also entzückt zu erfahren, daß Menschen, die jene Leute gekannt hatten, mit Swann verkehrten. Dagegen deutete Großtante diese Nachricht in einem für Swann sehr ungünstigen Sinne: jemand, der sich seinen Verkehr außerhalb der Kaste, in der er geboren war, außerhalb seiner „Gesellschaftsklasse" also, suchte, erlitt in ihren Augen eine peinliche Degradierung. Ihr schien, man verzichte dadurch mit einem Schlage auf die Früchte all der schönen Verbindungen mit gut situierten Leuten, die klug voraussehende Familien für ihre Kinder ehrbar gepflegt und unter Dach und Fach gebracht hatten (Großtante hatte sogar den Verkehr mit dem Sohn eines befreundeten Notars aufgegeben, weil er eine „Hoheit" geheiratet hatte und dadurch für sie vom respektierlichen Rang eines Notarssohnes zu dem eines jener Abenteurer herabgestiegen war, jener Pagen oder Stalljunker von einst, für die die Königinnen ab und zu eine Schwäche gehabt haben sollen). Daher mißbilligte sie den Plan Großvaters, der Swann am nächsten Abend, wenn er zu uns zum Essen kommen würde, nach diesen Freunden, die wir bei ihm entdeckten, fragen wollte. Andererseits erklärten die beiden Schwestern meiner Großmutter, alte Fräuleins, die Großmutters vornehme Natur, aber nicht ihren Geist hatten, sie verstünden nicht, wie es ihrem Schwager Spaß machen könnte, von derartigen Nichtigkeiten zu reden. Sie waren nämlich Damen mit höheren Interessen und deshalb außerstande, sich für den sogenannten Klatsch zu erwärmen, selbst wenn ein gewisses historisches Interesse daran haftete; daher schoren sie alles über einen Kamm, was sich nicht unmittelbar auf etwas Ästhetisches oder Moralisches bezog. Die Gleichgültigkeit ihres Geistes gegen alles, was von nah oder von fern mit dem mondänen Leben zusammenzuhängen schien, war derartig, daß ihr Gehörssinn — in richtiger Erkenntnis seiner momentanen Unbrauchbarkeit bei anzüglichen oder auch nur alltäglichen Nachtischunterhaltungen, die diese beiden alten Jungfern nicht auf ihnen genehmere Gegenstände hin umdirigieren konnten — seine aufnehmenden Organe pausieren und geradezu eine Art von erstem Schwindsuchtsstadium durchmachen ließ. Mußte dann Großvater die Aufmerksamkeit der beiden Schwestern auf irgend etwas lenken, so war es nötig, daß er seine Zuflucht zu den physischen Mahnungen nahm, deren sich die Irrenärzte bei Geistesabwesenden bedienen: mehrmals wiederholtes Klopfen ans Glas mit der Messerklinge, dazu eine schroffe Aufforderung mit Stimme und Blick — lauter Gewaltmittel, die diese Psychiater oft auch auf die gewöhnlichen Beziehungen zu ganz normalen Leuten übertragen, halb aus beruflicher Gewohnheit, halb weil sie alle Menschen für ein bißchen verrückt halten.

Die beiden Schwestern waren weit mehr interessiert, wenn an dem Abend, bevor Swann zum Essen kommen sollte — er hatte etwa schon an sie persönlich eine Kiste Asti geschickt — meine Tante in einer Nummer des „Figaro“ neben dem Namen eines Gemäldes aus einer Corot-Ausstellung die Worte las: „Aus der Sammlung des Herrn Charles Swann“, und dann sagte: „Habt Ihr gesehen, daß Swann im ‚Figaro‘ prangt?“ „Aber ich habe Euch ja immer gesagt, daß er viel Geschmack hat," sagte Großmutter. „Natürlich, du, sowie es sich darum handelt, anderer Ansicht zu sein als wir," erwiderte Großtante, denn da sie wohl wußte, Großmutter werde nie einer Meinung mit ihr sein, aber nicht ganz sicher war, ob wir auch wirklich immer ihr Recht gaben, wollte sie uns ein Verdammungsurteil in Bausch und Bogen über Großmutter entreißen, gegen deren Anschauungen sie eine gemeinsame Front unserer und ihrer Kräfte zu bilden versuchte. Aber wir hielten uns still. Als Großmutters Schwestern die deutliche Absicht durchblicken ließen, mit Swann über diese Bemerkung im „Figaro" zu sprechen, riet Großtante ihnen davon ab. Jedesmal wenn sie sah, daß ein anderer vor ihr einen noch so kleinen Vorsprung hatte, redete sie sich ein, das sei gar kein Vorsprung, sondern ein Übel, und bedauerte diese Leute, um sie nicht beneiden zu müssen. „Ich glaube nicht, daß ihr ihm damit eine Freude macht, ich weiß jedenfalls: mir wäre es sehr unangenehm, meinen Namen so bei lebendigem Leibe in der Zeitung gedruckt zu sehen, und ich würde mich gar nicht geschmeichelt fühlen, wenn man mit mir darüber spräche." Im übrigen versteifte sie sich nicht darauf, Großmutters Schwestern zu überreden, denn die trieben aus Angst vor Taktlosigkeit die Kunst, persönliche Anspielungen unter geistreichen Umschreibungen zu verhüllen, soweit, daß eine solche Anspielung manchmal sogar dem entging, an dessen Adresse sie gerichtet war. Was Mutter betraf, so war sie nur darauf aus, Vater die Zustimmung abzugewinnen, mit Herrn Swann nicht etwa von seiner Frau, sondern nur von seiner Tochter reden zu dürfen, die er vergötterte und der zuliebe er, wie man sagte, schließlich diese Ehe geschlossen hatte. „Du brauchst ihm doch nur ein Wort zu sagen, brauchst ihn nur zu fragen, wie's ihr geht; so ist es doch zu hart für ihn." Aber Vater wurde ärgerlich: „Ach was hast du für dumme Einfälle! ich würde mich ja lächerlich machen."

Der einzige unseres Kreises aber, dem der Besuch Swanns zum Gegenstand schmerzlicher Sorge wurde, war ich. Denn an den Abenden, an denen Fremde oder auch Swann allein da war, kam Mutter nicht in meine Stube hinauf. Dann aß ich nicht mit bei Tisch, sondern kam erst nach dem Abendessen in den Garten und mußte um neun Uhr gute Nacht sagen und zu Bett gehen. Mein eigenes Essen nahm ich früher ein als alle anderen und setzte mich dann mit an den Tisch bis acht Uhr, denn während die Anderen aßen, mußte ich auf mein Zimmer gehen; den kostbaren, zerbrechlichen Kuß, den Mutter mir sonst immer im Bett vor dem Einschlafen anvertraute, hatte ich dann also vom Eßzimmer in meine Stube zu tragen und während der ganzen Zeit, in der ich mich auszog, zu behüten: zwar seine Süßigkeit zerging nicht, sein beschwingtes Leben verschwamm und verdampfte nicht, doch gerade an den Abenden, da ich ihn mit mehr Vorsicht hätte empfangen sollen, mußte ich ihn mir nehmen, ja rauben, jäh und vor aller Augen, sogar ohne die nötige Zeit und Geistesgegenwart zu haben, um mich auf das, was ich tat, nach Art der Geisteskranken zu konzentrieren, die beim Zumachen einer Tür mit aller Anstrengung nur hieran denken, damit sie, wenn die krankhafte Ungewißheit wiederkommt, ihr mit der Erinnerung an den Moment des Zumachens siegreich begegnen können. Wir waren alle im Garten, wenn die beiden zögernden Klingelzeichen ertönten. Jeder wußte: das ist Swann; trotzdem sahen sich alle fragend an, und Großmutter wurde auf Patrouille geschickt. „Dankt ihm recht deutlich für den Wein, er ist köstlich, ihr wißt doch, und es ist eine enorme Kiste," empfahl Großvater seinen beiden Schwägerinnen. „Fangt nicht an zu tuscheln," sagte Großtante, „eine nette Geschichte ist das, in ein Haus zu kommen, wo alle leise sprechen." — „Ah, sieh da, Herr Swann! Wir wollen ihn gleich mal fragen, ob es morgen schön wird,“ sagte Vater. Mutter dachte, ein Wort von ihr würde all den Verdruß, den man Swann seit seiner Heirat in unserer Familie bereitet hatte, auslöschen. Sie fand ein Mittel, ihn ein bißchen beiseite zu nehmen. Aber ich folgte ihr, ich konnte mich nicht entschließen, einen Schritt von ihr wegzugehen, denn ich dachte daran, daß ich sie gleich im Eßzimmer lassen und in mein Zimmer hinaufgehen müßte, ohne wie an den anderen Abenden den Trost zu haben, daß sie kommen und mich küssen würde. „Wissen Sie was, Herr Swann,“ sagte sie zu ihm, „erzählen Sie mir ein bißchen von Ihrer Tochter; ich bin sicher, sie hat schon den Sinn für künstlerische Schönheit wie ihr Papa.“ „Aber kommen Sie doch und setzen Sie sich mit uns allen in die Veranda,“ sagte Großvater im Näherkommen. Mutter mußte sich nun notgedrungen unterbrechen, aber sogar aus diesem Zwang zog sie noch einen feinen Gedanken mehr, wie die guten Dichter, die durch die Tyrannei des Reimes zur Entdeckung ihrer größten Schönheiten gedrängt werden: „Wir wollen noch einmal darüber sprechen, wenn wir beide allein sind,“ sagte sie halblaut zu Swann, „nur ein Mutterherz ist wert, Sie zu verstehen. Ich bin sicher, des Kindes Mutter würde meiner Ansicht sein.“ Wir setzten uns nun alle um den eisernen Tisch. Ich hätte am liebsten gar nicht an die Stunden der Angst gedacht, die ich heute Abend allein in meinem Zimmer durchmachen würde, wenn ich keinen Schlaf fände; diese Stunden, so versuchte ich mir einzureden, wären ja ganz bedeutungslos, morgen früh würde ich sie wieder vergessen haben. An Zukunftsgedanken wollte ich mich klammern, die mich mitnehmen sollten wie über eine Brücke, welche den nahen Abgrund überquert. Aber mein sorgenvoll gespannter Geist wölbte sich vor wie der Blick, mit dem ich Mutter überdrang, und ließ keinen fremden Eindruck vorstoßen. Die Gedanken bekamen wohl Einlaß, aber nur unter der Bedingung, daß sie jedes Element von Schönheit oder auch nur von Komik, das mich gerührt oder abgelenkt hätte, draußen ließen. Wie ein Patient dank lokaler Betäubung mit völliger Klarheit der an ihm vorgenommenen Operation beiwohnt, jedoch ohne das Geringste zu spüren, so konnte ich mir geliebte Verse vorsagen oder zusehen, wie Großvater Anstrengungen machte, im Gespräch mit Swann die Rede auf den Herzog von Audiffret-Pasquier zu bringen, doch ohne Wallung blieb mein Sinn beim einen, ohne Heiterkeit beim anderen. Großvaters Anstrengungen verliefen übrigens fruchtlos. Kaum hatte er Swann etwas über diesen Redner gefragt, als auch schon eine von Großmutters Schwestern, in deren Ohren durch diese Frage das gleiche Gefühl ausgelöst wurde wie durch eine abgründige peinliche Stille, es für fein hielt zu unterbrechen und plötzlich zu der anderen sagte: „Stell dir vor, Céline, ich bin mit einer jungen schwedischen Erzieherin bekannt geworden, die mir über die Arbeitsgemeinschaften in den skandinavischen Ländern hochinteressante Einzelheiten mitgeteilt hat. Sie muß unbedingt mal einen Abend zu uns zum Essen kommen.“ „Das glaube ich wohl!“, antwortete ihre Schwester Flora, „aber ich habe dem lieben Gott auch nicht den Tag gestohlen. Bei Herrn Vinteuil habe ich einen gelehrten alten Herrn getroffen, der Maubant gut kennt und dem Maubant mit minutiöser Genauigkeit geschildert hat, wie er die Gestaltung einer Rolle anpackt. Das ist das Interessanteste, was es überhaupt gibt. Er ist ein Nachbar von Herrn Vinteuil, davon wußt' ich garnichts — nebenbei ein sehr liebenswürdiger Mensch.“ „Herr Vinteuil ist nicht der einzige, der liebenswürdige Nachbarn hat,“ rief Tante Céline, indem ihre Stimme vor Schüchternheit gespannt und vor Absicht gekünstelt klang, und dabei warf sie Swann einen der von ihr so genannten bedeutsamen Blicke zu. Tante Flora, die begriffen hatte, daß diese Redensart der Dank Célines für den Wein war, warf nun Swann schnurstracks auch einen Blick zu und machte dabei ein dankbar-ironisches Gesicht: wollte sie nun bloß den geistreichen Einfall ihrer Schwester unterstreichen, oder war es Neid auf Swann als den Anreger dieses Einfalls, oder konnte sie sich den Spott darüber nicht verbeißen, daß er, wie sie meinte, im Kreuzfeuer war. „Ich glaube, es wird sich machen lassen, daß wir diesen Herrn mal zum Abendessen bei uns sehen," fuhr Flora fort, „wenn man ihn auf Maubant oder Madame Materna bringt, erzählt er stundenlang ohne aufzuhören." „Das muß ja entzückend sein," seufzte Großvater, dessen Geist die Natur ebensowenig mit irgendwelchen Keimen leidenschaftlichen Interesses für schwedische Arbeitsgemeinschaften und Maubantsche Rollengestaltung ausgestattet hatte wie den Geist von Großmutters Schwestern mit einer Spur von dem Körnchen Salz, das man aus sich heraus beisteuern muß, um an einer Geschichte aus dem intimen Leben Molés oder des Grafen von Paris Geschmack zu finden. „Passen Sie auf," sagte Swann zu Großvater, „was ich Ihnen erzählen will, hat mehr Zusammenhang mit Ihrer Frage, als es auf den ersten Blick scheint. Denn in gewissen Punkten haben sich die Dinge nicht übermäßig geändert. Ich las heute morgen im Saint-Simon etwas, worüber Sie sich amüsiert hätten. Es steht in dem Band über seine Zeit als Botschafter in Spanien; das ist nicht gerade einer der besten, eigentlich nur eine Zeitung, aber wenigstens eine fabelhaft gut geschriebene Zeitung, was zunächst schon einen Unterschied ausmacht gegenüber den tödlich langweiligen Zeitungen, die wir morgens und abends glauben lesen zu müssen." „Ich bin nicht Ihrer Meinung, an manchen Tagen kommt mir die Zeitungslektüre sehr angenehm vor . . .," unterbrach Tante Flora, um zu zeigen, daß sie den Satz über Swanns Corot im „Figaro" gelesen hatte. „Wenn darin von Dingen oder

Leuten, die uns interessieren, die Rede ist," übertrumpfte sie Tante Céline. „Gewiß, das leugne ich ja gar nicht," erwiderte Swann verdutzt, „was ich den Zeitungen vorwerfe, ist ja nur, daß sie unsere Gedanken Tag für Tag auf unbedeutende Dinge lenken, während wir nur dreiviermal im Leben die Bücher lesen, in denen wesentliche Dinge stehen. Da wir nun jeden Morgen das Band um die Zeitung mit so fieberhafter Spannung abreißen, müßte man mal den Lauf der Dinge ändern und in die Zeitung setzen, was weiß ich?... Pascals ‚Pensées' (er brachte dies Wort mit dem Ton ironischer Emphase heraus, um nicht schulmeisterlich zu wirken), und in dem Goldschnittbande, den wir alle zehn Jahre höchstens einmal aufschlagen," setzte er hinzu und bekundete dabei die Verachtung gegen die Dinge der Lebewelt, die mancher Weltmann zur Schau trägt, „da sollten wir lesen, daß die Königin von Griechenland nach Cannes gegangen ist und die Fürstin von Léon einen Kostümball gegeben hat. So würde das richtige Verhältnis hergestellt sein." Doch mit einem Bedauern, daß er sich hatte gehen lassen und, wenn auch nur leichthin, von ernsten Dingen gesprochen hatte, sagte er ironisch: „Da haben wir ja eine schöne Unterhaltung, ich weiß wirklich nicht, warum wir uns so hoch versteigen" — und dabei wandte er sich zu Großvater: „Also Saint-Simon erzählt, Maulevrier habe die Kühnheit besessen, seinen Söhnen die Hand hinzustrecken. Sie wissen doch, das ist dieser Maulevrier, von dem er sagt: „Nie sah ich in dieser dicken Flasche etwas anderes als Feuchtigkeit, Grobheit und dumme Gedanken." „Dick oder nicht, ich kenne Flaschen, wo ganz was anderes drin ist," sagte Flora lebhaft, denn auch sie legte Wert darauf, sich bei Swann bedankt zu haben, da das Weingeschenk an beide ging. Céline lächelte fein. Swann griff das unterbrochene Gespräch wieder auf: „Ich weiß nicht, war es Dummheit oder Ulk? schreibt

Saint-Simon, jedenfalls wollte er meinen Kindern die Hand geben. Nun, ich merkte es früh genug, um ihn daran zu hindern." Großvater geriet bereits in Entzücken über dies „Dummheit oder Ulk", aber Fräulein Céline, bei der der Name Saint-Simon — immerhin: ein Literat! — keine vollkommene Abstumpfung des Gehörsinnes hatte zustande kommen lassen, wurde schon ärgerlich: „Wie? sowas finden Sie schön? Na, das ist ja reizend; aber was kann das überhaupt zu bedeuten haben? ist nicht ein Mensch wie der andere? Was macht das aus, ob einer Herzog oder Kutscher ist, wenn er Verstand und Herz hat? Der hatte ja eine nette Art, seine Kinder zu erziehen, Ihr Saint-Simon, wenn er sie nicht dazu anhielt, allen anständigen Menschen die Hand zu geben. Nein, das ist einfach abscheulich. Und sowas wagen Sie zu erzählen?" Und Großvater, der blutenden Herzens merkte, daß er mit seinem Bemühen, Swann zur Erzählung der für ihn amüsanten Geschichten zu bewegen, gegenüber dieser Verschleppungstaktik nicht aufkommen konnte, sagte leise zu Mutter: „Bring mich doch mal auf den Vers, den du mir beigebracht hast und der mich in solchen Augenblicken so erleichtert! Richtig, ja: ‚Wie manche Tugend läßt Du, Herr, uns hassen!' Famos!"

Ich ließ Mutter nicht aus den Augen, denn ich wußte: war man erst einmal bei Tisch, dann durfte ich nicht die ganze Zeit des Essens über dabei bleiben, dann würde Mutter, um mit Vater nicht aneinanderzugeraten, mir nicht erlauben, sie mehrmals vor den Leuten zu küssen, wie ich das in meinem Zimmer hätte tun dürfen. So schwor ich mir im Eßzimmer zu: wenn ich während des ersten Ganges fühlte, daß nun bald meine Stunde schlagen würde, dann nur ja alles, was immer ich von mir aus vorwegnehmen könnte, von diesem Kuß, der so kurz und verstohlen sein würde, vorwegzunehmen, mir mit dem Blick die Stelle der Wange, wo ich sie küssen würde, zu erlesen und meinen Geist vorzubereiten, damit er kraft dieses gedanklichen Beginns eines Kusses die ganze Minute heiligen könne, in der mir Mutter vergönnen würde, ihre Wange gegen meine Lippen gepreßt zu spüren — wie ein Maler, der nur kurze Modellsitzungen bekommen kann, seine Palette vorbereitet und nach seinen Skizzen aus der Erinnerung alles das schon vorwegnimmt, wofür er die Gegenwart des Modells allenfalls zu entbehren vermag. Aber siehe da! noch bevor zum Abendessen geläutet wurde, hatte Großvater die unbewußte Grausamkeit zu sagen: „Der Kleine sieht müde aus; er müßte eigentlich hinauf ins Bett. Heut abend wird sowieso spät gegessen.“ Und Vater, der die Heiligkeit der Verträge nicht so peinlich beobachtete wie Großmutter und Mutter, sagte: „Ja, marsch, geh zu Bett!“ Ich wollte Mutter küssen — in dem Augenblick läutete es zum Essen. „Nicht doch du! laß Mutter los, das ist schon genug Gutenacht, diese Liebesbezeugungen sind lächerlich. Marsch, nach oben!“ Und so mußte ich ohne Wegzehrung fortgehen, mußte nach oben, und jede Stufe der Treppe gab mir, wie der Volksmund sagt, „einen Stich durchs Herz“, — einen Stich durch mein Herz, das zu Mutter zurückwollte, weil sie ihm den Kuß, das Zeichen der Erlaubnis mir zu folgen, versagt hatte. Diese vermaledeite Treppe, die ich mich immer so schweren Herzens betrat, hauchte einen Geruch von Lack aus, der die besondere Art von Gram, den ich jeden Abend von neuem empfand, gewissermaßen aufgesogen und in sich abgelagert hatte und ihn dadurch vielleicht noch quälender für meine Empfindlichkeit machte, weil meine Vernunft diesen Geruch gewordenen Gram nicht mehr greifen und sich ihr Teil davon nehmen konnte. Wenn wir schlafen und ein rasendes Zahnweh meldet sich erst nur in Gestalt eines jungen Mädchens, das wir mit aller Kraft zweihundertmal hintereinander aus dem Wasser ziehen, oder als ein Molière-Vers, den wir unaufhörlich wiederholen — dann bedeutet es eine große Erleichterung, aufzuwachen und den Gedanken des rasenden Zahnwehs jeder heroischen oder rhythmischen Larve zu entkleiden. Das gerade Gegenteil dieser Erleichterung empfand ich, wenn mein Gram, ins Zimmer hinaufzumüssen, unendlich viel jäher, beinahe blitzschnell, heimtückisch und brutal zugleich, in mich einbrach durch das weit giftiger als die seelische Durchdringung wirkende Einatmen des Lackgeruchs, der dieser Treppe eigentümlich war. War ich dann im Zimmer, so mußte ich alle Ritzen verstopfen, die Fensterläden zumachen, mir mit dem Zurückschlagen der Bettdecke mein eigenes Grab graben und das Leichentuch von Nachthemd anziehen. Aber bevor ich mich in meinem eisernen Bett — das man mir ins Zimmer geschoben hatte, weil es mir im Sommer unter den Ripsvorhängen des großen Bettes zu heiß wurde — begraben hatte, bäumte ich mich jäh auf und entschloß mich zu einer letzten List des Verurteilten. Ich schrieb an Mutter und flehte sie an, nach oben zu kommen wegen einer wichtigen Angelegenheit, die ich ihr brieflich nicht sagen könnte. Doch o Schreck, Françoise, die Köchin meiner Tante, die sich, wenn ich in Combray war, um mich zu kümmern hatte, weigerte sich, meine Botschaft zu überbringen. Ich ahnte wohl: Mutter etwas ausrichten, wenn Leute da waren, das schien ihr ebenso unmöglich wie dem Theaterportier der Auftrag, einem Schauspieler, während er spielt, einen Brief zuzustellen. Sie besaß hinsichtlich der Dinge, die sich machen oder nicht machen ließen, ein herrisches, reiches, feines und in gewissen ungreifbaren oder müßigen Unterscheidungen ganz starres Gesetzbuch (das daher jenen antiken Gesetzen ähnelte, die neben grausamen Vorschriften, wie Hinschlachtung von Kindern an der Mutterbrust, mit übertriebener Feinheit verbieten, daß ein Zicklein in der

Milch seiner Mutter gekocht wird oder daß man bei einem Tier die Sehne des Schenkels verspeist). Wollte man über dies Gesetzbuch nach der plötzlichen Unbeugsamkeit urteilen, mit der sie sich dagegen stemmte, gewisse Aufträge, die wir ihr gaben, auszuführen, so schienen darin gesellschaftliche Verwicklungen und Feinheiten des Weltlebens vorhergesehen zu sein, wie sie die Umgebung, in der Françoise ihr dörfliches Dienstbotenleben führte, ihr nie hatte eingeben können; und es blieb einem nichts anderes übrig als das Anerkenntnis, daß in ihr irgendwelche altfranzösische Vergangenheit vornehm und verkannt weiterlebte wie in manchen Fabrikstädten, wo alte Privathäuser davon zeugen, daß es hier einst ein Hofleben gab, und wo die Arbeiter einer chemischen Fabrik inmitten von feinen Skulpturen, die das Wunder des Heiligen Theophilus oder die vier Haimonskinder darstellen, ihre Arbeit verrichten. In meinem besonderen Fall formulierte der Gesetzesparagraph, demzufolge Françoise höchstens im Falle einer Feuersbrunst Mutter in Gegenwart von Herrn Swann wegen einer so geringen Persönlichkeit, wie ich es war, stören durfte, einfach ihre tiefe Achtung nicht nur vor meinen Eltern — wie vor Toten, Priestern und Königen —, sondern auch noch vor dem Fremden, dem man Gastfreundschaft gewährt, eine Achtung, die mich in einem Buch vielleicht gerührt hätte, die mich aber in ihrem Munde immer aufbrachte wegen des schweren und weichen Tones, den sie annahm, wenn sie davon sprach — insbesondere an jenem Abend, an dem die sakrale Weihe, die sie dem Abendessen verlieh, zur Folge hatte, daß sie sich weigerte, die heilige Handlung zu stören. Um aber meine Chancen zu verbessern, log ich ihr frisch was vor und sagte ihr, ich hätte von mir aus gar nicht an Mutter schreiben wollen, sondern Mutter selbst habe mir beim Abschied eingeschärft, daran zu denken, daß ich ihr eine Antwort über etwas, wonach ich für sie suchen sollte, zukommen ließe;

und sie würde sicher sehr böse sein, wenn ich ihr hierüber nicht ein Wort schriebe. Ich bin überzeugt: Françoise glaubte mir nicht; denn wie die primitiven Menschen, deren Sinne sicherer waren als unsere, machte sie unmittelbar auf Grund von uns unfaßlichen Zeichen jede Wahrheit, die wir ihr verheimlichen wollten, ausfindig. Sie sah das Kuvert fünf Minuten lang an, als ob die Prüfung des Papiers und der Anblick der Schrift sie über die Natur des Inhalts aufklären oder ihr zeigen würde, auf welchen Paragraphen ihres Gesetzbuches sie sich zu beziehen hatte. Dann ging sie mit einer resignierten Miene ab, die zu sagen schien: „Es is' doch 'n Unglück für Eltern, so'n Kind zu haben." Eine Minute später kam sie zurück und teilte mir mit, man sei erst beim Eis und der Hausmeister sehe sich nicht in der Lage, in diesem Augenblick vor allen Leuten den Brief zu übermitteln; wenn man erst bei den Mundschalen wäre, dann ginge es vielleicht, daß man Mutter den Brief zusteckte. Sofort schwand meine Angst; jetzt war es nicht mehr wie eben, als ich von Mutter „bis morgen" fortgegangen war, denn meine paar Zeilen würden sie zwar sicher ärgern (und doppelt, weil dieser Trick mich in den Augen Swanns lächerlich machen würde), aber sie würden mich doch wenigstens unsichtbar und entzückt in ein Zimmer mit ihr bringen, würden mir gestatten, ihr etwas ins Ohr zu sagen; denn dieses verbotene feindselige Eßzimmer, wo es noch einen Augenblick vorher das „Eis an sich", das „Harte schlechthin" gab, und wo die Mundschalen schädliche und todtraurige Genüsse zu bergen schienen, weil Mutter sie fern von mir verspürte — dies Eßzimmer erschloß sich mir und wollte wie eine süß gewordene Frucht, die ihre Hülle sprengt, Mutters Nachdenken beim Lesen meiner Zeilen bis zu meinem berauschten Herzen hin sprudeln und sprühen lassen. Nun war ich nicht mehr von ihr getrennt; die Schranken waren gefallen, ein feines Band einte uns wieder. Und dann war das noch nicht alles: Mutter würde ganz sicher kommen!

Über dies Bangen, das ich empfand, hätte sich Swann, so meinte ich, sehr lustig gemacht, wenn er meinen Brief gelesen und dessen Zweck erraten hätte; und doch war, wie ich später erfahren habe, ein ähnliches Bangen die jahrelange Qual seines Lebens und Wesens, wobei er mich allerdings damals wohl ebensowenig verstehen konnte wie ich ihn. Dies Bangen, das sich einstellt, wenn das geliebte Wesen an einem Ort der Freude weilt, wo man nicht bei ihm ist und es auch nicht treffen kann, dies Bangen hat ihn die Liebe gelehrt, die Liebe, der es gewissermaßen schicksalhaft zugehört, von der es dann mit Beschlag belegt und fachlich ausgebildet wird; wenn es aber, wie bei mir, in uns eingebrochen ist, bevor die Liebe in unserem Leben erschien, dann treibt es, ihrer harrend, frei und unbestimmt, ohne eindeutige Absicht umher, heute diesem, morgen jenem Gefühl zu Willen, mag das die Liebe des Kindes oder die Anhänglichkeit an einen Kameraden sein. Und die Freude, mit der ich meinen ersten Versuch machte, als Françoise zurückkam und bestellte, der Brief würde an seine Adresse kommen —, auch die hatte Swann gut kennengelernt, diese trügerische Freude, die irgendein Freund oder Verwandter der geliebten Frau in uns erregt, wenn dieser Freund vor dem Haus oder Theater, wo sie gerade auf irgend einem Ball, einer Redoute oder Premiere ist und wo er sich mit ihr wieder treffen will, uns erspäht, wie wir draußen schweifen und verzweifelt auf eine Gelegenheit, mit ihr in Verbindung zu treten, lauern. Er erkennt uns, spricht uns freundschaftlich an und fragt uns, was wir hier machen. Und wenn wir uns ausdenken, wir hätten seiner Verwandten oder Freundin etwas Dringendes zu sagen, versichert er uns, nichts sei leichter als das, läßt uns in den Hausflur treten und verspricht uns, sie in spätestens fünf Minuten herzuschicken. Wie lieb haben wir dann — ebenso wie ich Françoise in diesem Augenblick lieb hatte — den wohlmeinenden Mittelsmann, der mit einem Wort etwas Erträgliches, Menschliches, ja beinahe Günstiges aus diesem unfaßbar-teuflischen Fest gemacht hat, in dessen Innerem wir nur einen feindselig-unnatürlich-genüßlichen Taumel vermuteten, der das geliebte Wesen weit von uns fort wirbelte und über uns lachen hieße. Nach ihm zu schließen, diesem Verwandten, der uns angesprochen hat und der selbst auch ein Eingeweihter der grausamen Mysterien ist, müssen die Festgäste nicht allzu viel Dämonisches haben. Was waren das für unzugängliche und peinigende Stunden gewesen, als sie in unbekannten Freuden dahintrieb! — jetzt endlich aber dringen wir durch eine unverhoffte Bresche in sie ein; endlich kommt einer der Augenblicke, aus deren Aufeinanderfolge jene Stunden bestanden, ein Augenblick ebenso wirklich wie die anderen, sogar vielleicht noch wichtiger für uns, weil mehr von unserer Geliebten in ihm steckt, wir stellen ihn uns vor, wir hegen ihn, wir helfen ihm nach, wir haben ihn schon fast geschaffen: den Augenblick, in dem ihr gesagt wird, daß wir unten sind. Und sicherlich: die anderen Augenblicke des Festes konnten gar nicht so ganz verschieden von diesem sein, konnten doch wohl nicht so viel Reizvolles haben, worüber wir uns hätten grämen sollen; denn der wohlwollende Freund hat uns gesagt: „Aber sie wird furchtbar gern herunterkommen. Es wird ihr viel mehr Vergnügen machen, mit Ihnen zu plaudern, als sich da oben zu langweilen." Ach! Swann konnte davon ein Liedchen singen: die guten Absichten eines Dritten haben keine Gewalt über eine Frau, die sich darüber ärgert, daß sie sich von einem, den sie nicht liebt, bis in ein Fest hinein verfolgt fühlt. Oft kommt der Freund allein wieder herunter.

Mutter kam nicht, und ohne Schonung für meine Eitelkeit (der daran lag, daß das Märchen von der Sache, die ich ihr angeblich suchen und über die ich ihr Bescheid geben sollte, nicht dementiert wurde) ließ sie mir durch Françoise nur drei Worte sagen: „Antwort gibts nicht!" — ein Bescheid, den ich seither noch manchen Portier eines „Palastes", manchen Spielhöllenlakaien einem armen Mädel habe erteilen hören, die dann ganz bestürzt ruft: „Was? er hat nichts gesagt? nein das ist ausgeschlossen. Sie haben doch meinen Brief richtig überbracht? Gut, dann wart' ich noch ein Weilchen." Und wie dies Mädchen unerschütterlich versichert, das Extragaslicht, das der Portier für sie anzünden will, sei nicht nötig, und wie sie dableibt und nur ab und zu die paar Worte hört, die zwischen dem Portier und einem Pikkolo über das Wetter gewechselt werden, wobei der Portier mit einem plötzlichen Blick auf die Uhr den Pikkolo den Sekt eines Kunden wieder kaltstellen läßt, so lehnte auch ich das Angebot Françoises, mir Tee zu machen oder bei mir zu bleiben, ab, ließ sie zu ihrem Dienst, legte mich hin, machte die Augen zu und versuchte dabei, die Stimmen meiner Eltern, die im Garten Kaffee tranken, nicht zu hören. Aber nach einigen Sekunden spürte ich: durch dieses Briefchen an Mutter, durch das ich mich ihr, auf die Gefahr hin sie zu erzürnen, so genähert hatte, daß ich schon den Moment des Wiedersehens greifen zu können geglaubt — durch dieses Briefchen hatte ich mir selbst die Möglichkeit abgeschnitten, einzuschlafen, ohne sie wiedergesehen zu haben, und die Schläge meines Herzens wurden von Minute zu Minute schmerzhafter, weil ich meine Erregung noch dadurch steigerte, daß ich mir Ruhe predigte, also nichts weiter als Bescheidung mit meinem Mißgeschick. Plötzlich aber schwand meine Beklommenheit. Eine Seligkeit brach in mich ein, wie wenn ein starkes Mittel zu wirken beginnt und einen Schmerz lindert: ich hatte im Augenblick den Entschluß gefaßt, nicht mehr zu versuchen einzuschlafen bevor ich Mutter wiedergesehen hätte, sie zu küssen, koste es was es wolle, mochte es auch mit der Gewißheit verknüpft sein, daß sie von da an auf lange mit mir böse sein würde, wenn sie nach oben in ihr Schlafzimmer ginge. Die Ruhe, die aus der Beendigung meiner Qual entsprang, erzeugte in mir ein sonderbar gehobenes Gefühl, etwas wie Erwartung, Durst oder Furcht vor Gefahr. Ich öffnete lautlos das Fenster und setzte mich an das Fußende meines Bettes; ich rührte mich fast gar nicht, damit man mich von unten nicht hören könne. Auch die Dinge draußen waren wie geronnen in stummer Spannung, um den Mondschein nicht zu stören, der jede Einzelheit durch die vor ihm schimmernde Weite verdoppelte und fernrückte — denn dieser Schimmer war dichter und konkreter als das einzelne Ding —; und so war die Landschaft zugleich schmäler und länger geworden wie eine zusammengelegte Karte, die man plötzlich entfaltet. Was sich regen mußte — irgend etwas im Laubwerk des Kastanienbaumes — regte sich. Aber sein Zittern, dieses minutiöse, vollständige, bis in die geringsten Nüancen und letzten Feinheiten durchgeführte Zittern überrann die Nachbarschaft nicht, verschmolz nicht mit ihr, blieb umzirkt. Hingebreitet über diese Stille, die keinen Laut aufsog, ließen sich auch die fernsten Klänge, die wohl von den am anderen Ende der Stadt gelegenen Gärten herkamen, so vollendet genau wahrnehmen, daß sie diese Fernwirkung nur ihrem pianissimo zu verdanken schienen, wie die mit dem Dämpfer gespielten Motive, die das Orchester des Conservatoire so gut herausbringt, daß einem nicht eine Note davon entgeht und man sie doch von weit vom Konzertsaal weg herkommen zu hören meint; und alle alten Abonnenten — Großmutters Schwestern mit eingeschlossen, wenn ihnen Swann seine

Billets überlassen hatte — spitzten dann die Ohren, als hätten sie das ferne Vorrücken eines marschierenden Heeres vernommen, das noch nicht um die Ecke der rue de Trévise gebogen ist.

Ich wußte wohl: der Fall, den ich hier schuf, war von allen derjenige, der für mich von seiten meiner Eltern die schwersten Folgen haben konnte, tatsächlich viel schwerere, als ein Außenstehender wohl angenommen und wie er sie wohl nur bei wirklich ehrenrührigen Fehltritten vermutet hätte. Aber in der Erziehung, die mir zuteil wurde, war die Rangordnung der Fehltritte nicht die gleiche wie in der Erziehung anderer Kinder, und man hatte mich daran gewöhnt, vor alle anderen Fehler diejenigen zu stellen — sicher waren es die, vor denen ich mich am sorgfältigsten hüten mußte —, deren gemeinsames Kennzeichen, wie ich jetzt begreife, darin besteht, daß man in sie verfällt, wenn man einem nervösen Impuls nachgibt. Aber damals gebrauchte man dies Wort noch nicht, man legte diesen Ursprung nicht klar, der mich wohl davon überzeugt hätte, daß ich entschuldbar sei, wenn ich darein verfiele, oder vielleicht sogar unfähig zu widerstehen. Aber ich erkannte diese Fehltritte an der Beklommenheit, die ihnen vorausging, und an der Härte der Züchtigung, die ihnen folgte; und ich wußte, daß der, den ich eben begangen hatte, aus derselben Familie war wie andere, für die ich streng bestraft worden war, nur noch tausendmal schwerer. Wenn ich hinging und mich Mutter vor die Füße legte gerade, wenn sie in ihr Schlafzimmer hinaufwollte, und wenn sie sehen würde, daß ich aufgeblieben war, um ihr auf dem Flur noch einmal gute Nacht zu sagen, dann durfte ich nicht mehr zu Hause bleiben, dann wurde ich den nächsten Tag ins Internat geschickt, das war sicher. Schön! und müßte ich mich fünf Minuten später aus dem Fenster stürzen — um so besser! Was ich jetzt wollte, war

„Mutter“, war „ihr gute Nacht sagen“, zu weit war ich schon auf dem Wege gegangen, der zur Verwirklichung dieser Sehnsucht führte, als daß ich hätte umkehren können.

Ich hörte die Schritte meiner Eltern, die Swann hinausbrachten; und als die Schelle an der Tür mir gemeldet hatte, daß er nun fort war, trat ich ans Fenster. Mutter fragte Vater, ob er den Krebs gut gefunden und ob Herr Swann sich vom Kaffeeeis mit Pistazie zweimal genommen habe. „Ich fand das Eis recht mäßig,“ sagte Mutter, „ich glaube, das nächstemal muß man es mit einem anderen Aroma versuchen.“ „Ich kann gar nicht sagen, wie ich Swann verändert finde,“ sagte Großtante, „er sieht ja aus wie ein alter Mann.“ Großtante war so daran gewöhnt, in Swann den ewigen Jüngling zu sehen, daß sie ganz erstaunt war, ihn plötzlich weniger jung zu finden, als es dem Alter entsprach, das sie ihm unentwegt zuschrieb. Und die Eltern fanden noch, diese seine Greisenhaftigkeit sei anormal, unmäßig, schändlich und eines Junggesellen würdig, dieser Sorte Mensch, die sich einbildet, der große Tag, auf den kein zweiter folgt, sei für sie länger als für die anderen, weil er für sie leer ist und die Augenblicke sich bei ihnen vom frühen Morgen an summieren, statt sich gleich auf Kinder zu verteilen. „Ich glaube, er hat viel Sorgen mit seiner Dirne von Frau, die vor den Augen von ganz Combray mit einem gewissen Herrn de Charlus lebt. Das ist jetzt Stadtgespräch.“ Mutter wies darauf hin, daß er dessenungeachtet seit einiger Zeit ein viel weniger trauriges Gesicht mache. „Er macht auch weniger oft diese Geste, die er ganz von seinem Vater hat, daß er sich die Augen trocknet und sich mit der Hand über die Stirn fährt. Meine Überzeugung ist, er liebt diese Frau im Grunde nicht mehr.“ „Aber natürlich liebt er sie nicht mehr,“ erwiderte Großvater, „vor langer Zeit bekam ich über dies Thema von ihm einen Brief, den ich mit Gewalt nicht wahr haben wollte, darin ließ er keinen Zweifel über seine Gefühle für seine Frau, wenigstens in punkto Liebe. Na, seht ihr wohl, nun habt ihr euch bei ihm nicht für den Wein bedankt," setzte Großvater, zu seinen beiden Schwägerinnen gewandt, hinzu. „Was? wir haben uns nicht bei ihm bedankt? unter uns gesagt, ich glaube, ich hab's ihm sehr fein gegeben," antwortete Tante Flora. „Ja, das hast du famos gemacht, ich hab' dich bewundert," sagte Tante Céline. „Aber du warst auch famos." „Ja, ich war ziemlich stolz auf meine Redewendung von den liebenswürdigen Nachbarn." „Was? das nennt ihr danken?" rief Großvater, „gewiß, ich hab's gehört, aber der Teufel soll mich holen, wenn ich auf den Gedanken kam, daß das für Swann bestimmt war. Ihr könnt sicher sein, daß er nichts verstanden hat." „Na, hör mal, Swann ist doch kein Dummkopf. Ich bin überzeugt, er hat es zu würdigen gewußt. Ich konnte doch die Zahl der Flaschen und den Preis des Weines nicht direkt anbringen." Vater und Mutter blieben allein und setzten sich einen Augenblick; dann sagte Vater: „Hör' mal, wenn du willst, können wir jetzt nach oben gehen und schlafen." „Wenn du willst, mein Guter, allerdings ist mir nicht eine Spur schläfrig zumute. Dies harmlose bißchen Kaffeeeis kann mich doch nicht so wachgehalten haben; aber ich sehe Licht im Dienstmädchenzimmer, und da die gute Françoise nun doch auf mich gewartet hat, will ich sie bitten, mir meine Taille aufzumachen, während du dich ausziehen gehst." Und Mutter öffnete die vergitterte Hoftür, die auf die Treppe führte. Bald hörte ich sie, wie sie nach oben ging, um ihr Fenster zuzumachen. Geräuschlos ging ich auf den Flur; mein Herz schlug so stark, daß ich nur mit Mühe vorwärts kam, aber wenigstens schlug es nicht vor Beklommenheit, sondern vor freudigem Schrecken. Ich sah im Treppenhaus den Lichtschein, den Mutters Kerze verbreitete. Dann sah ich sie selbst — da schnellte ich hervor. In der ersten Sekunde sah sie mich erstaunt an und begriff nicht, was geschehen war. Dann bekam ihr Gesicht einen zornigen Ausdruck, sie sagte kein Wort zu mir, und tatsächlich wurde wegen noch geringfügigerer Dinge oft tagelang kein Ton mit mir gesprochen. Hätte Mutter ein Wort zu mir gesagt, so hätte sie damit ein zweites Wort erlaubt — und, wer weiß, das wäre mir vielleicht noch schrecklicher vorgekommen als ein Zeichen dafür, daß angesichts der Schwere der Züchtigung, die mir bevorstand, Schweigen und Bösesein noch ein Kinderspiel war. Ein Wort — das wäre die Seelenruhe gewesen, mit der man einem Dienstboten antwortet, wenn man sich gerade entschlossen hat, ihn zu entlassen; oder der Kuß für den Sohn, den man fort zum Dienst gehen läßt, der Kuß, den man ihm sonst, wenn man es in der Hand hätte, zwei Tage mit ihm böse zu sein, verweigert hätte. Aber sie hörte Vater, der aus dem Toilettezimmer, wohin er sich auskleiden gegangen war, herauskam, und um die Szene, die er mir machen würde, zu vermeiden, sagte sie in zornig-abgehacktem Tone zu mir: „Mach, mach daß du wegkommst, damit dich wenigstens Vater nicht so warten sieht, als wärst du nicht bei Sinnen!" Aber ich wiederholte ihr: „Komm mir gute Nacht sagen!", und dabei erbebte ich, weil ich sah, wie der Widerschein von Vaters Kerze schon die Wand heraufstieg, aber nun benutzte ich sein Herannahen zugleich als Mittel zur Erpressung, denn ich hoffte, Mutter würde verhindern wollen, daß Vater mich im Falle ihrer beharrlichen Weigerung noch an Ort und Stelle fände, und deshalb zu mir sagen: „Geh wieder in dein Zimmer, ich komme gleich!" Zu spät: Vater stand vor uns. Unwillkürlich murmelte ich die von niemandem gehörten Worte: „Ich bin verloren."

Es kam anders. Vater verweigerte zwar beharrlich jede

Erlaubnis, welche mir die von Mutter und Großmutter durchgesetzten Vereinbarungen bestätigt hätte, weil er sich um „Prinzipien“ nicht kümmerte und es bei ihm kein „Völkerrecht“ gab. Aus einem ganz zufälligen Grunde, vielleicht auch ohne Grund, verwehrte er mir im letzten Moment irgendeinen Spaziergang, der durch die Gewohnheit so geheiligt war, daß man ihn mir nicht, ohne eidbrüchig zu werden, weigern konnte; oder, wie er es noch diesen Abend getan hatte, er sagte lange vor der üblichen Zeit zu mir: „Los, geh nach oben und schlaf', keine Widerrede!“ Aber gerade weil er in Großmutters Sinne keine Prinzipien hatte, war er auch eigentlich keiner von den Unentwegten. Er sah mich einen Augenblick verblüfft und ärgerlich an, dann aber, als ihm Mutter mit ein paar befangenen Worten erklärt hatte, worum es sich handelte, sagte er zu ihr: „Aber geh doch mit ihm, du sagtest doch eben, du hättest noch keine Lust zu schlafen, bleib ein bißchen in seinem Zimmer, ich brauche nichts weiter.“ „Aber mein Guter,“ erwiderte Mutter zaghaft, „ob ich Lust zu schlafen habe oder nicht, macht ja nichts aus, man kann doch das Kind nicht daran gewöhnen.“ „Aber es handelt sich ja nicht darum, ihn daran zu gewöhnen,“ sagte Vater achselzuckend, „du siehst doch, daß der kleine Kerl sich grämt, er sieht ganz verzweifelt aus, das Kind; sieh mal, wir sind doch keine Menschenschinder. Wenn du ihn erst krank gemacht hast, dann hast du auch was Schönes angerichtet. In seinem Zimmer stehen ja zwei Betten. Sag doch Françoise, sie soll dir das große Bett zurechtmachen und schlaf' diese Nacht in seiner Nähe! Also gute Nacht, ich bin nicht so nervös wie ihr, ich geh' schlafen.“

Vater zu danken war unangebracht; er hätte sich über solche „Sentimentalitäten“, wie er es nannte, nur geärgert. Ich blieb und wagte mich nicht zu rühren; er stand noch vor uns, groß wie er war, in seinem weißen Nachtgewande, unter dem lilarotgestreiften Kaschmirshawl, den er sich um den Kopf wickelte, seitdem er an Neuralgien litt, mit der Geste Abrahams — in dem Stich nach Benozzo Gozzoli, den mir Herr Swann geschenkt hatte — wie er zu Sarah sagt, sie solle von Isaak weichen. Viele Jahre ist das schon her. Das Mauerwerk der Treppe, an dem ich den Widerschein seiner Kerze heraufkommen sah, existiert schon lange nicht mehr. Auch in mir sind so manche Dinge zerstört worden, von denen ich glaubte, sie müßten ewig dauern, und neue haben sich darübergeschichtet, die neuen, damals noch unerahnbaren Qualen und Freuden Leben gaben, im gleichen Maße, wie die von einst mir schwer faßlich geworden sind. Es ist auch sehr lange her, daß Vater zu Mutter eines Tages nicht mehr sagen konnte: „Geh mit dem Kleinen!" Die Möglichkeit solcher Stunden wird für mich nie wieder erstehen. Aber seit kurzer Zeit beginne ich wieder, bei genauem Hinhören sehr deutlich das Schluchzen zu vernehmen, das ich vor Vater, wenn auch mit Mühe, verhielt und das nur ausbrach, wenn ich wieder mit Mutter allein war. In Wirklichkeit hat es nie aufgehört, und nur weil jetzt das Leben rings um mich stiller ist, höre ich es wieder, wie die Klosterglocken, die am Tage vom Lärm der Stadt verdeckt werden, so daß man meinen könnte, sie ständen still, die aber im Schweigen des Abends wieder zum Klingen kommen.

Mutter blieb diese Nacht in meinem Zimmer; gerade in dem Augenblick, als ich einen Fehltritt hinter mir hatte, von dem ich meine Entfernung aus dem Hause mit Sicherheit erwartete, vergönnten mir die Eltern mehr, als ich je zur Belohnung einer guten Tat von ihnen bekommen hätte. Sogar jetzt, in dieser Minute des Gnadenbeweises, behielt das Verhalten Vaters in bezug auf mich das charakteristisch Willkürliche und Unverdiente, das mehr von der Urheberschaft des Zufalls als des vorbedachten Planes zeugt. Vielleicht verdiente sogar das, was ich seine Strenge nannte, wenn er mich zu Bett schickte, weniger diesen Namen als die Strenge Mutters oder Großmutters, denn seine Natur, die in gewissen Punkten von der meinigen verschiedener war als die von Mutter und Großmutter, hatte wahrscheinlich bisher noch gar nicht ermessen, wie unglücklich ich jeden Abend war, was Mutter und Großmutter sehr wohl wußten; aber sie liebten mich genug, um darauf zu bestehen, daß mir diese Qual nicht erspart blieb, sie wollten mir beibringen, ihrer Herr zu werden, um meine nervöse Empfindsamkeit zu mindern und meinen Willen zu wappnen. Bei Vater, dessen Gefühl für mich anderer Natur war, weiß ich nicht, ob er diesen Mut gehabt hätte: dies eine Mal, als er begriffen hatte, daß ich mich grämte, hatte er jedenfalls gleich zu Mutter gesagt: „Komm, tröste ihn doch!“ Mutter blieb diese Nacht in meinem Zimmer. Sie wollte diese für mich so unverhofft und unverdient schönen Stunden durch keine Vorwürfe verkümmern; als daher Françoise, da sie Mutter neben mir sitzen, meine Hand halten und mich ohne ein Scheltwort weinen lassen sah, in der Ahnung, daß etwas Außerordentliches vor sich ging, sie fragte: „Ach, gnä' Frau, was hat denn der junge Herr, daß er so weint?“ — da bekam sie von Mutter zur Antwort: „Ach, er weiß es selber nicht, Françoise, er ist so kaputt; machen Sie doch rasch das große Bett zurecht und gehen Sie dann hinauf in Ihr Schlafzimmer.“ So wurde meine Traurigkeit zum ersten Male nicht mehr als strafwürdiges Vergehen, sondern als unfreiwilliges Leiden angesehen und war damit als ein nervöser Zustand, für den ich nicht verantwortlich war, offiziell anerkannt; erleichterten Herzens konnte ich mich nun dem Gram der Tränen ohne Gewissensbisse hingeben, konnte weinen, ohne damit zu sündigen. Auch war ich Françoise gegenüber nicht wenig stolz über diesen Wechsel der menschlichen Geschicke, der mich eine Stunde, nachdem Mutter abgelehnt hatte, in mein Zimmer hinaufzukommen, und mir ungnädig hatte bestellen lassen, ich solle schlafen, zu der Würde einer wichtigen Persönlichkeit erhoben hatte und mir mit einem Schlage so etwas wie den Gram des mannbaren Jünglings, die Tränen des unabhängigen Menschen verlieh. Ich hätte glücklich sein sollen — ich war es nicht. In meinen Augen hatte Mutter eben eine erste Konzession gemacht, die ihr schmerzlich sein mußte, hatte zum ersten Male dem Idealbild, das sie sich für mich gestaltet hatte, von sich aus entsagt und gab sich, sie, die Tapfere, zum ersten Male geschlagen. Gegen sie, so schien es mir, war dieser Sieg, wenn es einer war, gewonnen worden, und was sonst nur Krankheit, Kummer oder das Alter über sie vermocht hätten, das war mir geglückt: ihrem Willen die Spannung, ihrer Vernunft die Richtung zu nehmen; heute Abend — das war der schwarze Tag des Beginns einer neuen Ära. Hätte ich Mut gehabt, dann hätte ich jetzt zu Mutter gesagt: „Nein, ich will nicht, leg dich hier nicht zu Bett!“ Aber ich kannte ihre Lebensklugheit, ihren, wie man heute sagen würde, „Sinn fürs Reale“, der in ihr die glühend idealistische Natur Großmutters dämpfte, und ich wußte; nun, da das Schlimme einmal geschehen war, wollte sie mich wenigstens von seinem beruhigenden Genuß kosten lassen und Vater nicht stören. Freilich schimmerte das schöne Antlitz meiner Mutter noch vor Jugend an diesem Abend, als sie mich so mild an der Hand hielt und meine Tränen zu stillen suchte; aber ich hatte gerade das Gefühl, das dürfte nicht sein. Ihr Zorn hatte mich weniger betrübt als diese neue Milde, die fremd in meine Kindheit brach; mir kam es so vor, als hätte ich eben mit heilloser heimlicher Hand in ihrer Seele eine erste Furche gezogen und ein erstes weißes Haar darauf erscheinen lassen. Dieser Gedanke verdoppelte mein Schluchzen — da sah ich, wie Mutter, die in meiner Gegenwart sonst nie einer weichen Regung nachgab, plötzlich durch meine weiche Stimmung angesteckt wurde und nur mit Mühe eine Anwandlung von Tränen beherrschte. Als sie merkte, daß ich es beobachtet hatte, sagte sie lachend zu mir: „Ei ei, mein kleiner Blondkopf, mein kleines Dummerle — da hätte er aus seiner Mutter doch um ein Haar auch so ein Schäfchen gemacht, wie er selber eins ist. Nun schau, weil du nun mal nicht schlafen kannst und dein Mutterle auch nicht, da wollen wir uns doch nicht weiter kaputt machen, wollen irgend was treiben, vielleicht eins von deinen Büchern vornehmen." Aber ich hatte keine da. „Meinst du, du hast nicht mehr soviel Spaß daran, wenn ich dir jetzt schon die Bücher bringe, die Großmutter dir wohl zum Geburtstag schenkt? Überleg dir's, du mußt nicht enttäuscht sein, wenn du dann morgen nichts weiter hast!" Im Gegenteil, ich war begeistert und Mutter holte ein Paket Bücher, von denen ich durch das Einwickelpapier hindurch nur die kurze und breite Gestalt erriet; aber unter diesem summarischen und schleierhaften ersten Aspekt sah man schon ganz undeutlich den Neujahrstuschkasten und die Seidenwürmer vom letzten Jahr. Die Bücher hießen: „Der Höllenpfuhl", „Franz der Findling", „Die Grille" und „Die Türmer". Großmutter hatte, wie ich später erfahren habe, zuerst die Gedichte von Musset, einen Band Rousseau und „Indiana" ausgesucht; denn sie erklärte minderwertige Lektüre für ebenso ungesund wie Bonbons und Kuchen, wobei sie nicht bedachte, daß der große Hauch des Genies auf den Geist eines Kindes einen gefährlicheren und minder belebenden Einfluß ausübt als der freie Himmel und der Seewind auf seinen Körper. Aber Vater hatte sie, als er hörte, was für Bücher sie mir schenken wollte, behandelt, als sei sie nicht ganz bei Sinnen, und so war sie persönlich wieder nach Jouy-le-Vicomte zum

Buchhändler gefahren, damit ich nur ja nicht um mein Geschenk käme (es war ein glühend heißer Tag, und sie war so elend zurückgekommen, daß der Arzt Mutter ans Herz gelegt hatte, dafür zu sorgen, daß sie sich nicht soviel zumutete), und sie war nun auf die vier ländlichen Romane von George Sand verfallen. „Kind,“ sagte sie zu Mutter, „ich kann mich nicht dazu entschließen, dem Jungen etwas schlecht Geschriebenes zu schenken.“

Tatsächlich verstand sie sich nie dazu, etwas zu kaufen, woraus man nicht irgendeinen geistigen Nutzen ziehen konnte, insbesondere den Gewinn, den uns die Werke der Kunst dadurch zuführen, daß sie uns lehren, unsere Freuden anderswo als in den Befriedigungen des bequemen Lebens und der Eitelkeit zu suchen. Sogar wenn sie jemandem etwas „Praktisches“ zu schenken hatte, etwa einen Sessel, ein Besteck, einen Spazierstock, so suchte sie nach etwas „Altem“, wie wenn diese Dinge dadurch, daß der Charakter des Nützlichen hinter dem des Langentwöhnten verschwand, weit mehr geeignet erschienen, uns aus dem Leben der Menschen von einst zu berichten als den Bedürfnissen unseres eigenen Lebens zu dienen. Am liebsten wäre ihr gewesen, wenn ich in meinem Zimmer Photographien der größten Denkmäler und der herrlichsten Landschaften gehabt hätte. Aber sowie wir so etwas kaufen wollten, und mochte der Gegenstand des Bildes noch so großen ästhetischen Wert haben — immer fand sie dann, daß die Gewöhnlichkeit, die Nützlichkeit sich im Gewande der Photographie, dieser mechanischen Art der Darstellung, allzu rasch wieder einstellte. So versuchte sie es mit einem Umweg, und wenn sie die Banalität des Geschäftlichen schon nicht völlig ausschalten konnte, so wollte sie sie doch auf ein Mindestmaß reduzieren und statt dessen wenigstens in weitestgehendem Maße noch etwas Künstlerisches bieten, gleichsam eine

Reihe künstlerischer „Schichten" einführen: anstatt Photographien der Kathedrale von Chartres, der großen Wasserkünste von Saint-Cloud, des Vesuvs zu kaufen, erkundigte sie sich bei Swann, ob nicht irgendein großer Maler etwas davon dargestellt habe, und schenkte mir dann lieber Photographien der „Kathedrale von Chartres" von Corot, der „Großen Wasserkünste von Saint-Cloud" von Hubert Robert, des „Vesuvs" von Turner, was noch eine höhere Potenz von Kunst bedeutete. Nun war der Photograph zwar aus der Darstellung des großen Kunstwerkes oder der Natur verdrängt und durch einen bedeutenden Künstler ersetzt — aber er trat wieder in seine Rechte bei der Wiedergabe dieser Interpretationen selber. Und hier am äußersten Punkte der Gewöhnlichkeit suchte Großmutter diesen äußersten Punkt noch hinauszuschieben. Sie fragte Swann, ob das Werk nicht radiert worden sei, am liebsten, wenn es ging, in alten Stichen, die noch eine über sich selbst hinausweisende Bedeutung darboten, z. B. solche, die ein Kunstwerk in einem Zustande vor Augen führten, wie er uns heute nicht mehr sichtbar ist (etwa der Morgensche Stich des Lionardoschen „Abendmahls" vor dem Verfallen dieses Werkes.) Offengestanden waren die Resultate dieser Art Auffassung der Kunst des Schenkens nicht immer allzu glänzend. Die Vorstellung, die ich mir nach einer Zeichnung von Tizian, als deren Vorwurf die Lagune galt, von Venedig machte, war sicher weit weniger genau, als sie auf Grund einfacher Photographien gewesen wäre. Die Familie achtete schon gar nicht mehr darauf, wenn Großtante Anklagereden gegen Großmutter schmiedete und ihr die Sessel vorrückte, die sie jungen Verlobten oder alten Ehemännern geschenkt hatte und die beim ersten Versuch, sich darauf zu setzen, unter dem Gewicht des Empfängers glattweg durchgekracht waren. Aber Großmutter hätte es für kleinlich gehalten, sich allzuviel mit der Solidität eines Holzmöbels zu befassen, wenn darauf noch ein Blütenrest, ein Lächeln, bisweilen ein schöner Traum der Vergangenheit zu merken waren. Sogar das, was an diesen Möbeln einem praktischen Bedürfnis entsprach, entzückte sie in seiner uns ungewohnten Form wie die alten Redewendungen, in denen wir ein Gleichnis erschauen, dem die Abnutzung durch die Gewohnheit in unserer modernen Sprache seinen Glanz genommen hat. Nun waren gerade die ländlichen Romane von George Sand, die sie mir zum Geburtstag schenkte, ganz wie ein altes Möbelstück voll von aus dem Gebrauch gekommenen, wieder bildhaft gewordenen Ausdrücken, wie man sie nur noch auf dem Lande findet. Und Großmutter hatte ihnen beim Einkauf vor anderen Büchern den Vorzug gegeben, wie sie ja auch eine Besitzung lieber gepachtet hätte, wenn dort ein gotisches Häuschen gewesen wäre oder irgendeines jener alten Dinge, die auf den Geist einen segensreichen Einfluß ausüben, indem sie ihm das Heimweh nach unmöglichen Fahrten in die Vergangenheit eingeben.

Mutter setzte sich an mein Bett; sie hatte „Franz der Findling" vorgenommen, dem sein rötlicher Einband und sein unverständlicher Titel in meinen Augen eine deutlich umrissene Persönlichkeit und einen geheimnisvollen Reiz verliehen. Noch nie hatte ich wirkliche Romane gelesen. Ich hatte gehört, George Sand sei der Typ des Romanciers. So war ich schon in der Stimmung, mir unter Franz dem Findling irgend etwas Unbestimmbares, Köstliches vorzustellen. Der Gang der Erzählung, ganz eingestellt auf die Erregung von Spannung oder Rührung, ferner gewisse Wendungen, die Unruhe und Schwermut wecken und die ein etwas geschulter Leser als Gemeingut einer Menge von Romanen erkennt, schienen mir schlichtnatürlich — mir, der ich ein neues Buch nicht als ein Ding mit vielen seinesgleichen, sondern als eine unvergleichliche Persönlichkeit betrachtete, deren Seinsgrund nur in ihr selber lag —: für mich war das alles eine dem besonderen Wesen von Franz dem Findling entströmende, aufregende Emanation. Unter diesen alltäglichen Ereignissen, diesen gewöhnlichen Dingen, diesen geläufigen Worten spürte ich gleichsam einen fremden Ton und Akzent. Die Handlung entspann sich; sie kam mir um so dunkler vor, als ich damals beim Lesen oft ganze Seiten lang über etwas ganz anderes nachgrübelte. Und zu den Lücken, die durch diese Zerstreutheit in der Erzählung entstanden, kam noch hinzu, daß Mutter, wenn sie mir laut vorlas, alle Liebesszenen ausließ. Daher kam es mir so vor, als wären all die bizarren Veränderungen, die sich in dem gegenseitigen Verhältnis von Müllerin und Kind herausbilden und die nur aus dem Wachstum werdender Liebe erklärbar sind —, als wären das Spuren eines abgrundtiefen Geheimnisses, dessen Quelle ich mir gern in jenem dunkelsüßen Beinamen „Findling", den das Kind trug, ruhend dachte, diesem Namen mit seiner, ich weiß nicht warum, lebendigen, purpurn-zauberischen Farbe. Mutter war zwar eine unzuverlässige, aber bei den Werken, in denen sie den Ton echten Gefühls fand, bewundernswürdige Vorleserin mit der Ehrfurcht und Schlichtheit ihrer Interpretation, der Schönheit und Süßigkeit ihrer Stimme. Auch im Leben, wenn es lebendige Wesen und nicht Kunstwerke waren, die ihre Rührung und Verehrung erregten, war es ergreifend zu sehen, mit welcher Ehrerbietung sie in Stimme, Geste und Gespräch jeden Ausbruch der Heiterkeit unterdrückte, der dieser Mutter, die einst ein Kind verloren, wehgetan hätte, wie sie jede Erinnerung an Geburtstag oder Jahreswechsel mied, die diesen Greis vielleicht an sein hohes Alter gemahnt, jedem Haushaltsthema auswich, das diesen jungen Gelehrten gelangweilt hätte. Wenn sie nun also George Sands Prosa las, die immer die Güte, die moralische Feinheit atmete, die Mutter als das Höchste im Leben anzusehen von Großmutter gelernt hatte, und die ich ihr erst viel später als das im Buch nicht ebensosehr Höchste begreiflich machen sollte, — dann gab sie alle Kraft daran, um aus ihrer Stimme, welche die mächtige Flut in sich einlassen wollte, alle hemmende Kleinlichkeit und Künstelei zu verbannen, und so verschenkte sie all ihr Natürlich-Zartes, all ihr Wohlig-Weites an jene heischenden Worte, die für ihre Stimme wie geschrieben waren und gleichsam auf der Orgel ihrer Seele alle Register zogen. Sie entdeckte, um diese Worte im rechten Tone zu erobern, die Schwingung des Gemütes wieder, die vor ihnen da war und sie eingab, ohne daß die Worte selbst sie deutlich zeigten; dank dieser Schwingung tilgte sie gleichsam nebenher jedwede Härte in den Zeiten der Verben, gab dem Imperfekt und dem Perfekt allen Segen der Güte, alle Schwermut der Liebe, lenkte den verklingenden hin zum beginnenden Satze, förderte hier und hemmte dort das Tempo der Silben, damit sie in all ihren verschiedenen Längen doch in einen gleichförmigen Rhythmus eingingen, und so hauchte sie dieser gewöhnlichen Prosa eine Art von seelenhaft-stetigem Leben ein.

Meine Gewissensbisse waren zur Ruhe gekommen, ich überließ mich dem Segen dieser Nacht, in der ich meine Mutter bei mir hatte. Ich wußte: eine solche Nacht konnte nie wiederkommen; die größte Sehnsucht, die ich auf der Welt hatte, meine Mutter sicher in meinem Zimmer zu haben während dieser traurigen nächtlichen Stunden, diese Sehnsucht stand zu sehr im Widerspruch mit den Notwendigkeiten des Lebens und dem Anspruch der Leute, als daß die Erfüllung, die ihr heut Abend vergönnt war, anders als künstlich und einmalig hätte sein können. Morgen würden meine Ängste wiederkehren und Mutter würde nicht dableiben. Nun aber die Ängste schlummerten, verstand ich sie nicht mehr; und bis morgen abend war es noch lange hin; bis dahin würde mir schon noch etwas einfallen, sagte ich mir — obwohl doch nicht einzusehen war, woher mir in dieser Zeit Stärkung kommen sollte, da es sich ja um etwas handelte, was nicht von meinem Willen abhing und nur durch den Abstand, der mich noch davon trennte, leichter vermeidbar erschien. —

*

So sah ich denn seit langer Zeit, wenn ich nachts aufwachte und mich wieder an Combray erinnerte, immer nur inmitten ununterscheidbarer Finsternisse einen schimmernden Ausschnitt wie an einem Gebäude, das von bengalischem Feuer oder von Scheinwerfern beleuchtet wird, während seine übrigen Teile in Nacht getaucht bleiben: auf einem ziemlich breiten Grunde den kleinen Salon, das Eßzimmer, das helle Ende des dunklen Weges, wo Herr Swann, der ahnungslose Urheber meiner Traurigkeiten, erwartet wurde, dann den Vorplatz, wo ich mich zur ersten Stufe der Treppe hinschleppte, dieser Qualtreppe, die für sich allein das schmale Kernstück dieser unregelmäßigen Pyramide ausmachte; und auf dem Gipfel mein Schlafzimmer mit dem kleinen Flur und der Glastür für Mutters Hereinkommen, kurzum: die zum Drama meiner Entkleidung unbedingt nötige Ausstattung (wie man sie am Kopf alter Theaterstücke, die in der Provinz aufgeführt werden sollen, angekündigt sieht) und zwar immer zur selben Tageszeit, von allem was es ringsum geben mochte isoliert, allein sich lösend aus der Dunkelheit; als ob Combray nur aus zwei durch eine schmale Treppe verbundenen Stockwerken bestanden hätte und als ob es dort immer nur sieben Uhr abends gewesen wäre. Um nicht zu übertreiben: ich hätte einem Frager wohl Auskunft darüber geben können, daß Combray noch anderes enthielt und auch zu anderer Tageszeit existierte; da mir aber alles das, wenn ich es mir vergegenwärtigt hätte, nur durch einen Willensakt des Gedächtnisses zugekommen wäre, durch jenes intellektuelle Gedächtnis, dessen Auskünfte über die Vergangenheit von deren Wesen nichts bewahren — so hätte ich niemals Lust gehabt, an diesen Rest von Combray zu denken. Alles dies war tatsächlich tot für mich.

Tot auf immer? Möglich.

Viel Zufall herrscht in all dem, und ein weiterer Zufall, unser Tod, gestattet uns häufig nicht, der guten Laune seines Vorgängers lange zu harren.

Ich finde viel Sinn in dem keltischen Glauben, daß die Seelen derer, die wir verloren haben, in irgendeinem Wesen minderen Grades gefangen sind, einem Tier, einer Pflanze, einem unbelebten Ding, und für uns tatsächlich verloren sind bis zu dem Tage — für Viele kommt er nie —, an dem wir in dem Bannkreis des Baumes, dem Besitze des Dinges sind, worin sie gefangen sitzen. Dann zucken sie auf, reden uns an, und haben wir sie erst erkannt, dann ist der Zauber gebrochen. Wir haben sie erlöst — so kehren sie denn, Sieger über den Tod, zurück, um mit uns zu leben.

Das Gleiche gilt von unserer Vergangenheit. Verlorene Mühe, sie rufen zu wollen — alle Kraft unseres Geistes spannt sich umsonst. Verborgen ist sie außerhalb seines Bezirks und seiner Reichweite, in irgendeinem stofflichen Ding (in dem sinnlichen Eindruck dieses stofflichen Dinges auf uns) — und wir ahnen nicht wo. Ob wir ihm begegnen, bevor wir sterben, diesem Dinge, ob wir ihm nicht begegnen — der Zufall hat es in der Hand.

Schon jahrelang existierte für mich von Combray nichts weiter als lediglich die Bühne und das Schauspiel meines Zubettgehens; da kam ich an einem Wintertage heim, und meine Mutter, die sah, daß ich fror, machte mir den Vorschlag, ganz gegen meine Gewohnheit eine Tasse Tee zu mir zu nehmen. Erst sagte ich nein, aber dann, ich weiß nicht warum, besann ich mich anders. Da ließ sie einen von den kurzen dicken Kuchen holen, die man Petites Madeleines nennt und die so aussehen, als ob sie in der gefurchten Schale einer Jakobsmuschel geformt wären; und dann führte ich, übermannt von der Düsterkeit des Tages und vom Vorgefühl der Trübsal von morgen, ganz mechanisch einen Löffel Tee, worin ich ein Stück Madeleine hatte zergehen lassen, an die Lippen. Aber im selben Augenblick, als der Schluck mit den Kuchenkrümchen meinen Gaumen berührte, fuhr ich zusammen im gespannten Gefühl eines außerordentlichen Geschehens in meinem Innern. Köstliche Seligkeit überfiel mich — insichruhend, namenlos, grundlos. Urplötzlich ließ sie mich des Lebens Wechselfälle für nichtig, seine Zusammenbrüche für harmlos, seine Kürze für Trug erachten, und, Werkgenossin der Liebe, erfüllte sie mich mit kostbarer Substanz — oder nein: diese Substanz war nicht in meinem Ich, sie war ich. Ich hatte aufgehört, mich mittelmäßig, zufällig, sterblich zu fühlen. Woher war sie nur gekommen, diese machtvolle Freude? Sie hing zusammen, das fühlte ich, mit dem Geschmack von Tee und Kuchen, aber ließ sie ihn nicht unendlich weit hinter sich? so war sie denn nicht seinesgleichen. Woher kam sie? Was bedeutete sie? Wo sie greifen? Ich trinke einen zweiten Schluck — er enthält nicht mehr als der erste; einen dritten, er gibt mir schon etwas weniger als der zweite. Es wird Zeit, daß ich innehalte, die Kraft des Trankes scheint zu sinken. Es ist klar: die Wahrheit, die ich suche, steckt nicht in ihm, sondern in mir. Dort hat er sie erweckt, aber er kennt sie nicht, er kann nur immer und immer wieder mit ständig abnehmender Stärke jenes eine Zeugnis wiederholen, das ich nicht zu deuten weiß und das ich zumindest wieder will von ihm erfragen und bei ihm finden können, unversehrt und zu meiner sofortigen Verfügung, damit eine entscheidende Erleuchtung komme. Ich stelle die Tasse hin und wende mich meinem Geiste zu. Er hat nun die Wahrheit zu finden. Doch wie? Lastende Ungewißheit, immer dann, wenn der Geist fühlt, daß er selber sich überholt hat; wenn er, der Sucher, gleichzeitig das dunkle Land ist, wo er suchen soll, und wo all sein Rüstzeug ihm nichts helfen wird. Suchen? nein mehr: schaffen! Er steht vor etwas, das noch nicht ist und das nur er verwirklichen und dann in sein Licht ziehen kann.

Und nun fang' ich wieder an, mich zu fragen, was er wohl sein mochte, dieser unbekannte Zustand, der keinen logischen Beweis mit sich führte, wohl aber die Gewißheit seiner Seligkeit und seiner weltverdunkelnden Wirklichkeit. Ich will ihn in eine neue Erscheinung zwingen. Ich schreite in Gedanken rückwärts bis zu dem Augenblick, in dem ich den ersten Löffel Tee zu mir nahm. Wieder der gleiche Zustand, ohne neue Klarheit! Nun fordere ich meinem Geiste eine weitere Leistung ab: er soll mir die entwichene Empfindung noch einmal bringen, und damit nur ja nichts die Spannkraft breche, die er aufwendet, um sie wiederzuergreifen, merze ich jedes Hemmnis, jeden fremden Gedanken aus und schütze Ohr und Sinn gegen die Geräusche des Nebenzimmers. Aber da ich fühle, daß mein Geist sich fruchtlos ermüdet, zwinge ich ihn nun wieder, der verwehrten Zerstreuung nachzugehen, an etwas anderes zu denken, sich vor einem letzten Versuch zu erholen. Dann, ein zweites Mal, schaff' ich Raum vor ihm, stelle ihm den noch frischen Geschmack jenes ersten Schlucks wieder vor und fühle, wie in mir etwas zusammenfährt: es rückt von der Stelle, möchte sich heben, aus unendlicher Tiefe macht sich sein Anker los; was es ist, weiß ich nicht, aber es kommt langsam nach oben; ich spüre den Widerstand und den Aufruhr der Räume, die es durchmißt.

Gewiß: was da so pulsiert auf dem Grunde meines Ich, muß wohl das Bild, die visuelle Erinnerung sein, die mit jenem Geschmack verbunden ist und ihm bis zu mir zu folgen versucht. Aber es sträubt sich zu fern, zu wirr; zur Not bemerke ich den charakterlosen Abglanz, in dem das ungreifbare Durcheinander erregter Farben sich mischt; doch die Form kann ich nicht unterscheiden, kann jene Erinnerung, die einzige in Betracht kommende Interpretin, nicht bitten, mir das Zeugnis ihres Zeitgenossen und unzertrennlichen Gefährten, des Geschmacks, zu übersetzen, kann sie nicht bitten, mir zu sagen, um welche besonderen Geschehnisse und Zeitläufte der Vergangenheit es geht.

Wird sie bis zur Oberfläche meines klaren Bewußtseins gelangen, jene Erinnerung, die Minute von einst, welche die Anziehung der verwandten Minute eben von so weither reizte, erregte und aufwühlte im Innersten meines Wesens? Ich weiß es nicht. Jetzt fühle ich nur soviel: sie steht still, sie ist vielleicht schon wieder hinunter; wer weiß, ob sie jemals ihrer Nacht entsteigen wird? Zehnmal muß ich wieder anfangen, mich wieder zu ihr neigen. Und jedesmal hat mir die Schlaffheit, die uns von jedem schwierigen Versuch, jedem wichtigen Unternehmen ablenkt, geraten, es bleiben zu lassen, meinen Tee zu trinken und dabei ganz einfach nur an meine Sorgen von heute, meine Wünsche von morgen zu denken, die sich mühelos wiederkäuen lassen.

Und auf einmal ist das Erinnerungsbild da. Dieser Geschmack war der des Stückchens Madeleine, das mir Tante Léonie am Sonntagmorgen in Combray, — denn an diesem Tage ging ich vor der Messezeit nicht aus — anbot, wenn ich zum Gutenmorgengruß auf ihr Zimmer kam; vorher hatte sie das Stückchen immer erst in ihrem Aufguß von echtem oder Lindenblütentee aufgeweicht. Der Anblick der Petite Madeleine hatte mich vor dem Kosten an nichts erinnert, vielleicht weil ihr Bild, das ich seither ohne zuzugreifen auf so manchen Kuchenschüsseln gesehen hatte, sich von jenen Tagen in Combray gelöst und mit anderen jüngeren Datums verknüpft hatte, vielleicht auch weil von diesen längst aus dem Gedächtnis entlassenen Erinnerungen nichts lebendig, alles zersetzt war; die Formen — auch die der kleinen Kuchenmuschel mit ihrer feisten Sinnlichkeit unter den züchtig-strengen Rillen — waren zunichte geworden, hatten im Schlummern die Kraft zur Ausdehnung eingebüßt, die ihnen den Weg ins Bewußtsein gebahnt hätte. Aber wenn von uralter Vergangenheit auch nichts mehr besteht, nach dem Tode des Lebendigen, nach der Auflösung des Dinglichen, dann bleiben einzig Duft und Geschmack noch für lange: sie, die Schwächeren, aber Lebenskräftigeren, Geistigeren, Zäheren, Treueren — sie bleiben wie Seelenwesen; und rufen, erharren, erhoffen sie nicht auf den Trümmern der übrigen Welt, tragen sie nicht unbeugsam auf ihrem fast unspürbaren Tröpfchen den ungeheuren Bau der Erinnerung?

Und sowie ich den Geschmack des Stücks Madeleine wiedererkannt hatte, das meine Tante mir in Lindenblütentee aufgeweicht zu geben pflegte (dabei wußte ich noch nicht, warum diese Erinnerung mich so glücklich machte und mußte die Entdeckung dessen auf viel später vertagen) — da kam sofort das graue alte Haus, in dem ihr Zimmer auf die Straße hinausführte, und stellte sich wie eine Bühnenkulisse zu dem nach dem Garten hin liegenden Pavillon, den man meiner Eltern wegen an der hinteren Seite des Gartens angebaut hatte (das war jener verstümmelte Ausschnitt, den ich bis dahin nur wiedergesehen hatte), und mit dem Haus die Stadt, von früh bis spät und zu jeder Tageszeit, der Markt, auf den ich vorm Frühstück immer geschickt wurde, die Straßen, in denen ich Besorgungen machte, die Wege, die man bei schönem Wetter einschlug. Und wie in jenem Spiel, bei dem die Japaner sich damit amüsieren, in einer mit Wasser gefüllten Porzellanschale Papierstückchen aufzuweichen, die bis dahin ohne Charakter waren, nun aber, kaum daß sie ins Wasser getaucht werden, sich recken, Umrisse gewinnen, sich färben und sich differenzieren, Blumen, Häuser, feste und erkennbare Personen werden — ebenso ist jetzt jede Blume aus unserem Garten und aus Herrn Swanns Park und die Seerosen der Vivonne und die guten Leute auf dem Dorf und ihre kleinen Behausungen und die Kirche und ganz Combray mit seiner Umgebung, kurz alles, was Form und Festigkeit überhaupt annimmt — all' das ist aufgestiegen — Stadt und Gärten! — aus meiner Tasse Tee.

II.

Combray, unser Reiseziel in der letzten Woche vor Ostern, war für den Fernblick von der Eisenbahn aus in einem Umkreise von zehn Meilen nichts als eine Kirche: die faßte die Stadt zusammen, repräsentierte sie, sprach von ihr und in ihrem Namen zu den Fernherkommenden und behütete, wenn man näherkam, rings um ihre düsterragende Gewandung — wie eine umwehte Hirtin im offenen Feld ihre Schafe — die schmiegsam mit grauwolligen Rücken um sie gescharten Häuser, die von mittelalterlichen Wallruinen hier und dort so genau kreisrund umzirkt waren wie eine kleine Stadt auf einem altertümlichen Plan. Um dort zu wohnen war Combray ein bißchen trist, denn seine Straßen mit ihren Häusern aus dem schwärzlichen Stein der dortigen Gegend, diesen Häusern mit den Freitreppen davor und der Giebelfrisur mit den heruntergekämmten Schatten darauf — das waren Straßen von einer Dunkelheit, daß man schon vom Eintritt der Dämmerung an die Vorhänge in den „Staatszimmern" aufziehen mußte; Straßen mit gewichtigen

Heiligennamen (von denen mehrere mit der Geschichte der ersten Herren von Combray verknüpft waren): Sankt-Hilariusstraße, Sankt-Jakobstraße, wo das Haus meiner Tante stand, Sankt-Hildegardstraße, die am Zaun entlang lief, und Heiligegeiststraße, nach der hin sich die kleine seitliche Pforte ihres Gartens öffnete; und diese Straßen von Combray leben in einem so entlegenen Teil meines Gedächtnisses und sind in einer von der meines jetzigen Weltbildes so verschiedenen Farbengebung gemalt, daß sie mir tatsächlich alle mitsamt ihrer Herrin, der Kirche auf dem Markt, noch viel unwirklicher vorkommen als die Bilder der Laterna magica. Ja, in gewissen Augenblicken erscheint mir die Möglichkeit, jetzt noch durch die Sankt-Hilariusstraße zu gehen, jetzt noch ein Zimmer in der Vogelstraße zu mieten — im alten Gasthof zum „Lütten Vogel", aus dessen Kellerlöchern ein Küchengeruch heraufstieg, der noch jetzt augenblicksweise in mir hochkommt mit seiner huschenden Hitze — diese Möglichkeit erscheint mir wie eine Berührung mit dem Jenseits, die mehr übernatürlichen Zauber hat als eine Bekanntschaft mit Golo oder eine Unterhaltung mit Genoveva von Brabant.

Die Cousine meines Großvaters — meine Großtante —, bei der wir wohnten, war die Mutter der Tante Léonie, die seit dem Tode ihres Mannes, meines Onkels Octave, zuerst von Combray, dann von ihrem Haus in Combray, dann von ihrem Zimmer, dann von ihrem Bett nicht mehr fortwollte und gar nicht mehr „herunterkam," denn sie lag immer da in einem undefinierbaren Stimmungsgemisch aus Gram, körperlichem Verfall, Krankheit, fixer Idee und Andacht. Ihre eigenen Zimmer führten auf die Sankt-Jakobstraße, die weiter draußen in die „Große Wiese" mündete („Große Wiese" im Gegensatz zur „Kleinen Wiese", deren grüne Fläche in der Mitte der Stadt zwischen drei Straßen lag) und

Grau in Grau mit den drei hohen Stufen aus Sandstein vor fast jeder Haustür verschmolz, so daß sie aussah wie ein Gang, den ein Steinmetz der gotischen Zeit aus demselben Block geschaffen, aus dem er eine Krippe oder ein „Leiden Christi" gemeißelt hatte. Meine Tante wohnte tatsächlich nur noch in zwei zusammenhängenden Zimmern und blieb am Nachmittag in dem einen, während in dem anderen gelüftet wurde. Das waren Provinzstuben — da denkt man daran, wie in bestimmten Landschaften ganze Luft- oder Meerregionen von Myriaden kleinster Lebewesen, die wir nicht sehen, erleuchtet und durchduftet werden; so ists mit diesen Stuben, die uns bezaubern mit ihren tausend Düften, diesen Ausströmungen der Reinheit, der Weisheit und der Gewohnheit, der geheimnisvollen, unsichtbaren, überreichen und seelenvollen Lebensgewohnheit, die dort webt in atmosphärischem Schweben. Es waren noch Düfte der Natur, gewiß, wetterfarben wie ihre Brüder draußen auf dem Feld, aber doch schon stubenhaft, menschlich und dumpfig, ein auserlesener, kunstvoll hergestellter, klarer Extrakt aus allen Früchten des Jahres, die vom Obstgarten fort in den Schrank gewandert sind; flüchtige, aber bewegliche dienstbare Geister, die das Pikante des frischen Reifes durch die Milde des warmen Brotes mäßigen, Müßiggänger, die doch pünktlich wie eine Dorfuhr sind, bummlerisch und doch solide, sorglos und doch vorbedacht, linnenfein, morgendlich, andächtig, glücklich in einem Frieden, dem die übergroße Angst folgen muß, und in einer Alltäglichkeit, die dem Gast im Lebensland der Dichtung, wenn er wieder daheim ist, ein starker Quell von Poesie sein kann. Die Luft war dort gesättigt mit der feinen Blüte einer nahrhaften und saftigen Stille, so daß ich dorthin immer mit einer gewissen Feinschmeckerei zog, vor allem an den ersten noch kühlen Morgen der Osterwoche, an denen ich besonders empfänglich war, weil ich eben erst in Combray angekommen war. Bevor ich zu meiner Tante hineinging und ihr guten Morgen sagte, mußte ich einen Augenblick in dem ersten Zimmer warten, wo die Sonne, noch winterlich, sich vor dem Feuer niedergelassen hatte und sich wärmte, während die eben angezündete Flamme zwischen den beiden Briketts die ganze Stube mit Rußgeruch überzog und daraus eine Art urgemütliches ländliches Zimmer machte, wo man sich wünscht, es möchte draußen ein Regen, ein Schneegestöber, ja irgendeine Katastrophe der Diluvialzeit losbrechen, damit sich zur behaglichen Abgeschiedenheit die Poesie des Unwetters geselle. Ich tat einige Schritte vom Betschemel zu den samtbeschlagenen Sesseln mit den verzierten Kopflehnen. Das Feuer buk die einladenden Gerüche wie einen Teig, von dem die Luft des Zimmers ganz klümperig war und den die feuchte, durchsonnte Frische des Morgens schon arbeiten und „aufgehen" ließ, es blätterte, bestrich, bauschte und blähte sie und machte einen unsichtbaren und doch greifbaren Provinzkuchen aus ihnen, eine ungeheure „Torte", von der ich die mehr knusperigen, feinen, ehrwürdigen, freilich auch trocknen Aromen des Wandschranks, der Kommode und der laubgemusterten Tapete nur eben kostete, um dann wieder mit uneingestandener Lüsternheit dem schillernden, klebrigen, schalen, unbekömmlichen und obstähnlichen Duft der geblümten Bettdecke zu verfallen.

Im Nebenzimmer hörte ich meine Tante halblaute Selbstgespräche führen. Sie redete immer nur ziemlich leise, weil sie glaubte, sie habe im Kopf etwas Zerbrochenes und Schwankendes, das sich verlagern würde, wenn sie zu laut spräche; doch sprach sie, auch wenn sie allein war, fast ununterbrochen, weil sie meinte, das sei heilsam für ihre Kehle und würde es dort nicht zu einer Blutstauung kommen lassen, so daß die Beklemmungen und Ängste, an denen sie litt, seltener würden; auch verlieh sie bei der völligen Trägheit, in der sie lebte, ihren geringsten Eindrücken eine außerordentliche Wichtigkeit; sie stattete diese Eindrücke mit einer Beweglichkeit aus, die es ihr schwer machte, sie bei sich zu behalten, und da sie keinen Vertrauten hatte, dem sie sich mitteilen konnte, gab sie sich selber von ihren Empfindungen Kunde in einem unaufhörlichen Monolog, der die einzige Form ihrer Aktivität war. Leider gab sie infolge ihrer Gewohnheit laut zu denken nicht immer Acht darauf, daß im Nebenzimmer jemand war, und ich hörte sie oft zu sich selber sagen: „Richtig, ich muß ja daran denken, daß ich nicht geschlafen habe“ (denn nie schlafen war ihr ganzer Stolz, der sich ehrfurchtgebietend in unser aller Redeweise eingeprägt hatte: morgens kam Françoise nicht „sie wecken“, sondern „begab sich“ zu ihr; wenn meine Tante am Tage ein Schläfchen halten wollte, hieß es, sie wolle „nachdenken“ oder „ruhen“; und wenn es ihr passierte, daß sie sich versprach und sagte: „davon wurde ich wach“ oder „ich träumte, ich wäre . . .“, dann wurde sie rot und verbesserte sich möglichst rasch).

Einen Augenblick später durfte ich hinein und ihr einen Kuß geben; Françoise ließ den Tee ziehen oder meine Tante wünschte, wenn sie sich erregt fühlte, ihren Kräutertee, und ich wurde angestellt, die richtige Menge Lindenblüten, die sofort ins kochende Wasser getan werden mußten, aus der Arzneitüte auf einen Teller zu schütten. Die ausgedörrten Stengel hatten sich zu einem bizarren Gitterwerk gekrümmt, in dessen Geflecht sich die bleichen Blüten öffneten, als hätte ein Maler sie angeordnet und in der zierlichsten Art stilisiert. Die Blätter, die ihr Aussehen verloren oder doch verändert hatten, nahmen alle möglichen Formen an: sie wirkten wie ein durchsichtiger Mückenflügel, wie die weiße Hinterseite eines Etikettes, wie ein Rosenblatt, nur sahen sie aus, als wären sie gehäuft, zerstoßen oder durchflochten, wie wenn ein Vogel sein Nest machte. Tausend winzige unnütze Détails, vom Apotheker liebenswürdig-lässig hingeschüttet (bei kunstgerechter Zubereitung wären sie sicher unterdrückt worden), gaben mir wie Bücher, in denen man höchst erstaunt den Namen eines Bekannten trifft, das freudige Bewußtsein, daß es lauter Stengel von wirklichen Lindenblüten waren, ganz wie die, die ich jeden Tag in der Bahnhofstraße sah, nur mit einer besonderen Note, gerade weil sie keine Doppelgänger, sondern eigene Persönlichkeiten darstellten und auch schon gealtert waren. Und wie jedes neue Kennzeichen an ihnen nur die Metamorphose eines älteren Kennzeichens war, fand ich in den grauen Kügelchen die grünen Knöpfe wieder, deren Bestimmung unerfüllt geblieben war; am meisten aber hatte mir's der rosige, mondblasse, zarte Glanz angetan, durch den die Blüten in dem zerbrechlichen Stengelwald sich abhoben, wo sie wie kleine goldene Rosen aufgehängt waren. Denn wie ein leichter Schimmer noch auf einer Mauer den Platz einer verblichenen Freske enthüllt, so war es dieser Glanz, der von den helleren Teilen des Baumes zeugte und mir zu verstehen gab: eben diese Blütenblätter waren, bevor sie die Arzneitüte durchblühten, die Würze der Frühlingsabende gewesen. Die rosa Kerzenflamme war noch jetzt ihre Farbe, nur halb erloschen und eingeschlummert in dem geminderten Leben, das sie jetzt führten und das wie eine Blumendämmerung anmutet. Bald konnte meine Tante in den kochendheißen Teeaufguß, an dem sie den Geschmack toten Laubes oder welker Blume genoß, eine Petite Madeleine tunken, von der sie mir ein Stück gab, sobald es genug aufgeweicht war.

Auf der einen Seite neben ihrem Bett stand eine große gelbe Kommode aus Zitronenholz und ein Tisch, der gleichzeitig als Hausapotheke und als Hochaltar diente, denn unter einem Marienfigürchen und einer Flasche Vichy waren da Gebetbücher und medizinische Gebrauchsanweisungen, alles das, was sie brauchte, um vom Bett aus ihre Pflichten und Hoheitsrechte wahrzunehmen und weder die Zeit fürs Kaffeetrinken noch fürs Einnehmen des Abführmittels zu verpassen. Auf der anderen Seite lief ihr Bett am Fenster entlang, sie hatte die Straße unter den Augen und las dort von früh bis spät zum Zeitvertreib im Stil persischer Fürsten die täglich-ewige Chronik von Combray, die sie dann gleich mit Françoise besprach.

Ich war erst fünf Minuten bei meiner Tante, als sie mich schon wegschickte aus Angst, ich könnte sie zu sehr anstrengen. Sie hielt mir ihre bleiche, schale Kummerstirn zum Kuß hin, auf der sie in dieser frühen Stunde ihre falschen Haare noch nicht geordnet hatte, so daß die Knochen durchschienen wie die Spitzen einer Dornenkrone oder die Kügelchen am Rosenkranz, und sagte zu mir: „Fix, fix, mein gutes Kind, mach dich fertig zur Messe; und wenn du unten Françoise triffst, bestell' ihr, sie soll sich nicht zu lange bei euch herumtreiben, sondern rasch wieder heraufkommen und schauen, ob ich nicht etwas brauche."

In der Tat ließ Françoise, die seit Jahren in ihrem Dienst war und nicht daran zweifelte, daß sie später einmal ganz zu uns gehören würde, meine Tante während der Monate, in denen wir da waren, ein bißchen links liegen. Es gab eine Epoche in meiner Kindheit (wir gingen damals noch nicht nach Combray und Tante Léonie verbrachte den Winter noch in Paris bei ihrer Mutter) — da kannte ich Françoise so wenig, daß Mutter mir vor der Neujahrsvisite bei Großtante ein Fünffrankenstück in die Hand drückte und zu mir sagte: „Gib acht, daß es nicht an die falsche Adresse kommt! Warte mit dem Geld bis du mich ‚Guten Tag, Françoise!' sagen hörst; im selben Augenblick werd' ich dich leicht auf den Arm tupfen." Kaum waren wir in dem dunklen

Vorzimmer meiner Tante, da bemerkten wir im Schatten, unter den Zipfeln einer schimmernden, steifen, schwanken Haube, die aussah wie gestoßener Zucker, das kreisrund gekräuselte Lächeln vorweggenommenen Dankes. Es war Françoise: sie stand unbeweglich und aufrecht in dem Rahmen der kleinen Korridortür wie ein Heiligenbild in seiner Nische. War man schon etwas vertraut mit dieser Kapellendüsternis, dann gewahrte man auf ihrem Gesicht die selbstlose Menschenliebe, die sanftmütige Ehrfurcht vor den höheren Schichten, denn diese gehobenen Gefühle wurden in den besseren Teilen ihrer Seele durch die Hoffnung auf ein Neujahrsgeschenk erweckt. Mutter kniff mich tüchtig in den Arm und sagte mit erhobener Stimme: „Guten Tag, Françoise!“ Auf dieses Signal öffneten sich meine Finger und ich ließ das Geldstück in eine befangen, aber empfänglich hingehaltene Hand gleiten. Seitdem wir aber nach Cambray gingen, kannte ich niemanden besser als Françoise; wir hatten bei ihr einen Stein im Brett, sie empfand an uns, wenigstens in den ersten Jahren, ebensoviel Ehrfurchtgebietendes wie an meiner Tante, dabei aber einen lebendigeren Reiz, weil wir nicht nur den Nimbus hatten, zur Familie zu gehören (sie hatte von den unsichtbaren Banden, die das Kreisen des gleichen Blutes zwischen den Mitgliedern einer Familie knüpft, ebenso tiefe Achtung wie ein griechischer Tragiker), sondern weil sich dazu noch das Lockende gesellte, daß wir nicht ihre gewohnten Herrschaften waren. Wie beglückt empfing sie uns also, wie leid tat es ihr, daß wir noch kein schönes Wetter hatten, wenn wir am Abend vor Ostern ankamen (oft wehte da noch ein eisiger Wind)! und erst recht war die Freude groß, wenn Mutter sie fragte, was sie Neues von ihrer Tochter und ihren Neffen hörte, ob ihr Enkel ein feines Kerlchen wäre, was er wohl mal werden sollte und ob er seiner Großmutter ähnlich sähe.

Und wenn der Besuch weg war, sprach Mutter, die wohl wußte, daß Françoise noch jetzt über ihre längst verstorbenen Eltern trauerte, voll Milde mit ihr von ihnen und fragte sie nach tausend Kleinigkeiten aus dem Kreis, in dem das Leben ihrer Eltern verlaufen war.

Sie hatte herausbekommen, daß Françoise ihren Schwiegersohn nicht mochte und daß er ihr die Freude verdarb, die es ihr machte, mit ihrer Tochter allein zu sein, mit der sie nicht so frei sprach, wenn er dabei war. Wenn daher Françoise sie besuchen ging (sie wohnten ein paar Meilen von Combray weg), dann sagte Mutter lächelnd zu ihr: „Nicht wahr, Françoise, wenn Julien hat fort müssen und Sie haben Marguerite den lieben langen Tag ganz für sich, dann werden Sie ganz verzweifelt sein, aber Sie werden sich schließlich doch zu trösten wissen, nicht?" Und Françoise sagte lachend: „Gnä' Frau wissen alles; gnä' Frau sind schlimmer als die X-Strahlen, die man für Frau Octave hat kommen lassen und die Ihnen ins Herz gucken können" (sie brachte das X mit einer gewissen künstlichen Anstrengung und einem geradezu selbstironischen Lächeln heraus, denn sie wußte mit diesem gelehrten Ausdruck nichts Rechtes anzufangen), und dann verschwand sie, befangen, weil man sich mit ihr abgab, vielleicht auch, damit man sie nicht weinen sähe; Mutter war ja der erste Mensch, der ihr das wohlig-erregte Gefühl zuteil werden ließ, daß ihr Landmädchendasein, ihre Landmädchenseligkeiten und -kümmernisse in einer Anderen als ihr selbst Teilnahme wecken und Freude hervorrufen konnten. Meine Tante schränkte ihre Ansprüche auf sie während unseres Aufenthalts etwas ein, denn sie wußte, wie hoch meine Mutter den Dienst dieses intelligenten und rührigen Mädchens einschätzte, das so schön aussah von fünf Uhr morgens an in ihrer Küche, unter ihrer Haube, deren blitzender und straffer Zipfel aussah wie Zuckerwerk, so schön, als wollte sie zur Hochmesse;

sie machte alles gut, arbeitete wie ein Pferd, ob sie sich wohl fühlte oder nicht, aber immer lautlos, ohne daß es aussah, als hätte sie zu tun, sie war das einzige von den Mädchen meiner Tante, das Mutter, wenn sie heißes Wasser oder schwarzen Kaffee wollte, das Gewünschte auch wirklich kochend anbrachte — eine von den Dienstboten, die in einem Hause dem Fremden zwar auf den ersten Blick am meisten mißfallen, vielleicht weil sie sich nicht die Mühe nehmen, sein Herz zu gewinnen und nicht sehr zuvorkommend gegen ihn sind, da sie sehr wohl wissen, daß sie ihn durchaus nicht nötig haben und daß man eher ihn nicht mehr empfangen als sie entlassen würde; dieselben Dienstboten aber sind es, von denen die Herrschaften, die ihre wirklichen Fähigkeiten erprobt haben, am meisten halten und bei denen sie sich nicht um den oberflächlichen Reiz, um das Bedientengeschwätz kümmern, das dem Besucher einen günstigen Eindruck macht, oft aber nur eine unerziehbare Nullität bemäntelt.

Wenn Françoise darüber gewacht hatte, daß meine Eltern auch alles hatten, was sie brauchten, und dann erst wieder zu meiner Tante hinaufging, um ihr das Abführmittel zu geben und sie zu fragen, was sie zum Frühstück haben wollte, mußte sie fast immer erst ihre Meinung äußern oder Kommentare liefern zu irgendeinem wichtigen Ereignis:

„Françoise, denken Sie sich: Frau Goupil ist schon länger als eine Viertelstunde nach ihrer Schwester fort; wenn sie noch lange macht, würd' ich mich nicht wundern, wenn sie erst nach der Elevation ankommt."

„Nu, das is doch klar!" antwortete Françoise.

„Françoise, wären Sie fünf Minuten eher gekommen, dann hätten Sie Frau Imbert vorbeigehen sehen, die hatte Spargel, die waren zweimal so dick wie die von der alten Frau Callot; bekommen Sie doch 'mal von ihrem Mädchen heraus, wo sie sie her hat. Sie tun uns dies Jahr doch in alle Saucen Spargel, Sie hätten doch wirklich mal solche für unsere Gäste nehmen können."

„Is' doch klar, daß die beim Herrn Pfarrer gewachsen sind."

„Ach gehn Sie, meine liebe Françoise!" antwortete meine Tante achselzuckend, „beim Herrn Pfarrer! Sie wissen doch ganz gut, daß der nur ganz häßliche kleine Spargel herausbekommt, die man gar nicht sieht. Ich sag' Ihnen, die ich da gesehen habe, waren dick wie ein Arm. Nicht wie Ihrer natürlich, aber wie mein bedauernswerter Arm, der im letzten Jahr noch so abgemagert ist."

„Françoise, den Lärm haben Sie wohl gar nicht gehört? mir dröhnt ordentlich der Kopf davon!"

„Nein, Frau Octave."

„Ach, mein gutes Kind, einen dicken Schädel müssen Sie haben, Sie können dem lieben Gott dafür danken! Es war die Maguelone, die den Doktor Piperaud geholt hatte. Er ist gleich wieder mit ihr herausgekommen, und sie sind um die Vogelstraße gebogen. Da muß irgendein Kind krank sein."

„Ach Gott, ach Gott," seufzte Françoise, die von einem Unglück, das einen Unbekannten betroffen hatte, und mochte es am andern Ende der Welt sein, nicht hören konnte, ohne gleich zu stöhnen.

„Françoise, aber warum haben sie denn die Totenglocke geläutet? Ach, lieber Gott, das wird für Frau Rousseau sein. Sieh' an, da hatt' ich ganz vergessen, daß sie vorige Nacht hinüber ist. Ach, es wird Zeit, daß der liebe Gott mich zu sich nimmt, ich weiß nicht mehr, was aus meinem Kopf geworden ist seit dem Tode meines guten Octave. Aber ich raube Ihnen Ihre Zeit, mein Kind."

„Nicht doch, Frau Octave, meine Zeit ist nicht so kostbar; der liebe Herrgott hat sie uns nicht bezahlen lassen. Ich will nur mal nachsehen, ob mein Feuer nicht ausgeht."

So taxierten Françoise und meine Tante im Verlaufe dieser Frühsitzung die ersten Tagesereignisse. Manchmal aber nahmen diese Ereignisse einen so geheimnisvollen und gewichtigen Charakter an, daß meine Tante fühlte, sie könnte den Moment nicht abwarten, in dem Françoise heraufkäme — und vier fürchterliche Klingelzeichen erschütterten das Haus.

„Aber Frau Octave, es is' doch noch gar nich' Zeit zum Abführen. Is' Ihnen denn flau gewesen?"

„Nicht doch, Françoise," sagte meine Tante — „das heißt, wann ist mir nicht flau? Sie wissen doch, daß diese Momente zu zählen sind; eines Tages werde ich hinübergehen wie Frau Rousseau, ohne vorher in mich gehen zu können; aber nicht deswegen klingele ich. Wollen Sie's glauben, wie ich Sie hier sehe, hab' ich eben Frau Goupil mit einem Mädelchen gesehen, das ich absolut nicht kenne. Holen Sie doch für zwei Sous Salz bei Camus. Es müßte eine Ausnahme sein, wenn Theodor Ihnen nicht sagen könnte, wer das ist."

„Ach, das wird Herrn Pupin seine Tochter sein," sagte Françoise, die es lieber bei einem direkten Kommentar bewenden ließ, weil sie schon zweimal seit dem Morgen bei Camus gewesen war.

„Herrn Pupin seine Tochter! Ach gehn Sie mir doch, meine gute Françoise. Da sollte ich sie nicht erkannt haben?"

„Aber ich meine ja nicht die große, Frau Octave, ich meine das Pflänzchen, das in Jouy in Pension ist. Mir ist so, als hätt' ich sie heut' morgen schon gesehen."

„Ach so, das wär' möglich!" sagte meine Tante. „Sie müßte dann zum Fest gekommen sein. Natürlich, so ist es; wir brauchen nichts zu holen, sie ist sicher zum Fest gekommen. Aber dann werden wir Frau Sazerat wohl gleich bei ihrer Schwester zum Frühstück läuten sehen. Das wird es sein! Ich hab' ja den Kleinen von Galopins mit einer Torte vorbeilaufen sehen! Sie werden sehen, die Torte war für Frau Goupil."

„Hat Frau Goupil wirklich Besuch, Frau Octave, dann dauert's nicht lange und Sie sehen alle ihre Leute zum Mittagbrot zurückkommen, denn es ist nicht mehr früh am Tage," sagte Françoise, die rasch hinuntermußte, um das Mittagbrot fertigzumachen, und daher meine Tante ganz gern dieser Aussicht auf neuen Zeitvertreib überließ.

„O, nicht vor Mittag," antwortete meine Tante mit resigniertem Ton und warf dabei einen verstohlen-unruhigen Blick auf die Uhr, denn sie wollte nicht merken lassen, daß sie, die allem entsagt hatte, doch in dem Wissen darum, wen Frau Goupil zum Mittagbrot dahatte, ein recht lebhaftes Vergnügen fand, das nur leider noch etwas länger als eine Stunde auf sich warten ließ. „Und das wird gerade mit meinem Mittagessen zusammenfallen!" fügte sie halblaut für sich hinzu. Ihr Mittagessen war für sie Zerstreuung genug, so daß sie sich zu dieser Zeit keine andere wünschte. „Nicht wahr, Sie denken wenigstens dran, mir meine Eierspeise auf einem flachen Teller zu bringen?" Diese Teller waren die einzigen, die mit Darstellungen verziert waren, und meine Tante machte sich bei jeder Mahlzeit einen Spaß daraus, die Legende auf dem Teller, den man ihr gerade vorsetzte, zu lesen. Sie setzte ihre Brille auf, entzifferte: Alibaba und die vierzig Räuber, Aladin und die Wunderlampe, und sagte lächelnd: Famos, famos.

„Ich wäre ja schon zu Camus gegangen ..." sagte Françoise, denn sie sah, daß meine Tante sie nicht mehr hinschicken würde.

„Nicht doch, es lohnt sich nicht mehr, es ist sicher Fräulein Pupin. Meine gute Françoise, es tut mir so leid, daß ich

Sie für nichts und wieder nichts habe heraufkommen lassen."

Aber meine Tante wußte sehr wohl, daß sie nicht für nichts und wieder nichts nach Françoise geklingelt hatte, denn in Combray war ein Mensch, „den man absolut nicht kannte", ein ebenso schwer glaubliches Wesen wie ein Gott der Mythologie, und seit Menschengedenken hatten noch jedesmal, wenn in der Heiligegeiststraße oder auf dem Markt eine dieser verblüffenden Erscheinungen aufgetaucht war, geschickt angestellte Nachforschungen die sagenhafte Persönlichkeit schließlich doch auf die Maßverhältnisse eines „Menschen, den man kannte" zurückgeführt, entweder im persönlichen oder aber im abstrakten Sinne, d. h. in ihrem bürgerlichen Stande, sofern sie sich als irgendwie verwandt mit Leuten von Combray erwies. Da war der Sohn von Frau Sauton, der vom Dienst zurückkam, die Nichte des Abbé Perdreau, die aus dem Kloster durfte, der Bruder des Pfarrers, der als Steuereinnehmer in Châteaudun lebte und gerade in den Ruhestand getreten oder übers Fest hergekommen war. Wenn man diese Leute gewahr wurde, packte einen wohl zuerst die momentane Erregung ob der Möglichkeit, es möchte in Cambray Menschen geben, die man absolut nicht kannte — einfach deshalb, weil man sie nicht auf der Stelle erkannt oder identifiziert hatte. Und dabei hatten Frau Sauton und der Pfarrer längst vorher verbreitet, daß sie ihre „Leute von auswärts" erwarteten. Wenn ich abends zurückkam und zu meiner Tante hinaufging, ihr von unserem Spaziergang zu erzählen, und dann so unbesonnen war, ihr zu sagen, daß wir gleich bei der Alten Brücke einen Mann getroffen hatten, den Großvater nicht kannte, rief sie: „Ein Mann, den Großvater absolut nicht kannte? ach geh mir doch damit!" Trotzdem war sie etwas erregt über diese Neuigkeit und wollte ihr Herz darüber beruhigen; Großvater wurde also zu ihr bestellt. „Wer war das eigentlich, den du gleich bei der Alten Brücke getroffen hast, Onkel? ein Mann, den du absolut nicht kanntest?" — „Ach was," antwortete mein Großvater, „es war Prosper, der Bruder des Gärtners von Frau Bouilleboeuf." — „Na also," sagte meine Tante beruhigt und ein bißchen schamrot; und dann sprach sie achselzuckend mit einem ironischen Lächeln: „Und da hat er mir gesagt, ihr hättet einen Mann getroffen, den du absolut nicht kanntest!" Und man empfahl mir, ein andermal etwas vorsichtiger zu sein und meine Tante nicht mehr mit solchen unüberlegten Reden aufzuregen. Man kannte in Combray alle, Tiere wie Menschen, so gut, daß meine Tante, wenn sie zufällig einen Hund hatte vorbeilaufen sehen, „den sie absolut nicht kannte," unaufhörlich an ihn dachte und diesem unbegreiflichen Faktum all' ihre logische Begabung, all' ihre freien Stunden widmete.

„Es wird der Hund von Frau Sazerat sein," sagte Françoise, nicht sehr überzeugt, aber mit dem Ziel, sie zu beschwichtigen, damit sie sich nicht „den Kopf zerbräche."

„Als ob ich den Hund von Frau Sazerat nicht kennte!", antwortete meine Tante, deren kritischer Geist einer Tatsache nicht so leicht Einlaß gewährte.

„Ach das wird der neue Hund sein, den Herr Galopin aus Lisieux mitgebracht hat."

„Ach so, das wär' möglich!"

„Es is'n umgängliches Tier, scheint's," sagte Françoise noch (sie hatte ihre Weisheit von Theodor), „intelligent wie ein Mensch, immer guter Laune, immer nett, immer sowas Graziöses. Das kommt nicht oft vor, daß ein so junges Tier schon so artig ist. Frau Octave, ich muß gleich fort von Ihnen, ich kann mich nicht mehr aufhalten, es ist ja bald zehn Uhr, mein Herd ist noch nicht einmal angesteckt und ich muß noch meine Spargel schälen."

„Was, Françoise, schon wieder Spargel? Sie haben ja die reinste Spargelwut dies Jahr, Sie werden sie unseren Leuten aus Paris noch verleiden!"

„Nicht doch, Frau Octave, die mögen das sehr gern. Die werden tüchtigen Appetit haben, wenn sie von der Kirche kommen, Sie sollen mal sehen, wie die in die Spargel einhauen."

„Aber sie müssen ja längst in der Kirche sein; Sie tun gut, wenn Sie sich recht beeilen. Schnell, achten Sie auf Ihr Mittagessen!"

Während meine Tante so mit Françoise plauderte, begleitete ich meine Eltern zur Messe. Wie lieb hatte ich sie, wie genau seh' ich sie vor mir, unsere Kirche! Ihre alte Vorhalle, durch die wir eintraten, schwarz und pockennarbig wie sie war, stand nicht ganz senkrecht, hatte tiefe Einbuchtungen (ebenso wie der Weihwasserkessel, zu dem sie uns hinleitete), als hätte das gelinde Vorbeistreifen der Mäntel von Landfrauen beim Eintritt in die Kirche und ihrer scheuen Finger beim Nehmen des Weihwassers durch die jahrhundertelange Wiederholung zersetzende Kraft gewonnen, den Stein nach innen gebogen und Furchen in ihn eingekerbt, wie die Räder des Handwagens in den Prellstein, gegen den sie Tag für Tag stoßen. Ihre Grabmäler, unter denen der edle Staub der dort begrabenen Äbte von Combray dem Chor gleichsam eine geisternde Pflasterung verlieh, waren ja selbst nicht mehr aus trägem und hartem Stoff, denn die Zeit hatte sie weich gemacht und sie wie Honig aus ihren Grenzen strömen lassen, über deren zugemessene Quadratur sie hellflutend getreten waren: da schwemmten sie denn ganz willkürlich eine gotische Blumenmajuskel fort und ertränkten die weißen Veilchen des Marmors. Und anderswo waren sie innerhalb ihrer Grenzen zusammengelaufen, hatten die elliptische lateinische Inschrift noch zusammengezogen, hatten noch eine Caprice mehr in die

Anordnung dieser gedrängten Zeichen gebracht, etwa zwei Buchstaben eines Wortes miteinander verbunden, während die übrigen Buchstaben übermäßig auseinanderlagen. Die Fenster der Kirche glitzerten nie so sehr wie an den Tagen, an denen die Sonne sich wenig zeigte, so daß man sicher sein konnte: war es draußen trübe, dann hatte man in der Kirche schönes Wetter. Das eine Fenster war in ganzer Größe ausgefüllt von einer einzigen Gestalt, einer Art König im Kartenspiel, der da oben unter einem Steinbaldachin zwischen Himmel und Erde lebte; und in seinem schrägen blauen Widerschein sah man manchmal alltags um die Mittagsstunde, wenn gerade kein Gottesdienst war — in einem jener seltenen Momente, wenn die gelüftete, freie Kirche menschlicher und üppiger wirkte und mit den Sonnenstrahlen auf ihrem kostbaren Mobiliar fast so wohnlich aussah wie der Saal eines Hauses im mittelalterlichen Stil mit steinernen Reliefs und bunten Fenstern — wie Frau Sazerat einen Augenblick niederkniete und auf den Betschemel neben sich ein festzugeschnürtes Paket mit petits fours legte, die sie gerade vom Konditor gegenüber geholt und für den Mittagstisch bestimmt hatte. Auf einem anderen Fenster schien sich ein Gebirge aus rosigem Schnee, an dessen Fuß ein Kampf stattfand, wie ein Reif auf die Scheibe gelegt zu haben, es blähte sie mit seinem graupeligen Gewoge wie ein Glas, an dem Flocken geblieben waren, aber Flocken im Glanze geheimer Morgenröte (gewiß derselben, die die Altarwand mit so frischen Tönen purpurn färbte, daß man eher denken konnte, sie stammten von einem Augenblicksleuchten von draußen, das gleich vergehen wollte, als von Farben, die auf ewig dem Steine gesellt waren). Und all diese Scheiben waren so alt, daß ihr silbernes Alter aus dem Staub der Jahrhunderte hie und da hervorblitzte und das schimmernde, fadenscheinig gewordene Gewebe ihres zarten gläsernen

Teppichs vorwies. Eins der Fenster war ein hohes Rechteck und zerfiel in hundert kleine rechtwinklige Fenster mit dem Grundton blau, wie eins von den großen Kartenspielen, die zur Zerstreuung König Karls VI. bestimmt waren; mochte nun aber ein aufleuchtender Strahl oder mein regsamer Blick durch das bald verloschene, bald neuaufflammende Glas gedrungen sein und einen packenden, köstlichen Brand darin entfacht haben — jedenfalls bot einen Augenblick später das Glas das schillernde Gefunkel einer Pfauenschleppe dar, dann wieder bebte und wogte es in einem flackernden, phantastischen Regen, der von der Höhe eines düsteren, felsigen Gewölbes herabtropfte, an den feuchten Wandungen herunter, als durchschritte ich hinter meinen Eltern, die ihr Gebetbuch in der Hand hatten, das Schiff einer Grotte, die im Regenbogengeflimmer krauser Stalaktiten dalag; noch einen Augenblick später hatten die kleinen rautenförmigen Fenster die grundklare Durchsichtigkeit und unzerbrechliche Härte von Saphiren angenommen, die auf der Außenseite eines riesigen Brustschildes sitzen mochten, hinter denen aber ein Augenblickslächeln der Sonne dem Herzen mehr Liebe entlockte als all diese Schätze. Die Sonne! sie war ja ebenso kenntlich in der zarten blauen Flut, deren Geschmeide sie badete, wie auf dem Pflaster des Platzes oder der Spreu des Marktes; und schon an unseren ersten Sonntagen, wenn wir vor Ostern gekommen waren, vermochte sie mich darüber zu trösten, daß die Erde noch nackt und schwarz war, indem sie wie in einem historischen Frühling aus der Zeit nach Ludwig dem Heiligen auf den Fenstern der Kirche diesen blendenden, goldglänzenden Teppich aus gläsernem Vergißmeinnicht entbreitete.

Zwei gewirkte Wollteppiche stellten die Krönung Esthers dar (der Tradition gemäß hatte Ahasver die Züge eines Königs von Frankreich und Esther die einer Dame von Guermantes, in die der König verliebt war). Durch die breit aufgetragenen Farben hatten die Gestalten Ausdruck, Relief und Beleuchtung bekommen: etwas Rosa schwebte auf Esthers Lippen (freilich quoll es ein wenig über die Linien des Mundes) und das Gelb ihres Gewandes machte sich so feist und fettig breit, daß das Gewand dadurch eine gewisse Festigkeit bekam und sich lebhaft von der verschwimmenden Atmosphäre abhob. Das Grün der Bäume blieb zwar in den niederen Teilen des Seiden- oder Wollgewebes lebendig, weiter oben aber ließ es über gedunkelten Stämmen die hohen Zweige bleicher sich herausheben, diese gelblichen, goldglänzenden Zweige, die gleichsam halb ausgelöscht waren von dem plötzlichen schrägen Strahlenglanz einer unsichtbaren Sonne. All das und dazu die kostbaren Gegenstände, welche von Persönlichkeiten, die für mich fast legendär waren, der Kirche vermacht worden waren (das goldene Kreuz, von Sankt Eligius, wie es hieß, verfertigt und von Dagobert gestiftet, das Grabmal der Söhne Ludwigs des Deutschen, in Porphyr und emailliertem Kupfer), all das machte den Weg zu unseren Sitzen für mich zu einer Art Reise in ein von Feen besuchtes Tal, wo der Bauer staunt, wenn er in einem Felsen, einem Baum, einer Pfütze die greifbare Spur überirdischen Vorüberwallens erblickt. So wurde die Kirche für mich etwas von der übrigen Stadt gänzlich Verschiedenes: ein Bau, der, wenn man so sagen darf, einen Raum von vier Dimensionen einnahm — die vierte Dimension war die der Zeit —, der sein Schiff durch die Jahrhunderte reckte, dies Schiff, das von Empore zu Empore, von Kapelle zu Kapelle nicht nur über einige Meter siegreich zu steigen schien, sondern Epoche auf Epoche glorreich überwand; dieser Bau, der das rohe und wilde 11. Jahrhundert in der Dicke seiner Mauern gefangen hielt, aus denen es mit seinen plumpen, von klobigen Klötzen verstopften und verfinsterten Hohlräumen nur noch in Gestalt des tiefen Einschnitts hervorschaute, den die Tür zum Glockenturm nah bei der Vorhalle einbohrte, obwohl es auch dort von den graziösen gotischen Arkaden verborgen wurde, die kokett vor ihm zusammenrückten wie ältere Schwestern, die sich lächelnd vor einen flegelhaften, knurrigen und schlecht gekleideten jüngeren Bruder stellen, um ihn vor den Fremden zu verstecken. In den Himmel hob der Bau über den Marktplatz hinweg seinen Turm, der dem heiligen Ludwig nachgeschaut hatte und ihn immer noch zu sehen schien; mit seiner Krypta aber tauchte er in merovingische Nacht, wo unter der dunklen Wölbung, die kräftig geädert war wie die Haut einer ungeheuren steinernen Fledermaus, unsere tappenden Führer, Theodor und seine Schwester, uns mit einer Kerze das Grabmal der Enkelin Sigeberts erleuchteten, auf dem eine tiefe Kerbe — gleichsam die Spur eines fossilen Wesens — eingegraben war; „die stammte," hieß es, „von einer kristallenen Lampe, die sich am Abend der Ermordung der fränkischen Prinzessin von selber aus goldenen Ketten von ihrer Stelle am Platze des jetzigen Chores losgemacht und, ohne daß das Kristall zerbrach, ohne daß die Flamme ausging, sich in den Stein versenkt hatte, der weich unter ihr hatte nachgeben müssen."

Der Chor der Kirche von Combray — ja, darf man eigentlich von ihm sprechen? Er war ja so plump, so bar aller künstlerischen Schönheit, ja sogar alles religiösen Schwunges. Da die Straßenkreuzung, auf die er hinausführte, tiefer lag, erhob sich, von draußen gesehen, sein plumpes Mauerwerk auf einer Grundveste aus gänzlich ungeglätteten, von Kieseln starrenden Bausteinen; diese Grundmauer hatte nichts eigentlich Kirchliches, die Scheiben schienen zu übermäßiger Höhe aufgegangen zu sein, und das Ganze sah mehr aus wie eine Gefängnis- als wie eine

Kirchenmauer. Und natürlich wäre es mir später, wenn ich mich an all' die Prachtchöre erinnerte, die ich gesehen hatte, nie eingefallen, dazu den Chor von Combray zu stellen. Nur einmal bemerkte ich an der Biegung eines Provinzgäßchens, gegenüber der Kreuzung dreier Gassen eine verwitterte, überhöhte Mauer mit den hochgezogenen Scheiben und dem unsymmetrischen Aussehen der Kirche von Combray. Und da habe ich mich nicht wie in Chartres oder Reims gefragt, wie machtvoll das religiöse Gefühl darin zum Ausdruck käme, sondern habe unwillkürlich gerufen: „Die Kirche!"

Die Kirche! diese Vertraute, die in der Sankt-Hilariusstraße, wohinaus ihr nördliches Portal führte, friedlich zwischen ihren beiden Nachbarinnen ruhte, der Apotheke von Herrn Rapin und dem Haus von Frau Loiseau, woran sie unmittelbar stieß; diese schlichte Bürgerin von Combray, die ihre Straßennummer hätte haben können, wenn die Straßen von Combray Nummern gehabt hätten, vor der der Briefträger morgens eigentlich hätte Halt machen sollen, wenn er beim Austeilen seiner Post aus Herrn Rapins Laden herauskam und zu Frau Loiseau hineingehen wollte — und doch gab es zwischen ihr und allem, was nicht sie war, eine Grenzlinie, die mein Geist nie zu überschreiten vermochte. Frau Loiseau konnte an ihrem Fenster ruhig Fuchsien haben, die die schlechte Angewohnheit hatten, ihre Zweige immer ganz krumm gehen zu lassen, und deren Blüten, wenn sie groß genug waren, nichts Eiligeres zu tun hatten als ihre violetten hochroten Wangen an der düsteren Außenmauer der Kirche zu kühlen — deshalb wurden die Fuchsien für mich doch nichts Geweihtes; zwischen den Blüten und dem schwärzlichen Stein, an den sie sich lehnten, nahmen meine Augen zwar keinen Abstand wahr, aber mein Geist betonte die Kluft.

Der Glockenturm von Sankt-Hilarius war weithin zu

erkennen, denn er zeichnete seine unvergeßliche Gestalt in den Horizont ein, noch bevor Combray dort auftauchte; wenn Vater von dem Zuge her, der uns in der Osterwoche von Paris aus hinbrachte, seiner ansichtig wurde, wie er immer wieder über alle Streifen am Himmel ragte und seinen kleinen eisernen Wetterhahn nach allen Richtungen tanzen ließ, dann sagte er zu uns: „Los, nehmt eure Decken, wir sind da!“ Und auf einem der größten Spaziergänge, die wir von Combray aus machten, gab es eine Stelle, wo der verengerte Weg sich plötzlich auftat mit dem Blick auf eine ungeheure, von gezackten Wäldern am Horizont begrenzte Fläche, über die nur die feine Spitze des Glockenturmes von Sankt-Hilarius ragte, aber so schmal, so rosig, daß es aussah, als wäre sie nur eben über den Himmel hingeritzt worden von einem Nagel, der dieser Landschaft, diesem reinen Naturgemälde dadurch vielleicht ein winziges Zeichen von Kunst, eine einzige menschliche Spur hatte geben wollen. Kam man dann näher und konnte den Rest des viereckigen Turmes erkennen, der halb zerstört und weniger hoch danebenstand — dann verblüffte einen besonders der rötliche und düstere Ton des Steines; und wenn der Turm gar an einem nebligen Herbstmorgen über dem bewegten Violett der Weinberge aufstrebte, dann war er wie eine Purpurruine, fast von der Farbe des wilden Weines.

Oft hieß mich Großmutter, wenn wir heimkamen, auf dem Platz stehen bleiben und den Turm ansehen. Einige Turmfenster, die paarweise übereinandergesetzt waren, hatten die richtige und ursprüngliche Proportion in den Abständen, wie sie nur menschlichen Gesichtern Schönheit und Würde verleiht; von diesen Fenstern schüttelte der Turm lässig in regelmäßigen Intervallen Schwärme von Krähen ab, die sich einen Augenblick lang schreiend herumwirbelten, als wären die alten Steine, auf denen sie sich scheinbar unbeachtet hatten tummeln dürfen, plötzlich unbewohnbar geworden, als hätten sie sie geschlagen und zurückgestoßen und dadurch ein Losbrechen unendlicher Aufregung entfesselt. Waren sie dann an dem violetten Samt der Abendluft überall vorbeigestreift, dann kamen sie, plötzlich beruhigt, wieder zurückund verloren sich in dem Turm, der erst böse gewesen und nun wieder gut war; einige setzten sich hie und da in Positur, scheinbar regungslos, aber doch wohl nicht ohne ein Insekt zu erschnappen; so saßen sie auf der Spitze einer Zinne wie Möwen, die mit der Unbeweglichkeit eines Anglers auf dem Kamm einer Welle halten. Ohne eigentlich zu wissen warum, empfand Großmutter an dem Glockenturm von Sankt-Hilarius das völlige Fehlen von Gewöhnlichkeit, Pose und Kleinlichkeit — und das war es ja gerade, wodurch ihr die Natur (wenn die Hand des Menschen sie nicht wie der Gärtner meiner Großtante herabgezerrt hatte) und die genialen Werke so liebenswert wurden, ja geradezu mit segensreichem Einfluß gesättigt vorkamen. Und zweifelsohne hob sich die Kirche, wo man sie auch fassen mochte, von jedem anderen Bauwerk ab kraft einer gewissen Idee, die ihr angeboren war; aber in ihrem Glockenturm schien sie erst zum Bewußtsein ihrer selbst zu kommen und eine individuelle, verantwortliche Existenz zu bekunden. Ja wirklich: er sprach in ihrem Namen. Vor allem fand Großmutter, glaub' ich, im Glockenturm von Combray das, was ihr in der Welt am höchsten galt: die Sprache der Natürlichkeit und die Sprache der Vornehmheit. Ohne etwas von Architektur zu verstehen, sagte sie: „Kinder, macht euch lustig über mich, wenn ihr wollt, er ist vielleicht nicht schön vom Standpunkt der Regelmäßigkeit aus, aber das Bizarre seiner alten Gestalt gefällt mir. Ich bin sicher: wenn der Klavier spielte — fad würde der nicht spielen.“ Und dabei sah sie ihn an, folgte mit den Augen der leisen Spannung, dann dem leidenschaftsglühenden Gefälle seiner steinernen Hänge, die im Aufsteigen zueinanderstrebten wie betend gefaltete Hände — und so verschmolz sie dermaßen innig mit der Ausströmung der obersten Spitze, daß ihr Blick gleichsam mit ihr emporschoß, indes sie freundschaftlich den verbrauchten greisen Steinen zulächelte, von denen die Sonne nur die Spitze beleuchtete, und die, sowie sie in diese durchsonnte Zone eintraten, in der Dämpfung durch das Licht auf einmal viel höher hinauf entrückt zu sein schienen, wie ein Gesang, der „mit Kopfstimme" eine Oktave höher wiederholt wird.

Der Glockenturm von Sankt Hilarius, er war's, der allen Beschäftigungen, allen Stunden, allen Ansichten der Stadt ihre Gestalt, Krönung und Weihe verlieh. Von meinem Zimmer aus konnte ich nur seine schieferbelegte Grundmauer sehen; wenn ich aber Sonntags an einem heißen Sommermorgen den Schiefer wie eine schwarze Sonne flammen sah, dann sagte ich zu mir: „O Gott! neun Uhr! ich muß mich ja für die Hochmesse fertig machen, wenn ich Tante Léonie vorher noch einen Kuß geben will" — und ich wußte nun genau Bescheid über die Farbe des Platzes in der Sonne, die Hitze und den Staub des Marktes, über den Schatten unter der Jalousie des Ladens, wo Mutter vielleicht vor der Messe in einen Duft von ungebleichtem Leinen treten und ein Stück Tuch kaufen würde, das der Besitzer ihr katzbuckelnd zeigen würde, wenn er gerade schließen wollte und eben in den hinteren Laden gegangen war, um seinen Sonntagsrock anzuziehen und sich die Hände zu seifen, die er auch unter den trübseligsten Verhältnissen alle fünf Minuten gegeneinander zu reiben pflegte, so daß es nach Unternehmungslust, Rendezvous oder gutem Geschäft aussah.

Trat man nach der Messe in den Laden und bestellte bei Theodor einen dickeren Windbeutel als gewöhnlich, weil unsere Vettern das schöne Wetter benutzt hatten, um von Thiberzy zu uns zum Mittagbrot zu kommen, dann hatte man den Glockenturm vor sich, der, selber goldbestrichen und gebacken wie ein geweihter Riesenwindbeutel mit einer Kruste und einem klebrigen Getröpfel aus Sonne, seine scharfe Spitze in den blauen Himmel stach. Und wenn ich abends vom Spaziergang heimkam und an den nahen Augenblick dachte, in dem ich Mutter gute Nacht sagen und sie nicht mehr sehen sollte — dann wieder war er im scheidenden Tage so sanft, daß es aussah, als legte und grübe er sich wie ein Polster aus braunem Samt in den verblaßten Himmel, der unter seinem Druck nachgegeben, ihm durch eine leichte Einbuchtung Platz geschaffen hatte und nun seine Ränder umquoll; und die Schreie der Vögel, die ihn umkreisten, schienen seine Stille noch zu steigern, seine Spitze noch zu straffen und ihm etwas Unaussprechliches zu verleihen.

Selbst auf den Gängen, die man hinter der Kirche zu machen hatte, da wo man sie nicht sah, schien alles um den Glockenturm als Beziehungspunkt gruppiert zu sein, erhob er sich doch immer wieder hier oder dort zwischen den Häusern und war vielleicht noch erschütternder, wenn er dergestalt ohne die Kirche erschien. Selbstverständlich bieten noch viele andere, weit schönere Türme diese eigenartige Ansicht, und in meiner Erinnerung leben Genrebildchen von Glockentürmen über Dächern — Bilder von einem künstlerischen Wert, wie ihn Combrays trübe Gassen nicht erreichten. Nie werde ich die beiden, in einer merkwürdigen Stadt der Normandie nahe Balbec gelegenen reizenden Häuser vergessen, die mir in mehr als einer Hinsicht lieb und verehrungswürdig sind: wenn man dort in dem schönen Garten mit dem leisen Gefälle zwischen der Freitreppe und dem Fluß lustwandelt, dann schnellt auf einmal die gotische Spitze einer von ihnen versteckten Kirche vor einem empor: die scheint zwar nur die

Häuserfassaden spitz abzuschließen und zu übersteigen, und doch: so anders ist ihr Stoff, so köstlich ihre krause Gestalt, so rosig ihre Glasur, daß sie die Häuser offensichtlich nur als ein paar schöne Kiesel benutzt, zwischen denen sie sich wie die purpurne, gezackte Spitze einer spindelartig zu Türmchenform gedrehten, emailleüberzogenen Strandmuschel ausnimmt. Sogar in Paris in einem der häßlichsten Stadtviertel weiß ich ein Fenster, von dem aus man hinter einer ersten, einer zweiten, einer dritten Fläche von Dächerhaufen mehrerer Straßen einen violetten Glockenturm erblickt, der manchmal ins Rötliche spielt, manchmal auch, bei den feinsten „Abzügen", die die Atmosphäre von ihm macht, das abgeklärte Schwarz geweihter Asche zeigt: das ist kein Geringerer als der Kuppelturm von Saint-Augustin, und er verleiht dieser Ansicht von Paris den Charakter gewisser Ansichten Roms von Piranesi. Doch wie mein Gedächtnis in keine dieser kleinen Gravüren, trotz aller Feinheit des Nacherlebens, das längst Verlorene hineinlegen konnte, das Gefühl nämlich, kraft dessen wir an ein Ding nicht wie an ein Schaustück herangehen, sondern wie an ein Wesen ohnegleichen glauben —, so ist auch von keinem dieser Bilder ein ganzer tiefer Abschnitt meines Lebens abhängig, wie es bei der Erinnerung an diese Ansichten des Combrayer Glokkenturms in den Straßen hinter der Kirche der Fall ist. Mochte er sich um fünf Uhr, wenn man Briefe abholte, plötzlich über einigen Häusern links von einem mit einsamem Gipfel über die Giebellinie der Dächer erheben; oder mochte man, wenn man sich bei Frau Sazerat mit Neuigkeiten versorgen wollte, dieser Linie mit den Augen folgen, wie sie sich nach dem Gefälle ihres anderen Abhanges wieder senkte, und dabei wissen, daß man an der zweiten Straße nach dem Turm einzubiegen habe; mochte man ihn bei dem viel weiteren Weg zum Bahnhof immer noch in der Profilansicht sehen, mit neuen Kanten und Flächen, wie einen soliden Menschen, den man in einer unbekannten Phase seiner Entwicklung überrascht; oder mochte von den Ufern der Vivonne aus der muskulös gestraffte und perspektivisch erhöhte Chor aussehen, als wollte er springen von der Anstrengung, mit der der Turm seine Spitze dem Himmel ins Herz stoßen wollte — immer kam er zwangsläufig wieder, immer beherrschte er das Ganze, immer krönte er die Dächer mit unerwarteter Zinne und erhob sich vor mir gleich einem Finger Gottes, dessen Leib in dem Gewoge der Sterblichen verborgen sein mochte, ohne daß ich ihn deshalb damit vermengte. Und heute noch geht es mir so: wenn in einer großen Provinzstadt oder einem Viertel von Paris, das ich schlecht kenne, ein Passant mich auf den richtigen Weg gebracht hat und mir in der Ferne als Merkpunkt eine Krankenhauswarte oder einen Klosterturm zeigt, der die Spitze seiner geistlichen Haube an einer Straßenecke auf meinem Weg erhebt, und wenn mein Gedächtnis dann auch nur die geringste undeutliche Ähnlichkeit mit der teuren, entschwundenen Gestalt daran zu entdecken vermag — dann kann der Passant, falls er noch einmal zurückkommt, um sich zu vergewissern, ob ich mich auch nicht verlaufe, zu seinem Erstaunen sehen, wie ich, ohne an den freiwilligen Spaziergang oder den notwendigen Weg zu denken, vor dem Turm stehen bleibe, ganze Stunden und ohne mich zu rühren, indem ich mich zu erinnern suche und auf den Grund meines Ich hinunterspüre, wo ganze Länder, dem Vergessen abgewonnen, Konsistenz und neue Form annehmen; und dann, nun ja, dann geht es weiter, beklommener freilich als eben, da ich ihn nach dem Weg fragte, ich ziehe noch meine Straße, ich biege um eine Ecke . . . aber . . . in meinem Herzen lebt etwas . . .

Wenn wir von der Messe zurückkamen, trafen wir oft Herrn Legrandin, der durch seinen Ingenieurberuf von

Paris nicht abkömmlich war und, außer in den großen Ferien, nur von Samstag abend bis Montag früh auf seine Besitzung in Combray gehen konnte. Er war einer von den Menschen, die, abgesehen von einer übrigens glänzend erfolgreichen wissenschaftlichen Laufbahn, eine ganz andere, literarisch-artistische Kultur besitzen, die ihre fachliche Berufstätigkeit nicht fördert, dafür aber ihrer Konversation zugute kommt. Literaturkundiger als viele Literaten (wir wußten damals noch nicht, daß Herr Legrandin einen gewissen Ruf als Schriftsteller genoß, und waren sehr erstaunt zu sehen, daß ein berühmter Komponist eine Melodie zu Versen von ihm verfaßt hatte), „talentierter" als viele Maler, meinen diese Leute, das Leben, das sie führen, passe eigentlich nicht zu ihnen, und treiben ihre tatsächlichen Geschäfte mit einer halbschwärmerischen Sorglosigkeit oder auch mit einem überlegen-herablassenden Fleiß, der etwas Verachtendes, Bitteres und Gewissenhaftes hat. Groß und schöngewachsen wie er war, mit einem nachdenklichen, feinen Gesicht und langem blondem Schnurrbart, mit blauen enttäuschten Augen, mit einer raffinierten Höflichkeit, ein Plauderer, wie wir ihn nie gehört hatten, war er in den Augen meiner Familie, die ihn immerfort als Beispiel zitierte, der Typ des Elitemenschen, der das Leben von der vornehmsten und feinsten Seite nahm. Großmutter hatte ihm nur das eine vorzuwerfen, daß er zuviel redete, ein bißchen wie ein Buch, daß er in seiner Sprechweise nicht die Natürlichkeit hatte, die in seinen ewig flatternden Lavallièreschlipsen und seinem beinahe jugendhaft engen Rocke lag. Auch wunderte sie sich über die flammenden Tiraden, die er oft losließ, gegen die Aristokratie, das mondäne Leben, den Snobismus, „sicherlich die Sünde, an die Sankt Paulus denkt, wenn er von der Sünde spricht, für welche keine Vergebung möglich ist."

Weltmännischer Ehrgeiz war ein Gefühl, das Großmutter nachzufühlen oder auch nur zu fassen so außerstande war, daß es ihr recht überflüssig vorkam, derartig viel Leidenschaft aufzuwenden, um so etwas zu brandmarken. Außerdem fand sie es nicht sehr geschmackvoll von Herrn Legrandin, daß er, dessen Schwester in der Nähe von Balbec mit einem Adligen der Basse-Normandie verheiratet war, sich zu derartig heftigen Angriffen gegen den Adel hinreißen ließ, wobei er soweit ging, der Revolution einen Vorwurf daraus zu machen, daß sie sie nicht allesamt guillotiniert hatte.

„Gegrüßt, ihr Freunde!“ sagte er, wenn er uns traf, „ihr seid zu beneiden, daß ihr hier so viel wohnen könnt; morgen muß ich wieder zurück nach Paris in meine Klause.“

„Oh,“ sagte er dann mit dem leise ironischen und enttäuschten, etwas zerstreuten Lächeln, das ihm eigen war, „natürlich, ich habe zuhause alles, was ich — nicht brauche. Da fehlt nur das Notwendige, ein großes Stück Himmel wie hier. Sieh zu, daß du dir immer ein Stück Himmel über deinem Leben bewahrst, Jungchen,“ setzte er zu mir gewandt hinzu, „Du hast eine schmucke Seele von seltener Qualität, eine Künstlernatur, laß' es ihr nicht an dem fehlen, was sie braucht.“

Wenn meine Tante uns bei unserer Heimkehr fragen ließ, ob Frau Goupil zu spät zur Messe gekommen sei, waren wir außerstande, ihr Bescheid zu geben. Dagegen steigerten wir ihre Aufregung noch dadurch, daß wir ihr sagten, ein Maler arbeite in der Kirche an einer Kopie des Kirchenfensters von Gilbert le Mauvais. Françoise wurde sofort zum Kaufmann geschickt, kam aber unverrichteter Sache zurück, denn Theodor war nicht dagewesen, Theodor, der mit seinem Doppelberuf als zum Teil von der Kirche erhaltener Kantor und als Kaufmannsgehilfe bei seinen allseitigen Verbindungen über ein universelles Wissen verfügte.

„Ach," seufzte meine Tante, „wenn's doch schon so weit wäre, daß Eulalie käme. Nur sie, wirklich nur sie wird mir das sagen können."
Eulalie war ein lahmes, betriebsames, schwerhöriges Mädchen, das sich nach dem Tode der Frau de la Bretonnerie, bei der sie seit ihrer Kindheit in Stellung gewesen war, „zur Ruhe gesetzt" und sich neben der Kirche ein Zimmer genommen hatte. Aus diesem Zimmer kam sie alle Augenblicke herunter, zum Gottesdienst oder auch außerm Gottesdienst, um ein kleines Gebet zu sprechen oder Theodor unter die Arme zu greifen; die übrige Zeit besuchte sie kranke Leute wie meine Tante Léonie und erzählte ihnen, was bei der Messe oder beim Nachmittagsgottesdienst passiert war. Sie verschmähte es nicht, sich zu der kleinen Rente, die ihr die Familie ihrer früheren Herrschaft ausgesetzt hatte, einen Zuschuß zu verschaffen, indem sie von Zeit zu Zeit die Wäsche des Pfarrers oder irgendeiner anderen bedeutenden Persönlichkeit aus dem Klerus von Combray besorgte. Über einem Mantel aus schwarzem Tuch trug sie ein weißes, beinahe nonnenhaftes Häubchen, und ein Hautleiden verlieh einem Teil ihrer Backen sowie dem Haken ihrer krummen Nase den lebhaft-rötlichen Ton der Balsamine. Ihre Besuche waren die große Zerstreuung meiner Tante Léonie, die sonst kaum jemanden empfing, abgesehen vom Herrn Pfarrer. Meine Tante hatte nach und nach alle anderen Besucher ausgemerzt, weil sie in ihren Augen alle sträflicherweise zu der einen oder der anderen ihr tödlichverhaßten Art Mensch gehörten. Die einen (und das waren die schlimmsten, weswegen sie mit ihnen auch zuerst aufgeräumt hatte), waren diejenigen, die ihr rieten, sich nicht so „liebzuhaben", und die sich, entweder negativ oder bloß durch die Zeichen des unverkennbar mißbilligenden Schweigens und des unverkennbar skeptischen Lächelns, zu der aufrührerischen Lehre bekann-

ten, daß ihr ein kleiner Spaziergang in der Sonne und ein gutes, recht rohes Beefsteak (ihr, die oft vierzehn Stunden lang nur zwei jämmerliche Schluck Vichy im Magen hatte!) viel besser bekommen würden als ihr Bett und ihre Arzneien. Die andere Kategorie setzte sich aus Leuten zusammen, die ein Gesicht machten, als hielten sie sie für noch viel schwerer krank als sie dachte, d. h. für ebenso schwer krank, wie sie sagte. Alle die also, die sie nach einigem Zögern und nur auf die flehentlichen Fürbitten von Françoise zu sich heraufgelassen hatte, und die im Laufe ihres Besuches gezeigt hatten, wie sehr sie der ihnen erwiesenen Gunst unwürdig waren, wenn sie nämlich schüchtern zu sagen wagten: „Wie wär's denn, wenn Sie sich mal bei schönem Wetter ein bißchen Bewegung machten?", oder die, welche im Gegenteil auf ihre Reden: „Ich bin ganz herunter, ganz herunter, es geht zu Ende, lieben Leute!" geantwortet hatten: „Ach ja, die Gesundheit! Nein, wie Sie das immer noch aushalten!" — alle diese, die einen wie die anderen, konnten sicher sein, nie wieder empfangen zu werden. Und Françoise amüsierte sich zwar über das erschrockene Gesicht meiner Tante, wenn sie von ihrem Bett aus in der Heiligegeiststraße jemanden gewahr wurde, der aussah, als wollte er zu ihr, oder wenn sie ein Klingelzeichen hörte, aber sie lachte doch noch viel mehr (ganz wie über einen guten Witz) über die immer siegreichen Listen meiner Tante, mit denen sie den Leuten einen Korb gab, und über deren enttäuschtes Gesicht, wenn sie umkehrten, ohne sie gesehen zu haben, ja, im Grunde bewunderte sie ihre Herrin, die sie für allen Leuten überlegen ansah, da sie sie doch nicht empfangen wollte. Alles in allem verlangte meine Tante: 1. daß man sie in ihrem Reich anerkannte, 2. daß man sie wegen ihrer Leiden bedauerte und 3. daß man sie über ihre Zukunft beruhigte.

Und gerade darin war Eulalie groß. Meine Tante konnte ihr zwanzigmal in einer Minute sagen: „Es geht zu Ende, meine gute Eulalie," — zwanzigmal antwortete Eulalie: „Ich kenne Ihr Leiden so gut wie Sie selbst, Frau Octave, Sie werden hundert Jahre alt, das sagte mir gestern noch Frau Sazerin." (Eine der festesten Überzeugungen Eulalies, die auch die stattliche Zahl der erfahrungsmäßigen Widerlegungen nicht genügend hatte zersetzen können, war, daß Frau Sazerat Frau Sazerin hieß.)
„Ich will ja gar nicht hundert Jahre werden," erwiderte meine Tante, die ihrem Dasein lieber keine genaue Frist gesetzt wissen wollte.
Und da Eulalie es hiermit so gut wie niemand verstand, meine Tante zu zerstreuen, ohne sie anzustrengen, waren ihre Besuche, die in der Regel alle Sonntage stattfanden, wenn nicht etwas Unerwartetes dazwischenkam, für meine Tante ein Vergnügen, dessen Aussicht sie an diesen Tagen in einer von vornherein gehobenen Stimmung hielt, die freilich sehr rasch in den Schmerz gierigen Hungers umschlug, wenn Eulalie sich auch nur ein bißchen verspätete. Diese Lust des Wartens auf Eulalie wurde bei allzu langer Ausdehnung zur Qual, meine Tante sah unaufhörlich auf die Uhr, gähnte und fühlte sich schwach. Wenn das Klingelzeichen Eulalies ganz am Ende des Tages kam, ohne daß sie noch darauf hoffte, verursachte es ihr fast Übelkeit. Tatsächlich dachte sie Sonntags nur an diesen Besuch, und kaum war das Mittagbrot zu Ende, so wollte Françoise uns auch schon aus dem Eßzimmer heraus haben, damit sie hinauf könnte, meine Tante „beschäftigen." Aber mochte es auch (besonders seitdem die schönen Tage in Combray ihren Einzug gehalten hatten) schon lange her sein, daß die stolze Mittagsstunde sich mit den zwölf vergänglichen Juwelen ihrer klingenden Krone auf den Sankt-Hilariusturm gesenkt hatte und von dort aus zu unserem Tisch herübergeklungen war — wir saßen immer noch

vor den Tellern aus Tausendundeinenacht, schwer von der Hitze, schwerer von der Mahlzeit. Denn auf dem dauernden Grunde von Eiern, Koteletts, Kartoffeln, Eingemachtem, Biskuits, von denen sie vorher schon gar nicht mehr sprach, brachte Françoise erst die wahren Delikatessen; und zwar richtete sie sich dabei nach dem Stande der Korn- und Obsternte, dem Ertrag des Meeres, den Zufällen des Imports, den Aufmerksamkeiten der Nachbarn oder auch nach ihren eigenen Einfällen, und so glich unser Menu den Vierblättern, die man im 13. Jahrhundert am Portal der Kathedralen einmeißelte: es spiegelte ein wenig den Rhythmus der Jahreszeiten und die Episoden des Lebens wicder. Da war Steinbutt, weil die Kaufmannsfrau ihn ihr als garantiert frisch verkauft hätte, eine Pute, weil sie „so eine schöne" auf dem Markt von Roussainville-le-Pin gesehen hätte, Artischokken nur mit Mark, weil sie sie uns so noch nicht vorgesetzt hätte, Hammelbraten, weil er sich an der frischen Luft hielte und ruhig noch sieben Stunden hängen dürfte, Spinat zur Abwechslung, Aprikosen, weil es noch eine Seltenheit wäre, Johannisbeeren, weil es in vierzehn Tagen keine mehr geben würde, Himbeeren, die Herr Swann eigenhändig gebracht hatte, Kirschen, die ersten von dem Kirschbaum im Garten (nach zwei Jahren, in denen er nichts trug!), Rahmkäse, den ich früher sehr gern mochte, eine Mandelpastete, weil sie sie am Abend vorher bestellt hätte, einen Windbeutel, weil er jetzt an der Reihe wäre. Wenn das alles erledigt war, dann kam ein zwar ausdrücklich für uns alle gemachter, aber doch besonders für den Feinschmeckergaumen meines Vaters bestimmter Schokoladencrème, eine persönliche Idee und Aufmerksamkeit von Françoise: der wurde uns angeboten, flüchtig und leicht wie er war, als etwas ganz Besonderes, in das sie ihr ganzes Talent hineingelegt hatte. Derjenige, der es abgelehnt hätte, davon zu kosten, mit der Begründung: „Ich bin fertig, ich habe keinen Hunger mehr,“ der wäre sofort zum Rang eines jener Proleten herabgesunken, die auch dann, wenn ihnen ein Künstler eins seiner Werke überreicht, auf Gewicht und Material sehen, weil Idee und Signatur bei ihnen nichts gelten. Sogar einen einzigen Tropfen davon auf die Erde fallen zu lassen, hätte als ebenso unfein gegolten wie das Aufstehen vor Schluß des Stückes dicht vor der Nase des Komponisten.

Schließlich sagte Mutter zu mir: „Hör mal, bleib' doch nicht endlos hier, geh' in dein Zimmer hinauf, wenn's dir draußen zu heiß ist, aber geh' erst einen Augenblick frische Luft schöpfen, damit du nicht gleich wieder über deinen Büchern sitzt, wenn du von Tische weg bist.“ Ich ging in die Nähe der Pumpe mit ihrem Trog, auf dessen verwittertem Stein das bewegliche Relief eines allegorischen, spindelförmigen Ornamentes eingemeißelt war, und setzte mich auf die fliederbeschattete Bank ohne Rückenlehne in die kleine Gartenecke, die durch eine Hintertür auf die Heiligegeiststraße hinausging und aus deren wenig gepflegtem Boden sich, mit zwei Stufen aus dem Hause vorspringend, wie ein Bauwerk für sich die Hinterküche erhob. Deutlich waren ihre roten, wie Porphyr leuchtenden Fliesen zu sehen. Sie sah weniger aus wie Françoisens Höhle als wie ein kleiner Tempel der Venus. Sie quoll über von den Opfergaben des Milchmannes, des Obsthändlers, der Gurkenfrau, die mitunter von recht weit entfernten Flecken hergepilgert waren, um ihr die Erstlinge ihrer Fluren zu weihen. Und ihr Giebel war immer gekrönt vom Girren einer Taube.

Früher verweilte ich nie in dem heiligen Hain, der sie umgab, denn bevor ich hinauf an mein Buch ging, trat ich in den kleinen Liegeraum, den mein Onkel Adolf, ein Bruder meines Großvaters, ein alter Militär, der als Major in den Ruhestand getreten war, im Erdgeschoß mit Beschlag belegte: selbst wenn die offenen Fenster die Hitze hereinließen (allenfalls auch die Sonnenstrahlen, die freilich nur selten bis dorthin drangen), entströmte diesem Raum der dunkel-frische, försterlich-feudale Duft, von dem einem ganz träumerisch zumute wird, wenn man ihn in verlassenen Jagdpavillons einsaugt. Aber seit einer Reihe von Jahren kam ich nicht mehr zu meinem Onkel Adolf in die Stube, weil er nicht mehr nach Combray ging infolge eines Zwistes, der zwischen ihm und meiner Familie vorgefallen war und zwar durch meine Schuld unter folgenden Umständen:

Ein bis zweimal im Monat mußte ich ihn in Paris besuchen, wenn er mit dem Mittagbrot fertig war, das er in seiner einfachen Joppe einnahm und sich von seinem Diener in einem Arbeitsrock aus lilaweißgestreiftem Zwillich servieren ließ. Brummend beklagte er sich, daß ich nicht schon längst gekommen sei, es kümmere sich überhaupt keiner mehr um ihn; dann bot er mir ein Stück Marzipan oder eine Mandarine an und wir gingen durch einen Salon, in dem nie verweilt, nie Feuer angesteckt wurde, wo die Wände mit vergoldetem Gesimse prangten, die Decke mit einem Blau bemalt war, das sich einbildete, den Himmel nachzuahmen, und die Möbel mit Satin ausgepolstert waren wie bei den Großeltern, nur gelb; danach kamen wir in das von ihm so genannte „Arbeitszimmer", an dessen Wänden Stiche hingen, die auf schwarzem Grunde eine fleischige, rosige Göttin (auf der Höhe einer Kugel oder mit einem Stern an der Stirn) als Wagenlenkerin darstellten, wie man es unter dem Zweiten Kaiserreich liebte, weil man es „pompejanisch" aussehend fand, und wie man es später nicht leiden mochte, jetzt aber wieder gern sieht, einzig und allein aus dem Grunde (mag man auch lauter andere Gründe angeben): es sieht eben nach Zweitem Kaiserreich aus. Und ich blieb bei meinem

Onkel, bis sein Kammerdiener kam und ihn im Auftrage des Kutschers fragte, um welche Zeit dieser anspannen solle. Mein Onkel versenkte sich dann in eine Überlegung, die sein stets erstaunter Kammerdiener auch nur mit einer einzigen Bewegung zu stören sich gehütet hätte und deren immergleiches Resultat er mit Spannung erwartete. Dann, nach einem letzten Zögern, sprach mein Onkel unfehlbar die Worte: „Viertel nach zwei," und der Kammerdiener wiederholte verdutzt, aber ohne Widerrede: Viertel nach zwei? gut ... ich werd' es ausrichten ..."

In dieser Zeit hatte ich eine Liebe zum Theater, eine platonische Liebe allerdings, denn die Eltern hatten mir noch nie erlaubt hinzugehen, und ich stellte mir die dort zu genießenden Freuden derartig genau vor, daß ich beinahe glaubte, jeder Zuschauer erblicke wie in einem Stereskop eine Ausstattung, die nur für ihn da sei, wenn sie auch den tausend anderen ähnelte, auf die die übrigen Zuschauer, jeder für sich, blickten.

Alle Morgen lief ich zur Anschlagssäule, um mir die Spielpläne anzusehen. Nichts Reineres, Seligeres läßt sich denken als die Träume, die jedes angekündigte Stück in meiner Phantasie weckte — Träume, die bedingt wurden einmal durch die von den Worten des Titels untrennbaren Bilder und dann auch durch die Farbe der Anschlagzettel, die noch vom Kleister feucht und gedunsen waren und von denen der Titel sich abhob. Zwar waren solche sonderbaren Titel wie: „Das Testament des César Girodot" und „König Ödipus" nicht auf dem grünen Zettel der Opéra-Comique verzeichnet, sondern auf dem dunkelroten Zettel der Comédie Française, aber dieser Unterschied reichte noch nicht heran an den, der mir zwischen dem schimmernden weißen Silbergefunkel der „Krondiamanten" und dem glatten geheimnisvollen Atlas des „Schwarzen Domino" zu bestehen schien. Die Eltern hatten mir gesagt, wenn ich das erste Mal ins Theater dürfte, dann würde ich zwischen diesen beiden Stücken zu wählen haben, und so suchte ich denn nacheinander den Titel des einen und den Titel des anderen zu ergründen, weil das ja alles war, was ich von ihnen kannte, denn ich wollte von jedem einzelnen Stücke die Lust fassen, die es mir verhieß, und sie dann mit der Lust vergleichen, die in dem anderen steckte — und so stellte ich mir schließlich unter dem einen ein blendendes, stolzes, unter dem anderen ein gelindes, sammetweiches Stück vor und zwar derartig intensiv, daß ich außerstande war zu entscheiden, welchem ich den Vorzug geben sollte, gerade so, als wenn man mich zum Nachtisch vor die Wahl zwischen Reis à l'Impératrice und Schokoladenkreme gestellt hätte.

Alle meine Unterhaltungen mit meinen Kameraden handelten von den Schauspielen, deren Kunst, mochte sie mir auch noch unbekannt sein, doch die erste Gestalt war, in der ich, unter der Fülle der Gestalten dieses Namens, „die Kunst" vorzufühlen vermochte. Die geringfügigsten Unterschiede in der Art, wie der eine und wie der andere eine Tirade von sich gab und nüancierte, schienen mir von unberechenbarer Wichtigkeit. Jenachdem was ich über sie gehört hatte, ordnete ich sie dann nach Maßgabe ihres Talents in Listen, die ich mir den lieben langen Tag über hersagte — bis diese Listen sich schließlich in meinem Gehirn verhärteten und mich durch ihre Unverrückbarkeit behinderten.

Wenn ich später in der Schule, sobald der Lehrer während der Stunde den Kopf senkte, mit einem neuen Freund korrespondierte, war meine erste Frage immer, ob er schon ins Theater gegangen sei und ob er nicht auch finde, daß der größte Schauspieler doch wohl Got sei, der zweitgrößte Delaunay usw. Und wenn seiner Ansicht nach Febvre erst hinter Thiron oder Delaunay erst hinter

Coquelin kam, dann wurde der vorher steinharte Name Coquelin auf einmal beweglich, zog und zerrte und wollte in meinem Geiste zum zweiten Platz aufrücken — während eine wunderbare Behendigkeit, eine lebensträchtige Beseelung Delaunay bei seinem Zurückeilen auf den vierten Platz erfüllte; und all das gab meinem geschmeidigen, befruchteten Gehirn den Eindruck von Blütenglanz und Leben.

Aber wenn die Schauspieler mich schon so beschäftigten, wenn schon der Anblick Maubants, als er eines Nachmittags aus dem Théâtre Français herauskam, in mir das Packende und Quälende der Liebe erregt hatte, wie viel mehr dann erst der Name eines weiblichen „Stars", der am Eingang eines Theaters flammte! Tauchte gar ein Frauengesicht (vielleicht das einer Schauspielerin?), an dem Fenster einer Kutsche mit rosenbekränzten Pferden auf — was gab es dann erst für eine Erregung in mir, was für eine ohnmächtig-schmerzvolle Anstrengung, mir ihr Leben vorzustellen! Ich ordnete die berühmtesten nach Maßgabe ihres Talents, Sarah Bernhardt, die Berma, Bartet, Madeleine Brohan, Jeanne Samary — und alle, alle interessierten mich. Nun kannte mein Onkel sie gut und ebenso einige Kokotten, die ich von Schauspielerinnen nicht deutlich unterschied. Er pflegte sie bei sich zu empfangen. Und wenn wir ihn nur an bestimmten Tagen besuchten, so geschah das deshalb, weil an den anderen Tagen Frauen kamen, mit denen seine Familie nicht zusammentreffen durfte, wenigstens war sie dieser Meinung, denn mein Onkel war ganz im Gegenteil von der größten Leichtigkeit im Umgang mit hübschen Witwen, die vielleicht nie verheiratet gewesen waren, mit Komtessen schnarrenden Namens, der zweifellos nur ein Deckname war; und da er diese Damen mit ausgesuchter Höflichkeit Großmutter vorzustellen pflegte, ja ihnen sogar schon Familienkleinodien geschenkt hatte, war er schon mehr als einmal mit Großvater aneinandergeraten. Oft hörte ich, wenn in der Unterhaltung der Name einer Schauspielerin fiel, Vater lächelnd zu Mutter sagen: „Eine Freundin deines Onkels"; und ich dachte: mein Onkel könnte mich grünen Jungen doch leicht von der Probezeit dispensieren, die bedeutende Männer vielleicht jahrelang vor der Tür einer solchen Frau vergeblich durchmachen mußten, die ihnen nicht auf ihre Briefe antwortete und sie von dem Portier ihres Hauses fortjagen ließ — er brauchte mich doch bloß einmal bei sich zu Hause der für so viele andere unnahbaren Schauspielerin vorzustellen, die für ihn eine intime Freundin war.

Ich machte also die Ausrede, eine Stunde sei verlegt worden und liege jetzt so ungünstig, daß ich deshalb meinen Onkel schon mehrmals nicht hätte besuchen können und es auch in Zukunft nicht würde tun können. Da es nun gerade ein Tag war, der nicht für unsere Besuche reserviert war, machte ich mir das Mittagbrot der Eltern zunutze, ging fort und eilte, anstatt wie sonst die Anschlagssäule zu begucken, schnurstracks zu ihm. Ich sah vor seiner Tür einen mit zwei Pferden bespannten Wagen; die Pferde hatten an den Scheuklappen eine rote Nelke, wie sie der Kutscher im Knopfloch trug. Von der Treppe her drang Lachen und Stimme einer Frau zu mir. Als ich geklingelt hatte, war es erst ganz still, dann hörte ich das Geräusch von Türen, die geschlossen wurden. Der Kammerdiener kam mir öffnen, schien verwirrt, als er mich sah, und sagte zu mir, mein Onkel sei sehr beschäftigt und würde mich sicher nicht empfangen können; und während er mich nun trotzdem melden wollte, sagte dieselbe Stimme, die ich zuerst gehört hatte: „Ach doch! laß' ihn herein; nur eine Minute, es würde mir solchen Spaß machen. Auf der Photographie, die über deinem Schreibtisch hängt, sieht er so sehr seiner Mutter ähnlich, deiner Nichte, deren Photographie neben seiner hängt, nicht wahr? Ich möchte ihn nur mal ein Augenblickchen sehen, den Schlingel."

Ich hörte meinen Onkel vor sich hin brummeln, böse werden — schließlich ließ mich der Kammerdiener herein.

Auf dem Tische stand derselbe Marzipanteller wie sonst; mein Onkel hatte seine Alltagsjoppe an, aber ihm gegenüber saß in einer rotseidenen Robe mit einem großen Perlenkollier um den Hals ein junges Weib, das eine Mandarine zu Ende verzehrte. In meiner Ungewißheit darüber, ob ich Frau oder Fräulein zu ihr sagen müßte, wurde ich rot, wagte aber die Augen nicht allzu sehr von ihr zu wenden, aus Angst, ich würde mit ihr sprechen müssen, und gab dabei meinem Onkel einen Kuß. Sie sah mich lächelnd an, und mein Onkel sagte zu ihr: „Mein Neffe," ohne ihr meinen noch mir ihren Namen zu nennen, sicherlich, weil er nach den vielen Unannehmlichkeiten, die er mit Großvater gehabt hatte, so viel wie möglich jede Verbindungslinie zwischen seiner Familie und dieser Art von Beziehungen zu vermeiden suchte.

„Wie er seiner Mutter ähnlich sieht!" sagte sie.

„Aber Sie haben ja meine Nichte nur auf einer Photographie gesehen," sagte mein Onkel schroff und in mürrischem Ton.

„Wenn Sie gestatten, mein teurer Freund, ich bin ihr letztes Jahr, als Sie so krank waren, auf der Treppe begegnet. Gewiß, sie ist nur eben blitzschnell an mir vorbeigehuscht, und Ihre Treppe ist pechschwarz, aber das genügte mir schon, um sie zu bewundern. Dies Männlein hat ihre schönen Augen und auch das da," sagte sie und zog dabei mit ihrem Finger eine Linie über den unteren Teil ihrer Stirn. „Hat Ihre Frau Nichte denselben Namen wie Sie, Lieber?" fragte sie meinen Onkel.

„Er sieht hauptsächlich seinem Vater ähnlich,“ knurrte mein Onkel, der Bekanntschaften von fern, etwa durch Nennung von Mutters Namen, ebenso ungern vermittelte wie Bekanntschaften von nah. „Er ist ganz sein Vater und allenfalls noch meine selige Mutter.“

„Ich kenne seinen Vater nicht,“ sagte die Dame in Rosa mit einer leichten Neigung des Kopfes, „und ich habe Ihre gute Mutter nie kennengelernt, lieber Freund. Sie erinnern sich wohl, wir wurden erst kurz nach Ihrem großen Kummer miteinander bekannt.“

Ich empfand eine kleine Enttäuschung, denn diese junge Dame unterschied sich nicht von den anderen hübschen Frauen, die ich manchmal in meiner Familie gesehen hatte, namentlich von der Tochter eines unserer Kousins, in dessen Haus ich jeden Neujahrstag kam. Diese Freundin meines Onkels war nur besser angezogen, hatte aber sonst den gleichen lebhaft-gütigen Blick, dasselbe freie, liebevolle Gesicht. Ich entdeckte an ihr nichts von dem theatralischen Aussehen, das ich an den Schauspielerinnenphotographien bewunderte, nichts von dem diabolischen Ausdruck, wie er eigentlich zu dem Leben, das sie doch wohl führte, gehört hätte. Ich konnte kaum glauben, daß das eine Kokotte sei, und vor allem hätte ich nie geglaubt, daß es eine „schicke“ Kokotte sei, wenn ich nicht den Wagen mit den zwei Pferden, die rosa Robe, das Perlenkollier gesehen hätte, wenn ich nicht gewußt hätte, daß mein Onkel nur mit pikfeinen Dämchen verkehrte. Es war mir unfaßlich, wie der Millionär, der ihr seinen Wagen, sein Haus und seine Juwelen schenkte, ein Vergnügen darin finden konnte, sein Hab und Gut an einen Menschen zu wenden, der so einfach aussah, so ganz comme il faut. Und doch: wenn ich an jenes Etwas dachte, das doch ihr eigentliches Leben war, dann erregte mich die Unsittlichkeit dieses Lebens vielleicht noch mehr als etwa in der konkreten Gestalt individueller Erscheinung — weil es eine so unsichtbare Unsittlichkeit war, unsichtbar wie der Roman oder die Skandalgeschichte, infolge deren sie aus dem gutbürgerlichen, allseitig geachteten Hause ihrer Eltern hatte fort müssen, dann eine weit und breit bekannte Schönheit geworden und zur Halbwelt und Berühmtheit aufgestiegen war. Und dabei war mir doch ihr Mienenspiel, ihr Tonfall von vielen Anderen her längst so gut bekannt, daß sie für mich, ob ich wollte oder nicht, doch nur das junge Mädchen aus guter Familie war, das nur eben zu keiner Familie mehr gehörte.

Wir waren in das „Arbeitszimmer" gegangen, und mein Onkel, etwas geniert durch meine Gegenwart, bot ihr eine Zigarette an.

„Nein, mein Lieber," sagte sie, „Sie wissen doch, daß ich an die gewöhnt bin, die der Großherzog mir schickt. Ich hab' ihm schon gesagt, daß Sie darauf eifersüchtig sind." Und sie zog aus einem Etui Zigaretten mit fremdartigen goldenen Inschriften darauf: „Aber doch!", fing sie auf einmal wieder an, „ich muß den Vater dieses jungen Mannes schon bei Ihnen getroffen haben. Es ist doch Ihr Neffe, nicht? Wie hab' ich ihn nur vergessen können! Er war so gut, so ausgesucht höflich zu mir," sagte sie und sah dabei ganz bescheiden und gefühlvoll aus. Als ich nun aber an den von ihr, wie sie sagte, „ausgesucht höflich" gefundenen, ungeschliffenen Empfang dachte, den ihr Vater bereitet haben mochte, ich, der ich seine Reserviertheit und Kühle kannte, da war ich doch verlegen über dies Mißverhältnis zwischen dem Übermaß an Dank, der ihm gezollt wurde, und seinem Mangel an Liebenswürdigkeit, der mir diesmal geradezu als Unfeinheit erschien. Später ist es mir so vorgekommen, als sei dies eine der rührenden Seiten in der Rolle dieser müßigen und doch geschäftigen Frauen: sie weihen ihren

Edelmut, ihr Talent, weihen traumflüchtige Möglichkeiten seelischer Schönheit — denn wie die Künstler setzen sie solchen Traum nicht in die Wirklichkeit um, gewähren ihm nicht Einlaß in ihr tägliches Leben —, weihen Gold, das sie wenig kostet, dem einen Zweck: ein Mannesleben wie einen verwitterten, schlecht behauenen Stein durch kostbare, feine Fassung im Werte zu heben. So auch diese Frau: wie sie in dem Rauchzimmer, wo mein Onkel sie in seiner Joppe empfing, ihren zarten Leib hinbreitete mitsamt ihrem Kleid aus rosa Seide, ihren Perlen und der Eleganz, die der Freundschaft mit einem Großherzog entströmt, so hatte sie sich irgendein unbedeutendes Wort meines Vaters vorgenommen, es mit feinen Fingern behandelt, ihm eine Rundung gegeben und einen köstlichen Namen; dann faßte sie es ein mit einem Blick ihres schönen Auges, der voll war von den Nüancen der Demut und der Dankbarkeit — und so machte sie daraus ein kunstvolles Juwel, wirklich etwas irgendwie „ganz Ausgesuchtes."

„Du, es ist Zeit, daß du gehst, weißt du?" sagte mein Onkel zu mir.

Ich stand auf; eine unwiderstehliche Sehnsucht überkam mich, die Hand der Dame in Rosa zu küssen, aber ich meinte doch, das sei etwas gar zu Gewagtes, etwas wie eine Entführung. Mein Herz schlug, während ich zu mir sagte: „Soll man's tun, soll man's lassen?"; endlich hörte ich auf, mich zu fragen, was ich tun solle, um überhaupt etwas tun zu können. So machte ich denn eine blinde, sinnlose Gebärde, und bar aller Vernunftgründe, die ich einen Augenblick vorher anläßlich dieses Falles entdeckt hatte, führte ich die Hand, die sie mir hinstreckte, an meine Lippen.

„Wie nett er ist! er ist schon galant, er hat eine Schwäche für die Frauen: er schlägt nach seinem Onkel. Das wird mal ein vollendeter Gentleman," setzte sie hinzu und biß dabei die Zähne zusammen, um der Redensart einen leisen englischen Akzent zu geben. „Könnte er nicht mal kommen und a cup of tea nehmen, wie unsere Nachbarn, die Engländer, sagen? er brauchte mir morgens nur was ‚per Rohr‘ zu schicken.“

Ich wußte nicht, was das war: „per Rohr“. Überhaupt verstand ich die Hälfte der Worte nicht, die die Dame sagte, aber aus Angst, es könnte irgendeine Frage darin versteckt sein, auf die man als höflicher Mann antworten mußte, hörte ich ununterbrochen aufmerksam zu und fühlte mich davon ordentlich abgespannt.

„Aber nein, das ist ausgeschlossen,“ sagte mein Onkel achselzuckend. „Er ist ein großer Pflichtenmensch, er arbeitet viel. Er hat alle Prämien in seiner Klasse,“ setzte er mit leiser Stimme hinzu, damit ich diese Lüge nicht hörte und ihr nicht widerspräche. „Wer weiß, der wird vielleicht noch mal ein kleiner Victor Hugo, eine Art Vaulabelle, Sie verstehen schon.“

„Ich verehre die Künstler,“ antwortete die Dame in Rosa, „nur sie verstehen die Frauen ... sie und Elitemenschen von Ihrem Schlag. Entschuldigen Sie meine Unwissenheit, Lieber. Wer ist Vaulabelle? Etwa die Goldschnittbände in der kleinen Bibliothek hinter Glas in Ihrem Boudoir? Sie wissen doch, Sie haben mir versprochen, sie mir zu borgen, ich werde sehr vorsichtig damit umgehen.“

Mein Onkel, der es haßte, seine Bücher zu verborgen, antwortete nichts und brachte mich bis zum Vorzimmer. Glühend verliebt in die Dame in Rosa bedeckte ich die Zigarrenbacken meines alten Onkels mit rasenden Küssen, und während er mir einigermaßen verlegen zu verstehen gab (offen wagte er mir's nicht zu sagen), es wäre ihm sehr lieb, wenn ich meinen Eltern nichts von diesem Besuch erzählte, sagte ich ihm tränenden Auges, die Erinnerung an seine Güte sei so stark in mir, daß ich eines

Tages wohl eine Möglichkeit finden würde, ihm meine Dankbarkeit zu beweisen. Die Erinnerung war tatsächlich so stark in mir, daß ich es zwei Stunden später, nach einigen geheimnisvollen Redewendungen, die meinen Eltern offenbar noch keine genügend klare Vorstellung von dem Glanz meiner neuen Würde gaben, der größeren Deutlichkeit halber für richtig hielt, ihnen den Besuch, den ich eben gemacht hatte, haarklein zu schildern. Ich glaubte nicht, meinem Onkel dadurch Unannehmlichkeiten zu bereiten. Wie hätt' ich das annehmen sollen?, es war doch wirklich nicht meine Absicht. Und ich konnte doch nicht ahnen, daß meine Eltern etwas an einem Besuch finden würden, an dem ich nichts fand. Kommt es nicht oft genug vor, daß ein Freund uns bittet, wir sollten ja nicht vergessen, ihn bei einer Frau, an die er nicht hatte schreiben können, zu entschuldigen, und daß wir es trotzdem vergessen, weil wir es nicht für möglich halten, daß die Dame dem für uns so bedeutungslosen Schweigen unseres Freundes Gewicht beilegen könnte? Ich bildete mir wie alle Menschen ein, das Gehirn der Anderen sei ein träges, allempfängliches Sammelbecken ohne die Möglichkeit spezifischer Reaktion auf das, was man ihm einflößt; und ich zweifelte nicht daran: dadurch, daß ich in dies Sammelbecken meiner Eltern die Geschichte von der Bekanntschaft, die ich durch meinen Onkel gemacht hatte, vertrauensvoll hineintat — dadurch übermittelte ich ihnen nur, wie es ja auch mein Wunsch war, das wohlwollende Urteil, das ich über diese Vorstellung hegte. Leider legten aber meine Eltern für ihre Einschätzung der Tat meines Onkels ganz andere Prinzipien zugrunde als die, deren Annahme ich ihnen suggerieren wollte. Vater und Großvater gerieten mit ihm in heftige Auseinandersetzungen; davon wurde ich auf indirektem Wege unterrichtet. Einige Tage danach traf ich meinen Onkel, wie er im offenen Wagen vorbeifuhr, und da verspürte ich so recht den Schmerz, die Dankbarkeit, die Gewissensbisse, die ich ihm gegenüber eigentlich zum Ausdruck bringen wollte. Angesichts ihrer Unermeßlichkeit wäre, so fand ich, Hutabnehmen etwas Kleinliches gewesen und hätte in meinem Onkel den Eindruck erwecken können, als glaubte ich ihm gegenüber zu nichts Größerem als zu einer banalen Höflichkeit verpflichtet zu sein. So kam ich zu dem Entschluß, mich dieser unzureichenden Gebärde zu enthalten, und wandte den Kopf weg. Mein Onkel dachte, ich folgte hierin den Befehlen meiner Eltern, er verzieh ihnen das nicht — und er starb viele Jahre danach, ohne daß einer von uns ihn je wiedergesehen hätte.

So ging ich nicht mehr in den jetzt verschlossenen Liegeraum meines Onkels Adolf, und erst, wenn ich mich in der Nähe der Hinterküche verträumt hatte und Françoise plötzlich auf dem Vorplatz erschien und zu mir sagte: „Ich laß' jetzt mein Küchenmädchen den Kaffee servieren und heiß Wasser 'raufbringen, ich muß jetzt nämlich machen, daß ich zu Frau Octave komme," — erst dann entschloß ich mich zurückzugehen und ging direkt hinauf in mein Zimmer und an mein Buch. „Küchenmädchen", das war ein abstraktes Wesen, eine ständige Einrichtung mit unveränderlichen Attributen, die durch das Nacheinander vergänglicher Inkarnationsformen hindurch (wir hatten nämlich nie zwei Jahre hintereinander dieselbe) eine gewisse Kontinuität und Identität verbürgten. Das Jahr, in dem wir soviel Spargel aßen, war das Küchenmädchen, das sie für gewöhnlich zu schälen hatte, ein armes kränkliches Geschöpf, das sich schon zu Ostern, als wir hinkamen, in einem ziemlich weit vorgerückten Stadium der Schwangerschaft befand, und man wunderte sich eigentlich, daß Françoise sie noch so viel Gänge und Besorgungen machen ließ, denn sie trug schon immer schwerer an ihrem geheimnisvollen Fruchtkorb, der Tag für Tag mehr enthielt und dessen gewaltige Form man unter ihrem weiten Bauernkittel erriet. Dieser erinnerte an den weiten Überrock, wie ihn gewisse symbolische Figuren Giottos tragen, von denen mir Herr Swann Photographien geschenkt hatte. Er selbst hatte uns darauf hingewiesen, und immer, wenn er uns nach Neuigkeiten über das Küchenmädchen fragte, sagte er zu uns: „Wie geht's der Nächstenliebe von Giotto?" Im übrigen ähnelte das gute Mädchen, das von seiner Schwangerschaft bis in das Gesicht und die rechteckigen Hängebacken hinein fett geworden war, tatsächlich jenen kolossalen, männischen Jungfrauen, vielmehr Matronen, durch die in der Capella d'Arena die Tugenden personifiziert werden. Und jetzt wird mir klar, daß diese „Tugenden und Laster von Padua" ihr noch in einem anderen Sinne ähnlich sahen. Ebenso nämlich wie das Bild dieses Mädchens durch den symbolischen Zuwachs, den sie vor ihrem Bauche trug, gesteigert wurde, ohne daß es aussah, als verstünde sie den Sinn, ohne daß irgend etwas in ihrem Gesicht die Schönheit und den Geist dieser symbolischen Sprache übersetzte, gleich als hinge da nur eine einfache, schwere Bürde — ebenso kann zwar kein Zweifel darein gesetzt werden, daß der mächtige Hausdrache, der in der „Arena" unterhalb des Namens „Caritas" dargestellt ist und dessen Reproduktion an der Wand meines Studierzimmers in Combray hing, diese Tugend verkörpert, es kann aber nicht angenommen werden, daß irgend ein Gedanke von Nächstenliebe jemals durch ihr energisches, gewöhnliches Gesicht hat ausgedrückt werden können. Infolge einer schönen Erfindung des Malers tritt sie die Schätze der Erde mit Füßen, aber ganz genau so, als ob sie Trauben stampfte, um Saft daraus zu gewinnen, oder vielmehr, als ob sie auf Säcke stiege, um höher zu stehen; und sie reicht Gott ihr entflammtes Herz, besser gesagt, sie „befördert“ es zu ihm, wie eine Köchin einen Pfropfenzieher durch ihr Kellerloch im Souterrain zu jemandem befördert, der sie am Fenster des Erdgeschosses darum bittet. Der „Neid“, ja, der mochte wohl schon eher einen gewissen Ausdruck von Neid haben. Aber in dieser Freske nimmt nun wieder das Symbol soviel Raum ein und ist so realistisch dargestellt, die Schlange, die da zischt an den Lippen des „Neides“, füllt ihm den großen geöffneten Mund so vollständig aus, daß die Muskeln seines Gesichtes sich zerdehnen müssen, um sie nur fassen zu können (wie bei einem Kinde, das einen Ballon mit seinem Atem aufbläst), sodaß die Aufmerksamkeit des „Neides“ — und unsere gleichfalls — ganz und gar auf die Tätigkeit seiner Lippen konzentriert wird und er daher kaum noch Zeit hat, sich neidischen Gedanken hinzugeben.

Trotz aller Bewunderung, die Herr Swann für diese Gestalten von Giotto bekundete, machte es mir lange Zeit gar kein Vergnügen, im Arbeitszimmer, wo die Kopien, die er mir davon mitgebracht hatte, hingen, diese Nächstenliebe ohne Nächstenliebe zu betrachten oder diesen „Neid“, der eher wie eine Kupferstichillustration in einem medizinischen Werk aussah (etwa in dem Kapitel, wo die Zusammendrückung der Stimmritze oder des Zäpfchens durch eine Zungengeschwulst oder einen operativen Eingriff demonstriert werden soll); dazu dann eine „Gerechtigkeit“, deren graues, kleinlich ebenmäßiges Gesicht genau den gleichen Charakter hatte wie die trocken-fromme Physiognomie niedlicher Combrayer Bürgermädchen, die ich auf der Messe sah und von denen mehrere schon von vornherein in die Reservearmee der „Ungerechtigkeit“ einregistriert waren. Später aber habe ich begriffen: die ergreifende Seltsamkeit, die besondere Schönheit dieser Fresken kommt von der großen Rolle, die das Symbol darin einnimmt, und gerade die Tatsache der unsymbolischen Darstellung des Symbols (der symbolisierte Gedanke vermag sich ja kaum durchzusetzen), dieser realistisch gehaltenen Darstellung eines wirklichen Geschehnisses und handgreiflichen Vollzuges, verleiht dem Sinn des Werkes etwas Buchstäblicheres und Genaueres, seiner Lehre etwas Konkreteres und Frappanteres. Auch das brave Küchenmädchen fühlte viel zu sehr das ziehende Gewicht in ihrem Leib, als daß sie an ihren Leib selbst hätte denken können; so wendet sich auch der Geist des Menschen im Todeskampfe nur nach der wirklichen, schmerzvollen, dunklen Seite im Leibinnern, nach dieser „Rückseite des Todes," der einzigen, die der Tod ihm darbietet, die er ihn hart empfinden läßt und die freilich viel mehr aussieht wie eine zermalmende Last, ein erschwertes Atemholen, ein Bedürfnis zu trinken, als wie das, was wir die Idee des Todes nennen.

Diese „Tugenden" und „Laster" von Padua mußten wohl recht viel Wirklichkeit enthalten, da sie mir doch ebenso lebendig wie das schwangere Dienstmädchen vorkamen und umgekehrt das Mädchen kaum minder allegorisch als sie wirkte. Und vielleicht hat diese (wenigstens äußerliche) Unbeteiligtheit der Seele eines Wesens an der Tugend, die mittels seiner in Aktion tritt, außer ihrem ästhetischen Wert noch eine, wenn nicht psychologische, so doch, wie man sagt, physiognomonische Realität. Wenn ich später im Laufe meines Lebens Gelegenheit hatte, z. B. in Klöstern, wirklich heiligen Inkarnationen der tätigen Nächstenliebe zu begegnen, dann hatten sie im allgemeinen ein frisches, bestimmtes, gleichgültiges und barsches Äußeres wie ein vielbeschäftigter Chirurg: in solch einem Gesicht liegt keinerlei Mitleid, keinerlei Weichheit angesichts menschlichen Elends, keinerlei Furcht zu verletzen. Und gerade dies Gesicht ohne jede Zartheit — es ist das unsympatische und überlegene Gesicht der wahren Güte.

Während dasKüchenmädchen — das unwillkürlich Françoises Überlegenheit heller erstrahlen ließ, wie der Irrtum den Triumph der Wahrheit durch den Kontrast glänzender gestaltet — Kaffee servierte, der, mit Mutter zu reden, nur heiß Wasser war, und dann gleich in unsere Zimmer heißes Wasser hinaufbrachte, das schon beinahe lau war, hatte ich mich mit einem Buch in der Hand auf mein Bett gelegt. Bebend suchte mein Zimmer seine durchsichtige, zerbrechliche Kühle zu schützen gegen die Nachmittagssonne, die hinter seinen fast geschlossenen Vorhängen brannte (freilich hatte ein Lichtstrahl trotzdem seine gelben Flügel hindurchzustecken verstanden und ruhte nun unbeweglich zwischen Holz und Scheibe, ganz in der Ecke, wie ein niedersitzender Schmetterling). Es war kaum hell genug zum Lesen, und der Eindruck des Lichtglanzes wurde mir nur durch die Schläge vermittelt, die unten in der Pfarrstraße von Herrn Camus (auf die Nachricht Françoises, daß meine Tante „nicht ruhte" und man laut sein könne) gegen staubige Kästen geführt wurden, wobei es schien, als ob diese Schläge mit ihrem Widerhall in der besonderen, klangvollen Atmosphäre der Hitzetage scharlachrote Sterne in die Weite flattern ließen; und dann durch die Fliegen, die mir mit ihrem kleinen Orchester gleichsam die Kammermusik des Sommers vorführten: die mutet nicht an wie Menschenmusik, die einen an die schöne Jahreszeit, in der man sie zufällig hört, sofort ausdrücklich erinnert, nein, sie ist mit dem Sommer durch ein zwingenderes Band vereint: ist sie doch ein Kind der schönen Tage, lebt sie doch nur mit ihnen wieder auf, enthält sie doch etwas von ihrer Substanz — so erweckt sie denn nicht nur das Bild dieser Tage in unserem Gedächtnis, sondern verbürgt auch ihre Wiederkehr, ihre tatsächliche, umfangende, unmittelbar zugängliche Gegenwart.

Diese dunkle Kühle meines Zimmers stand zu der vollen

Sonne der Straße im gleichen Verhältnis wie der Schatten zum Licht, d. h. sie war wie er Kind des Lichtes und bot meiner Phantasie das vollkommene Schauspiel des Sommers dar, von dem meine Sinne, etwa auf einem Spaziergang, nur Stücke hätten genießen können; und so paßte sie gut zu meiner Nachmittagsruhe, die sich (noch belebt von den Abenteuern, die in meinen Büchern berichtet wurden) gleich der Ruhe einer unbeweglichen Hand inmitten fließenden Wassers, in dem Stoß und dem inneren Leben des Tatenstromes behagte.

Doch gerade, wenn das gar zu heiße Wetter sich verzogen hatte, wenn plötzlich ein Gewitter oder auch nur ein Schauer niedergegangen war, kam Großmutter und bat mich inständigst auszugehen. Da ich nun auf meine Lektüre nicht verzichten mochte, wollte ich sie wenigstens im Garten fortsetzen, unter dem Kastanienbaum in einer geflochtenen kleinen Laube, in deren verhängtem Inneren ich mich vor den Augen der Menschen, die meine Eltern besuchen könnten, verborgen glaubte.

Und war nicht auch mein Geist eine Art Verließ, in dessen Tiefe ich steckte, sogar dann, wenn ich nur betrachtete, was draußen vorging? Wenn ich einen äußeren Gegenstand sah, dann blieb das Bewußtsein, daß ich ihn sah, stets zwischen mir und ihm und umsäumte ihn mit einer schmalen geistigen Borte, die mich seinen Stoff nie direkt berühren ließ; ja, dies Bewußtsein verflüchtigte sich gewissermaßen, bevor ich in Kontakt mit dem Gegenstande kam, ganz wie ein weißglühender Körper nicht an die Feuchtigkeit eines aufgeweichten Dinges, mit dem man ihn zusammenbringt, rühren kann, weil er immer eine Dampfzone vor sich her verbreitet. Während ich las, entfaltete sich meine Seele zu einer Art von Lichtschirm mit der Buntheit von tausend Stimmungen: die reichten von den zutiefst in meinem Innern verborgenen Absichten bis zu dem am weitesten außen liegenden Anblick des Horizonts vor meinen Augen am Ende des Gartens; das Innerste, Beherrschende, unaufhörlich Bewegte in mir aber waren der Glaube und die Sehnsucht: der Glaube an den philosophischen Reichtum und die Schönheit des Buches, das ich las, und die Sehnsucht, sie mir anzueignen, wie das Buch auch sein mochte. In Combray pflegte ich die Bücher bei Borange zu kaufen (dies Geschäft lag zu weit vom Hause ab, als daß Françoise wie zu Camus hätte hinflitzen können, dafür war es aber mehr besucht, weil es zugleich Papier- und Buchhandlung war): dort prangte das Werk in einem Mosaik von Broschüren und Heften, welche die beiden Flügel der Ladentür bedeckten, dieser Pforte, die geheimnisvoller und gedankenträchtiger war als die Pforte einer Kathedrale. Ich kaufte die Bücher meist deshalb, weil sie mir als beachtenswerte Werke empfohlen waren und zwar entweder vom Lehrer oder von dem Kameraden, der mir in dieser Epoche das Geheimnis der Wahrheit und der Schönheit innezuhaben schien, der beiden halb vorgefühlten, halb noch unbegreiflichen Ideen also, deren Bekanntschaft zu machen das vage, aber andauernde Ziel meines Geistes war.

Nach diesem zentralen Glauben, der während meiner Lektüre in unaufhörlichen Bewegungen von innen nach außen wirkte, stets mit dem Ziel „Entdeckung der Wahrheit", kamen die Erregungen, die die Handlung, an der ich teilnahm, in mir erzeugte, denn jene Nachmittage waren tiefer erfüllt von dramatischen Ereignissen, als es so manches Leben in seiner Gesamtheit ist. Es waren dies die Ereignisse, die in dem Buch, das ich las, vorkamen. Gewiß: die Menschen, die darin zur Schau gestellt wurden, waren nicht „wirklich", wie Françoise sagte. Aber alle Gefühle, die Freude oder Mißgeschick eines wirklichen Menschen in uns wachrufen, kommen nur durch die Vermittlung eines Abbildes dieser Freude oder dieses Mißgeschicks in uns zustande; die Genialität des ersten Romandichters bestand darin, zu erfassen, daß in dem Triebwerk unserer Erlebnisse das Bild das allein wesentliche Element ist und daß daher die Vereinfachung, die in der radikalen, einfachen Unterdrückung des wirklichen Menschen bestünde, die entscheidende Vollendung bedeuten würde. Ein wirkliches Wesen, so tief wir auch mit ihm sympathisieren mögen, wird zum überwiegenden Teil von unseren Sinnen wahrgenommen, d. h. es bleibt uns undurchsichtig, liefert ein totes Gewicht, das unser Feingefühl nicht heben kann. So werden wir durch ein Unglück, das ihm zustößt, nur in einem kleinen Teil der Gesamtanschauung, die wir von ihm haben, erregt werden können, ja mehr noch, sogar dies Wesen selber wird das nur in einem kleinen Teil der Gesamtanschauung, die es von sich hat, vermögen. Der Glücksfund des Romandichters hat nun in dem Einfall bestanden, diese für die Seele undurchdringlichen Teile zu ersetzen durch das gleiche Quantum unstofflicher Teile, d. h. solcher, die unsere Seele sich assimilieren kann. Was hat es von da an zu bedeuten, daß die Handlungen, die Erregungen dieser Wesen einer neuen Art uns als wahr erscheinen! haben wir sie doch zu den unsrigen gemacht, vollziehen sie sich doch in uns und beherrschen in uns die Hast unseres Atems und die Spannung unseres Blicks, während wir fieberhaft die Seiten umblättern. Und hat der Romandichter uns einmal in diesen Zustand versetzt, in dem wie in allen rein innerlichen Zuständen jede Erregung verzehnfacht wird, in dem sein Buch beginnt, uns aufzuregen wie ein Traum, aber wie ein Traum, der viel lichter ist als die Träume unseres Schlafes und dessen Erinnerungsbild viel dauerhafter zu sein verspricht — dann geschieht's, daß er während einer Stunde in uns alle nur möglichen Seligkeiten und Traurigkeiten entfesselt, für die wir im Leben Jahre brauchen würden, um sie auch nur zu einem Teile kennen zu lernen, und von denen die intensivsten sich uns im Leben nie würden offenbart haben, weil die Langsamkeit, mit der sie sich dort vollziehen, uns die Möglichkeit ihres Gewahrwerdens benimmt (in dieser Weise ändert sich ja auch unsere Seele im Leben, und das ist recht eigentlich der schlimmste Schmerz, nur kennen wir ihn eben lediglich aus der Lektüre d. h. in der Phantasie; in der Wirklichkeit ändert sie sich, ganz wie gewisse Naturphänomene, ziemlich langsam, so daß wir zwar jeden dieser Zustände nacheinander konstatieren können, das eigentliche Gefühl der Veränderung jedoch nicht haben.)

Meinem Körper schon minder eng verhaftet als das Leben der Menschen, kam dann die halb vor mir sich entrollende Landschaft, in der die Handlung verlief und die auf meinen Geist einen viel größeren Einfluß ausübte als die andere (die nämlich, die mir vor den Augen lag, wenn ich vom Buche aufblickte). So kam es, daß ich zwei Sommer lang mitten in der Hitze des Combrayer Gartens einzig und allein durch das Buch, das ich damals las, Heimweh nach einem gebirgigen und flußreichen Lande empfand, wo ich viele Mühlen sehen würde, wo auf dem Grunde klaren Wassers Holzstücke unter Kressenbüscheln faulten und nahebei an niedrigen Mauern rötlichviolette Blütentrauben emporklommen. Und da der Traum von einer Frau, deren Geliebter ich wäre, meinem Geiste immer gegenwärtig war, so sättigte dieser Traum sich in jenen Sommern mit der Frische fließender Gewässer; und welche Frau ich auch beschwor — rötlichviolette Blütentrauben erhoben sich sogleich beiderseits von ihr wie Komplementärfarben.

Das geschah nicht nur deshalb, weil ein Bild, von dem wir träumen, stets Prägung, Verschönerung und Erhöhung zieht aus dem Glanze der seltsamen Farben, die es in unserer Träumerei zufällig umgeben; denn die

Landschaften der Bücher, die ich las, waren für mich keineswegs nur Landschaften, die zwar mit lebhafterer Deutlichkeit vor meiner Phantasie standen als die, die Combray meinen Blicken darbot, im übrigen aber ihnen entsprochen hätten. Schon durch die Auswahl, die der Autor getroffen hatte, dann durch die gläubige Treue, mit der mein Geist seinem Worte wie einer Offenbarung entgegenging, mußten diese Landschaften (und diesen Eindruck gab mir kaum das Land, in dem ich lebte, geschweige denn unser Garten, dieses reizlose Werk der korrekten Phantasie des Gärtners, den Großmutter verachtete) auf mich wirken wie ein echtes Stück der leibhaftigen Natur, wert, erforscht und ergründet zu werden.

Hätten mir die Eltern, wenn ich ein Buch las, erlaubt, die darin geschilderte Gegend aufzusuchen, so hätte ich einen unschätzbaren Fortschritt in der Eroberung der Wahrheit zu machen geglaubt. Denn wenn man das Gefühl hat, immer von seiner Seele umgeben zu sein, so ist das nicht gleichbedeutend mit unbeweglicher Kerkerhaft; vielmehr wird man mit ihr zusammen gleichsam dazu getrieben, unaufhörlich über sie hinaus nach draußen zu drängen — wobei sich dann leicht eine gewisse Entmutigung einstellt, da man immer wieder rings um sich das gleichbleibende Tönen vernimmt, das nicht Echo des Draußen, sondern Widerhall einer inneren Schwingung ist. Man versucht, in den Dingen, die doch so erst kostbar geworden sind, den Schein wiederzufinden, den unsere Seele auf sie geworfen hat — und konstatiert enttäuscht, daß sie in der Natur allen Zaubers bar zu sein scheinen, den sie in unserem Geiste der Nachbarschaft bestimmter Ideen verdankten; bisweilen verwandeln wir alle Kräfte unserer Seele in Leichtigkeit und Glanz, um auf Wesen zu wirken, von denen wir sehr wohl spüren, daß sie außerhalb unser gelegen sind und daß wir sie nie erreichen werden. Wenn ich mir also rings um die Frau, die ich liebte, immer die Flecken Erde ausmalte, die ich am meisten liebte, und wenn ich mich dann am liebsten von ihr hinführen, von ihr den Zugang zu unbekannter Welt mir auftun lassen wollte, so war das nicht der Zufall einer bloßen Gedankenassoziation; nein, meine Reise- und Liebesträume waren lediglich Momente — die ich heute nur künstlich trenne, als ob ich einen regenbogenfarbenen, scheinbar unbeweglichen Springbrunnen in Abschnitte von bestimmter Höhe einteilte — Momente in einem immergleichen, unbiegsamen Sprudeln aller meiner Lebenskräfte.

Verfolge ich dann weiter von drinnen nach draußen das gleichzeitige Nebeneinander der Zustände in meinem Bewußtsein (jedoch noch diesseits des Horizontes bleibend, der sie begrenzte), dann finde ich Genüsse von anderer Art, etwa, daß ich gut saß, den guten Geruch der Luft spürte, nicht durch einen Besuch gestört wurde und daß ich, wenn die Uhr am Glockenturm von Sankt-Hilarius schlug, die schon verbrauchten Teile des Nachmittags Stück für Stück fallen sah, bis ich den letzten Schlag hörte: dann erst zog ich die Summe, und die diesem letzten Schlage nachfolgende lange Stille schien im blauen Himmel den Tagesabschnitt zu eröffnen, der mir zum Lesen noch vergönnt war, nämlich bis zu dem guten Abendessen, das Françoise zurüstete und das mich von den Mühen wiederherstellen sollte, die ich während der Lektüre des Buches im Gefolge seines Helden bestanden hatte. Und zu jeder Stunde kam es mir so vor, als hätte die vorhergehende erst ein paar Augenblicke davor geschlagen; die jüngste hatte sich doch eben erst ganz dicht neben der anderen in den Himmel eingezeichnet, und ich mochte nicht glauben, daß sechzig Minuten in dem kleinen blauen Bogen Platz hätten, der zwischen ihren beiden goldenen Wahrzeichen beschlossen lag. Bisweilen schlug diese voreilige Stunde sogar zweimal mehr als die letzte;

es war also eine dazwischen gewesen, die ich nicht gehört hatte, es hatte etwas stattgefunden, ohne für mich stattgefunden zu haben; die Hingabe an die Lektüre, magisch wie ein tiefer Schlaf, hatte meine umgaukelten Ohren irregeführt und den goldenen Glockenton auf der azurnen Oberfläche des Schweigens ausgemerzt. Ihr schönen Sonntagnachmittage unter dem Kastanienbaum des Combrayer Gartens, ihr, die ich sorgfältig reinigte von den kleinlichen Zufällen meiner persönlichen Existenz, die ich statt dessen mit einem Leben voller Abenteuer und seltsamer Wünsche inmitten eines von quellenden Wassern besetzten Landes erfüllte, ihr beschwört mir noch heut' dies Leben herauf, wenn ich an euch denke, und ihr enthaltet es wirklich, denn ihr habt es — während ich in meiner Lektüre vorrückte und die Hitze des Tages wich — nach und nach umgeben und eingeschlossen in das dichte, schillernde, laubdurchsetzte Kristall eurer stillen, tönenden, duftenden und durchsichtigen Stunden.

Manchmal wurde ich mitten aus dem Nachmittag heraus von meiner Lektüre weggezogen und zwar von der Gärtnerstochter, die wie eine Verrückte heranraste, auf ihrem Weg einen Pomeranzenbaum umwarf, sich einen Finger einriß, einen Zahn ausbrach und schrie: „Sie sind da, sie sind da!", damit Françoise und ich hinrennen und uns nur ja nichts von der Sehenswürdigkeit entgehen lassen sollten. Das waren die Tage, an denen die Truppe zu Garnisonmanövern durch Combray zog, wobei sie im allgemeinen die Sankt-Hildegardstraße benutzte. Während unsere Dienstboten draußen vor dem Gitter in Reih' und Glied auf Stühlen saßen, die herrschaftlichen Spaziergänger von Combray musterten und sich von ihnen begucken ließen, hatte die Gärtnerstochter durch den Spalt, den zwei ferne Häuser der Bahnhofstraße zwischen sich ließen, das Funkeln der Helme erspäht. Da hatten die Dienstboten Hals über Kopf ihre

Stühle hereingenommen, denn wenn die Kürassiere in der Sankt-Hildegardstraße vorbeizogen, füllten sie deren ganze Breite aus, der Galopp der Pferde streifte dicht an die Häuser und bedeckte die überfluteten Bürgersteige wie steile Ufer, die dem entfesselten Strom nur ein allzu enges Bett vergönnen wollen.

„Arme Kinder," sagte Françoise, kaum am Gitter und schon in Tränen, „arme Jugend, man wird sie mähen wie eine Wiese; wenn ich bloß dran denke, rührt mich schon der Schlag" und dabei legte sie die Hand aufs Herz, dorthin wo dieser „Schlag" sie getroffen hatte.

„Fein ist das, nicht wahr, Frau Françoise, wenn man junge Leute sieht, die sich nichts aus dem Leben machen?' sagte der Gärtner, damit sie „hochginge."

Er hatte nicht in den Wind gesprochen:

„Sich nichts aus dem Leben machen? Aber woraus soll man sich denn was machen, wenn nicht aus dem Leben, dem einzigen Geschenk, das der liebe Gott nie zweimal macht? Ach mein Gott! und es ist doch wahr, sie machen sich nichts draus! Ich hab' sie anno 70 gesehen; sie haben keine Angst vor dem Tod mehr in diesen elenden Kriegen; sie sind eben reineweg verrückt; sie sind wirklich nicht mal den Strick wert, an dem man sie hängen sollte, das sind keine Menschen, das sind Löwen." (In Françoises Augen hatte der Vergleich eines Menschen mit einem Löwen, den sie „Lewe" aussprach, nichts Schmeichelhaftes.)

Die Sankt-Hildegardstraße bog zu rasch um, als daß man weit hätte sehen können, und nur durch jenen Spalt zwischen den beiden Häusern der Bahnhofstraße bemerkte man immer neue Helme, die vorübereilten und in der Sonne blitzten. Der Gärtner hätte sehr gern gewußt, ob noch viele kommen würden; er hatte Durst, denn die Sonne stach. Da schnellte seine Tochter auf einmal hervor, machte einen Ausfall wie aus einem belagerten

Platz, erreichte die Straßenbiegung, kam dann, nachdem sie hundertmal dem Tode getrotzt hatte, siegreich zurück und brachte uns, zusammen mit einer Flasche Fusel, die Nachricht, daß wohl tausend Stück ununterbrochen von Thiberzy und Méséglise herüberkämen. Françoise und der Gärtner diskutierten, wieder versöhnt, darüber, wie man sich im Kriegsfalle zu benehmen hätte.

„Wissen Sie, Françoise," sagte der Gärtner, „die Revolution wäre doch was Besseres, denn wenn man Revolution erklärt, brauchen bloß die ins Feld, die mitwollen."

„Jaja, soviel versteh' ich auch, man ist da freier."

Der Gärtner meinte, daß man bei der Kriegserklärung alle Eisenbahnen anhalten würde.

„Weiß Gott, damit sich bloß keiner in Sicherheit bringt", sagte Françoise.

Und der Gärtner: „Ach diese schlauen Hunde!", denn er ließ es sich nicht ausreden, daß der Krieg nur ein böser Streich sei, den der Staat dem Volke zu spielen versuchte, und daß jeder einzige Mensch, wenn es ihm möglich gewesen wäre, sich gedrückt hätte.

Aber Françoise machte, daß sie rasch wieder zu meiner Tante kam, ich ging wieder an mein Buch, die Dienstboten machten sich's wieder vor der Tür gemütlich und verfolgten das Sinken der Staubwolken und der Erregung, die die Soldaten aufgewirbelt hatten. Lange nachdem die Beruhigung eingetreten war, schwärzte eine ungewohnte Flut von Spaziergängern noch die Straßen von Combray. Und vor jedem Hause, auch dort, wo es sonst nicht üblich war, umsäumten die Dienstboten oder sogar die Herrschaften, sitzend und zuschauend, die Schwelle und bildeten eine seltsam dunkle Borte wie von Algen und Muscheln, deren Krepp und Stickerei von der schon längst gewichenen Flut her am Strande geblieben ist.

Außer an solchen Tagen konnte ich gewöhnlich in Ruhe

lesen. Aber die Unterbrechung und Bereicherung, die einmal durch einen Besuch Swanns in meine Lektüre hineingebracht wurde (ich las gerade das Buch eines mir ganz neuen Autors, Bergotte), hatten zur Folge, daß es für lange Zeit nicht mehr eine Mauer voller seidig-violetter Blüten, sondern ein ganz anderer Hintergrund war (nämlich das Portal einer gotischen Kathedrale), von dem sich das Bild einer Frau meiner Träume abhob.

Ich hatte den Namen Bergotte zum ersten Mal von einem meiner Kameraden nennen hören, der älter war als ich und für den ich große Bewunderung hegte, nämlich Bloch. Als er hörte, wie ich ihm meine Verehrung für die „Oktobernacht" bekannte, war er in ein trompetenartig dröhnendes Gelächter ausgebrochen und hatte zu mir gesagt: „Nimm dich in Acht vor deiner allzu tiefen Zuneigung zum Herrn von Musset. Der ist eine ganz üble Pflanze und eine ziemlich finstere Kreatur. Ich muß übrigens gestehen: er und sogar der p. p. Racine haben in ihrem Leben jeder einen ziemlich gut rhythmisierten Vers gemacht, der das eine für sich hat, was in meinen Augen das höchste Verdienst ist, daß er absolut nichts bedeutet. Das ist: ‚La blanche Oloossonne et la blanche Camire' und: ‚La fille de Minos et de Pasiphaë.' Sie wurden mir zur Entlastung dieser beiden Lumpenkerle durch einen Artikel meines hochverehrten Meisters, des Paters Lecomte, dieses Freundes der Unsterblichen Götter, ins Gesichtsfeld gerückt. A propos, hier ist ein Buch, das ich im Augenblick aus Zeitmangel nicht lesen kann und das, wie mich dünkt, von diesem fabelhaften Männeken empfohlen wird. Er hält, hat man mir gesagt, den Herrn Bergotte für eine ganz besonders feine Pflanze; und obwohl er mitunter eine ziemlich schwer verständliche Duldsamkeit an den Tag legt, ist sein Wort für mich doch das delphische Orakel. Lies also diese Gedichte in Prosa, und wenn der gigantische Rhythmenballer, der ‚Baghavat' und den ‚Windhund des Magnus' schrieb, wahr gesprochen hat, dann, bei Apollon, wirst du, verehrter Meister, die Nektarfreuden des Olympos verspüren.“ Er hatte mich, zwar nur in sarkastischem Ton, gebeten, ihn verehrter Meister zu nennen, und seinerseits mich so genannt. In Wirklichkeit aber gewannen wir eine gewisse Freude an diesem Spiel, denn wir waren noch nicht weit von dem Alter, in welchem man glaubt, man schaffe das, was man benennt.

Leider konnte ich dadurch, daß ich mich mit Bloch unterhielt und ihm Erklärungen abverlangte, die Verwirrung nicht beruhigen, in die er mich durch den Ausspruch gestürzt hatte, die schönen Verse (von denen ich doch nichts Geringeres als die Offenbarung der Wahrheit erwartete) seien um so viel schöner, als sie nicht das Geringste bedeuteten. Bloch wurde allerdings nicht wieder ins Haus geladen. Zuerst war er dort gut aufgenommen worden. Großvater behauptete freilich, jedesmal, wenn ich mit einem meiner Kameraden intimer würde als mit den anderen und ihn ins Haus einführte, sei es ein Jude; das hätte ihm im Prinzip nicht mißfallen — sogar sein Freund Swann war jüdischer Abkunft —, wenn er nicht gefunden hätte, es seien gewöhnlich nicht gerade die Besten, unter denen ich meine Auswahl träfe. Wenn ich daher einen neuen Freund einführte, kam es sehr selten vor, daß er nicht trällerte: „O Gott unsrer Väter“ aus der „Jüdin“, oder auch „Israel, brich' deine Kette“, wobei er natürlich nur die Melodie sang (Ti la lam ta lam, talim), aber ich hatte doch immer Angst, mein Kamerad möchte es kennen und die Worte einsetzen.

Bevor er sie gesehen hatte, erriet er, bloß beim Hören ihres Namens, der sehr oft gar nichts besonders Israelitisches hatte, nicht nur die jüdische Herkunft derjenigen von meinen Freunden, bei denen eine solche vorlag, sondern sogar, was hie und da Fatales in ihrer Familie vorgekommen war.

„Und wie heißt er, dein Freund, der heut abendkommt?"

„Dumont, Großvater."

„Dumont! O, da bin ich mißtrauisch." Und er sang:

„Häscher, haltet gute Hut!
Wacht ohn' Rast und ohne Lärm!"

Und nachdem er uns schlau einige peinlichere Fragen gestellt hatte, rief er: „Achtung! Achtung!" Oder falls der Leidtragende selber schon da war und, ohne es zu merken, durch ein verstecktes Verhör zum Eingeständnis seiner Abkunft gezwungen worden war, so wollte Großvater uns zeigen, daß er keinen Zweifel mehr hegte, begnügte sich aber damit, uns anzusehen und dabei unverständlich zu trällern:

„Was lenket ihr die Schritte
Des zagenden Hebräers?"

oder:

„Der Väter Fluren, Hebron, sanftes Tal"

oder auch:

„O ja, ich bin vom auserwählten Volk."

Diese kleinen Narreteien Großvaters bedeuteten nicht etwa einen Mangel an Wohlwollen gegenüber meinen Kameraden. Aber Bloch hatte den Eltern aus anderen Gründen mißfallen. Zuerst hatte er Vater geärgert, der, als er ihn durchnäßt sah, voller Interesse zu ihm gesagt hatte:

„Aber Herr Bloch, was ist denn für Wetter, hat's denn geregnet? Ich versteh' das gar nicht, das Barometer stand doch ausgezeichnet".

Darauf hatte er sich bloß folgende Antwort geholt:

„Lieber Herr, ich kann Ihnen absolut nicht sagen, ob es geregnet hat. Ich lebe so entschieden außerhalb der physischen Zufälligkeiten, daß meine Sinne sich nicht die Mühe nehmen, sie mir bekanntzugeben".

„Nein, mein guter Junge, dein Freund ist ein Idiot," hatte mein Vater zu mir gesagt, als Bloch fort war, „was, er kann mir nicht mal sagen, was für Wetter ist? Dabei gibt es doch nichts Interessanteres! So ein Schafskopf." Dann hatte Bloch Großmutter mißfallen, weil er nach dem Mittagbrot auf ihre Äußerung, sie sei ein bißchen elend, einen Seufzer unterdrückt und sich Tränen abgewischt hatte.

„Was, meinst du etwa, das ist ehrlich?" sagte sie, „er kennt mich doch gar nicht; oder er muß verrückt sein." Und schließlich hatte er alle vor den Kopf gestoßen, weil er anderthalb Stunden zu spät und schmutzbedeckt zum Mittagbrot gekommen war und, anstatt sich zu entschuldigen, gesagt hatte:

„Ich lasse mich weder von den Störungen der Atmosphäre beeinflussen noch von den konventionellen Einteilungen der Zeit. Ich würde gern den Gebrauch der Opiumpfeife und des malaiischen Kriss wieder zu Ehren bringen, aber ich will nichts wissen von jenen unendlich viel unheilvolleren und übrigens total spießbürgerlichen Instrumenten, der Uhr und dem Regenschirm."

Er wäre trotz allem in Combray wiedererschienen. Er war freilich nicht der Freund, wie die Eltern sich ihn für mich wünschten; sie hatten sich zwar schließlich davon überzeugen müssen, daß die Tränen, die ihm Großmutters Indisposition entlockt hatte, nicht geheuchelt waren; aber sie wußten instinktiv oder aus Erfahrung, daß die Aufschwünge unserer Gefühle wenig Macht haben über die Folge unserer Handlungen und die Führung unseres Lebens, und daß die Achtung vor den moralischen Verpflichtungen, die Anhänglichkeit an die Lieben, die Ausführung eines Werkes, die Beobachtung einer Norm in blinden Gewohnheiten viel sicherer ruhen als in diesen momentanen, hitzig-unfruchtbaren Wallungen. Sie hätten für mich anstelle von Bloch lieber Gefährten gehabt, die mir nicht mehr zukommen ließen, als man seinen Freunden nach den Regeln der bürgerlichen Moral gönnen darf; die mir nicht unerwartet einen Obstkorb schickten, weil sie heute liebevoll meiner gedacht hätten, sondern solche, die zwar nicht imstande wären, das richtige Gleichgewicht zwischen den Pflichten und den Rechten der Freundschaft wegen einer bloßen Regung ihrer Phantasie und ihres Gefühls zu meinen Gunsten zu erschüttern, die aber dafür dies Gleichgewicht auch nie zu meinem Nachteil verändern würden. Sogar Unrecht läßt solche Naturen schwer von dem abgehen, was sie einem schulden; das Muster einer solchen Natur war meine Großmutter: sie war zwar seit Jahren böse mit einer Nichte, mit der sie kein Wort mehr sprach, änderte aber deswegen nicht etwa ihr Testament, worin sie ihr all' ihr Vermögen hinterließ, weil sie doch ihre nächste Verwandte wäre und weil sich das doch „so gehörte".

Aber ich hatte Bloch gern, die Eltern wollten mir Freude machen, und die unlösbaren Probleme, die ich mir angesichts der sinnentblößten Schönheit der Tochter Minos' und Pasiphaës stellte, spannten mich mehr ab und brachten mich mehr herunter, als es neue Unterhaltungen mit ihm vermocht hätten, obwohl Mutter sie verderblich fand. Und man hätte ihn in Combray auch noch empfangen, wenn er mir nicht nach jenem Essen, im Zusammenhang mit einer Mitteilung (die später viel Einfluß auf mein Leben gewann und es erst glücklicher, dann unglücklicher gestaltete: daß nämlich alle Frauen nur an die Liebe dächten und es keine einzige gäbe, deren Widerstand nicht zu brechen wäre) —, wenn er mir nicht in diesem Zusammenhang versichert hätte, er habe sagen hören, und zwar mit der größten Bestimmtheit, meine Großtante habe eine stürmische Jugend gehabt und sei eingesperrt worden. Ich konnte mich nicht enthalten, den Eltern diese Äußerungen wiederzuerzählen, er wurde, als er wiederkam, vor die Tür gesetzt, und als ich ihn danach auf der Straße ansprach, war er äußerst kühl zu mir.

Aber was Bergotte anbetraf, so hatte er Recht behalten. In den ersten Tagen ging es mir mit ihm wie mit einer Melodie, in die man bald vernarrt sein wird, die man aber noch nicht in ihrem Wesen erfaßt: was ich an seinem Stil bald so lieben sollte, trat mir noch nicht vor Augen. Ich kam nicht los von dem Roman, den ich von ihm las, aber ich glaubte, nur derGegenstand interessiere mich, es ging mir wie in den ersten Momenten der Liebe, wenn man Tag für Tag eine Frau wiedertreffen will, auf jeder Réunion, jeder Lustbarkeit, von deren Reizen man sich angezogen wähnt. Dann bemerkte ich die seltenen, fast archaischen Ausdrücke, die er in bestimmten Augenblicken gern brauchte, wenn nämlich eine verborgene Flut von Harmonie, ein Präludium der innersten Empfindung seinen Stil hob; und gerade in solchen Augenblicken kam er zu sprechen auf „den eitlen Traum des Lebens", „den nie versiegenden Strom schönen Scheines," „die unfruchtbar-köstliche Qual des Verstehens und doch Liebens," „die erschütternden Gestalten, die auf ewig die ehrwürdige und zugleich so bezaubernde Fassade der Kathedralen adeln", in solchen Augenblicken brachte er eine ganze, mir völlig neue Philosophie in wunderbaren Bildern zum Ausdruck, ja, diese Bilder erst, so war man versucht zu sagen, hatten den Harfengesang erweckt, der sich dann erhob inmitten ihrer edlen Begleitung. Einer dieser Abschnitte bei Bergotte, der dritte oder vierte, den ich mir aus allem Übrigen herausgelöst hatte, schenkte mir eine Seligkeit, nicht zu vergleichen mit der, die ich im ersten gefunden hatte, eine Seligkeit, die ich in einer tieferen Region meines Ich empfand, einer glatteren, weiteren, aus der alle Hemmnisse und Schranken fortgerissen schienen. Und zwar kam das daher: beim Wiedererkennen desselben Sinns in den gewählten Ausdrücken, desselben musikalischen Strömens, derselben idealistischen Philosophie, die schon die anderen Male mir unbewußt die Ursache meines Genusses gewesen war, hatte ich nicht mehr den Eindruck, vor einem besonderen Stück eines bestimmten Buches von Bergotte zu stehen (einem Stück, das sich etwa als rein lineare Gestalt auf der Oberfläche meines Geistes abzeichnete), sondern vor dem Stück „reiner Bergotte", wie es allen seinen Büchern gemeinsam war, in das alle verwandten Partien miteinflossen, um ihm gewissermaßen Dichte und Umfang zu verleihen; und das war es auch, weswegen mein Geist sich so geweitet fühlte.

Ich stand mit meiner Begeisterung für Bergotte nicht ganz allein; er war auch der Lieblingsschriftsteller einer sehr gebildeten Freundin meiner Mutter; ja, bloß um sein letzterschienenes Buch zu lesen, ließ der Doktor du Boulbon seine Patienten warten; und seinem Sprechzimmer sowie einem Park in der Nähe von Cambray entflatterten einige erste Samenkörner der Vorliebe für Bergotte, die damals ein so seltener Fall war und heute so allgemein verbreitet ist, daß man ihre ebenso ideale wie alltäglich gewordene Blüte überall in Europa, in Amerika, selbst im kleinsten Dorf antrifft. Die Freundin meiner Mutter und offenbar auch der Doktor du Boulbon liebten an Bergottes Büchern, ganz ebenso wie ich, besonders den melodischen Fluß, die Ausdrücke, die altertümlichen oder auch die sehr einfachen und bekannten, die aber durch die Beleuchtung, in die er sie stellte, auf einmal gleichsam zu einem besonderen Sinn sprachen; endlich — in den traurigen Abschnitten — eine gewisse Schroffheit, einen fast rauhen Ton. Und sicherlich: er mußte wohl selber spüren, daß darin seine größten Reize lagen. Denn wenn er in den späteren Büchern auf irgendeine große Wahrheit oder auf den Namen einer berühmten Kathedrale gestoßen war, unterbrach er seinen Bericht, und in einer

Anrufung, einer Rede an den Leser, einem langen Gebet gab er den Strömen freien Lauf, die in seinen ersten Werken noch innerhalb der Erzählung geblieben waren, so daß sie sich nur durch die Wellenschläge auf der Oberfläche verraten hatten und vielleicht noch zarter, noch harmonischer gewesen waren, als sie noch verschleiert wurden und man eigentlich nicht genau angeben konnte, wo ihr Murmeln entsprang, wo es verhauchte. Diese Stücke, in denen er sich gefiel, waren unsere Lieblingsstücke. Ich meinesteils wußte sie auswendig. Enttäuscht war ich, wenn er den Faden seiner Erzählung wieder aufnahm. Jedesmal, wenn er von etwas sprach, dessen Schönheit mir bis dahin verborgen geblieben war, von Pinienwäldern, vom Hagel, von „Notre-Dame de Paris", von „Athalie" oder von „Phèdre", ließ er diese Schönheit in einem Bild bis zu mir hin explodieren. Da ich also fühlte, welch eine Fülle von Dingen es in der Welt gab, die meine schwache Auffassung ohne seine Mittlerschaft nie wahrgenommen haben würde, hätte ich am liebsten eine Meinung von ihm, ein Gleichnis von ihm über alle Dinge besessen, insbesondere jedoch über die, die ich mit eigenen Augen zu sehen Gelegenheit haben würde, und unter diesen wiederum in erster Linie über altfranzösische Denkmäler und manche Meerlandschaften, weil die Beharrlichkeit, mit der er in seinen Büchern darauf zurückkam, bewies, daß er ihnen viel Bedeutung und Schönheit zuerkannte. Leider wußte ich in den meisten Fällen nicht, was seine Meinung sein mochte. Ich zweifelte nicht daran, daß sie völlig verschieden von meinen Ansichten sei, da sie doch aus einer unbekannten Welt herniederstieg, zu der ich mich zu erheben suchte; durchdrungen davon, daß meine Gedanken diesem vollendeten Geist als reine Dummheit vorgekommen wären, hatte ich gründlich mit ihnen allen aufgeräumt. Stieß ich also in einem seiner Bücher auf solch' eine Ansicht, die früher die meinige gewesen war, dann schwoll mein Herz, als hätte ein Gott sie ausdrücklich zu Rechtsgültigkeit und Schönheit erhoben. Manchmal kam es vor, daß auf einer Seite von ihm dieselben Dinge standen, die ich Nachts oft an Großmutter und Mutter schrieb, wenn ich nicht schlafen konnte: dann wirkte diese Seite von Bergotte wie eine Sammlung von Inschriften, die als Motti am Kopf meiner Briefe hätten stehen können. Und wenn ich mich später daran setzte, ein Buch zu verfassen, und gewisse Sätze nicht genügend gelungen fand, um mich für die Weiterarbeit an dem Buche zu entscheiden, traf es sich wohl gar, daß ich ganz Entsprechendes in Bergotte entdeckte. Aber nur dann, wenn ich solche Sätze in seinem Werke las, konnte ich mich an ihnen freuen; war ich selbst ihr Verfasser, ich mit meiner Sorge, ob sie wohl das, was ich im Geiste wahrnahm, genau widerspiegelten, mit meiner Angst, sie möchten „keine Ähnlichkeit“ haben — dann hatte ich wirklich keine Zeit, mich zu fragen, ob sie angenehm klangen! Und doch hatte ich eigentlich nur zu dieser Art Sätzen und Ideen eine wahrhafte Liebe. Meine ruhelosen, unzufriedenen Anstrengungen waren ja selbst ein Zeichen von Liebe, von freudloser, aber tiefer Liebe. Wenn ich daher plötzlich solche Sätze im Werk eines anderen fand, dann überließ ich mich endlich, sozusagen ohne weitere Skrupel, ohne Strenge, ohne Selbstquälerei mit Wonne dem Geschmack, den ich an ihnen zu finden imstande war, — wie ein Koch, der das eine Mal, wenn er die Küche nicht zu besorgen hat, endlich Zeit findet, Feinschmecker zu sein. Einmal war ich in einem Buche Bergottes anläßlich eines alten Dienstmädchens einem Spaß begegnet, der in der großartigen, feierlichen Sprache des Dichters noch ironischer wirkte — und das war just solch' ein Spaß gewesen, wie ich ihn Großmutter oft bereitet hatte, wenn ich von Françoise erzählte. Ein andermal sah ich, daß er es nicht für unter seiner Würde hielt, in einem solchen Spiegel der Wahrheit, wie jedes Werk von ihm es war, eine ähnliche Beobachtung darzustellen, wie ich sie gelegentlich bei unserem Freunde Legrandin gemacht hatte (diese Beobachtungen über Françoise und Herrn Legrandin gehörten allerdings wirklich zu denen, die ich mit vollster Überlegung Bergotte hätte widmen mögen, durchdrungen davon, daß er sie unbefangen finden würde) — und so kam es mir plötzlich so vor, als wären mein bescheidenes Leben und die Königreiche der Wahrheit doch nicht so sehr voneinander geschieden, wie ich geglaubt hatte, als fielen sie sogar in gewissen Punkten zusammen, und vor Vertrauen und Freude weinte ich über den Seiten des Dichters wie in den Armen eines wiedergefundenen Vaters.

Nach seinen Büchern dachte ich mir Bergotte als schwachen, enttäuschten Greis, der Kinder verloren und das nie verwunden hatte. Daher las und sang ich innerlich seine Prosa vielleicht mehr „dolce“, mehr „lento“, als sie geschrieben war, und der einfachste Satz sprach zu mir im Tone der Rührung. Über alles liebte ich seine Philosophie, ich hatte mich ihr verschrieben auf immer. Sie erfüllte mich mit ungeduldigem Harren auf das Alter, in dem ich das Collège beziehen und in die sogenannte Philosophieklasse gehen würde. Doch wünschte ich nicht, daß man dort etwas anderes mache als ausschließlich von den Gedanken Bergottes leben, und hätte man mir gesagt, daß die Metaphysiker, an die ich mich dann zu halten hätte, ihm in nichts ähnelten, dann hätte ich die Verzweiflung eines Liebenden empfunden, der fürs Leben lieben will und dem man von anderen Geliebten spricht, die er später haben wird.

Eines Sonntags wurde ich in meiner Gartenlektüre von Swann gestört, der Eltern besuchte.

„Was lesen Sie denn da, darf man schauen? Sieh mal,

Bergotte? Wer hat Sie denn auf seine Werke aufmerksam gemacht?“ Ich erzählte ihm, daß Bloch es getan habe.

„Ach ja, der Junge, den ich einmal hier gesehen habe, der genau so aussieht wie das Porträt Mohammeds II. von Bellini. O, es ist frappant, er hat dieselben geschwungenen Augenbrauen, dieselbe gekrümmte Nase, dieselben hervorspringenden Backenknochen. Wenn er erst mal ein Kinnbärtchen hat, ist es derselbe Mensch. Jedenfalls hat er Geschmack, denn Bergotte ist ein charmanter Kopf.“ Und da er sah, in was für einem Bergotterausch ich steckte, machte er, Swann, der nie von seinen Bekannten sprach, aus Güte eine Ausnahme und sagte zu mir:

„Ich kenne ihn gut, wenn es Ihnen Freude macht, daß er ein Motto in Ihren Band schreibt, könnte ich ihn darum bitten.“ Ich wagte nicht das anzunehmen, sondern stellte Swann einige Fragen über Bergotte. „Könnten Sie mir wohl sagen, für welchen Schauspieler er eine Vorliebe hat?“

„Für welchen Schauspieler? das weiß ich nicht. Ich weiß nur, daß er keinen männlichen Künstler der Berma gleichsetzt, die er über alle stellt. Haben Sie sie gehört?“

„Nein, Herr Swann, meine Eltern erlauben mir nicht, ins Theater zu gehen.“

„Schade. Sie müßten sie darum bitten. Die Berma in der ‚Phèdre‘, im ‚Cid‘ — gewiß, es ist nur eine Schauspielerin, wenn Sie wollen, aber Sie wissen ja, ich glaube nicht sehr an die ‚Hierarchie‘ der Künste“ (und ich beobachtete, was mich schon oft in seinen Gesprächen mit Großmutters Schwestern frappiert hatte: wenn er von ernsten Dingen sprach und einen Ausdruck brauchte, der eine Meinung über eine wichtige Angelegenheit zu enthalten schien, hob er ihn sorgfältig heraus in einem besonderen, gemachten, ironischen Ton und setzte ihn gleichsam in Gänsefüßchen, was so wirkte, als möchte er dafür nicht verantwortlich sein und als wollte er sagen: „‚Hierarchie‘, wissen Sie, wie die albernen Leute sagen“; aber schließlich, wenn es albern war, weshalb sagte er „Hierarchie“?). Er hielt einen Augenblick inne, dann sagte er: „Sie werden davon einen ebenso vornehmen Eindruck bekommen wie von irgendeinem x-beliebigen Meisterwerk, was weiß ich ... z. B.“ ... und er bekam es mit dem Lachen „Die Königinnen von Chartres“!“ Bis dahin war mir dieser Widerwille, seine Meinung ernsthaft auszudrücken, wie etwas vorgekommen, das elegant und pariserisch sein sollte und sich dem Provinzdogmatismus von Großmutters Schwestern widersetzte; auch vermutete ich, es gehöre wohl zu der geistigen Haltung des Kreises, in dem Swann lebte und wo man in Reaktion auf den Lyrismus der vorigen Generation in übertriebener Weise die genauen kleinen Fakten, die früher für gemein gehalten wurden, wieder zu Ehren brachte, mithin alle „Phrasen“ verfemte. Aber jetzt fand ich etwas Verletzendes in dieser Einstellung Swanns zu den Dingen. Es sah so aus, als wagte er nicht, eine Meinung zu haben und als fühlte er sich nur wohl, wenn er peinlich genaue Auskünfte geben konnte. Nur machte er sich nicht klar, daß es ja schon eine Meinung bekunden hieß, wenn er die Bedeutung der Genauigkeit von Details postulierte. Ich dachte wieder an das Essen, bei dem ich so traurig gewesen war, weil Mutter nicht in mein Zimmer hinaufkommen sollte, und im Laufe dessen er gesagt hatte, daß die Bälle bei der Fürstin von Léon nicht die mindeste Bedeutung hätten. Und doch verbrachte er gerade in dieser Art von Vergnügungen sein Leben. Ich fand all' das widerspruchsvoll. Für welches andere Leben behielt er sich's denn vor, endlich im Ernste zu sagen, was er von den Dingen dachte, Urteile zu formulieren, die er nicht in Gänsefüßchen setzen konnte, und sich nicht mit peinlichstem Schliff Beschäftigungen hinzugeben, deren Lächerlichkeit er gleichzeitig verkündete?! Ich bemerkte auch in der Art, mit der Swann mir von Bergotte sprach, etwas nicht nur ihm Eigenes, sondern allen damaligen Verehrern des Dichters Gemeinsames, was auch Mutters Freundin und der Doktor du Boulbon an sich hatten. Wie Swann sagten sie von Bergotte: „Er ist ein charmanter Kopf, so eigenartig, er hat eine so besondere Art die Dinge zu sagen, ein bißchen gesucht, aber so angenehm. Man braucht nicht nach der Signatur zu sehen, man erkennt sofort, daß es von ihm ist." Aber kein einziger wäre so weit gegangen zu sagen: „Er ist ein großer Dichter, er hat ein großes Talent." Sie sagten nicht einmal, daß er Talent hätte. Sie sagten es nicht, weil sie es nicht wußten. Wir brauchen sehr lange, um in der spezifischen Physiognomie eines neuen Dichters das Vorbild wiederzuerkennen, das den Namen „großes Talent" trägt und in unserem Museum der allgemeinen Ideen steht. Gerade weil diese Physiognomie neu ist, finden wir sie nicht ganz ähnlich dem, was wir Talent nennen. Wir sagen lieber Originalität, Charme, Feinheit, Kraft; und dann werden wir uns eines Tages darüber klar, daß dies alles nichts Anderes ist als: das Talent.

„Gibt es eine Stelle in Bergottes Werken, wo er von der Berma spricht?" fragte ich Herrn Swann.

„Ich glaube, in seiner kleinen Broschüre über Racine, aber die ist wohl vergriffen. Vielleicht hat sie aber inzwischen einen Neudruck erlebt. Ich werde mich erkundigen. Ich kann Bergotte übrigens alles fragen, was Sie wollen, es vergeht keine Woche im Jahr, daß er nicht zu uns zum Essen kommt. Er ist der beste Freund meiner Tochter. Sie besuchen zusammen die alten Städte, Kathedralen und Schlösser."

Da ich gar keinen Begriff von der Hierarchie der Gesellschaft besaß, hatte die Unmöglichkeit, die dem Gedanken eines Verkehrs zwischen uns und Frau oder Fräulein Swann in Vaters Augen anhaftete, nur die eine Folge, daß ich mir zwischen ihnen und uns einen gewaltigen Abstand vorstellte und daß sie in meinen Augen einen gewissen Nimbus gewannen. Ich bedauerte, daß Mutter sich nicht die Haare färbte und sich kein Rot auf die Lippen legte, wie nach den Berichten der Frau Sazerat, unserer Nachbarin, Frau Swann es tat, um Eindruck zu machen, und zwar nicht etwa auf ihren Mann, sondern auf Herrn de Charlus; und ich dachte, wir müßten in ihren Augen wohl etwas Verächtliches sein, was mich besonders Fräulein Swanns wegen bekümmerte, die ein so hübsches kleines Mädchen sein sollte und von der ich oft träumte, indem ich ihr jedesmal das gleiche reizende eigenwillige Gesicht verlieh. Wie ich aber nun hörte, daß Fräulein Swann ein Wesen so seltenen Ranges sei und inmitten so vieler Privilegien wie in ihrem natürlichen Elemente schwimme, daß sie nur ihre Eltern zu fragen brauche, ob jemand zum Essen da sei, um sogleich ein paar glanzerfüllte Silben zur Antwort zu bekommen (den Namen des goldenen Gastes nämlich, der für sie nur ein alter Freund der Familie war: Bergotte); daß für sie die intime Unterhaltung bei Tisch — also das, was bei uns den Reden meiner Großtante entsprach — Worte Bergottes waren über all das, was er in seinen Büchern nicht hatte berühren können und worüber ich ihn so gern hätte orakeln hören; ja daß er, wenn sie Städte besuchte, neben ihr wanderte, unbekannt und doch so ruhmreich, wie die Götter, die herniedersteigen und sich unter die Sterblichen mischen — dann spürte ich, zugleich mit dem Wert eines Wesens wie Fräulein Swann, wie plump und unwissend ich ihr vorkommen würde, und ich empfand die Süßigkeit und Unmöglichkeit einer Freundschaft zwischen ihr und mir so lebhaft, daß ich zugleich von

Sehnsucht und von Verzweiflung erfüllt wurde. Wenn ich jetzt an sie dachte, sah ich sie meist vor der Halle einer Kathedrale stehen, wie sie mir die Bedeutung der Statuen erklärte und mich mit einem Lächeln, das Gutes von mir sagte, als einen ihrer Freunde Bergotte vorstellte. Und der Zauber alles dessen, was die Kathedralen an Gedanken in mir wachriefen, der Zauber der Hänge von Ile-de-France und der Ebenen der Normandie, ließ seinen Abglanz jedesmal zurückströmen auf das Bild, das ich mir von Fräulein Swann formte — war doch dies ganze innere Leben nichts Anderes als ein Ausdruck der vollen Bereitschaft sie zu lieben. Daß wir glauben, ein Wesen nehme an einem unbekannten Leben teil, zu dem seine Liebe uns Zutritt verschaffen könnte — das ist von allem, was die Liebe zum Entstehen braucht, das Wichtigste; in allem Übrigen wird sie dann rasch handelseinig. Sogar die Frauen, die behaupten, sie beurteilten einen Mann nur nach seinem Äußeren, sehen in diesem Äußeren die Emanation eines besonderen Lebens. Deshalb lieben sie Soldaten und Feuerwehrmänner; die Uniform erleichtert den Zugang zum Gesicht; sie glauben, unter dem Panzer ein anderes, abenteuerliches, zartes Herz zu umarmen; und ein junger Herrscher oder Erbprinz braucht für die schmeichelhaftesten Eroberungen in den fremden Ländern, die er bereist, nicht das regelmäßige Profil, das für einen Statisten vielleicht unerläßlich wäre.

Während ich im Garten las (nie hätte Großtante verstanden, daß ich das außer am Sonntag täte, dem Tage, an dem es verboten ist, sich mit etwas Ernstem zu beschäftigen und an dem sie nicht nähte; an einem Wochentag hätte sie mir zu gesagt: „wie du dich noch mit Lesen ‚amüsieren‘ kannst, es ist doch nicht Sonntag,“ und dabei gab sie dann dem Wort „amüsieren“ den Sinn von kindischem Spiel und vertrödelter Zeit), — währenddessen plauderte Tante Léonie mit Françoise und wartete dabei Eulalie heran. Sie erzählte ihr, sie habe Frau Goupil „ohne Regenschirm in dem Seidenkleid, das sie sich in Châteaudun hat machen lassen, vorbeigehen sehen. Wenn sie weit zu gehen hat vor der Vesper, dann kann's ihr schön vollregnen."

„Vielleicht, vielleicht" (sollte heißen „vielleicht auch nicht"), sagte Françoise, um die Möglichkeit einer günstigen Alternative nicht endgültig von der Hand zu weisen.

„Sieh einer an," sagte meine Tante und schlug sich an die Stirn, „dabei fällt mir ein, daß ich ja gar nicht herausbekommen habe, ob sie nach der Elevation in die Kirche gekommen ist. Ich muß daran denken, daß ich Eulalie danach frage ... Sehen Sie mal dort, Françoise, die schwarze Wolke hinterm Kirchturm und diese schlimme Sonne auf dem Schiefer, der Tag geht ganz sicher nicht ohne Regen vorbei. Es war ja nicht möglich, daß es so blieb, es war zu heiß. Und je früher, je besser, denn solange das Gewitter nicht losbricht, steigt mein Glas Vichy nicht in den Darm hinunter," setzte meine Tante hinzu, denn der Wunsch, das Glas Vichy möchte recht schnell „hinuntersteigen", war in ihrem Geiste stärker als die Furcht, Frau Goupil könnte sich ihr Kleid verderben.

„Vielleicht, vielleicht."

„Und wenn's auf dem Platz regnet, kann man schlecht untertreten."

„Was, drei Uhr?" schrie meine Tante plötzlich und wurde ganz blaß, „aber dann hat ja der Nachmittagsgottesdienst schon angefangen, und ich habe nicht an mein Abführmittel gedacht. Jetzt versteh' ich, warum mein Glas Vichy mir so im Magen lag."

Und sie stürzte sich auf ein in violetten Samt gebundenes Messebuch mit Goldrand, ließ in ihrer Hast die Bilder herausflattern, die von einer gezackten Binde aus gelblichem Papier umsäumt waren und die Seiten der Feste bezeichneten, und begann, indem sie die Tropfen nur so hinunterstürzte, die heiligen Texte zu lesen, deren Bedeutung ihr leicht verdunkelt wurde, weil sie sich nicht darüber einig war, ob das Abführmittel, so lange nach dem Glas Vichy eingenommen, noch imstande sein würde, es einzuholen und weiterzuleiten. „Drei Uhr, unglaublich, nein, wie die Zeit vergeht!"

Ein kleiner Schlag an die Scheibe, als hätte etwas an sie gestoßen; dann ein weites, leichtes Schütten wie von Sandkörnern, die man aus einem Fenster höher hat fallen lassen; das Schütten breitet sich aus, gewinnt Regel und Rhythmus, wird flüssig, klingend, musikalisch, unzählbar, universell — es regnet.

„Nun also! Françoise, was hab' ich gesagt? Wie das gießt! Aber ich glaube, ich habe die Schelle an der Gartenpforte gehört, sehen Sie doch nach, wer bei solchem Wetter draußen sein kann."

Françoise kam zurück.

„Es ist Frau Amédée" (Großmutter), „sie hat gesagt, sie wollte einen Weg machen. Es regnet doch aber mächtig."

„Das überrascht mich gar nicht," sagte meine Tante und hob die Augen zum Himmel. „Ich hab's ja immer gesagt: in ihrem Kopf sieht's anders aus als bei allen übrigen Menschen. Jedenfalls freu' ich mich, daß sie jetzt draußen ist und nicht ich."

„Frau Amédée, die ist immer ganz das Gegenteil von allen anderen," sagte Françoise in mildem Ton, denn erst, wenn sie mit den anderen Dienstboten allein war, wagte sie zu sagen, sie glaube, Großmutter habe einen kleinen „Stich".

„Da ist das Salve zu Ende. Eulalie wird nicht mehr kommen," seufzte meine Tante. „Das Wetter wird ihr Angst gemacht haben."

„Aber es ist ja noch nicht fünf Uhr, Frau Octave, es ist ja erst halb fünf.“

„Erst halb fünf? und dabei hab’ ich die kleinen Vorhänge aufziehen müssen, um einen läppischen Schimmer Tageslicht zu bekommen. Um halb fünf! Und das acht Tage vor der Betwoche! Ach, meine gute Françoise, der liebe Gott muß wohl einen großen Zorn auf uns haben. Jaja, die Menschen von heute treiben’s zu weit. Wie mein guter Octave immer sagte: man hat den lieben Gott gar zu sehr vergessen, und nun rächt er sich.“

Eine frische Röte belebte die Wangen meiner Tante: Eulalie war da. Leider war sie kaum hereingeführt worden, da kam Françoise zurück und sagte mit einem Lächeln — wodurch sie ihrerseits in das Unisono der Freude miteinstimmen wollte, das sie mit Bestimmtheit als die Wirkung ihrer Worte auf meine Tante erwartete — und mit genauer Artikulation der Silben, weil sie zeigen wollte, daß sie trotz Anwendung der indirekten Rede als braves Dienstmädchen ganz die gleichen Worte überbrachte, deren der Besucher sich zu bedienen geruht hatte:

„Der Herr Pfarrer wären entzückt und begeistert, wenn Frau Octave nicht ruhen und ihn empfangen könnten. Der Herr Pfarrer wollen nicht stören. Der Herr Pfarrer sind unten, ich hab’ zu ihm gesagt, er möcht’ im Empfangszimmer Platz nehmen.“

In Wahrheit machten die Besuche des Pfarrers meiner Tante kein so großes Vergnügen, wie Françoise annahm, und die Jubelstimmung, mit der sie ihr Gesicht jedesmal bewimpeln zu müssen glaubte, wenn sie ihn zu melden hatte, entsprach nicht ganz dem Gefühl der Kranken. Der Pfarrer war ein hervorragender Mann. Noch heute bedauere ich, mich nicht eingehender mit ihm unterhalten zu haben, denn wenn er auch nichts von Kunst verstand, so kannte er doch viele Etymologien. Er war gewohnt, Besuchern von Rang Aufklärungen über die Kirche zu geben, ja, er hatte sogar die Absicht, ein Buch über das Combrayer Kirchspiel zu schreiben. Meine Tante freilich ermüdete er durch unendliche, im übrigen stets gleichbleibende Erklärungen. Kam nun gar seine Visite zur gleichen Zeit wie die Eulalies, dann wurde sie meiner Tante einfach unangenehm. Sie hätte lieber etwas von Eulalie gehabt und nicht alle Leute auf einmal empfangen. Aber sie wagte nicht, den Pfarrer abzuweisen, und gab Eulalie nur ein Zeichen, sie möchte nicht zur gleichen Zeit wie er fortgehen, denn sie wolle sie noch ein bißchen allein dabehalten, wenn er fort wäre.

„Herr Pfarrer, was hat man mir da gesagt, ein Künstler hat seine Staffelei in Ihrer Kirche aufgestellt, um ein Fenster zu kopieren? Ich kann wohl sagen: so alt ich bin, habe ich noch nie etwas Derartiges gehört. Was wollen die Menschen von heute eigentlich? Und was das Allergemeinste ist: in der Kirche!"

„Ich möchte nicht so weit gehen zu sagen, daß es das Allergemeinste ist, denn es gibt in Sankt-Hilarius Teile, die der Betrachtung wert sind, freilich auch andere, die gar zu alt sind, in meiner lieben Basilika, der einzigen aus der ganzen Diözese, die man nicht einmal restauriert hat! Mein Gott, die Halle ist schmutzig und altmodisch, aber schließlich hat sie doch einen majestätischen Charakter; man denke nur an die Estherteppiche, für die ich persönlich ja keine zwei Sous geben würde, die aber von Kennern gleich hinter die von Sens gestellt werden. Ich erkenne übrigens an, daß sie neben gewissen ein wenig realistischen Details auch Einzelheiten darbieten, die von echter Beobachtungsgabe zeugen. Aber man komme mir nicht mit den Fenstern! Hat das denn Sinn und Verstand, Scheiben drinzulassen, die kein Licht hereinbringen und sogar den Blick täuschen durch diese Reflexe einer undefinierbaren Farbe, noch dazu, wo in der Kirche keine zwei Fliesen gleich hoch sind? Und nicht 'mal ersetzen wollen sie mir die Fliesen, angeblich deshalb, weil die Gräber der Äbte von Combray drunter sind und der Herren von Guermantes, der alten Grafen von Brabant, dieser direkten Vorfahren des heutigen Herzogs von Guermantes und auch der Herzogin, denn sie ist ja eine geborene de Guermantes und hat ihren Vetter geheiratet.“ (Großmutter, die sich geflissentlich nicht für Persönliches interessierte und daher schließlich alle Namen durcheinanderbrachte, behauptete jedesmal, wenn der Name der Herzogin von Guermantes fiel, das müßte eine Verwandte der Frau von Villeparisis sein. Alles brach in Lachen aus; sie versuchte sich zu verteidigen und zitierte einen bestimmten Brief zu ihren Gunsten: „Ich meine, es ist mir doch so, als kam darin was von Guermantes vor.“ Und einmal war auch ich mit den anderen gegen sie, weil ich nicht zulassen konnte, daß ein Band zwischen ihrer Pensionsfreundin und der Nachkommin Genovevas von Brabant bestünde.) — „Sehen Sie Roussainville an! heute ist das nur noch ein Bauernkirchspiel, obwohl diese Ortschaft im Altertum einen schwunghaften Handel in Filzhüten und Pendeluhren betrieben haben muß. Ich bin mir nicht einig über die Etymologie von Roussainville. Ich möchte der Ansicht zuneigen, daß der ursprüngliche Name Rouville (Radulfi villa) lautete, wie Châteauroux (Castrum Radulfi), aber davon erzähl' ich Ihnen ein andermal . . . O ja! die Kirche dort hat herrliche Fenster, fast alle modern, und dann dieser imposante „Einzug Louis Philippes in Combray“, der freilich in Combray selbst besser am Platz wäre, und der, sagt man, ebensoviel wert ist wie das berühmte Fenster von Chartres. Gestern sah ich sogar den Bruder von Doktor Percepied, der Liebhaber ist und die Roussainviller Fenster noch schöner in der Ausführung findet. Aber, wie ich schon zu dem Künstler gesagt habe, der übrigens einen sehr feinen Eindruck macht und offen-

bar ein rechter Virtuose des Pinsels ist: was finden Sie denn Besonderes an dieser Scheibe, die nur noch ein bißchen dunkler als die anderen ist?"
„Ich bin sicher, wenn Sie Hochwürden bitten," sagte meine Tante sanft, denn sie fing an daran zu denken, daß es allmählich wohl zu anstrengend für sie würde, „dann schlägt er Ihnen eine neue Scheibe nicht ab."
„Verlassen Sie sich darauf, er tut's, Frau Octave!" antwortete der Pfarrer. „Gerade Hochwürden haben doch den Tanz mit diesem unglückseligen Glasbild angefangen durch den Nachweis, daß es Gilbert le Mauvais darstellt, wie er von Sankt Hilarius die Absolution empfängt. (Gilbert le Mauvais war bekanntlich Herzog von Guermantes und direkter Nachkomme Genovevas von Brabant, die ein Fräulein von Guermantes war)."
„Aber ich sehe gar nicht, wo Sankt Hilarius ist."
„Doch, doch, in der Ecke des Fensters, haben Sie da nie eine Dame in gelbem Gewande bemerkt? nun also, das ist Sankt Hilarius, verstehen Sie wohl, der heißt in gewissen Provinzen Saint Illiers, Saint Hélier und im Jura sogar Saint Ylie. Diese verschiedenen Verschandelungen von Sanctus Hilarius sind dabei noch lange nicht die komischsten, die mit den Namen von Seligen vor sich gegangen sind. Auch Ihre Schutzpatronin, meine gute Eulalie, Sancta Eulalia, wissen Sie, was aus der geworden ist in der Bourgogne? Saint Eloi ganz einfach: sie ist ein Heiliger geworden. Passen Sie auf, Eulalie, nach Ihrem Tode macht man einen Mann aus Ihnen!"
— „Der Herr Pfarrer wissen immer was zum Spaßen." — „Der Bruder Gilberts, Karl der Stammler, war ein frommer Fürst, aber nach dem frühen Tode seines Vaters, Pipins des Tollen, der an den Folgen seiner Geisteskrankheit gestorben war, übte er die oberste Gewalt mit der ganzen Anmaßung zuchtlos aufgewachsener Jugend aus, und sowie ihm das Gesicht eines Bürgerleins in einer

Stadt nicht paßte, ließ er dort alles bis zum letzten Einwohner abschlachten. Gilbert wollte sich an Karl rächen und ließ die Combrayer Kirche anzünden, die Kirche in ihrer damaligen ursprünglichen Gestalt, wie Theodebert sie, als er sein Landhaus hier in der Nähe in Thiberzy (Theodeberciacus) mit seinem Gefolge verließ, um die Burgunder zu bekämpfen, über dem Grabhügel von Sankt-Hilarius zu bauen versprochen hatte, falls der Selige ihm den Sieg verschaffe. Übrig ist davon nur die Krypta, wo Theodor Sie sicher schon hinuntergeführt hat. Alles andere hat Gilbert in Asche gelegt. Danach vernichtete er den unglücklichen Karl mit Hilfe von Wilhelm dem Eroberer (der Pfarrer sprach Willem aus), weswegen viele Engländer hergereist kommen. Aber er hat sich die Sympathie der Einwohner von Combray anscheinend nicht zu erwerben gewußt, denn die fielen über ihn her, als er von der Messe kam, und schnitten ihm den Kopf ab. Übrigens verborgt Theodor ein Büchlein mit Erklärungen.

Was aber unbestreitbar das Merkwürdigste in unserer Kirche ist, das ist die Aussicht, die man vom Glockenturm hat und die ganz großartig ist. Gewiß, für Sie, wo Sie nicht allzu kräftig sind, Ihnen würde ich nicht raten, unsere siebenundneunzig Stufen zu steigen, gerade die Hälfte des berühmten Mailänder Domes. Da kann schon ein Mensch, der gut auf dem Posten ist, etwas müde werden, um so mehr, als jeder, der sich nicht den Schädel einstoßen will, krumm wie ein Fiedelbogen hinaufsteigen muß und an seinen Sachen alle Spinnengewebe der Treppe mitnimmt. Auf alle Fälle müßten Sie sich warm anziehen,“ setzte er hinzu (ohne daß er die Verstimmung meiner Tante ob des Gedankens, sie wäre imstande, den Turm zu besteigen, überhaupt bemerkte), „denn es zieht mächtig, wenn man erst einmal oben ist. Manche Leute versichern, sie hätten dort die Kälte des Todes verspürt. Macht nichts,

alle Sonntag kommen Gesellschaften, sogar von sehr weit her, um die Schönheit des Panoramas zu bewundern, und gehen begeistert wieder nach Hause. Na, und nächsten Sonntag, wenn das Wetter sich hält, können Sie sicher Leute da finden, es ist doch Betfest. Man muß übrigens zugeben: von da oben hat man einen feenhaften Blick und Fernsichten über die Ebene hin von ganz besonderem Charakter. Bei klarem Wetter kann man bis Verneuil sehen. Insbesondere umspannt man gleichzeitig Dinge, von denen man für gewöhnlich nur entweder das eine oder das andere sieht, z. B. den Lauf der Vivonne und die Gräben von Saint-Assise-lès-Combray, von denen sie durch einen Vorhang von großen Bäumen getrennt ist, oder auch die verschiedenen Kanäle von Youy-le-Vicomte (Gaudiacus vice comitis, Sie wissen ja). Jedesmal, wenn ich nach Jouy-le-Vicomte gegangen bin, habe ich wohl ein Ende Kanal gesehen, und dann, wenn ich um eine Straßenecke bog, ein anderes Ende, aber dann sah ich das vorige nicht mehr. Was half es mir, daß ich sie in Gedanken zusammenfügte? das machte keinen großen Eindruck auf mich. Vom Glockenturm von Sankt Hilarius, ja, das ist was anderes, das ist ein richtiges Netz, in das die Landschaft eingefangen wird. Nur Wasser ist da nicht zu sehen, man möchte sagen, es sind große Spalten, die die Stadt so schön in Viertel teilen, daß sie aussieht wie ein Strudel, dessen Stücke noch zusammenhalten, aber schon zerschnitten sind. Richtig wäre es erst, wenn man gleichzeitig auf dem Glockenturm von Sankt Hilarius und in Jouy-le-Vicomte sein könnte."
Der Pfarrer hatte meine Tante derartig angestrengt, daß sie, kaum daß er fort war, Eulalie wegschicken mußte. „Na, meine gute Eulalie," sagte sie mit schwacher Stimme und zog ein Stück aus einer kleinen Börse, die sie in Reichweite ihrer Hand hatte, „da ist was, damit Sie mich in Ihrem Gebete nicht vergessen."

„Ach, aber Frau Octave, ich weiß nicht, ob ich soll, Sie wissen doch, daß ich nicht deswegen komme!" sagte Eulalie mit einem Zögern und einer Befangenheit jedesmal, als ob es das erstemal wäre; und dabei trug sie eine Verstimmtheit zur Schau, über die meine Tante sich nicht ohne Behagen amüsierte. Wenn aber Eulalie bei Entgegennahme des Geldstücks einmal ein etwas anderes Gesicht machte als sonst, sagte meine Tante:

„Ich weiß nicht, was Eulalie hatte; ich habe ihr doch dasselbe gegeben wie immer, und sie sah nicht zufrieden aus."

„Ich meine, sie braucht sich doch wirklich nicht zu beklagen," seufzte Françoise, die das, was ihr meine Tante für sie oder für ihre Kinder gab, nur zu gern als kleine Münze betrachtete, während sie die Stückchen, die jeden Sonntag in Eulalies Hand wanderten (so diskret freilich, daß es Françoise nie gelang, sie zu sehen) als tolle Verschwendung an eine Undankbare ansah. Françoise wollte nicht etwa das Geld, das meine Tante Eulalie gab, für sich haben. Sie genoß zur Genüge, was meine Tante besaß, in dem Bewußtsein, daß die Reichtümer der Herrin eo ipso in den Augen aller auch ihr Dienstmädchen heben und verschönern, und daß sie, Françoise, berühmt und gefeiert war in Combray, Jouy-le-Vicomte und anderen Orten, wegen der vielen Pachtgüter meiner Tante, der häufigen und langausgedehnten Besuche des Pfarrers und der einzig dastehenden Zahl von konsumierten Flaschen Vichy. Sie war nur für meine Tante geizig; hätte sie ihr Vermögen zu verwalten gehabt (eine Möglichkeit ihrer Träume), dann hätte sie es vor Aufwendungen für andere mit der Leidenschaft einer Mutter behütet. Trotzdem hätte sie nichts weiter darin gefunden, daß meine Tante, die sie nun einmal als unheilbar freigebig kannte, sich zu Geschenken hinreißen ließ, wenn es wenigstens an reiche Leute gegangen wäre. Vielleicht dachte sie, diese Leute könnten, da sie die Geschenke meiner Tante nicht nötig hatten, nicht im Verdacht stehen, sie nur der Geschenke wegen zu lieben. Aufmerksamkeiten an Leute in guten Vermögensverhältnissen, Frau Sazerat, Herrn Swann, Herrn Legrandin, Frau Goupil, Leute von „gleichem Stand“ wie meine Tante, die mit ihr „gut zusammenpaßten“ — solche Aufmerksamkeiten schienen ihr zu den Gebräuchen des seltsamen, glänzenden Lebens der reichen Leute zu gehören, die da jagen, einander Bälle geben oder Besuche abstatten, und die sie lächelnd bewunderte. Eine andere Sache aber war es, wenn die Nutznießer der Freigebigkeit meiner Tante Leute waren, von denen Françoise sagte: „Leute wie ich, Leute, die nicht mehr sind als ich“ und die sie umso mehr verachtete, je weniger sie sie „Frau Françoise“ nannten und je weniger sie sich selbst für „geringer als sie“ hielten. Und wenn sie sah, daß meine Tante trotz ihrer Ratschläge nach ihrem eigenen Kopf ging und das Geld nur so „wegwarf“ an unwürdige Kreaturen, dann fing sie an, die Geschenke, die ihr meine Tante machte, sehr klein zu finden im Vergleich zu den eingebildeten Summen, die an Eulalie verschwendet wurden. Es gab in der Umgegend von Combray keinen noch so bedeutenden Hof, den Eulalie nach Françoises Vermutungen nicht ohne weiteres hätte erstehen können mit alledem, was ihre Besuche ihr einbrachten. Allerdings schätzte Eulalie die unermeßlichen verborgenen Reichtümer Françioses ebenso hoch ein. Wenn Eulalie fort war, weissagte Françoise gewöhnlich ohne Wohlwollen über sie. Sie haßte sie, aber fürchtete sie auch und hielt sich, wenn sie, da war, für verpflichtet, ihr ein „nettes Gesicht“ zu zeigen. Sie kühlte ihr Mütchen erst, wenn sie fort war, allerdings nie mit Namensnennung, sondern durch Reden im Stil sibyllinischer Orakel oder allgemein gehaltener Sentenzen in der Art der Sprüche Salomonis, deren Nutzanwendung meiner Tante freilich nicht entgehen konnte. Sie sah erst hinter dem Zipfel der Gardine nach, ob Eulalie die Haustür zugemacht habe: „Die Schmeichler verstehen sich wohlleidlich zu machen und die Goldklümplein aufzulesen; aber Geduld, der liebe Gott bestraft sie tüchtig eines schönen Tages,“ sagte sie dann mit dem Seitenblick und der Anzüglichkeit des Joas, der ausschließlich Athalie im Sinn hat, wenn er sagt:

„Der Bösen Glück verrinnet wie ein Strom.“

Aber da der Pfarrer auch gekommen war und sein unabkürzbarer Besuch die Kräfte meiner Tante erschöpft hatte, ging Françoise hinter Eulalie aus dem Zimmer und sagte: „Frau Octave, ich lasse Sie ruhen, Sie sehen sehr abgespannt aus.“

Und meine Tante gab nicht einmal eine Antwort, sondern stieß nur einen Seufzer aus, als sollte es ihr letzter sein, und schloß die Augen wie eine Tote. Kaum aber war Françoise hinuntergegangen, als vier Klingelschläge von größter Heftigkeit im Hause widerhallten und meine Tante, im Bett aufgerichtet, rief:

„Ist Eulalie schon fort? Denken Sie, ich habe vergessen, sie zu fragen, ob Frau Goupil noch vor der Elevation zur Messe gekommen ist. Laufen Sie ihr rasch nach!“

Aber Françoise kam zurück, sie hatte Eulalie nicht einholen können.

„Wie scheußlich!“ sagte meine Tante kopfschüttelnd. „Die einzige wichtige Sache, die ich sie zu fragen hatte!“

So verging meiner Tante Léonie das Leben, immer gleich und mit der sanften Einförmigkeit dessen, was sie mit äußerlicher Geringschätzung und doch tiefinnerer Zärtlichkeit ihren „kleinen Schlendrian“ nannte. Sie lebte in völliger Abgeschiedenheit von der Welt, nicht nur im Hause, wo jeder infolge der erfahrungsgemäßen Aussichtslosigkeit des Versuchs, ihr eine bessere Hygiene anzuraten, sich allmählich beschieden hatte, den „Schlendrian“ zu respektieren, sondern sogar im Dorfe, wo auf drei Straßen Entfernung der Packer, bevor er seine Kisten zunagelte, Françoise fragen ließ, ob meine Tante „nicht ruhte“. In diesem Jahre aber wurde der kleine Schlendrian doch einmal gestört. Als wäre eine verborgene Frucht unvermerkt zur Reife gelangt und fiele von selber ab, so kam plötzlich eines Nachts die Entbindung des Küchenmädchens. Die Schmerzen waren unerträglich, und da es in Combray keine weise Frau gab, mußte Françoise vor Tagesanbruch fort, um in Thiberzy eine zu holen. Meine Tante konnte wegen der Schreie des Küchenmädchens nicht „ruhen“, und Françoise, die trotz der kurzen Entfernung erst sehr spät wiedergekommen war, fehlte ihr sehr. Daher sagte Mutter in aller Frühe zu mir: „Geh doch hinauf und sieh nach, ob Tante nicht etwas braucht!“ Ich trat in das erste Zimmer und sah durch die offene Tür meine Tante auf der Seite liegend schlafen; ich hörte sie leicht schnarchen. Ich machte mich leise davon, aber sicher war das Geräusch, das ich gemacht hatte, in ihren Schlaf gedrungen und hatte ihm, wie die Autofahrer sagen, ein „anderes Tempo“ gegeben, denn die Schnarchmusik unterbrach sich eine Sekunde und setzte dann einen Ton tiefer wieder ein. Danach aber wachte sie auf und wandte halb ihr Gesicht, das ich nun sehen konnte; es drückte so etwas wie Schrecken aus; sie hatte augenscheinlich gerade einen gräßlichen Traum gehabt; mich konnte sie in ihrer jetzigen Lage nicht sehen, und ich blieb da, unschlüssig, ob ich vorwärts oder zurück sollte; aber sie schien bereits wieder zum Gefühl der Wirklichkeit gekommen zu sein und den Trug der Gesichte, die sie erschreckt hatten, erkannt zu haben; ein Lächeln der Freude, der frommen Dankbarkeit gegen Gott, der gestattet, daß das Leben minder grausam sei als die Träume, erleuchtete schwach ihr Gesicht, und da es zu ihren Gewohnheiten gehörte, halblaute Selbstgespräche zu führen, wenn sie sich allein glaubte, murmelte sie: „Gott sei gelobt! wir haben nur die Plackerei mit dem Küchenmädchen, das niederkommt. Hab' ich da eben geträumt, mein guter Octave wäre wiederauferstanden und wollte mich alle Tage einmal spazieren schicken!" Ihre Hand streckte sich aus nach ihrem Rosenkranz auf dem kleinen Tisch, aber der wiedereinsetzende Schlummer ließ ihr nicht die Kraft, bis an ihn zu reichen: sie schlief beruhigt wieder ein, und ich schlich mucksmäuschenstill aus dem Zimmer, ohne daß sie oder sonst irgendwer jemals erfuhr, was ich gehört hatte.

Wenn ich sage, daß, abgesehen von sehr seltenen Ereignissen wie dieser Niederkunft, der Schlendrian meiner Tante nie irgendeine Variation durchmachte, so spreche ich nicht von denen, die sich immergleich und in regelmäßigen Intervallen wiederholten und daher ins Innere der Einförmigkeit nur eine Art von Einförmigkeit zweiten Grades einführten. So fiel alle Sonnabend, wenn Françoise nachmittags auf den Markt von Roussainville-le-Pin ging, das Mittagbrot für alle eine Stunde früher. Und meiner Tante war dieser allwöchentliche Verstoß gegen ihre Gewohnheiten so sehr zur Gewohnheit geworden, daß sie auf diese Gewohnheit ebensolchen Wert legte wie auf die anderen. Sie war so gut „geübt drin", wie Françoise sagte, daß die Notwendigkeit, an einem Sonnabend auf die gewöhnliche Mittagbrotszeit zu warten, sie ebenso „aus der Fasson" gebracht hätte, wie wenn sie an einem anderen Tage ihr Mittagbrot auf die Stunde am Sonnabend hätte vorverlegen müssen. Diese Vorverlegung des Mittagbrots gab dem Sonnabend übrigens in unser aller Augen ein besonderes, nachgiebiges und recht sympathisches Gesicht. In dem Augenblick, in dem man sonst noch eine Stunde bis zum Einnehmen der Mahlzeit zu verleben hatte, wußte man, daß einem in einigen Sekunden der Anblick vorwitziger Endivien, eines Extraomeletts, eines unverdienten Beefsteaks winkte. Die Wiederkehr dieses unsymmetrischen Sonnabends war eins der intimen, lokalen, sozusagen die Gemeinde betreffenden kleinen Ereignisse, die in den ruhigen Städten und geschlossenen Gesellschaften eine Art von nationalem Band schaffen und das Lieblingsthema für Unterhaltungen, Späße und übermütige Erzählungen werden; ein Mittelpunkt für einen Legendenzyklus hätte draus entstehen können, wenn eins von uns ein epischer Kopf gewesen wäre. Schon am frühen Morgen, noch vor dem Anziehen, sagte man ohne Grund, nur aus Lust an einer Kraftprobe des Solidaritätsgefühls, in gutgelauntem, herzlichem, ja patriotischem Tone zueinander: „Wir haben keine Zeit zu verlieren, wir wollen doch nicht vergessen, daß heut' Sonnabend ist!"; indessen sagte meine Tante, die mit Françoise konferierte und sich darum sorgte, der Tag würde länger sein als gewöhnlich: „Wenn Sie ihnen nun ein tüchtiges Stück Kalbfleisch machten, weil doch Sonnabend ist!" Wenn um halb elf ein Zerstreuter seine Uhr zog und sagte: „Hallo, noch anderthalb Stunden bis zum Mittagbrot!", war jeder selig, ihm sagen zu können: „Aber hör' mal, wo denkst du hin, du vergißt wohl, daß heut' Sonnabend ist?"; man lachte noch eine Viertelstunde hinterher und versprach einander, hinaufzugehen und meiner Tante diese Vergeßlichkeit zu erzählen, damit sie sich amüsierte. Sogar das Angesicht des Himmels schien verwandelt. Nach dem Frühstück bummelte die Sonne, wohl wissend, daß Sonnabend war, noch eine Stunde extra oben am Himmel, und wenn einer, der dachte, es sei zu spät zum Spaziergang, sagte: „Was, erst zwei Uhr?", weil er die beiden Glockenschläge im Turm von Sankt Hilarius vorüberziehen sah (die für gewöhnlich niemandem begegnen auf den der Mahlzeit oder des Schläfchens halber vereinsamten Wegen längs des frischen, weißen Flusses, den sogar der Angler verlassen hat, und die ganz allein in den leeren Himmel ziehen, wo nur einige träge Wolken stehen) — dann antwortete ihm ein ganzer Chor: „Wir haben eine Stunde eher Mittag gegessen, das täuscht dich, du weißt doch, heut' ist Sonnabend!" Die Überraschung eines Barbaren (so nannten wir alle Leute, die das Besondere des Sonnabends nicht kannten), der einmal um elf Uhr gekommen war, um Vater zu sprechen, und uns bei Tische getroffen hatte, gehörte zu den Hauptspäßen in Françoises Leben. Aber wenn sie es schon amüsant fand, daß der konsternierte Besuch nicht wußte, daß wir Sonnabends eher Mittag aßen, so fand sie es noch komischer (denn sie hegte aus dem Grunde ihres Herzens vollste Sympathie für diesen beschränkten Chauvinismus), daß Vater seinerseits nicht auf die Idee kam, dieser Barbar könnte ganz ahnungslos sein, und ohne jede Erläuterung auf seine Bestürzung, uns schon im Eßzimmer zu sehen, antwortete: „Aber hören Sie mal, es ist doch Sonnabend!" Auf diesem Gipfel ihrer Erzählung wischte sie sich Freudentränen ab, und um die Lust, die sie empfand, zu steigern, verlängerte sie den Dialog und dichtete hinzu, was der Besuch, dem dieser „Sonnabend" nichts erklärte, geantwortet habe. Und weit entfernt, uns über die Zugaben zu beklagen, hatten wir noch nicht genug davon und sagten: „Aber es kam mir so vor, als hätte er noch etwas anderes gesagt! Das erste Mal, als Sie es erzählten, war es länger!" Sogar Großtante ließ ihre Arbeit, hob den Kopf und sah über ihr Lorgnon hinweg.

Der Sonnabend hatte noch das Besondere, daß wir an diesem Tage während des Monats Mai nach dem Abendessen fortgingen und zwar zur Kirche „Marienmond."

Da wir dort bisweilen Herrn Vinteuil trafen, der sehr streng war gegen „die beklagenswerte Art der jungen Leute, die nicht auf sich halten, weil sie in den Ideen der Jetztzeit stecken", sorgte Mutter erst dafür, daß an meinem Anzug nichts herumschlotterte, und dann ging es zur Kirche. Im Marienmond hat, dessen entsinne ich mich, meine Liebe zum Weißdorn begonnen. Nicht allein, daß er die Kirche zierte, die hochheilige, in die wir freilich hineindurften, — nein, auf dem Altare selber lag er, untrennbar von den Mysterien, an deren Feier er teilnahm, und ließ mitten in die Leuchter und heiligen Gefäße seine Zweige dringen: die waren in festlicher Zurüstung horizontal aneinandergefügt und wurden noch hübscher durch das Gehänge ihrer Blätterung, die, einer Brautschleppe gleich, von weißleuchtenden kleinen Knospensträußen verschwenderisch übersät war. Aber nur heimlich wagte ich hinzublicken, und ich fühlte: sie lebte, diese üppige Pracht! die Natur selber, sie, die diese Furchen in die Blätter grub und krönend den Schmuck der weißen Knospen daraufsetzte, hatte diese Dekoration würdig dessen gemacht, was zugleich volkstümliches Vergnügen und mystische Feier war. Weiter oben öffneten sich die Blumenkronen hie und da mit sorgloser Anmut und hielten, gleichsam als letzten duftigen Putz, mit lässiger Gebärde einen Strauß von sommerfädenfeinen Staubfäden; als ich denen nun nachging und auf dem Grunde meiner Seele die Gebärde ihres Herausblühens nachzuschaffen versuchte, da war mir, als blickte ein zerstreutes, lebhaftes junges Mädchen mit einer heißblütigjähen Bewegung des Kopfes aus kokett gesenkten Pupillen hell zu mir herüber. Herr Vinteuil war mit seiner Tochter gekommen und setzte sich neben uns. Er stammte aus guter Familie und war der Klavierlehrer von Großmutters Schwestern gewesen; als er sich dann nach dem Tode seiner Frau mit einer Erbschaft, die er gemacht hatte, zur Ruhe setzte, wurde er oft bei uns gastlich aufgenommen. Doch hatte er aus übertriebener Prüderie seine Besuche eingestellt, um Swann nicht zu begegnen, der, wie er es nannte, „eine Mesalliance im

Geschmack des Tages“ eingegangen war. Mutter, der zu Ohren gekommen war, daß er komponierte, hatte ihm in ihrer Liebenswürdigkeit gesagt, wenn sie zu ihm käme, müßte er ihr etwas von sich zum Besten geben. Herrn Vinteuil hätte das große Freude gemacht, aber er trieb die Höflichkeit und die Güte bis zu solchen Skrupeln, daß er sich immer in die Lage der Anderen versetzte und fürchtete, er möchte ihnen langweilig werden und egoistisch scheinen, wenn er seinem Herzenswunsch nachginge oder ihn auch nur erraten ließe. Den Tag, an dem meine Eltern zu ihm zu Besuch gegangen waren, hatte ich sie begleitet, aber sie hatten mir erlaubt, draußen zu bleiben, und da das Haus des Herrn Vinteuil, Montjouvain, unterhalb einer buschigen Anhöhe lag, wo ich mich versteckt hatte, war ich in gleicher Höhe mit dem Salon der zweiten Etage, auf fünfzig Zentimeter vom Fenster. Als meine Eltern gemeldet wurden, hatte ich gesehen, wie Herr Vinteuil geschwind ein Musikstück, recht daß man es sehen sollte, aufs Klavier legte. Aber als die Eltern drinnen waren, hatte er es weggeschoben und in eine Ecke getan. Zweifellos war es die Angst gewesen, sie könnten denken, er freute sich nur deshalb über ihren Besuch, weil er ihnen aus seinen Kompositionen vorspielen wollte. Und jedesmal, wenn Mutter im Laufe des Besuches ihr Glück wieder versuchte, wiederholte er mehrere Male hintereinander: „Aber ich weiß gar nicht, wer das aufs Klavier gelegt hat, da gehört es doch gar nicht hin“, und brachte das Gespräch auf andere Dinge, gerade weil sie ihn weniger interessierten. Seine einzige Leidenschaft galt seiner Tochter. Die sah nun mit ihrem Jungensgesicht so robust aus, daß man ein Lächeln nicht unterdrücken konnte, wenn man ihren vorsichtig für sie beflissenen Vater sah, der immer ein Paar Shawls in Reserve dahatte, um sie ihr über die Schultern zu werfen.

Großmutter machte uns darauf aufmerksam, was für ein zarter, feiner, beinahe schüchterner Ausdruck oft in die Blicke dieses derben Kindes kam, dessen Gesicht mit Sommersprossen übersät war. Wenn sie ein Wort ausgesprochen hatte, hörte sie es im Geiste mit den Ohren derer, zu denen sie es gesagt hatte und beunruhigte sich über die möglichen Mißverständnisse; und es war deutlich, wie unter dem männischen Gesicht des „braven Kerls“ die feineren Züge eines klagenden jungen Mädchens gleichsam transparent hervorleuchteten und sich abhoben.

Wenn ich im Augenblick des Herausgehens aus der Kirche vor dem Altar niederkniete, spürte ich auf einmal beim Wiederaufstehen, wie vom Weißdorn ein bittersüßer Mandelgeruch ausging, und ich bemerkte dann über den Blüten kleine Stellen von hellerer Färbung, unter denen dieser Duft verborgen sein mochte, wie unter den krustigen Teilen der Geschmack von Frangipanen oder unter ihren rötlichen Flecken der Geschmack der Wangen von Fräulein Vinteuil. Trotz der schweigenden Unbeweglichkeit des Weißdorns war dieser von Zeit zu Zeit von ihm ausströmende Geruch gleichsam das Raunen seines inneren Lebens, von dem der Altar vibrierte wie eine Feldhecke unter dem Getast lebhafter Fühlhörner (denn daran erinnerten einen gewisse beinahe rote Staubfäden, die wie Insekten in Blumengestalt mit Frühlingsvirulenz geladen schienen.)

Wir plauderten beim Herausgehen aus der Kirche vor der Halle einen Augenblick mit Herrn Vinteuil. Er fuhr zwischen die Bengels, die sich auf dem Platz balgten, verteidigte die Kleinen und predigte den Großen. Wenn seine Tochter mit ihrer plumpen Stimme zu uns sagte, wie sie sich gefreut hätte, uns zu sehen, schien sofort in ihr selbst eine feinfühligere Schwester zu erröten über diese Äußerung eines unbesonnenen guten Jungen, der imstande gewesen war uns nahezulegen, sie sei darauf aus, bei uns eingeladen zu werden. Ihr Vater warf ihr einen Mantel über die Schultern, sie stiegen in einen kleinen Einspänner, den sie selber lenkte, und fuhren alle beide nach Montjouvain zurück. Wir machten es anders: in Anbetracht dessen, daß morgen Sonntag war und man erst zur Hochmesse aufzustehen brauchte, zwang Vater uns (wenigstens bei Mondschein und warmer Witterung) statt des direkten Heimwegs aus lauter Ruhmsucht einen langen Spaziergang über den Kalvarienberg auf, wobei er sich gegenüber Mutters schlechtem Orientierungssinn und ihrer mangelnden Fähigkeit, sich auf ihrem Weg zurechtzufinden, wie ein strategisches Genie bei der Vollführung einer Großtat vorkam. Manchmal gingen wir bis zum Viadukt, dessen steinerne Schritte am Bahnhof begannen und mir die Verbannung und Herzensnot außerhalb der zivilisierten Welt repräsentierten, weil man uns jedes Jahr bei der Abfahrt aus Paris empfahl, gut achtzugeben, wenn Combray käme, und die Station nicht zu verpassen, sondern uns vorher fertig zu machen, denn der Zug fahre nach zwei Minuten wieder ab und gehe dann über den Viadukt hinaus über die christlichen Länder, deren äußerste Grenze für mich durch Combray bezeichnet wurde. Wir gingen über die Bahnhofsallee zurück, wo die nettesten Villen der Gemeinde standen. In jeden Garten säte der Mondschein, wie Hubert Robert, seine aus weißem Marmor gebrochenen Stufen, seine Wasserkünste, seine halbgeöffneten Gitter. Sein Licht hatte das Telegraphenamt zerstört. Es stand davon nur noch eine halbzerbrochene Säule, die aber die Schönheit einer unsterblichen Ruine bewahrte. Ich schleppte ein Bein nach und sank fast um vor Müdigkeit; der balsamische Lindenblütenduft ringsherum kam mir vor wie ein Entgelt, das man sich nur um den Preis höchster Anstrengungen verdienen konnte und das eine solche Mühe eigentlich nicht wert war. Aus weit voneinander abstehenden Zäunen bellten abwechselnd zwei Hunde, die durch unsere einsamen Schritte aufgewacht waren; und mit diesem abwechselnden Bellen, wie ich es noch manchmal abends höre, muß sich wohl die Vorstellung der Bahnhofsallee verbunden haben (jetzt nimmt ihre Stelle der Stadtgarten von Combray ein), denn wo ich auch bin: sowie solch' ein Gebell widerzuhallen und ein Tier dem andern zu antworten beginnt, erscheint mir die Allee mit ihren Lindenblüten und ihrem mondbeglänzten Trottoir . . .

Auf einmal hielt Vater uns an und fragte Mutter: „Wo sind wir?" Erschöpft vom Marsch, aber stolz auf ihn gestand sie ihm zärtlich, daß sie es absolut nicht wisse. Er zuckte die Achseln und lachte. Dann machte er eine Gebärde, als holte er etwas mit seinem Schlüssel zusammen aus der Rocktasche, und zeigte uns die vor uns aufragende kleine Hintertür unseres Gartens, die sich zusammen mit der Ecke der Heiligegeiststraße eingefunden hatte und uns am Ende dieser unbekannten Wege erwartete. Mutter sagte voller Bewunderung zu ihm: „Du bist fabelhaft!" Und von diesem Augenblick an brauchte ich keinen Schritt mehr zu tun, der Boden marschierte für mich in diesem Garten, in dem meine Handlungen schon seit so langer Zeit nicht mehr von wissentlicher Aufmerksamkeit begleitet zu werden pflegten: Gewohnheit hatte mich in ihre Arme genommen und trug mich wie ein kleines Kind bis an mein Bett.

Zwar verging der Tag des Sonnabends, der eine Stunde eher anfing und an dem sie Françoise entbehren mußte, meiner Tante langsamer als irgendein anderer Tag, und doch erwartete sie seine Wiederkehr vom Beginn der Woche an voller Ungeduld, da er ja alle Neuigkeit und Zerstreuung enthielt, die ihr geschwächter und verstörter

Leib noch zu ertragen imstande war. Allerdings soll das nicht heißen, daß sie nicht mitunter irgendeine große Veränderung herbeigewünscht oder eine jener Ausnahmestunden gehabt hätte, in denen einen der Durst überkommt nach etwas Anderem als dem, was ist. In solchen Stunden geschieht's, daß Leute, die der Mangel an Energie oder Einbildungskraft verhindert, aus sich selbst ein Prinzip der Erneuerung zu gewinnen, die kommende Minute oder den klingelnden Briefträger bitten, ihnen etwas Neues zu bringen, und mag es das Schlimmste sein, eine Erregung, einen Schmerz; da will die empfindliche Seele, die im Glück eingeschlafen ist wie eine müßige Harfe, widerklingen unter einer Hand, sogar unter einer brutalen, und sollte sie davon zerbrochen werden; da möchte der Wille, der sich das Recht, hemmungslos seinen Begierden, seinen Qualen zu frönen, erst doch so schwer erobert hatte, gebieterischen Ereignissen, und seien sie noch so grausam, die Zügel zuschleudern. Gewiß: da die Kräfte meiner Tante, die bei der geringsten Anstrengung versiegten, nur tropfenweise ins Innere ihrer Ruhe zurückkamen, brauchte ihr Reservoir sehr lange, um aufgefüllt zu werden, und Monate vergingen, bevor sich die Überfülle in ihr angesammelt hatte, die Andere in Tätigkeit ableiten und über deren Verwendungsweise etwas zu wissen oder zu entscheiden sie nicht vermochte. Ich zweifle nicht: ebenso wie der Wunsch, statt Kartoffelpurée Bechamelkartoffeln zu bekommen, nach einiger Zeit gerade durch das Vergnügen an der täglichen Wiederkehr des Purées entstand, das sie sich nicht „überaß", so zog sie gerade aus der Häufung der monotonen Tage, auf die sie solchen Wert legte, die Erwartung einer häuslichen Sintflut, die zwar auf die Dauer eines Augenblicks beschränkt sein sollte, sie aber zwingen würde, ein für allemal eine der Veränderungen zu vollziehen, deren heilsame Wirkung auf ihren Körper sie anerkannte und zu denen sie sich doch nicht aus sich heraus entschließen konnte. Sie liebte uns wirklich, doch hätte sie ein Vergnügen darin gefunden, uns zu betrauern; die in einem ihrer wohligen, schweißfreien Augenblicke einbrechende Nachricht, das Haus sei eine Beute der Flammen geworden, in denen wir alle umgekommen seien und die bald keinen Stein auf dem anderen lassen würden, denen zu entrinnen sie aber, sofortiges Aufstehen vorausgesetzt, bequem Zeit gehabt habe, — diese Nachricht muß wohl ein häufiger Gast im Reiche ihrer Hoffnungen gewesen sein. Denn da waren ja nicht nur sekundäre Vorzüge (die schwelgerische Innigkeit einer langen Trauer, das Staunen des Dorfes, wenn sie, tapfer und tiefgebeugt, eine aufrechte Todgeweihte, unseren Leichenzug führte) — nein, das Köstlichste war der unschätzbare Gewinn, der darin bestand, daß sie endlich einmal gezwungen würde, im rechten Moment, ohne durch schlaffes Zaudern Zeit verlieren zu können, den Sommer über auf ihr hübsches Gütchen Mirougrain zu gehen, wo ein Wasserfall war. Sicherlich grübelte sie über solche Ereignisse nach, wenn sie ganz allein in ihren unzähligen Patiencepartien steckte — und doch weiß ich: im ersten Augenblick der Verwirklichung, beim ersten Einsetzen der unvorhergesehenen kleinen Fakten, beim ersten Klang des unheilverkündenden Wortes, dessen Akzent man nie mehr vergessen kann, bei alldem, was das Gepräge des wirklichen Todes trägt, das so anders ist als seine logisch-abstrakte Möglichkeit, hätte sie vollständig den Kopf verloren. Da sie nun dergleichen nie durchmachte, ihr Leben aber doch von Zeit zu Zeit interessanter gestalten wollte, beschränkte sie sich darauf, erdichtete Peripetien hineinzubringen, denen sie mit Leidenschaft nachging. Sie gefiel sich darin, plötzlich anzunehmen, Françoise bestehle sie, darauf nehme sie, um sich zu vergewissern, ihre Zuflucht zur List und ertappe sie auf frischer Tat; und da sie bei ihren einsamen Kartenspielen daran gewöhnt war, gleichzeitig ihr Spiel und das Spiel ihres Gegners zu führen, sprach sie die befangenen Entschuldigungen Françoises vor sich hin und antwortete darauf mit soviel Feuer und Empörung, daß einer von uns, der in diesem Augenblick in ihr Zimmer trat, sie schweißgebadet, mit blitzenden Augen, verrutschten falschen Haaren und dadurch offengelegter kahler Stirn vorfand. Françoise hörte wohl manchmal aus dem Nebenzimmer beißende Sarkasmen, die an ihre Adresse gingen, und deren bloße Erfindung meine Tante denn doch nicht genügend erleichtert hätte, wenn sie lediglich im rein immateriellen Zustand geblieben wären und sie ihnen nicht durch halblautes Murmeln mehr Realität verliehen hätte. Manchmal genügte meiner Tante dieser „Sturm im Wasserglase" nicht einmal, sie wollte ihre Stücke aufführen. So vertraute sie denn eines Sonntags (alle Türen waren geheimnisvoll geschlossen) Eulalie ihre Zweifel an Françoises Ehrlichkeit, ihre Absicht, sich von ihr loszumachen, an — ein ander Mal Françoise ihre Vermutungen über die Untreue Eulalies, die ihre Schwelle wohl bald nicht mehr betreten würde; einige Tage danach fühlte sie sich von ihrer Vertrauten von gestern abgestoßen und steckte mit dem Verräter wieder unter einer Decke — bei der nächsten Vorstellung endlich sollten sie ihre Rollen wieder tauschen. Aber der Argwohn, den sie mitunter gegen Eulalie hegte, war nur ein Strohfeuer und sank aus Mangel an Nahrung rasch in sich zusammen, da Eulalie nicht im Hause wohnte. Er war nicht zu vergleichen mit den Verdachtsgründen gegen Françoise, mit der meine Tante sich unaufhörlich unter einem Dache fühlte; freilich wagte sie, aus Furcht, sie könnte sich beim Verlassen ihres Bettes erkälten, niemals in die Küche hinunterzugehen, um sich Klarheit darüber zu verschaffen, ob ihr Argwohn begründet sei. Allmählich beschäftigte sich ihr Geist mit nichts Anderem mehr als mit dem Versuch zu erraten, worin jeweils die Unternehmungen und Täuschungsversuche Françoises bestehen mochten. Sie beobachtete die verstohlensten Regungen ihrer Physiognomie, jeden Widerspruch in ihren Worten, jeden Wunsch, den sie zu verhehlen schien. Und daß sie sie entlarvt hatte, bewies sie ihr mit einem einzigen Wort, das sie erbleichen machte und das meine Tante auszuhecken schien, um sich im Herzen des armen Mädchens eine grausame Zerstreuung zu erarbeiten. Gesellte sich dazu am folgenden Sonntag noch eine Enthüllung Eulalies, so war das wie eine Entdeckung, die einer werdenden Wissenschaft, welche sich bis dahin auf schmaler Straße fortschleppte, plötzlich ein unvermutetes Feld eröffnet: nun hielt meine Tante es für bewiesen, daß sie mit ihren Vermutungen noch weit hinter der Wahrheit zurückblieb. „Aber Françoise muß doch bedenken, daß Sie ihr einen Wagen geschenkt haben." — „Daß ich ihr einen Wagen geschenkt habe?" schrie meine Tante. „Ach, ich weiß ja nicht ... ich meine doch, ich habe sie gesehen, wie sie jetzt, stolz wie ein Spanier, zum Markt nach Roussainville kutschierte. Ich dachte, das wäre ein Geschenk von Frau Octave." Allmählich versuchten Françoise und meine Tante wie das Wild und der Jäger, einander unaufhörlich mit Listen zuvorzukommen. Mutter fürchtete sogar, bei Françoise könnte sich ein richtiger Haß gegen meine Tante entwickeln, die sie so hart beleidigte, wie sie nur konnte. Jedenfalls wandte Françoise den geringsten Worten, den geringsten Gebärden meiner Tante eine stets wachsende Aufmerksamkeit zu. Wenn sie sie etwas zu fragen hatte, zögerte sie lange, weil sie überlegte, wie sie sich dabei benehmen solle. Wenn sie dann ihr Anliegen vorgebracht hatte, beobachtete sie meine Tante genau und versuchte, an dem Ausdruck ihres Gesichtes zu erraten, was sie sich gedacht haben mochte und wie sie sich wohl entscheiden würde. Da meint der Künstler, der die Memoirenwerke des 17. Jahrhunderts liest und dem Sonnenkönig näherkommen will, den rechten Weg einzuschlagen, wenn er sich eine Genealogie zurechtmacht, die seinen Helden von einer historischen Familie ableitet, oder wenn er mit einem der gegenwärtigen Fürsten Europas Briefe wechselt — und merkt nicht, daß er sich direkt vom Wesentlichen abkehrt und zu Unrecht unter vergleichbaren d. h. toten Formen sucht. Er halte sich an Wesen wie diese alte Dame aus der Provinz, die nichts tat als ihren unwiderstehlichen Wahnideen und ihrer aus Müßiggang entsprungenen Bosheit aufrichtig gehorhecn, und die gerade dadurch, ohne je an Ludwig XIV. gedacht zu haben, den unbedeutendsten Beschäftigungen ihres Tages (Aufstehen, Mittagbrot, Siesta usw.), ein despotisches Air beilegte, das etwa dem entsprach, was Saint-Simon den „Mechanismus" des Lebens zu Versailles nennt. So mochte sie in der Tat glauben, jedes Schweigen ihres Mundes, jede Nüance von guter Laune oder Hoheit in ihrer Miene sei, von Françoise aus gesehen, der Text zu einem Kommentar voll ebensolcher Forscherleidenschaft und Furchtsamkeit, wie es das Schweigen, die gute Laune und die Hoheit des Königs war, wenn ein Höfling oder sogar die größten Herren ihm an der Biegung eines Parkweges in Versailles ein Bittgesuch überbracht hatten.

Eines Sonntags, als meine Tante den gleichzeitigen Besuch des Pfarrers und Eulalies bekommen und sich dann gleich ausgeruht hatte, waren wir alle hinaufgegangen, um ihr gute Nacht zu sagen, und Mutter sprach ihr ihr Beileid aus wegen des bösen Zufalls, der ihr immer alle ihre Besuche zur gleichen Zeit brachte.

„Ich weiß, daß alles schlecht zusammengepaßt hat vorhin, Léonie," sagte sie zartfühlend zu ihr, „Du hast alle deine Leute auf einmal gehabt."

Da aber fuhr Großtante dazwischen: „Das nenn' ich das Gute im Überfluß . . .," denn seitdem ihre Tochter leidend war, meinte sie, man müsse sie wieder hochrappeln, indem man ihr alles von der besten Seite zeigte. Aber Vater ergriff das Wort und sagte:

„Ich will die Gelegenheit benutzen, daß die ganze Familie beisammen ist, und will euch eine Geschichte erzählen, dann brauche ich nicht bei jedem einzelnen wieder von vorn anzufangen. Ich fürchte, Legrandin ist mit uns böse: er hat mir heute morgen kaum guten Tag gesagt.“

Ich hörte mir Vaters Geschichte nicht zu Ende an, denn ich war gerade dabei gewesen, als wir nach der Messe Herrn Legrandin getroffen hatten. So ging ich in die Küche hinunter, um nach dem Menu des Abendessens zu fragen, das mich wie die Nachrichten, die man in einer Zeitung liest, jeden Tag wieder zerstreute und mich wie ein Festprogramm in gehobene Stimmung brachte. Als Herr Legrandin dicht neben uns aus der Kirche herausgekommen war — er ging mit einer Gutsbesitzersfrau aus der Nachbarschaft, die wir nur vom Sehen kannten — hatte Vater ihn, ohne stehen zu bleiben, freundschaftlich und zurückhaltend zugleich gegrüßt. Herr Legrandin hatte kaum geantwortet, ein erstauntes Gesicht gemacht, als ob er uns nicht kennte, und uns mit einem Blick gemustert, wie ihn Menschen haben, die nicht liebenswürdig sein *wollen* und den Anderen daher aus der plötzlich ferngerückten Tiefe ihrer Augen gleichsam am Ende eines unendlichen Weges zu sehen scheinen, so daß sie sich infolge der großen Entfernung damit begnügen, ein Miniaturzeichen mit dem Kopf an ihn zu richten, um so das richtige Verhältnis zu solchen Marionettendimensionen herzustellen.

Nun war die Dame, die Legrandin begleitete, eine anständige und geachtete Person; fraglos hatte er Glück bei ihr und genierte sich überrascht zu werden. Bekümmert fragte Vater sich, wie er Legrandin hatte verstimmen können. „Ich würde es um so mehr bedauern, ihn

böse zu wissen," sagte Vater, „als er inmitten aller dieser Leute im Sonntagsstaat mit seinem engen kleinen Rock, seinem weichen Schlips etwas so wenig Zurechtgemachtes, etwas so wirklich Einfaches hat und mit seinem beinahe unschuldigen Gesichtsausdruck absolut sympathisch wirkt." Aber der Familienrat war einstimmig der Ansicht, daß Vater sich das bloß eingebildet hatte oder daß Legrandin im Augenblick von irgendeinem Gedanken in Anspruch genommen war. Übrigens wurde Vaters Besorgnis schon am nächsten Abend zerstreut. Als wir von einem großen Spaziergang zurückkamen, bemerkten wir nahe bei der Alten Brücke Legrandin, der infolge des Festes mehrere Tage in Combray blieb. Er kam mit ausgestreckten Händen auf uns zu und fragte mich: „Kennst du, mein kleiner Bücherfreund, diesen Vers von Paul Desjardins:
„Schon sind die Wälder schwarz, noch blau der Himmel."
Ist das nicht die feinste Charakteristik dieser Stunde? Du hast Paul Desjardins vielleicht nie gelesen. Lies ihn, liebes Kind; heute, so sagte man mir, bildet er sich zum Moralprediger heraus, aber lange Zeit war's ein wasserklarer Aquarellist ...
„Schon sind die Wälder schwarz, noch blau der Himmel ..." Möge der Himmel für dich immer blau bleiben, lieber junger Freund; und selbst in der Stunde, die jetzt für mich kommt, in der die Wälder schon schwarz sind und schnell die Nacht hereinsinkt, wirst du dich, wie ich es jetzt tue, mit einem Blick gen Himmel trösten." Er holte eine Zigarette aus der Tasche und blieb mit den Augen lange am Horizont. „Tjüs Leutchen," sagte er dann plötzlich zu uns, und weg war er.

Wenn ich hinunterging, um mich nach dem Menu zu erkundigen, war das Essen schon auf dem Feuer und Françoise, als Oberbefehlshaberin der ihr dienstbar gewordenen Naturkräfte (wie in den Zauberpossen, wo sich die Riesen als Köche verdingen), schlug auf die Kohlen, ließ die Kartoffeln schmoren und die kulinarischen Meisterstücke gar werden. Der Apparat, den sie dazu brauchte, war eine richtige Topfsammlung: große Bütten, Fleischtöpfe, Kochkessel und Fischpfannen, ferner Wildschüsseln, Pastetenformen und kleine Cremenäpfe zur Garnierung — kurz: eine komplette Kollektion von Geschirr aller Dimensionen. Ich blieb stehen und sah auf den Tisch, wo das Küchenmädchen eben die Schoten enthülst hatte, die nun, zahlreich und in Reih und Glied, wie grüne Billardkugeln dalagen; mein ganzes Entzücken aber galt den Spargeln, die in Ultramarin und Rosa getaucht waren und deren in Malve und Azur sacht eingetunkter Kopf sich unmerklich nach unten zu abstuft (bis hinab zu den Überresten feuchten Erdreichs), indes sich eine Farbenpracht entfaltet, die nicht von dieser Welt ist. Es kam mir vor, als zeugten diese himmlischen Farbentöne von irgendwelchen Wunderwesen, die sich zum Spaß in Gemüse verwandelt hatten — nicht ohne daß ich durch die Verkleidung ihres eßbaren festen Fleisches hindurch in diesen Farben der anbrechenden Morgenröte, diesen Andeutungen eines Regenbogens, diesem Erlöschen blauer Abende ihre kostbare Substanz ahnte und sogar noch die ganze Nacht hindurch wiedererkannte, wenn sie ihr dichterisch-derbes Possenspiel aufführten, worin sie, wie in einem Zauberstück von Shakespeare, die Verwandlung meines Nachttopfes in ein Parfümgefäß spielten ...

Die arme Nächstenliebe von Giotto, wie Swann sie nannte, hatte die Spargel, die Françoise sie schälen ließ, vor sich in einem Korb (dabei machte sie ein so schmerzvolles Gesicht, als ob „der Menschheit ganzer Jammer" sie anfaßte); und die leichten azurnen Kronen, die die Spargel über rosa Röcken aufhatten, waren ganz fein gezeichnet, Stern an Stern, wie in der Freske die rings um die Stirn gesetzten oder in dem Blumenkorb steckenden Blüten an der

Tugend von Padua. Indessen drehte Françoise am Spieß eins von den Hühnern, wie sie allein sie zu braten verstand, und die den Duft ihrer Taten weit über Combray hinaus getragen hatten. Zartheit der Seele war in meinen Augen der hervorstechendste Charakterzug, der Françoise eignete, wenn sie sie bei Tische servierte; war doch das Aroma dieses Fleisches, das sie so fett und dabei so zart zu machen verstand, für mich nur das eigentümliche Parfüm einer ihrer Tugenden.

Als ich aber damals — während Vater den Familienrat über die Begegnung mit Legrandin konsultierte — in die Küche hinunterging, konnte die Nächstenliebe von Giotto, noch sehr angegriffen von ihrer kürzlichen Niederkunft, nicht aufstehen; Françoise war also ohne Hilfe und daher noch zurück. Als ich nach unten kam, war sie gerade dabei, in der Hinterküche, die auf den Hinterhof führte, ein Huhn zu töten: das leistete einen verzweifelten und höchst natürlichen Widerstand, den Françoise aber, außer sich, mit dem Rufe: „Du Drecksvieh, du Drecksvieh!" begleitete, während sie ihm den Hals unterm Ohr zu spalten versuchte. In dieser Beleuchtung freilich erstrahlte die heilige Zartheit und Salbung unseres Dienstmädchens minder hell als beim Abendessen am nächsten Tag, wenn das Huhn mit seiner goldgestickten Haut, die aussah wie ein Meßgewand, und seinem kostbaren Jus, das einem Hostienkelch enttropft schien, auf der Schüssel prangte. Als es tot war, fing Françoise das Blut auf, das dahinrann ohne ihre Rachsucht zu ertränken, bekam noch eine Aufwallung von Zorn und sagte mit einem Blick auf die Leiche ihres Feindes ein letztes Mal: „Du Drecksvieh!" Ich ging am ganzen Leibe zitternd wieder hinauf; am liebsten wäre mir gewesen, wenn Françoise sofort an die Luft gesetzt worden wäre. Aber wer hätte mir so heiße Klöße gemacht, so duftenden Kaffee und schließlich ... solche Hühner? ... Tatsächlich waren alle schon einmal vor diese feige Überlegung gestellt worden. Denn meine Tante wußte (was mir noch unbekannt war), daß Françoise, die für ihre Tochter oder ihre Neffen ohne mit der Wimper zu zucken ihr Leben hingegeben hätte, gegen andere Wesen von einzigartiger Härte war. Trotzdem hatte meine Tante sie behalten, denn sie kannte zwar ihre Grausamkeit, schätzte aber ihre Dienste. Ich wurde nach und nach gewahr, daß die Zartheit, die Zerknirschung, überhaupt alle Tugenden von Françoise Tragödien der Hinterküche verbargen — wie die Geschichtsforschung entdeckt, daß die Herrschaft der Könige und Königinnen, die auf den Kirchenfenstern mit gefalteten Händen dargestellt sind, durch blutige Ereignisse gezeichnet war. Ich kam dahinter, daß die Menschenkinder außerhalb ihrer Familie durch ihr Unglück um so mehr Mitleid in ihr erregten, je weiter weg sie wohnten. Die Tränenströme, die sie vergoß, wenn sie in der Zeitung vom Mißgeschick Unbekannter las, versiegten schnell, wenn sie sich den davon betroffenen Menschen etwas genauer vorstellen konnte. Nun wurde das Küchenmädchen in einer der Nächte nach seiner Niederkunft von heftigen Koliken befallen; Mutter hörte es jammern, stand auf und weckte Françoise, die ganz gefühllos erklärte, alle diese Schreie seien reine Komödie, sie wolle „nur mal die Herrschaft spielen". Der Arzt hatte diese Anfälle bereits befürchtet und uns in unser Arzneibuch dort, wo diese Anfälle beschrieben stehen, ein Lesezeichen gelegt; dabei hatte er uns gesagt, wir sollten diese Seite wieder aufschlagen, wenn es gelte, die erste Anweisung für die ersten Maßnahmen zu finden. Mutter ließ Françoise das Buch holen und legte ihr ans Herz, das Lesezeichen nicht herausfallen zu lassen ... Eine Stunde war um, und Françoise war noch nicht zurück; Mutter wurde böse, denn sie dachte, Françoise habe sich wieder hingelegt, und schickte mich in die Biblio-

thek, damit ich nachsähe. Dort fand ich Françoise, die hatte nachsehen wollen, was das Zeichen bedeutete, und nun die klinische Darstellung des Anfalls las; und jetzt stieß sie Seufzer über Seufzer aus, da es sich um eine Art Leiden handelte, das sie nicht kannte. Bei jedem schmerzhaften Symptom, das der Autor des Schriftchens erwähnte, rief sie aus: „Ach ach! Jesses, Jesses, is das die Möglichkeit, daß der liebe Gott ein unglückliches Menschenkind so leiden lassen will? Ach, die Ärmste!“
Aber sowie ich sie gerufen hatte und sie wieder in die Nähe des Bettes der Nächstenliebe von Giotto gekommen war, hörten ihre Tränen sofort auf zu rinnen; weder bewegte sie die angenehme Erregung des Mitleids und der Rührung, die ihr wohlbekannt und durch die Zeitungslektüre schon oft vermittelt worden war, noch irgendein Vergnügen aus derselben Familie, sondern nur Verdruß und Gereiztheit darüber, daß sie mitten in der Nacht für das Küchenmädchen hatte aufstehen müssen; ja, beim Anblick derselben Leiden, deren Beschreibung sie eben zu Tränen gerührt hatte, knurrte sie nur vor schlechter Laune, wo nicht gar vor grausamen Sarkasmen; wenn sie nämlich glaubte, wir seien fort und könnten sie nicht mehr hören, sagte sie: „Se brauchte ja bloß das damals nich zu machen, wodurch das jetzt gekommen is! das hat ihr natürlich Spaß gemacht! nu soll se doch bloß nich so tun. Muß das nich 'n ganz gottverlaßner Junge gewesen sein, der mit so was gegangen is? Ach das hieß so schön in Mutterchens Platt:

„Wer sich in 'n Hundearsch verkiekt,
De dücht, dat is en Ros'.“

Wenn ihr Enkelsohn ein bißchen Schnupfen hatte, legte sie sich, auch wenn sie selber krank war, nicht zu Bett, sondern ging fort, um nachzusehen, ob er nicht etwas brauche, ja, sie legte dann vier Meilen zu Fuß zurück und zwar noch vor Tage, um zur Arbeit wieder da zu sein —

aber dafür nahm ebendiese Liebe zu den Ihrigen und ihr Wunsch, die zukünftige Größe ihres Hauses zu sichern, auf ihre Politik gegenüber den anderen Dienstboten übertragen die Form der folgenden unerschütterlichen Maxime an: niemals einen einzigen Dienstboten sich bei meiner Tante einnisten zu lassen! und sie setzte einen gewissen Stolz darein, niemanden in ihre Nähe zu lassen, indem sie auch bei eigenem Kranksein lieber selbst aufstand, um ihr das Glas Vichy zu bringen, als daß sie dem Küchenmädchen den Zugang zum Zimmer ihrer Herrin gestattet hätte. Und wie der von Fabre beobachtete Hautflügler, die Grabwespe, um ihren Kleinen für die Zeit nach ihrem Tode frisches Fleisch zu verschaffen, die Anatomie zur Unterstützung ihrer Grausamkeit zu Hilfe ruft und den von ihr erbeuteten Käfern und Spinnen mit wunderbarem Verständnis und Geschick das Nervenzentrum durchbohrt, von dem die Bewegung der Füße, nicht aber die anderen Lebensfunktonen abhängen, derart, daß das paralysierte Insekt, in dessen Nähe sie ihre Eier niederlegt, den Larven, wenn sie eines Tages auskriechen, ein gefügiges, nichtaggressives, zu Flucht oder Widerstand unfähiges, wohlschmeckendes Wild liefert —, so erfand auch Françoise im Dienste ihres permanenten Willens, jedem Dienstboten das Haus zu verleiden, so gelehrte und mitleidslose Listen, daß wir erst sehr viele Jahre später dahinterkamen. So aßen wir nur deshalb diesen Sommer fast alle Tage Spargel, weil ihr Geruch dem armen Küchenmädchen, das sie zu schälen hatte, Asthmaanfälle von solcher Heftigkeit verursachte, daß sie schließlich gehen mußte.

Ach! wir sollten über Legrandin definitiv anderer Meinung werden. Es war eines Sonntags nach dem Zusammentreffen auf der Alten Brücke, nach dem Vater seinen Irrtum hatte zugeben müssen. Die Messe war gerade zu Ende, und mit der Sonne und dem Lärm von draußen kam etwas so wenig Weihevolles in die Kirche, daß Frau Goupil, Frau Percepied und ihresgleichen sofort anfingen, sich mit uns sehr laut über ganz alltägliche Dinge zu unterhalten, als wären wir schon auf dem Platze draußen (und dabei waren das dieselben Leute, die eben noch, als ich etwas verspätet ankam, mit den Augen so tief in ihr Gebet verloren gewesen waren, daß sie mich, so glaubt' ich fest, nicht hatten hereinkommen sehen und nur ganz unwillkürlich mit den Füßen die kleine Bank leicht zurückgestoßen hatten, die mich nicht an meinen Platz ließ.) Auf einmal sahen wir auf der brennenden Schwelle der Vorhalle, hoch über dem bunten Lärm des Marktes, Legrandin, den der Gatte der Dame, mit der wir ihn das letzte Mal getroffen hatten, gerade der Frau eines anderen Großgrundbesitzers aus der Umgegend vorstellte. Legrandins Gesicht drückte außerordentliche Belebtheit und Beflissenheit aus; er grüßte tief mit einer nachfolgenden Biegung nach rückwärts, die seinen Rücken scharf über die Ausgangsstellung hinausführte und die ihm der Mann seiner Schwester, der Frau von Cambremer, beigebracht haben mußte. Dieser Ruck nach rückwärts ließ Legrandins Hinterpartie, die ich mir nicht so fleischig gedacht hatte, wie eine üppige, muskulöse Welle zurückströmen; und ich weiß nicht warum: diese Wellenbewegung aus reiner Materie, diese rein fleischliche Flut, jeden Ausdrucks von Geistigkeit bar und vom Sturme niedriger Geschäftigkeit gepeitscht, erweckten in meinem Geiste auf einmal die Möglichkeit eines Legrandin, der ganz anders war als der, den wir kannten. Die Dame bat ihn, ihrem Kutscher etwas zu sagen, und während er zum Wagen ging, verharrte auf seinem Gesicht noch das Gepräge zaghaft-devoter Freude, das die Vorstellung darin eingezeichnet hatte. Er lächelte gleichsam traumhaft verzückt, dann ging er eilig wieder auf die Dame zu, und da er schneller ging, als er es sonst zu tun pflegte, oszillierten seine beiden Schultern lächerlich nach rechts und links, ja, er schien so ganz darein verloren und so wenig um das Übrige bekümmert, daß er wirkte wie der willenlose, mechanische Spielball des Glücks. Währenddessen kamen wir aus der Vorhalle heraus und gingen an ihm vorbei; er aber stand viel zu stolz aufgerichtet da, als daß er den Kopf hätte wenden können, vielmehr fixierte er mit seinem von tiefer Träumerei beschwerten Blick einen so entfernten Punkt am Horizont, daß er uns nicht sehen konnte und nicht zu grüßen brauchte. Sein Gesicht blieb unschuldig über dem schmiegsamen, enganliegenden Rock, der aussah, als fühlte er sich verraten und verkauft in verhaßtem Luxus. Und eine elegante Kravatte, die der Wind auf dem Markt hin- und herwehte, schwankte unablässig über Legrandin wie die Standarte seiner stolzen Isolierung und vornehmen Unabhängigkeit. Wir waren eben zu Hause, als Mutter merkte, daß wir die Schillerlocken vergessen hatten, und Vater bat, wir sollten denselben Weg zurückgehen und sie für sofort bestellen. Nahe der Kirche stießen wir auf Legrandin, der in entgegengesetzter Richtung kam und dieselbe Dame zu ihrem Wagen brachte. Er kreuzte sich mit uns, unterbrach sich aber nicht in der Unterhaltung mit seiner Nachbarin, sondern gab uns aus dem Winkel seines blauen Auges lediglich ein kleines Zeichen, das gewissermaßen innerhalb der Lider blieb und, da es die Muskeln seines Gesichtes nicht mitergriff, seiner Gesprächspartnerin vollkommen entgehen konnte; da er aber die einigermaßen engen Grenzen, die er dem Ausdruck seines Gefühls zog, durch die Intensität dieses Gefühls ausgleichen wollte, ließ er in dem azurblauen Winkel, der uns zugewiesen wurde, alle Munterkeit des feinen Anstandes sprühen, die mehr als Jovialität und nah an Schelmerei war; er verfeinerte die Finessen der Liebenswürdigkeit bis zum Zwinkern des Mitwissers und zu den halben Worten, den Hintergedanken, den Geheimnissen des Komplicen; schließlich übersteigerte er die Freundschaftsbezeugungen bis zu Schwüren der innigsten Empfindung, bis zur Liebeserklärung und entzündete für uns allein, ganz heimlich vor der Gutsherrin, einen verliebten Schmachtblick in einem Eisgesicht.

Gerade den Tag vorher hatte er meine Eltern gebeten, mich zum Abendessen zu ihm zu schicken: „Komm zu mir, leiste deinem alten Freunde Gesellschaft," hatte er zu mir gesagt, „wie der Strauß, den ein Reisender uns aus einem Lande schickt, in das wir nicht mehr zurückkehren werden, laß' mich von fern die Blüten deiner reifenden Lenze einatmen, durch die auch ich — lang, lang ist's her — geschritten bin. Komm mit der Primel, dem Mönchsbart, der Goldschüssel, komm mit dem Mauerpfeffer, woraus der erquickende Strauß der Balzacschen Flora geflochten ist, mit der Blume des Wiederauferstehungstages, dem Maßliebchen und dem Schneeball der Gärten, der auf den Gartenwegen deiner Großtante zu duften beginnt, wenn die letzten Schneebälle österlicher Aprilschauer noch nicht geschmolzen sind. Komm mit dem glorreichen Seidenkleid der Lilie, das eines Salomo würdig ist, und mit dem vielfarbigen Schmelz der Gedanken, doch komm vor allem mit der Brise, die noch frisch ist von den letzten Frösten und die doch den beiden Schmetterlingen, die seit heute Morgen an der Tür warten, die erste Rose von Jerusalem halb eröffnen will."

Zuhause wurde beraten, ob ich trotz allem zu Herrn Legrandin zum Essen geschickt werden solle. Aber Großmutter konnte sich nicht denken, daß er unhöflich gewesen sein sollte. „Ihr erkennt doch selber an, daß er immer so natürlich daherkommt mit seiner einfachen Haltung, die nicht gerade die eines Weltmanns ist." Sie erklärte: auf alle Fälle und selbst das Schlimmste angenommen, daß er sich wirklich so betragen habe, sei es doch besser, so zu tun, als hätte man nichts gemerkt. Um die Wahrheit zu sagen: Vater selbst, der doch am aufgebrachtesten über Legrandins Haltung war, hegte vielleicht einen letzten Zweifel über ihre mögliche Bedeutung. Es stand damit, wie mit jeder Haltung oder Handlung, in der sich der tiefe, verborgene Charakter eines Menschen enthüllt: sie paßt nicht zu seinen bisherigen Worten, wir können sie nicht durch das Zeugnis des Schuldigen, der nicht bekennen will, bestätigen lassen; sie schränkt uns ein auf denjenigen von unseren Sinnen, den wir vor dieser isolierten und unzusammenhängenden Erinnerung fragen, ob die anderen Sinne nicht das Spielzeug einer Illusion gewesen sind; und eben deshalb lassen solche Haltungen, die einzigen von Bedeutung, uns oft in einigen Zweifeln.

Ich aß mit Legrandin auf seiner Terrasse, bei Mondschein: „Eine entzückende Stille ist das, nicht wahr?“ sagte er zu mir, „verwundeten Herzen wie dem meinigen, behauptet ein Romanschriftsteller, den du später lesen wirst, kommt nur der Schatten und die Stille zu. Und schau’, liebes Kind, es kommt im Leben eine Stunde, von der du noch sehr weit entfernt bist, in der die müden Augen nur noch ein Licht ertragen: solch eines, wie es eine schöne Nacht gleich der heutigen bereitet und destilliert zusammen mit der Dunkelheit, in der die Ohren nur noch die Musik vernehmen, die der Mondschein auf der Flöte des Schweigens bläst.“ Ich lauschte Herrn Legrandins Worten, die mir immer so angenehm vorkamen; aber die Erinnerung an eine Frau verwirrte mich, die ich letzthin zum ersten Mal gesehen hatte, und da ich jetzt wußte, daß Legrandin mit mehreren aristokratischen Persönlichkeiten der Umgegend in Verbindung stand, dachte ich, er sei vielleicht auch mit dieser bekannt, faßte mir ein Herz und sagte zu ihm: „Herr Legrandin, kennen Sie eigentlich eine ... die Schloßherrinnen von Guermantes?" und war nun selig, daß ich über diesen Namen durch das bloße Aussprechen eine Art von Macht bekam, einfach durch die Tatsache, daß ich ihn aus meinem Traum zog und ihm eine objektive, klingende Existenz verlieh.

Aber bei diesem Namen Guermantes sah ich mitten in die blauen Augen unseres Freundes eine kleine braune Kerbe sich einrammen, als wäre eben eine unsichtbare Spitze hineingebohrt worden, auf die der übrige Augapfel mit azurnen Fluten reagierte. Der Ring unter seinem Lid wurde schwarz und senkte sich. Sein Mund, von bittrer Falte umspielt, faßte sich rascher wieder und lächelte, während sein Blick schmerzvoll blieb wie der eines Märtyrers, dessen Leib von Pfeilen starrt: „Nein, ich kenne sie nicht," sagte er, aber statt einer so einfachen Auskunft, einer so wenig überraschenden Antwort den natürlichen, geläufigen Ton zu geben, der dazu paßte, sagte er's im Tone des Vortrags, indem er sich auf die Worte stemmte, und sich wie beim Grüßen verbeugte; auch sagte er's mit der ganzen Hartnäckigkeit, mit der man, um Glauben zu erwecken, eine unwahrscheinliche Behauptung vorbringt (als ob die Tatsache, daß er die Guermantes nicht kannte, nur die Folge eines einzigartigen Zufalls sein konnte), sagte es aber zugleich mit der Emphase eines Menschen, der eine ihm peinliche Situation nicht verschweigen kann und sie daher lieber laut verkündet, um dem Anderen die Vorstellung zu suggerieren, daß das Geständnis, welches er macht, ihn keineswegs in Verlegenheit setzt, vielmehr leicht, angenehm und freiwillig ist, daß die Situation selber (die mangelnden Beziehungen zu den Guermantes) etwas nicht Aufgezwungenes vielmehr von ihm Gewolltes sein dürfte, vielleicht die Konsequenz irgendeiner Familientradition, eines Moralprinzips oder mystischen Schwurs, wodurch ihm der Verkehr mit den Guermantes ausdrücklich untersagt war. „Nein," fing er wieder an, und erläuterte seinen eigentümlichen Tonfall durch seine Worte, „nein, ich kenne sie nicht, ich hatte nie den Wunsch, ich habe immer darauf gehalten, meine volle Unabhängigkeit zu wahren; im Grunde bin ich ein jakobinisches Gemüt, du weißt ja. Viele Leute haben mich immer wieder bestürmt, man sagte mir, ich täte sehr unrecht daran, nicht nach Guermantes zu gehen, ich gäbe mir das Air eines Tölpels, eines alten Brummbärs. Aber das ist ein Ruf, der mich nicht erschrecken kann, er ist ja ganz berechtigt! Im Grunde liebe ich auf der Welt nur noch ein paar Kirchen, zwei oder drei Bücher, vielleicht noch ein paar Gemälde, und den Mondschein, wenn der Windhauch deiner Jugend mir den Duft der Gartenbeete zuträgt, die meine alten Augen nicht mehr wahrnehmen." Ich begriff nicht recht, warum einer, um nicht zu Leuten zu gehen, die er nicht kennt, auf seine Unabhängigkeit halten müsse, und wie ihn das in den Geruch eines Wilden oder eines Brummbärs bringen könnte. Was ich aber begriff, war, daß Legrandin nicht ganz aufrichtig sprach, wenn er sagte, er liebe nur die Kirchen, den Mondschein und die Jugend; er liebte die Schloßherrschaften sehr, und es befiel ihn vor ihnen eine so große Angst zu mißfallen, daß er nicht wagte, seine Freundschaften mit Bürgerlichen, mit den Söhnen von Rechtsanwälten oder Bankiers vor ihnen blicken zu lassen; wenn es vielmehr einmal herauskommen mußte, daß er solche Freundschaften pflegte, dann sollten sie lieber in seiner Abwesenheit, gleichsam nebenbei, entdeckt werden — kurz, er war ein Snob. Zweifellos sagte er von alledem nie etwas in der Sprache, die meine Eltern und ich so sehr an ihm liebten. Und wenn ich fragte: „Kennen Sie die Guermantes?", dann antwortete Legrandin der Plauderer: „ Nein, ich hatte nie den Wunsch sie zu kennen." Leider antwortete er es erst an zweiter Stelle, denn ein anderer Legrandin, den er zuinnerst in sich sorgsam

verbarg, den er nicht zeigte, weil dieser Legrandin über den unsrigen und dessen Snobismus kompromittierende Geschichten wußte, ein anderer Legrandin hatte bereits geantwortet: durch die Wunde im Blick, den Zug um den Mund, den übermäßig schweren Ton der Erwiderung, die tausend Pfeile, von denen unser Legrandin einen Augenblick lang starrte und matt war wie ein Heiliger Sebastian des Snobismus: „Ach, wie tust du mir weh! nein, ich kenne die Guermantes nicht, erwecke doch nicht den großen Schmerz meines Lebens!" Und da dieser Legrandin, der das enfant terrible machte, dieser Legrandin der Einfältige zwar keine so entzückende Sprache führte wie der andere, dafür aber unendlich viel rascher mit seiner aus den sogenannten „Reflexen" zusammengesetzten Sprache antwortete, hatte er, wenn Legrandin der Causeur ihm Schweigen gebieten wollte, bereits gesprochen, und es half unserem Freunde nichts, sich mit dem schlechten Eindruck zu trösten, den die Enthüllungen seines alter ego hatten hervorrufen müssen, er konnte höchstens versuchen, diesen Eindruck abzuschwächen.
Nun soll das nicht etwa bedeuten, daß Legrandin nicht aufrichtig war, wenn er gegen die Snobs wetterte. Er konnte nicht wissen, wenigstens nicht aus sich selbst, daß er selber einer war, da wir ja immer nur die Leidenschaften der Anderen kennen und alles, was wir schließlich von den unsrigen wissen, nur von diesen fremden Trieben haben erfahren können. Auf uns wirken eigene Leidenschaften nur in sekundärer Weise: durch die Einbildungskraft, die statt der primären Triebe dezentere Ersatztriebe einführt. Niemals riet Legrandins Snobismus ihm, ständiger Besucher einer Herzogin zu werden. Nein, er beauftragte Legrandins Einbildung, ihm diese Herzogin im Schmuck aller Reize erscheinen zu lassen. Legrandin näherte sich der Herzogin, weil er meinte, er dürfe doch wohl dem

Zauber des Geistes und der Tugend nachgeben, den die niederen Snobs nicht kennen. Nur die Anderen wußten, daß er einer war; denn dank ihrer Unfähigkeit, die Mittlerarbeit seiner Einbildungskraft zu begreifen, sahen sie nur das direkte Beieinander der weltmännischen Betätigung Legrandins und ihrer primären Ursache.

Jetzt hatte man zuhause keinerlei Illusionen mehr über Herrn Legrandin, und unsere Beziehungen zu ihm wurden sehr gelockert. Mutter hatte jedesmal unendlichen Spaß daran, wenn sie Legrandin in flagranti bei der Sünde ertappte, die er nicht eingestand, sondern unentwegt die Sünde ohne Vergebung nannte: beim Snobismus. Vater freilich machte es einige Mühe, die Geringschätzung von seiten Legrandins mit soviel Unbefangenheit und Heiterkeit hinzunehmen; und als man erwog, mich über die großen Ferien mit Großmutter nach Balbec zu schicken, sagte er: „Ich muß das unbedingt Legrandin mitteilen, daß ihr nach Balbec fahren werdet, da will ich doch mal sehen, ob er euch eine Empfehlung an seine Schwester mitgeben wird. Er erinnert sich gewiß nicht mehr daran, daß er uns gesagt hat, sie wohne zwei Kilometer von dort." Großmutter dagegen fand, in Seebädern müsse man von morgens bis abends am Strande sein und Salz schlürfen, man dürfe dort niemanden kennen, weil einem jeder Besuch und jeder Spaziergang eine Portion Seeluft entziehe; und so bat sie, man solle Legrandin ganz im Gegenteil nichts von unserem Projekt erzählen, denn sie sah schon seine Schwester, Frau von Cambremer, gerade wenn wir zum Fischfang gehen wollten, vorm Hôtel landen, so daß wir zuhause bleiben mußten, um sie zu empfangen. Aber Mutter lachte über ihre Befürchtungen, denn sie dachte im stillen, die Gefahr sei nicht so drohend, und Legrandin würde sich nicht gar so sehr dazu drängen, uns in Beziehungen zu seiner Schwester zu bringen. Ohne daß wir nun mit ihm von Balbec zu sprechen brauchten, ging Legrandin, der gewiß meinte, wir würden wohl nie auf die Idee kommen, dorthin zu fahren, von selber in die Falle, und zwar eines Abends, als wir ihm am Ufer der Vivonne begegneten. „Heut' abend liegen in den Wolken wunderschöne Violetts und Blaus, nicht wahr, Herr Nachbar?", sagte er zu Vater, „besonders ein Blau, das mehr blumig als luftig ist, das Blau der Aschenpflanze, das am Himmel überrascht. Und diese kleine rosa Wolke, hat nicht auch sie den Teint einer Blume, etwa einer Nelke oder einer Hydrangea? Fast nur in der Manche, zwischen Normandie und Bretagne habe ich noch reichere Beobachtungen über diese Art von atmosphärischem Pflanzenreich machen können. Dort, in der Nähe von Balbec, in der Nähe dieser höchst wilden Landschaft, liegt eine kleine Bucht von entzückender Sanftheit, wo der Sonnenuntergang des Angelandes, der Sonnenuntergang aus rotem Golde (ich bin übrigens weit entfernt davon, ihn zu verachten), charakterlos, ja unbedeutend ist; doch in dieser feuchtsanften Atmosphäre breiten sich des Abends in bestimmten Augenblicken solche himmlischen, rosablauen Sträuße aus, die ganz unvergleichlich sind und oft erst in Stunden welken. Andere entblättern sich sofort und das ist dann ein noch viel schönerer Anblick: der ganze Himmel übersät von einer Unzahl schwefliger oder rosa Blumenblätter. In dieser Bucht, die die opalene heißt, scheinen die güldenen Gestade noch viel sanfter, ganz als hingen sie blonden Andromeden gleich in Fesseln an den fürchterlichen Felsen der nachbarlichen Küsten und an dem durch soviel Schiffbrüche berüchtigten Grabesstrand, wo alle Winter viele, viele Barken verscheiden in Fährden der See. Balbec! das altertümlichste geologische Knochengerüst unseres Bodens, dies Wahrzeichen im eigentlichen Sinn des Wortes, die See schlechthin, das Ende der Welt, das verwunschene Land, wie es Anatole

France (ein Zauberer, den unser kleiner Freund lesen müßte) so gut gemalt hat, unter seinen ewigen Nebeln recht wie das Land der Kimmerier in der Odyssee! Und dann der Ort Balbec, wo die Häuser sich aufschichten auf dem altertümlichen, entzückenden Boden, ohne ihn zu entstellen! und diese Wonne, durch einen Ausflug von ein paar Schritt in diese primitiven und doch so schönen Regionen zu kommen!"

„Ach! kennen Sie eigentlich jemanden in Balbec?" sagte Vater. „Zufällig soll der Kleine hier mit seiner Großmutter und vielleicht mit meiner Frau auf zwei Monate hin."

Legrandin, den diese Frage unversehens gepackt hatte, als er Vater fest ansah, konnte die Augen nicht wegwenden, sondern heftete sie von Sekunde zu Sekunde mit mehr Intensität (und dabei voller traurigen Lächelns) auf die Augen seines Gegenüber und zwar mit einem Ausdruck von Freundschaft, Offenheit und furchtlosem Insgesichtsehen; so schien er Vaters Gesicht durchbohrt zu haben, als wäre es transparent geworden, und als gewahrte er in diesem Augenblick weit, weit dahinter eine lebhaft gefärbte Wolke, die ihm ein geistiges Alibi verschaffte und ihn in die Lage versetzen konnte, mit gutem Gewissen zu behaupten, er habe im Augenblick der Frage, ob er in Balbec jemanden kenne, an etwas anderes gedacht und die Frage nicht gehört. Gewöhnlich geben solche Blicke dem Gesprächspartner zu verstehen: „Aber wo denken Sie hin?" Doch Vater, neugierig, gereizt und grausam wie er war, fing wieder an:

„Haben Sie eigentlich Freunde in der Gegend, daß Sie Balbec so gut kennen?"

In einer letzten verzweifelten Anstrengung erreichte der lächelnde Blick Legrandins sein Maximum an Weichheit, Unbestimmtheit, Aufrichtigkeit und Zerstreutheit, aber da er offenbar einsah, daß ihm nichts Anderes übrig blieb als zu antworten, sagte er zu uns:

„Ich habe Freunde überall, wo es Scharen verwundeter, doch unbesiegter Bäume gibt, die zusammengerückt sind, um mit pathetischer Hartnäckigkeit über einen ungnädigen Himmel, der sich ihrer nicht erbarmt, gemeinsam zu klagen."

„Nein, so hab' ich es nicht gemeint," unterbrach Vater, ebenso hartnäckig wie die Bäume und ebenso unbarmherzig wie der Himmel. „Nur für den Fall, daß meiner Schwiegermutter irgendetwas zustieße, und damit sie sich dann da oben nicht so mutterseelenallein zu fühlen brauchte, fragte ich, ob Sie dort Leute kennen."

„Dort wie überall kenne ich alle und keinen," antwortete Legrandin, der sich nicht so rasch ergab, „und zwar die Dinge sehr gut, die Menschen sehr wenig. Aber die Dinge selber wirken dort wie Menschen, wie seltene Menschen von köstlicher Substanz, die vom Leben enttäuscht sind. Manchmal ist es ein Kastell, das Sie auf dem steilen Felsen finden, am Rande des Weges, wo es haltgemacht hat, um seinen Gram gegen den noch rosigen Abend zu halten, während golden der Mond aufgeht und seine Flamme hißt auf den Masten der Barken, wenn sie das bunte Wasser durchschneidend heimkehren, seine Farben ihnen aufmalt. Manchmal ist es ein schlichtes alleinstehendes Haus, eher häßlich, mit zagem doch romantischem Ausdruck, das vor den Augen der Welt ein unvergängliches Geheimnis von Glück und Enttäuschung verbirgt. Dies Land ohne Wahrheit," setzte er mit macchiavellischer Feinfühligkeit hinzu, „dies Land der puren Fiktion ist eine schlechte Lektüre für ein Kind, und gerade dies Land würde ich nicht aussuchen und empfehlen für meinen kleinen Freund, der schon so zur Schwermut neigt, für sein prädisponiertes Gemüt. Das Klima verliebter Vertraulichkeit und unnützen Kummers mag zu einem verbrauchten alten Mann wie mir passen, es ist aber immer ungesund für ein noch nicht gestaltetes Temperament. Glauben Sie mir," wiederholte er voll Nachdruck, „die Gewässer dieser schon zur Hälfte bretonischen Bucht vermögen eine, wenn auch bestreitbare Heilwirkung auszuüben auf ein Gemüt, das nicht mehr intakt ist, wie meins, auf ein Herz, dessen Verletzung nicht mehr gutzumachen ist. Sie sind aber kontraindiziert für dein Alter, kleiner Bursch. Gute Nacht, Nachbarn," sagte er dann mit dem jähen Ausweichen, das er sich angewöhnt hatte; und indem er sich mit dem erhobenen Zeigefinger eines Doktors noch einmal nach uns umdrehte, faßte er seine Konsultation zusammen: „Kein Balbec vor fünfzig Jahren, und auch dann hängt es noch vom Gemütszustand ab!"

Vater sprach bei unseren späteren Begegnungen immer wieder mit ihm davon, er peinigte ihn mit Fragen — es war verlorne Liebesmüh': wie der gebildete Gauner, der auf die Herstellung falscher Palimpseste eine Mühe und eine Wissenschaftlichkeit verwandte, deren hundertster Teil genügt hätte, um ihm eine einträglichere, allerdings ehrenhafte Stellung zu gewährleisten, so hätte Herr Legrandin, wenn wir noch mehr in ihn gedrungen wären, schließlich weit eher eine ganze Landschaftsethik und himmlische Geographie der Basse Normandie geschaffen, als daß er uns gestanden hätte, zwei Kilometer von Balbec wohne seine eigene Schwester; dann nämlich hätte er uns einen Empfehlungsbrief anbieten müssen, was ihm vielleicht nicht so entsetzlich vorgekommen wäre, wenn er ganz sicher gewußt hätte (eigentlich durfte er darüber nach seiner Kenntnis des Charakters meiner Großmutter ganz beruhigt sein), daß wir von dem Briefe keinen Gebrauch machen würden.

* * *

Wir kamen immer frühzeitig von unseren Spaziergängen zurück, um Tante Léonie noch vor dem Abendessen einen Besuch zu machen. Wenn wir am Anfang der schönen Jahreszeit beim noch frühen Tagesende an der Heiligegeiststraße anlangten, lag noch ein Abglanz des Sonnenunterganges auf den Scheiben des Hauses und ein Purpurschleier auf dem Grunde der Wälder des Kalvarienberges, der sich weiter hinten im Teiche spiegelte; und diese Röte, die oft von ziemlich scharfer Kälte begleitet war, gesellte sich in meinem Geiste zu der Röte des Feuers über dem das Huhn briet, das nun die poetische Lust des Spazierganges durch die Lust der Feinschmeckerei, der Wärme und der Ruhe ablösen sollte. Im Sommer dagegen ging die Sonne, wenn wir heimkamen, noch nicht unter; erst während unseres Besuches bei Tante Léonie kam ihr Licht ins Sinken, rührte ans Fenster und blieb dann zwischen den großen Vorhängen stehen: zerteilt, verästelt, durchgeseiht überzog es das Zitronenholz der Kommode mit Flittergold und illuminierte das Zimmer so schräg und zart wie draußen das Unterholz. Mitunter jedoch, obschon sehr selten, hatte die Kommode, wenn wir heimkamen, ihren Augenblicksüberzug längst verloren, auch lag dann bei unserem Einbiegen in die Heiligegeiststraße kein Sonnenuntergangsschimmer mehr über die Scheiben hingebreitet, und der Teich am Fuße des Kalvarienberges hatte seine Röte verloren, manchmal sah er schon opalfarben aus, und ein langer Mondstrahl, der auf seinem Wege zur Erde breiter und breiter wurde und von allen Spalten des Wassers Risse bekam, durchdrang ihn ganz und gar. Wenn wir dann näher ans Haus herankamen, bemerkten wir auf der Stufe vor der Tür eine Gestalt, und Mutter sagte zu mir:

„O Gott! Sieh' mal, Françoise lauert schon auf uns, Tante ist unruhig; wir kommen ja auch gar zu spät heim.“

Und ohne uns zum Ablegen unserer Sachen Zeit zu nehmen, gingen wir rasch hinauf zu Tante Léonie, um sie zu beruhigen und ihr zu zeigen, daß uns durchaus nicht, wie sie sich bereits ausmalte, ein Unglück passiert sei, sondern daß wir nur „in Richtung Guermantes“ gegangen seien, und sie wisse doch sehr gut, daß man bei diesem Spaziergang nicht für pünktliches Zurücksein garantieren könne.

„Da, Françoise,“ sagte meine Tante, „hab' ich's Ihnen nicht gesagt, daß sie sicher in Richtung Guermantes gegangen sind? O Gott, sie müssen ja einen Hunger haben! Und Ihre Hammelkeule muß nach dem langen Warten ja ganz ausgetrocknet sein! Ist das aber auch eine Zeit zum Heimkommen! was, ihr seid in Richtung Guermantes gegangen?“

„Aber ich glaubte, du wüßtest es, Léonie,“ sagte Mutter, „ich dachte, Françoise hätte uns zur kleinen Küchentür hinausgehen sehen.“

Es gab nämlich rings um Combray zwei „Richtungen“ für die Spaziergänge, und zwar so entgegengesetzte, daß man von uns aus tatsächlich nicht zur selben Tür hinausging, wenn man nach der einen oder nach der anderen Richtung gehen wollte: die Richtung Méséglise-la-Vineuse, auch die Richtung „Villa Swann“ genannt, weil man an der Besitzung von Herrn Swann vorbei mußte, wenn man dorthin ging, und die Richtung Guermantes. Von Méséglise-la-Vineuse habe ich offengesagt nie etwas anderes kennen gelernt als die „Richtung“ und einige fremde Leute, die Sonntags zum Spaziergang nach Combray kamen, Leute, die sogar meine Tante und wir alle „absolut nicht kannten“, woraus wir folgerten, sie würden wohl von Méséglise gekommen sein. Was Guermantes anbetrifft, so sollte ich es eines Tages besser kennen lernen, aber erst viel später; und war schon Méséglise während meiner ganzen Jugend für mich etwas so Unerreichbares wie der Horizont, ein fernes Ziel, das sich, so weit man auch ging, in Falten fremdartigen Geländes verbarg — so erst recht Guermantes: es ist mir immer nur wie der mehr ideelle als reelle Endpunkt seiner eigenen „Richtung" vorgekommen, wie eine Art abstrakter geographischer Ausdruck, vergleichbar etwa der Äquatorlinie, dem Pol oder dem Osten. Demnach hätte ich den Ausdruck „über Guermantes" nach Méséglise gehen (oder umgekehrt) für ebenso sinnlos gehalten wie: über den Osten nach dem Westen gehen. Da Vater immer sagte, die Richtung Méséglise biete den schönsten Blick aufs Flachland, den er kenne, und die Richtung Guermantes sei die typische Flußlandschaft, so faßte ich sie wie zwei Wesenheiten auf und verlieh ihnen den Zusammenhang, die Einheit, die nur Schöpfungen unseres Geistes eigen sind; das kleinste Teilchen jeder einzelnen von ihnen schien mir kostbar zu sein und ihre besonderen Vorzüge zu bekunden; die von rechts und links hinführenden Straßen aber dienten nur als grobstoffliche Mittel, durch die man zu dem geweihten Boden der einen oder anderen von ihnen gelangte, nur als Einfassungen, in denen die ideale Flach- oder Flußlandschaft eingebettet lag, weswegen ich denn auch so wenig darauf achtete wie der von dramatischer Kunst ergriffene Zuschauer auf die kleinen Straßen, die an ein Theater grenzen. Vor allem aber legte ich zwischen sie (und zwar weit mehr als die kilometrischen Entfernungen) die Entfernung, die zwischen den beiden Teilen meines Gehirns, mit denen ich an sie dachte, bestand, eine von den Entfernungen im Geiste, die nicht bloß fernrücken, sondern trennen und in eine andere Ebene verlegen. Und diese Abgrenzung gestaltete sich noch vollkommener, weil unsere Gewohnheit, nie am gleichen Tage auf demselben Spaziergang nach beiden Richtungen zu gehen (vielmehr einmal in Richtung Méséglise, einmal in Richtung Guermantes) sie sozusagen fern voneinander, unkennbar füreinander, in die geschlossenen und nicht kommunizierenden Gefäße grundverschiedener Nachmittage einkapselte.

Wenn man in Richtung Méséglise gehen wollte, ging man nicht zu früh fort. Auch machte es nichts aus, wenn der Himmel bedeckt war, weil der Weg nicht sehr weit war und daher nicht allzu viel Zeit in Anspruch nahm. So ging man denn, weil es ja keine „große Sache" war, zur großen Tür des Hauses meiner Tante nach der Heiligegeiststraße zu hinaus. Man wurde vom Büchsenmacher gegrüßt, warf seine Briefe in den Kasten, bestellte Theodor im Vorbeigehen von Françoise, daß sie kein Öl oder keinen Kaffee mehr habe, und ging dann aus der Stadt heraus auf den Weg, der an dem weißen Gitter des Parks von Herrn Swann entlanglief. Schon bevor wir dort angelangt waren, spürten wir den Geruch seiner Fliedersträucher, der jedem Fremden sogleich entgegendrang. Zwischen den grünen, frischen Herzchen ihrer Blätter heraus hoben die Sträucher ihre Büschel aus malvenfarbenen oder weißen Federn (die sogar noch im Schatten blinkten von der Sonne, in der sie gebadet hatten vorwitzig übers Gitter. Einige waren halb verborgen von dem Häuschen aus lauter Ziegeln, das „Schützenhäuschen" hieß und in dem der Wächter wohnte, und überragten dessen gotischen Giebel mit ihrem rosigen Minarett. Frühlingsnymphen hätten sich gewöhnlich ausgenommen neben diesen jungen Huris, die in diesem französischen Garten die lebhaften und reinen Töne der persischen Miniaturen bewahrten. Trotz meines Verlangens, ihre schmiegsame Taille zu umschlingen und die sternklaren Locken ihres duftenden Hauptes an mich zu ziehen, gingen wir vorbei, ohne stehenzubleiben, da meine Eltern seit Swanns Heirat nicht mehr nach Tansonville gingen; und damit es nicht so aussähe, als guckten wir in den Park, schlugen wir, statt auf dem Weg an der Einfriedigung vorbei direkt in die Felder zu gehen, einen anderen Pfad ein, der auch dorthin führte, aber auf einem Umweg, wodurch wir erst ziemlich weit draußen in die Felder einmündeten. Einmal sagte Großvater zu Vater:

„Weißt du noch, Swann sagte doch gestern, seine Frau und seine Tochter führen nach Reims, und er würde die Gelegenheit benutzen, um für vierundzwanzig Stunden nach Paris zu gehen. Wir könnten eigentlich am Park entlang gehen, die Damen sind ja nicht da, wir würden soviel Zeit dadurch sparen."

Wir blieben einen Augenblick vor dem Gitter stehen. Die Fliederzeit näherte sich ihrem Ende; einige Sträucher entsandten noch die feinen Blasen ihrer Blüten in Gestalt malvenfarbener hoher Leuchter, aber an vielen Stellen des Blätterwerks, wo vor einer Woche ihr duftgetränkter Gischt noch brandete, da welkte schon, gemindert und geschwärzt, ein hohler, trockner, geruchloser Schaum. Großvater zeigte Vater, worin das Aussehen des Platzes dasselbe geblieben sei, und worin es sich verändert habe seit dem Spaziergang, den er mit Herrn Swann am Todestage seiner Frau gemacht hatte, und er benutzte diese Gelegenheit, um jenen Spaziergang noch ein weiteres Mal zu erzählen.

Vor uns stieg eine Allee, von Kapuzinerkressen umsäumt, in voller Sonne zum Schloß hinauf. Rechts dagegen breitete sich der Park in flachem Gelände. Verdunkelt vom Schatten der großen Bäume ringsherum war ein Stück Wasser von Swanns Eltern gegraben worden. Doch auch in den künstlichsten Schöpfungen ist es immer die Natur, die der Mensch bearbeitet; sie ist es, deren besondere Herrlichkeit unzerstörbar um manche Stätten webt, sie pflanzt ihre unvordenklichen Wahrzeichen auf mitten im Park, als gebe es ringsum gar keine menschliche Erfindung, sie schafft sich immer wieder die Einsamkeit, mit der sie sich so gern umgibt, taucht immer wieder auf aus Zwang und Künstelei und stellt sich über das menschliche Werk. So hatte sich am Fuße der Allee, die den künstlichen Teich überragte, zu zwei aus Vergißmeinnicht- und Sinngrünblüten geflochtenen Reihen geordnet, die natürliche, feine, blaue Krone gebildet, welche die helldunkle Stirn der Gewässer umgibt; den innersten Ring darin aber schloß der rote Schwertel, der seine Schwerter mit königlicher Ungezwungenheit niederbog und über Wasserdost, feuchtfüßigem Ranunkel und den violettgelben Lappen der Lilienblüten wie ein Fürst der Seen sich ausbreitete.

Fräulein Swanns Abreise benahm mir zwar die schreckliche Möglichkeit, sie in einer Allee erscheinen zu sehen und dann von dem kleinen Mädchen gewogen und für zu leicht befunden zu werden (von ihr, die das Vorrecht genoß, Bergotte zum Freunde zu haben und mit ihm die Kathedralen zu besuchen!) — aber gerade deswegen war mir die Betrachtung von Tansonville dieses erste Mal, als sie mir gestattet wurde, herzlich gleichgültig. Dagegen schien diese Abreise in Vaters und Großvaters Augen der Besitzung lauter Annehmlichkeiten und flüchtige Reize zu verleihen, ja, sie schien, wie der wolkenlose Himmel bei einem Ausflug ins Gebirge, den Tag ausnehmend günstig für einen Spaziergang nach dieser Richtung zu machen. Mir freilich wäre es am liebsten gewesen, ihre Berechnungen würden zuschanden und ein Wunder ließe Fräulein Swann mit ihrem Vater erscheinen, so dicht vor uns, daß wir ihr nicht mehr ausweichen könnten und ihre Bekanntschaft machen müßten. Als ich daher auf dem Grase plötzlich so etwas wie ein Zeichen ihrer möglichen Gegenwart sah, nämlich einen vergessenen Korb neben einer Angel, deren Korken auf dem Wasser trieb, beeilte ich mich, Vaters und Großvaters Blicke anderswohin zu dirigieren. Übrigens hatte Swann uns gesagt, es passe ihm schlecht, jetzt wegzureisen, er habe gerade Familienbesuch; so konnte die Angel ja auch irgendeinem Gast gehören. Kein Geräusch von Schritten war auf den Wegen zu vernehmen. Quer durch die Höhe eines ungewissen Baumes drang ein unsichtbarer Vogel, der darüber nachgrübelte, wie er sich den Tag verkürzen könne, mit langgezogenem Tone fragend in die umgebende Einsamkeit, aber er bekam von ihr eine so einmütige Antwort, einen so verdoppelten Gegenstoß des Schweigens und der Unbeweglichkeit, daß er den Augenblick, den er zum rascheren Vorüberziehen hatte bringen wollen, nun geradezu für immer festhielt. Das Licht fiel so unversöhnlich vom erstarrten Himmel, daß man sich seinem aufmerksamen Blick am liebsten entzogen hätte, und sogar das schlafende Wasser, das die Insekten immerfort in seinem Schlummer störten, und das gewiß von einem Phantasie-Malstrom träumte, steigerte die Verwirrung, in die mich der Anblick des schwimmenden Korkens gestürzt hatte, noch dadurch, daß es den Korken rasch über die stillen Weiten des widergespiegelten Firmamentes mitzuziehen schien; beinahe vertikal stehend, schien er gleich untertauchen zu wollen, und schon fragte ich mich, ob ich nicht, ungeachtet meiner Sehnsucht und Angst, sie kennen zu lernen, die Pflicht hätte, Fräulein Swann zu melden, daß der Fisch anbeiße — da mußte ich laufen, um wieder zu Vater und Großvater zu stoßen, die mich gerufen hatten und sehr verwundert waren, daß ich ihnen auf dem kleinen Weg, der nach den Feldern zu anstieg und den sie eingeschlagen hatten, nicht gefolgt war. Ich fand ihn durchsummt vom Dufte der Weißdornsträucher. Die Hecke bildete gleichsam eine Folge von Kapellen, die unter dem Gestreu ihrer zu einem Ruhealtar aufgeschichteten Blüten verschwanden; unter ihnen legte die Sonne eine lichte Reihe von Karrees auf den Boden, als ob sie eben durch ein Kirchenfenster gedrungen wäre. Der Duft der Sträucher verbreitete sich so üppig, so formklar wie vor einem Altar der Mutter Gottes, die Blüten waren festlich angetan und hielten jede mit zerstreutem Gesicht ihr blinkendes Bukett aus Staubfäden, feinen, strahligen Adern im spätgotischen Stil wie die, die in der Kirche die Steigung der Empore oder das Kreuz des Fensters durchbrachen und sich im Tone weißen Erdbeerblütenfleisches ausbreiteten. Und jede wilde Rose erinnerte mich an eine Unschuld vom Lande, wie sie ein paar Wochen später in voller Sonne denselben ländlichen Weg hinaufsteigen würde in der einfarbigen Seide ihrer im lockernden Windhauch errötenden Bluse . . .

Wohl blieb ich vorm Weißdorn stehen, um den unsichtbar-unverrückbaren Duft der Sträucher einzuatmen, ihn vor meinem unsicheren Geiste herzutragen, ihn zu verlieren und wiederzufinden; wohl suchte ich einzugehen in den Rhythmus, den ihre Blüten hie und da mit jugendlichem Jauchzen herausstießen, in Intervallen, die just so unerwartet kamen wie manche musikalische Intervalle. Doch verhalf mir das alles nicht zu dem, was ich wollte; denn boten sie mir auch wieder und wieder mit unerschöpflicher Verschwendung den gleichen Zauber dar, so ließen sie mich doch nicht tiefer in ihm schürfen— darin den Melodien ähnlich, die man hundertmal hintereinander spielen kann, ohne doch tiefer in ihr Geheimnis hinabzudringen. Ich drehte mich einen Augenblick von ihnen weg, um mich ihnen gleich darauf mit frischeren Kräften zuzuwenden. Bis über die Böschung, die hinter der Hecke in steilem Hang gegen die Felder anstieg, verfolgte ich verlorenen Klatschmohn oder träg zurückgebliebene Kornblumen, die den Hang hie und da mit ihren Blüten schmückten wie der rahmende Saum auf einem Wandteppich, wo schon dünngesät das ländliche Motiv erscheint, das bald die Fläche überwuchern wird; selten noch und weit auseinander wie die alleinstehenden

Häuser, die schon das Nahen eines Dorfes verkünden, so verkündeten sie mir die unermeßliche Fläche, wo die Ähren branden und die Wolken sich kräuseln; und der Anblick eines einzigen Klatschmohns, der seine rote Flamme über seiner fettigen schwarzen Boje auf der Spitze seines Tauwerks hißte und vom Winde peitschen ließ, machte mir das Herz höher schlagen wie dem Reisenden, der in einer Niederung eine erste gestrandete Barke erblickt, die ein Kalfaterer repariert, und nun, noch bevor er es gesehen hat, laut ausruft: „Das Meer!"

Dann stellte ich mich wieder vor die Weißdornsträucher wie vor die Meisterwerke, von denen man glaubt, daß man sie besser in den Blick bekommt, wenn man sie einen Augenblick nicht ansieht. Aber was half es mir, aus meinen Händen einen Schirm zu machen, um nur sie vor Augen zu haben — das Gefühl, das sie in mir weckten, blieb dunkel und vage, da es vergeblich versuchte, sich loszumachen und mit ihren Blüten zusammenzuwachsen. Die aber halfen mir nicht, meine Empfindungen aufzuhellen, und andere Blüten konnte ich ja nicht bitten, mir das zu leisten ... Dann aber wurde mir die Freude zuteil, die wir empfinden, wenn wir von unserem Lieblingsmaler ein sehr ungewohntes Werk sehen, oder wenn man uns vor ein Gemälde führt, von dem wir bis dahin nur eine Bleistiftskizze gesehen hatten, oder aber wenn ein nur auf dem Klavier gehörtes Stück später in den Farben des Orchesters vor uns tritt: Großvater nämlich rief mich, wies auf die Hecke von Tansonville und sagte zu mir: „Du Liebhaber der Weißdornsträucher, sieh' dir mal ein bißchen diesen Rotdornstrauch an; ist er nicht hübsch?" Ja, es war ein Dornstrauch, aber rosafarben, viel schöner noch als die weißen. Er trug ebenso reichen Festschmuck (den Schmuck der einzigen wahren Feste: der religiösen, die eigentlich ganz wie die weltlichen

Feste auf einen beliebigen, weder besonders abgestempelten noch überhaupt wesentlich festlichen Tag fallen müßten, was nur eine Caprice verhindert hat); oder nein: der Schmuck war noch reicher, denn die auf dem Zweig übereinandersitzenden, kein Plätzchen unverziert lassenden Blüten wirkten wie Flittergewinde um einen Hirtenstab der Rokokozeit, standen im „Flor“ und hatten infolgedessen eine höhere „Qualität“ gemäß der Ästhetik von Combray, wie sie aus der Stufenleiter der Preise auf dem Markt hervorging, wo ebenso wie im Laden von Camus die Biskuits mehr kosteten, wenn sie rosa waren. Ich meinesteils schätzte mehr den rosa Rahmkäse, in dem ich Erdbeeren zerdrücken durfte. Und gerade solch einen Teint von etwas Eßbarem oder einer zarten Verzierung an einem Ballkleid hatten diese Blüten sich ausgesucht, den Teint also, von dem leicht einzusehen ist, daß seine Schönheit für Kinderaugen den höchsten Grad von Evidenz besitzt; so behält er denn für sie immer etwas Frischeres und Natürlicheres als jeder andere Teint, sogar nachdem sie begriffen haben, daß er weder ihrem Gaumen etwas verspricht noch von der Näherin stammt. Wahrlich, ich hatte es sofort gefühlt (ebenso wie vor den weißen Sträuchern, nur mit tieferem Erstaunen): nicht durch Nachahmung, nicht durch künstliche Herstellung von Menschenhand hatte sich der Gedanke der Festlichkeit auf die Blumen übertragen, — die Natur selber war's, die diesen Gedanken mit der Naivetät der Frau eines Dorfmagnaten, die ein Ruheplätzchen schmuck herrichtet, spontan zum Ausdruck gebracht hatte, sonst hätte sie die Staude nicht so mit diesen überzärtlich getönten, provinziell altmodischen Röschen überladen. Oben in den Zweigen wimmelten — ähnlich den kleinen Rosenstöcken mit ihren in gezacktem Papier versteckten Töpfen, deren schmale Rauten man bei den großen Festen auf dem Altar strahlen ließ — tausend kleine Knospen von bleicherem Teint: die ließen, halb sich öffnend, gleichsam auf dem Grunde eines Bechers aus rosa Marmor rote Blutapfelsinen sehen und verrieten, mehr noch als die Blüten, die eigentümliche, unwiderstehliche Substanz dse Dornstrauchs, der überall, wo er Knospen trieb oder zum Blühen kam, es nur in rosa vermochte. So war sie eingeschoben in die Hecke, verschiedener von ihr als ein junges Mädchen im Festgewand von Leuten im Alltagskleid, die zu Hause bleiben, so war sie wie geschaffen für die Kirche „Marienmond", von der sie schon einen Teil auszumachen schien — und so blitzte sie lächelnd in ihrer frischen rosa Toilette: die katholisch-köstliche Staude.

Durch die Hecke hindurch sah man im Inneren des Parks eine Allee mit einem Saum von Jasmin, Stiefmütterchen und Eisenkraut, zwischen denen Levkojen mit dem duftenden, vergangangen Rosa alten Korduanleders ihre frischen Beutel öffneten, während auf dem Kies ein langer Schlauch mit grüngemaltem Sprengrohr seine Kreisläufe entfaltete; sein Ziel war wohl irgendein Punkt in der Ferne, zu dem er nur vordringen konnte, wenn er über die Blumen hinwegstrich und ihre Wohlgerüche mit seinem senkrechten, prismatischen Fächer durchtränkte. Auf einmal blieb ich stehen: ich konnte mich nicht mehr rühren, wie es geschieht, wenn eine Erscheinung sich nicht nur an unsere Blicke wendet, sondern tiefere Wahrnehmungen erfordert und unser ganzes Wesen in Anspruch nimmt. Ein rotblondes Mädelchen, das vom Spaziergang zurückzukommen schien und eine Gartenschaufel in der Hand hielt, hob sein von Sommersprossen übersätes Gesicht und sah uns an. Seine schwarzen Augen schimmerten; und da ich es damals nicht verstand und auch seither nicht gelernt habe, einen starken Eindruck auf seine objektiven Elemente zurückzuführen, da ich, wie man sagt, nicht genug „Beobachtungsgabe" hatte, um den Begriff ihrer Farbe zu entwickeln, stellte sich lange

Zeit, jedesmal wenn ich wieder an sie dachte, die Erinnerung an das Blitzen ihrer Augen in meiner Vorstellung sogleich so dar, wie das Blitzen eines lebhaften Azurs, da sie ja blond war. Nun waren freilich ihre Augen in Wahrheit ganz schwarz, was einen am meisten frappierte, wenn man sie das erste Mal sah. Doch wären sie auch minder schwarz gewesen — meine besondere Schwäche für ihre blauen Augen hätte dadurch nicht gesteigert werden können ... Ich sah sie an: zuerst mit dem Blick, der nichts anderes ist als der Wortführer der Augen, an dessen Fenster sich aber, angstvoll und erstarrt, alle Sinne neigen, dem Blick, der da streifen, fangen, raffen möchte den Leib, auf den er blickt, und die Seele dazu. Dann aber fürchtete ich, von einer Sekunde zur anderen würden Großvater und Vater das junge Mädchen bemerken und mich von ihr fortziehen, indem sie mich ein bißchen vorauslaufen ließen, und so warf ich ihr noch einen zweiten Blick zu, einen unbewußten Bittsteller, der sie zwingen wollte, auf mich achtzugeben, mich kennen zu lernen! Sie warf ihre Pupillen vorwärts und zur Seite, um Großvater und Vater ins Auge zu fassen, und zweifellos erweckte das in ihr nur den Gedanken unserer Lächerlichkeit, denn sie drehte sich weg und schlug sich mit gleichgültiger und geringschätziger Miene seitwärts, um ihrem Gesicht den Aufenhalt in unserem Blickfeld zu ersparen. Doch dann, als sie weitergingen, ohne sie gesehen zu haben, und mich überholt hatten, ließ sie ihre Blicke in ganzer Länge hinter mir herlaufen, freilich ohne besonderen Ausdruck, ohne daß es wirkte, als sähe sie mich, aber mit einer Unverwandtheit und einem verhohlenen Lächeln, das ich nach den mir beigebrachten Begriffen von guter Erziehung nur als einen Beweis kränkender Verachtung interpretieren konnte; und ihre Hand skizzierte gleichzeitig eine unanständige Gebärde, die, öffentlich an einen Unbekannten gerichtet, nach dem kleinen Knigge, den ich in mir trug, nur einen Sinn haben konnte: den einer Schamlosigkeit.

„Los, Gilberte, komm! was machst Du eigentlich?“ rief mit durchdringender, gebieterischer Stimme eine Dame in Weiß, die ich nicht gesehen hatte. In einer gewissen Entfernung von ihr stand in einem Barchentanzug ein Herr, den ich nicht kannte, und fixierte mich mit Augen, die ihm aus dem Kopfe drangen. Urplötzlich hörte das junge Mädchen zu lächeln auf, nahm seinen Spaten und entfernte sich — ohne sich nach mir umzudrehen — mit einem gefügigen, undurchdringlichen und verstohlenen Ausdruck.

So zog dicht an mir der Name Gilberte vorüber, mir geschenkt wie ein Talisman, kraft dessen ich sie vielleicht eines Tages wiederfinden würde, sie, aus der er eben eine Person gemacht hatte, während sie im Augenblick vorher nur ein unbestimmtes Bild gewesen war. So zog er vorüber, ausgesprochen über den Jasminen und Levkojen, herb und frisch wie die Tropfen der grünen Sprengdusche; die Zone reiner Luft aber, die er durchlaufen und abgegrenzt hatte, sättigte er mit einem Flimmer, aus dem sich das Geheimnis im Leben dieses Weibes erraten ließ. Ja, mehr noch: dieser Name stellte sie in eine Reihe mit den seligen Wesen, die mit ihr lebten und wanderten; und unter dem Rotdornstrauch in der Höhe meiner Schulter entwickelte er die Quintessenz der mir so schmerzlichen Vertrautheit, mit der jene Wesen sich ihr und dem Unbekannten in ihrem Leben, in das ich nie Einlaß bekommen würde, verbunden fühlten.

Einen Augenblick (wir gingen gerade weiter und Großvater murmelte: „Dieser arme Swann, was lassen sie ihn für eine Rolle spielen: man schickt ihn auf Reisen, damit sie allein bleiben kann mit ihrem Charlus, denn er war's, ich hab' ihn erkannt! Und diese Kleine mitten drin in all' der Schande!“), einen Augenblick hatte der Eindruck des von Gilberte stillschweigend hingenommenen despotischen Tons, den ihre Mutter ihr gegenüber anschlug, mein Leiden ein wenig gelindert, mir eine gewisse Hoffnung wiedergegeben und meine Liebe gemindert. Aber sehr schnell erhob sich diese Liebe von neuem in mir; denn in einer Art von Reaktion wollte mein erniedrigtes Herz sich auf gleiches Niveau mit Gilberte stellen oder sie zu sich herabziehen. Ich liebte sie, ich bedauerte, nicht die Zeit und die Eingebung gehabt zu haben, sie zu beleidigen, ihr wehzutun und sie zu zwingen, an mich zu denken. Ich fand sie so schön, daß ich am liebsten denselben Weg zurückgegangen wäre, um ihr achselzuckend entgegenzurufen: „Wie häßlich, wie grotesk ich Sie finde, wie Sie mich abstoßen!“ Indessen ging ich weiter und trug nun für immer etwas mit nach Hause, was Kindern meines Alters kraft undurchbrechlicher Naturgesetze eigentlich noch unzugänglich war: eine erste Art von Liebesseligkeit in Gestalt eines rötlichen jungen Mädchens mit Sommersprossenhaut, das lachend einen Spaten hielt und lange leere Blicke verstohlen hinter mir herlaufen ließ. Und schon lag Weihrauch über der Stelle unterm Rotdorn, wo ihr Name von ihr und mir zusammen gehört worden war, schon begann der Zauber dieses Namens alles, was in seinen Bereich kam, zu gewinnen, zu überziehen, zu durchduften: zuerst ihre Großeltern, die meine Großeltern (unsägliches Glück!) gekannt hatten, dann den vornehmen Bankiersberuf, den sie gehabt hatten, und endlich die Stätte meiner Qualen auf den Champs-Elysées, wo sie in Paris wohnte.

„Léonie,“ sagte Großvater, als er nachhause zurückkam, „am liebsten hätt' ich dich bei uns gehabt vorhin. Du würdest Tansonville nicht wiedererkennen. Ich traute mich nur nicht, sonst hätt' ich dir einen Zweig von den Rotdornsträuchern abgeschnitten, die du so sehr liebtest.“ Und er erzählte ihr haarklein unseren ganzen

Spaziergang, vielleicht um sie zu zerstreuen, vielleicht auch, weil er noch nicht alle Hoffnung, sie zum Ausgehen zu bringen, aufgegeben hatte. Nun liebte sie früher diese Besitzung sehr, und als sie ihre Tür schon allen anderen verschloß, hatte sie Swann wenigstens noch bis zuletzt empfangen. Und ebenso wie sie ihm, wenn er jetzt kam, um sich nach ihrem Befinden zu erkundigen (sie war der einzige Mensch in unserem Hause, den zu sehen er noch ausdrücklich wünschte), antworten ließ, sie sei abgespannt, aber das nächste Mal würde sie ihn hereinlassen, ebenso sagte sie an jenem Abend: „Ja, wenn mal ein schöner Tag ist, fahr' ich im Wagen bis zum Parktor." Sie meinte das ganz aufrichtig. Sehr gern hätte sie Swann und Tansonville wiedergesehen; aber das Verlangen, das sie danach trug, reichte gerade für das, was ihr an Mut geblieben war; seine Verwirklichung hätte ihre Kräfte überschritten. Manchmal gab ihr das schöne Wetter ein bißchen Lebenskraft wieder, sie stand auf, zog sich an — aber die Abspannung setzte ein, bevor sie noch ins andere Zimmer gegangen war, und sie verlangte wieder nach ihrem Bett. Was bei ihr begonnen hatte (nur eben viel eher als es gewöhnlich geschieht), war die große Altersentsagung, die sich auf den Tod vorbereitet, sich in ihre Schmetterlingspuppe einwickelt und die man am Ende manches langgedehnten Lebens sogar zwischen den Liebenden von einst, die einander unendlich zugetan waren, ja zwischen den am geistigsten verbundenen Freunden beobachten kann: sie hören von einem gewissen Jahr an auf, die Reise oder den Weg zu machen, der zu einem Zusammentreffen erforderlich wäre, hören auf, einander zu schreiben, und wissen, daß sie in dieser Welt keinen Austausch mehr pflegen werden. Meine Tante wußte sicher ganz genau, daß sie Swann nie mehr wiedersehen, ihr Haus nie mehr verlassen würde, aber diese endgültige Abgeschlossenheit war ihr gewiß recht behaglich und zwar aus demselben Grunde, aus dem sie ihr nach unserem Urteil eigentlich immer schmerzvoller hätte werden müssen: wurde ihr diese Abgeschlossenheit doch auferlegt durch die täglich von ihr zu konstatierende Abnahme ihrer Kräfte, die aus jeder Tätigkeit, aus jeder Bewegung eine Anstrengung, wo nicht ein Leiden machte und daher der Untätigkeit, der Isolierung, dem Schweigen in ihren Augen die erholsame, gesegnete Süßigkeit der Ruhe verlieh.

Meine Tante besuchte die Rotdornhecke nicht, aber ich fragte die Eltern alle Augenblicke, ob sie nicht hingehen würde, ob sie früher oft nach Tansonville gegangen sei, denn ich wollte sie dazu bringen, von Fräulein Swanns Eltern und Großeltern zu reden, die mir so groß wie Götter vorkamen. Dieser Name Swann! fast mythologisch war er für mich geworden, und wenn ich mich mit den Eltern unterhielt, sehnte ich die Zwangslage herbei, in der sie ihn aussprechen mußten; ich selbst wagte ihn ja nicht über die Lippen zu bringen, aber ich zog sie zu Themen, die Gilberte und ihrer Familie nahekamen, von ihr handelten und mir das Gefühl eines ihr nicht gar zu fernen Exils vermittelten. Z. B. tat ich auf einmal so, als glaubte ich, Großvaters Amt sei schon vor ihm in unserer Familie gewesen, oder die Rotdornhecke, die Tante Léonie sehen wollte, befinde sich in kommunalem Gelände. So zwang ich Vater, meine Behauptung richtigzustellen, und gleichsam ohne mein Zutun, gleichsam aus sich selbst heraus zu mir zu sagen: „Nicht doch, dies Amt bekleidete der alte Swann, diese Hecke gehört zum Park von Swann." Dann mußte ich ordentlich Atem schöpfen, so heftig fiel dieser Name auf seinen ständigen Platz in meiner Seele und drohte mich zu ersticken: schien er mir doch im Augenblick des Hörens voller als jeder andere, weil er schwer war von all den Malen vorher, da ich ihn mir im Geiste vorgesagt hatte.

Er schuf mir ein Vergnügen, so groß, daß ich mich ordentlich schämte, es den Eltern abgedrungen zu haben, denn sicherlich erwuchs ihnen daraus, daß sie es mir verschafften, nichts als Mühe und gar keine Entschädigung, da es für sie ja kein Vergnügen war. So lenkte ich die Unterhaltung anderswohin, aus lauter Diskretion. Freilich waren auch Gewissensbisse mit im Spiel. All' das eigentümlich Verführerische, das ich in diesen Namen Swann hineinlegte, fand ich ja in ihm wieder, sobald sie ihn aussprachen. Es kam mir dann auf einmal so vor, als sei es unmöglich, daß die Eltern diese Reize nicht spürten; ich dachte bestimmt, sie müßten meinen Standpunkt einnehmen, meine Träume nun ihrerseits zu Gesicht bekommen, sich in sie hineinleben und sie ganz und gar durchmachen; und ich war so unglücklich, als hätte ich sie besiegt und erniedrigt.

In diesem Jahre hatten die Eltern den Tag der Heimkehr nach Paris etwas früher angesetzt als sonst, ich sollte am Morgen vor der Abfahrt photographiert werden, und so hieß es denn sich frisieren lassen, vorsichtig einen noch nie getragenen Hut aufsetzen und einen Samtrock anziehen. Mutter suchte mich überall: schließlich fand sie mich in Tränen aufgelöst auf der kleinen steilen Anhöhe, die an Tansonville grenzte, wie ich gerade dem Weißdorn Lebewohl sagte, seine stechenden Zweige umarmte und noch nachträglich an der frechen Hand, die meine Haare sorgfältig auf der Stirn zu Knoten gesammelt und geformt hatte, Vergeltung übte, indem ich (der Heroine gleich, die solch' leeren Tand nicht will) meine abgerissenen Haarwickel und meinen neuen Hut mit Füßen trat. Mutter wurde von meinen Tränen nicht gerührt, aber sie konnte angesichts des zerwühlten Hutfutters und des verdorbenen Samtrocks einen Schrei nicht unterdrücken. Ich hörte nicht auf sie: „O meine lieben kleinen Weißdornsträucher," sagte ich weinend, „ihr wollt mir keinen

Kummer machen, wollt mich nicht fortschleppen. Ihr, ihr habt mich nie gequält. Dafür werd' ich euch immer lieben.“ Und während ich mir die Tränen abwischte, versprach ich ihnen, ich würde, wenn ich erst einmal groß wäre, das sinnlose Leben der anderen Menschen nicht nachmachen, sondern würde sogar in Paris, statt an Frühlingstagen Besuche zu erledigen und mir Gewäsch anzuhören, lieber aufs Land gehen und mir die ersten Weißdornsträucher ansehen.

Waren wir erst einmal in den Feldern, dann gingen wir während des ganzen übrigen Spazierganges in Richtung Méséglise nicht wieder aus ihnen heraus. Wie ein unsichtbarer Landstreicher durchlief sie unaufhörlich der Wind, der für mich der besondere Genius von Combray war. Wollte ich — und das geschah alljährlich gleich nach der Ankunft — das Gefühl haben, wirklich in Combray zu sein, so ging ich hinauf, ihn zu suchen, wie er in die offenen Mäntel rannte und mich in seinem Gefolge rennen ließ. Man hatte den Wind immer von der Seite, wenn man in Richtung Méséglise ging; da fegte er über die gewölbte Fläche, wo er meilenweit keiner Erhebung oder Senkung begegnet. Ich wußte, daß Fräulein Swann oft für einige Tage nach Laon ging; aber wenn diese Stadt auch mehrere Meilen entfernt lag, so wurde die Entfernung doch durch das Fehlen jeglichen Hindernisses ausgeglichen. Sah ich also an den heißen Nachmittagen einen einzigen großen Atemzug vom äußersten Horizont herkommen, die fernsten Ähren niederdrücken, sich wie eine Welle über die ganze unermeßliche Weite vorwärtsbewegen und schließlich, raunend und lau, zwischen den Esparsetten und dem Klee vor meinen Füßen zur Ruhe gehen — dann war's, als bewirkte diese uns beiden gemeinsame Fläche eine Annäherung, ja Verschmelzung zwischen uns, dann dachte ich, dieser Atemzug sei in ihrer Nähe vorübergezogen, er sei eine Botschaft von ihr, die ich nur deshalb nicht verstehen konnte, weil er sie mir flüsternd überbrachte, und ich küßte ihn im Vorüberstreichen. Zur Linken lag ein Dorf, das Champieu hieß (Campus Pagani, mit dem Pfarrer zu reden). Zur Rechten sah man hinter den Ähren die beiden ziselierten, ländlichen Kirchtürme von Saint-André-des-Champs, beide zugespitzt, schuppig, mit zellenartig geschichteten Ziegeln, verschnörkelt, gelblich und klümperig wie zwei Ähren. In symmetrischen Intervallen, umrahmt von der unnachahmlichen Ornamentierung ihrer Blätter, die man mit dem Blatt keines anderen Obstbaumes verwechseln kann, öffneten die Apfelbäume ihre breiten Blütenblätter aus weißem Satin oder hängten die schüchternen Sträuße ihrer errötenden Knospen auf. In der Richtung Méséglise habe ich zum ersten Mal den runden Schatten beobachtet, den die Apfelbäume auf den durchsonnten Boden werfen, und auch die seidigen Schleier ungreifbaren Goldes, die die untergehende Sonne schräg unter den Blättern webt und die Vater, so oft er auch mit seinem Spazierstock hineinfuhr, doch nie aus der Bahn brachte.

Manchmal zog am Nachmittagshimmel der weiße Mond entlang, einer Wetterwolke gleich, verstohlen und unauffällig — wie wenn ein Schauspieler, der noch nicht aufzutreten hat, in Straßenkleidung von der Garderobe her seinen Kameraden zusieht, sich dann aber davonmacht, da er nicht will, daß man auf ihn achtet. Ich freute mich stets, das Bild des Mondes in Gemälden und Büchern wiederzufinden, aber diese Kunstwerke waren (wenigstens in den ersten Jahren, bevor Bloch meine Augen und meinen Geist an feinere Harmonien gewöhnt hatte) sehr verschieden von denen, in welchen der Mond mir heute schön erscheinen würde (worin ich ihn damals freilich nicht anerkannt hätte). Da war z. B. ein Roman von Saintine, eine Landschaft von Gleyre, wo er auf dem Himmel eine silberne Sichel sauber ausschneidet, lauter kindlichunvollkommene Werke (meine eigenen Eindrücke waren ja auch nicht anders), und Großmutters Schwestern waren empört, daß ich sie liebte. Sie meinten, man müsse die Werke, die man als reifer Mensch endgültig verehrt, auch den Kindern vorsetzen, und ihre sofortige Begeisterung dafür sei dann ein Beweis für ihren Geschmack. Sicherlich stellten sie sich die ästhetischen Vorzüge als stoffliche Objekte vor, die ein offenes Auge unbedingt sehen müßte, ohne daß Organe dafür im eigenen Herzen erst langsam zu reifen brauchten.

In Richtung Méséglise, in Montjouvain, einem am Rand eines großen Sumpfes gelegenen Hause, dessen Rücken an eine buschige Anhöhe lehnte, wohnte Herr Vinteuil. Daher begegnete man auf der Landstraße oft seiner Tochter, die ihren Einspänner nach allen Regeln der Kunst lenkte. Von einem bestimmten Jahre an traf man sie nicht mehr allein, sondern mit einer älteren Freundin, die im Lande einen schlechten Ruf hatte und die sich eines Tages endgültig in Montjouvain niederließ. Es hieß darüber: „Der gute Herr Vinteuil muß wirklich blind vor Liebe sein, daß er nicht merkt, was man sich erzählt, und seiner Tochter erlaubt (er, der sich über ein „unpassendes“ Wort aufregt!), mit solch' einem Weib unter einem Dache zu wohnen. Er sagt, sie sei eine hervorragende Frau, ein herrliches Gemüt, und sie hätte fabelhafte Anlagen zur Musik gehabt, wenn sie sie nur ausgebildet hätte. Er kann sicher sein: Musik treibt die nicht mit seiner Tochter.“ Herr Vinteuil behauptete es; und es ist wirklich bemerkenswert, wie oft ein Mensch gerade bei den Eltern derjenigen Person, zu der er sinnliche Beziehungen unterhält, Begeisterung für seine moralischen Qualitäten hervorruft. Die zu Unrecht verschrieene physische Liebe zwingt jedes Wesen derartig, bis in die kleinsten Teilchen hinein seinen Besitz an Güte, an Selbstvergessenheit hervorzukehren, daß der Widerschein davon bis zu den Augen der unmittelbaren Umgebung reicht. Doktor Percepied, dem seine grobe Stimme und seine groben Augenbrauen erlaubten, die Rolle des Falschen soviel zu spielen, wie er wollte (gerade weil er so gar nicht danach aussah), ohne daß er dadurch seinen ebenso unerschütterlichen wie unverdienten Ruf, ein gutmütiges Rauhbein zu sein, aufs Spiel setzte, wußte den Pfarrer und alle Leute bis zu Tränen zu erheitern, wenn er in ungeschliffenem Ton sagte: „Nu ja, es sieht ja so aus, als ob sie Musik macht mit ihrer Freundin, das Fräulein Vinteuil. Da staunen Sie wohl. Na, ich weiß ja nich. Der olle Vinteuil hat's mir noch gestern gesagt. Warum auch nich? sie hat ja das Recht, gern Musik zu machen, das Mädel. Ich kann nischt gegen die künstlerischen Neigungen der Kinder sagen, Vinteuil auch nich, wie's scheint. Na, und denn macht er ja auch Musik mit der Freundin seiner Tochter. Sapperlot, das is 'ne Musik da in dem Laden. Aber was hab'n Sie denn dabei zu lachen; na ja, sie machen 'n bißchen zu viel Musik, die Leute. Den Tag drauf hab' ich den ollen Vinteuil beim Friedhof getroffen. Er konnte sich kaum auf'n Beinen halten."

Für Menschen, die, wie wir, sahen, daß Herr Vinteuil in dieser Zeit seinen Bekannten auswich, sich wegwandte, wenn er sie gewahr wurde, in wenigen Monaten alterte, sich in seinem Kummer verzehrte, zu jeder Leistung unfähig wurde, die nicht das Glück seiner Tochter unmittelbar zum Ziel hatte, ganze Tage am Grabe seiner Frau verbrachte — für solche Menschen war kaum zu verkennen, daß er sich buchstäblich zu Tode grämte, und ebensowenig konnte man sich der Vermutung entziehen, daß er sich wohl doch Gedanken machte über die Gerüchte, die umliefen. Er kannte sie, ja, er schenkte ihnen vielleicht sogar Glauben. Es gibt wohl keinen Menschen, mag seine Tugend noch so groß sein, den die Verwicklung der Umstände nicht dazu bringen könnte, eines Tages in häuslichem Beisammensein mit demjenigen Laster zu leben, das er ausdrücklichst verdammt — ohne daß er es allerdings völlig erkennt unter der Verkleidung der besonderen Züge, die es annimmt, um in Kontakt mit ihm zu kommen und ihm wehzutun, als da sind: seltsame Worte oder ein unerklärliches Gebaren an einem bestimmten Abend, und das von dem Menschen, den er sonst aus so vielen Gründen lieben muß! Aber für einen Mann wie Herrn Vinteuil mußte es eine ganz besonders schmerzvolle Resignation bedeuten, wenn eine der Situationen eintrat, die man zu Unrecht als ausschließliche Domäne der Bohémiens ansieht: gestalten sie sich doch jedesmal, wenn ein Laster sich den ihm unentbehrlichen Fonds von Raum und Behaglichkeit sichern will, nachdem die Natur selbst es bei einem Kinde entwickelt hat (manchmal einfach dadurch, daß sie die Tugenden seines Vaters und seiner Mutter mischt wie die Farbe seiner Augen.) Aber daraus, daß Herr Vinteuil vielleicht das Benehmen seiner Tochter kannte, ergab sich keine Abschwächung des Kultes, den er mit ihr trieb. Die Tatsachen dringen nicht in den Bereich, wo unsere Überzeugungen leben, sie haben diese nicht erzeugt — sie zerstören sie also auch nicht; sie können ihnen die beharrlichsten Dementis aufladen, ohne sie zu schwächen; und eine ununterbrochen rollende Lawine von Unglücksfällen oder Krankheiten wird eine Familie nicht dazu bringen, an der Güte ihres Gottes oder an dem Talent ihres Arztes zu zweifeln. Aber wenn Herr Vinteuil sich um seine Tochter und um sich selber sorgte — in dem Gedanken an die Leute, in dem Gedanken an ihrer beider Ruf —, wenn er sich mit ihr in die Rolle zu versetzen suchte, die sie in der allgemeinen Schätzung spielten — dann freilich fiel dies Urteil der Gesellschaft bei ihm nicht anders aus als bei seinem ärgsten Feind in Combray: er sah sich mit seiner Tochter in der untersten Hefe; und seine Manieren wurden seit kurzem demutsvoll, atmeten den Respekt vor denen, die über ihm standen und die er nun von unten sah (mochten sie bis dahin auch weit unter ihm gestanden haben) ja, zeigten sogar die Tendenz, wieder zu ihnen aufzusteigen — lauter fast mechanische Resultanten jeglicher Art von Verfallserscheinung. Als wir eines Tages mit Swann in einer Straße von Combray gingen, kam Herr Vinteuil aus einer anderen Straße heraus und stand nun zu plötzlich vor uns, als daß er uns noch hätte ausweichen können. Swann war oft von der hoffärtigen Güte des Weltmanns, der so tief in der Auflösung aller seiner moralischen Vorurteile steckt, daß er in der Schande eines Anderen nur einen Grund mehr sieht, ihm mit Wohlwollen zu begegnen (derlei Wohlwollen nämlich schmeichelt der Eigenliebe des Spenders umsomehr, je köstlicher es dem Empfänger mundet). So unterhielt er sich denn diesmal lange mit Herrn Vinteuil, den er bis dahin nie eines Wortes gewürdigt hatte, und fragte ihn, bevor er uns verließ, ob er seine Tochter nicht einmal zum Spielen nach Tansonville schicken wolle. Das war eine Einladung, über die Herr Vinteuil noch vor zwei Jahren indigniert gewesen wäre, die ihn aber jetzt mit so dankbaren Gefühlen erfüllte, daß er sich verpflichtet fühlte, nicht so indiskret zu sein, sie anzunehmen. Swanns Liebenswürdigkeit gegen seine Tochter schien ihm schon an sich eine so ehrenvolle und feine Rückenstärkung, daß er meinte, es sei wohl besser, sie nicht in Anspruch zu nehmen, um die ganz platonische Wohltat ihrer ungeschmälerten Erhaltung zu genießen. „Was für ein ausgezeichneter Mann!", sagte er zu uns, als Swann fort war, und zwar mit der gleichen enthusiastischen Verehrung, die geistvolle, hübsche Bürgermädchen im ehrfurchtgebietend-zauberhaften Bann einer Herzogin hält, mag sie auch häßlich und dumm sein.

„Was für ein ausgezeichneter Mann! Was für ein Unglück, daß er eine total unpassende Ehe eingegangen ist.“

Und wie ja auch die aufrichtigsten Leute zu Heuchlern werden, wie sie in der Unterhaltung mit jemandem ihre Meinung über ihn beiseite tun und erst zum Ausdruck bringen, wenn er fort ist, so beklagten meine Eltern mit Herrn Vinteuil zusammen Swanns Ehe im Namen der Prinzipien und Konventionen und schienen es (gerade dadurch, daß sie diese Prinzipien in Gemeinschaft mit ihm, als biedere Leute vom gleichen Kaliber anriefen) unausgesprochen für selbstverständlich zu halten, daß alldem in Montjouvain nicht zuwidergehandelt wurde. Herr Vinteuil schickte seine Tochter nicht zu Swann, dem das besonders leid tat. Denn jedesmal, wenn er und Herr Vinteuil auseinandergegangen waren, fiel ihm ein, daß er ihn schon längst einmal um eine Auskunft hatte bitten wollen über einen Namensvetter von ihm, der — wie er glaubte — mit ihm verwandt war. Und wenn diesmal Herr Vinteuil seine Tochter nach Tansonville schicken würde, hatte er sich's fest vorgenommen, nicht zu vergessen, was er ihm zu sagen hatte.

Da der Spaziergang in Richtung Méséglise der kürzere von den beiden war, die wir rings um Combray machten, und deshalb für unsicheres Wetter reserviert blieb, war das Klima der Richtung Méséglise ziemlich regnerisch, und wir verloren den Saum der Wälder von Roussainville nie aus den Augen, um gegebenenfalls in ihrem Dickicht untertreten zu können.

Oft verbarg sich der Sonnenball hinter einer Wetterwolke, die sein Rund entstellte, und umgab ihren Rand mit gelblichem Schimmer. Die Landschaft verlor dadurch an Glanz (wenn auch nicht an Klarheit), und alles Leben schien in ihr auszusetzen. Das Dörfchen Roussainville meißelte das Relief seiner weißen Kanten mit niederdrückender Genauigkeit und Vollendung in den Himmel ein. Ein leichter Windhauch ließ einen Raben aufflattern, der dann in die Ferne zurückfiel, und gegen den weißwerdenden Himmel schien die Ferne der Wälder blauer, ganz wie die einfarbigen Bilder in den Fensterpfeilern alter Wohnungen.

Aber ein andermal kam bald der Regen, den uns das Wettermännchen im Schaufenster des Optikers schon angedroht hatte; die Wassertropfen drangen wie Zugvögel, die gemeinsam auf den Flug gehen, in eiligen Reihen vom Himmel herunter. Sie trennen sich nicht, sie laufen nicht auf gut Glück während der rasenden Überfahrt, sondern jeder hält seinen Platz, zieht den ihm folgenden an sich, und der Himmel verdüstert sich dabei noch mehr als beim Scheiden der Schwalben. Wir flüchteten ins Gehölz. Wenn ihre Fahrt beendet schien, kamen noch einige schlaffere, langsamere. Wir aber schlüpften wieder aus unserer geschützten Stellung heraus, denn dic Tropfen lassen es sich im Laube wohl sein; und die Erde war schon beinahe trocken geworden, als noch so mancher Tropfen auf dem Geäder eines Blattes unversehens im Schillern innehielt, von seinem glanzvoll-ruhigen Hängeplatz an der Blattspitze sich löste und uns, hoch oben vom Zweige herabgleitend, urplötzlich auf die Nase fiel.

Oft stellten wir uns auch, in bunter Reihe mit den Heiligen und den Patriarchen aus Stein, unter die Vorhalle von Saint-André-des-Champs. Wie französisch war diese Kirche! Über dem Portal waren die Heiligen, die königlichen Ritter mit einer Lilienblüte in der Hand, waren Szenen aus Hochzeiten und Beerdigungen so dargestellt, wie sie in Françoises Seele leben mochten. Der Bildhauer hatte auch gewisse Anekdoten über Aristoteles und Vergil berichtet, ganz ebenso, wie Françoise in der Küche gern vom hl. Ludwig sprach, als hätte sie ihn persönlich gekannt; meistens wollte sie durch den Vergleich meinen weniger „gerechten" Großeltern Schande machen. Man spürte: die Begriffe, die der mittelalterliche Künstler und das mittelalterliche Landmädchen (die das 19. Jahrhundert überdauerten) von der alten oder christlichen Geschichte hatten, und die sich durch ebensoviel Ungenauigkeit wie Gutmütigkeit auszeichneten — diese Begriffe hatten sie nicht aus Büchern, sondern aus einer Tradition, die zugleich altertümlich und direkt, ununterbrochen, mündlich, verunstaltet, mißverständlich und lebendig war. Eine andere Combrayer Persönlichkeit, die ich ebenfalls in der gotischen Skulptur von Saint-André-des-Champs entworfen und vorgeahnt fand, war der junge Theodor, der Bursche aus dem Laden von Camus. Françoise fühlte denn auch in ihm ganz deutlich einen Landsmann und Zeitgenossen; drum ließ sie auch, wenn Tante Léonie zu elend war, als daß sie sie wieder zu Bett bringen oder in ihren Sessel tragen konnte, nicht etwa das Küchenmädchen heraufkommen und sich bei meiner Tante „nützlich machen", sondern rief eher Theodor. Nun war dieser Junge, der übrigens und zwar mit Recht als ein ganz übles Subjekt galt, tief erfüllt von der Seele, die Saint-André-des-Champs geschmückt hatte, und namentlich von den respektvollen Empfindungen, die man nach Françoises Ansicht den „armen Kranken" und „ihrer armen gnädigen Frau" schuldig war. Wenn er daher den Kopf meiner Tante über ihr Kopfkissen heben sollte, machte er die naiv-eifrige Miene der kleinen Engel auf den Basreliefs, wie sie sich, eine Kerze in der Hand, um die in Ohnmacht fallende Mutter Gottes bemühen. So hatte man wirklich den Eindruck, als wären diese grauen, nackten Gesichter aus behauenem Stein — ganz wie Bäume im Winter — nichts als schlaftrunkene Wesen voll verborgener Kraft, die im Leben wieder erblühen wollten in Gestalt unzähliger einfacher Gesichter von Theodors feuerroter Apfelfarbe und biederer Geriebenheit.

Ferner stand dort, nicht mehr an den Stein geheftet wie diese kleinen Engel, sondern mit übermenschlichem Wuchse von der Halle sich lösend, eine Heilige; kerzengerade ragte sie auf einem Sockel (der ihr wie ein Schemel verwehrte, ihre Füße auf den feuchten Boden zu setzen) und hatte die vollen Backen, den festen Busen, (der das Tuch blähte wie eine reife Beere in einem härenen Sack), die enge Stirn, die kurze, kecke Nase, die tiefliegenden Augen, das kräftige, unempfindliche, mutige Aussehen der Landmädchen aus der Gegend. Diese Ähnlichkeit, durch die sich in die Statue ein Reiz einschlich, den ich nicht in ihr gesucht hatte, wurde oft durch irgendein Mädchen vom Felde bestätigt, das ebenso wie wir untergetreten war und dessen Gegenwart (wie das Laub des Mauerkrautes, das neben dem Laub auf irgendeinem Bildwerk hochgeschossen ist) dazu bestimmt schien, einem durch Konfrontierung mit der Natur ein Urteil über den Wahrheitsgehalt des Kunstwerkes zu ermöglichen. Vor uns lag in der Ferne (war's gelobtes oder verwunschenes Land?) Roussainville, in dessen Mauern ich nie eingedrungen bin, Roussainville, das vorhin, als der Regen für uns schon aufgehört hatte, immer noch wie ein biblisches Dorf von allen Feuerstrahlen des Gewitters gezüchtigt wurde, die schräg die Wohnungen seiner Einwohner geißelten, dem aber nun vielleicht schon verziehen war von Gottvater, da er die ausgefransten goldenen Federkiele seiner wiedererschienenen Sonne wie die Strahlen einer Altarmonstranz ungleich lang auf das Dorf herniedersinken ließ.

Manchmal war das Wetter ganz hoffnungslos, wir mußten zurück und zu Hause sitzen. Die Dunkelheit und die Feuchtigkeit verliehen dem Land Ähnlichkeit mit dem Meer, und nur hie und da blitzten vereinzelte Häuser auf, die an der Flanke einer in Nacht und Wasser getauchten Anhöhe aufgehängt waren wie kleine Schiffe, die ihre

Segel eingezogen haben und nun unbeweglich die ganze Nacht über auf offener See liegen. Aber was hatte der Regen, was hatte das Gewitter schon zu bedeuten! Im Sommer ist das schlechte Wetter nur eine vorübergehende, oberflächliche Laune des unerschütterlich-beruhenden guten Wetters, das so grundverschieden ist von dem fließend-unbeständigen guten Wetter im Winter, da es sich auf der Erde häuslich niedergelassen und im dichten Laube festgesetzt hat, wo der Regen sich ausschütten mag, ohne die Widerstandskraft seiner dauerhaften Freude angreifen zu können, weil es für die ganze Jahreszeit in allen Straßen der Stadt, an allen Mauern der Häuser und Gärten seine Fahnen aus violetter oder weißer Seide gehißt hat. Ich saß im kleinen Salon, wo ich lesend die Abendbrotzeit erwartete, und hörte das Wasser von unseren Kastanienbäumen herabtropfen. Aber ich wußte wohl: der Platzregen würde nur ihre Blätter glasieren, und sie gelobten, als Bürgen des Sommers die ganze regnerische Nacht hindurch dazubleiben, um für die Kontinuität des guten Wetters zu garantieren; es konnte ruhig regnen — morgen würden kleine herzförmige Blätter ganz ebenso zahllos über das weiße Gatter von Tansonville wogen; und ohne Traurigkeit sah ich die Pappel in der Rue de Perchamps verzweifelte Bitten und Grüße an das Gewitter richten; ohne Traurigkeit hörte ich tief drinnen im Garten ein letztes Grollen des Donners in den Fliedersträuchern gurren.

Wenn das Wetter schon am Morgen schlecht war, verzichteten die Eltern auf den Spaziergang, und ich ging nicht aus. Später aber gewöhnte ich mir an, in diesen Tagen allein in Richtung Méséglise-la-Vineuse zu laufen. Es war das in dem Herbst, als wir nach Combray kommen mußten, um Tante Léonies Nachlaß zu ordnen, denn sie war endlich gestorben, wodurch sie gleichzeitig denen Recht gab, die behaupteten, ihre kräfteverzehrende Lebensführung würde sie schließlich töten, und nicht minder den Anderen, die immer daran festgehalten hatten, daß sie an einer nicht etwa eingebildeten, sondern organischen Krankheit litt, vor deren unleugbarem Vorhandensein sich auch die Zweifler einmal würden beugen müssen, wenn sie ihr erst erlegen wäre. Sie bereitete durch ihren Tod niemandem einen großen Schmerz außer einem einzigen Menschen — dem allerdings gewaltig. Während der vierzehn Tage, die die letzte Krankheit meiner Tante dauerte, wich Françoise nicht einen Augenblick von ihr, zog sich nicht aus, ließ niemanden irgendeinen Dienst für sie tun und ging erst von ihrem Körper, als er begraben wurde. Da begriffen wir, daß die Art Furcht, in der Françoise gelebt hatte, diese Furcht vor den bösen Worten, den Verdächtigungen, den Zornesausbrüchen meiner Tante bei ihr ein Gefühl entwickelt hatte, das wir für Haß genommen hatten, das aber Verehrung und Liebe war. Ihre echte Herrin mit den unmöglich vorauszusehenden Entscheidungen, den schwer zu bekämpfenden Listen, dem leicht zu rührenden guten Herzen, ihre Gebieterin, ihr geheimnisvoller, allmächtiger Monarch war nicht mehr. Neben ihr galten wir nicht viel. Fern war die Zeit, in der wir begonnen hatten, unsere Ferien in Combray zu verbringen, und in den Augen Françoises noch ebensoviel Nimbus wie meine Tante besaßen. Diesen Herbst waren die Eltern so ganz und gar von den notwendigen Formalitäten, von den Verhandlungen mit Notaren und Pächtern in Anspruch genommen, daß sie kaum die Muße aufbrachten, Ausflüge zu machen, die das Wetter übrigens auch widerriet, und so gewöhnten sie sich an, mich allein in Richtung Méséglise spazieren gehen zu lassen, eingewickelt in ein großes Plaid, das mich gegen den Regen schützte und das ich mir umso lieber über die Schultern warf, als ich wußte, daß ein schottisches Streifenmuster Françoise aufregte, deren Geiste unmöglich beizubringen gewesen wäre, daß die Farbe der Kleider mit der Trauer nichts zu tun habe, wie ihr überhaupt unser Schmerz über den Tod meiner Tante sehr wenig behagte, weil wir keinen großen Leichenschmaus ausgerüstet hatten, keinen besonderen Tonfall annahmen, wenn wir von ihr sprachen, und weil ich sogar manchmal vor mich hinsummte. Sicher wäre mir in einem Buche (hierin war ich wie Françoise) diese Auffassung der Trauer im Stile des Rolandsliedes oder des Portals von Saint-André-des-Champs sympathisch gewesen. Sobald aber Françoise um mich war, trieb mich ein Dämon dazu, sie zornig zu wünschen, ich benutzte den geringsten Vorwand, um ihr zu sagen, ich betrauerte meine Tante, weil sie eine gute Frau sei trotz ihrer Lächerlichkeiten, aber keineswegs deshalb, weil sie meine Tante sei, ja, ich sagte, sie hätte meine Tante sein und mir doch hassenswert vorkommen können, und ihr Tod quäle mich nicht im geringsten — lauter Reden, die mir in einem Buch albern vorgekommen wären.

Wenn dann Françoise, wie ein Dichter erfüllt vom Wogen verworrener Gedanken über Trauer und Familienerinnerungen, sich entschuldigte, sie könne auf meine Theorien nichts antworten, und sagte: „Ich kann mir nich ausdricken", dann triumphierte ich über dies Geständnis mit dem ironisch-brutalen überlegenen Verstand, der eines Doktor Percepied würdig gewesen wäre; und wenn sie dann noch hinzusetzte: „Se war doch immer von de Famillje, man muß doch immer wissen, was man der Famillje schuldig is", dann zuckte ich die Achseln und sagte zu mir: „Ich bin wirklich gut, daß ich mit einer ungebildeten Person, die solche Schnitzer macht, diskutiere", d. h. ich nahm bei meinem Urteil über Françoise den Standpunkt von Menschen ein, die, wenn sie selber in einer von den gewöhnlichen Szenen des Lebens auftreten, sehr wohl der Kleinlichkeiten fähig sind, die sie bei unparteiischer Überlegung am Anderen wer weiß wie sehr verachten.

Meine Spaziergänge in diesem Herbste gewannen umsomehr an Reiz, als ich sie stets nach langen über einem Buche verbrachten Stunden unternahm. Wenn ich den ganzen Morgen über im Zimmer gelesen hatte und schließlich ganz abgespannt war, warf ich mir das Plaid um die Schultern und ging los: mein Leib, der solange strenge Ruhe hatte halten müssen, sich dabei aber mit gehäufter Lebendigkeit und Schnelligkeit vollgeladen hatte, mußte wie ein losgelassener Kreisel diese Kräfte sofort nach allen Richtungen hin verausgaben. Die Häusermauern, die Hecke von Tansonville, die Bäume des Waldes von Roussainville, die Büsche, an die Montjouvain sich lehnt, bekamen Hiebe mit dem Regenschirm oder dem Spazierstock und vernahmen freudige Schreie, geboren aus wirren, maßlosen Einfällen, nicht aber aus der ruhevollen Klarheit echten Glückes, die mir versagt blieb, weil ich der unmittelbaren Entladung vor der langsamenund schwierigen Klärung den Vorzug gab. Die meisten angeblichen Wiedergaben dessen, was wir empfunden haben, sind eigentlich nur Abschüttelungen des Empfundenen, das wir in einer undeutlichen Form, die uns zu seiner Erkenntnis nicht verhilft, nach außen bringen. Versuche ich zu überschlagen, was ich der „Richtung Méséglise" verdanke, all die bescheidenen Entdeckungen, deren zufällige Einfassung oder notwendige geistige Spenderin sie war, dann entsinn' ich mich wohl: in diesem Herbste war's, daß ich auf einem solchen Spaziergang nahe bei der dornigen Anhöhe, unter deren Schutze Montjouvain liegt, zum ersten Male von der Disharmonie zwischen unseren Eindrücken und ihrem gewöhnlichen Ausdruck frappiert wurde. Als ich nach einer Stunde voller Regen und Sturm, gegen die ich munter angekämpft hatte, an den Rand des kleinen Teiches von Montjouvain kam und nun vor einem verfallenen, ziegelgedeckten Hüttchen stand, in dem der Gärtner des Herrn Vinteuil seine Gartengeräte einzuschließen pflegte, war gerade die Sonne wieder zum Vorschein gekommen, und ihre vom Platzregen gebadeten Vergoldungen leuchteten wieder neu im Himmel, auf den Bäumen, auf der Wand des Hüttchens und seinem noch durchnäßten Ziegeldach, auf dessen Kamm eine Henne auf und ab spazierte. Der Wind blies und zog das wilde Gerank, das an der Innenseite der Wand hochgeschossen war, ebenso wagerecht wie die Flaumfedern der Henne, indes Ranken und Federn, seinem Hauche preisgegeben, sich bis zu ihrer äußersten Länge zerren ließen — mit der ganzen Ungezwungenheit, wie sie die trägen und doch leichten Dinge an sich haben. Das Ziegeldach erschuf in dem kleinen Teich, dem die Sonne seine spiegelnde Kraft wiedergab, ein Werk aus rosa Marmor, auf das ich noch nie achtgegeben hatte. Und als ich nun sah, wie auf dem Wasser gegenüber der Mauer ein bleiches Lächeln dem Lächeln des Himmels erwiderte, da schwang ich meinen wieder zugemachten Regenschirm und rief in meinem Enthusiasmus: „Hei, hei, hei, hei!" Im selben Augenblick aber fühlte ich: meine Pflicht wäre gewesen, es nicht bei diesen undurchsichtigen Worten bewenden zu lassen, sondern zu versuchen, ob ich nicht einen tieferen Einblick in meine Begeisterung gewinnen könnte.

Im selben Moment ging ein Bauer an mir vorüber. Er schien ziemlich schlechter Laune zu sein und wurde es noch mehr, als er meinen Regenschirm aus Versehen ins Gesicht bekam. Auf mein „schönes Wetter, nicht wahr, fein zum Laufen" erwiderte er ohne jede Wärme. In dieser Minute nun erfuhr ich zum erstenmal, daß dieselben Erlebnisse sich nicht nach einer prästabilierten Har-

monie bei allen Menschen zugleich vollziehen. Jedesmal wenn ich späterhin durch allzu langes Lesen in Plauderstimmung geriet, hatte der Kamerad, mit dem ich mich brennend gern unterhalten hätte, gerade seiner Plauderlust Genüge getan und wünschte jetzt, man solle ihn in Ruhe lesen lassen. Hatte ich eben voller Innigkeit an meine Eltern gedacht und Entschlüsse gefaßt, die denkbar brav und denkbar geeignet waren, ihnen Freude zu machen — so hatten sie dieselbe Zeit dazu benutzt, hinter eine kleine Sünde zu kommen, die ich vergessen hatte und die sie mir im selben Augenblick, in dem ich auf sie zustürzte um sie zu küssen, voller Strenge zum Vorwurf machten.
Manchmal gesellte sich zu der Erregung, in die mich die Einsamkeit brachte, eine andere, die ich davon nicht reinlich scheiden konnte, hervorgerufen durch mein sehnsüchtiges Verlangen, es möchte vor mir ein Landmädchen aus dem Boden steigen, das ich in meine Arme schließen könnte. Urplötzlich und ohne daß ich ihn nach seinem Grunde fragen konnte hervorbrechend aus dem Gewimmel der verschiedensten Gedanken — so schien mir der Genuß, von dem diese Sehnsucht begleitet wurde, nur ein höherer Grad des Genusses zu sein, den mir die Gedanken vermittelten. Ich umgab alles, was in diesem Augenblick in meinem Geiste war, mit einer gesteigerten Würde: den rosa Reflex des Ziegeldaches, das Gerank, das Dorf Roussainville, wohin ich schon seit langer Zeit gehen wollte, die Bäume seines Waldes, den Glockenturm seiner Kirche — und empfand dabei den neuen Schauer der Unruhe, durch den mir all' diese Dinge nur begehrenswerter erschienen, weil ich glaubte, sie seien es, die ihn hervorriefen. Diese Unruhe schien mich nur noch reißender zu den Dingen hin zu tragen, wenn sie mit machtvoll-unbekanntem Gnadenhauch in meine Segel blies. Gab aber dies Verlangen, ein Weib möge erscheinen, den Reizen der Natur in meinen Augen einen höheren

Spannungsgrad, so schufen dafür die Reize der Natur dem noch nicht freispielenden Reize der Frau weiten Raum. Es kam mir so vor, als wäre die Schönheit der Bäume nun auch ihr eigen, als würde die Seele dieser Horizonte, des Dorfes Roussainville, der Bücher, die ich heuer las, durch ihren Kuß in mir entbunden; und wie nun meine Phantasie aus der Berührung mit meiner Sinnlichkeit neue Kräfte schöpfte, wie meine Sinnlichkeit sich in allen Bereichen meiner Phantasie ausbreitete, da kannte meine Sehnsucht keine Grenzen mehr. Es ging mir dann wie in den träumerischen Momenten in freier Natur, wenn die gewohnte Tätigkeit ausgesetzt hat, unsere abstrakten Begriffe von den Dingen beiseitegetan sind und wir nun in tiefem Vertrauen an die Ursprünglichkeit und das individuelle Leben der Stelle, an der wir sind, glauben: die Vorübergehende, nach der meine Sehnsucht rief, schien mir keineswegs ein beliebiges Exemplar des allgemeinen Typus „Weib“, sondern ein notwendiges und natürliches Produkt dieses Bodens. Es erschien mir ja damals alles, was nicht ich selber war, also auch Land und Leute, kostbarer, wichtiger, mit wirklicherer Existenz begabt, als es den fertigen Menschen erscheinen kann. Und Land und Leute trennte ich nicht voneinander. Ich wünschte mir ein Landmädchen aus Méséglise oder Roussainville, eine Fischerin aus Balbec, wie ich mir Méséglise und Balbec wünschte. Der Genuß, den sie mir schenken konnte, wäre mir minder wahr vorgekommen, ich würde nicht mehr an ihn geglaubt haben, wenn ich die ihn bedingenden Umstände nach meinem Belieben abgeändert hätte. In Paris eine Fischerin aus Balbec oder ein Landmädchen aus Méséglise kennen lernen — das wäre dasselbe gewesen wie Muscheln finden, die ich am Strande nicht gesehen, Farnkraut treffen, das ich im Walde nicht gefunden, das hätte soviel geheißen wie von dem Genusse, den mir die Frau schenken würde, alle die Genüsse wegzuschneiden, mit denen meine Einbildungskraft sie rings umschlossen hatte. Aber so in den Wäldern von Roussainville umherzuirren ohne ein Mädchen vom Lande zum Küssen dabei — das hieß nun wieder den verborgenen Schatz, die tiefinnere Schönheit dieser Wälder nicht kennen. Dies Mädchen, das ich immer nur hinter Laub erblickte, war für mich gleichsam ein Gewächs der Gegend, das nur höheren Ranges als die anderen war und dessen Struktur einen dichter als die anderen an den tiefinneren Geschmack des Landes heranließ. Es wurde mir sehr leicht, dies zu glauben, — wie ich auch glaubte, daß die Liebkosungen, durch die sie mir hierzu verhelfen würde, ebenfalls von besonderer Art sein müßten und mir in ihrem eigentümlichen Genusse durch eine andere als sie nicht erfahrbar zu machen seien. Ich war eben noch für lange in dem Alter, in dem man diesen Genuß noch nicht aus dem Besitz der verschiedenen Frauen, mit denen man ihn erlebte, abstrahiert und auf den allgemeinen Begriff zurückgeführt hat, der einen die Frauen von da an als vertauschbare Instrumente eines stets identischen Genusses ansehen läßt. Vielmehr existiert der Genuß da überhaupt noch nicht isoliert, getrennt und formuliert im Geiste als das Ziel, das man verfolgt, wenn man sich einer Frau nähert, oder als die Ursache der Verwirrung, deren Vorzeichen man spürt. Kaum, daß er einem vorschwebt als ein Genuß, den man haben wird; man nennt ihn eher mit dem Namen „ihr Charme"; denkt man doch nicht an sich, sondern nur an das Aussichherausgehen. Dunkel wird er erwartet, tiefinnerlich liegt er verborgen; und erst im Augenblick der Erfüllung steigert er die anderen Genüsse, welche die sanften Blicke, die Küsse der Freundin uns schaffen, zu einem derartig höchsten Grad, daß er uns vorkommt wie ein entzückter Dank unseres Ich für die Herzensgüte unserer Gefährtin und für die rührende Bevorzugung, die sie uns zuteil werden läßt. Und nun messen wir diesen Dank an den Wohltaten und dem Glück, mit dem sie uns überhäuft...

Ach, vergeblich flehte ich den Schloßturm von Roussainville an und bat ihn, ein Kind aus seinem Dorf in meine Nähe zu schicken, ihn als den einzigen Vertrauten jener Zeit der ersten Sehnsüchte, als ich im obersten Geschoß unseres Combrayer Hauses in der kleinen Kammer, in der es nach Schwertlilie roch, nur den Turm mitten im Viereck des halbgeöffneten Fensters sah; da stand ich einst oft mit der heroisch-grüblerischen Miene des Forschungsreisenden auf einer Expedition oder des Verzweifelten vor dem Selbstmord und bahnte mir voll Untergangsstimmung in meinem Innern einen Weg ins Unbekannte, einen Todesweg, bis auf einmal eine natürliche Spur — etwa die einer Schnecke an den Blättern des wilden Johannisbeerstrauches, die sich bis zu mir neigten — auftauchte und den Bann von mir nahm. Vergeblich beschwor ich heute den Turm. Vergeblich sog ich die Ebene, die ich in mein Gesichtsfeld einspannen konnte, mit meinen Blicken aus, die so gern eine Frau herausgeholt hätten. Mochte ich auch bis zur Vorhalle von Saint-André-des-Champs gehen — nie war dort das Mädchen vom Lande zu finden, das ich mit unfehlbarer Sicherheit gerade dann getroffen hätte, wenn ich in Begleitung Großvaters gewesen wäre, so daß ich mit ihr kein Gespräch hätte anknüpfen können. Unermüdlich fixierte ich den Stumpf eines fernen Baumes, hinter dem sie gleich aufstehen und auf mich zukommen mußte; der durchforschte Horizont blieb öde, die Nacht sank herein, hoffnungslos heftete sich mein gespannter Blick an diesen unfruchtbaren Boden, diese erschöpfte Erde, als wolle er die darin vielleicht versteckten Geschöpfe an sich ziehen; und nicht mehr vor Frische, sondern vor Wut schlug ich auf dem Heimweg auf die Bäume des Waldes von Roussainville ein (zwischen denen keine lebenden Wesen mehr herauskamen, ganz als wären es gemalte Bäume auf der Leinwand eines Panoramas). Denn heimgehen mußte ich ja wohl einmal, wenn ich mich auch nicht damit abfinden konnte, Abschied zu nehmen, ohne vorher die so sehnlichst herbeigewünschte Frau in meine Arme geschlossen zu haben. Mit jedem Schritte weiter aber — das mußte ich mir eingestehen — wurde die Wahrscheinlichkeit geringer, daß ein Zufall sie über meinen Weg laufen ließ. Und Hand aufs Herz: selbst wenn sie mir dort begegnet wäre, hätte ich dann gewagt, sie anzureden? Sie hätte mich gewiß für verrückt gehalten; so hörte ich denn auf zu glauben, die Wünsche, die ich während meiner Spaziergänge groß werden ließ und die sich doch nie verwirklichten, würden von anderen Wesen geteilt und seien wahr auch außerhalb meiner. Sie erschienen mir nur noch als rein subjektive, ohnmächtige, illusorische Schöpfungen meines Gemütes. Kein Band verknüpfte sie mehr mit der Natur und der Wirklichkeit, die seitdem allen Reiz und alle Bedeutung verlor und für mein Leben nicht mehr war als ein konventioneller Rahmen, der ungefähr dieselbe Rolle spielte wie das Eisenbahncoupé für die fiktive Szene eines Romans, den der Reisende auf der Bank des Abteils liest, um die Zeit totzuschlagen.

Vielleicht ist aus einem Eindruck, den ich ebenfalls, allerdings einige Jahre später, bei Montjouvain empfing, und der mir damals noch dunkel blieb, lange danach der Begriff entsprungen, den ich mir vom Sadismus gebildet habe. Später wird gezeigt werden, daß die Erinnerung an diesen Eindruck aus ganz anderen Gründen eine bedeutende Rolle in meinem Leben spielen sollte. Es herrschte große Hitze, und die Eltern, die den ganzen Tag über anderwärts beschäftigt waren, hatten es mir überlassen, so spät wiederzukommen, wie ich wollte; da war ich bis zum kleinen

Teich von Montjouvain gegangen, wo ich mit Freuden die Reflexe des Ziegeldaches wiedersah, hatte mich im Schatten hingestreckt und war in den Büschen der Anhöhe, die das Haus beherrscht, eingeschlafen — eben dort wo ich früher einmal meinen Vater während seines Besuches bei Herrn Vinteuil erwartet hatte. Es war beinahe Nacht, als ich aufwachte, ich wollte aufstehen, aber da sah ich Fräulein Vinteuil (soweit ich sie wiedererkennen konnte, denn ich hatte sie nicht oft in Combray gesehen und nur als sie noch ein Kind war, während sie sich jetzt zu einem jungen Mädchen entwickelte); wahrscheinlich war sie eben in das Zimmer zurückgekommen, das auf ein paar Zentimeter Entfernung direkt mir gegenüber lag: dort hatte ihr Vater meinen Vater empfangen, und sie hatte nun ihr Wohnzimmerchen daraus gemacht. Das Fenster war halbgeöffnet, die Lampe angezündet, und ich sah alle ihre Bewegungen, ohne daß sie mich sah; wäre ich aber fortgegangen, so hätte ich ein Knistern in den Büschen hervorgerufen, sie hätte mich dann gehört und womöglich geglaubt, ich hielte mich dort versteckt, um sie zu belauern.

Sie war in tiefer Trauer, denn ihr Vater war vor kurzem gestorben. Wir hatten sie nicht besucht, Mutter hatte es nicht gewollt, denn die einzige Tugend, die bei ihr die Auswirkungen der Güte begrenzte, war die Scham; aber sie bedauerte sie tief. Mutter dachte viel an Herrn Vinteuils traurige letzte Lebenszeit, hatte er sich doch in der mütterlich-gouvernantenmäßigen Fürsorge für seine Tochter, dann in dem Leid, das sie ihm antat, ganz und gar verzehrt; oft sah sie das gepeinigte Gesicht des alten Mannes in seiner letzten Zeit wieder vor sich; er hatte, das wußte sie, auf immer darauf verzichtet, das ganze Werk seiner letzten Jahre ins Reine zu schreiben, diese armseligen Stücke eines alten Klavierlehrers und früheren Dorforganisten, von denen wir uns wohl vorstellten, daß sie kaum einen Wert an sich hatten, die wir aber doch nicht verachteten, weil sie einen so großen Wert für ihn hatten, dessen Lebensinhalt sie ausmachten, bevor er sie seiner Tochter opferte. Zum überwiegenden Teil waren sie nicht einmal niedergeschrieben, sondern nur in seinem Gedächtnis aufbewahrt worden, ein paar standen auf zerstreuten, unleserlichen Blättern, dem Vergessen verfallen. Mutter dachte weiter an den anderen, noch viel grausameren Verzicht, zu dem Herr Vinteuil gezwungen worden war, den Verzicht auf die glückliche, geachtete Zukunft seiner Tochter; und wenn sie so die ganze höchste Herzensnot des einstigen Klavierlehrers meiner Tanten in sich wachrief, dann empfand sie einen echten Gram und dachte schaudernd an den in anderem Sinne bitteren Kummer, den Fräulein Vinteuil empfinden mußte, an ihre Selbstvorwürfe, daß eigentlich sie ihren Vater ins Grab gebracht habe. „Armer Herr Vinteuil," sagte Mutter, „gelebt hat er und gestorben ist er für seine Tochter, ohne seinen Lohn empfangen zu haben. Wird er ihn nach seinem Tode empfangen und in welcher Form? Sie allein wäre imstande gewesen, ihm alles recht zu lohnen."

Hinten im Wohnzimmer von Fräulein Vinteuil auf dem Kamin stand ein kleines Porträt ihres Vaters. Sie holte es in dem Augenblick, als das Rollen eines von der Straße kommenden Wagens widerhallte, mit einer lebhaften Bewegung herunter; dann warf sie sich auf ein Kanapee und zog einen kleinen Tisch dicht zu sich heran, auf den sie das Bildchen stellte — ebenso wie vordem Herr Vinteuil das Stück, das er meinen Eltern so gern hätte vorspielen mögen, neben sich gelegt hatte. Gleich darauf trat ihre Freundin ins Zimmer. Fräulein Vinteuil begrüßte sie, ohne aufzustehen, beide Hände hinterm Kopf verschränkt und rückte auf den Rand des Sofas, um ihr Platz zu machen. Aber sofort spürte sie, daß sie ihr dadurch eine Haltung aufzudrängen schien, die ihr vielleicht lästig war. Sie dachte, ihre Freundin würde vielleicht lieber in größerer Entfernung von ihr auf einem Stuhl sitzen wollen, sie fand sich indiskret und ihr zartes Herz geriet darüber in Erregung. So nahm sie denn wieder den ganzen Platz auf dem Sofa ein, schloß die Augen und fing an zu gähnen, um anzudeuten, daß die Lust zu schlafen der einzige Grund sei, weswegen sie sich so ausgestreckt habe. Trotz der plumpen und aufdringlichen Vertraulichkeit im Verkehr mit ihrer Freundin erkannte ich die ehrerbietigen, abrupten Gebärden, dic jähen Skrupel ihres Vaters wieder. Bald stand sie auf und tat so, als wolle sie die Fensterläden zumachen und bringe es nicht fertig.

„Laß doch ganz offen, mir ist heiß," sagte ihre Freundin.

„Aber das ist doch nicht zum Aushalten, es kann uns ja jeder sehen," antwortete Fräulein Vinteuil.

Doch wie? konnte nun ihre Freundin nicht denken, sie habe diese Worte nur gesagt, um die Antwort, nach der es sie gelüstete, aus ihr herauszulocken? Diesen Eindruck aber wollte sie, diskret wie sie war, vermeiden, wollte die ersehnten Worte lieber aus der Initiative der Partnerin heraus gesprochen wissen. So muß ihr Blick, den ich nicht wahrnehmen konnte, wohl den Ausdruck angenommen haben, der Großmutter so sehr gefiel, als sie lebhaft hinzusetzte:

„Wenn ich sage, man kann uns sehen, so meine ich damit, man kann uns lesen sehen, und das ist doch nicht zum Aushalten, bei der kleinsten Kleinigkeit denken zu müssen, daß man beobachtet wird."

Aus instinktiver Vornehmheit und unwillkürlicher Wohlanständigkeit also unterdrückte sie die vorbereiteten Worte, die sie eben noch für die Verwirklichung ihres Verlangens nicht entbehren zu können geglaubt. Und alle Augenblicke beschwor und hemmte eine schüchterne, flehende Jungfrau im Innersten ihres Wesens einen verwitterten, sieggewohnten Haudegen.

„Ja, es ist äußerst wahrscheinlich, daß man uns um diese Stunde sieht, in diesem von Menschen wimmelnden Landidyll," sagte ihre Freundin ironisch. „Und wenn schon?" setzte sie hinzu, in der Meinung, sie müsse ein schelmisch-zärtliches Augenzwinkern hinzutun zu diesen Worten, die sie wie einen Text, der Fräulein Vinteuil behagen würde, in einem gewaltsam zynischen Tone hersagte, „wenn man uns nun sieht, um so besser..."

Fräulein Vinteuil erbebte und stand auf. Ihr ängstliches, empfindsames Gemüt wußte nicht, welche Worte nun spontan kommen müßten, um sich der Szene anzupassen, nach der ihre Sinne verlangten. Sie suchte in möglichst weiter Entfernung von ihrer wahren moralischen Natur die Sprache zu finden, die zu dem lasterhaften Mädchen gehörte, das sie zu sein wünschte, aber die Worte, die, wie sie meinte, einem solchen Mädchen von Herzen gekommen wären, schienen ihr in ihrem eigenen Munde falsch. Und das Wenige, das sie sich davon gestattete, kam in einem geschraubten Ton heraus, ihre schüchternen Gewohnheiten lähmten ihre kühnen Launen, und dazwischen klang es immer wie: „Dir ist doch nicht kalt, dir ist doch nicht zu heiß, du möchtest doch nicht allein sein und lesen?"

„Gnädiges Fräulein scheinen mir heute abend recht schlüpfrige Gedanken zu haben," sagte sie schließlich, indem sie sicherlich nur eine Redensart nachsprach, die sie früher einmal im Munde ihrer Freundin gehört hatte.

In einer Falte ihre Kreppmieders spürte Fräulein Vinteuil, wie ihre Freundin einen Kuß hineinstach, sie stieß einen leichten Schrei aus, entschlüpfte, und nun sprangen die beiden hinter einander her; dabei ließen sie ihre weiten Ärmel wie Flügel flattern und gluckten und piepten wie verliebte Vögel. Schießlich fiel Fräulein

Vinteuil auf das Kanapee nieder und der Körper ihrer Freundin auf sie. Diese drehte aber dem Tischchen, auf dem das Porträt des weiland Klavierlehrers lag, den Rücken zu. Fräulein Vinteuil sah ein, daß ihre Freundin es nicht sehen würde, wenn sie nicht ihre Aufmerksamkeit darauf lenkte, und sagte, als hätte sie es eben erst bemerkt:

„Oh, da guckt ja das Porträt meines Vaters zu uns herüber, ich weiß nicht, wer kann es da nur hingetan haben, ich hab' doch schon zwanzigmal gesagt, daß es da nicht hingehört."

Mir fiel ein, daß dies dieselben Worte waren, die Herr Vinteuil anläßlich des Musikstückes zu meinem Vater gesagt hatte. Dies Porträt diente ihnen gewiß zu rituellen Entweihungen, denn ihre Freundin antwortete ihr mit folgenden Worten, die sicherlich zu dem Zeremoniell ihrer Antworten gehörten:

„Aber laß ihn doch, wo er ist, er ist ja nicht mehr da und kann uns nicht mehr anöden. Was meinst du, wie er flennen würde und dir deinen Mantel würde umtun wollen, wenn er dich hier am offenen Fenster sehen würde, der alte Affe."

Fräulein Vinteuil erwiderte mit Worten zarten Vorwurfs: „Na hör mal, hör mal!" und bekundete damit wieder einmal die Güte ihrer Natur — nicht in dem Sinne, daß Ärger über diese Art, von ihrem Vater zu reden, in ihrer Stimme gelegen hätte (offenbar war das ein Gefühl, dem sie — mit Hilfe welcher Sophismen wohl? — schon längst geboten hatte, während dieser Minuten in ihr zu schweigen), sondern insofern, als dies „Na hör mal" gleichsam ein Zügel war, den sie, um nicht egoistisch zu erscheinen von sich aus dem Vergnügen anlegte, das ihre Freundin ihr zu verschaffen suchte. Auch mochte es ihrer offenen, gütigen Natur so scheinen, als sei diese lächelnde Mäßigung in ihrer Antwort auf jene Blasphemien, dieser schmeichlerisch-zärtliche Vorwurf eine besonders schändliche, ausnehmend süße Form des Sünderinnentyps, nach dem sie sich zu modeln suchte. Aber dem Reize der Lust, die sie zu empfinden hoffte, wenn sie von einem Menschen, der so unversöhnlich gegen einen wehrlosen Toten war, mit zarten Fingern angefaßt würde, diesem Reize vermochte sie nicht zu widerstehen; sie sprang ihrer Freundin auf die Knie und reichte ihr keusch ihre Stirn zum Kusse, wie sie es hätte tun können, wenn sie ihre Tochter gewesen wäre, — frohlockend, daß sie somit beide bis zum äußersten Punkte der Grausamkeit gingen, indem sie Herrn Vinteuil bis ins Grab hinein seine Vaterschaft entrissen. Die Freundin nahm ihren Kopf zwischen beide Hände, gab ihr einen sorglichen Kuß auf die Stirn und bewies dabei eine Fügsamkeit, die ihr leicht wurde, weil sie große Zuneigung zu Fräulein Vinteuil hegte und gern ein wenig Zerstreuung in das jetzt so trübe Leben des verwaisten Mädchens bringen wollte.

„Weißt du, was ich mit diesem alten Ekel machen möchte?" sagte sie und nahm das Porträt.

Und sie flüsterte Fräulein Vinteuil etwas ins Ohr, was ich nicht verstehen konnte.

„Oh! das wirst du nicht wagen."

„Was, ich sollte nicht wagen, darauf zu spucken, auf sowas?" sagte die Freundin mit gewollter Brutalität.

Mehr hörte ich nicht, denn Fräulein Vinteuil kam mit dem Ausdruck eines müden, unbeholfenen, viel in Anspruch genommenen, anständigen und traurigen Menschen und schloß erst das äußere, dann das innere Fenster; aber jetzt wußte ich, was Herr Vinteuil für all die Leiden, die er seiner Tochter zuliebe während seines Lebens auf sich genommen, nach seinem Tode von ihr zum Lohn bekommen hatte.

Und doch habe ich mir seither überlegt: wenn Herr Vinteuil dieser Szene hätte beiwohnen können, so hätte er seinen Glauben an das gute Herz seiner Tochter vielleicht immer noch nicht verloren, und er hätte damit vielleicht gar nicht einmal so Unrecht gehabt. Gewiß: in den Gewohnheiten von Fräulein Vinteuil war die Erscheinung des Bösen so beherrschend, wie man ihr in einem derartigen Vollkommenheitsgrad der Verwirklichung wohl kaum anderswo als bei einer Sadistin begegnet; eigentlich gehört so etwas eher in den Schein der Rampe eines Boulevardtheaters als unter die Lampe eines Landhauses: ein Mädchen, das seine Freundin auf das Porträt eines Vaters, der nur für sie gelebt hat, spucken läßt; ist doch der Sadismus fast die einzige reale Grundlage für die Ästhetik des Schauerstücks. Im gewöhnlichen Leben würde — abgesehen eben von den Fällen des Sadismus — ein Mädchen vielleicht ebenso grausame Verstöße gegen das Andenken und den Willen seines verstorbenen Vaters begehen wie Fräulein Vinteuil, aber es würde sie nicht in einem Akt von so rudimentärer, so naiver Symbolik ausdrücklich zusammenfassen; das Verbrecherische an ihrem Benehmen würde vor den Augen der Anderen, ja sogar vor ihren eigenen Augen mehr verschleiert bleiben, da sie das Böse tun würde, ohne es sich einzugestehen. Hinter der äußeren Erscheinung aber, im Herzen von Fräulein Vinteuil also, war das Böse wenigstens anfangs fraglos nicht ungemischt vorhanden. Eine Sadistin wie sie ist eine Virtuosin des Bösen, was ein vollkommen schlechtes Geschöpf nicht sein könnte, denn das Böse würde für solch' ein Geschöpf nicht etwas Äußeres sein, sondern ihm ganz natürlich vorkommen, sich überhaupt nicht von ihm abheben; Tugend, Andenken der Toten, Kindesliebe wären ihm keine Kultgegenstände, und so würde es auch nicht die Lust des Tempelschänders darin finden, sie zu entweihen. Sadisten von der Art des Fräulein Vinteuil sind so rein gefühlvolle, so von Natur tugendhafte Wesen, daß sogar der sinnliche

Genuß ihnen als etwas Böses, als das Vorrecht der Sünder erscheint. Und gestatten sie sich einen Augenblick die Hingabe daran, so suchen sie in die Haut eines Sünders zu schlüpfen und auch ihren Komplicen dazu zu veranlassen; nur so können sie einen Augenblick die Illusion haben, als seien sie aus ihrer ängstlichen, liebevollen Seele in die unmenschliche Welt des Genusses entwichen. Und wie sehr sie sich gerade hiernach sehnte, entnahm ich daraus, daß es ihr offensichtlich unmöglich war, dazu zu gelangen. Im selben Augenblick, in dem sie so anders als ihr Vater sein wollte, erinnerten mich ihre Denk- und Redeweisen erst recht an den alten Klavierlehrer. Was sie entweihte, was sie ihren Lüsten dienstbar machte (wobei es doch immer zwischen den Lüsten und ihr blieb und sie nicht zum unmittelbaren Genießen kommen ließ), das war weniger die Photographie ihres Vaters als ihre Ähnlichkeit mit ihm, die blauen Augen ihrer Mutter, die er ihr als Familienkleinod überliefert hatte, die Gesten der Liebenswürdigkeit, die zwischen Fräulein Vinteuil und ihr Laster eine Phraseologie und eine Mentalität einschoben, welche nicht für das Laster geschaffen waren und ihr den Blick dafür trübten, daß all' die zahlreichen Höflichkeitspflichten, in deren Zeremoniell sie sich gewöhnlich bewegte, im Angesichte des Lasters nicht am Platze waren. Nicht das Böse gab ihr die Idee des Genusses oder schien ihr reizvoll; nein, der Genuß schien ihr böse. Und da er bei ihr jedesmal, wenn sie sich ihm hingab, zusammen mit den schlimmen Gedanken auftrat, die ihrer tugendhaften Seele in der übrigen Zeit fern waren, fand sie schließlich im Genuß etwas Teuflisches und identifizierte ihn mit dem „Bösen“. Vielleicht hatte Fräulein Vinteuil das Gefühl, ihre Freundin sei gar nicht grundschlecht, spreche gar nicht aufrichtig, wenn sie ihr diese blasphemischen Vorschläge machte. Um so stärker aber reizte sie auf dem Gesichte der Freundin das Lächeln um Mund und Augen, das vielleicht künstlich war, aber in seinem lasterhaften und niedrigen Ausdruck so wirkte, als sei es das echte Lächeln eines lustvoll-grausamen, nicht eines leidend-gütigen Wesens. Sie konnte sich einen Augenblick vorstellen, sie vollführe wirklich die Spiele, die ein Mädchen mit einer ebenso entarteten Partnerin gespielt haben würde, wenn es solche barbarischen Gefühle gegenüber dem Andenken seines Vaters tatsächlich verspürt hätte. Vielleicht hätte sie das Böse nicht für einen so seltenen, so außergewöhnlichen, so entrückenden Zustand, ja für einen geradezu erholsamen Ausflugsort gehalten, wenn sie imstande gewesen wäre, in sich selbst wie in allen anderen Menschen die Gleichgültigkeit gegenüber den Leiden, an denen man schuld ist, wahrzunehmen, diese Gleichgültigkeit, die (man mag sie nennen, wie man will) die schrecklich-ewige Gestalt der Grausamkeit ist.

Es war zwar ziemlich einfach, in Richtung Méséglise zu gehen, aber eine ganz andere Sache war es, in Richtung Guermantes zu gehen, denn der Spaziergang war lang und wurde deshalb immer nur bei ganz sicherem Wetter unternommen. Wenn es daher so aussah, als käme nun eine Reihe von schönen Tagen, wenn Françoise verzweifelt war, daß kein Tropfen zur Erde falle für die „arme Ernte", und — den spärlichen, auf der ruhigen blauen Oberfläche des Himmels schwimmenden weißen Wolken nachblickend — aufstöhnte und rief: „Möcht' man nich sprechen, man sieht da direkt sowas wie Seehunde, die da oben 'rumspielen und ihre Schnauzen zeigen? Fällt ihnen gar nich ein, 'mal für die armen Arbeiter regnen zu lassen! Ja, wenn dann das Getreide hoch ist, dann wird der Regen nur so in Strippen runterkommen, wird gar nich aufhören und nich mehr wissen, wo er hinfällt, als ob er aufs Meer fällt"; wenn Vater unveränderlich dieselben günstigen Auskünfte vom Gärtner und vom Barometer bekommen hatte, — dann hieß es beim Abendessen: „Wenn morgen ebensolches Wetter ist, gehen wir mal in Richtung Guermantes." Wir gingen gleich nach dem Frühstück durch die kleine Gartentür hinaus und bogen in die rue des Perchamps ein, die ganz eng war und einen scharfen Winkel bildete. In dem Gras, mit dem diese Gegend bestanden war, flogen zwei oder drei Wespen und botanisierten den ganzen Tag. Überhaupt war dieser Fleck ebenso seltsam wie sein Name, aus dem sich, wie mir schien, seine merkwürdigen Besonderheiten und seine herbe Persönlichkeit herleiteten; in dem Combray von heute würde man all das übrigens vergeblich suchen, weil sich auf den früheren Umrissen dieser Stelle die Schule erhebt. Doch wie die Architekten aus der Schule von Viollet-le-Duc unter einer Renaissance-Empore oder einem Altar aus dem 17. Jahrhundert die Spuren eines romanischen Chores wiederzufinden glauben und nun das ganze Gebäude so restaurieren, wie es im 12. Jahrhundert gewesen sein muß, so läßt auch jetzt mein sinnender Geist keinen Stein des neuen Bauwerkes bestehen, sondern erobert und „rekonstruiert" sich die rue des Perchamps. Sie liefert für diese Rekonstruktionen viel genauere Daten, als den Restauratoren im allgemeinen zur Verfügung stehen: nämlich einige Bilder, die mein Gedächtnis bewahrt hat, vielleicht die letzten, die noch existieren, aber wohl auch bald vergehen werden, Bilder von dem Combray aus der Zeit meiner Kindheit, die von um so größerem Wert sind, weil dies Combray selbst ihre Form in mich gegraben hat, bevor es verschwand, und (sofern es erlaubt ist, ein unbedeutendes Porträt mit den berühmten Bildwerken zu vergleichen, von denen Großmutter mir so gern Reproduktionen schenkte) weil sie ergreifend sind wie alte Stiche des „Abendmahls" oder das bekannte Gemälde von Gentile Bellini, in denen das Meisterwerk von Vinci und das Portal von Sankt Marcus in einem Zustande erscheinen, wie er heute nicht mehr besteht.

Dann ging es durch die Vogelstraße, an dem alten Gasthof zum „Lütten Vogel" vorbei, in dessen großen Hof wohl dann und wann im 17. Jahrhundert die Karossen der Herzoginnen von Montpensier, Guermantes und Montmorency einfuhren, wenn sie wegen Streitigkeiten mit ihren Pächtern oder aus Gründen der Standesehre in Combray zu tun hatten. Wir erreichten den Spazierweg zwischen den Bäumen, hinter dem der Glockenturm von Sankt-Hilarius herausschaute. Ich hätte mich am liebsten hingesetzt, wäre den ganzen Tag mit einem Buche dort geblieben und hätte den Glocken zugehört, denn es war so schön und so ruhig, daß man sagen konnte: wenn die Uhr schlug, brach sie nicht etwa ein in den ruhevollen Tag, sondern entband ihn nur von dem, was er enthielt — der Glockenturm hatte mit der gleichgültig-gewissenhaften Genauigkeit von jemandem, der nichts Anderes zu tun hat (wohl um einige Goldtropfen, die die Hitze langsam und unmerklich über ihm angesammelt hatte, auszupressen und fallen zu lassen) die Fülle des Schweigens in einem beliebigen Moment nur eben verdichtet.

Der größte Reiz der „Richtung Guermantes" bestand darin, daß man dort die ganze Zeit den Lauf der Vivonne neben sich hatte. Wir überquerten sie ein erstes Mal zehn Minuten hinterm Haus auf einem Steg, der die „Alte Brücke" hieß. Schon am Tage nach unserer Ankunft, am Ostersonntag, lief ich nach der Predigt bei schönem Wetter dorthin, um nach all der Unordnung am Morgen eines großen Festes (wo mancherlei kostspielige Zurüstungen den noch herumliegenden Wirtschaftskram doppelt häßlich erscheinen lassen), den Fluß zu schauen, der sich schon unter blauem Himmel zwischen den noch schwarzen und nackten Fluren erging, nur von einer Schar verfrühter Kuckucks und vorzeitiger Primeln begleitet, indes hie und da ein blauschnäbeliges Veilchen seinen Stengel bog unter dem Gewichte des duftigen Tropfens, den es in seinem Sporn hielt. Die Alte Brücke mündete in einen Leinpfad, der sich an dieser Stelle einen sommerlichen Teppich aus dem blauen Laub eines Nußbaums geschaffen hatte. Unter dem Nußbaum hatte ein Angler mit Strohhut sich festgesetzt. In Combray, wo ich immer gleich wußte, welche Individualität, ob Hufschmied oder Ladenschwengel, sich unter der Uniform des Kirchendieners oder dem Hemde des Chorknaben versteckte, war dieser Angler der einzige Mensch, dessen Personalien ich nie herausbekommen habe. Er mußte meine Eltern kennen, denn er zog den Hut, wenn wir vorbeigingen; ich wollte dann nach seinem Namen fragen, aber man gab mir ein Zeichen, ich solle still sein, um den Fisch nicht zu erschrecken. Wir betraten den Leinpfad, der über eine mehrere Fuß hohe Böschung hinweglief; auf der anderen Seite war das Ufer flach und dehnte sich in weiten Wiesen bis an den Ort und an den Bahnhof, der weit außerhalb des Ortes lag. Die Wiesen waren übersät von halb in Gras vergrabenen Resten des Schlosses der einstigen Grafen von Combray, denen im Mittelalter der Lauf der Vivonne auf dieser Seite zur Abwehr gegen die Angriffe der Herren von Guermantes und der Äbte von Martinville gedient hatte. Das Schloß bestand nur noch aus einigen Bruchstücken von Türmen, die kaum sichtbar die Heide buckelten, und einigen Zinnen, von denen her der Armbrustschütze Steine geschleudert und der Späher Novepont, Clairefontaine, Martinville-le-Sec, Bailleau-l'Exempt (lauter Vasallenländer von Guermantes, zwischen denen Combray eine Enklave bildete) überwacht hatte, während sie heute das Gras nicht überragen und den Kindern der Brüderschule untertan sind, die zum Lernen ihrer Aufgaben oder zu erholsamen Spielen dorthin kommen. Es war eine Vergangenheit, die fast in die Erde hinabgestiegen war und nur am Rande des Wassers noch ruhte wie ein Spaziergänger, der frische Luft schöpft. Und doch gab mir diese ferne Zeit sehr viel zu denken, sie ließ in dem Namen „Combray“ neben dem Nest von heute eine Stadt ganz anderen Schlages erstehen und hielt mit ihrem unbegreiflichen Gesicht von einst, das sie unter den Goldknöpfen halb verbarg, meine Gedanken fest. Von Goldknöpfen wimmelte es hier; sie schienen sich diese Stelle für ihre Spiele auf dem Grase ausgesucht zu haben, denn sie standen einzeln, in Paaren, in Gruppen, gelb wie Gelbei und kamen mir um so blitzender vor, je weniger sie mich zu einer mutwilligen Kostprobe verleiten und mir dadurch den Genuß des reinen Anschauens verderben konnten. Ich überschüttete sie so mit Freude, daß geradezu so etwas wie reine Schönheit über sie kam. Schon in meiner frühesten Kindheit streckte ich vom Leinpfad her die Arme nach ihnen aus, ohne ihren Namen genau aussprechen zu können, diesen entzückenden Namen von französischen Märchenprinzen, die vielleicht vor vielen vielen tausend Jahren aus Asien gekommen, nun aber für immer im Orte heimisch geworden waren und — wenn auch zufrieden mit dem bescheidenen Horizont, befreundet mit Sonne und Wasserrand, treu der kleinen Aussicht auf den Bahnhof — doch noch wie manches alte Ölbild bei aller volkstümlichen Einfachheit den poetischen Schimmer des Orients bewahrten.

Viel Spaß machten mir die Flaschen, die die Jungens in die Vivonne taten, um die kleinen Fische zu fangen: enthielten sie doch in sich den Fluß, von dem sie dann selber wieder umschlossen wurden, so daß sie gleichzeitig „Inhalt hatten“, nämlich das gleichsam hartgewordene Wasser in ihrem durchsichtigen Leibe, und „Inhalt waren“, Inhalt jener größeren Form aus flüssig-eilendem Kristall, worein sie getaucht waren—und so riefen sie das

Bild der Kühle in mir wach, köstlicher und erregender, als sie es auf einem gedeckten Tische vermocht hätten, gerade weil sie die Kühle nur im Vorüberfliehen sehen ließen, nämlich in dem dauernden Wettlauf zwischen dem unbeständigen Wasser, wo die Hände ihr nicht beikamen, und dem unflüssigen Glas, wo der Gaumen nicht an sie heran konnte. Ich nahm mir vor, später mit Angeln hinzugehen; fürs erste aber setzte ich durch, daß ich etwas Brot vom Vespervorrat bekam; davon warf ich Kügelchen in die Vivonne, die zu genügen schienen, um ein Phänomen von Übersättigung in ihr hervorzurufen, denn das Wasser verdichtete sich sofort rings um sie zu eiförmigen Trauben verhungerter Kaulquappen, die bis dahin unsichtbar und zerstreut gewesen waren und nur auf den Kristallisationsprozeß gewartet hatten.

Bald verstopft sich der Lauf der Vivonne mit Wasserpflanzen. Zuerst waren sie nur vereinzelt aufgetreten, etwa eine gelbe Seerose, der die Strömung, welcher sie durch ein böses Geschick in die Quere kam, so wenig Ruhe ließ, daß sie wie eine mechanisch betriebene Fähre ein Ufer immer nur berührte, um zu dem, von dem sie gekommen, wieder zurückzufahren und so in ewigem Hin und Her überzusetzen. Sie wurde gegen das Ufer gestoßen, ihr Stiel ging auseinander, wurde länger, gespannter und erreichte die äußerste Grenze seiner Ausdehnung bis zum Uferrande hin: dort erfaßte die Strömung ihn von neuem, der grüne Strang lief wieder in sich zusammen und führte die arme Pflanze wieder zurück zu ihrer Abfahrtsstelle (welche Bezeichnung um so zutreffender ist, als sie kaum eine Sekunde darauf verweilte, um sofort in Wiederholung desselben Manövers zurückzufahren). Ich fand sie bei jedem Spaziergang wieder vor, immer in der gleichen Situation, und mußte dabei an gewisse Neurastheniker denken (zu denen Großvater Tante Léonie rechnete),

Leute, die uns unveränderlich Jahr für Jahr das Schauspiel sonderbarer Gewohnheiten geben, von denen sie fest überzeugt sind, daß sie sie morgen ablegen werden, obwohl sie sie immerfort ängstlich hüten; gefangen in dem Triebwerk ihrer Beschwerden und Manien mühen sie sich vergeblich zu entweichen, denn all' diese Anstrengungen leisten ihnen ja nichts als daß sie den seltsamen, unentrinnbaren und unheilvollen Mechanismus ihrer Lebensführung nur noch unterstützen und seine Feder kräftiger in Gang setzen. So glich auch diese Seerose einem jener Unglücklichen, deren einzigartige, bis in alle Ewigkeit unendlich wiederholte Qual Dantes Neugier reizte, so daß er sich die Besonderheiten und Gründe von dem Gefolterten selber des Längeren hätte berichten lassen, wenn Vergil nicht mit großen Schritten weitergegangen wäre und ihn zu raschestem Nachkommen gezwungen hätte, ganz wie jetzt mich meine Eltern.

Doch weiter draußen wird die Strömung langsamer und läuft quer durch eine Besitzung, die der Eigentümer für den öffentlichen Besuch zur Verfügung stellte. Dort gefiel sich die Natur in Arbeiten einer Gartenkunst im Wasser, indem sie in den kleinen Teichen, die die Vivonne bildet, richtige Gärten von roten Seerosen erblühen ließ. Da die Ufer an dieser Stelle sehr waldig waren, gaben die großen Schatten der Bäume dem Wasser einen Grund, der für gewöhnlich dunkelgrün war, den ich aber auch schon manchmal anders gesehen habe, wenn wir nach gewitterigen Nachmittagen durch die junge Heiterkeit des Abends gingen: dann hatte der Grund ein lichtes, ja grelles, nach Violett hinüberstrebendes Blau von emailleartiger Glasierung im japanischen Geschmack. Hie und da auf der Oberfläche schwamm, errötend wie eine Erdbeere, eine Seerosenblüte mit scharlachrotem Herzen und weißen Rändern. Weiter draußen waren die Blüten zahlreicher, aber blasser, weniger glatt, körniger, faltiger; und der Zufall fügte sie zu so graziösen Schnörkeln, daß sie wirkten wie aufgelöste Girlanden von Moosrosen, die im melancholischen Blätterfall eines Liebesfestes willenlos dahintrieben. Anderswo schien eine Ecke für die gewöhnlichen Arten reserviert zu sein, die das schmucke Weiß und Rosa der Levkoje präsentierten und wie Porzellan von der sorglichen Hand eines dienstbaren Geistes gewaschen waren, während ein wenig weiter, aneinandergedrängt in Form eines richtigen schwimmenden Beetes, die Gartenstiefmütterchen gekommen waren, um wie Schmetterlinge ihre bläulichen, schillernden Flügel auf die durchscheinende schiefe Ebene dieses Wasserbeetes zu setzen, das man auch himmlisch nennen konnte, denn es breitete unter die Blumen einen Boden von köstlicherer, ergreifenderer Farbe als den Blumen selber eigen war; bald ließ es während des Nachmittags unter den Seerosen das Kaleidoskop eines harrenden, stillen und doch beweglichen Glückes funkeln, bald erfüllte es sich, gegen Abend, wie ein ferner Hafen mit dem blassen Rot, dem sinnenden Ausdruck der untergehenden Sonne, bald wandelte es sich unaufhörlich rings um Blumenkronen von minder veränderlichen Farbtönen — immer aber blieb es in Einklang mit allem Tieferen, Flüchtigeren, Geheimnisvolleren, allem Unendlichen der Stunde und verlieh den Blumen gleichsam ein Blühen im himmlischen Elemente.

Von diesem Park an bekommt die Vivonne wieder Strömung. Wie oft hab' ich dort einen Ruderer gesehen und mich danach gesehnt, es ihm nachzutun, wenn ich erst einmal nach meinem Kopf leben dürfte: dieser Glückliche hatte das Ruder losgelassen, sich platt auf den Rücken gelegt und den Kopf ganz unten auf dem Grunde seines Bootes vergraben: so ließ er sich willenlos treiben — derart, daß er nur den Himmel sehen konnte, der langsam und locker über ihm hinzog — und trug auf seinem Gesicht den Vorgeschmack der Seligkeit und des Friedens.

Wir setzten uns zwischen die Schwertlilien am Wasserrand. Im festlichen Himmel schlenderte langhin eine müßige Wolke. Ein Karpfen, der es vor Langeweile nicht aushielt, schoß für Augenblicke angstvoll atmend aus dem Wasser hervor. Es war Vesperzeit. Bevor wir wieder fortgingen, lagen wir noch lange im Gras und aßen Obst, Brot und Schokolade, während die Glockentöne von Sankt Hilarius, zwar horizontal und abgeschwächt, aber doch noch dicht und metallisch bis zu uns herüberdrangen (ohne sich auf dem weiten Weg mit der Luft vermischt zu haben) und nach Vollendung ihrer klingenden Reise, in der jede ihrer pulsierenden Bewegungen einen Abschnitt markierte, vibrierend über die Blumen zu unseren Füßen hinstrichen.

Bisweilen trafen wir am waldumschlossenen Uferrand ein sogenanntes Lusthaus, das ganz allein und verloren dalag und von der Welt nichts sah als den Fluß, der ihm die Füße badete. Eine junge Frau wohnte dort, deren nachdenkliches Gesicht und elegante Schleier nicht aus dieser Gegend stammten und die gewiß hierhergekommen war, um sich hier, wie der Volksmund sagt, „zu begraben" und den bitteren Genuß durchzukosten, daß ihr Name, vor allem aber der Name desjenigen, dessen Herz sie nicht hatte halten können, hier unbekannt war. Sie stand am Fenster und konnte nicht weiter als bis zu dem Boot sehen, das nahe der Tür angelegt hatte. Zerstreut hob sie die Augen, als sie hinter den Uferbäumen Stimmen von Passanten hörte. Doch schon bevor sie die Gesichter der Vorübergehenden gesehen hatte, durfte sie ganz sicher sein, daß diese Leute den Ungetreuen nie gekannt hatten noch kennen würden, daß nichts in ihrer Vergangenheit von ihm zeugte, nichts in ihrer Zukunft je von ihm zeugen würde. Man spürte, daß sie in ihrer Entsagung sehr gern die Orte, wo sie dem Geliebten hätte begegnen können, mit Orten, wo er unbekannt war, vertauscht hatte. Oft folgte ich ihr mit den Augen, wenn sie von einem Spaziergang auf einem Wege, wo Er ganz gewiß nicht vorbeikommen konnte, heimkehrte und mit fruchtloser Anmut lange Handschuhe von ihren resignierten Händen streifte.

Niemals konnten wir auf dem Spaziergang in Richtung Guermantes bis zu den Quellen der Vivonne zurücksteigen, denen mein Sinnen oft gegolten hatte und die für mich eine so abstrakte, so ideale Existenz besaßen, daß ich bei der Mitteilung, sie lägen im selben Département, so und so viel Kilometer von Combray entfernt, ebenso überrascht war wie damals, als ich hörte, daß es einen anderen, genau bestimmten Punkt auf der Erde gebe, wo sich im Altertum der Eingang zur Unterwelt öffnete. Ebenso konnten wir niemals bis zu dem Ziele vorstoßen, das ich so gern erreicht hätte: bis zu Guermantes. Ich wußte, daß dort Schloßherrschaften residierten, nämlich der Herzog und die Herzogin von Guermantes, ich wußte, daß sie wirkliche und gegenwärtig existierende Personen waren, aber jedesmal, wenn ich an sie dachte, stellte ich sie mir bald auf einem Wandteppich gewirkt vor wie die Gräfin von Guermantes in der „Krönung Esthers“ in unserer Kirche, bald mit schillernden Tönungen wie Gilbert le Mauvais auf dem Kirchenfenster (wo er von der Farbe des Grünkohls zu der der blauen Pflaume hinüberschillerte, je nachdem, ob ich noch beim Nehmen des Weihwassers war oder unsere Stühle schon erreicht hatte), bald ganz ungreifbar wie das Bild Genovevas von Brabant, der Ahnfrau derer von Guermantes, welche die Laterna magica auf den Vorhängen meines Zimmers auf- und abgehen oder zur Decke aufsteigen ließ. Kurz: ich dachte mir diese Gestalten stets in das Geheimnis merovingischer Zeiten gehüllt und in dem orangefarbenen Sonnenuntergangslichte badend, das der Silbe „antes“ entströmt. Wenn sie nun in ihrer Eigenschaft als Herzog und Herzogin für mich immerhin noch wirkliche, obschon fremdartige Personen waren, so zerdehnte sich ihre herzogliche Person über alle Maßen und wurde ganz immateriell, sobald sie den Namen Guermantes, wovon sie Herzog und Herzogin waren, in sich enthalten sollten, diese ganze durchsonnte „Richtung Guermantes“, den Lauf der Vivonne, ihre Seerosen und ihre großen Bäume und soviel schöne Nachmittage. Und dabei wußte ich, daß sie nicht bloß den Titel Herzog und Herzogin von Guermantes trugen, sondern seit dem 14. Jahrhundert — als sie sich nach dem fruchtlosen Versuch, ihre früheren Herren zu besiegen, mit ihnen durch Eheschließungen verbunden hatten — Grafen von Combray waren, die ersten Bürger von Combray also und doch die einzigen, die nicht dort wohnten! Als Grafen von Combray, das sie mit ihrem Namen und ihrer Person umhegten und besaßen, trugen sie die seltsame fromme Traurigkeit, die Combray eigen war, ganz gewiß wirklich in sich; allerdings nannten sie als Eigentümer der Stadt doch kein einziges besonderes Haus ihr eigen und wohnten wohl draußen auf der Straße zwischen Himmel und Erde, wie jener Gilbert de Guermantes, von dem ich in den Fenstern des Chores von Sankt-Hilarius nur die Kehrseite aus schwarzem Lack sah, so oft ich bei Camus Salz holte und den Kopf hob.

Ferner traf es sich, daß ich in der Richtung Guermantes mitunter an feuchten kleinen Gehegen vorbeikam, wo Trauben dunkler Blüten aufstiegen. Ich blieb stehen und glaubte einen köstlichen Eindruck zu gewinnen, denn es war mir, als hätte ich ein Bruchstück der durchströmten Landschaft vor Augen, die ich so sehr gern kennen lernen wollte, seitdem einer unserer Lieblingsschriftsteller sie mir geschildert hatte. Mit dieser Landschaft, mit ihrem von der Strömung brodelnder Wasser durcheilten Boden verschmolz Guermantes durch eine Metamorphose in meinem Geiste, die sich jedesmal vollzog, wenn Doktor Percepied von den Blumen und den schönen Wasserkünsten im Schloßpark erzählte. Ich träumte, Frau von Guermantes lasse mich, in plötzlicher Laune für mich entbrannt, hinkommen; und nun angelte sie dort den ganzen Tag Forellen mit mir. Abends aber nahm sie mich bei der Hand, ging an den kleinen Gärten ihrer Vasallen vorbei, zeigte mir längs der niedrigen Mauern die Blumen, die ihre lilaroten Spindeln daran lehnten, und lehrte mich ihre Namen. Sie ließ sich von mir den Inhalt der Gedichte erzählen, die ich zu schreiben gedachte. Und diese Träume gemahnten mich daran, daß ich doch einmal Schriftsteller werden wolle und es daher bald Zeit sei zu wissen, was ich mir eigentlich zu schreiben vornähme. Aber sobald ich mich das fragte und ein Thema zu finden suchte, durch das ich ein Mann von unendlicher philosophischer Bedeutung werden könnte, hörte mein Geist auf zu funktionieren, ich sah mit aller meiner Spannung nur dem leeren Raum ins Gesicht und hatte das Gefühl, daß das Genie nicht in mir stecke oder durch ein Gehirnleiden am Hervorbrechen verhindert werde. Manchmal verließ ich mich auf Vater, er würde die Sache schon machen. Er war so mächtig, so beliebt bei den Leuten am Ort, daß es ihm gelang, für uns die Übertretung von Gesetzen zu erwirken, die ich, Françoise zufolge, für unentrinnbarer als die Gesetze über Leben und Tod gehalten hatte, ferner durchzusetzen, daß die sogenannten „Abputzarbeiten“ an unserem Haus als einzigem vom ganzen Viertel für ein Jahr zurückgestellt wurden, endlich für den Sohn von Frau Sazerat, die an die See gehen wollte, vom Minister die Ermächtigung zu bekommen, daß er zwei Monate eher sein Examen machte, in der Reihe der Kandidaten, deren Name mit A anfing, statt zu warten, bis der Buchstabe S dran kam. Wenn ich plötzlich schwerkrank geworden oder von Räubern gefangen genommen worden wäre, dann wäre ich fest überzeugt gewesen, Vater verfüge über viel zu gute Verbindungen mit den höchsten Gewalten, über viel zu unwiderstehliche Empfehlungsbriefe beim lieben Gott, als daß meine Krankheit oder meine Gefangenschaft irgend etwas Anderes hätte sein können als leere Bilder ohne Gefahr für mich — und hätte in aller Ruhe die unausbleibliche Stunde derRückkehr zur guten Wirklichkeit, die Stunde der Befreiung oder der Genesung erwartet; vielleicht war dieser Mangel an Genie, dies schwarze Loch, das sich in meinen Geist einbohrte, wenn ich den Stoff zu meinen künftigen Schriften suchte, auch nur eine Illusion ohne Beständigkeit, die durch Vaters Intervention verschwinden würde, indem er mit der Regierung und mit der Vorsehung wahrscheinlich bereits abgemacht hatte, daß ich der größte Schriftsteller des Zeitalters zu sein hätte. Ein andermal aber, wenn die Eltern ungeduldig wurden, weil ich zurückblieb und ihnen nicht nachging, schien mir mein gegenwärtiges Leben nicht einer künstlichen, beliebig von Vater zu verändernden Schöpfung gleichzusehen, sondern gleichsam einer Wirklichkeit verhaftet zu sein, die nicht für mich geschaffen war, gegen die es keine Berufung gab, in deren Innerem ich keinen Verbündeten hatte, und die nichts über sich Hinausweisendes in sich barg. Dann kam es mir so vor, als sei meine Existenz ganz wie die der anderen Menschen, als würde ich altern und sterben wie sie, als gehörte ich eben nur zu der Schar derer unter ihnen, die keine Anlagen zum Schreiben hätten. In dieser trostlosen Stimmung entsagte ich der Literatur auf immer, trotz der Aufmunterungen, die mir Bloch hatte zuteil werden lassen. Dies tiefinnere, unmittelbare Gefühl, das ich von der Nichtigkeit meines Geistes hatte, gewann die

Oberhand über all die schmeichlerischen Worte, mit denen man mich überhäufen mochte — wie die Gewissensbisse eines Bösewichts, dessen gute Handlungen ein jeder rühmt.

Eines Tages sagte Mutter zu mir: „Du redest doch immer von Frau von Guermantes; nun, sie ist eine Patientin von Doktor Percepied, und da er sie vor vier Jahren so erfolgreich behandelt hat, kommt sie wohl sicher nach Combray, um bei der Hochzeit seiner Tochter dabeizusein. Dann kannst du sie bei der Trauung sehen." Richtig: gerade Doktor Percepied hatte ich ja am meisten über Frau von Guermantes reden hören, er hatte uns sogar die Nummer einer illustrierten Zeitschrift gezeigt, wo sie in dem Kostüm dargestellt war, das sie auf einem Maskenball bei der Fürstin von Léon getragen hatte.

Während der Hochzeitsmesse machte der Kirchendiener eine plötzliche Bewegung zur Seite: da saß in der Kapelle eine blonde Dame mit einer großen Nase, blauen, durchdringenden Augen, einem bauschigen Halstuch aus malvenfarbener, glatter Seide, die neu war und schimmerte, und mit einem kleinen Fleck im Nasenwinkel. Und weil ich auf der Oberfläche ihres roten, überhitzt wirkenden Gesichtes ganz verwischte und kaum wahrnehmbare Spuren einer Ähnlichkeit mit dem Porträt wahrnahm, das man mir gezeigt hatte, vor allem aber, weil die besonderen Züge, die ich an ihr heraushob, wenn ich ihr Wesen ganz klar auszudrücken versuchte, genau dieselben bestimmten Formulierungen annahmen (große Nase, blaue Augen), deren sich Doktor Percepied bediente, wenn er mir die Herzogin von Guermantes schilderte, so sagte ich mir: diese Dame sieht aus wie Frau von Guermantes! Und war nicht die Kapelle, in der sie die Messe mitmachte, die von Gilbert le Mauvais ?, ruhten nicht unter ihren flachen Gräbern, die golden und geräumig waren wie Honigwaben, die alten Grafen von Brabant ?

dabei fiel mir nun ein, daß man mir gesagt hatte, diese Kapelle bleibe für die Familie derer von Guermantes reserviert, wenn eins ihrer Mitglieder zu einer Feierlichkeit nach Combray komme. Höchstwahrscheinlich konnte es also nur eine einzige Frau geben, die einerseits dem Porträt der Frau von Guermantes glich, andererseits gerade an diesem Tag, an dem sie ja kommen sollte, in dieser Kapelle saß: nämlich sie selbst! Meine Enttäuschung war groß! ich hatte ja niemals darauf geachtet, daß ich mir Frau von Guermantes immer so vorstellte, als sei sie in den Farben eines Wandteppichs oder eines Kirchenfensters gemalt, lebe in einem anderen Jahrhundert und bestehe aus anderem Stoff als die übrige Menschheit. Nie hätte ich mir träumen lassen, daß sie ein rotes Gesicht und ein malvenfarbiges Halstuch wie Frau Sazerat haben könnte. Das Oval ihrer Backen erinnerte mich so lebhaft an Menschen, die ich zu Hause gesehen hatte, daß ich einen leisen Verdacht schöpfte (der sich übrigens gleich darauf zerstreute), diese Dame sei in ihrem Grundprinzip, in allen ihren Molekülen vielleicht gar nicht substantiell die Herzogin von Guermantes, ihr Leib habe vielleicht gar keine Ahnung von dem Namen, den man ihm zuwies, und gehöre wohl gar einem bestimmten Frauentyp an, der auch Arzt- und Kaufmannsfrauen in sich einbegriff. „Also das, nichts weiter als das ist Frau von Guermantes!“ sagte der ebenso gespannte wie bestürzte Ausdruck, mit dem ich dies Bild betrachtete, das naturgemäß gar keine Beziehung zu den Bildern hatte, die unter demselben Namen „Frau von Guermantes“ so viele Male in meinen tiefen Träumen erschienen waren. Denn dies Bild war nun einmal nicht wie die anderen willkürlich von mir gestaltet worden, sondern war mir erst einen Augenblick vorher in der Kirche zum ersten Male in die Augen gesprungen; es war von ganz anderer Art, war nicht beliebig zu färben wie die anderen Bilder, die sich vom orangenen Schmelz einer Silbe gern benetzen ließen, sondern so real, daß alles, sogar der Fleck, der im Nasenwinkel entglomm, seine Unterworfenheit unter die Gesetze des Lebens bestätigte — ganz so wie bei einer Apotheose im Theater ein Faltenwurf am Gewande der Fee, ein Zittern ihres kleinen Fingers die materielle Gegenwart einer lebendigen Schauspielerin verrät, während wir uns schon fragten, ob wir nicht bloß eine Projektion aus lauter Licht vor Augen hätten.

Zur selben Zeit aber versuchte ich auf diesem Bilde, das die vorspringende Nase, die durchdringenden Augen in meiner Vision wie mit Nadeln feststeckten (vielleicht, weil Nase und Augen zuerst in die Vision eingedrungen waren und die erste Kerbe in sie eingedrückt hatten, als ich noch nicht Zeit hatte, darüber nachzugrübeln, ob das weibliche Wesen, das da vor mir auftauchte, Frau von Guermantes sein könnte), auf diesem ganz frischen, unverrückbaren Bilde also versuchte ich die Idee anzubringen: „Das ist Frau von Guermantes," ohne doch mehr zu erreichen als ein Hin- und Hermanövrieren der Idee von dem Bilde, als ob es zwei durch ein Intervall getrennte Scheiben wären. Aber diese Frau von Guermantes, der so viele meiner Träume gegolten hatten, gewann jetzt, als ich sah, daß sie tatsächlich außerhalb meiner existierte, noch mehr Macht über meine Phantasie, die nun — nach einer momentanen Lähmung beim Kontakt mit einer von allen Erwartungen so grundverschiedenen Realität — von neuem reagierte und zu mir sagte: „Ruhmbedeckt schon vor Karl dem Großen, hatten die Guermantes über Leben und Tod ihrer Vasallen zu bestimmen; die Herzogin von Guermantes stammt ab von Genoveva von Brabant. Sie kennt keinen und wird wohl auch keinen kennen wollen von all den Leuten, die hier sind."

Und siehe da (o wunderbare Unabhängigkeit der menschlichen Blicke, die ein so loser, langer und dehnbarer Strang im Gesichte festhält, daß sie sich allein und fern von ihm ergehen können): während Frau von Guermantes in der Kapelle saß, über den Gräbern ihrer Toten, schlenderten ihre Blicke hierhin und dorthin, sie stiegen an den Pfeilern hoch, ja sie ruhten sogar auf mir wie ein Sonnenstrahl, der im Schiff der Kirche schweift — aber wie ein Sonnenstrahl, der im Augenblick, da ich seine Liebkosung empfing, offenbar wußte, was er tat. Was Frau von Guermantes selbst anbetraf, so blieb sie unbeweglich sitzen, wie eine Mutter, die die Eulenspiegeleien und Zudringlichkeiten ihrer spielenden Kinder, die sich an ihr unbekannte Personen heranmachen, nicht zu sehen scheint, und so war es mir nicht möglich herauszubekommen, ob sie das Herumstrolchen ihrer Blicke auf dem Spaziergang ihrer Seele billigte oder tadelte.

Ich fand es sehr wichtig, daß sie nicht fortging, bevor ich sie genügend hatte ansehen können, denn ich mußte daran denken, wie glühend ich seit Jahren ihren Anblick herbeisehnte, und so ließ ich kein Auge von ihr, als vermöchte jeder meiner Blicke die Erinnerung ganz dinglich mitzunehmen und bei mir zu deponieren: den Eindruck der vorspringenden Nase, der roten Backen, kurz, aller der besonderen Züge, die für mich lauter kostbare, authentische und einzigartige Zeugnisse über ihr Gesicht waren. Jetzt erschien es mir schön in jeder Beziehung (am meisten wohl infolge des beständigen Wunsches sich nicht getäuscht zu haben, der nur eine Form des Selbsterhaltungstriebes der besseren Teile unseres Ich ist), und da „Sie“ und die Herzogin von Guermantes, die ich bisher immer beschworen hatte, nun nur noch ein einziges Wesen waren, stellten meine Gedanken sie wieder außerhalb der übrigen Menschheit, mit der ich sie einen Augenblick lang, als ich bloß ihren Körper ansah, vermengt hatte; daher regte ich mich auf, als ich um mich herum sagen hörte: „Sie ist doch was Besseres als Frau Sazerat oder Fräulein Vinteuil“; als ob sie mit denen überhaupt zu vergleichen gewesen wäre! Und indem meine Blicke auf ihren blonden Haaren, ihren blauen Augen, ihrem Halsansatz verweilten, die Züge jedoch übergingen, die mich an andere Gesichter hätten erinnern können, rief ich vor dieser absichtlich unvollkommenen Skizze aus: „Wie ist sie schön! Was für ein Adel! Ja, es ist so recht eine stolze Guermantes, der Sproß Genovevas von Brabant, den ich da vor mir sehe!“ Und die Spannung, mit der ich ihr Gesicht durchleuchtete, isolierte sie derartig, daß der Gedanke an jene Feierlichkeit heute keinen einzigen von den Menschen, die dabei waren, in mir wiedererstehen läßt außer ihr und dem Kirchendiener, der mir mit „Ja“ antwortete, als ich ihn fragte, ob diese Dame Frau von Guermantes sei. Aber sie, sie seh' ich vor mir, besonders im Augenblick des Vorbeizugs in der Sakristei, die von der jähen und heißen Sonne eines stürmisch-gewitterigen Tages erleuchtet wurde; da steckte sie also, sie, Frau von Guermantes, mitten zwischen all den Leuten aus Combray, von denen sie nicht einmal die Namen wußte, durch deren Unterlegenheit aber ihr absoluter Wert so kraß hervortrat, daß sie ein aufrichtiges Wohlwollen für sie empfinden d. h. ihnen durch Leutseligkeit und Schlichtheit noch mehr imponieren musste. Obgleich sie daher die Blicke, die man mit Bewußtsein und bestimmter Bedeutung an einen Bekannten richtet, nicht zu versenden hatte, sondern ihre zerstreuten Gedanken nur immerfort in einer unhemmbaren Flut blauen Lichtes vor sich her fliehen ließ, wollte sie doch die kleinen Leute, die sie auf ihrem Wege traf und an die sie alle Augenblicke streifte, nicht vor den Kopf stoßen oder den Eindruck geringschätzigen Benehmens bei ihnen erwecken. Über ihrem malvenfarbenen, seidigen, geblähten Halstuch sehe ich noch das zarte Erstaunen ihrer Augen, dem sie das etwas schüchterne Lächeln einer Herrscherin beigab, die aussieht, als entschuldige sie sich bei ihren vielgeliebten Vasallen. Es war ein Lächeln, das sie keinem besonders zu widmen wagte, von dem sich vielmehr alle ihr Teil nehmen sollten. Dies Lächeln fiel auf mich, der ich kein Auge von ihr wandte. Da dachte ich an den Blick, den sie, blau wie einen Sonnenstrahl im Fenster von Gilbert le Mauvais, während der Messe auf mir hatte ruhen lassen, und sagte zu mir: „Aber ganz gewiß: sie achtet auf mich.‘, Ich meinte, ich gefiele ihr, sie würde noch an mich denken, wenn sie die Kirche verlassen hätte, und würde um meinetwillen abends in Guermantes traurig sein. Und sofort liebte ich sie, denn wie zuweilen eine Frau uns nur verächtlich anzusehen braucht, damit wir sie lieben (diesen Blick hatte ich ja bei Fräulein Swann zu beobachten geglaubt), und wie wir nur zu denken brauchen, sie werde nie unser sein können — so genügt uns zur Liebe manchmal schon ein Blick voller Güte, wie er jetzt in den Augen der Frau von Guermantes leuchtete, ja schon die Hoffnung, sie werde einmal unser sein können. Ihre Augen schimmerten bläulich wie unpflückbares und doch für mich bestimmtes Sinngrün; und die Sonne, die von einer Wolke bedroht wurde, aber noch mit aller Kraft auf den Markt und in die Sakristei hinunteräugte, gab den roten Teppichen, die zur Feier des Tages hingebreitet waren und auf denen Frau von Guermantes sich lächelnd vorwärtsbewegte, die Fleischfarbe von Geranien, überzog ihr wollenes Gewebe mit rosa Sammet, einer Haut aus Licht und mit der Innigkeit und dem milden Ernst, wodurch sich (bei allem Pomp und aller Freude) manche Lohengrinseiten oder Carpacciobilder auszeichnen und woraus sich verstehen läßt, wie Baudelaire zu dem Ton der Trompete das Beiwort süß hat setzen können.

Seit diesem Tage erschien es mir bei meinen Spaziergängen in Richtung Guermantes noch viel bedrückender als zuvor, daß ich keine literarische Begabung hatte und darauf verzichten mußte, jemals ein berühmter Schriftsteller zu werden. Die traurigen Gefühle, die ich darüber empfand, wenn ich ein wenig abseits vor mich hinträumte, machten mir solche Pein, daß ich, um nur ja nichts wieder zu spüren, meinen Geist in einer Art freiwilliger Selbstfesselung hielt und es mir angesichts des Schmerzes ganz oder gar versagte, an Verse, Romane oder eine poetische Zukunft — auf die ich infolge meiner Talentlosigkeit ja doch nicht rechnen durfte — überhaupt zu denken. Ganz außerhalb aller literarischen Zukunftssorgen also und ohne die geringste Beziehung zu ihnen blieb ich dann plötzlich stehen: irgendein Dach, ein Sonnenreflex auf einem Stein, ein Geruch auf dem Wege hatte es mir angetan, ich wollte einen besonderen Genuß daraus ziehen — oder nein: war es nicht vielmehr so, als verstecke sich hinter dem, was ich sah, noch etwas, dem nachzujagen ein Ruf an mich erging, und zu dessen Entdeckung ich doch trotz aller Anstrengungen nicht gelangte? Und doch fühlte ich, daß es darin steckte, und so verharrte ich unbeweglich, sah immer wieder hin, holte tief Atem und suchte im Geiste einen Weg über das Bild oder den Duft hinaus. Und wenn ich Großvater wieder einholen, meine Straße wieder ziehen mußte, dann suchte ich sie mit geschlossenen Augen wiederzufinden; ich klammerte mich an den genauen Eindruck der Giebellinie, der Steinfärbung, die auf mich — ohne daß ich verstehen konnte warum — gewirkt hatten, als lebte in ihnen lauter Fülle, lauter Drang, sich sacht zu öffnen und mir das hinzugeben, wovon sie nichts als ein Deckel waren. Natürlich konnten mir Eindrücke dieser Art nicht die verlorene Hoffnung wiedergeben, einmal Schriftsteller und Dichter zu werden, denn sie waren immer an einen besonderen Gegenstand geknüpft, der sich, bar allen geistigen Wertes, auf keine abstrakte Wahrheit bezog. Aber wenigstens gaben sie mir einen Genuß ohne Denkarbeit, wiegten mich in die Illusion einer gewissen Fruchtbarkeit und befreiten mich dadurch vom Verdruß und vom Ohnmachtsgefühl, diesen ständigen Begleitern jedes Versuches, einen philosophischen Stoff für ein großes literarisches Werk zu finden. Aber die Gewissenspflicht diesen Eindrücken von Form, Duft oder Farbe auf den Grund zu gehen, war so schwieriger Natur, dass ich rasch bei der Hand war mit Ausflüchten vor mir selber, die mir gestatteten, mich diesen Mühen zu entziehen und mir diese Anstrengung zu ersparen. Glücklicherweise riefen mich die Eltern, ich fühlte selbst, daß ich jetzt nicht die nötige Ruhe hätte, um meine Nachforschung mit Erfolg fortzusetzen, und wollte lieber nicht mehr daran denken, bevor ich zu Hause war, weil ich mich ja doch nur fruchtlos gequält hätte. Nun beschäftigte ich mich nicht mehr mit dem unbekannten Inhalt, der in jener gestalthaften oder duftigen Hülle stecken mochte; ich sagte mir in aller Ruhe, ich würde ihn daheim schon noch einmal herausholen aus der schützenden Umhüllung von Bildern (denn ich stellte mir vor, ich könnte ihn lebendig fangen wie die Fische, die ich an Angeltagen unter eine Schicht frischhaltenden Grases legte und in meinen Korb tat). War ich aber erst einmal daheim, dann hatte ich andere Dinge im Kopf, und so häufte sich in meinem Geist allerlei an (wie in meinem Zimmer die Blumen, die ich auf meinen Spaziergängen gepflückt, oder die Dinge, die man mir geschenkt hatte): ein Stein, auf dem ein Lichtreflex spielte, ein

Dach, ein Glockenton, ein Blätterduft, kurz, lauter verschiedene Bilder, unter denen die vorgefühlte Wirklichkeit, zu deren endgültiger Entdeckung ich nie den Willen aufbrachte, längst abgestorben ist. Einmal jedoch (unser Spaziergang hatte sich weit über seine gewöhnliche Dauer ausgedehnt, und wir waren sehr froh gewesen, beim Heimgehen in der Dämmerstunde auf halbem Wege Doktor Percepied zu treffen, der auf seinem Wagen an uns vorbeiraste, uns aber doch erkannt hatte und mitsteigen ließ) — einmal empfing ich einen Eindruck dieser Art und schied nicht von ihm, ohne ihn etwas tiefer ergründet zu haben. Ich wurde auf den Bock neben den Kutscher gesetzt. Wir fuhren gegen den Wind, weil der Doktor, bevor er heimfuhr, noch in Martinville-le-Sec halten mußte, wo er einen Patienten hatte; und es war verabredet worden, daß wir vor dessen Tür auf ihn warten sollten. Bei der Biegung eines Weges empfand ich plötzlich einen mit keinem anderen vergleichbaren eigenartigen Genuß: ich sah die beiden Glockentürme von Martinville-le-Sec, die sich, angestrahlt von der sinkenden Sonne, bei jeder Bewegung unseres Wagens, jeder Windung des Weges gleichsam zu verrücken schienen — und dann den Turm von Vieuxvicq, der von ihnen zwar durch eine Anhöhe und ein Tal getrennt war und auf einem höheren Plateau in der Ferne lag, aber doch ganz nah bei ihnen zu stehen schien.

Wenn ich die Form ihrer Spitzen, das Verrutschen ihrer Linien, die Sonnenfülle ihrer Oberfläche konstatierte und aufzeichnete, so war ich damit — das fühlte ich deutlich — meinem Eindruck noch nicht auf den Grund gedrungen, vielmehr steckte noch etwas hinter dieser Bewegung, hinter dieser Klarheit, etwas, das sie gleichzeitig zu enthalten und zu verhüllen schienen.

Die Glockentürme kamen mir so weit entfernt vor und wir näherten uns ihnen scheinbar so wenig, daß ich ganz erstaunt war, als wir einige Augenblicke danach vor der Kirche von Martinville hielten. Ich wußte nicht, warum ihr Anblick am Horizont ein solcher Genuß für mich gewesen war, und die Pflicht, der Lösung dieser Frage nachzugehen, kam mir recht peinlich vor; ich hatte nicht übel Lust, diese in der Sonne schütternden Linien in meinem Kopf zurückzustellen und jetzt nicht daran zu denken. Und hätte ich das getan, so wären die beiden Glockentürme wahrscheinlich auf Nimmerwiedersehen unter die Schar der Bäume, Dächer, Düfte, Klänge geraten, die mir auf Grund desselben dunklen Genusses bedeutsam erschienen waren, den mir damals die Türme bereiteten und den ich nie habe ergründen können. Ich stieg vom Bock und plauderte mit den Eltern, während wir auf den Doktor warteten. Dann fuhren wir weiter, ich nahm meinen Platz wieder ein und drehte den Kopf, um noch einmal die Türme zu sehen, als ich sie ein wenig später an der Biegung eines Weges ein letztes Mal erblickte. Der Kutscher war anscheinend nicht zum Plaudern aufgelegt, da er auf meine Worte kaum erwiderte, und so mußte ich mich wohl oder übel mangels anderer Gesellschaft auf meine eigene beschränken und versuchen, wieder an meine Türme zu denken. Da bekamen ihre Linien und durchsonnten Flächen wie eine Art Rinde auf einmal Risse, ein wenig von dem, was mir an ihnen verborgen geblieben war, trat mir vor Augen, ich faßte einen Gedanken, der noch im Augenblick vorher in mir nicht existiert hatte, sich aber nun in meinem Kopf zu Worten formte, und der Genuß, den mir ihr Anblick soeben bereitet hatte, gewann dadurch einen solchen Zuwachs, daß ich, benommen wie ein Trunkener, an nichts anderes mehr denken konnte. In diesem Moment (wir waren schon weit weg von Martinville) wandte ich den Kopf und erblickte sie wieder, diesmal ganz schwarz, denn die Sonne war schon untergegangen. Für

Augenblicke entzogen die Kurven des Weges sie mir, dann zeigten sie sich ein letztes Mal, und schließlich sah ich sie nicht mehr.

Ohne mir zu sagen, daß das, was hinter den Türmen von Martinville versteckt war, wohl eine gewisse Verwandtschaft mit einer reizvollen Redefigur haben mußte, da es mir ja in der Form von Worten, die mir Freude machten, erschienen war, bat ich den Doktor um Bleistift und Papier und schrieb, trotz der Stöße des Wagens, nur um mein Gewissen zu erleichtern und meinem Enthusiasmus zu willfahren, die nachfolgende Kleinigkeit nieder, die ich seither wiedergefunden habe und an der ich nur geringfügige Änderungen vorzunehmen hatte:

„Allein aufsteigend aus der Fläche der Ebene und wie verloren in kahler Heide klommen die beiden Glockentürme von Martinville gen Himmel. Bald sahen wir drei; mit kühner Wendung stellte sich ein Nachzügler, der Turm von Vieuxvicq vor sie hin, und schon hatte er sich mit ihnen vereint. Die Minuten verflogen, wir fuhren rasch, und doch hatten wir die drei Türme in der Ferne immerzu vor uns, wie drei Vögel, die, unbeweglich und in der Sonne sichtbar, auf der Ebene ruhen. Dann machte sich der Turm von Vieuxvicq davon, rückte wieder ab, wie sich's gehörte, und die Türme von Martinville blieben allein, erleuchtet vom Lichte der untergehenden Sonne, die ich selbst auf solche Entfernung über ihre Flächen hinunterspielen und -lächeln sah. Wir hatten uns ihnen schon so lange genähert, daß ich überlegte, wie lange wir wohl noch bis zu ihnen hin brauchen würden — da machte der Wagen auf einmal eine Kurve und setzte uns zu ihren Füßen nieder. Sie hatten sich dem Wagen so grob entgegengeworfen, daß er knapp Zeit hatte zu halten, um sich nicht an der Vorhalle zu stoßen. Dann fuhren wir weiter; wir waren schon kurze Zeit aus Martinville heraus, und das Dorf, das uns erst ein paar Sekunden begleitet hatte, war schon verschwunden, als seine Türme, die allein am Horizont geblieben waren, um uns Fliehenden nachzublicken, zusammen mit dem Turm von Vieuxvicq uns ein Lebewohl zuwinkten mit ihren sonnigen Spitzen. Manchmal verschwand der eine, damit die beiden anderen uns noch einen Augenblick sehen könnten; aber der Weg nahm eine andere Richtung, sie drehten sich im Lichte wie drei goldene Zapfen und entschwanden meinen Augen. Doch ein wenig später, als wir schon nahe bei Combray waren und die Sonne schon untergegangen war, sah ich sie ein letztes Mal von ganz weit: sie standen jetzt nur noch wie drei auf dem Himmel aufgemalte Blumen über der niedrigen Linie der Felder. Ich mußte dabei auch an drei junge Mädchen aus einem Märchen denken, die in einer Einöde allein gelassen wurden, schon die Dunkelheit einbrach, wo und während wir uns im Galopp entfernten, sah ich, wie sie schüchtern ihren Weg suchten, dann nach dreimaligem ungeschicktem Stolpern ihrer vornehmen Silhouetten sich aneinander schmiegten, eins hinter das andere glitten, auf dem noch rötlichen Himmel nur noch eine einzige, schwermütig-zauberische schwarze Gestalt bildeten und endlich in Nacht versanken."

Ich dachte nie wieder an diese Seite, aber damals, als ich sie in der Ecke des Sitzes auf dem Bock — wo der Kutscher des Doktors das Geflügel, das er auf dem Markt von Roussainville gekauft hatte, in einem Korb zu verstauen pflegte — zu Ende geschrieben hatte, da war ich in so glücklicher Stimmung und hatte das Gefühl, mir diese Türme und das, was sich hinter ihnen verbarg, so vollständig von der Seele geschrieben zu haben, daß ich, ganz als wäre ich eine Henne und hätte eben ein Ei gelegt, aus vollem Halse zu gackern anfing.

Den ganzen Tag lang hatte ich auf solchen Spaziergängen Zeit, von dem Genuß zu träumen, der darin läge, daß ich der Freund der Herzogin von Guermantes würde, Forellen angelte, mich im Kahn auf der Vivonne erginge; und vor lauter Gier nach Glück forderte ich in solchen Momenten nichts anderes vom Leben, als daß es sich immer aus einer Folge von glücklichen Nachmittagen zusammensetzen möge. Endlich jedoch gewahrte ich auf dem Rückweg linker Hand einen Gutshof. Er lag ziemlich weit von zwei anderen entfernt, die wiederum sehr dicht nebeneinander standen, und man brauchte von ihm aus, um nach Combray zu kommen, nur noch durch eine auf der einen Seite von Wiesen umsäumten Eichenallee zu fahren (diese Wiesen, die zu lauter kleinen Gehöften gehörten, trugen die japanisch umrissenen Schatten einer Reihe von Apfelbäumen, die in regelmäßigen Abständen in sie eingepflanzt waren und im verklärenden Schein der untergehenden Sonne dalagen). Bei diesem Anblick fing mein Herz urplötzlich an zu pochen, denn ich wußte: nun waren wir in einer knappen halben Stunde daheim, nun mußte ich — wie das an den Tagen unserer Spaziergänge in Richtung Guermantes und unseres deshalb verspäteten Abendessens die Regel war — gleich nach der Suppe zu Bett, so daß Mutter wie bei Besuch unten bleiben, nicht hinaufkommen und mir nicht in meinem Bett gute Nacht sagen würde. Die Zone der Traurigkeit, in die ich nun getreten war, hob sich von der Zone, in der ich noch einen Augenblick vorher vor Freuden gehüpft hatte, ganz ebenso ab, wie sich an manchen Himmeln ein rosa Streifen gleichsam durch eine Linie von einem grünen Streifen oder einem schwarzen Streifen scheidet. Du siehst einen Vogel im Rosa fliegen, gleich kommt er an die Grenze, schon rührt er ans Schwarze — dann ist er drinnen. Die Wünsche, die mich eben noch umgeben hatten: nach Guermantes zu gehen, zu reisen, glücklich zu werden — in so weite Ferne waren sie jetzt gerückt, daß ihre

Erfüllung mir nicht den mindesten Genuß bereitet hätte. Wie gern hätte ich das alles hingegeben, um die ganze Nacht in Mutters Armen weinen zu können! Ich schauerte und verwandte meine angstvollen Augen nicht von Mutters Gesicht; nein, sie würde heute Abend nicht in meinem Zimmer erscheinen, wo ich mich in Gedanken schon liegen sah — o, ich wäre am liebsten gestorben. Und mehr noch: dieser Zustand würde bis zum nächsten Tage dauern; erst dann war er ganz vorbei, wenn die Strahlen des Morgens, ganz wie der Gärtner, ihre Stangen an die Mauer lehnten, die bis an mein Fenster hin mit kletternden Kapuzinerkressen verkleidet war, und wenn ich aus dem Bett sprang, um rasch in den Garten hinunterzugehen, ohne überhaupt noch daran zu denken, daß der Abend je wieder die Stunde bringen würde, in der ich von Mutter fort müßte. Und so bin ich recht eigentlich in der „Richtung Guermantes" auf den besonderen Charakter dieser entgegengesetzten seelischen Zustände aufmerksam geworden, die in meinem Innern periodenweis einander folgen und schließlich geradezu den Tag untereinander aufteilen, indem des einen Heraufkunft den anderen mit der Pünktlichkeit eines Fiebers verjagt; Nachbarn und doch Fremde, sind sie so gänzlich unvereinbar miteinander, daß ich mir im einen nicht mehr vorstellen, geschweige denn begreifen kann, was ich im anderen ersehnt, gefürchtet oder zustandegebracht habe.

So bleiben die Richtung Méséglise und die Richtung Guermantes für mich verknüpft mit lauter kleinen Ereignissen desjenigen von all den verschiedenen Leben, die wir nebeneinander führen, welches die meiste Fülle von Peripetien, den größten Reichtum an Episoden aufweist: des intellektuellen Lebens. Wohl geht dies Leben unspürbar Schritt für Schritt in uns vorwärts, und die Entdeckung der Wahrheiten, die seinen Sinn und

Aspekt für uns gewandelt und uns neue Wege aufgetan haben, wurde immer schon seit langem von uns vorbereitet; aber wir wußten ja nichts davon; und so datieren sie für uns erst von dem Tage, der Minute, da sie uns sichtbar geworden sind. Die Blumen, die da auf dem Grase spielten, das Wasser, das da in der Sonne vorbeizog, die ganze Landschaft, die den Rahmen zur Erscheinung dieser Wahrheiten hergab, begleitet ihr Erinnerungsbild von nun an unaufhörlich mit unbewußtem oder zerstreutem Antlitz; und sicherlich hatte dieser Winkel Natur, dieser Zipfel Garten es sich nicht träumen lassen, daß der demütige Wanderer, das schwärmende Kind (wie der in der Volksmenge verlorene Historiker den König) nur dazu so lange angestaunt hatte, um ihn bis in seine alltäglichsten kleinen Züge hinein weiterleben zu lassen. Und doch war es so: der Weißdornduft, der an der Hecke entlangstrolcht, bis die wilden Rosen ihn ablösen, ein Laut ohne Echo auf dem Kies der Allee, eine Blase, die die Strömung des Flusses an einer Wasserpflanze erzeugt, und die sofort zerplatzt — all das ist von meiner Begeisterung ergriffen und über die Folge so vieler Jahre hinübergerettet worden, während verschwunden ringsum die Wege sind und tot die Menschen, deren Tritte auf ihnen hallten, tot mitsamt ihrem Andenken. Mitunter löst dieses bis heute erhaltene Stück Landschaft sich so vollkommen einzeln aus allem heraus, daß es unbestimmt in meiner Vorstellung dahintreibt, wie ein blumengeschmücktes Delos, ohne daß ich anzugeben vermöchte, aus welchem Land, aus welcher Zeit (vielleicht ganz einfach aus welchem Traum) es stammt. Ja, ich denke heut' an die Richtung Méséglise und an die Richtung Guermantes recht eigentlich wie an tiefinnere Lagen meines geistigen Bodens, wie an ein zähes Erdreich, auf das ich mich noch stütze. Das kommt daher, daß ich an Dinge und Menschen glaubte, während ich dort herumstreifte, und daß die Dinge, die Menschen, die ich dort kennen gelernt, die einzigen sind, die ich noch ernst nehme und die mir noch Freude machen. Ob nun der Glaube, der da schafft, in mir versiegt ist, oder ob die Wirklichkeit sich im Gedächtnis überhaupt erst bildet — jedenfalls kommen mir die Blumen, die man mir heute zum ersten Male zeigt, nicht wie wahre Blumen vor. Die Richtung Méséglise mit ihrem Flieder, ihrem Weißdorn, ihren Kornblumen, ihrem Klatschmohn, ihren Apfelbäumen die Richtung Guermantes mit ihrem Fluß und den Kaulquappen darin, ihren Seerosen und ihren Goldknöpfen, haben bei mir für immer das Aussehen des Landes, in dem ich leben möchte, bestimmt, dieses Landes, von dem ich vor allem verlange, daß es einem dort möglich ist, zu angeln, Kahn zu fahren, gotische Festungswerke zu sehen und mitten im Kornfeld (wie bei Saint-André-des-Champs) eine monumentale Kirche zu finden, die ländlich und golden wie ein Heuhaufen daliegt; und die Kornblumen, die Weißdornsträucher, die Apfelbäume, die ich auf der Reise noch zufällig in den Feldern treffe, sind deshalb, weil sie in der gleichen Tiefenschicht, auf dem gleichen Niveau wie meine Vergangenheit liegen, sofort in unmittelbarer Verbindung mit meinem Gemüte. Und doch: weil eben etwas Individuelles in diesen Stätten enthalten ist, würde man mich, wenn die Sehnsucht, die Richtung Guermantes wiederzusehen, mich ergreift, nicht dadurch befriedigen, daß man mich an das Ufer eines Flusses führte, wo es genau so schöne, ja schönere Seerosen gäbe als in der Vivonne, ebensowenig wie ich abends wenn ich nachhause kam (zu der Zeit, da immer jene Angst in mir erwachte, die später in die Liebe auswandert und auf ewig untrennbar von ihr werden kann) gewünscht hätte, es möchte eine schönere und klügere Mutter als meine kommen und mir gute Nacht sagen. Hat mir doch seither auch keine Geliebte das Glück und den Frieden ohne

Erregung geben können, mit dem ich damals einschlief, da man ja an ihnen zweifelt noch in dem Moment, in dem man an sie glaubt, und da man ihr Herz nie so besitzt wie ich das Herz meiner Mutter im Kuß empfing: nämlich ganz und gar, ohne einen Hintergedanken, ohne den Rest einer Absicht, die nicht mir galt. Wie nun aber das, was zu diesem Frieden nottat, Mutters Person, das Zumirsichneigen ihres Gesichtes war, wo es unterm Auge etwas gab, was, glaub' ich, ein Fehler war, von mir aber nicht minder als das Übrige geliebt wurde — ganz ebenso habe ich die Richtung Guermantes nicht anders gekannt als mit dem Hof, der etwas absteht von den beiden folgenden aneinandergeschmiegten und der die Eichenallee eröffnet; diese Wiesen sind's, auf denen das Laubwerk des Apfelbaums sich abzeichnet, wenn die Sonne sie spiegelnd macht wie einen Teich, diese Landschaft ist es, deren Individualität mich manchmal des Nachts in meinen Träumen mit geradezu phantastischer Gewalt umdrängt und die ich beim Erwachen nicht mehr wiederfinden kann. Und zweifellos nur weil die bloße Tatsache der Gleichzeitigkeit von Erlebnissen die verschiedensten Eindrücke auf ewig unzertrennlich in mir vereinigt hat, nur deshalb haben die Richtung Méséglise und die Richtung Guermantes mich für die Zukunft manchen Enttäuschungen, ja Fehlern ausgesetzt. Denn oft wollte ich einen Menschen wiedersehen, ohne mir klar zu machen, daß ich es nur wollte, weil er mich an eine Weißdornhecke gemahnte, und ich ließ mich dann dazu verleiten, mir und dem anderen ein Wiederaufblühen der Neigung einzureden, einfach aus Reiselust. Aber gerade dadurch wieder, gerade weil sie enthalten sind in denjenigen meiner Eindrücke von heute, mit welchen sie in Verbindung zu treten vermögen, geben die beiden Gegenden diesen Eindrücken im Vergleich zu anderen ein Mehr an Schichtung, Tiefe und Dimension. Sie tun auch einen Reiz, eine

Bedeutung zu ihnen hinzu, die nur für mich da ist. Wenn an Sommerabenden der sonst so harmonische Himmel brummt wie ein wildes Tier und jeder über das Gewitter böse ist, dann verdanke ich es der Richtung Méséglise, daß ich als einziger durch den Lärm des stürzenden Regens hindurch gebannten Sinnes den Duft unsichtbar beharrenden Flieders atme.

* * *

So verweilte ich oft bis zum Morgen in Gedanken an die Combrayer Zeit, an meine traurigen schlaflosen Abende und auch an soviel Tage, deren Bild mir frischer wiederaufgestiegen war durch den Geschmack einer Tasse Tee (den Geschmack, den man in Combray das „Aroma" genannt hätte). Dazu gesellten sich Erinnerungen an das, was ich viele Jahre, nachdem ich diese kleine Stadt verlassen hatte, erfuhr und zwar im Zusammenhang mit einer Liebe Swanns aus der Zeit vor meiner Geburt, über die mir mit der ganzen detaillierten Genauigkeit, berichtet wurde, die für das Leben von längst verstorbenen Menschen manchmal leichter zu erzielen ist als für das Leben unserer besten Freunde, und die solange unmöglich scheint (ebenso wie es früher unmöglich schien, von einer Stadt zur anderen hinüber zu plaudern), als man das richtige Verfahren noch nicht kennt, mit der dieser Unmöglichkeit beizukommen ist. Alle diese zueinandergesellten Erinnerungen bildeten nur noch eine Masse, in der ich freilich Unterscheidungen machen konnte (zwischen den älteren und den jüngeren Ausgeburten eines bestimmten Geruches, ferner denen, die nur Erinnerungen eines anderen Menschen waren, von dem ich sie erfahren hatte); nur nahm ich weniger die Ritzen und eigentlichen Spalten als vielmehr die Äderchen und Farbmischungen wahr, in denen sich auf bestimmtem Felsgestein oder Marmor

Unterschiede des Ursprungs, des Alters und der „Formation“ enthüllen.

Wenn dann der Morgen kam, war die kurze Ungewißheit meines Erwachens natürlich schon längst verflogen. Ich wußte, in welchem Zimmer ich wirklich war, ich hatte es rings um mich in der Dunkelheit rekonstruiert (d. h. ich orientierte mich entweder rasch mit Hilfe des Gedächtnisses oder ließ mir einen schwachen Lichtschein als Indizienbeweis dafür dienen, daß ich da unten die Fenstergardinen anzusetzen hätte), ich hatte es ganz und gar rekonstruiert und möbliert wie ein Architekt oder Installateur, der den Fenstern und Türen ihre ursprüngliche Öffnung freihält, hatte die Spiegel wieder hingestellt und die Kommode wieder an ihren gewöhnlichen Platz gerückt. Kaum aber hatte der Tag (und nicht mehr der Widerschein einer letzten glühenden Kohle auf einer Kupferstange, den ich dafür gehalten) seinen ersten Strahl, weiß und berichtigend wie einen Kreidestrich, in die Dunkelheit eingezeichnet, als das Fenster mit seinen Gardinen aus dem Türrahmen, in den ich es fälschlich getan hatte, heraustrat, während der Schreibtisch, den mein Gedächtnis verkehrt dort angebracht hatte, sich schleunigst, um nur für den Türrahmen Platz zu schaffen, auf die Beine machte, wobei er den Kamin vor sich her stieß und die mit dem Korridor gemeinsame Wand beiseiteschob; ein kleiner Hof bekam seine Sphäre dort, wo sich noch einen Augenblick vorher das Ankleidezimmer breitgemacht hatte, und die Wohnung, die ich mir in der Finsternis aufgebaut hatte, jagte hinter den im Wirbel des Erwachens halb erblickten anderen Wohnungen her: das blasse Zeichen, das der erhobene Finger des Tages über den Gardinen markierte, hatte sie in die Flucht getrieben.

Zweiter Teil

EINE LIEBE SWANNS

Um zu dem „kleinen Stamm", dem „kleinen Kreis", der „kleinen Clique" der Verdurins zu gehören, war eine Bedingung ausreichend, aber auch unerläßlich: man mußte stillschweigend einem Credo beipflichten, in welchem ein Artikel lautete, daß der junge Pianist, den Frau Verdurin dies Jahr protegierte und von dem sie sagte: „Es ist einfach polizeiwidrig schön, wie er seinen Wagner kann," daß der Planté und Rubinstein zusammen „in die Tasche steckte", und daß Doktor Cottard mehr von Diagnose verstände als Potain. Jede „neue Erwerbung", der Verdurins nicht einreden konnten, die Abendgesellschaften der Leute, die nicht bei ihnen verkehrten, seien öde wie Regenwetter, sah sich ohne weiteres ausgeschlossen. Da die Frauen sich hierin rebellischer als die Männer erwiesen und nicht auf jede mondäne Neugier noch auf das Verlangen, eine eigene Anschauung von den Reizen der anderen Salons zu gewinnen, verzichten konnten, und da Verdurins andererseits fühlten, daß dieser Geist der Kritik, dieser Dämon des Leichtsinns eine verhängnisvolle Ansteckungsgefahr für die Orthodoxie der kleinen Kirche bildeten, sahen sie sich genötigt, nach und nach alle „Getreuen" des weiblichen Geschlechtes wieder hinauszuwerfen.

Abgesehen von der jungen Frau des Doktors beschränkten sie sich also dies Jahr fast ausschließlich auf zwei Personen weiblichen Geschlechts. Die eine hieß Frau von Crécy: sie wurde von Frau Verdurin bei ihrem Vornamen Odette genannt und als „was Geliebtes" bezeichnet; im übrigen war sie schon beinahe Halbwelt (obwohl Frau Verdurin selber „anständig“ war und aus einer ebenso reichen wie unbedeutenden, sonst aber respektablen Bürgerfamilie stammte, mit der sie absichtlich nach und nach alle Beziehungen gelöst hatte); das andere war die Tante des Pianisten, die früher einmal in der Portierloge gesessen haben mußte — beides Menschen, die von der großen Welt nichts wußten und denen man den Glauben, die Fürstin von Sagan und die Herzogin von Guermantes müßten ein Sündengeld bezahlen, um überhaupt Leute zu ihren Diners heranzubekommen, so leicht hatte beibringen können, daß die ehemalige Portierfrau und die Kokotte geringschätzig abgelehnt hätten, wenn man ihnen eine Einladung zu diesen beiden Damen angeboten hätte.

Verdurins luden nicht zum Essen ein: man hatte bei ihnen sein „gedecktes Kuvert“. Für die Soiree gab es kein Programm. Der junge Pianist spielte, aber nur, wenn er „in Stimmung war“, denn man zwang niemanden und wie Herr Verdurin sagte: „Alles für die Freunde, hoch die Kameraden!“ Wenn der Pianist den Walkürenritt oder die Tristanouvertüre spielen wollte, protestierte Frau Verdurin, nicht etwa weil ihr diese Musik mißfiel, sondern im Gegenteil, weil sie ihr zu starken Eindruck machte. „Ja, und wenn ich dann meine Migräne weghabe? Ihr wißt doch, es ist immer dieselbe Geschichte, wenn er das spielt. Ich weiß, was mir bevorsteht! Wenn ich dann morgen aufstehn will — na gute Nacht, aus ist es!“ Wenn er nicht spielte, plauderte man, und einer der Freunde, meistens ihr damaliger Lieblingsmaler, „gab“, wie Herr Verdurin sagte, „einen mächtigen Quatsch zum Besten, wobei alle vor Lachen auf dem Bauch lagen“, insbesondere Frau Verdurin, die sich die Bilder, zu denen ihre Erlebnisse sich formten, so genau vorstellte, daß Doktor Cottard (damals noch ein junger Anfänger) ihr eines Tages ihren Kiefer, der sich vor lauter Lachen losgehakt hatte, wieder einrenken mußte.

Schwarzer Anzug war verboten, weil man ja unter „intimen Freunden“ war und nicht wirken wollte wie die „öden Leute“. Vor denen hütete man sich überhaupt wie vor der Pest und lud sie nur zu den großen Soireen ein, die möglichst selten gegeben wurden, nämlich nur dann, wenn der Maler Spaß davon haben oder der Musiker dadurch bekannt werden konnte. Die übrige Zeit begnügte man sich damit, Scharaden aufzuführen oder in Kostümen zu soupieren, doch immer ganz unter sich, ohne einen Fremden in den kleinen „Stamm“ hineinzulassen.

Je mehr aber die „Kameraden“ in dem Leben der Frau Verdurin Wurzel faßten, desto mehr hieß öde und verdammt alles das, was die Freunde von ihr fernhielt und manchmal in ihrer Freiheit behinderte, z. B. die Mutter des Einen, der Beruf des Anderen, das Landhaus oder der schlechte Gesundheitszustand eines Dritten. Wenn Doktor Cottard meinte, er müsse unbedingt direkt vom Essen weg wieder zu einem gefährlich kranken Patienten gehen, dann sagte Frau Verdurin zu ihm: „Wer weiß, vielleicht bekommt's ihm viel besser, wenn Sie heut Abend nicht hingehen und ihn stören; er hat sicher eine gute Nacht ohne Sie; morgen früh gehn Sie dann ganz zeitig hin und finden ihn gesund vor.“ Schon wenn der Dezember anfing, war sie ganz elend in dem Gedanken daran, daß die Getreuen am Weihnachts- oder Neujahrstage „abfallen“ würden. Die Tante des Pianisten drang darauf, daß er an diesem Tage zum Familienessen zu ihrer Mutter komme.

„Sie glauben wohl, sie würde dran sterben, Ihre Mutter,“ rief Frau Verdurin in rauhem Tone, „wenn Sie Neujahr nicht bei ihr zu Abend essen wie in der Provinz.“

Ihre Unruhe setzte wieder ein in der Karwoche:

„Sie, Doktor, Sie, ein Gelehrter, ein großer Geist, kommen am Karfreitag natürlich wie an jedem anderen Tag, nicht?“ sagte sie zu Cottard im ersten Jahr in einem siegesgewissen Ton, als sei an der Antwort gar nicht zu zweifeln. Dabei hing sie zitternd an seinen Lippen, denn wenn er ausblieb, mußte sie sich aufs Alleinsein gefaßt machen.

„Ich werde am Karfreitag kommen und ... mich von Ihnen verabschieden, denn wir fahren über Ostern in die Auvergne."

„In die Auvergne? um sich von den Flöhen und dem Ungeziefer auffressen zu lassen? na, da wünsch' ich Ihnen viel Glück!"

Und nach einer Pause:

„Hätten Sie's uns doch wenigstens gesagt, dann hätten wir versucht, es einzurichten und bequem miteinander zu reisen."

Auch wenn ein „Getreuer" einen Freund hatte, oder eine „Intime" einen Flirt, der sie vielleicht einmal dazu bringen konnte „abzufallen", sagten Verdurins, die sich darüber, daß eine Frau einen Liebhaber hatte, nicht entsetzten, wofern sie ihn bei ihnen hatte, in ihnen liebte und ihnen nicht vorzog: „Also schön! bringen Sie ihn mit, Ihren Freund!" Und man engagierte ihn auf Probe, um zu sehen, ob er imstande sei, vor Frau Verdurin keine Geheimnisse zu haben, und ob er überhaupt den Aufnahmebedingungen der „kleinen Clique" genüge. Tat er es nicht, dann nahm man den Getreuen, der ihn eingeführt hatte, beiseite und erwies ihm den Liebesdienst, ihn mit seinem Freund oder seiner Geliebten auseinanderzubringen. Im entgegengesetzten Falle wurde der „Neue" seinerseits ein Getreuer. So erzählte in diesem Jahr die Halbweltdame Herrn Verdurin, sie habe einen entzückenden Menschen kennen gelernt, einen Herrn Swann, und sie ließ durchblicken, er würde gern bei ihnen empfangen werden; also gab Herr Verdurin das Gesuch noch während der Sitzung an seine Frau weiter.

„Weißt du, Frau von Crécy hat eine Bitte an dich. Sie

möchte dir gern einen ihrer Freunde vorstellen, Herrn Swann. Was meinst du dazu?“

„Aber hör' mal, kann man so einer kleinen Schönheit überhaupt 'was abschlagen? Seien Sie still, Sie sind nicht gefragt, ich sage Ihnen, Sie sind eine Schönheit.“

„Nun, wenn Sie durchaus wollen,“ erwiderte Odette in geschraubtem Tone, und dann setzte sie hinzu: „Sie wissen ja, ich bin nicht „fishing for compliments“.

„Also schön! bringen Sie ihn mit, Ihren Freund, wenn's ein sympathischer Mensch ist“.

Natürlich hatte der „kleine Stamm“ gar keine Beziehung zu der Gesellschaft, in der Swann verkehrte, und reine Weltleute hätten gefunden, die Errungenschaft einer so außergewöhnlichen Stellung, wie Swann sie in der Gesellschaft bekleidete, stehe in keinem Verhältnis zu seiner Einführung bei Verdurins. Aber Swann liebte die Frauen! und da er nachgerade alle aus der Aristokratie kannte und sie ihn nichts mehr lehren konnten, legte er auf die Adelstiteln nahekommenden Naturalisationsurkunden, die ihm das Faubourg Saint-Germain aufoktroyiert hatte, nicht mehr Gewicht als auf eine Art Wechsel oder Kreditbrief, der als solcher keinen Wert hatte, ihm aber erlaubte, sich aus dem Stegreif eine Situation zu schaffen, wenn er in irgendeinem kleinen Provinznest oder einem obskuren Pariser Milieu die Tochter eines Krautjunkers oder Kanzlisten hübsch gefunden hatte. Denn die Begehrlichkeit oder die Liebe gab ihm dann ein Gefühl der Eitelkeit wieder, von dem er jetzt im gewöhnlichen Laufe seines Lebens frei war (obwohl es ganz sicher das Gefühl war, das ihn einst in die mondäne Karriere gelenkt hatte, wo er die Gaben seines Geistes in lockeren Freuden vertan und seine künstlerische Bildung dazu erniedrigt hatte, die Damen der Gesellschaft bei ihren Gemäldekäufen und bei der Einrichtung ihrer Häuser zu beraten). Diese Eitelkeit weckte in ihm den Wunsch, in den

Augen einer Unbekannten, in die er sich verliebt hatte, mit einer Eleganz zu glänzen, die der Name Swann an sich nicht enthielt. Er wünschte das besonders dann, wenn die Unbekannte den unteren Schichten angehörte. Denn wie ein kluger Mann nicht fürchten wird, einem anderen klugen Manne dumm vorzukommen, so wird ein eleganter Mann nicht von einem Grandseigneur, sondern von einem Flegel eine Verkennung seiner Eleganz besorgen. Dreiviertel aller Geistesunkosten und Eitelkeitslügen, die, seitdem die Welt steht, von Leuten verschwendet wurden, deren Person dadurch immer nur Abbruch erlitt, haben Tieferstehenden gegolten. Und Swann, der mit einer Herzogin einfach und lässig umging, zitterte davor verkannt zu werden, ja posierte, wenn er vor einer Kammerzofe stand.

Er gehörte nicht zu den vielen Leuten, die sich aus Trägheit oder resigniertem Pflichtgefühl — wie es durch den gesellschaftlichen Vorzug einer dauernden Verknüpfung mit einer bestimmten Sphäre entsteht — von Vergnügungen fernhalten, die die Wirklichkeit ihnen außerhalb ihrer mondänen Stellung darbietet. Lebt doch so mancher in solcher Stellung eingekapselt bis zum Tode, so daß er sich, einmal in dem Geleise der Gewohnheit, damit zufrieden gibt, unter Vergnügungen faute de mieux schließlich nur noch die mittelmäßigen Zerstreuungen oder die erträglichen Langweiligkeiten zu verstehen, die seine Position mit sich bringt. Nicht so Swann. Er suchte zwar nicht nach hübschen Frauen zum Zeitvertreib, aber nach Zeitvertreib mit den Frauen, die er zuvor hübsch gefunden hatte. Und das waren oft Frauen von ziemlich gewöhnlicher Schönheit, denn die physischen Qualitäten, nach denen er unbewußt spürte, standen in völligem Widerspruch zu allem, was er an den Frauen auf den Skulpturen oder Gemälden seiner Lieblingsmeister bewunderte. Tiefe und schwermütiger Ausdruck fielen wie Meltau auf seine

Sinne, während ein gesundes, üppiges und rosiges Fleisch genügte, um sie zu reizen.

Wenn er auf der Reise einer Familie begegnete, deren Bekanntschaft ein eleganter Mann lieber nicht hätte suchen sollen, in der aber eine Frau vor seinen Augen im Schmuck ungekannten Reizes erstrahlte, dann wäre ihm das „für sich" Bleiben, also die selbstverschuldete Enttäuschung des durch sie geweckten Verlangens oder die Ersetzung des Erlebnisses mit ihr durch ein ganz anderes Erlebnis, das er sich durch ein paar einladende Zeilen an eine frühere Geliebte hätte verschaffen können, — das alles wäre ihm als eine ebenso feige Abdankung vor dem Leben, als ein ebenso stumpfsinniger Verzicht auf ein neues Glück vorgekommen, wie wenn er, statt aufs Land zu gehen, sich in sein Zimmer vergraben und sich mit Ansichten von Paris begnügt hätte. Er machte sich nicht zum Gefangenen im Gebäude seiner, Beziehungen", sondern hatte, um dies Gebäude überall da, wo eine Frau ihm gefiel, an Ort und Stelle ganz von vorn wiederherstellen zu können, eins der zerlegbaren Zelte daraus gemacht, wie die Forschungsreisenden sie mit sich tragen. All' das, was daran nicht zu transportieren oder nicht gegen ein neues Vergnügen einzutauschen war, hätte er ohne weiteres hingegeben, so beneidenswert es Anderen scheinen mochte. Wie oft schon war sein Kredit bei einer Herzogin durch deren jahrelange unerfüllte Sehnsucht, ihm zu gefallen, höher und höher gestiegen — und dann hatte er ihn sich mit einem Schlage verscherzt, indem er von ihr durch eine indiskrete Depesche eine telegraphische Empfehlung verlangte, die ihm sofortige Beziehungen zu einem ihrer Verwalter verschaffen sollte, dessen Tochter er auf dem Lande gesehen hatte; als ob er ein Hungernder wäre, der für ein Stück Brot einen Diamanten hingegeben hätte! Ja, er amüsierte sich sogar nachträglich darüber, denn es lebte in ihm, wenn auch durch seltene

Feinheiten aufgewogen, eine gewisse Häßlichkeit. Außerdem gehörte er zu der Kategorie von intelligenten Menschen, die immer ein müßiges Leben geführt haben und nun einen Trost, vielleicht sogar eine Entschuldigung suchen in dem Gedanken, daß dieser Müßiggang ihrer Intelligenz ebenso beachtenswerte Gegenstände darbiete wie nur je die Kunst oder das Studium, und daß das „Leben" interessantere, romanhaftere Situationen enthalte als alle Romane. Er versicherte es wenigstens und hatte es leicht, seine feinsten Freunde aus der großen Welt davon zu überzeugen, namentlich den Baron de Charlus, den er gern mit dem Bericht pikanter Abenteuer belustigte, etwa so: er habe in der Eisenbahn eine Frau getroffen, sie gleich mitgenommen und dann entdeckt, daß sie die Schwester eines Souveräns war, in dessen Hand gegenwärtig alle Fäden der europäischen Politik zusammenliefen, so daß er darüber sehr reizvoller Weise auf dem Laufenden gehalten wurde — oder: es werde durch das vielfältige Spiel der Umstände von dem Ausfall der Papstwahl abhängen, ob er der Geliebte einer Köchin werden könnte oder nicht.
Es war übrigens nicht nur die schimmernde Phalanx von anständigen adligen Witwen, Generälen und Akademikern seines besonders intimen Kreises, die Swann mit solchem Zynismus zu Kupplerdiensten nötigte. Alle seine Freunde pflegten von Zeit zu Zeit Briefe von ihm zu bekommen, in denen sie um ein Wort der Empfehlung oder Einführung gebeten wurden und zwar mit einer diplomatischen Geschicklichkeit, die über den Wechsel der Liebesgeschichten und die Mannigfaltigkeit der Vorwände hinaus beharrte und dadurch besser, als alle Ungeschicklichkeiten es vermocht hätten, von der Permanenz des Charakters und der Identität der Absichten zeugte. Ich habe mir viele Jahre später, als ich mich für Swanns Charakter infolge von — allerdings ganz andersartigen — Ähnlichkeiten mit dem meinigen interessierte, oft erzählen

lassen, wie mein Großvater (er war es damals noch nicht, denn ungefähr zur Zeit meiner Geburt setzte Swanns langes Verhältnis ein und unterbrach für geraume Zeit diese Praktiken) von ihm einen Brief bekam und, als er auf dem Kuvert die Schrift seines Freundes erkannte, laut ausrief: „Aha, Swann! er will wieder was: Achtung!“ Und war es nun Mißtrauen oder das unbewußt teuflische Gefühl, das uns dazu treibt, eine Sache nur Leuten zu gewähren, die es nicht danach gelüstet — kurz: meine Großeltern setzten den Bitten, die er an sie richtete, und mochten sie noch so leicht zu befriedigen sein, stets ein absolutes Nein entgegen, etwa wenn er einem jungen Mädchen vorgestellt werden wollte, das alle Sonntag zu uns zum Abendessen kam, so daß sie jedesmal, wenn Swann wieder davon anfing, so tun mußten, als bekämen sie sie gar nicht mehr zu sehen (dabei fragte man sich die ganze Woche über, wen man wohl mit ihr zusammen einladen könnte, und kam meistens zu dem Schluß, daß niemand zu finden sei, bloß weil man es unterließ, den Richtigen durch einen entsprechenden Wink zu beglücken).

Manchmal kam irgendein mit meinen Großeltern befreundetes Paar, das sich bis dahin beklagt hatte, es bekomme Swann nie zu sehen, und verkündete ihnen voller Genugtuung, ja vielleicht ein bißchen mit dem Wunsch, ihren Neid zu erregen, Swann sei jetzt unbeschreiblich entzückend zu ihnen und gehe ihnen gar nicht mehr aus dem Hause. Großvater wollte ihnen ihr Vergnügen nicht stören, sondern sah nur Großmutter an und trällerte:

„Was ist's für ein Geheimnis?
Ich kann es nicht begreifen“

oder: „Flüchtige Vision . . .“

oder: „In solcherlei Geschichten
Frommt es am besten, nichts zu sehen.“

Wenn dann Großvater einige Monate danach Swanns

neuen Freund fragte: „Na und Swann, siehst du den noch oft?“ dann machte der Gefragte ein langes Gesicht und sprach: „Nenne seinen Namen nie mehr vor mir!“ „Aber ich dachte, ihr wäret so intim ...“ So war er einige Monate lang bei Vettern von Großmutter wie Kind im Hause gewesen und hatte fast jeden Tag bei ihnen zu Abend gegessen. Plötzlich und ohne jede Ankündigung kam er nicht mehr. Man meinte, er sei krank, und Großmutters Cousine wollte schon hinschicken und sich nach ihm erkundigen, als sie im Dienstmädchenzimmer einen Brief von ihm fand, der aus Versehen im Kontobuch der Köchin herumlag. Darin teilte er dem Mädchen mit, er werde Paris verlassen und könne nicht mehr kommen. Sie war seine Geliebte, und als er die Beziehungen abbrach, hatte er nur sie zu benachrichtigen für dienlich erachtet.

Wenn dagegen seine augenblickliche Geliebte eine Frau von Welt war oder wenigstens eine Frau, die er trotz niedriger Abkunft oder abweichender Lebenslage in die große Welt einführen konnte, dann kehrte er um ihretwillen dorthin zurück, aber nur in die besondere Sphäre, in der sie sich bewegen wollte oder wohin er sie entführt hatte. „Hat gar keinen Sinn, heut' abend auf Swann zu rechnen,“ hieß es dann, „ihr wißt doch, heut' ist der Opernabonnementstag seiner Amerikanerin.“ Er ließ sie in die besonders geschlossenen Salons einladen, wo er seine bestimmten Gewohnheiten, seine wöchentlichen Diners, seinen Poker hatte; und jeden Abend, nachdem er die strähnige Glätte seiner rötlichen Haare mit einer leichten Welle verschönt, die Lebhaftigkeit seiner grünen Augen durch eine Spur von Sanftheit gedämpft hatte, suchte er sich eine Blume für sein Knopfloch aus und ging dann weiter, um seine Geliebte am Tisch der einen oder der anderen Frau seines Klüngels wiederzutreffen; und wenn er dachte, wieviel Verehrung und Freundschaft ihm die dort verkehrenden Modemenschen, bei denen er die erste Geige spielte, verschwenderisch vor der Geliebten zollen würden, dann fand er wieder Geschmack an diesem mondänen Leben, gegen das er schon ganz stumpf geworden war; jetzt schien ihm dieser mondäne Salon auf einmal zu brennen von der durchdringenden Kraft und den heißen Farben einer heimlich entfachten Flamme, jetzt kam er ihm wieder köstlich und schön vor, seitdem er eine neue Liebe hineingestaltet hatte.

Während aber jedes dieser „Verhältnisse", jeder dieser Flirts die mehr oder minder vollständige Verwirklichung eines Traumes gewesen und aus dem Anblick eines Gesichtes oder eines Körpers entstanden war, den Swann, spontan und ohne sich dazu zu zwingen, reizvoll gefunden hatte, war es ganz anders, als er eines Tages im Theater von einem seiner früheren Freunde Odette de Crécy vorgestellt wurde (dieser Freund hatte sie ihm als eine entzückende Frau geschildert und angedeutet, vielleicht könne zwischen ihm und ihr etwas werden, indem er sie dabei für schwieriger ausgab, als sie in Wirklichkeit war, damit die Vermittelung ihrer Bekanntschaft als eine besondere Liebenswürdigkeit von ihm erscheine): und siehe da, sie wirkte auf ihn natürlich auch irgendwie als Schönheit, aber doch als eine Art von Schönheit, die ihm gleichgültig war, ihm gar kein Verlangen einflößte, ja ihn geradezu physisch abstieß wie die vielen Frauen, die der eine mag, der andere nicht mag, und die jedenfalls das Gegenteil des Typs darstellen, nach dem unsere Sinne verlangen. Für seinen Geschmack hatte sie ein zu prononciertes Profil, zu durchsichtige Haut, zu vorspringende Backenknochen und zu gespannte Züge. Ihre Augen waren schön, aber so groß, daß sie sich unter ihrer eigenen Masse bogen, das übrige Gesicht abgespannt erscheinen ließen und ihr immer den Anschein von schlechtem Befinden oder schlechter Laune gaben. Einige Zeit nach dieser Vorstellung im Theater hatte sie ihm geschrieben, sie bitte ihn, seine Sammlungen sehen zu dürfen, die sie so sehr interessieren würden, „sie, in ihrer Ahnungslosigkeit, mit ihrer Vorliebe für alles Hübsche," und nebenher sagte sie noch, sie würde ihn, meine sie, besser kennen lernen, wenn sie erst einen Blick in „sein Heim" getan hätte, wo sie ihn sich „so behaglich dächte, bei seinem Tee und seinen Büchern"; freilich verhehlte sie ihm nicht ihr Erstaunen darüber, daß er in diesem Viertel wohnte, das so trist sein müßte und „so wenig smart, während er es doch so sehr sei". Und als er sie hatte kommen lassen, hatte sie ihm beim Abschied ihr Bedauern ausgedrückt, daß sie nur so kurz in dieser Wohnung habe bleiben können, in die sie so besonders gern eingebrochen sei; dabei sprach sie von ihm so, als bedeute er für sie irgendwie mehr als die anderen Menschenkinder, die sie kannte, ja sie schien zwischen ihren beiden Personen eine Art romanhaften Bindestrichs ziehen zu wollen, was ihm ein Lächeln entlockt hatte. Aber in dem schon etwas verbrauchten Alter, dem Swann sich näherte und in dem man sich mit der Tatsache, daß man verliebt ist, einfach um der Lust des Verliebtseins willen zu begnügen weiß, ohne allzusehr nach Gegenseitigkeit zu verlangen, — in diesem Alter bleibt das Näher- und Näherkommen der Herzen, wenn es auch nicht mehr wie in der ersten Jugend das Ziel ist, zu dem die Liebe notwendig hindrängt, immerhin durch eine so starke Ideenassoziation mit ihr vereint, daß es zur Ursache der Liebe werden kann, wenn es vor ihr auftritt. Als Jüngling träumt man davon, das Herz einer Frau zu besitzen, in die man verliebt ist; später aber kann schon das Gefühl, daß man das Herz einer Frau besitzt, genügen, um einen in sie verliebt zu machen. In dem Alter also, in dem man in der Liebe vor allem ein subjektives Vergnügen sucht und es daher so scheinen könnte, als müsse der Eindruck, den die Schönheit einer Frau auf einen macht, die Hauptrolle dabei spielen — gerade in diesem Alter kann die Liebe (selbst die sinnlichste Liebe) doch entstehen, ohne auf einem vorausgegangenen Begehren zu beruhen. In dieser Epoche des Lebens ist man schon mehr als einmal von der Liebe getroffen worden; sie entwickelt sich — ihrer ebenso unbekannten wie schicksalhaften Eigengesetzlichkeit gemäß — nicht mehr für sich allein vor unserem erstaunten, hinnehmenden Herzen. Wir kommen ihr zu Hilfe, wir verfälschen sie durch das Gedächtnis und die Suggestion. Erkennen wir eins ihrer Symptome wieder, dann erinnern wir uns und lassen auch die anderen wiedererstehen. Da ihr Text sich uns so ganz und gar eingeprägt hat, braucht uns der Anfang — eine Hymne an die Schönheit enthaltend — nicht erst von einer Frau gesagt zu werden, damit wir die Fortsetzung finden. Und wenn das Lied in der Mitte anhebt (da wo die Herzen einander näher kommen, wo man davon spricht, daß man nur noch füreinander leben kann), dann sind wir an diese Musik genügend gewöhnt, um an der Stelle des Duetts einzusetzen, wo die Partnerin uns erwartet.

Odette de Crécy kam wieder zu Swann, dann erfolgten ihre Besuche in immer kürzeren Abständen, und fraglos erneuerte jeder dieser Besuche in ihm die Enttäuschung darüber, daß er sich wieder diesem Gesicht gegenübersah, dessen Besonderheiten er in der Entfernung ein wenig vergessen hatte und das er weder so ausdrucksvoll noch bei aller Jugend so verblüht im Gedächtnis hatte; während er mit ihr plauderte, bedauerte er, daß ihre große Schönheit nicht von der gleichen Art war wie die, die er spontan gewählt hätte. Es muß übrigens gesagt werden, daß Odettes Gesicht magerer und vorspringender wirkte, weil die Stirn und der obere Teil der

Wangen, also gerade die glatte und mehr ebene Fläche, von der Masse der Haare verdeckt wurde, die man damals „vornüber“, „gekräuselt“ und wirr gelockt über die Ohren frisiert trug; und was ihren wunderbar gebauten Körper betraf, so war es schwer, die innere Stetigkeit seines Aufbaues zu erkennen (infolge der damaligen Moden und obwohl sie zu den Frauen in Paris gehörte, die sich am besten kleideten), so sehr gab das Mieder — das sich wie über einem imaginären Leibe vorwölbte und jäh in eine Spitze auslief, während von unten her der Ballon der doppelten Röcke sich blähte — der Frau den Anschein, als sei sie aus verschiedenen schlecht miteinander verbundenen Stücken zusammengesetzt; so sehr folgten Rüschen, Volants und Unterjacke (in voller Unabhängigkeit und nur der Phantastik ihrer Umrisse oder dem Festigkeitsgrad ihres Stoffes gemäß) der Linie, die sie zu den Schleifen, dem Schaum des Spitzenwerkes, den länglichen, baumelnden Jets führte oder an der Blanchette entlang lenkte — jedenfalls schmiegten sie sich nicht im mindesten an das lebende Wesen, das, jenachdem ob die Form dieses Flitterkrams dem Bau des Körpers nahekam oder allzusehr von ihm abwich, darin verkürzt oder verloren wirkte.

War aber Odette fort, so lächelte Swann in dem Gedanken, daß sie zu ihm gesagt hatte, wie ihr die Zeit lang werden würde bis zu dem Tage, an dem sie wieder zu ihm kommen dürfte; er erinnerte sich an den unruhigen, schüchternen Ausdruck, mit dem sie ihn einmal gebeten hatte. es möchte nicht gar zu lange Zeit darüber hingehen, und an die Blicke, die ihr in diesem Moment eigen gewesen waren, diese in ängstlichem Flehen auf ihn gehefteten rührenden Blicke unter dem Strauß von künstlichen Stiefmütterchen vor ihrem runden weißen Strohhut mit den Bändern aus schwarzem Samt. „Und Sie?“ hatte sie gesagt, „möchten Sie denn gar nicht einmal zu mir zum Tee kommen?“ Da hatte er laufende Arbeiten vorgeschützt, eine Studie, die er tatsächlich schon seit Jahren hatte liegen lassen und die über Ver Meer de Delft handelte. „Ich weiß ja, ich bin ganz klein und häßlich neben großen Gelehrten wie Euch,“ hatte sie geantwortet, „ich würde mich ausnehmen wie der Frosch vorm Areopag. Und doch würde ich mich so gern informieren, Bescheid wissen, eingeführt werden. Das muß doch zu spaßig sein, in alten Papieren zu schmökern und seine Nase hineinzustecken,“ hatte sie mit dem selbstzufriedenen Ausdruck hinzugesetzt, den eine elegante Frau annimmt, um zu bekunden, daß sie sich recht gern und ohne Angst, sich schmutzig zu machen, mit einer unsauberen Beschäftigung abgibt, etwa die Küche besorgt und „selbst die Hände im Teig hat.“ „Sie werden sich über mich lustig machen, ich habe von diesem Maler, dessentwegen Sie mich nicht besuchen können (sie meinte Ver Meer) nie reden hören; lebt er noch? Ist eins von seinen Werken in Paris zu sehen, damit ich mir eine Vorstellung machen kann, was Sie lieben, und ein bißchen erraten kann, was hinter dieser hohen Stirn steckt, die soviel arbeitet, und was in diesem Kopf rumort, dem man anmerkt, daß er immer gerade über etwas nachdenkt, damit ich mir sagen kann: aha, daran denkt er also gerade. Was für ein schöner Traum wäre das, mit Ihren Arbeiten mitzuleben!“ Er hatte sich mit seiner Angst vor neuen Freundschaften entschuldigt, seiner Angst vor dem Unglücklichwerden, wie er galanterweise sagte. „Sie haben Angst vor einer Neigung? wie komisch! und ich suche gerade nur das, ich würde mein Leben hingeben, um eine zu finden,“ hatte sie in so natürlichem, so überzeugtem Tone gesagt, daß es ihn gerührt hatte. „Sie müssen unter einer Frau gelitten haben. Und nun glauben Sie, die anderen sind ebenso. Sie hat Sie gewiß nicht verstehen können; Sie sind ja ein so aparter

Mensch. Gerade das habe ich zuerst an Ihnen geliebt, ich habe wohl gemerkt, daß Sie nicht sind wie die anderen." „Na, und dann Sie selbst," hatte er zu ihr gesagt, „ich weiß doch, wie die Frauen sind, Sie haben sicher haufenweise zu tun und sind kaum je frei." „Ich? ich habe nie was zu tun! ich bin immer frei, ich werde es immer sein für Sie. Lassen Sie mich holen, wann Sie wollen, ganz gleich ob tags oder nachts, immer wenn Ihnen mein Besuch angenehm ist, ich werde überglücklich sein und ganz schnell kommen. Wollen Sie's tun? Wissen Sie was Feines? wie wär's denn, wenn ich Sie bei Frau Verdurin einführte, zu der ich jeden Abend gehe? Denken Sie doch! wenn man sich dort wiederträfe und ich annehmen könnte, daß Sie auch ein bißchen um meinetwillen dort sind!"

So im einsamen Zurückdenken an ihre Unterhaltungen ließ er ihr Bild immer nur zwischen vielen anderen Frauenbildern in romanhaften Träumereien spielen; wenn aber dank irgendeiner Kleinigkeit (oder vielleicht nicht einmal deshalb, da die Kleinigkeit, die in demselben Augenblick sichtbar wird, in dem ein bis dahin latenter Zustand sich offenbart, nicht den mindesten Einfluß auf diesen Zustand gehabt haben kann) das Bild Odettes de Crécy gerade all diese Träumereien in sich aufgenommen hatte, so daß sie von der Erinnerung an sie nicht mehr zu trennen waren — dann hatte die Unvollkommenheit ihres Körpers auf einmal ebensowenig zu bedeuten wie der mehr oder minder hohe Grad, in dem er Swanns Geschmack entsprach, da er ja der Körper der von ihm Geliebten geworden war und von nun an als einziger imstande sein sollte, ihm Freuden oder Qualen zu bereiten.

Großvater hatte (was man von keinem ihrer gegenwärtigen Freunde hätte sagen können) die Familie dieser Verdurins genau gekannt. Aber er hatte alle Verbindung mit dem „jungen“ Verdurin verloren, den er, ein bißchen in Bausch und Bogen, als einen Menschen betrachtete, der trotz seiner vielen Millionen unter die Bohémiens und Tagediebe gegangen sei. Eines Tages bekam er von Swann einen Brief mit dem Ersuchen, er möchte ihm Beziehungen zu Verdurins verschaffen: „Achtung! Achtung!“ hatte Großvater gerufen; „das wundert mich gar nicht, da mußte Swann ja enden. Hübsches Milieu! Erstens einmal kann ich ihm seinen Wunsch nicht erfüllen, weil ich diesen Herrn gar nicht mehr kenne. Außerdem steckt sicher wieder eine Weibergeschichte dahinter, und ich gebe mich mit den Sachen nicht ab. Na, da können wir uns ja auf was Reizendes gefaßt machen, wenn Swann mit den kleinen Verdurins anbändelt.“

Und auf Großvaters negative Antwort hin hatte Odette selber Swann bei Verdurins eingeführt.

Verdurins hatten, als Swann dort seinen Antrittsbesuch machte, Herrn und Frau Doktor Cottard, den jungen Pianisten mit seiner Tante und den Maler, der sich damals ihrer Gunst erfreute, zu Tisch gehabt; zur Soiree hatten sich noch einige andere Getreue eingefunden.

Doktor Cottard wußte nie ganz sicher, in welchem Ton er jemandem zu antworten hatte und ob sein Gegenüber lachen oder ernst sein wollte. So gesellte er für alle Fälle jedem Ausdruck seines Gesichtes das Angebot eines bedingten und vorläufigen Lächelns bei, dessen erwartungsvolle Feinheit ihn von dem Vorwurf der Naivität reinigen sollte, falls das an ihn gerichtete Wort sich als ein Scherz herausstellte. Aber um auch vor der entgegengesetzten Annahme bestehen zu können, wagte er diesem Lächeln nicht den Charakter der deutlichen Behauptung zu gewähren, vielmehr sah man in seinen Zügen unaufhörlich eine Ungewißheit hin- und hertreiben, in der die Frage, die er nicht zu stellen wagte, zu lesen war:

„Meinen Sie das als bare Münze?“ Auch auf der Straße, ja überhaupt im Leben war er nicht sicherer als im Salon und brachte Passanten, Droschken, Ereignissen ein schelmisches Lächeln entgegen, das seinem Betragen von vornherein alles Unpassende benahm, da er ja für den Fall daß es unangebracht war bewiesen hatte, daß er Bescheid wisse und sich diesmal nur aus Spaß so habe geben wollen.

Überall da indessen, wo ihm eine offene Frage erlaubt schien, unterließ der Doktor nicht, alle Kräfte aufzubieten, um den Bereich seiner Zweifel zu verringern und seine Bildung zu vervollständigen.

So ließ er, getreu den Ratschlägen, die eine vorausschauende Mutter ihm beim Abschied aus seiner Provinz mit auf den Weg gegeben hatte, keine Redensart und keinen unbekannten Eigennamen vorbei, ohne sich, soweit angängig, darüber aufklären zu lassen.

Bei den Redensarten war er unersättlich in seinem Wissensdurst, denn da er ihnen einen viel genaueren Sinn unterlegte, als sie tatsächlich je haben, hätte er sehnlichst zu wissen gewünscht, was man mit denen, die er am häufigsten gebrauchen hörte, exakterweise sagen wollte: etwa „höllisch froh sein“, „blaues Blut“, „das dicke Ende kommt nach“, „für jemanden die Hand ins Feuer legen“, „auf dem Proppen sitzen“ usw., und in welchen genau bestimmten Fällen er sie seinerseits in seinen Reden anbringen könne. Anstelle von Redensarten brauchte er oft auch Wortspiele, die er gelernt hatte. Was die Namen neuer Menschen betraf, die man vor ihm aussprach, so begnügte er sich damit, sie zu wiederholen, und zwar in einem fragenden Ton, von dem er annahm, er werde ihm zu den Erklärungen verhelfen, die zu fordern er nicht die Stirn gehabt hätte.

Der kritische Sinn, den er überall anzuwenden glaubte,

ging ihm vollständig ab; und wenn eine verfeinerte Höflichkeit darin besteht, daß man jemandem, den man sich verpflichtet, versichert, man sei ihm verpflichtet (ohne daß er gerade daran glauben soll), so war diese Höflichkeit bei ihm verlorene Mühe, er nahm alles für bare Münze. So groß auch Frau Verdurins Verblendung in bezug auf ihn war, hatte sie sich schließlich doch (indem sie ihn übrigens unentwegt weiter sehr fein fand) über ihn geärgert; sie hatte ihn in die Proszeniumsloge zu Sarah Bernhardt eingeladen und in übergroßer Liebenswürdigkeit zu ihm gesagt: „Sie sind wirklich zu nett, Doktor, daß Sie gekommen sind, wo ich doch genau weiß, daß Sie Sarah Bernhardt schon oft gehört haben, und dann sitzen wir vielleicht gar zu nah an der Bühne"; worauf Doktor Cottard — er war mit einem zwischen Zu- und Abnahme schwebenden Lächeln, das auf die autoritative Instruktion über den Wert des Stückes wartete, in die Loge getreten — ihr zur Antwort gab: „Ja, man ist wirklich viel zu nah und Sarah Bernhardt bekommt man auch allmählich satt. Aber Sie haben mir doch Ihren Wunsch ausgedrückt, ich sollte kommen. Nun, und Ihr Wunsch ist mir Befehl. Ich bin überglücklich, daß ich Ihnen diesen kleinen Dienst erweisen kann. Was würde man nicht alles tun, um Ihnen gefällig zu sein, Sie sind doch so gut." Und dann sagte er: „Sarah Bernhardt, das ist wohl die mit der himmlischen Stimme, nicht wahr? Oft liest man auch, sie spielte unwahrscheinlich. Seltsamer Ausdruck, nicht wahr?" und dabei hoffte er auf Kommentare, die aber nicht kamen.

„Weißt du," hatte da Frau Verdurin zu ihrem Mann gesagt, „ich glaube, wir sind auf dem Holzweg, wenn wir das, was wir dem Doktor bieten, aus Bescheidenheit herabsetzen. Er ist ein Gelehrter und lebt außerhalb des praktischen Lebens, er kennt den Wert der Dinge gar nicht aus sich und kommt erst durch das, was wir ihm sagen, in Verbindung damit." „Ich habe mich nur nicht recht getraut, es dir zu sagen, aber gemerkt hab' ich es auch schon," erwiderte Herr Verdurin. Und am nächsten Neujahr schickte Herr Verdurin nicht mehr einen Rubin für dreitausend Franken zu Cottard mit dem Bemerken, es sei nur eine Kleinigkeit, sondern er kaufte statt dessen für dreihundert Franken einen unechten Stein, wobei er zu verstehen gab, so etwas Schönes sei so leicht nicht wieder zu sehen.

Frau Verdurin teilte mit, daß zur Soiree jemand Neues da sein werde, Herr Swann. „Swann?" schrie der Doktor mit einem vor lauter Überraschung brutalen Akzent, denn die kleinste Neuigkeit traf ihn stets viel unerwarteter als irgendjemanden sonst, obgleich er sich einbildete, er sei ständig auf alles vorbereitet. Er sah aber, daß er keine Antwort bekam. „Swann? Wer ist das, Swann?" brüllte er in höchster Angst, die sich aber plötzlich legte, als Frau Verdurin sagte: „Das ist doch der Freund, von dem Odette uns erzählt hat." „Ah so, so, na dann is gut," erwiderte der Doktor beruhigt. Was den Maler anbetraf, so freute er sich über die Einführung Swanns bei Frau Verdurin, weil er in ihm einen Liebhaber Odettes witterte und für sein Leben gern Liebesverhältnisse protegierte. „Es ist mein größtes Vergnügen, Ehen zustande zu bringen," sagte er Doktor Cottard vertraulich ins Ohr, „ich habe darin schon viel erreicht, sogar zwischen Frauen!"

Dadurch, daß Odette zu Verdurins gesagt hatte, Swann sei sehr „smart", hatte sie ihnen schon Angst gemacht, er möchte „öde" sein. Doch machte er ganz im Gegenteil einen ausgezeichneten Eindruck auf sie, wofür sein Verkehr in der eleganten Gesellschaft einer der ihnen unbewußten indirekten Gründe war. In der Tat hatte er vor nichtmondänen intelligenten Menschen als Weltmann eines voraus: daß er die große „Welt“ nicht mehr aus der Sehnsucht oder dem Abscheu heraus umbildete, den sie der Phantasie einflößt, sondern sie als etwas gänzlich Unbedeutendes betrachtete. Die Liebenswürdigkeit solcher Leute steht hoch über dem Snobismus oder der Furcht, allzu liebenswürdig zu scheinen, sie hat volle Unabhängigkeit erreicht und ist von der Leichtigkeit, der Anmut in den Bewegungen, wie sie Menschen eignet, deren geschmeidig gewordene Glieder genau das ausführen, was sie wollen, ohne daß eine indiskrete oder ungeschickte Beteiligung des übrigen Körpers dazwischenkäme. Die einfache Elementargymnastik des Weltmannes, der dem jungen Mann, der ihm vorgestellt wird, leutselig die Hand hinstreckt, während er sich vor dem Botschafter, dem er vorgestellt wird, zurückhaltend verneigt, — sie war schließlich, Swann selber unbewußt, so tief in seine ganze gesellschaftliche Haltung übergegangen, daß er gegenüber Leuten unter seinem Stande, wie Verdurins es waren, eine Bereitwilligkeit an den Tag legte und ein Entgegenkommen übte, das ein „Öder“ nach ihrer Meinung nie über sich gebracht hätte. Nur Doktor Cottard gegenüber empfand er einen Augenblick eine gewisse Kühle: aus seinem Augenzwinkern und vieldeutigen Lächeln, noch bevor sie sich überhaupt gesprochen hatten (diese Mimik bedeutete nach Cottard „Treten Sie näher!“) entnahm Swann, daß der Doktor ihn wohl von irgendeinem Vergnügungslokal her kennen müsse, obwohl er doch eigentlich sehr selten Kneipen aufsuchte. Und da er diese Anspielung geschmacklos fand, noch dazu vor Odette, die dadurch einen üblen Begriff von ihm bekommen konnte, setzte er eine eisige Miene auf. Als er aber erfuhr, daß eine Dame dicht neben ihm Frau Cottard sei, meinte er, ein so junger Ehemann dürfte vor seiner Frau wohl kaum Anspielungen auf derartige Lustbarkeiten machen wollen; und so legte er dem wissenden

Ausdruck des Doktors nicht mehr die gefürchtete Bedeutung bei. Der Maler lud Swann sofort ein, mit Odette in sein Atelier zu kommen, und Swann fand das sehr nett. „Vielleicht werden Sie gnädiger behandelt als ich," sagte Frau Verdurin in einem gespielt pikierten Ton, „und bekommen das Porträt von Cottard zu sehen" (sie hatte den Doktor zum Maler hinkommandiert). Denken Sie auch dran, ‚Herr' Schnuckchen," wandte sie sich mahnend an den Maler, der gewöhnlich zum Spaß „Herr" genannt wurde, „denken Sie auch dran, den hübschen Blick wiederzugeben, überhaupt das Originelle in der Augenpartie? Sie wissen doch! vor allem liegt mir an seinem Lächeln, mein Hauptwunsch war das Porträt seines Lächelns." Und da dieser Ausdruck ihr merkwürdig vorkam, wiederholte sie ihn ganz laut, damit die Mehrzahl der Gäste ihn hören müßte, und wirklich kamen daraufhin wie unter einem vagen Vorwand einige näher heran. Swann wollte mit allen bekannt gemacht werden, sogar mit einem alten Freunde von Verdurins, Saniette, den seine Schüchternheit, seine Einfalt und sein gutes Herz überall um die Achtung gebracht hatte, die ihm seine paläographischen Kenntnisse, sein großes Vermögen und seine vornehme Herkunft eingetragen hatten. Er hatte, während er sprach, einen Brei im Munde — eine wunderbare Einrichtung, weil man das Gefühl hatte, daß sich darin weniger ein Zungenfehler als eine Gemütseigenschaft verriet, gleichsam ein Unschuldsrest aus dem zartesten Alter, den er nie verloren hatte. Jeder Konsonant, den er nicht aussprechen konnte, bedeutete eine Härte, zu der er unfähig war. Dadurch, daß Swann bat, Herrn Saniette vorgestellt zu werden, schien er Frau Verdurin die Rollen zu vertauschen (wobei sie schnurstracks, den Unterschied betonend, zur Antwort gab: „Herr Swann, würden Sie die Güte haben zu gestatten, daß ich Sie unserem Freunde

Saniette vorstelle?“), aber er erregte eine glühende Neigung bei Saniette, wovon ihm freilich nie etwas zu Ohren kam, denn Saniette genierte Verdurins ein bißchen und sie legten keinen Wert darauf, ihm Freunde zu verschaffen. Dafür rührte Swann sie aber unendlich, als er es für nötig hielt, sie sofort um die Bekanntschaft der Tante des Pianisten zu ersuchen. Die hatte ihr schwarzes gewöhnliches Kleid an, weil sie meinte, Schwarz sehe immer gut aus und sei überhaupt das Allerfeinste, und stand da mit puterrotem Gesicht wie stets nach dem Essen. Respektvoll verneigte sie sich vor Swann, richtete sich dann aber voller Majestät empor. Da sie keinerlei Schulbildung hatte und sich vor ihrem falschen Französisch fürchtete, brachte sie alles ganz schnell und wirr heraus, denn sie dachte, wenn ihr ein Schnitzer passierte, würde er so undeutlich und verwischt herauskommen, daß er nicht genau zu merken sein würde, und so war ihre Unterhaltung nur ein ununterscheidbares Geschleim, aus dem von Zeit zu Zeit die seltenen Vokabeln hervortauchten, deren sie sich sicher fühlte. Swann meinte, er könne zu Herrn Verdurin mit leisem Spott über sie reden, doch weit gefehlt: dieser war darüber sogar etwas pikiert.

„Es ist eine ganz vortreffliche Frau,“ erwiderte er. „Ich gebe Ihnen recht, sie ist nicht über wältigend; aber ich versichere Ihnen, sie ist grundsympathisch, wenn man sich mit ihr allein unterhält.“ „Aber daran zweifle ich nicht im Geringsten,“ gab Swann schleunigst zu. „Ich wollte nur sagen, sie schien mir nichts „Prononciertes“ zu haben,“ setzte er mit Betonung dieses Attributes hinzu, „und alles in allem ist das eher ein Kompliment!“ „Passen Sie auf,“ sagte Herr Verdurin, „Sie werden staunen, sie schreibt einen reizenden Stil. Haben Sie nie ihren Neffen gehört? Herrlich, was, Doktor? Soll ich ihn auffordern, etwas zu spielen, Herr Swann?“

„Aber das wäre ja ein Glücksfall . . .," fing Swann zu erwidern an, als ihn der Doktor mit spöttischem Gesicht unterbrach. Da er sich ernstlich eingeprägt hatte, daß die Emphase und der Gebrauch feierlicher Formeln in der Unterhaltung veraltet sei, meinte er immer, wenn er ein gewichtiges Wort ernsthaft aussprechen hörte, wie eben das Wort „Glücksfall," derjenige der es herausgebracht habe, erweise sich ebendadurch als ein Philister. Und erschien dies Wort zufällig noch in einer „ollen Redensart", — mochte es sonst auch noch so geläufig sein, — dann nahm der Doktor an, der begonnene Satz sei lächerlich, und beendete ihn ironischerweise durch den Gemeinplatz, den er dem Andern unterschob, während der überhaupt nicht daran gedacht hatte.

„Ein Glücksfall für Frankreich!" rief er schelmisch und hob die Arme voller Emphase.

Herr Verdurin konnte sich das Lachen nicht verbeißen.

„Was haben die guten Leute denn da alle zu lachen, melancholisch scheint's ja in eurer kleinen Ecke da hinten nicht herzugehen," rief Frau Verdurin. „Ihr glaubt wohl, daß mir das Spaß macht, hier ganz allein auf meiner Armensünderbank zu hocken," setzte sie in verärgertem, absichtlich kindlichem Tone hinzu.

Frau Verdurin saß auf einem hohen schwedischen Sessel aus poliertem Fichtenholz, den ein von dort stammender Geiger ihr geschenkt hatte und den sie aufbewahrte, obwohl er an die Form eines Schemels erinnerte und gegen ihre schönen alten Möbel grell abstach, denn sie hielt darauf, daß den Geschenken, die ihr die Getreuen von Zeit zu Zeit zu machen pflegten, ein augenfälliger Platz eingeräumt wurde, damit die Spender, wenn sie kämen, die Freude des Wiedererkennens hätten. Daher versuchte sie die Leute zu überreden, sie möchten es doch mit Blumen und Bonbons genug sein lassen (das waren doch wenigstens vergängliche Dinge), aber sie setzte ihren

Willen nicht durch, sondern bekam allmählich eine Sammlung von Fußwärmern, Kissen, Pendeluhren, Wandschirmen, Barometern, ferner Porzellan in massenhafter Wiederholung und Neujahrsgeschenke verschiedenster Art.

Von dieser hochgelegenen Stellung aus nahm sie eifrig an der Unterhaltung der Getreuen teil und amüsierte sich über ihre „faulen Witze", nur hatte sie seit dem Mißgeschick mit ihrem Kiefer auf die Mühe des Lautloslachens verzichtet und erging sich, ohne sich zu rühren, in einer konventionellen Mimik, die, ohne Anstrengung oder Risiko für sie, bedeutete, daß sie Tränen lachte. Bei der kleinsten Attacke eines Stammgastes gegen einen Öden oder einen früheren Stammgast, der in die Klasse der Öden zurückversetzt worden war, brachte sie ihren Mann zur Verzweiflung (dessen Stolz es lange Zeit gewesen war, ebenso liebenswürdig wie seine Frau zu sein, der aber mit seinem echten Lachen rasch außer Atem kam und durch die Vortäuschung unaufhörlicher Heiterkeit vonseiten seiner Frau weit hinten gelassen und übertrumpft worden war): sie stieß nämlich einen leichten Schrei aus, schloß ihre Vogelaugen, die ein weißer Bezug zu verschleiern anfing, versenkte urplötzlich — als sei es höchste Zeit, einen unanständigen Anblick zu verstecken oder sich gegen einen tödlichen Anfall zu wappnen — ihr Gesicht in die Hände, die es nun bedeckten und nichts mehr davon sehen ließen, und sah aus, als wolle sie mit aller Gewalt ein Lachen verhalten, ja unterdrücken, von dem sie sonst in Ohnmacht gefallen wäre. Dergestalt überwältigt von der Heiterkeit der Getreuen, trunken von Kameradschaft, Lästerfreude und Beifall, nistete Frau Verdurin oben in ihrem Schlag wie ein Vogel, dem man seinen Kuchen in heißen Wein getunkt hat, und schluchzte vor Liebenswürdigkeit.

Indessen bat Herr Verdurin, nachdem er Swann um die

Erlaubnis ersucht hatte, sich eine Pfeife anzünden zu dürfen („hier geniert man sich nicht, man ist ja unter sich") den jungen Künstler, er möchte sich ans Klavier setzen.

„Hallo, hör' mal, ärgere ihn nicht, er ist nicht hier, um gequält zu werden," rief Frau Verdurin, „ich will nicht, daß man ihn quält, unter keinen Umständen!"

„Aber wie kommst du darauf, daß ihn das ärgert," sagte Herr Verdurin, „Herr Swann kennt vielleicht die Fis-Dur-Sonate nicht, die wir entdeckt haben, er wird sie uns für Klavier gesetzt vorspielen."

„Ach, nein nein, nicht meine Sonate!" rief Frau Verdurin, „ich habe keine Lust, mir vor lauter Weinen wieder einen Schnupfen mit Gesichtsneuralgien zu holen wie das letzte Mal; nein, danke bestens, das braucht nicht wieder loszugehen; ihr habt gut reden, ihr; natürlich, ihr braucht ja dann auch nicht acht Tage im Bett zu liegen!"

Diese kleine Szene, die sich jedesmal wiederholte, wenn der Pianist spielen wollte, entzückte die Freunde so sehr, als sei sie ganz neu; war sie doch ein Beweis für die bezaubernde Originalität der „Frau Chef" und ihr musikalisches Feingefühl. Diejenigen, die in ihrer Nähe waren, gaben denen, die weiter hinten rauchten oder Karten spielten, ein Zeichen, sie sollten kommen, es sei etwas los, und sagten zu ihnen wie im Reichstag an interessanten Stellen: „Hört, hört!" Und am nächsten Tage machte man denen, die nicht hatten kommen können, das Herz schwer, indem man ihnen erzählte, die Szene sei noch amüsanter gewesen als sonst.

„Also gut! weißt du was, mir fällt was Vernünftiges ein," sagte Herr Verdurin, „er wird nur das Andante spielen."

„Nur das Andante, du bist gut," rief Frau Verdurin, „gerade das Andante bricht mir ja Arme und Beine. Er ist wirklich glänzend, der Herr Chef! Das ist so, als wenn er in der ‚Neunten' sagte: wir wollen uns nur den letzten Satz anhören, oder in den ‚Meistersingern' nur die Ouvertüre."

Der Doktor indessen wollte Frau Verdurin dazu bringen, den Pianisten spielen zu lassen, nicht etwa, weil er ihre Aufregung beim Hören von Musik für Mache hielt (er erkannte darin gewisse nervöse Zustände), sondern aus der Gewohnheit vieler Ärzte heraus, die von der Strenge ihrer Vorschriften ohne weiteres nachlassen, sowie etwas auf dem Spiel steht, was ihnen viel wichtiger vorkommt: etwa eine große Reunion, an der sie teilnehmen und bei der die Person, der sie raten, einmal nicht an ihre schlechte Verdauung oder ihre Grippe zu denken, zu den Hauptbeteiligten gehört.

„Diesmal werden Sie nicht krank, passen Sie auf," sagte er zu ihr und suchte es ihr mit Blicken zu suggerieren. „Und wenn Sie krank werden, dann sorgen wir schon für alles."

„Wirklich?" erwiderte Frau Verdurin, als ob einem angesichts der Hoffnung auf eine derartige Gnade nichts anderes übrig bleibe als zu kapitulieren. Vielleicht dachte sie auch vor lauter Reden von Kranksein augenblicksweise nicht mehr daran, daß es eine Lüge sei, und verfiel wirklich in die Stimmung einer Kranken. Solche Leute, die es satt haben, die Seltenheit ihrer Anfälle von ihrer klugen Lebensführung abhängig zu machen, überlassen sich ja ganz gern dem Glauben, sie könnten nun einmal ungestraft tun, was ihnen gefällt (und gewöhnlich schadet) unter der Bedingung, daß sie sich dann in die Hände eines mächtigen Wesens begeben, das sie ohne jede Mühe für sie selber mit einem Wort oder einer Pille wieder auf die Beine bringen wird.

Odette hatte sich auf einem Kanapee mit gesticktem Bezug niedergelassen, ganz dicht am Klavier.

„Sie wissen ja, ich habe meinen Stammplatz," sagte sie zu Frau Verdurin.

Als diese Swann auf einem Stuhl sitzen sah, hieß sie ihn aufstehen.

„Da sitzen Sie nicht gut, setzen Sie sich doch neben Odette, nicht wahr Odette, Sie machen Herrn Swann Platz?"

„Was für eine entzückende Beauvaiser Arbeit," sagte Swann, bevor er sich setzte, denn er wollte eine Liebenswürdigkeit vorbringen.

„Ach, das freut mich, daß Sie mein Kanapee zu schätzen wissen," antwortete Frau Verdurin. „Und ich sage Ihnen vorher, wenn Sie etwas ebenso Schönes sehen wollen, da können Sie lange suchen. Sowas gibt's nicht noch mal. Die kleinen Stühle sind auch was Wunderbares. Das werden Sie gleich sehen. Jede Bronze entspricht dem kleinen Gegenstand des Sessels als Attribut; wissen Sie, da können Sie sich was amüsieren, wenn Sie sich das mal ansehen wollen, da verspreche ich Ihnen ein nettes Erlebnis. Allein schon die kleinen Friese oben auf den Lehnen, sehen Sie mal da, die kleine Weinrebe auf rotem Grunde in dem Bild ‚Der Bär und die Trauben.' Na, ist das gezeichnet oder nicht? Was sagen Sie dazu, ich meine, die hatten's besser raus, das Zeichnen! Macht die nicht ordentlich Appetit, die Weintraube da? Mein Mann behauptet, ich mag kein Obst, weil ich weniger davon esse als er. Nein nein, ich habe nur einen feineren Geschmack als ihr alle, ich brauche sie mir doch gar nicht in den Mund zu stecken, weil ich sie mit den Augen genieße. Was habt ihr denn alle zu lachen? fragt den Doktor, er wird euch bestätigen, daß diese Trauben da mein Abführmittel sind. Andere machen Kuren in Fontainebleau, ich mache meine kleine Kur in Beauvais. Aber Herr Swann, Sie sollen nicht weg, ohne die kleinen Bronzen auf der Rückseite angefaßt zu haben. Ist das nicht zart, ordentlich wie Patina? Nein, nicht mit der ganzen Hand, fassen Sie's ganz fein an!"

„Na, wenn Frau Verdurin anfängt, ihre Bronzen zu befummeln, dann werden wir heut Abend wohl keine Musik zu hören bekommen,“ sagte der Maler.

„Seien Sie still, Sie sind ein gemeiner Kerl. Im Grunde genommen,“ wandte sie sich wieder zu Swann, „verbietet man uns Frauen Dinge, die viel weniger Spaß machen als so etwas. Sagen Sie selbst, gibt's ein Fleisch, das man damit vergleichen kann?! Wenn Verdurin mir die Ehre antäte, auf mich eifersüchtig zu sein — los, sei wenigstens höflich, sag' nicht, du bist es nie gewesen ...“

„Aber ich sag' doch gar nichts. Doktor, ich nehme Sie zum Zeugen, hab' ich was gesagt?“

Swann betastete höflicherweise die Bronzen und wagte nicht gleich aufzuhören.

„Kommen Sie, Sie können sie nachher streicheln; jetzt sollen Sie selber gestreichelt werden, nämlich ins Ohr; das haben Sie gern, kann ich mir denken; nun also, der kleine junge Mann da wird's übernehmen.“

Als der Pianist dann gespielt hatte, war Swann gegen ihn noch liebenswürdiger als gegen die anderen Gäste. Und zwar aus folgendem Grunde:

Im vorigen Jahre hatte er auf einer Soiree ein Musikstück für Klavier und Violine gehört. Zuerst hatte er nur die Stofflichkeit der von den Instrumenten produzierten Töne genossen und mit großem Vergnügen gesehen, wie unter der schmalen, zähen, dichten und beherrschenden kleinen Linie der Geige auf einmal in strömendem Gepolter die Masse des Klavierparts aufzukommen suchte, vielförmig, unzerteilt, breit und gegeneinandergestoßen wie Fluten voll brauner Leidenschaft, wenn der Mondschein sie verzaubert und musikalisch arrangiert. In einem bestimmten Augenblick aber hatte er, ohne deutliche Konturen wahrnehmen oder dem, was ihm gefiel, einen Namen geben zu können, in plötzlicher Entzückung die Phrase oder Harmonie (er wußte es selber nicht) aufzufangen gesucht, die gerade vorüberzog und die ihm die Seele weiter auftat — ganz wie manche Rosendüfte, die in der feuchten Abendluft umgehen und unsere Nasenflügel so eigentümlich zu weiten vermögen. Vielleicht hatte er nur, weil er nicht viel von Musik verstand, einen so wirren Eindruck empfangen können — einen jener Eindrücke, die in ihrer Unausgedehntheit, ihrer völligen Originalität und Unzurückführbarkeit auf irgendeine andere Art von Eindrücken vielleicht die einzigen rein musikalischen sind. Ein Eindruck dieser Art ist für den Augenblick, den er währt, sozusagen sine materia. Sicherlich streben die Noten, die wir dann hören, schon danach, je nach ihrer Höhe und Länge bald große, bald kleine Flächen vor unseren Augen auszufüllen, Arabesken zu ziehen, Empfindungen von Breite, Zähigkeit, Dauer oder Laune in uns zu wecken. Aber die Noten sind entschwunden, bevor diese Empfindungen sich in uns so deutlich gestaltet haben, daß sie nicht mehr von den Empfindungen überschwemmt werden können, welche die folgenden oder sogar gleichzeitigen Noten schon in uns wecken. Und diese Ungenauigkeit mit ihrem Fließen und Zergehen würde den Motiven immer wieder anhaften, sie würden, fast ununterscheidbar, stets nur für Augenblicke daraus hervortauchen, um sofort wieder zu versinken und zu verschwinden, so daß nur der besondere Genuß, der von ihnen ausgeht, sie, die unbeschreiblichen, unerinnerlichen, unnennbaren, unaussprechlichen kenntlich machte — wenn nicht das Gedächtnis, wie ein Arbeiter, der mitten in den Wellen an der Aufschichtung dauerhafter Fundamente arbeitet, Faksimiles dieser flüchtigen Phrasen für uns herstellte und uns erlaubte, sie mit den folgenden Phrasen zu vergleichen und von ihnen abzusondern. So war der köstliche Eindruck, den Swann verspürt hatte, kaum verhaucht, als ihm sein Gedächtnis, noch während des Hörens, schon eine Abschrift geliefert hatte, die zwar recht summarisch und provisorisch war, auf die er aber doch einen Blick warf, während das Stück weiterging: somit war die Empfindung, als sie auf einmal wiederkam, wenigstens nicht mehr ganz ungreifbar. Er machte sich nun eine Vorstellung von ihrer Ausdehnung, ihren symmetrischen Gruppierungen, ihrer Zeichenschrift und ihrem Ausdruckswert; nun hatte er ein Etwas vor sich, das nicht mehr reine Musik war, sondern Zeichnung, Architektur und Gedanklichkeit, und das ihm allenfalls erlaubt, an Musik zu denken. Ja, diesmal hatte er ganz deutlich eine Phrase wahrgenommen, die sich einige Augenblicke lang über die klingenden Wellen erhob. Sie hatte ihm sogleich Genüsse eigener Art zugetragen, wie er sie sich vor dem Hören nie hatte träumen lassen, und von denen er fühlte, daß nur diese Phrase allein sie ihm nahebringen konnte; und so hatte er für sie so etwas wie niegekannte Liebe empfunden.

In langsamem Rhythmus leitete sie ihn erst von hier, dann von dort einer vornehmen, unerkennbaren und doch genau bestimmten Seligkeit zu. Und dann auf einmal, als sie gerade an einem Punkte angelangt war, von dem aus er ihr nachzugehen gedachte, schlug sie nach einer ganz kleinen Pause urplötzlich eine andere Richtung ein, und mit einer neuen, rascheren, zugleich aber feinen, schwermütigen, stetigen und sanften Bewegung zog sie ihn mit sich fort zu unbekannten Perspektiven hin. Dann verschwand sie. Leidenschaftlich begehrte er, sie ein drittes Mal wiederzusehen. Und sie erschien wirklich wieder, doch sprach sie nun nicht klarer zu ihm, sondern schuf ihm nur eine minder tiefe Lust. Als er daheim war, dürstete es ihn nach ihr, er war wie ein Mann, in dessen Leben eine Vorübergehende, die er einen Augenblick gesehen, das Bild einer neuen Schönheit hinterlassen hat, welche sein eigenes Gefühlsleben gehaltvoller macht, ohne daß er auch nur ahnte, ob er Sie, die er schon liebt und von der er nichts, nicht einmal den Namen weiß, je wird wiedersehen können.

Ja, diese Liebe zu einer musikalischen Phrase sollte, so schien es einen Augenblick, in Swann geradezu die Möglichkeit einer Verjüngung hervorlocken. So lange schon hatte er darauf verzichtet, sein Leben mit einem idealen Zweck in Verbindung zu bringen, so lange schon schränkte er es auf die Befriedigung alltäglicher Bedürfnisse ein, daß er glaubte (ohne sich das jemals förmlich zu sagen), dies würde bis zu seinem Tode nicht anders werden; ja mehr noch: da er keine erhabenen Ideen mehr in seinem Geiste spürte, hatte er aufgehört, an ihre Realität zu glauben, ohne eine solche doch ganz negieren zu können. Daher hatte er sich gewöhnt, in bedeutungslose Gedanken zu flüchten, wo er den Grund der Dinge beiseite lassen durfte. Ebenso wie er sich niemals fragte, ob er nicht vielleicht besser daran täte, die Gesellschaft zu meiden, sondern ganz genau wußte, daß er hingehen müsse, wenn er eine Einladung angenommen habe, und daß er seine Karte dazulassen habe, wenn er hinterher keinen Besuch machte — ebenso bemühte er sich, in der Unterhaltung niemals eine zuinnerst gehegte Meinung aufrichtig zum Ausdruck zu bringen, sondern nur Details über die Materie zu liefern, die gewissermaßen einen Wert an sich besaßen und ihm die Enthaltung vom eigenen Urteil erlaubten. Er war außerordentlich genau bei einem Küchenrezept, beim Geburts- oder Todesdatum eines Malers und bei der Nomenklatur seiner Werke. Trotz alledem ließ er sich manchmal dazu hinreißen, ein Urteil über ein Kunstwerk oder über eine Art der Lebensauffassung abzugeben, aber dann tat er es in einem ironischen Ton, als stehe er nicht ganz zu dem, was er sagte. Wie sich nun bei manchen kränklichen Leuten, die auf einmal in ein neues Land kommen, eine veränderte Lebensweise annehmen oder eine organisch-ursprüngliche, geheimnisvolle Evolution durchmachen, scheinbar ein derartiges Zurückgehen des Leidens beobachten lässt, daß sie die unverhoffte Möglichkeit eines späten, gänzlich neuartigen Beginns ins Auge fassen — so erging es auch Swann: bei der Erinnerung an die Phrase, die er gehört, oder vor Sonaten, die er sich vorspielen ließ, um zu sehen, ob er in ihnen nicht das Gesuchte fände, entdeckte er in sich selber die unsichtbaren Realitäten, an die zu glauben er aufgehört und denen er nun, als übte die Musik auf die seelische Dürre, unter der er litt, eine Art wahlverwandtschaftlichen Einflusses aus, in neugefühltem Verlangen, ja fast Vermögen sein Leben widmen wollte. Da er aber noch nicht in Erfahrung gebracht hatte, von wem das eben gehörte Werk stammte, hatte er es sich nicht kaufen können und es schließlich vergessen. Er war zwar noch in derselben Woche einigen Leuten begegnet, die ebenfalls auf jener Soiree gewesen waren, und hatte sie danach gefragt; aber die meisten waren nach der Musik gekommen oder vorher weggegangen; einige waren zwar während des Spieles dagewesen, aber in einen anderen Salon gegangen, um sich zu unterhalten; andere wieder die zum Zuhören dageblieben waren, hatten auch nicht viel mehr gehört. Die Veranstalter selber wußten nur, daß es ein neues Werk sei, das die von ihnen engagierten Künstler sich zum Spielen ausgebeten hatten; die waren aber jetzt auf einer Auslandstournee und konnten Swann also auch nicht weiter bringen. Er hatte zwar sehr viele Freunde, die Musiker waren, aber obgleich er sich genau an den spezifischen und unübersehbaren Genuß, den ihm diese Phrase bereitet hatte, erinnerte und die Formen, die sie hinzeichnete, vor Augen sah, war er doch außerstande, sie ihnen vorzusingen. Schließlich dachte er nicht mehr daran.

Nun hatte der kleine Pianist bei Frau Verdurin gerade vor einigen Minuten angefangen zu spielen, als Swann auf einmal, nach einem hohen, lang ausgehaltenen Ton zwischen zwei Takten etwas herankommen sah: das huschte hervor unter der Fülle eines langgezogenen, gedehnten klingenden Vorhangs, der das Mysterium des Keimens verbergen sollte — und in der geheimnisvoll-rauschenden Gliederung erkannte er die beschwingte, duftende Phrase wieder, die er so liebte. Sie war etwas so Besonderes, hatte einen so individuellen, durch gar nichts Anderes ersetzbaren Reiz, daß Swann zumute war, als habe er im Salon von Freunden ein weibliches Wesen getroffen, das er auf der Straße bewundert hatte, ohne irgend auf eine Wiederbegegnung zu hoffen. Zum Schluß entschwand sie mahnend und sorglich zwischen den Ausstrahlungen ihres Wohlgeruchs und ließ den Abglanz ihres Lächelns auf Swanns Gesicht zurück. Nun konnte er nach dem Namen seiner Unbekannten fragen (man sagte ihm, es sei das Andante aus der Sonate für Klavier und Violine von Vinteuil), nun hielt er sie fest, nun konnte er sie bei sich haben, so oft er wollte, und konnte versuchen, ihr Sprache und Geheimnis abzulernen.

Als daher der Pianist fertig war, trat Swann zu ihm und dankte ihm überaus lebhaft, was Frau Verdurin sehr gefiel.

„Was für ein Zauberer, nicht wahr?“ sagte sie zu Swann; „ordentlich hat er sie 'raus, seine Sonate, der kleine Halunke, was? Das haben Sie nicht geahnt, daß das Klavier sowas fertigbringt. Das ist überhaupt gar nicht mehr Klavier, mein Wort drauf! Jedesmal find' ich das wieder, ich meine, ich höre ein Orchester. Es ist sogar noch schöner als Orchester, noch kompletter.“

Der junge Pianist verneigte sich lächelnd und sagte mit dem Ton einer Pointe:
„Sie sind sehr nachsichtig gegen mich."
Und während Frau Verdurin zu ihrem Mann sagte: „Los, gib ihm Pomeranzenlimonade, er hat sich's redlich verdient," erzählte Swann Odette, wie verliebt er in diese kleine Phrase sei. Als Frau Verdurin aus einiger Entfernung sagte: „Na, es sieht ja ganz so aus, als ob Sie da schöne Sachen zu hören bekommen," da antwortete sie: „Ja, sehr schöne," und Swann fand diese Schlichtheit köstlich. Indessen wollte er Auskünfte über Vinteuil haben, über sein Werk, die Epoche seines Lebens, in der er diese Sonate komponiert hatte, endlich über die Bedeutung, die die kleine Phrase bei ihm wohl haben mochte, ja wirklich: darüber hätte er besonders gern Bescheid gewußt.
Doch alle diese Leute bekannten sich zwar als Verehrer des Komponisten (als Swann sagte, die Sonate sei wirklich schön, hatte Frau Verdurin gerufen: „Das will ich glauben, daß sie schön ist! Aber das gibt ja keiner zu, daß er die Sonate von Vinteuil nicht kennt, es darf einfach keiner sie nicht kennen", und der Maler hatte hinzugesetzt: „O, das ist einfach eine ganz große Sache, nicht wahr? Nun ja, es ist keine „Extrasache" und nichts „für Alle," wenn Sie so wollen, nicht wahr? aber es ist der ganz starke Eindruck für die Künstler"), aber solche Fragen schienen sie sich noch nie vorgelegt zu haben, denn sie waren unfähig, darauf zu antworten.
Als Swann nun gar noch ein oder zwei spezielle Bemerkungen über seine Lieblingsphrase machte, da erwiderte Frau Verdurin:
„Donnerwetter, das ist lustig, darauf hab' ich nie aufgepaßt; ich will Ihnen sagen, ich krame nicht gern in Kleinigkeiten und übe mich nicht in Spitzfindigkeiten; hier verliert man seine Zeit nicht mit Haarspaltereien,

das ist nicht die Art unseres Hauses,“ und Doktor Cottard blickte sie voll seliger Verehrung und wissenschaftlichen Eifers an, daß sie sich in solch einer Flut von fertigen Ausdrücken erging. Im übrigen besaßen er und seine Frau den gesunden Menschenverstand, wie er auch manchen Menschen aus dem Volke eignet, und nahmen sich daher wohl in Acht, Meinungen von sich zu geben oder Bewunderung vorzutäuschen, wenn sie sich doch zu haus gestehen mußten, daß sie von „solcher Musik“ nicht mehr verstünden als von „Herrn Schnuckchens“ Malerei. Da das Publikum Charme, Anmut und natürliche Formen nur insoweit kennt, als es sie den Schablonen einer nach und nach schematisch gewordenen Kunst entlehnt, da andererseits ein originaler Künstler damit beginnt, diese Schablonen wegzuwerfen, fanden Herr und Frau Cottard, hierin ganz Abbild des Publikums, weder in der Sonate Vinteuils noch in den Porträts des Malers das, was für sie die Harmonie der Musik und die Schönheit der Malerei ausmachte. Hängte nicht der Pianist, wenn er die Sonate spielte, aufs Geratewohl über dem Klavier Töne auf, zwischen denen die ihnen vertrauten Formen keine Verbindungen schufen? warf der Maler nicht aufs Geratewohl Farben auf die Leinwand? Wenn sie in diesen Farben eine Gestalt wiedererkennen konnten, so fanden sie sie jedesmal plump und gewöhnlich (soll heißen bar aller Eleganz der schulmäßigen Malerei, durch deren Brille sie sogar auf der Straße die lebendigen Wesen sahen), ja, ohne Naturwahrheit, ganz als ahnte Herr Schnuckchen nicht, wie eine Schulter gebaut ist und daß Frauen keine violettbraunen Haare haben.

Als sich die Getreuen dann doch verteilten, und Frau Verdurin nur noch ein letztes Wort über die Sonate von Vinteuil sagte, benutzte der Doktor die Gelegenheit und warf sich wie ein Anfänger, der schwimmen lernen will, aber möglichst wenn nicht gerade zuviel Leute zusehen, kühn ins Wasser:

„Dann nennt man das also einen Komponisten di primo cartello!“ rief er mit brüsker Entschlossenheit.

Swann brachte nichts weiter in Erfahrung, als daß die Sonate von Vinteuil bei ihrem ersten Auftauchen großen Eindruck in einer Schule mit sehr fortschrittlichen Tendenzen gemacht hatte, beim großen Publikum aber gänzlich unbekannt war.

„Ich bin gut bekannt mit jemandem, der Vinteuil heißt,“ sagte Swann und dachte dabei an den Klavierlehrer von Großmutters Schwestern.

„Vielleicht ist es der,“ rief Frau Verdurin.

„O nein,“ antwortete Swann lachend, „wenn Sie den zwei Minuten lang gesehen hätten, würden Sie diese Frage nicht stellen.“

„Dann heißt also die Frage aufwerfen sie verneinen?“ sagte der Doktor.

„Aber es könnte ja ein Verwandter sein,“ fing Swann wieder an, „das wäre ja ziemlich traurig, aber schließlich kann doch ein genialer Mann der Vetter eines alten Schafskopfes sein. Wenn dem so wäre, dann würde ich offengestanden kein Opfer scheuen, damit der alte Schafskopf mich dem Autor der Sonate vorstellte: zunächst also das Opfer, mit dem alten Schafskopf zu verkehren, was entsetzlich sein muß.“

Der Maler wußte, daß Vinteuil im Augenblick sehr krank sei und daß Doktor Potain fürchte, ihn nicht durchbringen zu können.

„Was?“ rief Frau Verdurin, „es gibt also immer noch Leute, die sich von Potain behandeln lassen?!“

„Oh, Frau Verdurin,“ sagte Cottard in geschraubtem Tone, „Sie vergessen, daß Sie von einem meiner Kollegen, ich müßte eigentlich sagen, einem meiner Meister sprechen.“

Der Maler hatte sagen hören, Vinteuil gehe einer völligen geistigen Auflösung entgegen. Und er behauptete, das sei in gewissen Partien der Sonate zu merken. Swann fand diese Beobachtung nicht übel, aber sie störte ihn; denn ein Werk der reinen Musik, das doch so gar keine der logischen Beziehungen enthält, deren Verletzung im Bereich der Sprache für Verrücktheit zeugt, anders ausgedrückt: die Verrücktheit in der Form einer Sonate — das erschien ihm als etwas ebenso Geheimnisvolles wie die, wenn auch mitunter vorkommende Verrücktheit einer Hündin oder eines Pferdes.

„Lassen Sie mich in Ruhe mit Ihren Meistern, Sie verstehen zehnmal mehr davon als er," sagte Frau Verdurin zu Doktor Cottard in dem Ton eines Menschen, der zu seinen Meinungen steht und denen, die nicht derselben Ansicht sind wie er, tapfer die Spitze bietet. „Sie bringen Ihre Patienten doch wenigstens nicht um!"

„Aber gnädige Frau, er gehört zur Akademie," entgegnete der Doktor mit ironischem Ausdruck. „Wenn ein Patient eben lieber von der Hand einer Leuchte der Wissenschaft sterben will... Es hat doch viel mehr Chic, wenn einer sagen kann: „Potain behandelt mich."

„Ach so, mehr Chic?" sagte Frau Verdurin. „Also Chic gibt's jetzt auch, wenn einer krank ist? das wußt' ich noch gar nicht... Nein, wie komisch Sie sind," rief sie plötzlich und tauchte das Gesicht in die Hände. „Und ich gutmütiges Schaf diskutierte ganz ernsthaft, ohne zu merken, daß Sie mich bloß anführen wollten."

Herr Verdurin hingegen fand es etwas anstrengend, wegen eines so bescheidenen Spaßes erst ein Lachen aufzusetzen, und begnügte sich mit einem Zug aus seiner Pfeife, tiefbetrübt, daß er seine Frau auf dem Gebiete der Liebenswürdigkeit nicht mehr einzuholen vermochte.

„Wissen Sie, Ihr Freund gefällt uns sehr gut," sagte Frau

Verdurin zu Odette beim Abschied „er ist schlicht und nett; wenn Sie uns immer nur solche Freunde vorzuführen haben, können Sie sie herbringen.“

Herr Verdurin wies darauf hin, daß Swann die Tante des Pianisten allerdings nicht zu schätzen gewußt habe.

„Er hat sich eben ein bißchen verlegen gefühlt, der Mann,“ erwiderte Frau Verdurin, „Du kannst doch nicht verlangen, daß er schon beim erstenmal den Ton des Hauses so heraus hat wie Cottard, der seit vielen Jahren zu unserer kleinen Clique gehört. Das erste Mal zählt nicht, das war bloß dazu da, um erst mal zu sondieren. Odette, es bleibt also dabei, daß er uns morgen im Châtelet-Theater trifft. Wenn Sie ihn abholten?“

„Nein, nein, er will nicht.“

„Gott, wie Sie wollen. Nur daß er nicht im letzten Moment abfällt.“

Zur großen Überraschung von Frau Verdurin fiel er nie ab. Er suchte sie auf gleichviel wo, manchmal in den Vorortsrestaurants, die noch nicht viel Gäste hatten, weil noch keine Saison war, weit öfter jedoch im Theater, das Frau Verdurin sehr liebte; und als sie gar eines Tages sagte, sie würden für die Premièren- und Galaabende einen Passierschein sehr gut gebrauchen können, es sei ihnen sehr unangenehm gewesen, daß sie bei der Beerdigung Gambettas keinen gehabt hätten, da erwiderte Swann, der nie von seinen glänzenden Verbindungen, sondern immer nur von den minderwertigen sprach, die zu verbergen er unfein gefunden hätte (hierzu rechnete er z. B. die Verbindungen mit amtlichen Personen, eine Auffassung, die er sich im Faubourg Saint-Germain angewöhnt hatte):

„Ich verspreche Ihnen, ich werde mich darum bemühen, Sie werden sie zeitig genug zur Wiederholung der „Danicheffs“ bekommen, morgen frühstücke ich gerade mit dem Polizeipräfekten im Elysée.“

„Was, im Elysée?“ rief Doktor Cottard mit donnernder Stimme.

„Ja, bei Grévy,“ antwortete Swann, etwas geniert durch die Wirkung seines Satzes.

Und der Maler sagte scherzhaft zum Doktor:

„Das passiert Ihnen oft, was?“

Gewöhnlich sagte Cottard, wenn er seine Erläuterung erst einmal bekommen hatte: „Ach so so, na dann is gut“ und zeigte keine Spur von Erregung mehr.

Diesmal aber steigerten die letzten Worte Swanns, statt ihm die gewohnte Beruhigung zu verschaffen, sein Erstaunen aufs Höchste, daß ein Mensch, mit dem er zu Nacht aß und der weder offizielle Funktionen versah noch über irgendwelche Berühmtheit verfügte, mit dem Staatschef verkehrte.

„Was, Grévy? Sie kennen Grévy?“ sagte er zu Swann mit der verdutzten und ungläubigen Miene eines Gemeindebeamten, den ein Unbekannter fragt, ob er den Präsidenten der Republik sehen könne, und der aus diesen Worten ersieht, „mit wem er es zu tun hat,“ (wie es in den Zeitungen heißt), dem armen Irren versichert, er werde sofort empfangen werden, und ihn zu der betreffenden Station des Krankenhauses hinbefördert.

„Ich kenne ihn flüchtig, wir haben gemeinsame Freunde (er wagte nicht zu sagen, daß es der Prinz von Wales sei), „übrigens lädt er sehr leicht Leute ein, und ich versichere Ihnen, diese Déjeuners sind durchaus nicht amüsant, außerdem sind sie sehr einfach, es sind nie mehr als acht bei Tisch,“ antwortete Swann, der sich bemühte, den allzu auffallenden Eindruck zu verwischen, den seine Beziehungen zum Präsidenten der Republik auf sein Gegenüber machten.

Cottard hielt sich an Swanns Worte und nahm betreffs des Wertes einer Einladung bei Grévy sofort die

Meinung an, daß das etwas recht wenig Begehrtes und ziemlich Landläufiges sei. Von nun an wunderte er sich nicht mehr, daß Swann ebensogut wie ein anderer im Elysée aus und ein ging, ja er bedauerte ihn ein bißchen, daß er zu Déjeuners gehen mußte, deren Langweiligkeit er, der Eingeladene, selber zugab.

„Ach so so, na dann is gut," sagte er im Tone eines Zolleinnehmers, der zwar noch seine Zweifel hat, einem aber doch nach einigen Erklärungen sein Visum erteilt und einen passieren läßt, ohne die Koffer zu öffnen.

„Ja, das glaub' ich, daß die nicht amüsant sein können, diese Déjeuners, Sie sind wirklich hochanständig, daß Sie hingehen," sagte Frau Verdurin, der der Präsident der Republik vorkam wie ein besonders gefährlicher „Öder," weil er über Zauber- und Zwangsmittel verfügte, die ihr vielleicht einmal einen Getreuen abtrünnig machen konnten. „Er ist sicher stocktaub und ißt mit den Fingern."

„Wirklich, dann muß Ihnen das ja nicht viel Spaß machen hinzugehen," sagte der Doktor mit einer Nüance von Mitleid. Dann aber fiel ihm wieder die Zahl von acht Tischgästen ein: „Sind's eigentlich intime Déjeuners" fragte er lebhaft und mehr mit dem Eifer eines Sprachforschers als mit der Neugier eines Maulaffen.

Aber der Nimbus, den der Präsident der Republik in seinen Augen besaß, triumphierte schließlich doch über die Selbsterniedrigung Swanns und die Böswilligkeit Frau Verdurins, und bei jedem Abendessen fragte Cottard interessiert: „Werden wir Herrn Swann heut abend zu sehen bekommen? Er hat persönliche Beziehungen zu Grévy. Sowas nennt man doch wohl einen Gentleman, nicht wahr?" Er bot ihm schließlich sogar eine Einladungskarte zur „Zahnausstellung" an.

„Sie bekommen Zutritt und können auch Leute mitbringen, nur Hunde dürfen nicht hinein. Verstehn Sie mich recht, ich sage Ihnen das, weil ich Freunde habe, die es nicht wußten und denen das nachher furchtbar leid tat.“

Herrn Verdurin entging freilich nicht die Verstimmung seiner Frau bei der Entdeckung, daß Swann über bisher nie erwähnte mächtige Freundschaften verfüge.

Wenn nicht gerade ein Ausflug arrangiert worden war, traf Swann den kleinen Stamm immer wieder im Hause Verdurin, aber er kam immer nur abends und nahm fast nie eine Einladung zum Nachtessen an, trotz Odettes dringender Bitten.

„Ich könnte sogar allein mit Ihnen essen, wenn Sie das lieber wollen,“ sagte sie zu ihm.

„Und Frau Verdurin?“

„O, das wäre sehr einfach. Ich brauchte nur zu sagen, daß meine Toilette noch nicht fertig war oder daß meine Equipage zu spät gekommen ist. Mittel gibt es immer, wenn man etwas einrichten will.“

„Sie sind zu nett.“

Aber Swann sagte sich, wenn er Odette erst nach dem Essen treffen wollte und ihr dadurch zeigte, daß es Freuden gebe, die er dem Zusammensein mit ihr vorzog, so werde ihre Neigung zu ihm für lange Zeit keine Übersättigung kennen. Und da er andererseits die Schönheit einer von ihm geliebten kleinen Arbeiterin, die frisch und schwellend war wie eine Rose, viel lieber hatte als die Schönheit Odettes, so brachte er den Anfang des Abends lieber mit ihr zu, da er ja sicher war, Odette nachher zu treffen. Aus denselben Gründen ließ er sich niemals von Odette zu Verdurins abholen. Die kleine Arbeiterin erwartete ihn nahe bei seiner Wohnung an einer Straßenecke, die sein Kutscher Rémi kannte; dann stieg sie auf, setzte sich neben Swann und blieb in seinen Armen bis zu dem Moment, wo der Wagen vor dem Verdurinschen Hause hielt. Gleich als er hereinkam, zeigte Frau Verdurin auf ein paar Rosen, die er ihr am Morgen geschickt hatte, sagte zu ihm: „Ich bin sehr böse auf Sie,“ wies ihm einen Platz neben Odette an — und der Pianist spielte für sie beide die kleine Phrase von Vinteuil, die gleichsam die Nationalhymne ihrer Liebe war. Er begann mit den ausgehaltenen Violintremolos, die man einige Takte lang ganz allein hört, weil sie den ganzen Vordergrund einnehmen, dann schienen sie auf einmal beiseite zu treten, und wie in den Gemälden von Pieter de Hooch, die der enge Rahmen einer halbgeöffneten Tür vertieft, erschien ganz in der Ferne, mit anderer Farbe, im Sammetglanz eines dazwischenliegenden Lichtes, die kleine Phrase: tanzend, pastoral, eingeschaltet, episodisch, — wie aus einer anderen Welt. Sie zog vorüber in schlicht-unsterblichem Faltenwurf, hie und da ihre Gaben verteilend, immer mit dem gleichen unaussprechlichen Lächeln; nur glaubte Swann jetzt Enttäuschung darin wahrzunehmen. Sie schien die Eitelkeit des Glückes zu kennen, zu dem sie den Weg wies. In ihrer lässigen Anmut hatte sie etwas wie gestilltes Verlangen, ähnlich dem Gefühl der Befreiung, das der Trauer folgt. Doch machte ihm das wenig aus, er betrachtete sie weniger an sich (d. h. nicht hinsichtlich dessen was sie bei dem Musiker ausdrücken mochte, der von seiner und Odettes Existenz nichts wußte, als er sie komponierte, oder bei allen denen, die sie im Laufe der Jahrhunderte hören würden), sondern als seiner Liebe Unterpfand und Andenken, das bei Verdurins ebenso wie bei dem kleinen Pianisten den gleichzeitigen Gedanken an ihn und Odette erweckte und sie alle einte; ja, als Odette ihn plötzlich bat, er möchte einen Künstler bestellen, der die ganze Sonate vorspielen sollte, da verzichtete er auf einmal auf diesen von ihm selbst bisher gehegten Plan: es genügte ihm, auch weiterhin nur diese Partie zu kennen. „Was brauchen Sie das Übrige?“ sagte er zu ihr, „das da ist unser Stück.“

Und da er unter dem Gedanken litt, daß die kleine Phrase, wenn sie so in nächster Nähe und doch zur Unendlichkeit hin vorüberzog, sich an sie beide richtete, ohne sie doch zu kennen, bedauerte er sogar beinahe, daß sie eine Bedeutung, eine innerliche und unverrückbare Schönheit besaß, die draußen vor ihnen bestand — just wie geschenkte Juwelen oder Briefe von der Hand einer geliebten Frau uns den Wunsch eingeben, der Glanz der Gemme und die Worte der Sprache möchten doch nicht so ausschließlich aus der Substanz eines flüchtigen Verhältnisses und eines besonderen Menschen stammen.

Oft verweilte Swann, bevor er zu Verdurins ging, sehr lange bei der jungen Arbeiterin; dann merkte er, sobald der Pianist die Phrase einmal gespielt hatte, daß die Zeit für Odettes Heimfahrt bald gekommen sei. Er brachte sie immer bis zur Tür ihres Häuschens in der rue La Pérouse hinter dem Arc de Triomphe. Und opferte er auch, um nur ja nicht alle Gewährung von ihr zu heischen, das für ihn weniger notwendige Vergnügen, sie früher zu sehen und mit ihr zusammen zu Verdurins zu gehen, so tauschte er dafür doch die Ausübung eines Rechtes ein, das sie ihm zuerkannte: des Rechtes, mit ihr zusammen fortzugehen. Denn hierauf legte er besonderen Wert, weil er nur so das Bewußtsein haben konnte, daß niemand sie sah, niemand sich zwischen sie und ihn schob, niemand sie hinderte noch bei ihm zu sein, auch wenn er schon von ihr gegangen war.

So fuhr sie denn immer in Swanns Wagen zurück; eines Abends, als sie gerade ausgestiegen war und er zu ihr sagte „bis morgen,“ pflückte sie jäh in dem kleinen Garten vor dem Hause eine letzte Chrysantheme und gab sie ihm, noch bevor er wieder fort war. Er hielt sie während der Heimfahrt an seinen Mund gepreßt, und als die Blüte endlich nach einigen Tagen verwelkt war, verschloß er sie fein säuberlich in seinem Schreibtisch.

Aber er kam nie mit in ihre Wohnung. Nur zweimal am Nachmittag war er hingegangen, um an der für sie hochwichtigen Veranstaltung einer „Tasse Tee“ teilzunehmen. Die Abgeschiedenheit und Leere dieser kurzen Straßen (sie bestanden fast alle aus aneinanderstoßenden kleinen Häusern, deren Monotonie nur hie und da ein plötzlich sich dazwischenschiebender finsterer Kramladen unterbrach, als historisches Zeugnis und schmutziger Rest der Zeit, in der diese Viertel noch in üblem Rufe standen), der Schnee, der noch im Garten und auf den Bäumen lag, das Spielerische des jungen Jahres, die Nachbarschaft der Natur — all' das erfüllte die Wärme und die Blumen, die er beim Hereintreten vorgefunden hatte, irgendwie mit tieferem Geheimnis.

Rechts von Odettes Schlafzimmer, das sich im etwas hochliegenden Erdgeschoß befand und auf ein parallellaufendes Gäßchen hinausführte, stieg eine gerade Treppe zwischen dunkelbemalten Wänden empor, von denen orientalische Stoffe, Fasern türkischer Rosenkränze und eine japanische Laterne herabsanken (letztere war an einem Seidenbändchen aufgehängt, hatte aber, um die Besucher nicht des letzten Komforts okzidentaler Zivilisation zu berauben, Gasbeleuchtung). Die Treppe führte zum Salon und Wohnzimmer hinauf. Vor diesen lag ein enges Vestibül, dessen Wand (mit dem karierten Muster eines vergoldeten Gartenzaunes) in ihrer ganzen Länge von einem rechtwinkligen Kasten umsäumt wurde, wo wie in einem Treibhaus eine Reihe der damals noch seltenen großen Chrysanthemen blühte, die freilich noch weit hinter den Züchtungserfolgen späterer Gartenkultur zurückblieben. Swann war eigentlich ärgerlich über die Mode, die sich ihnen seit dem letzten Jahre zuwandte, aber diesmal hatte er doch Freude am Anblick des Halbdunkels in der Stube, so schön lag sie da im rosa-weiß-orangen gestreiften Glanze der duftenden Strahlen, die von diesen an grauen Tagen entglimmenden Blumeneintagssternen ausgehen. Empfangen hatte Odette ihn in einem Hauskleid aus rosa Seide mit bloßem Hals und Armen. Sie hatte ihn neben sich Platz nehmen lassen in einem der zahlreichen, geheimnisvollen Winkel, die in den Nischen des Salons eingerichtet waren unter dem Schutze gewaltiger Palmbäume, die in chinesischen Topfmänteln steckten, oder spanischer Wände, an denen Photographien, Schleifen und Fächer hingen. Dann hatte sie zu ihm gesagt: „Nein, so sitzen Sie nicht bequem, warten Sie, ich will es Ihnen behaglich machen," und mit einem leisen Lachen des Stolzes, als komme nun irgendein nur ihr eigener Einfall, hatte sie hinter Swanns Kopf und unter seinen Füßen Kissen aus japanischer Seide angebracht, die sie knetete, als sei sie ebenso verschwenderisch mit diesen Reichtümern wie unbekümmert um ihren Wert. Als aber dann der Kammerdiener eine Lampe nach der anderen heranbrachte und diese Lampen, die fast alle in chinesischen Porzellanen steckten, nun einzeln oder zu zweit brannten (alle auf verschiedenen Möbeln wie auf Altären), da erstand in der schon beinahe nächtlichen Dämmerung dieses winterlichen Spätnachmittags auf einmal ein dauernderer, rosigerer Sonnenuntergang von Menschenhand (so daß vielleicht auf der Straße ein Verliebter vor der geheimnisvollen Wirklichkeit träumte, welche die flammenden Fenster zugleich verrieten und verbargen). Odette überwachte den Diener, der die Lampen hereintrug, mit strengen Seitenblicken, um zu sehen, ob er sie auch an ihren festen Platz stelle. Sie dachte, wenn er auch nur eine einzige irgendwohin stellte, wo sie nicht stehen sollte, so würde der Gesamteindruck ihres Salons zerstört und ihr Porträt, das auf einer schrägen, mit

Plüsch drapierten Staffelei stand, einer schlechten Beleuchtung ausgesetzt. Daher folgte sie den Bewegungen dieses plumpen Menschen mit fieberhafter Spannung und erteilte ihm einen scharfen Verweis, weil er zu dicht an zwei Blumentischchen vorbeigestreift war, deren Reinigung sie sich selber vorbehielt aus Angst, man könnte ihnen etwas tun; sie musterte sie denn auch sofort aus nächster Nähe, um nachzusehen, ob er sie nicht an den Ecken abgestoßen habe. Sie fand all ihre chinesischen Nippsachen „amüsant" in den Formen; nicht minder jedoch die Orchideen und insbesondere die Catleyas, die neben den Chrysanthemen ihre Lieblingsblumen waren, weil sie den großen Vorzug hatten, nicht wie Blumen auszusehen, sondern gleichsam aus Seide oder Satin zu bestehen. „Die da sieht aus, als wäre sie aus dem Futter meines Mantels herausgeschnitten," sagte sie zu Swann auf eine Orchidee deutend und bekundete geradezu so etwas wie Wertschätzung für diese Blume, die soviel „Chic" hatte, diese ihr ganz unerwartet von der Natur bescherte elegante Schwester, so fern von ihr in der Stufenleiter der Geschöpfe und doch in ihrer unendlichen Feinheit weit mehr als manche Andere wert, in ihrem Salon empfangen zu werden. Und während sie ihm nacheinander allerlei Dinge vorführte: Chimären mit Feuerzungen als Dekoration eines Porzellans oder als Stickerei auf einem Schirm, dann die Blumenkronen eines Orchideenstraußes, ein silbernes Dromedar mit schwarzem Schmelzüberzug und Augen, die mit Rubinen ausgelegt waren, und friedlich daneben auf dem Kamin eine Kröte aus Nierenstein — währenddessen trug sie nacheinander allerlei Empfindungen zur Schau: die Furcht vor der Bosheit oder das Lachen über die Dummheiten der Ungetüme, das Erröten über die Unanständigkeit der Blumen und das Gefühl eines unwiderstehlichen Verlangens, dem Dromedar und der Kröte, die sie „geliebt" nannte, einen Kuß zu geben. Dies Zurschautragen kontrastierte dann wieder mit der Aufrichtigkeit mancher Zeichen von Devotion, namentlich der Muttergottes vom Laghet gegenüber, die sie einst, als sie in Nizza wohnte, von einer tödlichen Krankheit geheilt hatte und deren Bild auf einer goldenen Medaille sie immer um den Hals trug, da sie eine grenzenlose Macht darin vermutete. Odette machte Swann „seinen" Tee und fragte ihn: „Zitrone oder Sahne?", und als er „Sahne" antwortete, sagte sie lachend zu ihm: „eine Spur?" Er fand ihn gut, und so sagte sie: „Sie sehen, ich weiß, was Sie mögen." Dieser Tee war für Swann wirklich etwas gleichsam an und für sich Köstliches gewesen; hat doch die Liebe ein ganz tiefes Bedürfnis, sich eine Rechtfertigung und Garantie der Dauer in Gestalt von Freuden zu erfinden, die ohne sie gar nicht da wären und mit ihr zusammen enden. So war Swann, als er um sieben Uhr zum Umziehen noch Hause fuhr, während der ganzen Fahrt in seiner Kutsche außerstande gewesen, die Freude dieses Nachmittags niederzuhalten, und hatte immerzu vor sich hingesagt: „Das wäre doch wirklich nett, wenn man auf diese Weise eine kleine Person hätte, bei der man immer etwas so Seltenes wie guten Tee finden könnte." Eine Stunde danach bekam er ein paar Zeilen von Odette und erkannte sofort die große Schrift mit der affektierten englischen Steifheit, die einen Schein von Disziplin über formlose Zeichen legte, in denen weniger voreingenommene Augen wohl den Mangel an Ordnung im Geiste, die unzureichende Erziehung, das Fehlen von Offenheit und Energie erschaut hätten. Swann hatte sein Zigarettenetui bei Odette vergessen. „Warum haben Sie nicht auch Ihr Herz hier vergessen, das hätt' ich Sie nicht zurückholen lassen."

Einem zweiten Besuch, den er ihr machte, kam bereits

mehr Bedeutung zu. Während er zu ihr fuhr, stellte er sie sich auch diesmal, wie immer bevor er sie sehen sollte, genau vor Augen; und die Zwangsvorstellung, daß er von ihren oft gelben und schlaffen, bisweilen rot gepunkteten Wangen nur die rosigen und frischen Backenknochen sehen durfte, wenn er ihr Gesicht hübsch finden wollte — diese Zwangsvorstellung bedrückte ihn wie ein Beweis dafür, daß das Ideal unerreichbar und das Glück mittelmäßig sei. — Sie brachte ihm einen Kupferstich, den er zu sehen wünschte. Sie war nicht ganz wohl und empfing ihn in einem Morgenrock aus braunviolettem Crêpe de Chine, der wie ein Mantel einen reichbestickten Stoff über ihre Brust legte. Wie sie so neben ihm stand, die aufgelösten Haare an den Wangen hinabfallen ließ und mit der Gebärde lässigen Tanzes ein Bein bog, um sich ohne Anstrengung zu dem Stiche neigen zu können, den sie geneigten Hauptes aus ihren im unbelebten Zustande so abgespannten und unfreundlichen großen Augen betrachtete — da frappierte sie Swann durch ihre Ähnlichkeit mit der Gestalt Zephoras, der Tochter Jethros, die auf einer Freske der sixtinischen Kapelle zu sehen ist. Swann forschte von jeher in der Malerei der Meister nicht so sehr nach den allgemeinen Kennzeichen der umgebenden Wirklichkeit, sondern gerade nach dem, was Verallgemeinerung am wenigsten verträgt, nämlich nach individuellen Zügen bekannter Gesichter: an einem Brustbild des Dogen Loredan von Antonio Rizzo waren das die hervorspringenden Backenknochen, die schiefen Augenbrauen, kurz, die sprechende Ähnlichkeit mit seinem Kutscher Rémi, unter den Farben eines Ghirlandajo war's die Nase des Herrn von Palancy, in einem Porträt Tintorettos die ersten Ansätze eines ins Fett der Backen einbrechenden Backenbartes, der Bruch der Nase, der stechende Blick, der Blutandrang in den Lidern, kurz: alle Eigenheiten des Doktor du Boulbon. Da er immer noch Gewissensbisse darüber empfand, daß er sein Leben auf die mondänen Verbindungen und auf die Konversation beschränkt hatte, glaubte er vielleicht so etwas wie Nachsicht und Vergebung seitens der großen Künstler ebendarin sehen zu dürfen, daß auch sie wirkliche Gesichter betrachtet und in ihre Bilder hineingelassen hatten, und daß ihrem Werk dadurch eine einzigartige Gewähr für Lebenswahrheit, ja eine gewisse Modernität zuteil geworden war; vielleicht auch hatte er sich so sehr von der Frivolität der Weltleute einfangen lassen, daß er das Bedürfnis empfand, in einem alten Werke die vorweggenommenen und verjüngenden Anspielungen auf Eigennamen von heute zu finden. Vielleicht aber lag es anders und er hatte sich seine Künstlernatur genügend bewahrt, um an solchen individuellen Charakterzügen gerade deshalb Freude zu finden, weil diese Züge eine allgemeinere Bedeutung gewannen, sobald sie ihm, gleichsam entwurzelt und losgebunden, entgegentraten in der Ähnlichkeit des so viel älteren Porträts mit einem Original, das in diesem Porträt gar nicht zur Darstellung kam. Und da die neuerliche Fülle seiner Eindrücke, mochte sie auch mehr mit der Liebe zur Musik gekommen sein, doch auch seinen Sinn für die Malerei bereichert hatte, so verspürte er einen tieferen und nachhaltigeren Genuß, nun ihm die Ähnlichkeit Odettes mit der Zephora des Sandro di Mariano auffiel (er nannte ihn nicht gern bei seinem populären Zunamen Botticelli, seitdem dieser Zuname statt des echten Werkes des Malers die banale und falsche Vorstellung wachrief, die der gewöhnliche Sinn daraus entnommen hat). Nun schätzte er Odettes Gesicht nicht mehr nach der mehr oder minder guten Qualität ihrer Wangen oder nach der sanften Farbe reinen Fleisches, die er für unerläßlich hielt, wenn er diese Wangen mit seinen Lippen berühren sollte (vorausgesetzt, daß er sich je getraute, sie zu küssen), sondern ihr Antlitz war ihm nun wie ein Knäuel feiner und schöner Linien, die seine Blicke in einer bestimmten Aufrollungskurve abwickelten, indem sie das Gefälle des Nackens mit dem Fluß der Haare und der Biegung der Lider verbanden, als sei sie ein Porträt ihrer selbst, in welchem ihr Typ zur Faßbarkeit und Klarheit gelangte.

Er sah sie an; auf ihren Zügen und an ihrem Körper erschien ein Fragment der Freske, das er von nun an immer darin wiederzufinden suchte, mochte er in Odettes Nähe sein oder nur an sie denken. Und obwohl ihm sicherlich nur deshalb soviel an dem florentinischen Meisterwerk lag, weil er es in ihr wiederfand, gewann doch auch sie durch diese Ähnlichkeit in seinen Augen Schönheit und höheren Wert. Swann machte sich Vorwürfe, daß er die Kostbarkeit eines Wesens verkannt habe, das dem großen Sandro verehrungswürdig erschienen sei, und er pries sich glücklich, daß sein Vergnügen beim Anblick Odettes in seiner eigenen ästhetischen Kultur eine Rechtfertigung fand. Verband er nun den Gedanken an Odette mit seinen Träumen vom Glücke, dann sagte er sich, diese Gedankenverbindung bedeute kein Sichbeschränken auf einen unvollkommenen Notbehelf wie er bis dahin geglaubt hatte, da das, was in ihr steckte, ja seinen feinsten künstlerischen Liebhabereien entsprach. Er vergaß, daß Odette deswegen um keinen Deut mehr eine Frau nach seinem Begehren war, da sein Begehren ja immer eine seinen ästhetischen Neigungen genau entgegengesetzte Richtung genommen hatte. Die Vokabel „florentinisches Werk" leistete Swann einen großen Dienst. Wie ein Rechtstitel gewährte sie dem Bild Odettes Einlaß in eine Welt der Träume, zu der es bisher keinen Zutritt gehabt hatte und in der es sich nun sättigte mit adligem Wesen. Bisher hatte der rein sinnliche Gesichtspunkt, unter dem er diese Frau betrachtete, seinen Einwendungen gegen die Qualität ihres Gesichtes, ihres Körpers, ihrer ganzen Schönheit stets neue Nahrung gegeben, und seine Liebe war dadurch geschwächt worden; jetzt aber erhielt die Leidenschaft die Daten einer bestimmten Ästhetik zur Grundlage — und sofort war sie vor allen Zweifeln gesichert, ganz zu schweigen davon, daß Kuß und Besitz, so naturhaft und gewöhnlich sie wirkten, wenn das Fleisch einer Gefallenen sie ihm gewährte, ihm als Krönung seiner Verehrung für ein Museumswerk übernatürlich und köstlich vorkommen mußten.

Und kam ihm bisweilen ein Bedauern, daß er seit Monaten nichts tat als Odette besuchen, so sagte er sich, es sei sehr vernünftig, viel Zeit an ein unschätzbares Meisterwerk zu wenden, das hier einmal in eine Materie von anderer Art und besonderer Schmackhaftigkeit gewandert war; und er betrachtete dies „seltene Stück“ bald mit der Demut, der Geistigkeit und dem interesselosen Wohlgefallen eines Künstlers, bald mit dem Stolz, dem Egoismus und der Sinnlichkeit eines Sammlers.

Gleichsam als Photographie Odettes stellte er eine Reproduktion der Tochter Jethros auf seinen Schreibtisch. Er bewunderte die großen Augen, das feine Gesicht, das die unvollkommene Haut erraten ließ, die wunderbaren Locken, die an den müden Wangen herabrollten, paßte somit alles, was er bisher in rein ästhetischer Weise schön gefunden hatte, der Idee einer lebenden Frau an verwandelte dadurch es in physische Vorzüge — und pries sich glücklich, daß er diese Vorzüge in einem Wesen vereinigt fand, das er haben konnte, sobald er wollte. Diese vage Sympathie, die einen mit dem Kunstwerk, das man vor Augen hat, verbindet — sie wurde jetzt, wo er zu dieser Tochter Jethros das Original aus Fleisch und Blut kannte, zur Sehnsucht und begann ihm einen Ersatz zu bieten für das, was der Körper Odettes anfangs nicht in ihm geweckt hatte. Wenn er diesen Botticelli lange betrachtet hatte, dann dachte er an s e i n e n Botticelli, den er noch schöner fand; und wenn er die Photographie Zephoras näher zu sich heranholte, glaubte er Odette an sein Herz zu drücken.

Er wollte nun freilich nicht nur einem Nachlassen Odettes mit allen Mitteln zuvorkommen, sondern bisweilen auch seinem eigenen Nachlassen. Fühlte er doch nur zu gut, daß Odette, seitdem sie lauter leichte Gelegenheiten hatte ihn zu sehen, ihm anscheinend nichts Besonderes mehr zu sagen hatte; und so fürchtete er, die etwas unbedeutende, monotone und gleichsam endgültig festgelegte Art, in der sie sich jetzt gab wenn sie zusammen waren, könnte todbringend sein für das romanhafte Harren seiner Seele auf den Tag, an dem sie ihm ihre Leidenschaft würde offenbaren wollen — dies Harren, das allein ihn verliebt gemacht und verliebt erhalten hatte. Und da er seines gar zu unbewegt gewordenen Eindruckes vom Gemütsleben Odettes überdrüssig zu werden fürchtete und ihn ein wenig auffrischen wollte, schrieb er ihr wohl plötzlich einen Brief voll gespielter Enttäuschung und künstlichen Zornes, den er ihr noch vor dem Abendessen bringen ließ. Er wußte, sie würde erschrecken und antworten; zugleich hoffte er, daß durch den Druck, den die Furcht ihn zu verlieren auf ihre Seele ausüben werde, Worte hervorsprudeln würden, die sie ihm noch nie gesagt hatte. Und wirklich: auf diese Weise hatte er von ihr die zärtlichsten Briefe bekommen, die sie ihm je geschrieben hatte. Einer, den sie ihm mittags aus der „Maison Dorée“ hatte bringen lassen (es war der Tag der Paris-Murcia-Feier zum Besten der Überschwemmungshilfe von Murcia), begann mit folgenden Worten:

„Lieber Freund, meine Hand zittert so sehr, daß ich kaum schreiben kann“; diesen Brief hatte er im selben Schubfach aufbewahrt wie die getrocknete Chrysanthemenblüte. Oder, gesetzt den Fall, sie hatte keine Zeit gehabt, ihm zu schreiben, so malte er sich aus, wie sie im Augenblick seines Hereinkommens bei Verdurins lebhaft auf ihn zugehen und zu ihm sagen würde: „Ich habe mit Ihnen zu reden,“ und wie neugierig er dann aus ihren Mienen und Worten lesen würde, welche Seite ihres Herzens sie ihm bis dahin verborgen hatte.

Schon wenn er dem Verdurinschen Hause näher kam und die lampenhellen großen Fenster sah, deren Vorhänge niemals zugezogen waren, wurde er weich in dem Gedanken an das entzückende Wesen, das ihm bald im goldenen Schein der Lichter entgegenblühen sollte. Manchmal hoben sich die Schatten der Gäste schmal und schwarz wie auf einem Schirm vor den Lampen ab — wie die kleinen Kupferstiche, die man hie und da in einen durchsichtigen Lampenschirm einschiebt, dessen übriges Blattwerk lauter Helligkeit ist. Er suchte Odettes Silhouette zu unterscheiden. War er angelangt, dann hatte er soviel unbewußtes Freudeleuchten in den Augen, daß Herr Verdurin zum Maler sagte: „Es ist wohl sehr heiß, was?“ Und wirklich lebte für Swann durch Odettes Gegenwart in diesem Hause etwas, womit keins der Häuser, in denen er verkehrte, ausgestattet war: etwas wie sinnliches Getriebe, wie nervöses Netzwerk, das sich in alle Zimmer verästelte und ständige Erregung in sein Herz brachte.

So bekam das einfache Funktionieren des sozialen Organismus', den die kleine „Clique“ darstellte, in Swanns Augen den automatischen Charakter täglicher Stelldicheins mit Odette und erlaubte ihm, so zu tun, als sei es ihm gleichgültig, ob er sie sähe, oder gar, als wünsche er sie nicht mehr zu sehen; ging er doch durch diese Manöver keinerlei Risiko ein, da er sie ja, was er ihr auch am Tage geschrieben haben mochte, abends bestimmt sah und heimbrachte.

Als er aber einmal in dem widerwilligen Gedanken an diese unvermeidliche gemeinsame Rückfahrt seine junge Arbeiterin bis zum Bois mitgenommen hatte, um nur recht spät zu Verdurins zu kommen, da langte er so spät dort an, daß Odette in der Annahme, er würde nicht mehr kommen, fortgegangen war. Als Swann sah, daß sie nicht mehr im Salon war, spürte er ein wehes Gefühl am Herzen. Er erbebte; nun ihm die Freude entzogen wurde, kam es ihm vor, als solle er sie zum ersten Male erleben — hatte er doch bis dahin stets die Sicherheit gehabt, diese Freude zu finden, wann immer er wollte, und wußte daher nicht, daß Sicherheit etwas ist, was allen Freuden Abbruch tut, ja, einen sogar hindert, ihre Größe recht zu erkennen.

„Hast du das Gesicht gesehen, das er gemacht hat, als er merkte, daß sie nicht da war?“ sagte Herr Verdurin zu seiner Frau, „ich glaube, das hat ihn ordentlich gezwickt.“

„Das Gesicht, das er gemacht hat?“ fragte Doktor Cottard leidenschaftlich, denn er war gerade von einem kurzen Krankenbesuch zurückgekommen, um seine Frau abzuholen, und wußte nicht, von wem man sprach.

„Was, haben Sie vor der Tür nicht den schönsten aller Swanns gesehen?“

„Nein, ist denn Herr Swann gekommen?“

„O, nur einen Augenblick. Wir haben einen sehr aufgeregten, sehr nervösen Swann gehabt. Sie verstehen, Odette war fort.“

„Sie wollen damit sagen, daß sie mit ihm wohl schon einig ist, daß sie ihm das Schäferstündchen gewährt hat,“ sagte der Doktor, indem er voller Vorsicht den Sinn dieser Ausdrücke erprobte.

„Nicht doch, es ist rein gar nichts passiert, und, unter uns, ich finde, daß sie ganz auf dem unrechten Wege ist und sich benimmt wie eine mächtig dumme Gans, was sie ja übrigens auch ist.“

„Ach, ach, ach,“ sagte Herr Verdurin, „was weißt denn du davon, ob was passiert ist oder nicht, wir sind doch nicht dabei gewesen, nicht wahr?“

„Mir hätte sie's gesagt,“ erwiderte Frau Verdurin stolz, „ich sage euch, sie erzählt mir alle ihre kleinen Geschichten! Weil sie augenblicklich niemanden mehr hat, habe ich ihr gesagt, sie müßte bei ihm schlafen. Sie behauptet, sie könnte es nicht, sie hätte es ihm zwar schon sehr nahe gelegt, aber er sei so schüchtern mit ihr, und dadurch würde sie nun auch wieder schüchtern, und weil sie ihn so nicht mag, wäre er für sie ein ideales Wesen, und sie hätte Angst, ihr Gefühl für ihn abzustumpfen; ich muß es doch wissen, nicht wahr? Und trotzdem brauchte sie gerade das.“

„Du wirst gestatten, daß ich nicht deiner Meinung bin,“ sagte Herr Verdurin, „er paßt mir nicht ganz, dieser Herr; ich finde, er ist ein Poseur.“

Frau Verdurin erstarrte und machte ein so totes Gesicht, als wäre sie zur Statue geworden, da es nur durch diese Fiktion glaubhaft zu machen war, daß sie das unerträgliche Wort Poseur nicht gehört habe — dies Wort, das die Möglichkeit zu enthalten schien, man könne bei ihnen „posieren“, folglich „mehr sein als sie“.

„Nun, und wenn wirklich nichts passiert ist, dann kommt das, denk' ich, nicht daher, daß dieser Herr sie für ‚anständig‘ hält,“ sagte Herr Verdurin ironisch, „das heißt: wissen kann man's nicht, da er ja sie für intelligent zu halten scheint. Ich weiß nicht, ob du gehört hast, was er ihr neulich abend über die Sonate von Vinteuil für Weisheit verzapfte; ich habe Odette von Herzen gern, aber um vor ihr ästhetische Theorien von sich zu geben, muß man denn doch ein vollendeter Gimpel sein."

„Hört mal, macht mir Odette nicht schlecht," sagte Frau Verdurin in absichtlich kindlichem Tone, „sie ist entzückend."

„Aber warum soll sie denn nicht entzückend sein? wir machen sie ja gar nicht schlecht, wir sagen ja nur, daß sie weder mit Anstand noch mit Intelligenz etwas zu schaffen hat. Hand aufs Herz," sagte er zum Maler, „würde Ihnen eigentlich so viel daran liegen, daß sie anständig wäre? Sie wäre dann vielleicht weniger entzückend, wer weiß?"

Auf dem Flur war Swann dem Hausmeister begegnet, der im Augenblick seines Kommens gerade nicht dagewesen war. Er sollte ihm — „falls er noch käme" — von Odette ausrichten (es war freilich schon eine Stunde her), sie würde wahrscheinlich, bevor sie heimginge, bei Prévost noch eine Tasse Schokolade trinken. Swann machte sich auf den Weg zu Prévost, aber immerfort wurde sein Wagen von anderen Wagen oder von Leuten, die über die Straße gingen, aufgehalten, lauter ekelhaften Hindernissen, die er mit dem größten Vergnügen umgefahren hätte, wenn der Polizist, der ihn dann aufgeschrieben hätte, ihn nicht noch mehr aufgehalten haben würde als der Fußgänger, der über den Damm ging. Er zählte die Zeit, die er brauchte, ja, er tat zu jeder Minute noch ein paar Sekunden hinzu, um sicher zu sein, die Minuten nicht zu kurz gemacht zu haben, denn dann hätte er ja seine Chance, früh genug hinzukommen und Odette noch zu treffen, für größer gehalten, als sie in Wirklichkeit war. Und dann kam ein Moment (wie bei einem Fiebernden, der eben aufgewacht ist und sich nun der Absurdität aller der Traumgeschichten bewußt wird, die er hin- und herwälzte, ohne sich deutlich von ihnen zu scheiden) — da trat Swann auf einmal die Seltsamkeit der Gedanken vor Augen, die er seit dem Augenblick herumwälzte, als es bei Verdurins geheißen hatte, Odette sei schon fort, und er merkte den neuen Schmerz im Herzen, an dem er litt, den er aber nur konstatierte, als sei er eben aufgewacht. Was? all diese Aufregung, weil er Odette erst morgen sehen würde, was er sich doch eine Stunde vorher gerade gewünscht hatte, als er zu Frau Verdurin fuhr? Er mußte wohl oder übel feststellen, daß er in diesem selben Wagen, der ihn zu Prévost brachte, nicht mehr derselbe war, und daß er auch nicht mehr allein war, daß da ein neues Wesen, mit ihm zusammenhängend und verschmolzen, bei ihm weilte. Ja, wer weiß, ob er sich überhaupt noch von ihm losmachen konnte und nicht vielmehr vorsichtig mit ihm umgehen mußte wie mit einem Herrn oder einer Krankheit. Trotz allem aber kam ihm sein Leben interessanter vor, seit er fühlte, daß ein neuer Mensch sich zu ihm gesellt hatte, Und dabei hatte er sich doch eben erst gesagt, diese mögliche Begegnung bei Prévost (deren naher Zukunftshauch ihn durcheinanderwirbelte und die vorhergegangenen Momente so sehr bloßlegte, daß er keinen einzigen Gedanken, keine einzige Erinnerung mehr fand, hinter der er seinen Geist zur Ruhe bringen konnte), nun, diese Begegnung werde, wenn sie stattfände, höchstwahrscheinlich aufs Haar den anderen gleichen, d. h. etwas sehr Unbedeutendes sein. Wie jeden Abend würde er, sowie er mit Odette zusammen war, auf ihr wechselndes Gesicht einen verstohlenen Blick werfen, um dann die Augen gleich wieder wegzuwenden aus Furcht, sie könne eine Steigerung seines Verlangens darin lesen und nicht mehr an seine Uninteressiertheit glauben; von da an aber würde er gar nicht mehr an ihre Person denken können, so eifrig würde er nach Vorwänden suchen; denn irgendwie mußte er doch begründen, daß er sie nicht sofort verließ, irgendwie mußte er sich doch — möglichst ohne den

Eindruck zu erwecken, als läge ihm etwas daran — darüber vergewissern, daß er sie am nächsten Tag wieder bei Verdurins antreffen würde, mußte es, weil er diese Frau, mit der er täglich umging, nicht zu umfangen wagte und daher genötigt war, die Enttäuschung und Qual, die ihm ihre fruchtlose Gegenwart bereitete, immer wieder um einen Augenblick zu verlängern, um einen Tag hinauszuschieben.

Sie war nicht bei Prévost; so entschloß er sich, in allen Boulevardrestaurants zu suchen. Um Zeit zu gewinnen, ging er durch die eine Hälfte der Restaurants, schickte seinen Kutscher Rémi (den Dogen Lorédan von Rizzo) gleichzeitig in die anderen und erwartete ihn an einer bestimmten Stelle, nachdem er selber nichts gefunden hatte. Der Wagen kam und kam nicht wieder, und Swann malte sich schon den nächsten Augenblick aus, der jetzt noch ein Doppelgesicht hatte, je nachdem, ob Rémis Bescheid lautete: „Die Dame ist da" oder: „Die Dame war in keinem von den ganzen Cafés." Und so sah er das Ende des Abends vor sich, dies eine Ende mit seinen zwei Möglichkeiten, je nachdem ob die Begegnung mit Odette seine Beklommenheit lösen würde, oder ob das Ganze enden sollte mit einem notgedrungenen Verzicht, sie heut abend zu treffen, mit einer resignierten Heimfahrt ohne einen letzten Blick auf sie.

Der Kutscher kam wieder, aber im Augenblick, als er vor Swann hielt, sagte dieser nicht etwa zu ihm: „Haben Sie die Dame gefunden?", sondern: „Erinnern Sie mich doch morgen daran, daß wir Holz bestellen, ich meine, unser Vorrat geht allmählich zu Ende." Vielleicht sagte er sich, wenn Rémi Odette in einem Café wartend gefunden habe, dann sei ja das schlimme Abendende schon zunichte gemacht durch die beginnende Verwirklichung des glücklichen Abendendes, und er brauchte sich nicht zu beeilen, um zu einem Glücke zu kommen, das gefangen und in sicherer Verwahrung lag und nicht mehr entwischen konnte. Aber es geschah auch aus Trägheit daß er so sprach; ihm fehlte die seelische Geschmeidigkeit wie manchen Menschen die körperliche: im Augenblick wo es gilt, einem Stoß auszuweichen, eine Flamme vom Anzug fortzubringen, eine dringende Bewegung auszuführen, nehmen solche Leute sich Zeit und bleiben erst noch eine Sekunde in der Situation, in der sie vorher waren, um dort ihren Stützpunkt und ihre Schwungkraft zu finden. Ganz gewiß: wenn der Kutscher ihn unterbrochen und zu ihm gesagt hätte: „Die Dame ist da," dann hätte er geantwortet: „Ach richtig ja, ich hatte Sie ja hingeschickt! so so, das hätt' ich gar nicht gedacht," und dann hätte er weiter mit ihm von Holzvorräten gesprochen, sowohl um ihm seine innere Erregung zu verbergen, als auch um selber Zeit genug zu haben, mit der Unruhe Schluß zu machen und sich dem Glücke hinzugeben.

Aber der Kutscher kam wieder mit dem Bescheid, er habe sie nirgendwo gefunden, und fügte als altes Faktotum seine eigene Meinung hinzu:

„Ich glaube, dem gnädigen Herrn bleibt nichts weiter übrig als heimzufahren."

Aber die Gleichgültigkeit, die Swann zu spielen leicht fiel, wenn Rémi an seinem Bescheid nichts mehr ändern konnte, verflog sofort, als der andere den Versuch machte, ihn zum Verzicht auf seine Hoffnung und sein Forschen zu bringen.

„Nein, unter keinen Umständen," rief er, „wir müssen die Dame finden, das ist enorm wichtig. Sie wäre aus einem bestimmten Grund äußerst ärgerlich und gekränkt, wenn sie mich nicht sehen würde."

„Ich versteh' nicht, wie die Dame gekränkt sein kann," erwiderte Rémi, „sie ist doch fort, ohne auf den gnädigen

Herrn zu warten, und hat gesagt, sie ginge zu Prévost, und dann war sie nicht da."

Es wurde schon überall das Licht ausgelöscht. Unter den Bäumen der Boulevards irrten in geheimnisvoller Dunkelheit, schon viel spärlicher und kaum erkennbar, die Passanten. Manchmal kam schattenhaft eine Frau an ihn heran, flüsterte ihm etwas ins Ohr und bat ihn, sie mitzunehmen — und Swann zuckte zusammen. Er streifte angstvoll an all diesen dunklen Leibern vorbei, als suche er zwischen den gespenstischen Schatten der Toten im Reiche der Finsternis nach Eurydike.

Von allen Bildungswegen der Liebe, von allen Beförderern der Ausbreitung der hehren Sünde ist einer der wirksamsten der große Hauch der Erregung, der manchmal durch uns zieht. Wir freuen uns an einem Wesen — da weht dieser Hauch: der Würfel fällt: dies Wesen müssen wir lieben. Es brauchte uns bis dahin nicht besser, ja nicht einmal ebenso gut wie andere zu gefallen. Nur eins war nötig: daß unsere Neigung zu ihm ausschließlich wurde. Und diese Bedingung ist verwirklicht dann, wenn dies Wesen einmal ausbleibt und nun statt der Suche nach Freuden, die sein Reiz uns schenkte, urplötzlich ein beklemmendes Bedürfnis in uns Platz greift, das dieses Wesen als solches zum Gegenstande hat, ein absurdes Bedürfnis, das nach den Gesetzen dieser Welt unstillbar und schwer heilbar ist: — das sinnlose und schmerzhafte Bedürfnis, es zu besitzen.

Swann ließ sich in die letzten Restaurants bringen. Der bloßen vagen Möglichkeit des Glückes hatte er mit Ruhe entgegengesehen; jetzt aber verbarg er seine Erregung nicht mehr, noch auch den Wert, den er dieser Begegnung beimaß, ja, er versprach seinem Kutscher für den Fall des Erfolges eine Belohnung, als ob er nur ein verwandtes Verlangen nach Erfolg im Andern zu wecken brauchte, um zu bewirken, daß Odette, falls sie schon zu Bett gegangen war, sich doch noch in einem Boulevardrestaurant aufhielt. Er jagte bis zur Maison Dorée, ging zweimal zu Tortoni hinein und kam kurz darauf unverrichteter Sache aus dem Café Anglais heraus. Wie er nun mit großen Schritten und verstörtem Ausdruck seinem Wagen zustrebte, der an der Ecke des Boulevard des Italiens auf ihn wartete, stieß er auf einen Menschen, der aus der entgegengesetzten Richtung daherkam: es war Odette; später erklärte sie ihm, daß sie bei Prévost keinen Platz gefunden habe und in die Maison Dorée zum Souper gegangen sei, dort habe sie aber in einem Winkel gesessen, wo er sie nicht entdeckt hatte, und nun habe sie wieder in ihren Wagen zurückgewollt.

Sie war so wenig darauf gefaßt, ihn zu sehen, daß sie eine erschreckte Bewegung machte. Er seinerseits hatte Paris durchstürmt nicht weil er es für möglich hielt sie zu treffen, sondern weil es ihm zu hart ankam, darauf zu verzichten. Aber diese Freude, die seine Vernunft unaufhörlich als „heute abend unmöglich" eingeschätzt hatte, kam ihm darum nur um so wirklicher vor; er hatte ja nicht an ihr mitgeschaffen, etwa durch Voraussehen von Wahrscheinlichkeiten — so blieb sie denn für ihn äußeres Objekt; er brauchte die Wahrheit (da sie sich selber entströmte, selber ihren Schein auf ihn warf) nicht erst seinem eigenen Geiste zu entnehmen und besonders hinzuzutun: sie strahlte ihm ja so hell entgegen, daß sie das gefürchtete Alleinsein wie einen schweren Traum zerstreute und er seine selige Träumerei sorglos und sicher auf ihr zur Ruhe bringen konnte. Er war wie ein Reisender, der bei schönem Wetter ans Mittelmeerufer gekommen ist, nun aber, irre werdend an der Existenz der Länder, die er verlassen hat, eigenen Hinblickens sich entschlägt und lieber die Strahlen blendend in sein Schauen brechen läßt, die das lichte, zähe Azurblau der Gewässer ihm zusendet.

Er stieg mit ihr in ihren Wagen und ließ den seinigen hinterherfahren.

Sie hielt in der Hand ein Bukett Catleyas, und Swann sah unter ihrem Spitzenkopftuch, daß sie Blüten derselben Orchideenart, an einem Busch aus Schwanenfedern befestigt, im Haar hatte. Unter ihrer Mantille trug sie einen Strom schwarzen Samtes, der, schräg verlaufend, in Form eines weiten Dreiecks den unteren Teil eines Rockes aus weißer derber Seide verdeckte und einen Einsatz, ebenfalls aus weißer Seide, an der Öffnung der dekolletierten Bluse sehen ließ, wo andere Catleyablüten hineingesteckt waren. Sie hatte sich kaum von dem Schreck erholt, den Swann ihr eingejagt hatte, erholt, als das Pferd vor einem Hindernis scheute. Beide wurden heftig von den Plätzen gehoben, sie schrie auf und saß am ganzen Leibe zitternd atemlos da.

„Es ist nichts weiter," sagte er zu ihr, „haben Sie keine Angst!"

Und er hielt sie an der Schulter, und drückte sie an sich, um sie aufrecht zu erhalten; dann sagte er zu ihr:

„Vor allem, reden Sie nicht mit mir, antworten Sie mir nur mit Zeichen, Sie sollen nicht noch mehr außer Atem kommen. Es geniert Sie doch nicht, wenn ich die Blüten an Ihrer Bluse zurechtrücke? sie sind von dem Stoß verrutscht. Ich habe Angst, Sie könnten sie verlieren, ich möchte sie ein bißchen feststecken."

Nicht gewohnt, daß die Männer soviel Umstände mit ihr machten, sagte sie lächelnd:

„Nein, es geniert mich nicht im geringsten."

Doch er, eingeschüchtert durch ihre Antwort, vielleicht auch um seinen Vorwand als ehrlich hinzustellen, oder sogar weil er selber anfing, ihn dafür zu halten, rief aus:

„Nicht doch, Sie sollen doch nicht sprechen, Sie kommen

ja immer mehr außer Atem, Sie können mir ruhig mit Gesten antworten, ich werde Sie schon verstehen. Also aufrichtig, ich geniere Sie nicht? Sehen Sie, da ist ein bißchen ... ich denke, es wird Blütenstaub sein, der über Sie hingeweht ist, Sie gestatten, daß ich ihn mit meiner Hand wegwische? Ich fahre doch nicht zu sehr drüber hin, ich bin doch nicht zu brutal? Ich kitzle Sie wohl ein bißchen? ja, ich möchte den Samt Ihres Kleides nicht berühren, um ihn nicht zu zerknittern. Aber schauen Sie, man mußte sie wirklich festmachen, sie wären ja sonst heruntergefallen; und nun steck' ich sie eben selber ein bißchen hinein ... Ganz im Ernst, ich falle Ihnen doch nicht auf die Nerven? Auch dann nicht, wenn ich daran rieche, um zu sehen, ob sie wirklich gar nicht duften? Ich bin noch nie dahinter gekommen, darf ich mal? ja, wirklich?"

Sie lächelte und zuckte leicht die Achseln, als ob sie sagen wollte: „Sie sind ja närrisch, Sie sehen doch, daß mir das gefällt."

Er ließ seine andere Hand an Odettes Wange hinaufgleiten; sie sah ihn unverwandt an mit dem schmachtenden und schweren Ausdruck der Frauen des florentinischen Meisters, mit denen sie, wie er fand, solche Ähnlichkeit hatte: am Rande der Lider standen ihre schimmernden Augen, weit und schmal wie bei jenen Frauen, und schienen sich wie zwei Tränen ablösen zu wollen. Sie neigte den Hals wie sie alle tun, in heidnischen Szenen und auf religiösen Gemälden. Und mit einer Gebärde, die ihr sicherlich zur Gewohnheit geworden war, und die sie in solchen Momenten für angemessen hielt (da sie stets sorglich darauf achtete, sie nicht zu vergessen), schien sie all' ihre Kraft aufbieten zu müssen, um ihr Gesicht zurückzuhalten, als würde es von einer unsichtbaren Gewalt zu Swann gezogen. Und auch Swann selber hielt es, bevor sie es gleichsam wider Willen auf seine

Lippen sinken ließ, noch einen Augenblick auf einige Entfernung zwischen beiden Händen. Er wollte seinem Geiste Zeit lassen herbeizueilen, den Traum wiederzuerkennen, den er so lange geliebkost hatte, und seiner Verwirklichung beizuwohnen wie ein Verwandter, den man heranruft, damit auch er sich sein Teil am Erfolg eines von ihm besonders geliebten Kindes nehme. Vielleicht auch heftete Swann auf dies von ihm noch nicht besessene, ja nicht einmal geküßte Gesicht Odettes, das er so zum letzten Male sah, den gleichen Blick, mit dem man am Tage der Abfahrt eine Landschaft mit forttragen möchte, die man für immer verläßt.

Doch obwohl er diesen Abend mit ihrem Besitze beschloß, nachdem er damit begonnen hatte, ihre Catleyas zu ordnen, blieb er ihr gegenüber unverändert befangen; und mochte er nun fürchten, sie zu verletzen, oder hatte er Angst, nachträglich als Lügner zu erscheinen, oder besaß er nicht den Mut, weitergehende Ansprüche zu formulieren (die bisherigen konnte er ja ruhig erneuern, da sie Odette das erstemal nicht verstimmt hatten) — kurz: er bediente sich an den folgenden Tagen des gleichen Vorwandes. Wenn sie Catleyas an ihrer Bluse hatte, sagte er: „Schade, heut' abend brauchen die Catleyas nicht zurechtgerückt zu werden, sie sind nicht verrutscht wie neulich abend; oder nein, die da scheint doch nicht ganz richtig zu sitzen. Ich darf doch mal sehen, ob sie nicht mehr riechen als die anderen?“ Oder wenn sie keine hatte: „O, keine Catleyas heut' abend? dann ist also keine Aussicht daß ich meine kleinen Arrangements mache.“ So blieb eine Zeitlang die Reihenfolge wie am ersten Abend: es fing an mit dem Tasten von Fingern und Lippen auf Odettes Hals, denn damit begannen immer noch jedesmal seine Liebkosungen; und späterhin, als das Zurechtrücken der Catleyas (oder das rituelle Bild des Zurechtrückens) längst außer Gebrauch gekommen war, hatte sich das Gleichnis „faire catleya“ zur einfachen Vokabel entwickelt, die sie gedankenlos gebrauchten, wenn sie den Akt des physischen Besitzes (bei dem man im übrigen gar nichts besitzt) bezeichnen wollten: dies Gleichnis blieb weiter in ihrer Sprache und setzte den Akt immer wieder mit jenem vergessenen Brauch in eine Erinnerungsbeziehung. Bedeutete diese besondere Variation der Redensart „faire l'amour“ vielleicht nicht ganz dasselbe wie ihre Synonyma? Mag einer nämlich noch so stumpf sein gegen Frauen, mag er den Besitz der allerverschiedensten noch so sehr als die immergleiche, längst vorher gekannte Geschichte ansehen — es wird ein neues Vergnügen für ihn daraus, wenn es sich um einigermaßen schwierige (oder doch von ihm dafür gehaltene) Frauen handelt, so daß er den Besitz aus irgendeiner unvorhergesehenen Episode seiner Beziehungen zu ihnen erstehen lassen muß; und eine solche Episode war für Swann das erstemal das Zurechtrücken der Catleyas gewesen. Er hoffte bebend, daß heut' abend (denn Odette konnte ja — sagte er sich — solange sie auf seine List hereinfiel, nichts erraten haben) der Besitz dieser Frau jenen weiten, braunvioletten Blütenblättern entsteigen würde; und das Vorgefühl dieser Lust (die Odette vielleicht nur duldete, weil sie sie nicht durchschaute?) wirkte auf ihn ganz wie es einst auf den ersten Menschen unter den Blumen des irdischen Paradieses gewirkt haben mochte: nämlich als der Auftakt zu einem Genuß, der bis dahin nicht existiert hatte, den er zu erschaffen suchte, und dem er einen besonderen Namen gab, weil er so völlig eigen und neu war.

Jetzt mußte er alle Abende, wenn er sie nach Hause gebracht hatte, mit hinein, und oft kam sie im Morgenrock wieder heraus, geleitete ihn bis zu seinem Wagen, küßte ihn vor den Augen des Kutschers, und sagte: „Was kümmern mich die Anderen?“ Die Abende, an denen er nicht zu Verdurins ging (das kam manchmal vor, seitdem er sie auf andere Weise sehen konnte), die immer seltener werdenden Abende, an denen er in die große Welt ging, bat sie ihn, vor der Heimkehr zu ihr zu kommen, zu welcher Zeit es auch sei. Es war gerade Frühling, ein reiner und eisiger Frühling. Wenn er aus der Soiree herauskam, stieg er in seine Viktoria, breitete sich eine Decke über die Beine, gab den Freunden, die zur gleichen Zeit wie er fortgingen und ihn baten, mit ihnen zusammen heimzufahren, zur Antwort, es sei leider nicht möglich, er fahre nicht dieselbe Route, und der Kutscher galoppierte ab nach dem ihm wohlbekannten Ziel. Sie wunderten sich, und mit Recht, denn Swann war nicht mehr derselbe. Niemand bekam mehr einen Brief von ihm, in dem er bat, einer Frau vorgestellt zu werden. Er achtete auf gar keine mehr, wich allen Treffgelegenheiten aus. In einem Wirtshaus auf dem Lande benahm er sich genau umgekehrt wie sonst: nichts von der Art sich zu geben, an der man ihn noch gestern erkannt hätte und von der jeder meinte, sie müßte ihm immer eigen sein! Das ist Leidenschaft: sie lebt in uns wie ein momentaner und grundverschiedener Charakter, der sich an die Stelle des bisherigen setzt und seine sonst unveränderlichen Ausdrucksformen abschafft! Unveränderlich war von nun an das nie und nirgends ausbleibende Wiederhinstreben zu Odette. Die Strecke, die ihn von ihr trennte — sie wurde von ihm durchmessen, unausweichlich wie seines Lebens unwiderstehlich-reißendes Gefälle selber. Gewiß wäre er oft, wenn es in einer mondänen Gesellschaft spät geworden war, lieber direkt nach Hause gefahren, ohne diesen langen Abstecher zu machen, und hätte sie lieber erst am nächsten Abend gesehen; aber die bloße Tatsache des unbequemen Besuches bei ihr zu so ungewohnter Stunde, der bloße Gedanke, daß die Freunde im Fortgehen zueinander sagten: „Er ist sehr beschäftigt, da steckt sicher eine Frau dahinter und er muß hin ganz gleich wann“ — all das machte ihm fühlbar, daß er das Leben eines Mannes führte, dessen Existenz von einer Liebesgeschichte beherrscht wird, sodaß er seine Ruhe und seine Interessen hingibt an eine lustvolle Träumerei, um den Zauber eines reichen inneren Lebens dafür einzutauschen. Und dazu die Gewißheit, daß sie ihn erwartete, daß sie nicht anderswo bei anderen war, daß er nicht nach Hause zu fahren brauchte, ohne sie gesehen zu haben! denn nur diese Gewißheit entgiftete insgeheim die vergessene, immer zum Wiederaufkeimen bereite Angst jenes Abends, als Odette nicht mehr bei Verdurins gewesen war, diese Angst, deren jetzige Niederhaltung so wohltuend wirkte, daß man geradezu von Glück reden konnte. Vielleicht hatte er überhaupt nur dieser Angst die Bedeutung zu verdanken, die Odette für ihn gewonnen hatte. Die Menschen pflegen uns so gleichgültig zu sein, daß uns das eine Wesen, in das wir endlich einmal Möglichkeiten von Leid und Freud hineingesteckt haben, einer anderen Welt anzugehören scheint, sich mit poetischem Glanz umkleidet und aus unserem Leben gleichsam ein weites Feld von Erlebnissen macht, auf dem es von nun an stets näher oder ferner von uns weilen soll. Swann konnte sich nicht ohne Unruhe fragen, was Odette wohl in den kommenden Jahren für ihn bedeuten werde. Manchmal, wenn er von seiner Viktoria aus in diesen schönen kühlen Nächten den schimmernden Mond sah, der seine Klarheit zwischen seinen Augen und den verödeten Straßen ausbreitete, mußte er an das andere Gesicht mit seiner mondgleichen Klarheit und leichten rosa Färbung denken, das eines Tages vor seinem Geiste aufgestiegen war und seitdem den geheimnisvollen Schein warf, worin er die Welt nun immer sah. Kam er nach der Zeit, zu der Odette ihre Dienstboten zu Bett schickte, dann ging er, ohne vorher an der Tür des Gärtchens zu klingeln, zuerst auf die Straße, wohinaus zwischen den ganz gleichen, aber dunklen Fenstern der angrenzenden Häuser das allein noch helle Fenster ihres im Erdgeschoß liegenden Zimmers führte. Er klopfte an die Scheibe; sie, gleich im Bilde, antwortete und ging, ihn auf der anderen Seite an der Entréetür zu erwarten. Er fand aufgeschlagen auf ihrem Klavier einige ihrer Lieblingsstücke: „Rosenwalzer" oder „Armer Narr" von Tagliafico (das sollte man nach ihrem schriftlich niedergelegten letzten Willen bei ihrer Beerdigung spielen), und dann bat er sie, gleich einmal die kleine Phrase aus der Sonate von Vinteuil zu spielen, obwohl Odette sehr schlecht spielte; aber oft genug erhebt sich ja gerade der schönste Eindruck, der uns von einem Werke bleibt, über falschen Tönen, die ungeschickte Finger aus einem verstimmten Klavier herausholen. Die kleine Phrase verband sich für Swann immer wieder mit seiner Liebe zu Odette. Zwar fühlte er sehr wohl, daß diese Liebe in keinerlei äußeren Gegebenheiten, die auch Andere als er festzustellen imstande waren, ein Gegenstück haben konnte; er war sich klar darüber, daß Odettes Eigenschaften es nicht rechtfertigten, wenn er den Momenten, die er bei ihr verbrachte, soviel Wert beimaß. Und oftmals, wenn der Tatsachenverstand in Swann dominierte, wollte er aufhören, soviel intellektuelle und soziale Interessen diesem eingebildeten Genusse zuliebe aufzuopfern. Sowie aber die kleine Phrase an sein Ohr drang, vermochte sie den Raum in ihm freizumachen, der für sie nötig war; die Proportionen der Seele Swanns veränderten sich dann; ein Rand blieb in ihr frei für einen Genuß, der zwar auch kein Gegenstück in der äußeren Welt hatte, aber doch nicht rein individuell war wie der Genuß der Liebe, sondern auf Swann wirkte wie eine Realität von höherem Grad als die konkreten Dinge. Diesen Durst nach unbekannten Reizen weckte die kleine Phrase in ihm — doch sagte sie ihm nicht, wie ihn löschen. So hatte sie diejenigen Teile der Seele Swanns, in denen sie die materiellen Sorgen, die menschlich-allgemeingültigen Überlegungen getilgt hatte, leer und unbeschrieben gelassen, und er konnte den Namen Odettes hineinschreiben. Nunmehr stellte sich bei allem, was die Neigung zu Odette an Allzuraschem und Enttäuschendem an sich haben mochte, sofort die kleine Phrase ein mit der Zutat und dem Schmelz ihrer geheimnisvollen Substanz. Swanns Gesicht beim Hören der Phrase wirkte wie das Gesicht eines Menschen, der gerade ein schmerzstillendes Mittel in sich verarbeitet hat, das ihm freieres Atmen gewährte. Der Genuß, den die Musik ihm schuf und der bei ihm bald ein wirkliches Bedürfnis erzeugen sollte, hatte in solchen Augenblicken recht eigentlich Ähnlichkeit mit dem Genuß beim Probieren von Parfüms, bei der Berührung mit einer Welt, für die wir nicht geschaffen sind — einem Genuß, der uns formlos erscheint, weil unsere Augen ihn nicht wahrnehmen, und bedeutungslos, weil er unserem Verstande entgeht und wir nur mit einem einzigen Sinn an ihn reichen. Das war das große Ausruhen, die geheimnisvolle Erneuerung für Swann (für ihn, dessen Augen trotz erlesenen Kunstsinnes, dessen Geist trotz feiner Menschenkenntnis doch für immer die unzerstörbare Spur der Verdorrtheit seines Lebens an sich trugen): dies Gefühl der Verwandlung in ein aller Menschlichkeit fremdes, blindes, aller logischen Fähigkeiten beraubtes Geschöpf, ein phantastisches Einhorn, ein Fabelwesen, das die Welt nur durchs Gehör wahrnimmt. Und da er in der kleinen Phrase nun doch einen Sinn suchte, zu dem nur eben sein Verstand nicht hinabreichte, empfand er einen unendlich seltsamen Rausch in der Selbstentblößung seiner innersten Seele von allen Hilfsmitteln des Denkens, in ihrem einsamen Eintritt in das dunkle Sieb und Seihetuch des Tones. Wohl wurde er sich allmählich immer klarer über den unermeßlichen Schmerz, vielleicht sogar über das heimliche Unbefriedigte zuinnerst im wohligen Wesen der Phrase — aber leiden konnte er darunter nicht. Was machte es aus, daß sie ihm von der Zerbrechlichkeit der Liebe sprach — die seine war ja so stark! Er spielte mit der Traurigkeit, die sie verbreitete, er fühlte sie über sich herziehen, aber wie ein Streicheln, das seinem Glücksgefühl mehr Tiefe und Süßigkeit verlieh. Er ließ sie sich zehn-, zwanzigmal von Odette vorspielen und forderte, sie solle gleichzeitig nicht aufhören ihn zu küssen. Jeder Kuß ruft einen neuen Kuß. In den ersten Zeiten einer Liebe entstehen die Küsse ja so naturhaft! Sie kommen überreich und dichtgedrängt; und es würde einem ebenso schwer fallen die Küsse, die man sich in einer Stunde gibt, zu zählen, wie die Blumen eines Feldes im Mai. Dann tat sie, als müsse sie innehalten, und sagte: „Du kannst doch nicht verlangen, daß ich spiele, wenn du mich so festhältst, ich kann doch nicht alles auf einmal machen, du mußt doch wenigstens wissen, was du willst, soll ich die Phrase spielen oder zärtlich sein?"; da machte er ein böses Gesicht, und sie brach in ein Lachen aus, das sich sogleich wandelte und auf ihn zurückfiel in einem Regen von Küssen. Oder sie sah ihn verdrießlich an — und schon sah er ein Gesicht vor sich, das in das „Leben Moses" von Botticelli hineingehörte: dort stellte er es hinein und gab Odettes Hals die obligate Neigung; und hatte er es dann mit Wasserfarben im Quattrocentostil auf das Mauerwerk der Sixtina gemalt, dann kam der Gedanke, daß sie trotzdem dageblieben war, dicht am Klavier, im gegenwärtigen Momente, reif zu Kuß und Besitz, es kam der Gedanke ihrer Stofflichkeit und ihres Lebens und berauschte ihn so übermächtig, daß er mit verstörtem Blick und wie zum Verschlingen vorgestreckten Kinnbacken auf diese Jungfrau von Botticelli losstürzte und ihr die Wangen zerbeißen wollte. Und hatte er Abschied genommen — nicht ohne wiedergekommen zu sein, um sie noch einmal zu küssen, weil er vergessen hatte, irgendeine Besonderheit ihres Duftes oder ihrer Züge in seiner Erinnerung mit fortzunehmen — dann segnete er Odette, während er wieder in seine Viktoria stieg, dankte ihr tausendmal dafür, daß sie ihm diese täglichen Besuche erlaubte, die ihr doch wohl keine sehr große Freude bereiten konnten, ihm aber unendlich halfen, indem sie ihn vor Eifersucht behüteten; denn etwas so Schlimmes wie an dem Abend, als er sie bei Verdurins nicht getroffen hatte, konnte nun nicht noch einmal in ihm aufsteigen. So verhalfen ihm diese Besuche dazu, Krisen von der Schmerzhaftigkeit jener ersten und einzigen zu vermeiden und ungefährdet zu diesen einzigartigen Stunden seines Lebens zu gelangen, über denen ein Zauber lag wie über Paris, wenn er im Mondschein hindurchfuhr. Und wenn er während dieser Heimfahrt bemerkte, daß der Stern jetzt durch die Beziehung zu ihm sich verschob fast bis zum äußersten Ende des Horizontes, wenn er anderseits fühlte, daß seine Liebe nicht minder unabänderlichen Naturgesetzen gehorchte — dann fragte er sich wohl, ob die Periode, in die er jetzt eingetreten war, noch lange dauern werde, oder ob sein geistiges Auge das teure Angesicht bald nur noch in einer weit entfernten und verkleinerten Stellung erblicken sollte, fast ohne daß noch Zauber von ihm her sich ausbreitete. Seitdem Swann nämlich verliebt war, gewann er den Dingen ähnlichen Reiz ab wie in seiner Jugend, als er sich noch für einen Künstler hielt; es war aber nicht mehr derselbe Reiz, denn er stammte von Odette und kam nur von ihr her zu den Dingen. Wohl fühlte er, wie die Begeisterungen seiner Jugend, die sich in einem frivolen Leben verflüchtigt hatten, in ihm wieder keimten, aber sie trugen nun alle den Abglanz und das Gepräge eines besonderen Menschen. Und in den langen Stunden, in denen es ihm jetzt ein erlesener Genuß war, zu Hause zu bleiben ganz allein mit seiner genesenden Seele, wurde er allmählich wieder er selber, aber in einem höheren Sinne.

Er ging nur abends zu ihr, und so wußte er gar nicht, wie sie tagsüber ihre Zeit hinbrachte, noch wie sie sie früher hingebracht hatte, ja, diese Unwissenheit ging soweit, daß er auch nicht über das elementarste kleine Datum verfügte, von dem aus man sich vorstellen kann, was man nicht weiß, und Lust bekommt, es zu erfahren. So fragte er sich auch gar nicht, was sie wohl treibe oder wie ihr Leben verlaufen sein mochte. Er lächelte nur manchmal in dem Gedanken, daß ihm vor vielen Jahren, als er sie noch gar nicht kannte, von einer Frau erzählt worden war, die, wenn ihn sein Gedächtnis nicht täuschte, ganz sicher mit ihr identisch war; es war das ein ausgehaltenes Frauenzimmer gewesen, man wußte nicht, ob Frau oder Fräulein, kurz, ein Ding, womit er damals, da er wenig in solcher Gesellschaft gelebt hatte, noch die Vorstellung des ganzen grundverdorbenen Charakters verband, mit dem die Phantasie gewisser Romanschriftsteller diese Frauentypen lange Zeit ausgestattet hat. „Man braucht oft wirklich nur das strikte Gegenteil der landläufigen Urteile zu nehmen, um zu einer genau richtigen Entscheidung über einen Menschen zu kommen," sagte er sich, wenn er einem solchen Charakter den Charakter Odettes gegenübergestellt, die so gut, naiv, idealistisch, ja, fast unfähig zu einer Unwahrheit war; so hatte sie zwar einmal auf seine Bitten, er wolle einmal mit ihr allein zu Nacht essen, an Verdurins geschrieben, sie fühle sich nicht wohl, doch hatte er beobachtet, wie sie am nächsten Abend, als Frau Verdurin sie fragte, ob es ihr besser ginge, rot wurde, stotterte und auf ihrem Gesicht einen unwillkürlichen Reflex des Kummers und der Qual des Lügens hatte; wie sie dann zwar in ihrer Antwort die erfundenen Détails über ihr angebliches gestriges Unwohlsein häufte, ihren flehenden Blick aber und ihre verzweifelte Stimme doch nur auszusenden schien, um für die Falschheit ihrer Worte Verzeihung zu erbitten.

Dennoch kam sie an manchen Tagen, wenn auch selten, des Nachmittags zu ihm, um in seine Träumerei oder in die Studie über Ver Meer, hinter der er sich neulich verschanzt hatte, einzubrechen. Es wurde ihm gemeldet, Frau von Crécy sei im kleinen Salon. Er ging zu ihr, und als er die Tür öffnete, kam in Odettes mattrotes Gesicht, sowie sie Swann sah, ein Lächeln, das die Form ihres Mundes, den Blick ihrer Augen, die Modellierung ihrer Wangen veränderte. War er wieder allein, dann sah er dies Lächeln vor sich, dann das von gestern abend, dann ein anderes, mit dem sie ihn dies oder jenes Mal empfangen hatte, dann das Lächeln, das ihm zur Antwort geworden war, als er sie damals im Wagen gefragt hatte, ob es ihr auf die Nerven falle, wenn er die Catleyas zurechtrücke — und Odettes Leben in der übrigen Zeit (ganz als wüßte er nichts davon) wirkte auf ihn wie der neutrale und farblose Grund auf manchen Studien von Watteau, wo hier und dort, an allen Ecken und Enden, in allen Windrichtungen, mit drei Bleistiftstrichen auf das gemsfarbene Papier hingezeichnet, unzählige lächelnde Gesichter zu sehen sind. Doch in einer Ecke dieses Lebens, das Swann, weil er es sich nicht ausmalen konnte, so leer sah — mochte sein Geist ihm auch sagen, daß er sich irrte — da zeichnete ein Freund (ein Errater ihrer Liebe, der sich doch nie herausgenommen hätte, ihm irgend etwas anderes als gleichgültige Dinge über sie zu sagen) Odettes Silhouette hin, wie er sie einmal des Morgens zu Fuß die rue Abbattucic hatte heraufkommen sehen: in einem „Jäckchen“ mit Skunksbesatz, unter einem Hut „à la Rembrandt“ und mit einem Veilchenstrauß an der Taille. Diese einfache Skizze regte Swann auf, weil sie ihm plötzlich zum Bewußtsein brachte, daß Odette ein Leben hatte, das nicht ganz und gar nur für ihn da war; er wollte wissen, wem sie mit dieser ihm unbekannten Toilette hatte gefallen wollen; er nahm sich vor, sie zu fragen, wohin sie jetzt ginge — als ob in dem ganzen farblosen (fast nichtexistierenden, weil ihm unsichtbaren) Leben seiner Geliebten außer dem tausendfältigen Lächeln, das ihm galt, nur noch dies eine vorkäme: ihr Spaziergang mit einem Hut à la Rembrandt auf dem Kopf und einem Veilchenstrauß an der Taille.

Abgesehen davon, daß er sie statt des Rosenwalzers um die kleine Phrase von Vinteuil bat, versuchte Swann nicht, sie dahin zu bringen, daß sie ihm Sachen vorspielte die er liebte; er wollte ihren schlechten Geschmack in musikalischen Dingen ebensowenig wie in literarischen verbessern, denn er war sich ganz klar darüber, daß sie nicht intelligent war. Wenn sie zu ihm sagte, sie würde sich von ihm so gern etwas über die großen Dichter erzählen lassen, dann hatte sie sich vorgestellt, sie werde nun sofort lauter heroische und romanhafte Tiraden zu hören bekommen, im Stil des Vicomte de Borelli, nur noch aufregender. Bei Ver Meer de Delft fragte sie ihn, ob er unter einer Frau zu gelitten oder von einer Frau Anregungen bekommen habe, und als Swann ihr gestehen mußte, daß ihm nichts dergleichen bekannt sei, hatte sie jedes Interesse für diesen Maler verloren. Sie sagte oft: „Ja ja, die Poesie, natürlich, sie wäre die schönste Sache von der Welt, wenn alles wahr wäre, wenn die Dichter alles auch so meinten, wie sie's sagen. Aber sehr oft sind diese Leute gerade die raffiniertesten. Ich weiß Bescheid, ich hatte eine Freundin, die hat eine Art Dichter geliebt. In seinen Versen sprach er immer nur von der Liebe, vom Himmel und von den Sternen. Na, das war dann eine schöne Bescherung! Mehr als dreimalhunderttausend Franken hat er ihr durchgebracht.“ Wenn Swann ihr beibringen wollte, worin künstlerische Schönheit bestünde und wie man Verse oder Gemälde verehren müßte, hörte sie erst einen Augenblick zu, dann aber hatte sie genug und sagte: „Ja... sowas hab' ich mir nicht darunter vorgestellt.“ Und er merkte ihr eine solche Enttäuschung an, daß er ihr lieber etwas vorlog und sagte, das sei ja alles noch gar nichts, das seien ja bloß erst Bagatellen, er habe aber nicht Zeit, auf den Grund zu gehen, wo freilich noch allerlei zu finden sei. Aber da sagte sie lebhaft zu ihm: „Noch allerlei? was denn?... Dann sag's doch!“, aber er sagte es nicht, da er wohl wußte, wie dürftig es ihr vorkommen werde, wie ganz anders als das, was sie erhoffte (weniger sensationell nämlich und weniger rührend), so daß er fürchtete, sie könnte das Gefühl verlorener Illusionen von der Kunst auf die Liebe übertragen.

Und wirklich war sie in geistiger Hinsicht von Swann enttäuscht. „Du bewahrst immer kalt Blut, ich weiß nicht, wie ich das bei dir nennen soll.“ Mehr Bewunderung entlockte ihr seine Gleichgültigkeit in Geldsachen, seine Leutseligkeit gegen jedermann, seine feinen Formen. Und in der Tat geschieht es ja wohl auch bei manchem Größeren, als Swann war, etwa bei einem Gelehrten oder Künstler (wenn er nicht überhaupt von den Menschen seiner Umgebung verkannt wird), daß das Gefühl, in dem sich der imponierende Eindruck seiner überlegenen Intelligenz seinen Mitmenschen kundgibt, nicht ihre Verehrung für seine Gedanken ist (denn die sind für sie nicht zu fassen), sondern ihre Achtung vor seiner Güte. Die gleiche Achtung flößte Odette Swanns Stellung in der großen Welt ein, aber sie wünschte durchaus nicht, daß er sie dort einzuführen suche. Vielleicht fühlte sie, daß er damit keinen Erfolg haben würde, oder fürchtete wohl gar, er könnte durch die bloße Erwähnung ihrer Person Enthüllungen provozieren, vor denen sie Angst hatte. Jedenfalls hatte sie sich von ihm das Versprechen geben lassen, nie ihren Namen zu nennen. Als Grund ihrer Abneigung gegen die große Welt gab sie ihm einen lange zurückliegenden Streit mit einer Freundin an, die um sich zu rächen, schlecht über sie geredet habe. Swann wandte ein: „Aber es sind doch nicht alle Leute Bekannte deiner Freundin gewesen.“ „Doch doch, etwas bleibt immer hängen, die Welt ist so böse.“ Einerseits begriff Swann diese Geschichte nicht ganz, andererseits wußte er, daß Behauptungen wie: „Die Welt ist so böse,“ „von einer Verleumdung bleibt immer etwas hängen,“ im allgemeinen für wahr gelten; also mußte es wohl Fälle geben, auf die sie paßten. Gehörte der Fall Odettes dazu? Er legte sich diese Frage vor, aber nicht lange, denn auch er stand unter dem Drucke der geistigen Schwerfälligkeit, die sich auf seinen Vater zu senken pflegte, sobald er sich ein schwieriges Problem vornahm. Im übrigen erregte diese „große Welt“, die Odette soviel Angst machte, wohl kein allzu großes Verlangen in ihr, denn diese Welt stand der, die sie kannte, viel zu fern, um deutlich vor ihrem Geiste erscheinen zu können. Bei aller noch vielfach bewahrten wirklichen Schlichtheit (sie war z. B. noch immer mit einer ehemaligen kleinen Näherin befreundet, deren steile, dunkle und stinkende Treppe sie beinahe jeden Tag hinaufkletterte) hatte sie doch einen wahren Durst nach Chic, nur stellte sie sich darunter etwas ganz anderes vor als die Weltleute. Für die ist ja der Chic eine Emanation einiger nicht sehr zahlreicher Menschen, die ihn in ziemlich weitem Umkreis um sich her verbreiten (und zwar mehr oder minder abgeschwächt, je nach dem Abstand vom Zentrum der Intimität), also in dem Kreise ihrer Freunde oder der Freunde ihrer Freunde, deren Namen eine Art von Register bilden. Dieses Register haben die Weltleute im Kopf, in diesen Gebieten verfügen sie über eine solche Bildung, einen so besonderen Geschmack und Takt, daß Swann nicht erst einen Appell an seine gesellschaftliche Beschlagenheit nötig hatte, wenn er in einer Zeitung die Namen der Gäste bei einem Diner las, sondern sofort die Nüance von Chic bei diesem Diner angeben konnte, wie ein gebildeter Mensch beim bloßen Lesen eines Satzes die literarische Qualität seines Verfassers genau abschätzt. Odette aber gehörte zu den Menschen (sie sind äußerst zahlreich, was auch die Weltleute darüber denken mögen, und kommen in allen Klassen der Gesellschaft vor), die nicht über diese Begriffe verfügen und sich unter Chic ganz etwas anderes vorstellen, nämlich ein Ding mit den verschiedensten Aspekten (je nach dem Milieu, zu dem sie gehören), dem aber als besonderer Charakter (ob es nun der Chic war, von dem Odette träumte, oder der, vor dem Frau Cottard sich verbeugte) die unmittelbare und allgemeine Zugänglichkeit eigen war. Der andere Chic, der der Weltleute, fällt ja, wie man zugeben muß, ebenfalls darunter, aber doch nur sehr bedingt. Odette sagte etwa von jemandem: „Er geht immer nur dahin, wo es schick hergeht."

Und wenn Swann sie fragte, was sie darunter verstände, erwiderte sie ihm ein bißchen verächtlich:

„Wo's schick hergeht, ja du lieber Gott, wenn man dir in deinem Alter beibringen muß, wo's schick hergeht, was soll ich dann erst sagen? also z. B. Sonntag morgen die Avenue de l'Impératrice, um fünf Uhr die Fahrt um den See, am Donnerstag das Edentheater, am Freitag der Hippodrom, die Bälle ..."

„Aber was für Bälle denn?"

„Aber die Bälle, die man in Paris gibt, die schicken Bälle mein' ich. Sieh mal, Herbinger, du weißt doch, der Bankier, ach natürlich, du mußt ihn kennen, es ist einer der bekanntesten Männer von Paris, der große junge Mann mit den blonden Haaren, so ein Snob, immer hat er eine Blume im Knopfloch, Scheitel bis ganz nach hinten und helle Paletots; er geht mit dem alten Stück, das er auf alle Premièren mitnimmt. Nun schau' der hat neulich Abend einen Ball gegeben, das war das Allerschickste, was es in Paris überhaupt gibt. Ach ich wäre so gern hingegangen! aber man mußte seine Einladungskarte an der Tür vorzeigen und ich konnte keine bekommen. Im Grunde bin ich ganz froh, daß ich nicht da war, förmlich umgebracht haben sie sich, ich hätte gar nichts gesehen. Es ist eigentlich mehr, damit man sagen kann, man war bei Herbinger. Und du kennst mich doch, wenn's nur nach was klingt! Übrigens kannst du wetten: von hundert, die erzählen, sie waren da, stimmt's bei fünfzig nicht ... Aber das wundert mich, daß du, ein so pikfeiner Mann, nicht da warst."

Aber Swann machte gar keine Anstalten, diese ihre Auffassung vom Chic zu modifizieren; da er seine eigene Anschauung für nicht im mindesten wahrer, sondern für ebenso dumm und gänzlich bedeutungslos hielt, lag ihm gar nichts daran, seine Geliebte darin einzuweihen, so daß sie sich nach einigen Monaten für die Menschen, bei denen er aus und ein ging, nur noch in dem Sinne interessierte wie für die Karten zum Derby oder Pferderennen oder für die Freibillets zur Première, die er von ihnen bekommen konnte. Sie war sehr dafür, daß er so nützliche Verbindungen pflegte, im übrigen aber war sie geneigt, sie für nicht sehr schick zu halten, seitdem sie die Marquise von Villeparisis in schwarzem Wollkleid und mit einer am Hals festgebundenen Haube auf der Straße hatte gehen sehen.

„Aber die sieht ja aus wie eine Logenschließerin, wie eine alte Portierfrau, darling! Das will eine Marquise sein? Ich bin keine Marquise, aber ich würde mich schönstens bedanken, so ausstaffiert über die Straße zu gehen!"

Sie konnte nicht begreifen, daß Swann in dem Haus am Quai d'Orleans wohnte, denn sie hielt es — ohne daß sie es ihm zu bekennen wagte — für unter seiner Würde. Natürlich betonte sie ihre Vorliebe für „alte Sachen" und setzte die Miene einer entzückten Kennerin auf, wenn sie sagte, sie würde mit Begeisterung einmal einen ganzen Tag lang „herumkramen", um „ollen Krempel" und Sachen von „vor hundert Jahren" durchzustöbern. Obwohl sie sich, als sei es ein Ehrenpunkt (vielleicht war es noch eine Lebensregel aus dem Elternhaus) darauf versteifte, Fragen betreffs ihrer Tageseinteilung nie zu beantworten, weil sie „niemandem Rechenschaft schuldig sei," erzählte sie Swann doch einmal von einer Freundin, bei der sie eingeladen war und in deren Wohnung alles „aus einem Stil" wäre. Aber Swann konnte nicht aus ihr herausbringen, was das für ein Stil sei. Schließlich nach langer Überlegung antwortete sie, es sei „mittelalterlich." Sie verstand darunter, daß irgendwo Holztäfelungen angebracht waren. Einige Zeit danach erzählte sie ihm wieder von ihrer Freundin und setzte hinzu (mit dem stockenden Ton und dem wissenden Ausdruck, mit dem man von jemandem spricht, dem man gestern abend bei Tisch gegenübergesessen und dessen Namen man noch nie gehört hat, den aber die Gastgeber als eine derartige Berühmtheit betrachteten, daß zu hoffen steht, der Andere werde schon wissen, von wem man spricht):

„Sie hat ein Eßzimmer aus... aus dem 18. Jahrhundert!" Sie fand es übrigens gräßlich und kahl, als ob das Haus nicht fertig eingerichtet wäre; Frauen, meinte sie, nähmen sich darin gräßlich aus und es würde nie modern werden. Schließlich erzählte sie noch ein drittes Mal davon und zeigte Swann die Adresse des Mannes, der dies Eßzimmer gemacht hatte und den sie kommen lassen wollte, wenn sie Geld hätte, um zu sehen, ob er ihr nicht auch eins machen könnte, natürlich kein ganz ebensolches, sondern das, von dem sie träumte und das die Dimensionen ihres kleinen Hauses leider nicht faßten, mit hohem Büfett, Renaissancemöbeln und Kaminen à la Schloß Blois. Diesmal entschlüpfte ihr vor Swann ihre Meinung über seine Behausung am Quai d'Orléans; als er nämlich kritisiert hatte, daß Odettes Freundin es nicht einmal mit dem Louis-Seize-Stil hielt (denn, sagte er, ein bißchen unmöglich ist das ja auch, aber es kann doch nett sein), sondern mit der Imitation von alten Sachen, da sagte sie zu ihm: „Ja möchtest du denn, daß sie leben soll wie du, mitten zwischen zerbrochenen Möbeln und abgenutzten Teppichen?", und dabei klang in ihren Worten viel mehr die ehrbare Bürgerin von früher als die kunstnaschende Kokotte von heute durch.

Aus denen, die gerne in alten Sachen kramten, gerne Gedichte hörten, den niedrigen Geschäftsgeist verachteten und von Ehre und Liebe schwärmten, bildete sie eine Elite, die turmhoch über der übrigen Menschheit stand. Es war garnicht nötig, daß man diese Neigungen wirklich hatte —, wenn man sie nur verkündete! von einem Essen, bei dem ihr irgendein Mann gestanden hatte, daß er gerne durch die Straßen schlendere und sich in alten Kramläden die Finger schmutzig mache, daß er daher von diesem Zeitalter der Geschäftsmenschen auch nie gewürdigt worden sei, denn er kümmere sich nicht um dessen Interessen und gehöre also eigentlich einer anderen Zeit an — von einem solchen Essen heimgekehrt, sagte sie: „Ach, was für ein herrlicher Mensch, wie zartbesaitet ist er, na ja, ich hab's mir ja immer gedacht!", und sie fühlte sich ihm in unermeßlicher, plötzlicher Freundschaft verbunden. Diejenigen dagegen, die wie Swann solche Neigungen hatten, aber nicht davon sprachen, ließen sie kalt. Gewiß, sie mußte zugeben, daß Swann sich nichts aus Geld machte, aber sie setzte dann im Schmollton hinzu: „Na ja, was ist das schon bei ihm," und in der Tat: was zu ihrer Phantasie sprach, war nicht die Betätigung, sondern der Wortschatz unegoistischer Gesinnung.

Da er fühlte, daß er oft nicht verwirklichen konnte, was sie sich erträumte, wollte er wenigstens, daß sie gern mit ihm umging, und verzichtete darauf, ihren vulgären Vorstellungen und ihrem schlechten Geschmack entgegenzuarbeiten, Eigenschaften, die sie auf allen Gebieten zeigte, und die er nichtsdestoweniger liebte wie alles, was von ihr kam, ja, die ihn entzückten, da es ja lauter besondere Züge waren, durch die die Substanz dieser Frau vor ihm zum Vorschein kam und ihm sichtbar wurde. Wenn sie also ganz beglückt aussah, weil sie zur „Reine Topaze" gehen sollte, oder wenn ihr Blick ernst, unruhig und eigensinnig wurde, weil sie befürchtete, nicht zum Blumenfest zu kommen oder sich auch nur bei dem Tee mit Muffins und Toast, dem „Thé de la Rue Royale" zu verspäten, wo ihrer Ansicht nach Pünktlichkeit für die Gewährleistung des Rufes einer eleganten Frau unerläßlich war, — dann war Swann so hingerissen, wie man es sonst von der Natürlichkeit eines Kindes oder von der Wahrheit eines Porträts ist, das aussieht, als würde es gleich anfangen zu sprechen; und er spürte so deutlich, wie sich die Seele seiner Geliebten mit dem Ausdruck ihres Gesichtes deckte, daß er nicht widerstehen konnte und diese Seele dort mit seinen Lippen berührte: „Also zum Blumenfest will sie gebracht werden, die kleine Odette, bewundern will sie sich lassen, — schön, sie soll hingebracht werden, was bleibt einem anderes übrig als nachzugeben?“ Da Swann ein wenig schlechte Augen hatte, mußte er sich dazu verstehen, eine Brille aufzusetzen, wenn er zu Hause arbeitete, und sich, wenn er in Gesellschaft ging, ein Monokel einzuklemmen, das ihn weniger entstellte. Das erstemal, als sie eins in seinem Auge sah, wußte sie sich vor Freude nicht zu lassen: „Bei einem Mann finde ich das unbeschreiblich schick! Wie famos dir das steht! Du siehst aus wie ein richtiger Gentleman. Es fehlt dir nur ein Titel“ setzte sie mit einer Nüance des Bedauerns hinzu. Er liebte es, daß Odette so war, ebenso wie er, wenn eine Bretonin es ihm angetan hätte, glücklich gewesen wäre, sie mit einer Haube zu sehen und ein Bekenntnis zum Gespensterglauben aus ihrem Munde zu vernehmen. Bisher hatte, wie bei vielen Menschen, deren Geschmack für die Künste sich unabhängig von ihrer Sinnlichkeit entwickelt, auch bei ihm ein seltsamer Kontrast bestanden zwischen den Befriedigungen, die er hier, und denen, die er dort für angemessen hielt, insofern, als er in Gesellschaft von gewöhnlicheren Frauen an immer raffinierteren künstlerischen Lockmitteln Freude fand, indem er etwa ein kleines Kindermädchen ins Orchesterfauteuil zur Aufführung eines dekadenten Stückes führte, das zu hören ihn reizte, oder in eine Ausstellung impressionistischer Malerei (wobei er übrigens überzeugt war, daß eine gebildete Frau von Welt auch nicht mehr davon verstanden, dafür aber nicht so brav den Mund gehalten hätte). Nicht so aber, seitdem er Odette liebte: nun war das Sympathisieren mit ihr, das Bestreben, zu zweit nur eine Seele zu haben, für ihn etwas so Wohltuendes, daß er versuchte, sich in die Dinge, die sie liebte, hineinzuleben, und er fand nicht nur in der Nachahmung ihrer Gewohnheiten, sondern sogar in der Annahme ihrer Meinungen ein um so tieferes Vergnügen, als sie ihn, gerade weil sie nicht aus seinem Geiste stammten, einzig und allein an seine Liebe gemahnten, um deretwillen er sie vor anderen erwählt hatte. Ging er zweimal zu Serge Panine, pürschte er nach Gelegenheiten, Olivier Métra kutschieren zu sehen, so geschah das wegen des wohligen Bewußtseins, in die ganze Vorstellungswelt Odettes eingeweiht zu sein und alle ihre Neigungen redlich mit ihr zu teilen. Dieser Reiz, sich ihr zu nähern, der von den Werken oder Orten, die sie liebte, ausging, schien ihm geheimnisvoller als der Zauber mancher weit schönerer Stätten, die ihn nicht an sie gemahnten. Da ferner die geistigen Überzeugungen seiner Jugend bei ihm immer mehr verblaßt und vom Skeptizismus des Weltmannes unterirdisch angefressen waren, dachte er (oder hatte es wenigstens so lange gedacht, daß er es nun auch weiterhin sagte), die Gegenstände unserer Neigungen hätten keinen absoluten Wert in sich, sondern alles sei Sache der Epoche, der Klasse und bestehe in Moden, von denen die gewöhnlichsten ebensoviel taugten wie die, die für die feinsten gälten. Und da er der Ansicht war, daß die Bedeutung, die Odette den Eintrittskarten zum „Vernissage“ beilegte, an sich nichts Lächerlicheres sei als das Vergnügen, das er früher am Déjeuner beim Prinzen von Wales gefunden hatte — so hielt er ihre laute Begeisterung für Monte Carlo oder für den Rigi auch nicht für unvernünftiger als seine eigene Vorliebe für Holland, das sie sich häßlich vorstellte, und für Versailles, das sie trist fand. So verzichtete er auf seine Fahrten dorthin und sagte sich mit Vergnügen, daß es um ihretwillen geschehe, daß er nur mit ihr zusammen noch fühlen und lieben wolle.

Wie alles, was Odette umgab und gewissermaßen nur die Form war, in der er sie sehen und mit ihr plaudern konnte, liebte er den Verdurinschen Kreis. Da dort im Herzen aller lustigen Veranstaltungen, Mahlzeiten, musikalischen Vorführungen, Spiele, Kostümfeste, Landpartien, Theaterbesuche, ja sogar der seltenen „großen Soireen“ für die „Öden“, die Gegenwart Odettes, der Anblick Odettes, die Unterhaltung mit Odette lebendig war, lauter unschätzbare Geschenke, die ihm Verdurins durch die bloße Einladung machten, verkehrte er in dem „kleinen Stamm“ lieber als irgendwo sonst und suchte ihn mit wirklichen Vorzügen auszustatten; er bildete sich nämlich ein, er werde einfach aus Gefallen daran sein ganzes Leben dort aus und ein gehen. Zwar hatte er (aus Furcht, es nicht glauben zu können) nicht den Mut, sich zu sagen, er werde Odette immer lieben, suchte aber wenigstens die Annahme aufrechtzuerhalten, er werde immer bei Verdurins aus und ein gehen (eine Behauptung, die a priori weniger prinzipielle Einwände von seiten seines Verstandes auf den Plan rief) und sah sich schon auch künftighin Abend für Abend mit Odette zusammentreffen; das bedeutete zwar vielleicht nicht ganz dasselbe wie „sie immer lieben“, hieß aber doch, solange er sie liebte, so viel wie glauben, daß kein Tag vorbeigehen würde, an dem er sie nicht sähe — und mehr wollte er nicht. „Was für ein reizender Kreis,“ sagte er sich, „im Grunde führt man ja nur dort das wahre Leben. Es geht dort doch viel intelligenter, viel künstlerischer her als in der großen Welt. Was hat Frau Verdurin trotz kleiner, ein bißchen lächerlicher Übertreibungen, für eine aufrichtige Liebe zu Malerei und Musik! was für ein leidenschaftliches Verhältnis zu den Werken der Kunst, was für ein Verlangen, die Künstler zu erfreuen! Sie macht sich eine ungenaue Vorstellung von den Weltmenschen; aber was hat die große Welt im Vergleich dazu erst für eine falsche Vorstellung von Künstlerkreisen! Vielleicht stelle ich keine sehr großen geistigen Ansprüche an gesellschaftliche Konversation, aber ich unterhalte mich ausgezeichnet mit Cottard trotz seiner albernen Wortspiele. Und was den Maler betrifft, so ist er ja ein etwas unangenehmer Blender und blufft gern, dafür ist er aber einer der feinsten Köpfe, die ich je kennen gelernt habe. Und vor allem fühlt man sich frei dort, man tut was man will, ohne Zwang, ohne Zeremonie. Was für eine verschwenderische Fülle von guter Laune Tag für Tag in dem Salon! Also ganz bestimmt, außer bei ganz seltenen Ausnahmen gehe ich nur noch in dies Milieu. Dorthin will ich von jetzt an immer mehr meine Gewohnheiten und mein Leben verlegen."

Und da die Eigenschaften, die, wie er glaubte, Verdurins innewohnten, nur der auf sie fallende Abglanz der Genüsse waren, die seine Liebe zu Odette in ihrem Hause durchgekostet hatte, wurden jene Eigenschaften zugleich mit diesen Genüssen ernster, tiefer, vitaler. Mitunter vermittelte Frau Verdurin Swann das, was allein sein Glück bedeuten konnte, etwa wenn er sich an irgendeinem Abend beklommen fühlte, weil Odette mit einem Gast mehr als mit einem anderen geplaudert hatte, oder wenn er auf sie ärgerlich war und nicht die Initiative ergreifen wollte, sie zu fragen, ob sie mit ihm heimfahren wolle; dann nämlich brachte Frau Verdurin ihm den Frieden und die Freude, indem sie spontan sagte: „Odette, Sie nehmen doch Herrn Swann mit, nicht wahr?" Oder er befürchtete, daß Odette ohne ihn auf die Sommerreise gehen möchte und er sie dann vielleicht nicht mehr alle Tage sehen könnte — da trat dann wohl Frau Verdurin dazwischen und lud sie beide in ihr Landhaus ein. So ließ er denn zu, daß die Gefühle der Dankbarkeit und Interessiertheit unbewußt in seinen Geist hineinsickerten und seine Gedanken beeinflußten, ja, er verkündete schließlich sogar, Frau Verdurin sei eine große Frau. Als irgendeiner seiner früheren Bekannten von der école du Louvre mit ihm über besonderes feine oder hervorragende Menschen sprach, erwiderte er ihm: „Verdurins sind mir hundertmal lieber.“ Und dann mit einer Feierlichkeit, die bei ihm ganz neu war: „Das sind Menschen mit Seelengröße, und Seelengröße ist im Grunde genommen das einzig Bedeutende und Vornehme auf Erden. Sieh' mal, es gibt nur zwei Klassen von Menschen: die mit Seelengröße und die anderen; und ich bin nun in das Alter gekommen, in dem es heißt Partei ergreifen, ein für allemal entscheiden, welche man lieben und welche man ablehnen will, sich an die halten, die man liebt, wiedereinzubringen, was man mit den anderen vertan hat, und bis zum Tode nicht abzuweichen. Nun schau,“ sagte er dann mit der leichten Erregung, die man empfindet, wenn man (freilich ohne sich recht darüber klar zu werden) etwas sagt nicht weil es wahr ist, sondern weil man Vergnügen daran hat es zu sagen und weil man es in der eigenen Stimme so hört, als käme es von jemand anders als von einem selbst, „die Würfel sind gefallen, ich habe mich dazu entschieden, einzig und allein die Menschen mit Seelengröße zu lieben und nur noch in der Seelengröße zu leben. Du fragst mich, ob Frau Verdurin wirklich intelligent ist. Ich versichere dir: sie hat mir Beweise von Adel des Herzens und Hoheit der Seele gegeben, wozu man ohne eine gleiche Hoheit des Geistes, das mußt du doch selber sagen, nicht kommen kann. Natürlich besitzt sie auch das tiefste Verständnis für Dinge der Kunst. Aber das ist vielleicht gar nicht einmal das Bewundernswerteste an ihr: irgendeine Kleinigkeit von geistvoll-auserlesener Güte, die sie für mich getan hat, irgendein geniales Obachtgeben, eine Gebärde von ungezwungener Erhabenheit verraten ein tieferes Begreifen des Daseins als alle Abhandlungen der Philosophen.“

Dabei hätte er sich doch sagen können, daß es unter den alten Freunden seiner Eltern Leute von ebensolcher Einfachheit und unter seinen Jugendgefährten Menschen von ebensolcher Kunstbegeisterung wie Verdurins gab, daß er auch andere seelisch bedeutende Menschen kannte, und daß er sie trotzdem seit seiner Entscheidung für Einfachheit, Kunst und Seelengröße noch nie besucht hatte. Diese Leute kannten eben Odette nicht, und wenn sie sie gekannt hätten, so wären sie nicht sonderlich darum bemüht gewesen, sie mit ihm zusammenzubringen.

So gab es im ganzen Milieu der Verdurins sicher keinen einzigen Getreuen, der sie so liebte oder zu lieben glaubte wie Swann. Und doch: als Herr Verdurin sagte, Swann passe ihm nicht, hatte er nicht nur seinen eigenen Gedanken ausgedrückt, sondern auch den seiner Frau erraten. Zweifellos hatte Swann eine allzu besondere Neigung zu Odette und hatte verabsäumt, Frau Verdurin zur täglichen Vertrauten dieser Neigung zu machen; ja, gerade die zurückhaltende Art, mit der er die Gastfreundschaft der Verdurins in Anspruch nahm, indem er oft absichtlich nicht zum Essen kam (um eine Einladung bei „öden Leuten" nicht zu verpassen, wie sie glaubten), ferner die trotz aller verheimlichenden Vorsichtsmaßregeln seinerseits unaufhörlich fortschreitende Entdekkung seiner glänzenden mondänen Stellung — all das trug zweifellos zu ihrer Gereiztheit gegen ihn bei. Aber der tiefere Grund dafür war ein anderer. Sehr schnell nämlich hatten sie bei ihm eine sorgfältig geschützte, unzugängliche Stelle herausempfunden, an der er sich stillschweigend weiter dazu bekannte, daß die Fürstin von Sagan nicht grotesk, Cottards Späße nicht komisch seien; und obwohl er von seiner Liebenswürdigkeit niemals abließ und sich nie gegen ihre Dogmen auflehnte, spürten sie schließlich doch eine solche Unmöglichkeit, sie ihm aufzudringen und ihn ganz dazu zu bekehren, wie sie sie in gleichem Maße noch nie bei jemandem getroffen hatten. Sie hätten ihm verziehen, daß er mit öden Leuten verkehrte (denen er übrigens im Grunde seines Herzens Verdurins und den ganzen kleinen Stamm tausendmal vorzog), wenn er sich des guten Beispiels halber dazu verstanden hätte, sie vor den Getreuen zu verleugnen. Das war aber eine Entsagung, die man ihm (soviel sahen sie ein) nicht würde abdringen können.

Wie anders dagegen ein „Neuer," den sie auf Odettes Bitte eingeladen hatten (sie hatte ihn allerdings erst ein paar Mal getroffen) und auf den sie große Hoffnungen setzten: der Graf von Forcheville! (Es stellte sich heraus, daß er ein Schwager Saniettes war, was die Getreuen in Erstaunen setzte: der alte Archivar hatte so untertänige Manieren, daß sie immer geglaubt hatten, er stehe auf einer niedrigeren sozialen Stufe als sie, und nicht darauf gefaßt waren zu hören, daß er einer reichen und verhältnismäßig aristokratischen Schicht angehörte). Gewiß war Forcheville ein mächtiger Snob, während Swann das nicht war; auch war er weit davon entfernt, das Verdurinsche Milieu wie Swann es tat über alle anderen zu stellen. Aber er hatte nicht die angeborene Feinheit, die Swann hinderte, sich den allzu offenkundig falschen Kritiken anzuschließen, wie sie Frau Verdurin gegen Leute, die er kannte, losließ. Für die anmaßlichen und dabei gewöhnlichen Tiraden, die der Maler an manchen Tagen von sich gab, oder die Späße à la Commis voyageur, die Cottard sich leistete, fand Swann, der sie beide, den einen wie den anderen sehr gern hatte, zwar leicht Entschuldigungen, brachte aber doch nicht den Mut und die Schmeichelei des Beifallklatschens auf. Forcheville hingegen stand auf einem intellektuellen Niveau, das ihm gestattete, von den Tiraden verblüfft und begeistert zu sein (ohne sie übrigens zu verstehen) und sich an den Späßen zu delektieren. Und gerade das erste Diner bei Verdurins, an dem Forcheville teilnahm, rückte alle diese Unterschiede recht ins Licht, ließ seine guten Eigenschaften hervortreten und Swann rasch in noch tiefere Ungnade fallen.

Bei diesem Diner war außer den gewohnten Leuten ein Professor von der Sorbonne, Brichot, zugegen, der Herrn und Frau Verdurin an der See getroffen hatte und, wenn seine Universitätspflichten und gelehrten Arbeiten seine freien Momente nicht so sehr eingeschränkt hätten, gern öfters zu ihnen gekommen wäre. Denn mit dem „Leben“ verband ihn eine abergläubische Neugier, wie sie sich ja nicht selten mit einem gewissen Skeptizismus hinsichtlich des Gegenstandes eigener Studien verbindet und intelligenten Menschen der verschiedensten Berufe — Ärzten, die nicht an die Medizin glauben, Schulgrößen, die nicht an den lateinischen Aufsatz glauben — den Ruf von weiten, glänzenden, ja absolut überlegenen Geistern verschafft. Er legte es darauf an, bei Frau Verdurin seine hochaktuellen Vergleiche zu suchen zu den Dingen, die er aus Philosophie und Geschichte erzählte, erstens weil er glaubte, die Wissenschaft sei nichts anderes als eine Vorbereitung zum „Leben“, und sich einbildete, das „Leben“, das er bisher nur aus Büchern kannte, spiele sich in der kleinen Clique leibhaftig vor ihm ab, dann aber wohl auch, weil er sich die Scheu vor gewissen Unterhaltungsstoffen vor langer Zeit eingeprägt und unbewußt bewahrt hatte und nun den Akademiker auszuziehen glaubte, wenn er ihre Tollheiten mitmachte, die ihm doch nur deshalb als Tollheiten erschienen, weil er eben der Akademiker geblieben war.

Schon am Anfang des Essens, als Herr von Forcheville zu der links von ihm sitzenden Frau Verdurin (die für den „Neuen“ großen Toilettenaufwand gemacht hatte), die Bemerkung machte: „Das ist was Originelles, dies blanke Weiß Ihres Kleides,“ konnte sich der Doktor betätigen; nachdem er nämlich unaufhörlich aufgepaßt hatte (so begierig war er zu wissen, wie denn so ein „Von“, wie er es nannte, gebaut sei) bot sich ihm nun die gewünschte Gelegenheit seine Aufmerksamkeit auf sich zu lenken und in engere Berührung mit ihm zu kommen: er ergriff das Wort „blanke“ beim Schopfe und sagte ohne die Nase vom Teller zu heben: „Blanke? Blanke von Kastilien?“, worauf er, ohne den Kopf zu rühren, unsichere und lächelnde Blicke verstohlen nach rechts und links schoß. Während Swann durch seine schmerzhafte und vergebliche Anstrengung zu lächeln genugsam bewies, was er von diesem dummen Wortwitz hielt, zeigte Forcheville sowohl, daß er für die Feinheit des Witzes Sinn hatte, als auch daß er zu leben verstand, denn er hielt seine Heiterkeit, deren freie Art Frau Verdurin begeisterte, doch zugleich in richtigen Grenzen.

„Was sagen Sie zu so einem Gelehrten?“ hatte sie Forcheville gefragt, „es ist ganz unmöglich, sich auch nur zwei Minuten ernsthaft mit ihm zu unterhalten. Sagen Sie den Leuten in Ihrem Krankenhaus auch solche Sachen?“ hatte sie, zum Doktor gewandt, hinzugesetzt, „dann können einem die Tage dort allerdings nicht lang werden. Ich muß doch mal sehen, daß ich mich dort aufnehmen lassen kann.“

„Ich glaube gehört zu haben, daß der Doktor von jener alten Ziege, der Blanka von Kastilien sprach, wenn ich mich so ausdrücken darf. War's nicht so, gnädige Frau?“ fragte Brichot Frau Verdurin, die darüber ganz aus dem Häuschen kam, die Augen schloß und ihr Gesicht mit einem jähen Ruck in die Hände warf, aus denen nun lauter erstickte Schreie herauskamen.

„Du lieber Gott, gnädige Frau, ich möchte doch ja keine ehrfurchtsvollen Gemüter aufregen, wenn hier am Tisch welche sein sollten sub rosa ... Ich muß übrigens sagen: unsere untadlige Republik nach athenischem Muster (nur tausendmal schöner natürlich) könnte in dieser reaktionären Kapetingerin ihren ersten handfesten Polizeipräfekten verehren ... Doch doch, mein lieber Wirt, doch doch," wiederholte er mit einer metallischen Stimme, die jede Silbe einzeln herausbrachte, als Antwort auf einen Einwurf Herrn Verdurins, „die Chronik von Saint-Denis, bei der die Zuverlässigkeit der Informationen ganz unbestreitbar ist, läßt hierüber nicht den geringsten Zweifel bestehen. Keine bessere Schutzpatronin könnte ein weltliches Proletariat sich aussuchen als diese Mutter eines Heiligen, von dem man im übrigen nur zur Hälfte weiß, wo er herstammt, wie Suger und andere vom Heiligen Bernhard berichten; denn bei ihr wollte jeder ‚derjenige welcher' sein."

„Was ist das für ein Herr?" fragte Forcheville Frau Verdurin, „das scheint ja eine Kanone zu sein."

„Was, Sie kennen den berühmten Brichot nicht, das ist doch eine europäische Größe."

„Ah, Bréchot ist das," rief Forcheville, der nicht genau verstanden hatte, „na dann brauchen Sie mir nichts weiter zu sagen," setzte er hinzu und starrte mit weitaufgerissenen Augen auf Brichot, „es ist immer so interessant, mit einem Mann von Weltruf zu Abend zu essen. Nein wissen Sie, Sie laden einen ja mit richtigen Elitegästen ein. Bei Ihnen wird einem die Zeit nicht lang."

„Ach Gott, wissen Sie, die Hauptsache ist ja," sagte Frau Verdurin bescheiden, „die Leute fühlen sich hier eben vertraut. Sie reden worüber sie wollen, und die Unterhaltung sprüht raketenartig. Z. B. Brichot heut' Abend, das ist ja gar nichts: bei mir im Hause, wissen Sie, war er schon blendend, auf die Knie hätt' man fallen mögen davor; und bei anderen ist es einfach nicht mehr derselbe Mensch, er hat gar keinen Geist mehr, man muß ihm die Worte aus dem Munde holen, er ist geradezu öde."

„Komisch ist das!" sagte Forcheville erstaunt.

Solche Geister wie Brichot wären in dem Kreis, in dem Swann seine Jugend verbracht hatte, für Dummköpfe reinsten Wassers gehalten worden, obwohl eine gewisse wirkliche Intelligenz dabei sehr wohl bestehen kann. Und die Intelligenz des Professors, kräftig und wohlgenährt wie sie war, hätte wahrscheinlich für sehr viele Weltleute, die Swann geistreich fand, eine beneidenswerte Sache sein können. Aber die Weltleute hatten ihm ihre Neigungen und ihre Ablehnungen schließlich derart aufgeprägt (wenigstens in allem, was das mondäne Leben berührt, d. h. auch in demjenigen Teilgebiet das eigentlich mehr zur Domäne der Intelligenz gehört: der Konversation), daß Swann Brichots Späße nur pedantisch, gewöhnlich und ekelhaft dick aufgetragen finden konnte. Außerdem beleidigte ihn bei seiner Gewohntheit an gute Manieren der rohe und militärische Ton, den der soldatische Universitätsmann gegenüber jedem, an den er sich wandte, zur Schau trug. Schließlich gab es seiner sonstigen Nachsicht an diesem Abend wohl den Rest, daß er sehen mußte, welche Liebenswürdigkeit Frau Verdurin für diesen Forcheville entfaltete, dessen Einführung Odettes fabelhaftem Einfall zu verdanken war. Etwas geniert gegenüber Swann, hatte sie ihn beim Kommen gefragt:

„Wie finden Sie meinen Gast?"

Und er, der zum ersten Male merkte, daß Forcheville, den er seit langem kannte, einer Frau gefallen konnte und ein ziemlich hübscher Mann war, hatte geantwortet: „Unsauber!" Natürlich dachte er nicht daran, eifersüchtig auf Odette zu sein, aber er fühlte sich nicht so glücklich wie sonst, und als Brichot sich mitten in seinem Bericht über die Mutter Blankas von Kastilien, die „schon jahrelang mit Heinrich Plantagenet gelebt hatte, bevor sie ihn heiratete," von Swann ums Weitererzählen bitten lassen wollte und zu ihm sagte: „nicht wahr, Herr Swann?", wobei er einen martialischen Ton anschlug, wie wenn er mit einem Bauern shake hands machen oder mit einem Regimentskameraden Brüderschaft trinken wollte — da hieb Swann, zur großen Empörung der Herrin des Hauses, Brichot seinen Effekt weg, indem er zur Antwort gab, man solle gütigst entschuldigen, daß er sich so wenig für Blanka von Kastilien interessiere, aber er habe den Maler etwas zu fragen. Der war nämlich am Nachmittag in die Ausstellung eines Künstlers gegangen (eines kürzlich verstorbenen Freundes von Frau Verdurin), und Swann hätte (denn er schätzte seinen Geschmack) gern von ihm erfahren, ob in diesen letzten Werken wirklich mehr stecke als die Virtuosität, die schon an den früheren so verblüffend wirkte.

„Unter diesem Gesichtspunkt war es ja außerordentlich, aber diese Auffassung von Kunst, schien mir damals, steht doch nicht gerade, wie man so sagt, auf ‚allerhöchstem Niveau,'" sagte Swann lächelnd.

„Auf allerhöchstem Niveau, wie eine Behörde," fiel Cottard ein und hob die Arme mit gespielter Gravität.

Der ganze Tisch brach in Lachen aus.

„Wie ich Ihnen sagte, man kann mit ihm nicht ernst bleiben," sagte Frau Verdurin zu Forcheville, „gerade wenn man's am wenigsten erwartet, kommt er mit einem Kalauer."

Aber sie bemerkte, daß Swann als einziger keine Miene verzogen hatte. Nein, es paßte ihm nicht sehr, daß Cottard ihn vor Forcheville lächerlich machte. Der Maler aber, statt Swann auf interessante Weise zu antworten, was er wahrscheinlich getan hätte, wenn er mit ihm allein gewesen wäre, zog es vor, sich von den Tischgästen bewundern zu lassen und gab ein Stückchen über die Geschicklichkeit des verstorbenen Meisters zum Besten.

„Ich bin nah herangegangen," sagte er, „um zu sehen,

wie es gemacht ist, ich habe die Nase hineingesteckt. Ja Kuchen! kein Mensch könnt' sagen, ob's mit Kleister gemacht ist oder mit Rubin oder mit Seife oder mit Bronze oder mit Sonne oder mit Scheiße!"

„Und eins macht zwölf!" rief der Doktor zu spät, aber kein Mensch verstand die Unterbrechung.

„Es sieht aus, als wär's mit nichts gemacht," fing der Maler wieder an, „da ist der Trick nicht mehr herauszubekommen wie in der „Nachtwache" oder den „Regenten"; o, das ist noch eine ganz andere Tatze als Rembrandt und Hals. Alles ist da tiptop, nein wirklich, ich schwör's Ihnen zu."

Und wie die Sänger, wenn sie zum höchsten ihnen erreichbaren Tone gekommen sind, in Kopfstimme piano weitersingen, begnügte er sich mit dem Flüsterton und sagte lachend, als forderte diese Malerei vor lauter Schönheit zum Lachen heraus:

„Ach das riecht gut, das benimmt einem den Kopf, das verschlägt einem den Atem, das kitzelt — und dabei keine Spur zu merken, womit's gemacht ist, es sind lauter Hexereien, lauter Gaunerkunststücke, lauter Wunder (und dabei platzte er richtig mit dem Lachen heraus): es ist einfach gemein." Und dann hielt er inne, richtete den Kopf gravitätisch empor, schlug einen tiefen Baßton an, den er recht wohlklingend zu gestalten suchte, und setzte hinzu: „und dabei ist es so anständig!"

Außer in dem Augenblick des „mehr als die Nachtwache", was eine den Protest Frau Verdurins herausfordernde Blasphemie war (denn sie hielt die „Nachtwache" für das größte Meisterwerk der Welt neben der „Neunten" und der „Nike von Samothrake") und bei dem: „mit Scheiße gemacht," wobei Forcheville seinen Blick rings um die Tafel hatte schweifen lassen, um zu sehen, ob das Wort durchginge, und dann gleich ein züchtig konziliantes Lächeln aufgesetzt hatte — waren die

Blicke aller Gäste, mit Ausnahme von Swann, fasziniert und bewundernd auf den Maler geheftet.

„Was mir das für einen Spaß macht, wenn es so mit ihm durchgeht," rief Frau Verdurin, als er fertig war, denn sie war begeistert, daß die Tafelrunde gerade an dem Tage so interessant war, als Herr von Forcheville das erstemal kam: „Und du, was sitzt du denn da mit offenem Mund wie ein Rhinozeros?" sagte sie zu ihrem Mann, „du weißt doch, daß er gut redet; als ob er ihn das erstemal hörte! Wenn Sie ihn gesehen hätten, während Sie sprachen, der schlürfte Ihre Worte nur so! Und morgen wird er uns alles hersagen, was Sie geredet haben, ohne ein Wort auszulassen."

„Nein wirklich, ich hab' nich aufgeschnitten," sagte der Maler, ganz berauscht von seinem Erfolg, „Sie scheinen zu glauben, ich mache Reklame und es ist bloß ein aufgelegter Schwindel; schön, ich bring' Sie hin, Sie sollen selber sagen, ob ich übertrieben habe, Sie kriegen meine Eintrittskarte, und passen Sie auf, wenn Sie wiederkommen, sind Sie noch mehr weg als ich!"

„Aber wir glauben ja gar nicht, daß Sie übertreiben, wir wollen bloß, daß Sie essen und daß mein Mann auch ißt; reichen Sie dem Herrn noch einmal Seezunge, Sie sehen doch, daß seine kalt ist. Wir haben's nicht so eilig, Sie servieren ja, als wenn Feuer ausgebrochen wäre, warten Sie doch noch ein bißchen mit dem Salat!"

Frau Cottard, die bescheiden war und wenig sprach, ließ es trotzdem nicht an der nötigen Sicherheit fehlen, wenn sie infolge einer glücklichen Eingebung ein richtiges Wort gefunden hatte. Sie fühlte den Erfolg dieses Wortes voraus, das gab ihr Mut, und was sie nun damit anfing, geschah weniger um zu glänzen, als um der Karriere ihres Mannes zu nützen. So ließ sie sich das Wort Salat, das Frau Verdurin ausgesprochen hatte, nicht entgehen.

„Das ist doch nicht etwa ‚japanischer Salat' ?", sagte sie halblaut und wandte sich zu Odette.
Und ganz entzückt und verwirrt über den richtigen Instinkt und die Kühnheit einer so diskreten und doch deutlichen Anspielung auf das begeistert aufgenommene neue Stück von Dumas, brach sie in ein reizendkindliches Lachen aus, das ziemlich leise, dafür aber so unwiderstehlich war, daß sie es einige Augenblicke lang einfach nicht beherrschen konnte. „Wer ist die Dame? sie hat Geist," sagte Forcheville.
„Nein, aber am Freitag gibt's welchen, wenn ihr alle kommt."
„Sie werden mich für eine rechte Provinzlerin halten, mein Herr," sagte Frau Cottard zu Swann, „aber ich habe die berühmte ‚Francillon' noch nicht gesehen, von der alle Leute reden. Der Doktor ist schon dagewesen (ich erinnere mich sogar, daß er mir gesagt hat, er habe zu seiner größten Freude den Abend mit Ihnen verbracht), und offengestanden habe ich nicht recht eingesehen, warum er Plätze bestellt hat, um mit mir noch einmal hinzugehen. Nun natürlich, im Théâtre-Français tut einem nie ein Abend leid, es wird ja immer so gut gespielt, und wir haben sehr liebenswürdige Freunde (Frau Cottard nannte selten einen Eigennamen und beschränkte sich darauf zu sagen „Freunde von uns" oder „eine meiner Freundinnen," aus lauter „Distinktion", in einem gekünstelten Ton und mit dem Air von Wichtigkeit eines Menschen, der nur Namen nennt, wenn es ihm paßt), die haben oft Logenplätze und haben dann die gute Idee, uns zu allen Neuigkeiten, die sich lohnen, mitzunehmen; so bin ich überzeugt, ich sehe ‚Francillon' über kurz oder lang und kann mir dann meine Meinung bilden. Ich muß allerdings gestehen, ich finde mich reichlich dumm, denn in allen Salons, wo ich zu Besuch bin, redet man natürlich nur noch von diesem

unglückseligen japanischen Salat. Man bekommt es allmählich sogar ein bißchen satt," setzte sie hinzu, da sie sah, daß Swann nicht so interessiert zu sein schien, wie sie es bei einer so brennend aktuellen Sache angenommen hätte. „Man muß aber doch zugeben, manchmal gibt das zu recht amüsanten Einfällen Anlaß. Z. B. eine meiner Freundinnen, eine sehr originelle, dabei sehr hübsche, sehr begehrte, sehr bekannte Frau, behauptet, sie habe diesen japanischen Salat bei sich zu Hause machen lassen und zwar ganz genau so, wie es Alexandre Dumas der Jüngere in dem Stück angibt. Sie hatte ein paar Freundinnen zum Kosten eingeladen. Leider war ich nicht unter den Auserwählten. Aber sie hat es uns neulich bei ihrem Jour erzählt; anscheinend schmeckte es scheußlich, wir haben Tränen gelacht. Aber Sie wissen ja, dabei kommt alles drauf an, wie man's erzählt," sagte sie, als sie sah, daß Swann seine ernste Miene beibehielt.

Und da sie vermutete, daß er „Francillon" vielleicht nicht mochte, sagte sie:

„Übrigens wird es, glaub' ich, eine Enttäuschung für mich werden. Ich glaube nicht, daß es so gut ist wie ‚Serge Panine', das Ideal von Frau von Crécy. Das sind wenigstens Sachen, die haben Tiefe, da kann man drüber nachdenken; aber ein Salatrezept auf der Bühne des Théâtre-Français! Und dagegen Serge Panine! Übrigens ist es damit wie mit allen, was aus der Feder von Georges Ohnet kommt, das ist immer alles so glänzend geschrieben. Ich weiß nicht, ob Sie den „Hüttenbesitzer" kennen, den hatte ich eigentlich noch lieber als ‚Serge Panine'."

„Ich bitte um Verzeihung," sagte Swann mit ironischem Ausdruck zu ihr, „aber ich gebe zu, daß mein Mangel an Begeisterung bei diesen beiden Meisterwerken annähernd gleich groß ist."

„Wirklich, was haben Sie denn daran auszusetzen? Ist

es irgendeine Antipathie? Finden Sie es ein bißchen trist? Na im übrigen, ich sag's ja immer, man soll über Romane und über Theaterstücke nie diskutieren. Jeder sieht's auf seine Art, und Sie können das scheußlich finden, was ich am liebsten habe."

Sie wurde von Forcheville unterbrochen, der Swann interpellierte. Während Frau Cottard nämlich von „Francillon" sprach, hatte Forcheville Frau Verdurin seine Bewunderung für den von ihm so genannten kleinen „speech" des Malers ausgedrückt.

„Der Herr hat eine Leichtigkeit im Reden, ein Gedächtnis!" hatte er zu Frau Verdurin gesagt, als der Maler fertig war, „sowas ist mir noch kaum vorgekommen. Sapperlot, ich möcht' auch soviel können. Er würde einen hervorragenden Prediger abgeben. Man kann sagen, in ihm und Herrn Bréchot haben Sie zwei Nummern, die gleich gut sind, allerdings weiß ich nicht, ob der, was das Mundwerk anbetrifft, dem Professor nicht noch den Rang ablaufen würde. Bei ihm kommt's noch natürlicher, noch weniger gesucht. Nun ja, so nebenher hat er ein paar etwas realistische Worte fallen lassen, aber das ist eben jetzt modern, und ich habe selten jemanden den Spucknapf mit einer derartigen Geschicklichkeit halten sehen, wie wir im Regiment sagten, wo ich einen Kameraden hatte, an den mich der Herr just ein bißchen erinnerte. Der konnte einem über irgend etwas, was soll ich Ihnen rasch sagen, über dies Glas z. B. stundenlang was vorerzählen, ach nein, nicht über dies Glas, was red' ich für dummes Zeug; aber über die Schlacht von Waterloo, über was Sie wollen, und gab uns so nebenher Sachen zum Besten, die Sie sich nie hätten träumen lassen. Übrigens war Swann im selben Regiment; er muß ihn doch gekannt haben."

„Sehen Sie Herrn Swann oft?" fragte Frau Verdurin.

„Ach nein," antwortete Herr von Forcheville und da er,

um sich Odette bequemer nähern zu können, Swann angenehm zu sein wünschte, wollte er ihm schmeicheln und die Gelegenheit ergreifen, von seinen guten Verbindungen zu reden, jedoch im Stil des Weltmannes mit dem Ton herzlichen Vorwurfs und nicht so, als wollte er ihm wie zu einem unverhofften Erfolge gratulieren: „Nicht wahr, Swann, ich sehe Sie nie. Im übrigen: wie soll man das anstellen, ihn zu sehen? Der Kunde steckt doch die ganze Zeit bei La Trémoïlles, bei Laumes und bei all denen! . . ." Eine Beschuldigung, die nebenbeigesagt um so falscher war, als Swann seit einem Jahr fast nur noch zu Verdurins ging. Aber schon der bloße Name von Menschen, die sie nicht kannten, wurde bei ihnen mit dem Schweigen der Mißbilligung aufgenommen. Herr Verdurin, der den peinlichen Eindruck fürchtete, den diese Namen von „öden Leuten", insbesondere wenn sie so taktlos vor allen Getreuen herausgeschmettert wurden, auf seine Frau hatten machen müssen, warf einen heimlichen Blick voll unruhiger Erregung auf sie. Da sah er, daß Frau Verdurin in ihrer Entschlossenheit, von der ihr eben mitgeteilten Neuigkeit keine Notiz zu nehmen, stumm zu bleiben, ja überhaupt taub gewesen zu sein (wie man sich stellt, wenn ein unzuverlässiger Freund in die Unterhaltung eine Entschuldigung einfließen läßt, der gegenüber ein Anhören ohne Protest gleichbedeutend mit Annahme gewesen wäre, oder wenn der verbotene Name eines Undankbaren vor einem fällt), um ihrem Schweigen nicht den Anschein der Zustimmung, sondern des nichtsahnenden Schweigens der unbelebten Dinge zu geben, aus ihrem Gesicht plötzlich alles Leben, alle Beweglichkeit verbannt hatte; ihre gewölbte Stirn war nur noch eine schöne Studie in erhabener Arbeit, wo der Name dieser La Trémoïlles, bei denen Swann immer steckte, gar nicht hatte eindringen können; ihre leicht gerunzelte Nase ließ einen bogenförmigen Ausschnitt sehen, der nach dem Leben gezeichnet schien. Ihr Mund war gleichsam halbgeöffnet wie zum Sprechen. Sie war nur noch eine unnütze Wachsfigur, eine Gipsmaske, ein Modell für ein Denkmal, eine Büste für das Palais de l'Industrie, vor der das Publikum sicherlich stillstehen würde, um zu bewundern, wie der Bildhauer — indem er die unwandelbare Würde der Verdurins im Gegensatz zu der der La Trémoïlles und Laumes zum Ausdruck bringen wollte (die sie mitsamt allen öden Leuten der Erde natürlich zehnmal aufwiegen) — der Weiße und Starrheit des Steines eine geradezu päpstliche Majestät verliehen hatte. Aber schließlich belebte sich der Marmor und ließ sich in dem Sinne vernehmen, man könne wohl nicht sehr wählerisch sein, wenn man zu diesen Leuten ginge, denn die Frau sei immer betrunken und der Mann ein solcher Ignorant, daß er Kollidor statt Korridor sagte.

„Man könnte mir noch Geld zugeben, ich würde sowas nicht in mein Haus lassen," schloß Frau Verdurin und sah Swann gebieterisch an.

Gewiß hoffte sie nicht, Swann würde sich soweit unterwerfen, daß er der sancta simplicitas der Tante des Pianisten nacheiferte, die eben gerufen hatte:

„Wissen Sie was? worüber ich mich wundere, ist, daß sie immer noch Leute finden, die sich dazu verstehen, mit ihnen zu plaudern; ich glaube, ich hätte Angst: es kann einem doch so schnell übel werden! Daß es überhaupt noch so unvernünftiges Volk gibt, was hinter denen herläuft."

Warum antwortete er nicht wenigstens wie Forcheville: „Nu ja, es ist eine Herzogin, manchen Leuten imponiert das noch," dann hätte Frau Verdurin wenigstens erwidern können: „Viel Glück wünsch' ich denen." Statt dessen begnügte sich Swann damit zu lachen, und zwar so, als wollte er sagen, daß er eine derartige Extravaganz überhaupt nicht ernst nehmen könne. Herr Verdurin warf erneut verstohlene Blicke auf seine Frau und sah bekümmert, daß sie, wie er nur zu gut verstehen konnte, den Zorn eines Großinquisitors empfand, der es nicht erreicht, die Ketzerei ganz auszurotten; so wollte er wenigstens versuchen, Swann zu einem Widerruf zu bringen (denn der Mut zur eigenen Meinung erscheint in den Augen derer, denen gegenüber er sich betätigt, ja immer als Berechnung oder Feigheit) und interpellierte ihn:

„Sagen Sie doch offen, was Sie denken, wir werden nicht hingehen und es ihnen wiedererzählen."

Worauf Swann zur Antwort gab:

„O, es ist nicht so, daß ich Furcht vor der Herzogin habe (wenn Sie die La Trémoïlles meinen). Ich versichere Ihnen: alle gehen gern zu ihr. Ich behaupte ja nicht gerade, daß sie ‚tief' ist (er sprach das Wort ‚tief' aus, als wäre es ein lächerlicher Ausdruck, denn seine Sprache bewahrte für gewöhnlich das Gepräge geistiger Gewohnheiten, die nur ab und zu von einer gewissen Erneuerung, bezeichnet durch die Liebe zur Musik, augenblicksweise in ihm verdrängt wurden, insofern als er jetzt manchmal seine Meinungen mit viel Wärme zum Ausdruck brachte), ‚aber, ganz ehrlich gesprochen, sie ist intelligent und ihr Mann ist wirklich gebildet. Es sind reizende Leute'."

Das wirkte auf Frau Verdurin, die spürte, daß sie durch Schuld dieses einzigen Ungetreuen die moralische Einheitsfront des kleinen Stammes nicht verwirklichen konnte, derartig, daß sie in ihrer Wut auf den Verstockten, der nicht sah, wie weh ihr seine Worte taten, sich nicht enthalten konnte, ihm aus dem Grunde ihres Herzens entgegenzuschreien:

„Finden Sie's, wenn Sie wollen, aber sagen Sie's uns wenigstens nicht!"

„Es hängt alles davon ab, was Sie Intelligenz nennen," sagte Forcheville, der nun seinerseits glänzen wollte.

„Sagen Sie, Swann, was verstehen Sie unter Intelligenz?“

„Da!“ rief Odette, „das sind die großen Sachen, von denen er mir immer erzählen soll, ich bitte ihn immer, aber er will nie.“

„O doch!“ protestierte Swann.

„So ein Schwindel!“ sagte Odette.

„Schwindel bei ’ner Bergtour?“ fragte der Doktor.

„Für Sie,“ fing Forcheville wieder an, „ist die Intelligenz also soviel wie das Geschwabbel in der großen Welt, die Leute, die sich Liebkind zu machen verstehen?“

„Machen Sie Schluß mit Ihrem zweiten Gang, damit man Ihren Teller wegnehmen kann,“ sagte Frau Verdurin in schneidendem Ton zu Saniette, der, in Gedanken versunken, aufgehört hatte zu essen. Und dann, vielleicht etwas geniert über ihren eigenen Ton: „Es macht nichts, lassen Sie sich nur Zeit, aber wenn ich Ihnen das sage, so gilt es eigentlich mehr für die anderen, weil man ja so gar nicht weiter servieren kann.“

„Es gibt,“ sagte Brichot silbenhämmernd, „eine recht merkwürdige Definition der Intelligenz bei dem sanften Anarchisten Fénelon . . .“

„Hören Sie zu!“, sagte Frau Verdurin zu Forcheville und zum Doktor, „er will uns die Definition der Intelligenz von Fénelon sagen, das ist interessant, sowas bekommt man nicht alle Tage zu hören.“

Doch Brichot wartete, bis Swann seine Definition gegeben hätte. Der aber antwortete nicht und vereitelte dadurch, daß er sich drückte, die Gelegenheit zu einem brillanten Florettgefecht, die Frau Verdurin Forcheville bieten zu können schon ganz beglückt war.

„Natürlich, es ist wie bei mir,“ sagte Odette im Schmollton, „ich brauche mich nicht zu beklagen, ich sehe ja, ich bin nicht die einzige, die nach seiner Meinung nicht auf der Höhe ist.“

„Diese de la Trémouailles, die Frau Verdurin uns als so wenig empfehlenswert vor Augen geführt hat," fragte Brichot mit nachdrücklicher Artikulation, „stammen die etwa von denen, deren Bekanntschaft die brave snobistische Sévigné so glücklich machte, angeblich weil das für ihre Bauern von Nutzen war? In Wahrheit hatte die Marquise einen anderen Grund, der bei ihr vorging, denn in ihrer Bildungswut ging ihr die Nachäfferei über alles. In dem Tagebuch nämlich, das sie regelmäßig an ihre Tochter schickte, steht, daß Frau de la Trémouaille auf Grund ihrer großen Verbindungen die ganze auswärtige Politik machte."

„Ach nein, ich glaube nicht, daß es dieselbe Familie ist," sagte Frau Verdurin aufs Geratewohl.

Saniette hatte dem Hausmeister hastig seinen noch vollen Teller zurückgegeben und war wieder in sinnendes Schweigen versunken; nun aber tauchte er endlich daraus hervor, um lachend eine Geschichte von einem Diner zu erzählen, bei dem er mit dem Herzog de la Trémoïlle zusammengewesen und wo schließlich herausgekommen sei, daß der nicht wußte, daß George Sand das Pseudonym einer Frau war. Swann, der Sympathie für Saniette hatte, glaubte ihm über die Bildung des Herzogs Détails mitteilen zu müssen, die bewiesen, daß eine solche Unwissenheit bei ihm einfach ein Ding der Unmöglichkeit sei; aber plötzlich hielt er inne, denn er hatte auf einmal begriffen, daß Saniette diese Beweise nicht brauche und genau wisse, daß seine Geschichte falsch sei — einfach deshalb, weil er sie einen Augenblick vorher erfunden hatte. Dieser hervorragende Mann litt darunter, von Verdurins so langweilig gefunden zu werden; und da er sich wohl bewußt war, bei diesem Diner noch weniger geglänzt zu haben als sonst, wollte er es nicht zu Ende gehen lassen, ohne vorher noch zur Erheiterung beigetragen zu haben. Er kapitulierte nun aber so schnell, machte ein so unglückliches Gesicht, weil ihm der Effekt, auf den er gerechnet hatte, mißlungen war, und antwortete Swann in einem so erbärmlichen Ton (damit der sich nur nicht auf eine bereits überflüssige Widerlegung versteifte): „Na ja, na ja, auf alle Fälle, selbst wenn ich mich irre, ist das doch kein Verbrechen, denk' ich," — daß Swann froh gewesen wäre, wenn er ihm hätte sagen können, die Geschichte sei wahr und entzückend. Dem Doktor, der ihnen zugehört hatte, fiel ein, das sei doch der Fall, in dem man sagte: „Se non è vero", aber er wußte die Worte nicht genau und hatte Angst, sich zu verhauen.

Nach dem Diner ging Forcheville von sich aus auf den Doktor zu.

„Die muß mal nich ohne gewesen sein, die Frau Verdurin, und dann ist es eine Frau, mit der man sich unterhalten kann, und darin liegt für mich alles. Natürlich wird sie jetzt ein bißchen klobig. Aber Frau von Crécy, das ist ein Frauchen, die sieht intelligent aus, Schockschwerenot, einen scharfen Blick hat die, das sieht man gleich. Wir sprechen von Frau von Crécy," sagte er zu Herrn Verdurin, der, die Pfeife im Mund, dazukam. „Ich kann mir vorstellen, so als Frauenkörper . . ."

„Lieber auf ihr als auf einem Pulverfaß," sagte Cottard hastig, denn schon seit ein paar Augenblicken wartete er vergeblich darauf, daß Forcheville Luft schöpfte, damit er diesen alten Witz anbringen könnte, für den, wie er fürchtete, keine Gelegenheit mehr kommen würde, wenn die Unterhaltung eine andere Richtung nähme, und den er mit der ganzen übertriebenen Ursprünglichkeit und Sicherheit von sich gab, mit der man die unvermeidliche Kälte und Unruhe alles bloß Hergesagten bemänteln will. Forcheville kannte den Witz, verstand ihn und amüsierte sich darüber.

Auch Herr Verdurin sparte nicht mit seiner Heiterkeit, denn er hatte seit kurzem eine symbolische Bezeichnung dafür gefunden, die zwar anders war als die seiner Frau, aber ebenso simpel und ebenso klar. Kaum hatte er zu der bekannten Kopf- und Schulternbewegung vor dem Losplatzen angesetzt, als er den Husten bekam, wie wenn er vor allzu heftigem Lachen den Rauch seiner Pfeife hinuntergeschluckt hätte. Und indem er sie unentwegt im Mundwinkel behielt, verlängerte er das Gleichnis des Erstickens und der Fröhlichkeit ins Ungemessene. Ihm gegenüber saß seine Frau, die einer Geschichte des Malers zuhörte und die Augen schloß, bevor sie das Gesicht in die Hände stürzte, und beide sahen ganz so aus wie zwei Theatermasken, die in verschiedener Weise die Heiterkeit darstellten.

Herr Verdurin hatte allerdings sehr klug daran getan, daß er seine Pfeife nicht aus dem Munde nahm, denn Cottard, der einen Augenblick austreten mußte, gab halblaut einen Spaß zum Besten, den er vor kurzem gehört hatte und den er jedesmal, wenn er diese Örtlichkeit aufsuchte, wieder anbrachte: „Ich muß mal einen Augenblick dahin gehen, wo sogar der Kaiser allein hingeht," so daß Herrn Verdurins Hustenanfall von neuem losging.

„Hör' mal, nimm doch endlich die Pfeife aus dem Mund, du wirst sehen, du wirst noch 'mal ersticken, wenn du so mit dem Lachen an dich hältst," sagte Frau Verdurin zu ihm und fing an, die Liköre anzubieten.

„Was für ein entzückender Mensch, Ihr Herr Gemahl, er hat Geist für vier," erklärte Forcheville Frau Cottard.

„Danke ja, gnädige Frau. Ein alter Haudegen wie ich sagt nie zu einem Tropfen nein."

„Herr von Forcheville findet Odette entzückend," sagte Herr Verdurin zu seiner Frau.

„Nein, wie sich das trifft: sie möchte auch einmal mit Ihnen zu Mittag speisen. Wir wollen das schon arrangieren, aber Swann braucht es nicht zu wissen. Wissen Sie, er ist ein bißchen verschnupft. Aber deswegen sollen Sie ruhig weiter zum Abendessen kommen, natürlich, wir hoffen Sie sehr oft bei uns zu sehen. In der schönen Jahreszeit, die ja vor der Tür steht, dinieren wir oft im Freien. Sie haben nichts gegen die kleinen Diners im Bois, nein? fein, fein, das wird wunderhübsch werden. Wollen Sie nicht an Ihre Arbeit gehen, Sie!" schrie sie den kleinen Pianisten an, um vor einem Neuen von der Bedeutung Forchevilles gleichzeitig mit ihrem Geist und mit ihrer tyrannischen Macht über die Getreuen zu prunken.

„Herr von Forcheville wollte mir gerade etwas Schlechtes über dich sagen," sagte Frau Cottard zu ihrem Mann, als er in den Salon zurückkam.

Aber ihn verfolgte der Gedanke an Forchevilles Adel, von dem er schon seit Beginn des Diners beherrscht war, und er sagte zu ihr:

„Ich behandle jetzt gerade eine Baronin, die Baronin Putbus, die Putbusse waren schon auf den Kreuzzügen mit, nicht wahr? In Pommern haben sie einen See, der ist zehnmal so groß wie die Place de la Concorde. Ich behandle sie wegen Gelenkrheumatismus, es ist eine reizende Frau. Sie kennt übrigens Frau Verdurin, glaub' ich."

Da Forcheville einen Augenblick später zufällig wieder allein mit Frau Cottard war, konnte er das günstige Urteil, das er sich über ihren Mann gebildet hatte, vervollständigen:

„Und dann ist er so interessant, man sieht, er kennt eine Menge Leute. Na ja, was die auch alles wissen, die Ärzte."

„Ich werde die Phrase aus der Sonate spielen für Herrn Swann, ja?" sagte der Pianist.

„Donnerwetter, Sie sind wohl ein zweiter Sonatello?" fragte Herr von Forcheville eindruckshalber.

Aber Doktor Cottard, dem dies Wortspiel noch nicht vorgekommen war, verstand es nicht und hielt es für einen Irrtum Herrn von Forchevilles. Er kam lebhaft heran und berichtigte:

„Aber nein, das heißt doch nicht Sonatello, das heißt doch Donatello," sagte er in eiferndem, ungeduldigem und triumphierendem Tone. Forcheville erklärte ihm das Wortspiel. Der Doktor wurde rot.

„Ulkig ist es, das müssen Sie doch selbst sagen, Doktor, nicht?"

„O, ich kenn' es schon lange," erwiderte Cottard.

Dann verstummten sie; unter der Erregung der Violintremolos, die mit ihrem zitternden Aushalten auf zwei Oktaven hin Schutz gewährten (und recht als erschiene in einem Gebirgsland hinter der schwindelerregenden scheinbaren Unbeweglichkeit eines Wasserfalls zweihundert Fuß weiter unten wie in kleinen Buchstaben die Gestalt einer Spaziergängerin), war eben die kleine Phrase aufgetaucht, fern, graziös, geschützt von dem langen Branden des durchsichtigen, unablässigen, klingenden Vorhangs. Und Swann wandte sich zuinnerst an sie wie an eine Vertraute seiner Liebe, wie an eine Freundin Odettes, die ihr doch bitte sagen sollte, nicht auf diesen Forcheville zu achten.

„Na Sie kommen aber spät," sagte Frau Verdurin zu einem Getreuen, den sie nur als „Beigabe" eingeladen hatte, „wir haben ‚einen' unvergleichlichen Brichot gehabt, von einer Beredsamkeit! Aber nun ist er fort. Nicht wahr, Herr Swann? Ich glaube, Sie sind das erstemal mit ihm zusammengetroffen," sagte sie, um ihn darauf aufmerksam zu machen, daß er ihr seine Bekanntschaft verdankte. „Nicht wahr, er war doch köstlich, unser Brichot!"

Swann verneigte sich höflich.

„Nein? er hat sie nicht interessiert?“ fragte Frau Verdurin trocken.

„O doch, gnädige Frau, sehr, ich war recht angetan. Vielleicht ist er ein bißchen zu apodiktisch, ein bißchen zu jovial für meinen Geschmack. Ich wünschte ihm manchmal ein bißchen Besinnlichkeit und Zartheit, aber man spürt, daß er eine Unmenge weiß, und er macht den Eindruck eines hochanständigen Mannes.“

Alle gingen erst sehr spät. Die ersten Worte Cottards zu seiner Frau waren:

„Ich habe Frau Verdurin selten so in Verve gesehen wie heut' Abend.“

„Was ist eigentlich Frau Verdurin genau genommen? eine Art Demi?“ sagte Forcheville zum Maler, dem er vorschlug, mit ihm zurückzufahren.

Odette sah ihn mit Bedauern fortgehen, sie wagte nicht, Swann die gemeinsame Rückfahrt abzuschlagen, war aber im Wagen sehr schlechter Laune, und als er sie fragte, ob er mit zu ihr hineinkommen solle, sagte sie mit ungeduldigem Achselzucken: „Selbstverständlich“.

Als alle Gäste fort waren, sagte Frau Verdurin zu ihrem Mann:

„Hast du gemerkt, wie albern Swann gelacht hat, als wir von Frau La Tremoïlle sprachen?“

Sie hatte beobachtet, daß Swann und Forcheville vor diesem Namen mehrmals die Partikel unterdrückt hatten. Da sie überzeugt war, daß das nur geschah, um zu zeigen, wie wenig sie sich von Titeln imponieren ließen, wünschte sie es ihnen an Stolz nachzutun, hatte aber nicht recht erfaßt, in welche grammatische Form dieser Stolz übertragen werden müsse. So trug ihre falsche Art zu sprechen den Sieg über ihre republikanische Gesinnungstüchtigkeit davon, und sie sagte noch die de La Trémoïlles oder vielmehr mit einer Abkürzung — wie sie in den Couplets bei Cafékonzerten oder in den

Späßen der Karikaturisten üblich ist, wo das „de“ unter den Tisch fällt — die d'La Trémoïlles, aber dann machte sie's wieder gut und sagte: „Frau La Trémoïlle.“ „Die Herzogin“, wie Swann sagt,“ setzte sie mit einem ironischen Lächeln hinzu, womit sie zeigen wollte, daß es nur ein Zitat sei und daß sie eine derart naive und lächerliche Benennung nicht auf ihr Konto gesetzt wissen wolle. „Ich will dir sagen, ich fand ihn heut' außerordentlich dämlich.“

Und Herr Verdurin gab ihr zur Antwort:

„Er ist nicht offen, es ist ein Herr mit tausend Hintertürchen, nicht kalt und nicht warm, katzbuckelt immer gleichzeitig nach rechts und nach links. Was für ein Unterschied zu Forcheville! Das ist wenigstens ein Mann, der sagt einem gerade heraus, wie er's meint, ob's einem nun gefällt oder nicht. Da ist es nicht so wie mit dem Anderen, der nicht Fisch noch Fleisch ist. Übrigens scheint Odette den Forcheville gehörig vorzuziehen, und ich geb' ihr ganz recht. Und schließlich: soviel Swann sie uns auch zur Weltdame und Favoritin von Herzoginnen machen will — der Andere hat eben seinen Titel; er bleibt doch immer Graf von Forcheville,“ setzte er mit Feinschmeckermiene hinzu, als ob er aus seiner intimen Kenntnis der Geschichte dieses Grafentums dessen Wert haarscharf genau abzuwägen vermöchte.

„Ich will dir sagen,“ sagte Frau Verdurin, „er hat es für nötig gehalten, gegen Brichot ein paar giftige und recht lächerliche Insinuationen loszulassen. Natürlich, als er sah, daß Brichot im Hause beliebt ist, wollte er uns einen kleinen Hieb versetzen und unser Diner heruntermachen. Man spürt ordentlich den ‚guten Freund‘, der hinterher an einem herumhackt.“

„Aber ich hab' dir's ja gesagt, das ist das verbummelte Genie, das kleine neidische Individuum, das alles, was ein bißchen größer ist, nicht vertragen kann.“

In Wirklichkeit gab es keinen Getreuen, der nicht viel boshafter gewesen wäre als Swann; aber alle waren vorsichtig genug, ihre bösen Reden mit alten Witzen und mit einer kleinen Dosis von Wärme und Herzlichkeit zu würzen, während der kleinste Vorbehalt, den Swann sich erlaubte, ohne konventionelle Formeln wie: „Wir meinen's ja nicht böse" hinzuzutun (denn er verschmähte es, sich soweit zu erniedrigen) als Hinterhältigkeit erschien. Es gibt originelle Autoren, deren geringste Kühnheit böses Blut macht, weil sie vorher dem Geschmack des Publikums nicht geschmeichelt und ihm nicht die Gemeinplätze, an die es gewöhnt ist, verabreicht haben; dieselbe Art an Swann empörte Herrn Verdurin. Bei Swann wie bei diesen Autoren erweckte lediglich die Neuheit der Sprache den Eindruck einer schwarzen Seele.

Swann ahnte noch nichts von der Ungnade, die ihm vom Hause Verdurin drohte, und sah ihre Albernheiten auch weiterhin mit den verklärenden Augen des Verliebten.

Er hatte, wenigstens zu allermeist, nur abends Rendezvous mit Odette; am Tage fürchtete er, sie zu übersättigen, wenn er zu ihr ginge, aber er hätte doch am liebsten gewollt, daß sie sich wenigstens in Gedanken unaufhörlich mit ihm beschäftige, und suchte daher alle Augenblicke nach einer Gelegenheit, plötzlich in einer ihr möglichst sympathischen Weise vor ihrem geistigen Auge zu erscheinen. Wenn ihn vor dem Schaufenster eines Blumengeschäftes oder eines Juwelierladens der Anblick eines Strauches oder eines Schmuckes entzückte, dachte er sofort daran, Odette diese Dinge zu schicken, und malte sich den Genuß, den sie ihm selber bereitet hatten, als Vorgang in ihrer Seele und als Erwecker neuer Liebkosungen in ihr; so ließ er die Geschenke unverzüglich in die rue La Pérouse bringen, um den Augenblick nicht hinauszuschieben, in dem sie etwas von ihm empfinge, er sich also in gewissem Sinne dicht neben ihr fühlen konnte. Vor allem sollte sie sie noch vor dem Weggehen bekommen, damit ihre Dankbarkeit ihm einen zärtlichen Empfang eintrüge, wenn sie ihn nachher bei Verdurins träfe! Wenn der Lieferant recht prompt war, konnte er vielleicht noch vor dem Essen einen Brief von ihr bekommen oder sie machte ihm einen Besuch, eine Extra-Dankvisite. Wie er vordem an Odettes Natur die Reaktionen der Verstimmung experimentell festgestellt hatte, so suchte er ihr jetzt durch die Reaktion der Dankbarkeit intimste Gefühlsatome zu entlocken, die sie ihm noch nicht enthüllt hatte.

Sie war oft in Geldverlegenheiten und bat ihn dann, unter dem Druck einer Schuld, ihr beizuspringen. Er war glücklich darüber wie über alles, was Odette eine große Vorstellung von seiner Liebe zu ihr geben konnte oder auch bloß eine große Vorstellung von seinem Einfluß und seinen Möglichkeiten, ihr zu nützen. Hätte ihm jemand am Anfang gesagt: „Deine Position gefällt ihr“ und jetzt: „Um deines Vermögens willen liebt sie dich“ — er hätte es gewiß nicht geglaubt und wäre im übrigen sehr verstimmt darüber gewesen, daß einer ihre Anhänglichkeit an ihn oder gar das Sichfinden ihrer Seelen auf etwas so Massives wie den Snobismus oder das Geld zurückführte. Aber selbst wenn er es für wahr gehalten hätte — vielleicht hätte er gar nicht einmal darunter gelitten, daß Odettes Liebe zu ihm auch dies Moment enthielt, das ja viel mehr Dauer verhieß als der Reiz oder das Gute, was sie an ihm fand: versprach doch das praktische Interesse auf immer den Tag fernzuhalten, an dem sie versucht sein könnte, ihn nicht mehr sehen zu wollen. Für den Augenblick konnte er sich dadurch, daß er sie mit Geschenken überhäufte und ihr Dienste über Dienste erwies, auf unpersönlichen und ungeistigen Vorzügen ausruhen von der aufreibenden Sorge, ihr um seiner selbst willen zu gefallen. Und dieses Vergnügen, verliebt zu sein, nur noch von Liebe zu leben, an dessen Wirklichkeit er manchmal zweifelte, erfuhr geradezu eine Wertsteigerung durch den Preis, den er als Liebhaber immaterieller Sensationen alles in allem dafür bezahlte — wie es Leute gibt, die nicht recht wissen, ob der Anblick von Meer und Wogenlärm auch wirklich wunderbar ist, und sich hierüber sowie über die seltene Qualität ihrer wahrhaft „reinen" Neigungen erst dadurch vergewissern, daß sie hundert Franken Miete pro Tag für das Hotelzimmer bezahlen, das sie in den Stand setzt, diesen Neigungen nachzugehen.

Überlegungen dieser Art führten ihn mitunter wieder zu der Erinnerung an die Zeit, in der ihm Odette als ausgehaltenes Frauenzimmer geschildert worden war; dann vergnügte er sich von neuem an der Gegenüberstellung dieser seltsamen Personifikation: „ausgehaltenes Frauenzimmer" (dieser schillernden Verquickung unbekannter und teuflischer Elemente, eingefaßt von einem Geflecht aus giftigen Blumen und kostbaren Juwelen, wie eine Vision Gustave Moreaus) mit dieser Odette, auf deren Gesicht er dieselben Gefühle des Mitleids mit einem Unglücklichen, der Auflehnung gegen eine Ungerechtigkeit, der Dankbarkeit für eine Wohltat hatte vorüberziehen sehen wie einst bei seiner eigenen Mutter und bei seinen Freunden, dieser Odette, deren Worte so oft Bezug nahmen auf die Dinge, die er selber ganz genau kannte: auf seine Sammlungen, sein Zimmer, seinen alten Diener, auf den Bankier, bei dem er seine Effekten hatte ... und siehe da! eines Tages traf es sich, daß dieses Bild des Bankiers ihn daran gemahnte, er werde ja hingehen müssen, um Geld abzuheben. Denn wenn er Odette in ihren materiellen Schwierigkeiten in diesem Monat weniger freigebig beisprang als im letzten Monat, in dem er ihr fünftausend Franken gegeben hatte, und wenn er ihr die Diamantenschnur, die sie sich wünschte, nicht umhängte, dann konnte er ihr nicht aufs Neue die Bewunderung für seine Großzügigkeit und die Dankbarkeit entlocken, die ihn so glücklich machte, ja, er lief sogar Gefahr, in ihr den Glauben zu erwecken, daß seine Liebe zu ihr in demselben Maße, wie ihre äußeren Beweise an Größe verloren hatten, auch wirklich geringer geworden war. Da fragte er sich auf einmal, ob denn nicht gerade dies das „Aushalten“ sei (wie wenn dieser Begriff „Aushalten“ in Wirklichkeit aus irgendwelchen ganz und gar nicht mysteriösen oder perversen, vielmehr zum täglichen, höchst privaten Bestande seines Lebens gehörenden Elementen abstrahiert sein könnte, z. B. dem Wechsel über tausend Franken, der häuslich und familiär, zerrissen und wieder geleimt dalag und den sein Kammerdiener nach Bezahlung der Monatsrechnungen und der Miete in das Schubfach des alten Schreibtisches eingeschlossen hatte, wo Swann ihn wieder herausnahm, um ihn mit vier anderen zusammen an Odette zu schicken); er fragte sich, ob man auf Odette, seitdem er sie kannte (denn er vermutete nicht einen Augenblick, daß sie vor seiner Zeit je von irgendwem Geld angenommen hätte) nicht doch dieses Wort „ausgehaltenes Frauenzimmer“ anwenden könnte, das er für so unangebracht gehalten hatte. Er vermochte diesem Gedanken nicht auf den Grund zu gehen, denn ein Anfall von Geistesträgheit — eines bei ihm konstitutionellen, periodisch wiederkehrenden und vom Schicksal verhängten Leidens — stellte sich in diesem Augenblick ein und löschte in seinem Verstande alles Licht aus, ebenso urplötzlich, wie man später, als es überall elektrisches Licht gab, in einem Hause die Elektrizität ausknipsen konnte. Sein Geist tastete einen Augenblick in der Dunkelheit, er nahm seine Brille ab, trocknete ihre Gläser, fuhr sich mit der Hand über die Augen und erblickte das Licht erst wieder, als er sich einem ganz anderen Gedanken gegenüberfand, nämlich dem, er werde versuchen müssen, Odette im nächsten Monat sechs- oder siebentausend Franken statt fünf zu schicken — lediglich ihr zur Überraschung und Freude.

Abends — wenn er nicht so lange zu Hause blieb, bis er Odette bei Verdurins oder in einem der Sommerrestaurants traf, die sie mit Vorliebe aufsuchten, im Bois oder lieber noch in Saint-Cloud — ging er zum Essen in eins der eleganten Häuser, in denen er früher Stammgast gewesen war. Er wollte nicht ganz außer Konnex kommen mit Leuten, die — wer weiß — Odette vielleicht einmal von Nutzen sein konnten, und sein Warten wurde denn auch oft durch eine Möglichkeit, ihr gefällig zu sein, belohnt. Außerdem hatte ihm die lange Gewöhnung an Weltleben und Luxus zugleich mit der Geringschätzung dieser Dinge doch auch das Bedürfnis danach eingepflanzt, so daß zwar ein Augenblick eintrat, in dem ihm die bescheidensten Wohnstätten ganz genau auf dem gleichen Fuße zu stehen schienen wie die fürstlichsten Behausungen, seine Sinne aber doch derart an die letzteren gewöhnt waren, daß ihm übel geworden wäre, wenn er sich in den ersteren aufgehalten hätte. Vor Kleinbürgern, die im fünften Stock, Aufgang D, linker Treppenabsatz einen Tanz arrangierten, hatte er zwar — was die Betreffenden sehr überrascht hätte — absolut die gleiche Achtung wie vor der Prinzessin von Parma, die die schönsten Feste von ganz Paris gab; aber er hatte nicht das Gefühl, auf einem Ball zu sein, wenn er sich mit den Vätern im Schlafzimmer der Hausfrau aufhielt, und der Anblick von Waschtoiletten, auf denen verhüllende Tücher lagen, von Betten, die zu Garderoben umgewandelt waren und auf deren Decken die Überzieher und Hüte sich aufschichteten, erweckte in ihm dasselbe atembeklemmende

Gefühl, wie etwa in uns, die wir seit zwanzig Jahren an elektrische Beleuchtung gewöhnt sind, der Geruch einer blakenden Lampe oder eines qualmenden Nachtlichts. Wenn er in der Stadt aß, ließ er um halb acht anspannen; beim Anziehen dachte er immerzu an Odette, und so befand er sich nicht allein, denn der ständige Gedanke an Odette gab der Zeit des Getrenntseins denselben eigentümlichen Reiz wie den Stunden des Zusammenseins. Er stieg in den Wagen, hatte aber die Empfindung, daß dieser Gedanke gleichzeitig mit hineingesprungen war und es sich auf seinen Knieen behaglich machte wie ein geliebtes Tier, das man überall mitnimmt, und das er auch bei Tische dabehalten wollte, ohne daß die anderen Gäste es merkten. Er streichelte es, wärmte sich an ihm, und überließ sich im Gefühl einer gewissen Schlaffheit einem leichten Schauer, der ihm über Hals und Nase lief und etwas bei ihm ganz Neues war; zugleich machte er das Glockenblumensträußchen in seinem Knopfloch fest. Da er sich seit einiger Zeit, besonders seitdem Odette Forcheville bei Verdurins eingeführt hatte, elend und traurig fühlte, wäre er am liebsten zur Erholung ein wenig aufs Land gegangen. Aber er hätte nicht den Mut aufgebracht, Paris auch nur für einen einzigen Tag, an dem Odette da war, zu verlassen. Die Luft war sehr warm; es waren die schönsten Tage des Frühlings. Da half es ihm nichts, daß er eine Steinwüste durcheilte, um in ein kleines geschlossenes Haus zu schlüpfen — was ihm unaufhörlich vor Augen stand, war ein Park, den er in der Nähe von Combray besaß: dort kam schon von vier Uhr an in der Nähe des Spargelfeldes ein Wind von den Feldern von Méséglise herüber, so daß unter einem Hagebuchengang ebensoviel Kühle zu verspüren war wie am Rande des von Vergißmeinnicht und rotem Schwertel umsäumten Teiches; und Johannisbeeren und Rosen, von seinem Gärtner ineinandergeflochten, umrankten den Abendbrottisch.

Wenn das Rendezvous im Bois oder in Saint-Cloud zeitig stattfand, ging er immer rasch von Tische weg (insbesondere wenn es regnerisch aussah, so daß ein früherer Aufbruch der „Getreuen" zu befürchten stand), und einmal sagte die Fürstin des Laumes (bei der spät gegessen worden war, so daß Swann sich noch vor dem Kaffee verabschiedet hatte, um Verdurins noch auf der Île du Bois zu treffen):

„Weiß Gott, wenn Swann dreißig Jahre älter wäre und ein Blasenleiden hätte, könnte man's ihm nachsehen, daß er so wegflitzt. Dabei macht er sich gar nichts aus den Leuten."

Wenn er schon nicht nach Combray gehen und dort den Zauber des Frühlings genießen konnte, so wollte er ihn wenigstens auf der Schwaneninsel oder in Saint-Cloud finden. Aber da er nur an Odette zu denken vermochte, wußte er nicht einmal, ob er den Duft des Laubes verspürt und ob der Mond geschienen hatte. Empfangen wurde er von der kleinen Phrase aus der Sonate, die im Garten auf dem Klavier des Restaurants gespielt wurde. War keins vorhanden, so zeigten sich Verdurins eifrig beflissen, aus einer Stube oder einem Eßzimmer eins herunterholen zu lassen, was freilich durchaus nicht bedeutete, daß Swann bei ihnen wieder in Gnaden aufgenommen war. Aber der Gedanke, ein geschickt ausgedachtes Vergnügen für irgendwen in Szene zu setzen, sogar für jemanden, den sie nicht mochten, entwickelte bei ihnen in den für solche Zurüstungen notwendigen Momenten ephemere und gelegentliche Gefühle von Sympathie und Herzlichkeit. Manchmal sagte er sich, daß es ja ein Frühlingsabend mehr sei, der vorüberziehe, und er zwang sich, auf Bäume und Himmel zu achten. Aber die Erregung, in die Odettes Gegenwart ihn versetzte, dazu ein leichtes fiebriges Unwohlsein, das ihn seit einiger Zeit kaum noch verließ, benahm ihm die Ruhe und das Wohlbefinden, das den unerläßlichen Grundstock bildet, ohne den die Natur keine Eindrücke spenden kann.

Als Swann eines Abends (er hatte diesmal eine Einladung zum Diner bei Verdurins angenommen) während des Essens davon sprach, daß er am nächsten Abend ein Pflichtessen mit alten Kameraden vorhabe, da hatte Odette ihm vor allen Gästen, vor Forcheville, der jetzt einer von den Getreuen war, vor dem Maler, vor Cottard geantwortet:

„Ja, ich weiß, Sie haben Ihr Pflichtessen, ich werde Sie also erst bei mir zu Hause sehen, aber kommen Sie nicht zu spät!"

Obwohl Swann noch nie einen wirklich ernsthaften Verdacht gegen die Freundschaft Odettes mit dem oder jenem Getreuen geschöpft hatte, empfand er doch ein tiefes Wohlgefühl bei dieser mit soviel ruhiger Schamlosigkeit vollzogenen öffentlichen Verkündigung ihrer allabendlichen Rendezvous, seiner privilegierten Stellung bei ihr und der darin enthaltenen Bevorzugung seiner Person. Natürlich hatte Swann oft gedacht, Odette sei keine irgendwie beachtenswerte Frau und die Herrschaft, die er über ein ihm so unterlegenes Wesen ausübe, sei keine Angelegenheit, deren Ausposaunung vor den „Getreuen" ihm besonders schmeichelhaft vorkommen konnte. Seitdem er aber bemerkt hatte, daß Odette vielen Männern als eine hinreißende und begehrenswerte Frau erschien, hatte der Reiz ihres Körpers für die anderen in ihm ein schmerzliches Bedürfnis wachgerufen, sie ganz und gar bis in die kleinsten Teilchen ihres Herzens hinein zu beherrschen. Und so legte er neuerdings unermeßlichen Wert auf diese des Abends bei ihr verbrachten Momente, wo er sie in den Schoß nahm und sie sagen ließ, was sie über dies und jenes dachte; in diesen Momenten erblickte er jetzt die einzigen Güter, an deren Besitz ihm auf Erden lag. Er nahm sie also nach dem Diner beiseite und verfehlte nicht, ihr leidenschaftlich zu danken, damit sie sie an dem Grade seiner Dankesbezeugungen die Höhe seiner Beglückungen ermessen könne, deren höchste darin bestand, daß Odette ihn für die Dauer seiner Verliebtheit und Verwundbarkeit vor Anfällen von Eifersucht bewahrte.

Als er am nächsten Abend vom Essen wegging, regnete es in Strömen, er hatte aber nur seine offene Viktoria zur Verfügung; da schlug ihm sein Freund vor, ihn im geschlossenen Wagen nach Hause zu bringen, und da Odette ihm durch ihre Bitte, er möge kommen, die Gewißheit gegeben hatte, daß sie niemanden erwartete, wäre er lieber mit ruhigem Geist und zufriedenem Gemüt nach Hause gefahren und schlafen gegangen, anstatt sich bei solchem Regen auf den Weg zu machen. Aber wenn sie sah, daß er anscheinend keinen großen Wert darauf legte, immer und ausnahmslos das Ende des Abends mit ihr zu verbringen, mochte sie es vielleicht nicht mehr so sorglich für ihn reservieren und das womöglich gerade einmal, wenn er ganz besonderes Verlangen danach hatte.

Er kam nach elf Uhr zu ihr, und als er sich entschuldigte, er habe nicht eher kommen können, beklagte sie sich, es sei allerdings recht spät; das Gewitter war ihr schlecht bekommen, sie hatte Kopfweh und bereitete ihn darauf vor, daß sie ihn nicht länger als eine halbe Stunde dabehalten könne, d. h. spätestens um Mitternacht fortschicken werde; und kurz darauf fühlte sie sich abgespannt und wollte schlafen. „Also dann keine Catleyas heut' abend?“, sagte er zu ihr, „und ich hoffte so sehr auf einen guten kleinen Catleya.“

Und mit einem etwas verdrießlichen und nervösen Gesicht antwortete sie ihm:

„Ach nein, mein Kleiner, keine Catleyas heut' abend, du siehst doch, daß ich elend bin!“

„Es hätte dir vielleicht gut getan, aber ich will nicht eigensinnig sein.“

Sie bat ihn, das Licht auszulöschen, bevor er ginge, er zog selber die Bettvorhänge zu und verließ sie. Als er aber nach Hause gekommen war, stieg urplötzlich der Gedanke in ihm auf, Odette werde heut' abend wohl jemanden erwarten, nur darum Müdigkeit vorgeschützt haben und ihn das Licht nur haben auslöschen lassen, damit er glaube, sie würde gleich einschlafen; ja, sie werde gewiß gleich nach seinem Weggang das Licht wieder angezündet und denjenigen zu sich hereingelassen haben, der diese Nacht bei ihr verbringen sollte. Er sah auf die Uhr. Vor ungefähr anderthalb Stunden hatte er sie verlassen, er ging also wieder fort, nahm sich eine Droschke und ließ ganz in der Nähe ihres Hauses halten, in einer kleinen Querstraße, von der aus er manchmal an das Fenster ihres Schlafzimmers klopfte, damit sie ihm öffnen käme; er stieg aus dem Wagen, alles war öd und schwarz in diesem Viertel, er brauchte nur einige Schritte zu Fuß zu machen und landete fast vor ihrem Hause. Zwischen all' den schwarzen Fenstern in der Straße, hinter denen längst dunkel gemacht worden war, sah er ein einziges, von dem aus (zwischen den Läden, die sein geheimnisvolles goldenes Mark zurückdrängten) das Licht sich ergoß, das die Stube erfüllte, dies Licht, das ihm so manchen Abend ganz von weitem beim Einbiegen in die Straße Freude gemacht und verkündet hatte: „Dort ist sie und wartet auf dich,“ — und das ihm jetzt so peinigend zu verstehen gab: „Dort ist sie mit dem, auf den sie wartete.“ Er wollte wissen mit wem; so schlich er sich an der Mauer entlang bis zum Fenster; aber zwischen den schrägen Streifen der Fensterläden konnte er nichts sehen; er hörte nur in der

Stille der Nacht das Murmeln einer Unterhaltung. O, er litt unter dem Anblick dieses Lichtes, in dessen goldener Atmosphäre das unsichtbare, verhaßte Paar hinterm Fenster sich regte, litt unter diesen murmelnden Lauten, die zu ihm redeten von der Gegenwart dessen, der nach seinem Weggang gekommen war, von der Falschheit Odettes und von der Seligkeit, die sie jetzt mit ihm zusammen durchkostete.

Und doch war er froh, gekommen zu sein: die Qual, die ihn gezwungen hatte von Hause fortzugehen, hatte dadurch, daß sie an Unbestimmtheit verlor, auch an Schärfe verloren, denn nun sah er es mit eigenen Augen, dies andere Leben Odettes, gegen das ihm gerade eben ein jäher, aber ohnmächtiger Verdacht gekommen war, nun stand es vor ihm im vollen Schein der Lampe, unbewußt gefangen in dieser Stube, in die er jederzeit eintreten konnte, um es zu überraschen und zu kapern. Doch nein, er wollte lieber an die Fensterläden klopfen, wie er es oft machte, wenn er sehr spät kam; so erfuhr Odette wenigstens, daß er Bescheid wußte, das Licht gesehen und die Unterhaltung gehört hatte; und wenn er sich eben noch ausgemalt hatte, wie sie sich mit dem anderen über seine Illusionen lustig machte, so waren die beiden Vertrauensseligen jetzt gründlich in falsche Sicherheit gewiegt von ihm, den sie weit weg glaubten und der doch schon wußte, daß er gleich an die Fensterläden klopfen würde. Vielleicht bedeutete seine fast angenehme Empfindung in diesem Augenblick noch etwas anderes als die Niederschlagung eines Zweifels oder eines Schmerzes: nämlich einen Genuß des Verstandes. Wenn die Dinge für ihn, seitdem er verliebt war, etwas von ihrer früheren köstlichen Interessantheit wiedergewonnen hatten, freilich nur da, wo die Erinnerung an Odette sie verklärte, so wurde jetzt durch die Eifersucht eine andere Fähigkeit seiner jugendlichen Studienzeit neubelebt: die

Leidenschaft für die Wahrheit, für eine Wahrheit freilich, die ebenfalls zwischen ihm und seiner Geliebten stand und nur von ihr Licht empfing, eine völlig individuelle Wahrheit also, deren einziges, mit unendlichem Wert und reiner Schönheit ausgestattetes Objekt Odettes Handlungen, ihre Beziehungen, ihre Projekte und ihre Vergangenheit waren. In jeder anderen Epoche seines Lebens waren Swann die kleinen Züge und alltäglichen Gesten eines Menschen durchweg bedeutungslos erschienen; klatschte einer mit ihm darüber, so fand er es höchst unwichtig und war, während er zuhörte, nur mit seiner oberflächlichsten Aufmerksamkeit bei der Sache; in solchen Momenten fühlte er sich im höchsten Grade mittelmäßig. Aber in der seltsamen Periode der Liebe nimmt das Individuelle eine solche Tiefe an, daß die Wißbegier, die er vor den kleinsten Zügen am Tun und Treiben des Weibes in sich wach werden fühlte, mit seinem früheren Interesse für Geschichte völlig identisch war. Und alles, wovor er sich bisher gescheut hätte, etwa das Spionieren vor einem Fenster, das geschickte Auskundschaften gleichgültiger Leute, die Bestechung von Dienstboten, das Horchen an den Türen erschien ihm jetzt in demselben Lichte wie die Entzifferung von Texten, das Vergleichen von Zeugnissen und die Interpretation von Denkmälern: nämlich nur noch als ein System von Forschungsmethoden, die von wahrhaftem geistigen Werte waren und ein unerläßliches Zubehör der Suche nach der Wahrheit bildeten.

Als er gerade an die Fensterläden klopfen wollte, befiel ihn eine momentane Scheu, denn er dachte, Odette werde nun wissen, daß er auf Grund eines Verdachts zurückgekommen sei und auf der Straße Posten gefaßt habe. Sie hatte ihm oft ihren Schauder vor Eifersüchtigen und spionierenden Liebhabern ausgedrückt. Was er jetzt tun wollte, war recht verkehrt, und sie mußte von nun an

einen Abscheu vor ihm haben, während sie ihn, solange er noch nicht geklopft hatte, zwar hinterging, aber vielleicht noch liebte. Wieviel Glücksmöglichkeiten opfert man nicht der ungeduldigen Erwartung eines unmittelbaren Genusses! — Aber der Wunsch, die Wahrheit kennen zu lernen, war stärker und schien ihm vornehmer. Er wußte, daß die Realität der Ereignisse, die er so gern genau hergestellt hätte, hinter diesem lichtgestreiften Fenster zu lesen war wie unter der goldglänzenden Hülle eines kostbaren Manuskripts, dessen reiche künstlerische Ausstattung schon an und für sich den davorstehenden Gelehrten nicht kalt lassen kann. Er empfand etwas wie Wollust beim Kennenlernen der Wahrheit, die ihn in diesem einzigartigen, ephemeren und kostbaren Exemplar mit der Wärme und Schönheit seiner durchsichtigen Materie leidenschaftlich begeisterte. Und außerdem kam das Gefühl des Übergewichts den Beiden gegenüber (ein Gefühl, das er so nötig brauchte) vielleicht weniger aus dem Bescheidwissen selbst als aus seiner Fähigkeit, ihnen zu zeigen, daß er Bescheid wußte. Er stellte sich auf die Zehenspitzen. Dann klopfte er. Niemand hörte. Da klopfte er noch einmal und stärker, und nun stockte die Unterhaltung. Eine Männerstimme, der er zu entnehmen suchte, welchem der ihm bekannten Freunde Odettes sie gehören mochte, fragte: „Wer ist da?"
Er war nicht sicher, ob er sie wiedererkannte. Er klopfte noch einmal. Das Fenster wurde geöffnet, erst das innere, dann das äußere. Jetzt gab es kein Zurück mehr, und da sie doch gleich alles wissen würde, wollte er wenigstens nicht gar zu unglücklich, eifersüchtig und neugierig wirken und ließ es deshalb dabei bewenden, mit dem Ausdruck lässiger Heiterkeit zu rufen:
„Lassen Sie sich nicht stören, ich ging gerade vorbei und sah Licht, da wollte ich nur hören, ob es Ihnen wieder gut geht."

Er sah hin. Vor ihm am Fenster standen zwei alte Herren, von denen der eine eine Lampe hielt: und nun sah er das Zimmer — ein unbekanntes Zimmer. Da er Odettes Fenster, bei sehr spätem Kommen gewöhnlich daran erkannte, daß es das einzige helle unter lauter gleichen Fenstern war, hatte er sich geirrt und an das anschließende Fenster geklopft, das zum Nachbarhaus gehörte. Unter Entschuldigungen entfernte er sich und ging wieder nach Hause, beglückt, daß die Befriedigung der Neugier die Liebe intakt gelassen, und daß er Odette nach so zäher Durchführung der Gelassenheitspose nicht zuguterletzt durch seine Eifersucht den Beweis gegeben hatte, daß er sie nur zu sehr liebte; wird doch dadurch im Verhältnis zweier Liebender der eine Teil für immer davon dispensiert, richtig zu lieben. Er sprach mit ihr nicht von diesem mißglückten Abenteuer, ja er dachte selbst nicht mehr daran. Aber noch für Monate prallte der eilende Geist wie von ungefähr mit der Erinnerung an dies Erlebnis zusammen, stieß an sie, schob sie weiter nach vorn — und Swann verspürte dann immer einen jähen und tiefen Schmerz. Seine Gedanken vermochten ihn ebensowenig zu mindern wie einen physischen Schmerz; nur ist der physische Schmerz vom Gedanken unabhängig, und darum kann der Gedanke auf ihm rasten, kann konstatieren, daß er nachgelassen oder momentan aufgehört hat. Dieser Schmerz aber wurde vom Geiste durch das bloße Sicherinnern neu belebt. Nicht daran denken wollen war soviel wie weiter daran denken, weiter daran leiden. Und wenn er im Plaudern mit seinen Freunden sein Leiden vergaß, so verzog er plötzlich bei einem Wort, das einer ihm sagte, das Gesicht wie ein Verwundeter, dem ein Ungeschickter mit unvorsichtiger Hand just über das schmerzende Glied gefahren ist. Wenn er von Odette fortging, dann war er glücklich, fühlte sich ruhig, rief sich ihr tausendfaches Lächeln zurück (das spöttische, wenn sie von dem oder jenem sprach, das zärtliche, das sie für ihn hatte), und dachte an die Schwere ihres Kopfes, den sie aus seiner Achse hob, um ihn fast wider eigenen Willen erst in leiser Neigung, dann im Sturz auf seine Lippen sinken zu lassen (wie einst das erste Mal im Wagen), dachte an die ersterbenden Blicke, die sie ihm zuwarf, während sie, den geneigten Kopf erschauernd bis ganz an die Schulter gezogen, in seinen Armen lag.

Aber sofort wurde seine Eifersucht gleichwie ein Schatten seiner Liebe, doppelt so groß im Gedanken an das neue Lächeln, das sie ihm gerade heut' Abend gegönnt hatte (und das, jetzt im umgekehrten Sinne, ihn, Swann, verspottete und mit Liebe zu einem Anderen geladen war), an die Neigung ihres Kopfes, die aber nun anderswohin gerichtet war, anderen Lippen entgegenstrebte, und an all die ihm gewährten Zeichen der Zärtlichkeit, die nun an einen Anderen verschenkt wurden. All' die wollüstigen Erinnerungen, die er von ihr mit heimbrachte, bedeuteten nun lauter Skizzen oder „Projekte", wie ein Innenarchitekt sie einem unterbreitet; und Swann fühlte sich imstande, aus ihnen eine Vorstellung zu entwickeln von den Gebärden der Glut und des Außersichseins, die sie Anderen zeigen mochte. So bedauerte er schließlich jeden Genuß, den er mit ihr durchkostete, jede Liebkosung, die er ersonnen und deren Süßigkeit er ihr unklugerweise kundgetan hatte, jeden Reiz, den er an ihr entdeckte, — wußte er doch, daß jedes einzelne einen Augenblick später ein neues Instrument zum Werke seiner Folterung beisteuern würde.

Diese Folter wurde noch grausamer, als in Swann die Erinnerung an einen kurzen Blick wieder aufstieg, dem er vor einigen Tagen in Odettes Augen zum ersten Mal auf die Spur gekommen war. Es war nach einem Essen bei Verdurins gewesen. Mochte nun Forcheville, der fühlte, daß sein Schwager Saniette nicht in Gunst bei ihnen stand, ihn als Prügeljungen haben benutzen wollen, um auf seine Kosten vor ihnen zu glänzen, oder mochte er über ein ungeschicktes Wort aufgebracht gewesen sein, das der Andere an ihn gerichtet hatte, ohne daß die Anwesenden es bemerkt hätten, da sie nicht wußten, welche unfreundliche Anspielung (ganz gegen den Willen dessen, der dies Wort vollkommen arglos aussprach) darin stecken konnte, oder mochte er schließlich schon seit einiger Zeit nach einer Gelegenheit suchen, jemanden aus dem Hause zu entfernen, der ihn zu gut kannte und von dem er wußte, daß er zu fein war, um ihn nicht in gewissen Augenblicken einfach durch seine Gegenwart zu genieren — kurz: Forcheville antwortete derartig grob auf diese ungeschickte Äußerung (indem er auf ihn losgehen wollte und sich, je mehr er tobte, um so mehr an dem Entsetzen, dem Schmerz und den flehentlichen Bitten des Anderen scharf machte), daß der Unglückliche, nachdem er auf seine Frage, ob er bleiben solle, von Frau Verdurin keine Antwort bekommen hatte, sich stammelnd und tränenden Auges davonmachte. Odette hatte dieser Szene teilnahmslos beigewohnt; als aber die Tür sich hinter Saniette geschlossen hatte, ließ sie ihren natürlichen Gesichtsausdruck gewissermaßen mehrere Stufen tiefer in die Niederung, auf gleiche Ebene mit Forcheville hinabsinken, und aus ihren Augen blitzte ein heimliches Lächeln voller Glückwünsche für seine Kühnheit und voller Ironie für sein Opfer; sie warf ihm einen Blick der Mittäterschaft im Bösen zu, der deutlich sagen wollte: „Das ist Gewalt, so wahr ich etwas davon verstehe; haben Sie die Armesündermiene gesehen? es fehlte nicht viel am Weinen“; und als Forchevilles Augen diesem Blick begegneten, ernüchterte er sich plötzlich von dem Zorn oder scheinbaren Zorn, der ihn noch erhitzte, und antwortete lächelnd: „Er brauchte ja nur liebenswürdig zu sein, dann wäre er noch hier, eine gute Lehre kann in keinem Alter was schaden."

Einmal als Swann mitten am Nachmittag fortgegangen war, den Herrn, den er besuchen wollte, aber nicht angetroffen hatte, kam ihm der Einfall, bei Odette vorzusprechen, zu einer Zeit also, in der er sonst nie zu ihr ging, in der sie aber, wie er wußte, immer zuhause war und ihr Schläfchen hielt oder auch bis zum Tee Briefe schrieb; so hätte er sie denn gern einmal um diese Stunde gesehen, ohne sie zu stören. Der Portier sagte ihm, er glaube, sie sei da; er klingelte, meinte Lärm und Schritte zu hören, doch wurde nicht geöffnet. Angstvoll und aufgeregt ging er um die Ecke in die kleine Seitenstraße und stellte sich vor das Fenster von Odettes Zimmer; die Vorhänge hinderten ihn am Sehen, er klopfte daher kräftig an die Scheiben und rief ihren Namen. Er sah, daß Leute von nebenan ihn beobachteten. Dann ging er fort und meinte, er könne sich bei den Schritten schließlich auch verhört haben; doch verließ ihn die Sorge hierüber nicht, so daß er an nichts anderes denken konnte. Eine Stunde später kam er wieder. Er traf sie an; sie sagte ihm, sie sei dagewesen vorhin als er geklingelt habe, aber sie habe geschlafen; durch die Klingel sei sie dann aufgewacht, habe sich gleich gedacht, daß es Swann sein werde, und sei ihm nachgelaufen, doch er sei schon fortgewesen. Ja, ein Klopfen an die Scheiben habe sie auch gehört. Swann erkannte in diesem Gerede sofort das Fragment einer exakten Tatsache, das überrumpelte Lügner gern in die Komposition der von ihnen erfundenen falschen Tatsache einfügen, um sich sagen zu können, daß sie der falschen Tatsache dadurch einen Anteil an der Wahrheit verschaffen und eine Ähnlichkeit mit ihr erschleichen. Zwar, wenn Odette etwas getan hatte, was sie nicht enthüllten wollte, dann barg sie es tief im Grunde ihres Herzens. Sowie sie sich aber demjenigen, den sie belügen wollte, gegenübersah, kam Unruhe über sie, all' ihre Vorstellungen stürzten von Grund aus ein, die Fähigkeiten ihrer Erfindungsgabe und ihres Verstandes wurden gelähmt, sie fand in ihrem Kopfe nur noch leeren Raum; aber man mußte ja irgend etwas sagen, und nun stieß sie in ihrem Bereich gerade auf das, was sie hatte verheimlichen wollen und was, in der Fülle seiner Wahrheit, allein dageblieben war. Davon nahm sie ein kleines Stück, das an sich unbedeutend war, und sagte sich, es sei schließlich doch besser so, immerhin sei das ja ein wahres Détail, das nicht die gleichen Gefahren berge wie ein falsches Détail. „Das ist doch wenigstens wahr," sagte sie sich, „damit ist jedenfalls schon etwas gewonnen, nun kann er sich ja immer noch sein Bild machen, muß aber doch anerkennen, daß dies eine wahr ist; hierdurch werde ich mich jedenfalls nicht verraten." Sie irrte sich: gerade dadurch verriet sie sich; sie machte sich nicht klar, daß dieses wahre Détail Kanten hatte, die sich nur in die angrenzenden Détails der wahren Tatsache fügen wollten, aus der sie es willkürlich herausgelöst hatte; diese Ecken und Kanten mußten — wie immer die erfundenen Détails beschaffen sein mochten, zwischen denen sie das Stückchen Wahrheit placierte — durch die überschießende Materie und die unausgefüllten Lücken stets verraten, daß es nicht aus der Mitte der falschen Détails kam. „Sie gibt zu, daß sie mich hat klingeln, dann klopfen hören, daß sie geglaubt hat, ich sei es, und mich gern hätte sehen mögen," sagte sich Swann im stillen, „aber das paßt nicht zu der Tatsache, daß sie nicht hat öffnen lassen."

Aber er wies sie nicht auf diesen Widerspruch hin, denn er dachte, sich selbst überlassen werde Odette vielleicht am ehesten irgendeine Lüge vorbringen, die zugleich ein schwaches Anzeichen der Wahrheit sein werde; er ließ sie also sprechen und unterbrach sie nicht, sondern nahm mit gierig-schmerzhafter Andacht die Worte entgegen, die sie ihm sagte und die (gerade weil sie mit all' ihrem Reden die Wahrheit hinter ihnen verbarg) unbestimmt wie der heilige Schleier eine Spur bewahrten und einen ungewissen Umriß zeichneten; Spur und Umrisse aber stammten von jener unendlich kostbaren und leider nirgends zu findenden Realität — lies: ihrer Beschäftigung vorhin um drei Uhr, als er gekommen war —, von der er immer nur diese Lügen als unleserliche und doch göttliche Reste besitzen sollte, da sie nur noch in der hehlenden Erinnerung dieses Wesens lebte, das seinen Blick auf ihr ruhen ließ, ohne sie recht würdigen zu können, und sie ihm doch nicht preisgeben wollte. Zwar ahnte er für Augenblicke sehr wohl, daß Odettes tägliche Handlungen an und für sich kein leidenschaftliches Interesse verdienten und daß die Beziehungen, die sie zu anderen Männern haben mochte, an und für sich nicht in einer allgemein und für jedes denkende Wesen gültigen Weise den krankhaften Trübsinn ausdünsteten, aus dem das Fieber des Selbstmords aufsteigen kann. Er machte sich dann klar, daß dieses Interesse und dieser Trübsinn nur in ihm vorhanden waren, wie eine Krankheit, und daß, wenn die einmal geheilt wäre, die Handlungen Odettes, die Küsse, die sie dann geben mochte, wieder harmlos werden mußten wie die Küsse so vieler anderer Frauen. Daraus jedoch, daß die schmerzliche Neugier Swanns für all' diese Dinge nur in ihm ihren Grund hatte, folgte nicht etwa, daß er es unvernünftig fand, diese Neugier wichtig zu nehmen und alle Hebel in Bewegung zu setzen, um ihr Befriedigung zu verschaffen. Denn Swann kam in ein Alter, das eine bestimmte Philosophie hat (die bei ihm noch besonders begünstigt wurde von der Philosophie der Zeit und von der des Milieus, in dem er viel gelebt hatte, dieser Clique der Fürstin des Laumes, wo es allgemeine Ansicht war, daß einer um so klüger sei, je mehr er an allem zweifle und je weniger er Reales und Unbestreitbares anderswo suche als in den Neigungen des Einzelnen); diese Philosophie ist bereits nicht mehr die der Jugend, sondern eine positive, fast ärztliche Philosophie von Menschen, die — statt die Gegenstände ihrer Wünsche nach außen zu verlegen — aus ihren schon verflossenen Lebensjahren einen festen Bodensatz von Gewohnheiten und Leidenschaften herauslösen, die sie als an sich charakteristisch und dauernd zu betrachten vermögen und denen die von ihnen angenommene Lebensweise Befriedigung zu gewähren imstande ist (denn das ist ihre ausdrückliche Absicht und sie werden darauf zuallererst bedacht sein). Swann hielt es für geraten, den Schmerz über die Unkenntnis der Tageseinteilung Odettes in sein Leben als Posten einzustellen — gerade so gut wie die Verschlimmerung seines Haut-Ekzems in feuchtem Klima — und in seinem Budget eine erhebliche Summe vorzusehen, um über das tägliche Tun und Treiben Odettes Auskünfte zu bekommen, ohne die er sich unglücklich gefühlt hätte, gerade so gut wie er eine solche Summe für andere Neigungen reservierte, von denen er sich (wenigstens bevor er verliebt war) Genuß versprach: etwa für seine Neigung zum Sammeln und zur guten Küche.

Als er Odette Adieu sagen und nach Hause gehen wollte, bat sie ihn, noch zu bleiben; ja, sie hielt ihn sogar am Arm fest, als er die Tür öffnen wollte, um hinauszugehen. Aber er gab nicht Acht darauf, denn bei der Menge der Gesten, Worte und kleinen Ereignisse, die eine Unterhaltung erfüllen, ist es unvermeidlich, daß wir manchmal dicht an denjenigen Gesten

Gesten und Worten vorübergehen, die eine von unserem argwöhnischen Sinn ins Leere hinein gesuchte Wahrheit verbergen, wir bemerken dann in ihnen nichts, was unsere Aufmerksamkeit erregen könnte — und machen statt dessen halt vor Äußerungen, hinter denen gar nichts steckt. Sie sagte immerfort zu ihm: „Was für ein Pech! nie kommst du nachmittags, und das eine Mal, wo es passiert, seh' ich dich nicht.“ Er wußte sehr wohl, daß sie nicht verliebt genug in ihn war, um den verpaßten Besuch so lebhaft zu bedauern, aber da sie ihm in ihrer Gutmütigkeit so gern eine Freude machte und oft so traurig war, wenn sie ihn geärgert hatte, fand er es ganz natürlich, daß es sie auch diesmal betrübte, ihm das zwar nicht für sie, wohl aber für ihn sehr große Vergnügen eines gemeinsamen Stündchens entzogen zu haben. Und doch war da etwas recht Unwichtiges, weswegen ihn ihr beharrlich schmerzvoller Ausdruck schließlich wunder nahm. Sie erinnerte ihn so nämlich noch mehr als sonst an die Frauengestalten des Malers der „Primavera“: der gleiche Ausdruck von Niedergeschlagenheit und Herzweh auf dem Gesicht, das unter dem Druck eines allzu lastenden Schmerzes zu erliegen scheint, selbst wenn sie nur zusehen, wie das Jesuskind mit einem Granatapfel spielt oder wie Mose Wasser in einen Trog gießt. Schon einmal hatte er solchen Trübsinn an ihr gesehen, nur wußte er nicht mehr wann. Plötzlich jedoch fiel es ihm ein: das war damals gewesen, als Odette Frau Verdurin etwas vorgelogen hatte (am Tage nach dem Diner, das sie versäumt hatte unter dem Vorwande, sie sei krank, in Wirklichkeit aber, um mit Swann allein zu bleiben). Nun: wenn sie auch die gewissenhafteste aller Frauen gewesen wäre, hätte sie wegen einer so unschuldigen Lüge keine Gewissensbisse zu haben brauchen. Die Lügen aber, die Odette gegenwärtig beging, waren weniger unschuldig und dienten dazu, Entdeckungen zu verhindern, die ihr mit der einen oder mit der anderen Partei entsetzliche Schwierigkeiten hätten schaffen können. Drum waren diese Lügen auch von einem so angstvollen Bewußtsein unzulänglicher Verteidigung und unsicheren Ausganges begleitet, daß sie am liebsten vor Abspannung geweint hätte wie ein Kind, das nicht geschlafen hat. Auch wußte sie, daß ihre Lüge gewöhnlich eine schwere Beleidigung für den Mann war, dem sie sie sagte und dem sie vielleicht auf Gnade und Ungnade verfallen war, wenn sie ungeschickt log. So fühlte sie sich zugleich demütig und schuldig vor ihm. Und wenn sie eine unbedeutende gesellschaftliche Lüge sagen mußte, dann empfand sie infolge einer Assoziation von Empfindungen und Erinnerungen ein Unwohlsein wie nach Überanstrengung und eine Trauer wie nach bösem Tun.

Welche deprimierende Lüge mochte sie Swann gegenüber wohl gerade begehen, daß sie diesen schmerzlichen Blick, diese klagende Stimme hatte, die sich unter selbstauferlegter Anstrengung zu biegen und um Gnade zu bitten schien? Ihm kam der Gedanke, sie bemühe sich wohl nicht nur, ihm die Wahrheit über das Ereignis am Nachmittag zu verheimlichen, sondern suche irgend etwas viel Gegenwärtigeres, vielleicht noch nicht Geschehenes und ganz nah Bevorstehendes zu vertuschen, das ihn über diese Wahrheit aufklären konnte. In diesem Moment hörte er die Klingel anschlagen. Odette sprach weiter; aber ihre Worte waren nur noch ein Ächzen: aus ihrem Bedauern, daß sie Swann am Nachmittag nicht gesehen und ihm nicht geöffnet hatte, war eine richtige Verzweiflung geworden.

Die Entreetür fiel wieder ins Schloß und es ratterte ein Wagen, wie wenn jemand wieder abführe (wahrscheinlich der Jemand, den Swann nicht treffen sollte), weil ihm gesagt worden war, Odette sei fortgegangen. Da fiel es ihm auf die Seele, daß er nur durch sein Kommen zu ungewohnter Stunde soviel aufgestört hatte, was er nicht wissen sollte, und es überfiel ihn ein Gefühl von Mutlosigkeit, ja beinahe Beklommenheit. Aber da er Odette liebte und gewohnt war, alle seine Gedanken in ihre Richtung zu lenken, empfand er nun das Mitleid, das er eigentlich sich selber hätte zuwenden können, für sie und murmelte: „Armes Herzchen!" Als er ging, nahm sie mehrere Briefe, die sie auf dem Tisch liegen hatte, und fragte ihn, ob er sie nicht zur Post bringen könne. Er nahm sie mit, merkte aber, als er wieder zu Hause war, daß er die Briefe bei sich behalten hatte. Da kehrte er um, ging zur Post, zog sie aus der Tasche und sah, bevor er sie in den Kasten warf, die Adressen an. Die Briefe gingen alle an Lieferanten, außer einem an Forcheville. Er hielt ihn in der Hand. „Wenn ich sähe, was da drin steht," sagte er sich, „dann wüßte ich, wie sie ihn nennt, wie sie mit ihm spricht, ob etwas zwischen ihnen vor sich gegangen ist. Vielleicht begehe ich gerade, wenn ich ihn mir nicht ansehe, eine Unfeinheit Odette gegenüber, denn das ist die einzige Art, in der ich mich von einer vielleicht verleumderischen Verdächtigung gegen sie freimachen kann, einer Verdächtigung, unter der sie, wenn der Brief erst einmal fort ist, auf alle Fälle wird leiden müssen, und die dann durch nichts mehr aufgehoben werden kann."

Er verließ die Post und ging wieder nach Hause, aber diesen letzten Brief hatte er bei sich behalten. Er zündete eine Kerze an und brachte das Kuvert, das er nicht zu zu öffnen wagte, ganz nah' heran. Zuerst konnte er nichts lesen, aber das Kuvert war dünn, also preßte er es an die darin eingeschlossene Karte aus harter Pappe und konnte nun durch die transparente Fläche hindurch die letzten Worte lesen. Es war eine sehr kühle Schlußformel. Wenn jetzt umgekehrt Forcheville einen

Brief an Swann gelesen hätte, dann hätte er Worte von anderer Zärtlichkeit zu sehen bekommen! Er hielt die Karte, die in dem viel größeren Kuvert hin und hertanzte, fest nach oben, ließ sie mit dem Daumen gleiten und schob dadurch nacheinander ihre verschiedenen Zeilen unter die nichtgefütterte Stelle des Kuverts, die einzige, durch die hindurch man lesen konnte.

Immerhin war es schlecht zu entziffern. Doch machte das nichts aus, denn er hatte schon genug gesehen, um zu wissen, daß es sich um eine Kleinigkeit handelte, die nichts mit Liebesbeziehungen zu tun hatte; es war eine Angelegenheit, die sich auf einen Onkel Odettes bezog. Swann hatte zwar am Anfang der Zeile gelesen: „Ich habe ganz recht daran getan," aber noch verstand er nicht, woran Odette eigentlich recht getan hatte, als plötzlich ein Wort, das er zuerst nicht hatte entziffern können, sichtbar wurde und den Sinn des ganzen Satzes aufhellte: „Ich habe ganz recht daran getan, zu öffnen, es war mein Onkel." Zu öffnen! dann war also Forcheville vorhin dagewesen, als Swann geklingelt hatte, und sie hatte ihn fortgeschickt? daher also das Geräusch, das er gehört hatte?

Dann las er den ganzen Brief, zum Schluß entschuldigte sie sich, so formlos mit ihm umgegangen zu sein, und sagte ihm, er habe seine Zigaretten bei ihr vergessen, denselben Satz also, den sie Swann nach einem seiner ersten Besuche geschrieben hatte. Aber für Swann hatte sie hinzugefügt: hätten Sie doch auch Ihr Herz hier gelassen, das hätt' ich Sie nicht zurückholen lassen. Für Forcheville nichts dergleichen; keinerlei Anspielung, aus der man auf eine Heimlichkeit zwischen ihnen hätte schließen können. Übrigens war, bei Lichte betrachtet, Forcheville in alledem viel mehr der Gefoppte als Swann, da Odette ihm ja nur schrieb, um ihm einzureden, der Besucher sei ihr Onkel gewesen. Alles in allem war er, Swann, der Mann, den sie ernst nahm und um dessentwillen sie den Anderen verabschiedet hatte. Und doch, wenn zwischen Odette und Forcheville nichts weiter spielte, warum dann dieses Nichtgleichöffnen, warum dann diese Redensart: „Ich habe recht daran getan zu öffnen, es war mein Onkel"; wenn sie in jenem Augenblick nichts Böses vorgehabt hatte, wie sollte Forcheville es sich dann überhaupt erklären können, daß sie nicht geöffnet hatte? Swann stand da, bekümmert, verwirrt und doch glücklich angesichts dieses Kuverts, das ihm Odette ganz arglos eingehändigt hatte (ein so absolutes Vertrauen setzte sie in seine Feinheit), durch dessen durchsichtiges Fensterwerk sich ihm aber, zugleich mit einem unaufdeckbar scheinenden Geheimnis, ein wenig vom Leben Odettes entschleierte — gleichsam ein Unbekanntes in einem eigens hergerichteten engen Ausschnitt von lauter Licht. Und seine Eifersucht ergötzte sich daran, wie wenn sie eine selbständige, egoistische Lebenskraft besäße, die gierig war nach allem, was Nahrung verhieß, mochte es auch aus seinem eigenen Fleische stammen. Jetzt hatte sie einen Bissen, und Swann konnte sich von nun an jeden Tag über die Besuche beunruhigen, die Odette gegen fünf Uhr empfing, konnte versuchen zu erfahren, wo Forcheville um diese Zeit steckte. Aber Swanns Liebe behielt auch weiterhin ihren ursprünglichen Charakter, bestehend in der Unkenntnis von Odettes täglichem Tun und Treiben im Verein mit der Gehirnträgheit, die ihn daran hinderte, der Unwissenheit durch die Phantasie abzuhelfen. Er war zuerst noch nicht auf ihr ganzes Leben eifersüchtig, sondern nur der Momente wegen, in denen irgendein, womöglich falsch interpretierter Umstand ihn zu dem Argwohn gebracht hatte, sie könne ihn hintergangen haben. Seine Eifersucht, einem Polypen gleich, der zuerst einen, dann einen zweiten, dann einen dritten Fangarm ausstreckt, heftete sich zuerst fest an diesen Moment „fünf Uhr nachmittags“, dann an einen anderen, dann an noch einen anderen. Aus sich heraus jedoch rückte Swann auf seinem Leidensweg nicht vor. Seine Leiden waren nichts als die Erinnerung und Fortpflanzung eines Leidens, das von draußen über ihn gekommen war.

Aber dort drangen sie denn auch von allen Seiten herein. Er wollte Odette von Forcheville abbringen und sie auf ein paar Tage mit nach dem Süden nehmen. Aber er glaubte, alle Männer im Hotel würden sie begehren und von ihr begehrt werden. So sah man ihn, der einst auf jeder Reise nach neuen Menschen und wimmelnden Haufen pürschte, zum wilden Feind der menschlichen Gesellschaft werden, die er floh, als habe sie ihn grausam verwundet. Und wie hätte er nicht Misanthrop werden sollen, wenn er in jedem Manne einen möglichen Geliebten Odettes erblickte? So veränderte die Eifersucht Swanns Charakter noch viel mehr als die genießende, lachende Neigung zu Odette in der ersten Zeit ihrer Liebe, ja, sie wandelte von Grund aus den ganzen Bildkomplex der äußeren Zeichen, in denen sich sein Charakter vor den Augen der Anderen offenbarte.

Einen Monat nach dem Tage, an dem er den Brief Odettes an Forcheville gelesen hatte, ging Swann zu einem Diner, das Verdurins im Bois gaben. Als er eben weggehen wollte, fiel ihm das vertrauliche Getuschel zwischen Frau Verdurin und der Mehrzahl der Gäste auf, und er glaubte zu verstehen, daß der Pianist noch einmal daran erinnert wurde, er solle auch ja am nächsten Tage zu einem Ausflug nach Chatou kommen; er, Swann, wurde also nicht dazu eingeladen.

Verdurins hatten nur halblaut und in unbestimmten Ausdrücken gesprochen, aber der Maler rief, sicher aus Zerstreutheit, ganz laut:

„Licht brauchen wir keins, er muß nur die Mondscheinsonate spielen in der Dunkelheit, dann sieht man gleich alles besser."

Frau Verdurin, die sah, daß Swann zwei Schritt entfernt saß, setzte das Gesicht auf, in dem der Wunsch, den Sprechenden zum Schweigen zu bringen und zugleich dem Hörenden gegenüber einen harmlosen Ausdruck zu bewahren, den neutralen Charakter eines absichtlich nichtssagenden Blickes annimmt, in dessen Tiefe sich das unbewegliche Zeichen des verstehenden Komplicen unter dem Lächeln der Unschuld versteckt, kurz: ein Gesicht, das allen, die einen faux pas merken, gemeinsam ist und das diesen faux pas — wo nicht vor denen, die ihn machen, so doch vor dem, den er angeht — für einen Augenblick vertuscht. Odette sah auf einmal ganz verzweifelt aus, als verzichte sie darauf, gegen die erdrückenden Schwierigkeiten des Lebens anzukämpfen, und Swann zählte angstvoll die Minuten, die ihn von dem Augenblick trennten, in dem er aus diesem Restaurant fortgehen würde: dann wollte er sie auf ihrer gemeinsamen Rückfahrt um Erklärungen bitten und bei ihr durchsetzen, daß sie am nächsten Abend nicht nach Chatou ginge oder doch dafür sorgte, daß er auch unter den Gästen war und so von der Beklommenheit, die sein Inneres erfüllte, in ihren Armen erlöst werde. Schließlich wurden die Equipagen bestellt. Frau Verdurin sagte zu Swann:

„Also dann auf baldiges Wiedersehen, nicht wahr?" und suchte durch den liebenswürdigen Blick und das erzwungene Lächeln den Gedanken von ihm fernzuhalten, daß sie nicht wie bisher immer zu ihm sagte:

„Also morgen in Chatou und übermorgen bei mir."

Herr und Frau Verdurin ließen Forcheville bei sich Platz nehmen, Swanns Wagen stand hinter dem ihren, und er wartete nur darauf, daß sie abführen, damit Odette bei ihm einstiege.

„Odette, wir bringen Sie zurück,“ sagte Frau Verdurin, „wir haben noch ein Plätzchen für Sie neben Herrn von Forcheville.“

„Schön, gnädige Frau,“ erwiderte Odette.

„Was, aber ich dachte doch, daß ich Sie nach Hause brächte,“ rief Swann laut, indem er ohne Umschweife die nötigen Worte sagte, denn die Wagentür war schon geöffnet, die Sekunden waren gezählt, und er konnte in seinem jetzigen Zustande nicht ohne sie nach Hause fahren.

„Aber Frau Verdurin hat mich doch gebeten . . .“

„Hören Sie mal, Sie können wohl auch allein nach Hause fahren, wir haben sie Ihnen doch oft genug gelassen,“ sagte Frau Verdurin.

„Aber ich habe der Dame etwas Wichtiges zu sagen.“

„Nun schön, Sie werden's ihr schreiben.“

„Adieu,“ sagte Odette zu ihm und reichte ihm die Hand. Er versuchte zu lächeln, sah aber ganz niedergeschmettert aus.

„Hast du gesehen, was Swann sich jetzt für Sachen mit uns erlaubt?“, sagte Frau Verdurin zu ihrem Mann, als sie zu Hause waren. „Ich glaubte, er würde mich auffressen, bloß weil wir Odette nach Hause brachten. Es war direkt eine Ungezogenheit! Fehlt bloß noch, daß er sagt, unser Haus ist ein Absteigequartier! Ich verstehe nicht, wie Odette solche Manieren ertragen kann. Er macht ein Gesicht, als wollte er geradewegs sagen: Du gehörst mir. Ich werde Odette meine Meinung sagen, ich hoffe, sie wird mich verstehen.“

Und einen Augenblick später setzte sie voller Wut hinzu:

„Nein weißt du, solch ein Drecksvieh!“ d. h. sie brauchte (ohne sich darüber Rechenschaft zu geben und vielleicht demselben dunklen Bedürfnis nach Rechtfertigung folgend wie Françoise in Combray, wenn das Huhn nicht sterben wollte) dieselben Worte, die die letzten Zuckungen eines wehrlosen Tieres im Todeskampf dem Bauern entlocken, der es gerade zerdrücken will.

Und als dann Frau Verdurins Wagen fort war und Swanns Wagen sich in Bewegung setzte, sah sein Kutscher ihn an und fragte ihn, ob er krank sei oder ob ihm etwas Schlimmes passiert wäre.

Swann schickte ihn weg, er wollte laufen und ging zu Fuß durch den Bois nach Hause. Er sprach laut mit sich selbst und zwar in demselben ein wenig künstlichen Ton wie bisher, wenn er jemandem die Reize des kleinen Stammes genau auseinandersetzte und die Seelengröße der Verdurins in den Himmel hob. Aber gerade so, wie die Worte, die lächelnden Mienen, die Küsse Odettes ihm, wenn sie Anderen galten, ebenso verhaßt wie vorher süß vorkamen, gerade so ging es ihm mit dem Verdurinschen Salon: schien er ihm eben noch amüsant und beseelt von echtem Sinn für Kunst, ja sogar für seelische Vornehmheit, so entblößte er ihm jetzt, da Odette dort einen anderen treffen und ungehemmt lieben wollte, all' seine Albernheiten, seine Dummheit und seine Schmach.

Mit einem Gefühl des Ekels malte er sich die nächste Soirée in Chatou aus. „Überhaupt schon diese Idee, nach Chatou zu gehen! Wie Kleinkrämer, die ihren Laden zugemacht haben! wirklich, diese Leute sind Spießbürger in Reinkultur, eigentlich existieren sie gar nicht wirklich, sondern kommen direkt aus den Stücken von Labiche!“

Cottards würden da sein, vielleicht auch Brichot. „Einigermaßen grotesk ist doch dies Leben von kleinen Leuten, die immer aufeinanderhocken und wahrhaftig glauben, sie müßten umkommen, wenn sie sich morgen nicht alle wieder träfen in ihrem Chatou!“ Ach! der Maler würde ja auch da sein, der so gern „Ehen zustandebrachte“ und Forcheville einladen würde, mit Odette zusammen in sein Atelier zu kommen. Er sah Odette in einem Aufzuge, der viel zu gut war für diese Landpartie, „denn sie ist ja so gewöhnlich, die brave Kleine, und vor allem von einer Dummheit!!!"

Er hörte die Witze, die Frau Verdurin nach Tische machen würde, und die, gleichviel welchen „Öden" sie zur Zielscheibe nahmen, ihm jedenfalls Spaß gemacht hatten, weil er Odette darüber lachen, mit ihm, fast in ihm darüber lachen sah. Jetzt fühlte er, daß man Odette vielleicht dazu bringen werde, über ihn zu lachen. „Was für eine stinkende Lustigkeit," sagte er und gab seinem Munde dabei einen so starken Ausdruck des Ekels, daß er selber die Muskelempfindung seiner Grimasse bis in seinen gegen den Hemdkragen sich sträubenden Hals hinein verspürte. „Und wie kann eine Kreatur, deren Angesicht nach dem Ebenbilde Gottes geschaffen ist, an diesen Brechmitteln von Witzen etwas zu lachen finden? Jede auch nur etwas feine Nase würde sich voll Abscheu wegwenden, um von diesen muffigen Gerüchen nicht halbohnmächtig zu werden. Es ist wirklich unglaublich zu denken, daß ein menschliches Wesen nicht einsehen kann, wie es sich dadurch, daß es über einen herzlichen Händedruck von seinesgleichen hinterher höhnisch zu lächeln wagt, bis zum Kot erniedrigt, aus dem es beim besten Willen nie mehr herausgebracht werden kann. Ich wohne in viel zu viel tausend Meter Höhe über den Niederungen, in denen das Geplansche und Gekläffe solcher schmutziger Klatschereien sich breitmacht, als daß mich die Dreckspritzer von den Witzen einer Verdurin treffen könnten," rief er, indem er den Kopf hob und seinen Körper stolz nach hinten reckte. „Gott ist mein Zeuge dafür, daß ich aufrichtig bestrebt war, Odette da herauszuziehen und sie in eine vornehmere und reinere Atmosphäre zu heben. Aber die menschliche Geduld hat Grenzen, und meine ist zu Ende," sagte er zu sich, als ob diese Mission, Odette einer Atmosphäre von Gespött zu entreißen, älter wäre als einige Minuten, und als ob er sie sich nicht erst zugelegt hätte, seitdem er dachte, daß dies Gespött vielleicht gegen ihn selber ginge und Odette von ihm loszumachen strebte.

Er sah den Pianisten, wie er sich anschickte, die Mondscheinsonate zu spielen, und Frau Verdurins Gesicht, wie es sich vor der Nervenqual entsetzte, die Beethovens Musik ihr bereiten würde: „Blödsinnige Person, Schwindlerin!", rief er ganz laut, „und sowas glaubt die Kunst zu lieben." Sie würde Odette erst sehr geschickt einige lobende Worte über Forcheville zustecken (wie früher so oft über ihn) und dann zu ihr sagen: „Sie müssen Herrn von Forcheville gleich ein Plätzchen neben sich freimachen." „In der Dunkelheit! Hurenwirtin, Kupplerin!" „Kupplerin," das war der Name, den er auch der Musik gab, die sie einladen würde, stumm zu werden, zusammen zu träumen, einander anzusehen, sich bei der Hand zu fassen. Er fand nun doch manches Gute an der kunstfeindlichen Strenge Platons, Bossuets und der altfranzösischen Erziehung.

Alles in allem erschien ihm das Leben bei Verdurins, das er so oft „das wahre Leben" genannt hatte, als das schlechteste von allen und ihr kleiner Stamm als das niederste aller Milieus. „Ja wirklich," sagte er, „das ist das Allerunterste auf der sozialen Stufenleiter, der letzte Kreis bei Dante. Ohne Zweifel, der erhabene Text bezieht sich auf Verdurins! Man mag ja gegen die Weltmenschen sagen, was man will, aber im Grunde sind sie doch ganz etwas Anderes als diese Bande von Straßenjungens, und wie sehr beweisen sie ihre tiefe Einsicht dadurch, daß sie es verschmähen, sie kennen zu lernen und sich an ihnen auch nur die Fingerspitzen zu beschmutzen! Was für eine richtige Ahnung steckt in dem „Noli me tangere“ des faubourg Saint-Germain!“ Er war schon längst aus den Alleen des Bois heraus und beinahe zu Hause, als er, noch immer nicht nüchtern geworden von seinem Schmerz und von der Verve der Unaufrichtigkeit — deren Rausch sich durch den verlogenen Tonfall und den künstlichen Schönklang seiner eigenen Stimme von Moment zu Moment reichlicher in ihn ergoß — in der Stille der Nacht noch weiter hochtrabende Reden hielt: „Die Weltleute haben ihre Fehler, die niemand besser kennt als ich, aber schließlich sind es Leute, bei denen gewisse Dinge eben einfach unmöglich sind. Eine elegante Frau aus meinem frühere Bekanntenkreis war ja weit entfernt davon, vollkommen zu sein, aber schließlich steckte in ihr eben einfach ein Kern von Feinheit, ein Anstand im Benehmen, der sie, was auch kommen mochte, einer Gemeinheit unfähig machte, und der hinreicht, um zwischen ihr und einer Megäre wie der Verdurin einen Abgrund aufzutun. Verdurin! was für ein Name! Haha, warum nicht! in ihrer Art sind sie vollkommen, ja sogar schön! Gott sei Dank, es war höchste Zeit, daß ich aufhörte, eine Luft mit dieser Schmach- und Schmutzgesellschaft zu atmen.“

Aber ebenso wie die Tugenden, die er Verdurins eben noch zuerkannte, gesetzt selbst sie hätten sie wirklich besessen, nie und nimmer solch' einen Rausch der Rührung über ihre Seelengröße in ihm hätten hervorrufen können, wenn sie nicht zugleich seine Liebe begünstigt und protegiert hätten, wie vielmehr dieser Rausch, wenn auch durch andere Personen vermittelt, doch nur von Odette her über ihn kommen konnte — ganz ebenso wäre die Unsittlichkeit, die er heute bei Verdurins entdeckte, trotz aller Scheußlichkeit doch gänzlich außerstande gewesen, seine Empörung zu entfesseln und ihm eine Brandrede wider „ihre Schmach“ zu entlocken, wenn sie nicht Odette mit Forcheville und ohne ihn eingeladen hät-

ten. Und ohne Zweifel sah Swanns Stimme klarer als er selbst, wenn sie sich weigerte, jene Worte des Abscheus vor dem Verdurinschen Milieu und der Freude, endlich damit Schluß gemacht zu haben, anders auszusprechen als in einem erkünstelten Ton, wie wenn diese Worte weit mehr seinen Zorn zu besänftigen als seinen Gedanken auszudrücken hätten. Wahrscheinlich jedoch hatte sich sein Geist, während er, Swann, sich diesen Invektiven hingab, heimlich mit etwas ganz anderem beschäftigt, denn als er endlich zu Hause war und gerade abgeschlossen hatte, schlug er sich jäh an die Stirn, machte das Tor wieder auf, ging hinaus und rief, diesmal mit natürlicher Stimme: „Ich glaube, ich weiß jetzt, wie ich's mache, daß ich morgen zum Diner nach Chatou eingeladen werde!“
Doch offenbar ging es nicht so glatt, denn Swann wurde nicht eingeladen. Doktor Cottard aber, der wegen eines schweren Falles in die Provinz gerufen worden war, Verdurins daher mehrere Tage nicht gesehen hatte und nicht nach Chatou hatte gehen können, sagte am Tage nach diesem Diner, als er sich bei ihnen zu Tische setzte:
„Aber werden wir denn Herrn Swann heute abend nicht zu sehen bekommen? Er ist zwar, was man so nennt, ein Intimus vom ...“
„Aber ich hoffe doch stark, nein,“ rief Frau Verdurin, „Gott behüte uns davor, er ist langweilig, dumm und schlecht erzogen.“
Cottard bekundete bei diesen Worten ein Erstaunen und zugleich eine Unterwürfigkeit, als zeige sich da eine Wahrheit, die zwar allem, was er bisher geglaubt hatte, zuwiderlief, aber doch eine unwiderstehliche Evidenz besaß; er versenkte mit furchtsam-aufgeregter Miene die Nase in den Teller und erwiderte bloß: „Ach so, ach so, ach so, ach so, ach so!“, wobei er schrittweise

in guter Ordnung bis zum Grunde seines Ich zurückging und längs einer fallenden Tonleiter das ganze Register seiner Stimme im Krebsgange durchmaß. Von nun an waren im Hause Verdurin die Akten über Swann geschlossen. —

So wurde denn dieser Salon, der Swann und Odette zusammengeführt hatte, zum Hemmschuh ihrer Rendezvous. Sie sagte nicht mehr zu ihm wie in der ersten Zeit ihrer Liebe: „Auf alle Fälle sehen wir uns morgen abend, da ist ein Souper bei Verdurins," sondern: „Wir können uns morgen abend nicht sehen, da ist ein Souper bei Verdurins." Oder sie sollte mit Verdurins in die Opéra-Comique zur „Nacht der Kleopatra" gehen, und Swann las in Odettes Augen den Schauder davor, daß er sie bitten könnte nicht hinzugehen, diesen Schauder, den er noch vor kurzem auf seinem Wege über das Gesicht der Geliebten unweigerlich geküßt hätte, und der ihn jetzt aufbrachte. „Dabei ist es gar nicht einmal Zorn," sagte er zu sich selbst, „was ich empfinde, wenn ich sehe, wie sie sich danach sehnt, in dieser mistigen Musik herumzunaschen. Kummer ist es, natürlich nicht um meinetsondern um ihretwillen; Kummer wenn ich sehe, daß sie über ein halbes Jahr in täglicher Berührung mit mir gelebt hat und doch nicht in dem Maße eine Andere hat werden können, um Viktor Massé aus eigenem Antriebe abzuschaffen! Vor allem, daß sie nicht einmal so weit gekommen ist zu begreifen, daß ein Mensch von einigermaßen feiner Art auch einmal einen Abend auf ein Vergnügen muß verzichten können, wenn man ihn darum bittet. Sie müßte doch imstande sein zu sagen: „Also ich werde nicht hingehen," und wenn sie es auch nur mit dem Verstande sagt, denn dann wird man ein für allemal einen richtigen Begriff von ihren seelischen Qualitäten haben." Und nachdem er sich somit selbst eingeredet hatte, sein Wunsch, sie möchte heut abend bei ihm bleiben statt in die Opéra-Comique zu gehen, sei lediglich von dem Verlangen eingegeben, ein günstigeres Urteil über ihren geistigen Wert aussprechen zu können, entwickelte er ihr denselben Gedankengang mit demselben Grade von Unaufrichtigkeit wie sich selbst gegenüber, ja, nun kam noch das Bestreben hinzu, sie bei ihrem Stolze zu packen.

„Ich schwöre dir zu," sagte er zu ihr ein paar Augenblicke bevor sie ins Theater ging, „wenn ich ein Egoist wäre, würde ich bei all' meinem Gebitte, du möchtest nicht ausgehen, im stillen doch nur wünschen, daß du Nein sagtest, denn ich habe heut' abend tausend Dinge vor und wäre selbst der Hereingefallene, ja es wäre geradezu peinlich für mich, wenn du mir wider Erwarten antwortetest, du würdest nicht hingehen. Aber meine Geschäfte und Vergnügungen sind nicht alles, ich muß auch an dich denken. Es kann ein Tag kommen, an dem ich auf immer von dir los bin und du mir mit Recht vorwerfen kannst, daß ich dich in jenen entscheidenden Minuten nicht gewarnt habe, in denen ich mir (so etwas fühlt man ja) eins der strengen, für die Liebe nicht lange erträglichen Urteile über dich bildete. Sieh' mal, die „Nacht der Kleopatra" (was für ein Titel schon!) ist ja hierbei ganz nebensächlich. Die wichtigste Frage ist, ob du wirklich solch' ein Wesen auf der untersten Stufe des Geistes, ja sogar des Reizes bist, solch' ein verächtliches Wesen, das nicht imstande ist, auf ein Vergnügen zu verzichten. Wenn du so etwas bist, ja wie kann man dich dann noch lieben? dann bist du ja nicht einmal eine Person, d. h. ein festumgrenztes, zwar unvollkommenes, aber wenigstens vervollkommnungsfähiges Geschöpf. Du bist dann formloses Wasser, das hinter dem Bett herfließt, welches man ihm gräbt, oder ein Fisch ohne Gedächtnis und Überlegung, der sich zeit seines Lebens in seinem Aquarium hundert Male am Tag an der Scheibe stößt, die er immer wieder für Wasser hält. Begreifst du, daß deine Antwort, ich will nicht sagen ein direktes Aufhören meiner Liebe zu dir bewirken kann (das selbstverständlich nicht), wohl aber einen Verlust an Reiz für mich, wenn ich sehe, daß du keine Person bist, sondern unter allen Dingen stehst, daß ich dich über kein einziges Ding stellen kann? Eigentlich ist es mir ja gar nicht recht, daß ich dich, als wäre es wer weiß wie wichtig, so darum bitte, auf die „Nacht der Kleopatra“ zu verzichten (leider zwingst du mich, mir die Lippen mit diesem verworfenen Namen zu besudeln) und dabei doch hoffe, du möchtest trotzdem hingehen. Aber da ich mich entschlossen habe, den Wert deiner Antwort so streng zu taxieren und solche Konsequenzen daraus zu ziehen, hielt ich es für anständiger, dich vorher davon zu unterrichten.“

Odette gab in den letzten Augenblicken Erregung und Unsicherheit zu erkennen. So wenig ihr der Sinn dieser Abhandlung einging, begriff sie doch, daß er in die bekannte Gattung der „Standreden“ einmünden mochte, dieser Szenen von Vorwürfen und flehentlichen Bitten, die sie bei Männern gewöhnt war und aus denen sie daher, ohne sich in die Einzelheiten des Ausdrucks zu vertiefen, ihre Schlüsse zog: erstens, daß der Andere sie nicht vorbringen würde, wenn er nicht verliebt wäre, ferner, daß man ihm von dem Moment an, da er verliebt war, nicht mehr zu folgen brauche, ja, daß er dann hinterher noch viel verliebter sein würde. So würde sie Swann mit der größten Ruhe zugehört haben, wenn sie nicht gesehen hätte, daß die Zeit vorrückte und er nur noch ein bißchen länger zu reden brauchte, um fertigzubringen, daß sie (wie sie ihm mit einem zärtlich-eigensinnig-verwirrten Lächeln sagte) „schließlich noch die Ouvertüre verpaßte!“

Wieder ein anderes Mal sagte er zu ihr, mehr als alles andere werde ihr mangelnder Wille, auf das Lügen zu verzichten, seine Liebe zu ihr zum Erlahmen bringen. „Sogar vom Standpunkt der bloßen Koketterie aus," sagte er zu ihr, „ja begreifst du denn nicht, wie sehr du an Reiz verlierst, wenn du dich zum Lügen erniedrigst? Sag doch selbst: die paar Fehler, die du dadurch vertuschen kannst! Wirklich, du bist viel weniger intelligent, als ich glaubte." Aber es war umsonst, daß Swann ihr in dieser Weise all' ihre Gründe zum Nichtlügen auseinandersetzte; sie hätten bei Odette ein allgemeines System der Lüge zerstören können; aber so eins besaß sie gar nicht; sie beschränkte sich lediglich darauf, in jedem Falle, in dem Swann etwas, was sie getan hatte, nicht erfahren sollte, es ihm nicht zu sagen. So war die Lüge bei ihr ein Hilfsmittel spezieller Art; und darüber, ob sie sich dessen bedienen oder die Wahrheit eingestehen sollte, hatte einzig und allein eine Überlegung ebenso spezieller Art zu entscheiden: ob nämlich Swann mit mehr oder mit weniger als 50 % Wahrscheinlichkeit entdecken könnte, daß sie nicht die Wahrheit gesagt hatte.

In körperlicher Hinsicht hatte sie eine schlechte Zeit; sie wurde dick; und der ausdrucksvolle, schmerzliche Charme, die erstaunten, träumerischen Blicke, die sie früher hatte, schienen mit ihrer ersten Jugend dahin zu sein. Und doch war sie Swann doppelt ans Herz gewachsen gerade jetzt, wo er sie sehr viel weniger hübsch fand. Er sah sie lange an und wollte den Charme wieder fassen, den er an ihr gekannt hatte, aber er fand ihn nicht wieder. Doch zu wissen, daß hinter dieser neuen Larve immer noch Odette lebte, immer noch derselbe flüchtige, ungreifbare, heimliche Wille — das genügte dafür, daß Swann auch weiter mit der gleichen Leidenschaft diesem Fange nachjagte. Dann

sah er sich Photographien aus der Zeit vor zwei Jahren an und erinnerte sich, wie entzückend sie gewesen war. Und das tröstete ihn ein wenig darüber, daß er sich um ihretwillen so sehr ins eigene Fleisch geschnitten hatte.
Wenn Verdurins sie nach Saint-Germain, Chatou oder Meulan mitnahmen, machten sie ihr in der schönen Jahreszeit oft den Vorschlag, über Nacht dortzubleiben und erst am nächsten Tag zurückzufahren. Frau Verdurin suchte dann die Bedenken des Pianisten, dessen Tante in Paris geblieben war, zu zerstreuen:
„Sie wird begeistert sein, wenn sie Sie mal einen Tag los ist. Und wie kann sie denn beunruhigt sein, sie weiß doch, daß Sie bei uns sind! im übrigen nehme ich alles auf meine Kappe."
Wenn sie es nun doch nicht durchsetzte, zog Herr Verdurin, machte ein Telegraphenbureau oder einen Boten ausfindig und erkundigte sich, wer von den Getreuen jemandem etwas zu bestellen hätte. Aber Odette dankte und sagte, sie habe an niemanden zu depeschieren, denn sie hatte Swann ein für allemal gesagt, sie würde ihm coram publico keine Depesche schicken, das wäre zu kompromittierend für sie. Manchmal ging sie gleich für mehrere Tage fort, Verdurins nahmen sie mit zu den Gräbern von Dreux oder nach Compiègne, wo auf Rat des Malers Sonnenuntergänge im Wald bewundert werden sollten; auch Schloß Pierrefonds wurde heimgesucht.
„Wenn man bedenkt, daß sie wirkliche Kunstdenkmäler aufsuchen könnte mit mir, der ich zehn Jahre lang Architektur studiert habe und immerfort von allerersten Persönlichkeiten dringend gebeten werde, ihnen Beauvais oder Saint-Loup-de-Naud zu zeigen, wo ich es doch nur für sie tun würde, und daß sie statt dessen mit dem niedrigsten Viehzeug hingeht, um sich nacheinander vor den Misthaufen Louis-Philippes und vor Viollet-le-Duc zu begeistern! Ich meine, man braucht wohl kein

Künstler oder auch nur ein Mensch mit besonders feiner Nase zu sein, um sich nicht gerade eine Sommerfrische auszusuchen, die aus lauter Aborten besteht und den Vorzug hat, einem den Geruch von Exkrementen aus größerer Nähe zu präsentieren."

Aber wenn sie nach Dreux oder nach Pierrefonds gereist war (leider ohne daß er „ganz zufällig" in dieselbe Richtung fahren durfte, denn „das würde einen erbärmlichen Eindruck machen," sagte sie), versenkte er sich in den berauschendsten aller Liebesromane: das Kursbuch, das ihm die Mittel sie wiederzutreffen, vor Augen führte, je nachdem, ob es nachmittags, abends oder sogar des Morgens sein sollte! Die Mittel? fast noch mehr: die Berechtigung. Denn schließlich waren das Kursbuch und die Züge selber doch nicht für Hunde da. Wenn dem Publikum auf dem Wege des Druckes zur Kenntnis gebracht wurde, daß um 8 Uhr morgens ein Zug abging, der um 10 Uhr in Pierrefonds ankam, dann hieß das soviel wie: nach Picrrefonds fahren ist eine erlaubte Handlung, für die Odettes Erlaubnis überflüssig ist. Und außerdem war es eine Handlung, die ja auch einen ganz anderen Grund haben konnte als den Wunsch, Odette zu treffen, da ja Leute, die sie nicht kannten, dergleichen jeden Tag taten und zwar in ziemlich großer Zahl, sonst hätte sich ja das Heizen der Lokomotiven gar nicht erst gelohnt.

Kurz: sie konnte ihn eigentlich doch gar nicht hindern, nach Pierrefonds zu gehen, wenn er Lust dazu hatte! Nun also, gerade jetzt fühlte er, daß er Lust dazu hatte und, wenn er Odette nicht gekannt hätte, ganz bestimmt hingefahren wäre. Er wollte sich schon längst einmal eine genauere Vorstellung von den Restaurationsarbeiten in Viollet-le-Duc machen. Und bei dem Wetter jetzt empfand er ein gebieterisches Verlangen nach einem Spaziergang im Walde von Compiègne.

Es war wirklich nicht sehr freundlich von ihr, daß sie ihm den einzigen Ort untersagte, der ihn heute lockte. Heute! Wenn er hinführe, würde er sie trotz ihres Verbotes heute, ja heute noch sehen! Aber was dann? ja, hätte sie in Pierrefonds irgendeinen gleichgültigen Menschen wiedergetroffen, dann hätte sie voller Freude zu ihm gesagt: „Hallo, Sie sind hier!" und hätte ihn aufgefordert, sie doch einmal in dem Hotel, wo sie mit Verdurins abgestiegen war, zu besuchen; träfe sie dagegen ihn, Swann, so würde sie verstimmt sein, würde sich sagen, er sei ihr nachgefahren, würde ihn weniger lieben, ja sich womöglich voller Zorn wegwenden, wenn sie ihn sähe. „Also ich habe nicht einmal mehr das Recht zu reisen," würde sie auf der Rückfahrt zu ihm sagen, während alles in allem doch er derjenige war, der nicht mehr das Recht hatte zu reisen!

Einen Augenblick hatte er den Einfall gehabt, nach Compiègne und Pierrefonds zu gehen, ohne daß es so aussah, als täte er das, um Odette zu begegnen: er wollte sich nämlich von einem seiner Freunde, dem Marquis de Forestelle, der in der Nähe ein Schloß hatte, mitnehmen lassen. Er teilte ihm sein Vorhaben mit, ohne ihm den wirklichen Beweggrund zu sagen. Der Andere war außer sich vor Freude und ganz begeistert, daß Swann zum erstenmal seit fünfzehn Jahren sich endlich dazu verstand, auf seine Besitzung zu kommen; und da er sich dort nicht aufhalten wollte, hatte er ihm wenigstens das eine versprochen, daß sie ein paar Tage lang gemeinsame Spaziergänge und Ausflüge machen würden. Swann sah sich schon da draußen mit Herrn von Forestelle. Selbst wenn er Odette nicht oder nicht gleich zu sehen bekam, mußte es doch herrlich für ihn sein, den Fuß auf dies Stück Erde zu setzen, wo er zwar die genaue Stelle, an der sie in einem beliebigen Augenblick weilte, nicht wissen konnte, dafür aber die überall pulsierende Möglichkeit ihres plötzlichen Auftauchens fühlen würde: im Schloßhof, der nun schön geworden war für ihn, weil er ihn ihretwegen aufgesucht hatte; in allen Straßen der Stadt, die ihm nun romanhaft vorkam; auf jedem Waldweg, über dem der rosige Schein einer tiefen und innigen Scheidesonne lag; — im Herüber und Hinüber also von zahllosen Asylen, in denen sein seliges, schweifendes, vielleibiges Herz, voll vom Überall- und Nirgends seiner Hoffnungen, gleichzeitig Unterschlupf suchte. „Vor allem," wollte er zu Herrn von Forestelle sagen, „vor allem müssen wir uns in acht nehmen, daß wir nicht mit Odette und Verdurins zusammenprallen; ich hörte eben, daß sie gerade heute in Pierrefonds sind. Man hat wirklich genug Zeit, sich in Paris zu sehen, es würde nicht die Mühe lohnen, Paris zu verlassen, um auch dort wieder keinen Schritt ohne einander machen zu können." Nun würde sein Freund freilich nicht verstehen, warum er, kaum dort angelangt, zwanzig verschiedene Projekte in einer Stunde machte, in allen Hotels von Compiègne die Speisesäle inspizierte, ohne endgültig in einem Platz zu nehmen, obwohl von Verdurins nirgends eine Spur zu sehen war, warum er überhaupt so wirkte, als suche er nach dem, wovor er angeblich fliehen wollte, und warum er andererseits davor fliehen wollte, sobald er es gefunden hatte; denn das war klar: traf er den kleinen Kreis, dann machte er geflissentlich einen großen Bogen, da es ihm genügte, daß er Odette und sie ihn gesehen hatte, ihn in seiner Gleichgültigkeit gegen sie ... Aber wenn sie nun doch erriete, daß er um ihretwillen da war? ... Jedenfalls sagte er zu Herrn von Forestelle, als der ihn abholen kam: „Ach nein, ich kann heute nicht nach Pierrefonds fahren, Odette ist gerade dort." Und er war trotz allem glücklich in dem Gefühl, daß er nur deshalb als einziger aller Sterblichen an diesem Tage nicht das Recht hatte, nach Pierrefonds zu gehen, weil er für Odette tatsächlich jemand anders als die Anderen war: nämlich ihr Geliebter, und daß diese gegen ihn gerichtete Ausnahmebestimmung, die ihm das universelle Recht auf Freizügigkeit verkürzte, nur eine besondere Form jener Sklaverei, genannt Liebe, darstellte, die ihm doch so teuer war. Entschieden war es besser, nicht mit ihr böse zu werden, sondern sich zu gedulden und ihre Rückkehr abzuwarten. Er verbrachte diese Tage über einer Karte des Waldes von Compiègne, als ob es die allegorische Liebeslandkarte der Preziösen wäre, und umgab sich mit Photographien von Schloß Pierrefonds. Sobald nun der Tag da war, an dem sie zurückkommen konnte, schlug er das Kursbuch wieder auf, rechnete sich aus, welchen Zug sie genommen haben mußte und welche ihr noch blieben, falls sie sich verspätet hatte. Er ging nicht aus vor lauter Angst, eine Depesche zu verpassen, und legte sich nicht schlafen für den Fall, daß sie mit dem letzten Zuge zurückfuhr und ihn mitten in der Nacht mit ihrem Besuch überraschen wollte. Gerade hörte er es am Torweg klingeln, er hatte den Eindruck, als ob mit dem Öffnen gesäumt würde, wollte den Portier wecken, stellte sich ans Fenster und wollte rufen: „Odette?", denn trotz der Anweisungen, die er wohl ein Dutzend Mal an den Portier hatte ergehen lassen, konnte es vorkommen, daß ihr gesagt wurde, er sei nicht da. Es war ein Dienstbote, der nach Hause kam. Ihm fiel der endlose Schwarm der Droschken auf, den er früher nie beachtet hatte. Jede einzelne hörte er schon von weitem kommen, näher heranfahren, an seiner Tür vorbeirasseln, ohne Halt zu machen, und eine Botschaft, die nicht für ihn bestimmt war, in die Ferne tragen. Er wartete die ganze Nacht, höchst überflüssigerweise, denn da Verdurins ihre Rückkehr vorverlegt hatten, war Odette schon seit Mittag in Paris; es war ihr gar nicht eingefallen, ihm das mitzuteilen; da sie nicht wußte was anfangen, hatte sie den

Abend allein im Theater verbracht und war jetzt schon längst daheim und schlief.

Sie hatte eben nicht einmal an ihn gedacht. Und solche Momente, in denen sie geradezu Swanns Existenz vergaß, nützten ihr mehr und verhalfen ihr besser dazu, Swann an sich zu fesseln, als all' ihre Koketterie. Denn dann lebte Swann in jener schmerzlichen Erregung, die schon damals machtvoll genug gewesen war, um seine Liebe aufbrechen zu lassen, als er Odette bei Verdurins nicht angetroffen und sie den ganzen Abend lang gesucht hatte. Und er hatte ja nicht, wie ich als Kind in Combray, ganze selige Tage, an denen man die Schmerzen vergißt, die am Abend wieder aufleben sollen. Tagsüber war Swann ohne Odette; und er sagte sich, eine so hübsche Frau so ganz allein mitten in Paris herumlaufen zu lassen, sei ebenso unvorsichtig, wie ein Schmuckkästchen voller Juwelen mitten auf die Straße zu legen. Nun wurde er auf alle Passanten so wütend, als ob jeder ein Dieb wäre. Aber da ihr gestaltloses Kollektivgesicht seiner Phantasie entwischte, gab es seiner Eifersucht keine Nahrung. Es ermüdete Swanns Geist, er fuhr sich mit der Hand über die Augen und rief laut: „Gott steh' mir bei!", wie Leute, die sich lange und eigensinnig den Kopf zerbrochen haben — etwa über das Problem der Realität der Außenwelt oder der Unsterblichkeit der Seele — und die nun ihrem erschöpften Gehirn das Ausruhen in einem Akte des Glaubens gönnen. Doch immer trat der Gedanke an die ferne Weilende in unlösliche Verbindung mit den einfachsten Handlungen im Leben Swanns (Mittagbrot, Postempfang, Ausfahren, Schlafengehen); und das wehe Gefühl, all' das ohne sie tun zu müssen, glich der Empfindung Margaretes von Österreich, die ihren Gatten Philibert den Schönen so innig betrauerte, daß sie in der Kirche von Brou seine Initialen überall mit den ihrigen verflocht. An manchen

Tagen blieb er nicht zu Hause, sondern ging zum Mittagessen in ein Restaurant, das ziemlich in der Nähe lag und dessen gute Küche er früher schätzte, wohin er jetzt aber nur aus einem ebenso mystischen wie abgeschmackten, sozusagen romanhaften Grunde ging: nämlich deshalb, weil dieses Restaurant (das heute noch existiert) denselben Namen trug wie die Straße, in der Odette wohnte: Lapérouse. Manchmal wenn sie nur einen kurzen Abstecher gemacht hatte, dachte sie erst nach mehreren Tagen daran ihm mitzuteilen, daß sie wieder in Paris sei. Und sie sagte ihm ganz einfach, ohne sich wie früher mit einem erborgten Stückchen Wahrheit vorsichtshalber Deckung zu schaffen, sie sei den Augenblick erst vom Frühzug gekommen. Diese Worte waren Lügen; wenigstens für Odette waren sie Lügen, haltlose Lügen, denn sie hatte nicht (wie in dem Fall, daß sie wahr gewesen wären) irgendeinen Anhaltspunkt in ihrer Erinnerung an die Ankunft auf dem Bahnhof; ja sie konnte sie im Augenblick, als sie sie aussprach, gar nicht durch eine Vorstellung ergänzen, so absolut im Widerspruch dazu stand ihr Tun in dem Augenblick, als sie angeblich aus dem Zug gestiegen war. In Swanns Geist dagegen stießen diese Worte auf kein Hindernis, setzten sich fest und nahmen die Unverrückbarkeit einer unbezweifelbaren Wahrheit an; ja hätte ein Freund ihm gesagt, er sei mit diesem Zuge gekommen und habe Odette nicht gesehen, so wäre er überzeugt gewesen, der Freund irre sich in Tag oder Stunde, da seine Behauptung sich ja nicht mit den Worten Odettes vertrug. Diese Worte hätte er nur dann für Lügen gehalten, wenn er ihnen schon von vornherein mißtraut hätte. Wenn er glauben sollte, daß sie log, so war ein voraufgegangener Verdacht eine notwendige Bedingung dafür. Freilich war er auch eine hinreichende Bedingung. Dann kam ihm nämlich alles, was Odette sagte, verdächtig vor. Nannte sie einen Namen — gleich war's ein Geliebter von ihr; und war dieser Argwohn erst einmal ausgeheckt, dann härmte er sich wochenlang darüber ab; einmal setzte er sich sogar mit einem Auskunftsbureau in Verbindung, um Adresse und Beruf des Unbekannten zu erfahren, der ihm erst wieder Ruhe ließ, als er endlich auf einer Reise hörte, daß es ein bereits vor zwanzig Jahren verstorbener Onkel Odettes sei. Obwohl sie ihm im allgemeinen nicht erlaubte, sich mit ihr an öffentlichen Stätten zu treffen, weil sie sagte, dadurch komme nur Klatsch, geschah es doch zuweilen, daß er zu gleicher Zeit wie sie auf einer Soirée war, zu der sie beide eingeladen waren: bei Forcheville, beim Maler oder bei einem Wohltätigkeitsball im Ministerium. Er sah sie, wagte aber nicht stehen zu bleiben, um ihr nur ja nicht den unangenehmen Eindruck nahezulegen, als belauerte er ihre Vergnügungen mit Anderen; und ging er dann allein nach Hause und legte sich schlafen (ebenso angstvoll wie ich selbst einige Jahre später, wenn er in Combray unser Abendbrotgast war), so schienen es ihm Vergnügungen ohne Maß und Ziel zu sein, einfach deshalb, weil er ihr Ende nicht gesehen hatte. Und doch: ein-zweimal lernte er an solchen Abenden Freuden kennen, die man beinahe (wenn der Gegenstoß der plötzlich zum Stehen gekommenen Unruhe nicht mit solcher Heftigkeit nach ihnen eingesetzt hätte) ruhige Freuden hätte nennen können, so sehr bestanden sie in einer Befriedung der Seele. Er war etwa für einen Augenblick auf einer großen Fête im Hause des Malers erschienen und machte sich schon wieder fertig zum Weggehen; nun ließ er also Odette dort zurück als eine fremde, schimmernde Gestalt zwischen lauter Männern: denen, nicht ihm verhieß sie mit Blick und Lachen baldige Wollust (vielleicht hier, vielleicht anderwärts, etwa gleich nachher auf dem „Ball der losen Leute," zu dem sein zitternder

Geist sie schon eilen sah); und diese Ahnung weckte mehr Eifersucht in Swann als der Gedanke an den leiblichen Akt als solchen, denn diese vorgefühlte Lust war seiner Phantasie schwerer faßbar. Er wollte also schon aus der Ateliertür heraus, als auf einmal ein paar mahnende Worte an sein Ohr drangen (Worte, die von dem Fest das gefürchtete Ende wegstrichen, es ihm dadurch rückwirkend harmlos erscheinen ließen und nun auch aus Odette wieder ein gar nicht unfaßbar-schreckliches, sondern süßvertrautes Etwas machten, das sich gleich an seine Seite schmiegen und ihn an einen Ausschnitt aus seinem täglichen Leben: an ihr Miteinander im Wagen gemahnen würde — Worte, die Odette ihres glänzenden und fröhlichen Scheines entkleideten und bewiesen, daß all' dies nur eine Maske war, die sie für einen Augenblick, lediglich um seinetwillen und nicht im Hinblick auf geheime Freuden aufgesetzt hatte und deren sie schon überdrüssig war) folgende Worte nämlich, die ihm Odette zuspielte, als er schon zwischen Tür und Angel war: „Möchten Sie nicht fünf Minuten auf mich warten, ich will fort, wir könnten doch zusammen zurückfahren und Sie könnten mich nach Hause bringen.“

Zwar hatte Forcheville einmal ebenfalls mitgenommen werden wollen; als er aber, vor Odettes Tür angelangt, um die Erlaubnis einkam, auch hineinzudürfen, da hatte sie auf Swann gezeigt und Forcheville zur Antwort gegeben: „Tja, das hängt von dem Herrn hier ab, Sie müssen sich schon an ihn wenden. Gott ja, kommen Sie einen Augenblick mit herein, wenn Sie gern mögen, aber nicht lange, denn ich sag's Ihnen vorher: er plaudert gern in Ruhe mit mir und hat's nicht gern, daß Besuch da ist, wenn er kommt. Ach, wenn Sie dies Menschenkind so kennen würden, wie ich es kenne; nicht wahr, my love, niemand kennt Sie so gut wie ich?“

Dabei war Swann über diese zärtlichen und vorziehenden Worte in Gegenwart Forchevilles vielleicht noch nicht einmal so gerührt wie über manche kleine Verweise (ebenfalls in Gegenwart des Anderen), etwa: „Ganz sicher haben Sie Ihren Freunden noch nicht geantwortet wegen Sonntag abend. Gehen Sie meinetwegen nicht hin, aber seien Sie wenigstens höflich," oder: „Haben Sie Ihre Arbeit über Ver Meer nur hier gelassen, um sie morgen ein Stück weiter bringen zu können? So ein Faulpelz, warten Sie, ich will Ihnen Beine machen!"; denn dadurch bewies sie, daß sie über seine Einladungen in der großen Welt und über seine künstlerischen Studien auf dem Laufenden war, ja daß sie mit ihm wohl so etwas wie ein Leben zu zweien führte. Und während sie dies sagte, lächelte sie ihm so zu, daß er spürte: im Grunde war sie sein.

In solchen Augenblicken (etwa während sie ihnen Pomeranzenlimonade machte) geschah es, daß auf einmal (einem Reflektor gleich, der, zuerst falsch eingestellt, rings um ein Ding auf dem Mauerwerk phantastische Riesenschatten spielen läßt, die sich dann gleich in das Ding hinein zusammenfalten und verflüchtigen) all' die schrecklichen und aufregenden Vorstellungen, die er sich von Odette machte, zergingen und den reizenden Leib, den er vor sich hatte, wieder hervortreten ließen. Ihm kam ein jäher Verdacht: war diese Stunde bei Odette unter der Lampe vielleicht gar keine zu seinem Gebrauch besonders hergerichtete Stunde? bezweckten diese Minuten etwa gar nicht, das erschreckende, köstliche Etwas zu maskieren, an das er unaufhörlich, ohne es sich recht vorstellen zu können, denken mußte (eine Stunde nämlich aus dem wahren Leben Odettes d. h. aus dem Leben Odettes, wenn er nicht da war)? war's am Ende gar keine Stunde mit Theaterrequisiten und künstlichen Blumen, sondern vielleicht eine Stunde aus Odettes Leben, die wirklich galt? hätte sie nicht, auch wenn er nicht dagewesen wäre, Forcheville denselben Sessel hingeschoben und ihm kein unbekanntes Gebräu, sondern genau die gleiche Pomeranzenlimonade eingegossen? war die Welt, in der Odette wohnte, vielleicht gar nicht jene schaurig-übernatürliche Welt, in die sein Geist in stundenlangem Sinnen sie einordnete und die vielleicht nur in seiner Phantasie existierte? war's nicht vielmehr das wirkliche Universum, das keine spezifische Schwermut auslöste? enthielt es nicht diesen Schreibtisch, an den er sich gleich setzen wollte, oder dies Getränk, von dem er gleich würde kosten dürfen, kurz: all' diese Dinge, die er mit Neugierde und Bewunderung, doch im gleichen Maße auch mit Dankbarkeit betrachtete? (mit Dankbarkeit deshalb, weil die Dinge seine Träume aufgesogen d. h. ihn davon befreit und sich damit bereichert hatten, so daß ihm diese Träume nunmehr in greifbarer Verwirklichung erschienen, dadurch seinen Geist fesselten und um so mehr Relief vor seinen Blicken gewannen, je mehr sie ihn seelisch beruhigten). Ja, wenn das Schicksal vergönnt hätte, daß er mit Odette unter einem Dache wohnte und daß ihr Zuhause auch sein Zuhause wäre, wenn er auf seine Frage, was es zu Mittag gebe, vom Dienstmädchen Odettes Menu zur Antwort bekommen hätte; oder wenn, angenommen Odette wollte morgens in der Avenue Bois-de-Boulogne spazierengehen, seine Pflicht als guter Ehemann ihn genötigt hätte, sie auch ohne besondere Lust zum Ausgehen doch zu begleiten und ihren Mantel zu tragen, falls es ihr zu heiß wurde; oder aber, wenn er abends nach dem Diner, falls sie im Négligé zu Hause bleiben wollte, wohl oder übel auch hätte dableiben müssen, um ihr zur Verfügung zu stehen — wie hätten dann all' die Kleinigkeiten in seinem Leben, die ihm so traurig vorkamen, mit zum Leben Odettes gehört! wie wäre dadurch auch in die alltäglichsten Dinge (besonders in solche wie die Lampe, die Pomeranzenlimonade, den Sessel, Dinge, die soviel formgewordenen Traum, soviel stoffgewordene Sehnsucht darstellten) etwas wie überquellende Wohligkeit und geheimnisvolle Dichte hineingekommen!

Und doch ahnte er, daß das, was er so schmerzlich vermißte, eine Ruhe und ein Frieden sei, der für seine Liebe gar nicht die richtige Atmosphäre gewesen wäre. Wenn Odette erst einmal aufhörte, ein stets fernes, stets vermißtes, stets erdichtetes Wesen für ihn zu sein, wenn das Gefühl, das er dann für sie hegte, nicht mehr die gleiche geheimnisvolle Unruhe war, welche die kleine Phrase aus der Sonate in ihm wachrief, sondern wenn statt dessen Gefühle der Zuneigung und Dankbarkeit sich einstellten, kurz: wenn normale Beziehungen zwischen ihnen entstanden, die seinem Wahn und Gram ein Ende machten — dann mußten ihm die Geschehnisse in Odettes Leben an sich viel weniger interessant vorkommen. In der Tat: dieser Verdacht war ihm schon mehrmals gekommen, z. B. an dem Tage, als er durchs Kuvert hindurch den Brief an Forcheville gelesen hatte. Indem er sein Leiden also mit einem Scharfsinn betrachtete, als habe er es sich studienhalber eingeimpft, sagte er sich, wenn er erst genesen sei, werde ihm Odettes Tun und Lassen nichts mehr anhaben können. Im Innersten seines krankhaften Zustandes aber fürchtete er eigentlich eine solche Genesung, fürchtete sie wie den Tod — und sie wäre ja wirklich der Tod alles dessen gewesen, was er augenblicklich war.

Nach solchen ruhigen Abenden schlief Swanns Argwohn ein; er pries Odette und ließ ihr am nächsten Tage in aller Frühe die herrlichsten Schmucksachen ins Haus schicken, weil die Zeichen der Güte von gestern abend in ihm das Gefühl der Dankbarkeit, den Wunsch nach

Wiederholung oder aber einen Paroxysmus der Leidenschaft entfacht hatten, der sich ausleben mußte.

In anderen Augenblicken aber packte ihn der Schmerz von neuem, er malte sich aus, Odette sei die Geliebte Forchevilles! o wie die Beiden ihn am Abend vor dem Fest in Chatou, zu dem er nicht eingeladen war, von ihrem behaglichen Nebeneinander in Verdurins Landauer aus vergeblich um die gemeinsame Rückfahrt hatten bitten sehen (er hatte dabei ja ein so verzweifeltes Gesicht gemacht, daß es sogar seinem Kutscher aufgefallen war)! wie sie ihm dann nachgeschaut hatten, als er allein und besiegt zurückging, und wie Odette ihn dann wohl so recht an Forcheville preisgegeben und gesagt hatte: „Gelt, wie er tobt!" — und das gewiß mit demselben Glanz, derselben Bosheit und Heimlichkeit im gesenkten Blick wie an dem Tage, als Forcheville Saniette von Verdurins fortgejagt hatte.

Dann hatte Swann einen Abscheu vor ihr. „Ich bin ja auch zu dämlich," sagte er zu sich, „ich bezahle mit meinem Gelde das Vergnügen anderer Leute. Sie soll sich aber in acht nehmen und den Bogen nicht überspannen, sonst könnte es kommen, daß ich bald keinen Pfennig mehr gebe. Vorläufig also erst einmal Schluß mit den Extranettigkeiten! Nein, wenn ich denke, daß ich gerade gestern, als sie sagte, sie hätte Lust, die Bayreuther Festwoche mitzumachen, so dumm gewesen bin, ihr vorzuschlagen, eins der hübschen Schlösser des Königs von Bayern in der Umgegend für uns beide zu mieten. Übrigens schien sie gar nicht sehr begeistert davon zu sein, bisher hat sie weder Ja noch Nein gesagt; Gott gebe, daß sie dankt! Das wäre lieblich, vierzehn Tage lang mit ihr zusammen Wagner zu hören, wo sie soviel davon versteht wie der Hund vom Klavierspielen!"

Und da sein Haß, ganz wie seine Liebe, sich äußern und in Aktion treten mußte, gefiel er sich darin, seine schlimmen Phantasien höher und höher zu steigern, weil Odette ihn infolge der Gemeinheiten, mit denen er sie ausstattete, immer mehr anwiderte und weil er, falls diese Gemeinheiten zutrafen, die sehnlichst ausgemalte Möglichkeit hatte, Odette zu strafen und seine wachsende Wut auf ihrem Rücken auszutoben. Er ging soweit, sich vorzustellen, er werde von ihr einen Brief bekommen, in dem sie von ihm Geld erbat, um das Schloß in der Nähe von Bayreuth zu mieten, wobei sie ihm aber mitteilte, daß er nicht hinkommen dürfte, weil sie Forcheville und Verdurins versprochen hätte, sie einzuladen. Ach wie sehr hätte er sich gewünscht, daß sie zu einer solchen Frechheit imstande wäre! Wie herrlich konnte er dann nein sagen und den Rachebrief aufsetzen, dessen Ausdrücke er mit Behagen wählte und laut verkündete, als hätte er den Brief wirklich bekommen.

Nun passierte das just am nächsten Tage tatsächlich. Sie schrieb ihm, Verdurins und ihre Freunde hätten den Wunsch geäußert, sich diese Wagnervorstellungen anzusehen; und wenn er so gut sein wollte, ihr das Geld dafür zu schicken, dann würde sie endlich, nach soviel Gastlichkeit dort, das Vergnügen haben, sie nun ihrerseits einmal aufzufordern. Von ihm sagte sie kein Wort, es war stillschweigende Voraussetzung, daß die Gegenwart der Anderen die seine ausschloß.

Nun konnte er ihr also die schreckliche Antwort zukommen lassen, deren Text er am Abend vorher Wort für Wort festgelegt hatte, ohne daß er zu hoffen wagte, er werde je davon Gebrauch machen können. Leider wußte er nur zu gut, daß sie mit eigenem oder leicht erhältlichem fremdem Gelde trotzdem in Bayreuth mieten konnte, da sie nun einmal darauf versessen war, obwohl sie Bach von Clapisson nicht zu unterscheiden vermochte. Aber sie mußte dann dort doch mehr knausern. Sie konnte dann keinesfalls — wie in dem Falle, daß er ihr diesmal ein paar Wechsel über 1000 Franken schickte — jeden Abend in irgendeinem Schloß ein feines Essen veranstalten und danach womöglich so ausgelassen werden, daß sie — vielleicht gar zum ersten Male — in Forchevilles Arme sank. Jedenfalls wurde diese ekelhafte Reise dann nicht von ihm, Swann, bezahlt! ... Ach, wenn er sie doch hindern könnte, wenn sie sich doch vor der Abreise den Fuß verstauchte, wenn der Droschkenkutscher, der sie zur Bahn brachte sich doch, ganz gleich für welchen Preis, dazu verstände, sie irgendwohin zu fahren, wo sie für einige Zeit in Haft bleiben mußte, diese hinterlistige Frau mit ihren Augen, auf denen der Schmelz eines Forcheville geltenden Komplicenlächelns lag, denn so stellte sich Odette seit achtundvierzig Stunden in Swanns Augen dar.

Aber sie blieb so nicht für sehr lange; nach einigen Tagen verlor dieser Blick voll schimmernder Falschheit an Glanz und Doppelsinn, und das Bild der verhaßten Odette, die zu Forcheville sagte: „Wie er tobt!", begann zu verblassen und zu schwinden. Dann erschien mehr und mehr wieder das Bild der anderen Odette und stieg auf in zartem Leuchten, jener Odette, die zwar auch ein Lächeln für Forcheville hatte, aber eins, in dem für Swann nur Zärtlichkeit steckte, wenn sie nämlich sagte: „Bleiben Sie nicht lange, der Herr da mag nicht, daß ich Besuche habe, wenn er bei mir sein möchte. Ach, wenn Sie den Menschen da so kennten, wie ich ihn kenne!" — dieses selbe Lächeln, mit dem sie Swann für irgendeinen feinen Zug dankte (dergleichen rechnete sie ihm immer hoch an) oder für irgendeinen Ratschlag, den sie in irgendeiner schwierigen Lage voll tiefem Vertrauens von ihm erbeten hatte.

Und angesichts dieser Odette fragte er sich dann, wie er ihr nur diesen übertriebenen Brief hatte schreiben können, dessen sie ihn bisher gewiß nicht für fähig gehalten hatte, und durch den er in der hohen, ja einzigartigen Achtung, die er sich infolge seiner Güte und Vornehmheit bei ihr verschafft hatte, ganz sicher um mehrere Stufen gesunken war. Er mußte dadurch auch in ihrer Liebe sinken, denn gerade wegen dieser Eigenschaften, die sie weder bei Forcheville noch bei sonst jemandem fand, liebte sie ihn ja. Dieser Eigenschaften wegen bezeugte Odette ihm so oft eine Huld, die er im Augenblicke der Eifersucht für nichts rechnete, weil sie kein sinnliches Moment war und eher Neigung als Liebe bekundete, deren Bedeutung er aber um so stärker zu fühlen begann, je mehr sein Argwohn im Laufe von künstlerischer Lektüre oder freundschaftlicher Unterhaltung spontan nachließ und seine Leidenschaft von der herrischen Forderung nach Gegenseitigkeit abging.

Jetzt, wo Odette nach dieser Oszillation naturgemäß an den Platz zurückgekommen war, von dem Swanns Eifersucht sie einen Augenblick verdrängt hatte: in den Winkel nämlich, wo er sie entzückend fand, jetzt stellte er sie sich vor in aller ihrer Zärtlichkeit, mit dem jasagenden Blick, und da sah sie so berückend hübsch aus, daß er seine Lippen zu ihr hin bewegen mußte, als ob sie da wäre und er sie küssen könnte; und er vergalt ihr diesen bezaubernden, gütigen Blick mit soviel Dankbarkeit, als sei es ein wirklicher Blick und existiere nicht bloß in seiner Einbildung, die ihn sich vorgemalt hatte, um sein Verlangen zu befriedigen.

Wie mußte er ihr wehgetan haben! Gewiß, er fand gewichtige Gründe für seinen Groll gegen sie, aber die hätten solche Empfindungen nie in ihm wachrufen können, wenn er sie nicht so geliebt hätte. Hatte er nicht früher ebenso schwerwiegende Klagen gegen andere Frauen zu führen gehabt, denen er heute doch ohne weiteres gefällig gewesen wäre, eben weil er sie nicht mehr liebte und deshalb keinen Zorn gegen sie hegte? Sollte er Odette jemals ebenso gleichgültig gegenüberstehen, so würde er — das ward ihm nun klar — gewiß begreifen, daß er nur aus Eifersucht so entsetzt und hart geurteilt hatte über ihren im Grunde so natürlichen Wunsch, nun einmal ihrerseits eine Gelegenheit zu benutzen, um gegen Verdurins aufmerksam zu sein und die Hausfrau zu spielen; ja er würde dann anerkennen, daß dieser Wunsch, wenn er auch etwas kindlich war, doch einer gewissen seelischen Feinheit entsprang.

Er nahm jetzt oft einen Standpunkt ein (der im Gegensatze zu seiner Liebe und zu seiner Eifersucht stand und auf den er sich manchmal aus einer gewissen intellektuellen Rechtschaffenheit heraus stellte, um alles Für und Wider einzeln durchzuprüfen), einen Standpunkt nämlich, von dem aus er Odette so zu beurteilen suchte, als liebte er sie nicht, als sei sie für ihn eine Frau wie andere auch, sodaß ihr Leben während seiner Abwesenheit gar nicht so etwas ganz Absonderliches, heimlich vor ihm Gesponnenes und gegen ihn Angezetteltes zu sein brauchte. Warum denn glauben, daß sie da in Bayreuth mit Forcheville oder Anderen berauschende Freuden durchkosten würde, die er sie nicht gelehrt hatte und die lediglich seine Eifersucht nach allen Regeln der Kunst ausklügelte? Ob es nun in Bayreuth oder in Paris war: immer wenn er in Forchevilles Gedanken auftauchte, mußte er doch wohl als ein gewichtiger Faktor im Leben Odettes figurieren, als jemand, dem er den Platz zu räumen hatte, wenn sie einander bei ihr begegneten. Wenn Forcheville und sie schließlich doch dadrüben landeten, so war er mit seinem fruchtlosen Versuch, sie vom Hinfahren abzubringen, selbst daran schuld; falls er aber ihren eigentlich ganz annehmbaren Plan genehmigte, konnte es hinterher so aussehen, als ob sie seinem Spruch zufolge dort wäre; sie mochte selbst das Gefühl haben, von ihm hingeschickt und einlogiert zu sein; und das

Vergnügen, nun einmal die Leute bei sich aufzunehmen, die sie so oft aufgenommen hatten, würde sie dann ihm, Swann, zu verdanken haben.

Und wenn er ihr nun (statt daß sie verärgert und ohne sie zu Lebewohl abfuhr) das Geld schickte, wenn er sie zu dieser Reise ermunterte und sich bemühte, sie ihr recht angenehm zu gestalten, dann würde sie selig und dankbar zu ihm eilen, sodaß er die Freude hatte, sie zu sehen, diese Freude, die er seit beinahe einer Woche nicht genossen und die ihm durch nichts ersetzt werden konnte. Sowie Swann sie sich nämlich ohne Abscheu vorstellen konnte, sowie er wieder die Güte in ihrem Lächeln sah, und das Gelüste, sie jedem Anderen fortzunehmen, nicht mehr eine Zutat der Eifersucht zu seiner Liebe war, wurde diese Liebe wieder in erster Linie ein bestimmter Sinn für die Eindrücke, die von Odettes Person her über ihn kamen, für den Genuß verehrender Schau oder kritischer Untersuchung, den ihm das Heben eines Blickes, das Erblühen eines Lächelns, das Schwingen eines besonderen Tonfalls bei ihr bereitete. Und dieser Genuß, so grundverschieden von allen anderen, erzeugte in ihm schließlich ein Bedürfnis nach ihr, das nur sie allein durch ihre Gegenwart oder ihre Briefe stillen konnte und das fast ebenso zweckentrückt, fast ebenso artistisch und pervers war wie jenes andere Bedürfnis, das diese neue Periode in Swanns Leben charakterisierte (wo auf die Dürre und Niedergeschlagenheit der voraufgegangenen Jahre eine Art geistiger Überfülle gefolgt war, ohne daß er eigentlich wußte, worauf diese unverhoffte Bereicherung seines bisherigen Lebens zurückzuführen sei, ebensowenig wie ein Mensch von zarter Gesundheit es sich erklären kann, daß er von einem bestimmten Zeitpunkt an kräftiger und dicker wird und sich eine gewisse Zeit lang der vollständigen Genesung zuzubewegen scheint), jenes andere Bedürfnis meine ich, das sich ebenfalls außerhalb der wirklichen Welt entwickelte: das Bedürfnis nach dem Hören und Kennenlernen von Musik.

Und hatte das organische Triebwerk seines Leidens zuerst Eifersucht aus seiner Liebe gezogen, so fing es nun wieder an, Innigkeit und Mitleid Odette gegenüber herzustellen. Sie war wieder die süße, gütige Odette geworden. Er empfand Gewissensbisse, daß er hart zu ihr gewesen war. Er wollte sie wieder um sich haben, aber erst sollte sie etwas Erfreuendes von ihm bekommen, damit die Bildnerhand der Dankbarkeit über ihr Gesicht hinstreifen und ein Lächeln herausmodellieren könne.

Und da Odette genau wußte, daß er nach ein paar Tagen ja doch kommen und sie ebenso zärtlich und unterwürfig wie zuvor um Versöhnung bitten werde, so fürchtete sie allmählich immer weniger, ihm zu mißfallen, ja wehzutun und verweigerte ihm, wenn es ihr paßte, gerade die Gunstbezeugungen, an denen ihm am meisten lag.

Vielleicht ahnte sie nicht, wie ehrlich er gewesen war, als er im Streit zu ihr gesagt hatte, er werde ihr kein Geld schicken und ihr recht viele Steine in den Weg zu legen suchen. Vielleicht ahnte sie noch weniger, wie ehrlich er, wenn nicht ihr, so doch sich selbst gegenüber war, wenn er ihr in anderen Fällen im Interesse ihres zukünftigen Verhältnisses zeigen wollte, daß er auch ohne sie auskommen könne und daß ein Bruch jederzeit möglich sei, was er dadurch zu beweisen suchte, daß er sich entschloß, eine Zeitlang nicht zu ihr zu gehen.

Wenn er manchmal nach einigen kummerfreien Tagen ahnte, daß die nächsten Besuche ihm keine große Freude, sondern nur Verdruß verhießen und dem Frieden, in dem er jetzt lebte, ein Ende machen würden, dann schrieb er ihr, er sei sehr beschäftigt und könne sie daher an keinem der Tage, die sie ihm angegeben hatte, besuchen. Nun bat sie ihn in einem Brief, der sich mit seinem kreuzte, gerade darum, ein Rendezvous zu verlegen. Er fragte sich, warum; Argwohn und Schmerz packten ihn wieder. In seinem neuen Erregungszustand vermochte er die Verpflichtung sich selbst gegenüber, die er in dem voraufgegangenen Zustande relativer Ruhe eingegangen war, nicht zu halten, er eilte zu ihr und verlangte, sie an allen folgenden Tagen zu sehen. Und selbst wenn sie ihm nicht zuerst geschrieben hatte, sondern bloß antwortete, so hielt er es schon nicht mehr ohne sie aus. Denn in striktem Gegensatze zu seiner Vorausberechnung hatte Odettes Zustimmung alles in ihm auf den Kopf gestellt. Wie alle Menschen, die ein Ding besitzen, hatte er, um einmal zu sehen, was sich ereignen würde, wenn er einen Augenblick aufhörte, es zu besitzen, dies Ding aus seinem Geist herausgenommen und dabei alles Übrige so gelassen, wie es gewesen war, als das Ding noch an seinem Platze stand. Nun ist aber das Nichtdasein eines Dinges nicht nur das, was es sagt, ist nicht ein bloß partielles Manko, sondern ist grundstürzend für alles Übrige und stellt einen neuen Zustand dar, den man in dem früheren nicht voraussehen kann.

Ein andermal wieder (Odette wollte etwa gerade abreisen) entschloß er sich nach einem kleinen Streit, zu dem er den Vorwand suchte, ihr nicht zu schreiben und sie vor ihrer Rückkehr nicht wiederzusehen, denn so schuf er den Schein, so heischte er die Wohltat eines „Stockböseseins“, das sie vielleicht für endgültig halten würde, während die Trennung doch ohnehin mit dem Faktum der Reise unzertrennlich verknüpft war und er sie nun eben nur ein bißchen eher beginnen ließ. Schon malte er sich Odettes unruhiges und bekümmertes Gesicht aus, wenn sie weder Besuch noch Brief von ihm empfing, und dies Bild erleichterte ihm dadurch, daß es seine Eifersucht beruhigte, die Entwöhnung von ihrem Anblick. Gewiß erwog er die Idee, Odette bei ihrer Heimkehr wiederzusehen, für Augenblicke mit Vergnügen (freilich saß diese Idee am äußersten Zipfel seines Geistes, wohin seine Energie sie zurückdrängte, was sie dank der dazwischengeschobenen langen Zeit von drei Wochen gutgeheißener Trennung leicht zuwege brachte); aber diese Erwägung wurde wiederum so gar nicht ungeduldig angestellt, daß er schon anfing, sich zu fragen, ob er die Dauer einer so bequemen Abstinenz nicht freiwillig verdoppeln solle. Allerdings war diese Abstinenz erst drei Tage alt, und er hatte es schon oft viel länger ohne Odette ausgehalten; dafür leitete ihn aber jetzt, anders als sonst, ein ausdrücklicher Vorsatz. Und doch brauchte nur eine kleine Unannehmlichkeit oder ein körperliches Unwohlsein ihn dazu zu reizen, den gegenwärtigen Augenblick als einen besonderen Augenblick zu betrachten, der außerhalb der Regel stand und in dem man, gerade aus Gründen der Klugheit, dem Willen die Ruhe nach dem Genuß gönnen und ihm bis zur sinnvoll erneuerten Anstrengung Urlaub geben mußte, — es brauchte nur eine solche Kleinigkeit die Handlung des Willens zeitweise außer Kraft zu setzen und seinen Druck aufzuheben; oder nicht einmal das: Swann brauchte sich nur an eine Auskunft zu erinnern, nach der er Odette zu fragen vergessen hatte, etwa ob sie schon die Farbe bestimmt habe, mit der sie ihren Wagen wiederanstreichen lassen wollte, oder ob sie von irgendeinem Börsenpapier gewöhnliche oder Vorzugsaktien kaufen wolle (es war ja ganz nett, ihr zu zeigen, daß er es auch ohne sie aushielt, aber schließlich wäre es doch eine liebliche Bescherung, wenn der Wagen noch einmal gestrichen werden müßte oder wenn die Aktien keine Dividenden gäben) — und siehe da: wie ein gedehntes Gummiband, das man losläßt, oder wie die Luft in einer Luftpumpe, die man ein wenig öffnet, sprang die Idee, sie wiederzusehen, aus Fernen, in denen sie sich gehalten hatte, mit einem Satz in das

Feld der Gegenwart und der unmittelbaren Möglichkeiten.

Ja, sie kam wieder, diese Idee und stieß nun nicht mehr auf Widerstand, sondern war so unwiderstehlich, daß es Swann viel leichter gefallen war, die vierzehn Tage, die er von Odette getrennt bleiben sollte, einen nach dem andern kommen und gehen zu sehen, als jetzt die zehn Minuten zu warten, die sein Kutscher brauchte, um den Wagen anzuspannen, der ihn zu ihr bringen sollte. Er verbrachte diese Minuten in Ausbrüchen der Ungeduld und der Freude: tausendmal ergriff er in der Fülle seiner Leidenschaft die Idee sie wiederzutreffen, diese Idee, die gerade als er sie fern geglaubt, urplötzlich wiedergekommen war und nun frisch und nah' in seinem Bewußtsein stand. Nun traf diese Idee nicht mehr auf den hemmenden Wunsch, ihr sofortigen Widerstand entgegenzusetzen, denn dieser Wunsch war bei Swann nicht mehr vorhanden, seitdem er vor sich selbst bewiesen zu haben meinte, daß er so etwas ganz bequem fertigbrachte; es sprach also nichts mehr gegen eine Vertagung dieses Trennungsversuches, den er (das wußte er jetzt doch ganz bestimmt) zur Ausführung bringen konnte, wann immer er wollte. Außerdem kam die Idee, sie wiederzusehen, nun im Schmucke der Neuheit und des verführerischen Reizes, kam ausgestattet mit angreifender Heftigkeit, mit Kräften also, die durch die Gewohnheit schlaff geworden waren, nun aber neugestärkt aus der Entbehrung nicht von drei, sondern von vierzehn Tagen herauskamen (denn die Dauer einer Entsagung muss antizipierenderweise nach dem für sie festgesetzten Ende berechnet werden). So machte diese Idee aus dem, was bisher ein sicher erwartetes, leicht zu opferndes Vergnügen gewesen war, ein unerhofftes, entwaffnendes Glück. Endlich kam sie auch deshalb doppelt schön wieder, weil Swann so ganz und gar nicht wußte, was Odette gedacht, vielleicht auch getan haben mochte, als sie sah, daß er ihr kein Lebenszeichen gab. So war das, was Swann nun zu finden gedachte, nichts Geringeres als die begeisternde Offenbarung einer fast unbekannten Odette.

Sie aber hatte schon seine Verweigerung des Geldes für eine bloße Finte gehalten und sah auch jetzt in dem erbetenen Bescheid über das Wiederanstreichen des Wagens oder den Kauf der Aktie nichts als einen Vorwand. Sie rekonstruierte sich ja nicht die verschiedenen Phrasen der Krisen, die er durchmachte; der Mechanismus dieser Prozesse spielte in der Vorstellung, die sie sich davon bildete, nicht die geringste Rolle, sie verstand ihn überhaupt nicht, da sie nur an das glaubte, was sie schon vorher kannte, nämlich an das notwendige, unfehlbare, immergleiche Ende. Diese Vorstellung Odettes war unvollständig (freilich vielleicht gerade darum um so tiefer), wenn man sie von Swanns Standpunkt aus beurteilte, denn er hätte sich gewiß von Odette unverstanden gefunden, ganz wie ein Morphinist oder ein Tuberkulosekranker, die beide desselben Glaubens leben (der eine, daß man ihn eines äußeren Ereignisses wegen in die Anstalt gebracht habe, als er sich gerade von seinem alten Laster freimachen wollte, der andere, daß es einer zufälligen Indisposition wegen geschehen sei, als er gerade der endgültigen Wiederherstellung entgegenging) die sich beide vom Arzt nicht verstanden fühlen, da der nicht dieselbe Bedeutung wie sie in den angeblichen Besserungssymptomen erblickt, diese vielmehr als bloße Verkleidungen ansieht, in die das Laster oder der krankhafte Zustand schlüpft, um das Leiden hinterher doppelt stark spüren zu lassen, nicht aber als Zeichen dafür daß der Traum von Vernunftannehmen oder Gesundwerden, in dem sie sich wiegten, tatsächlich ein Nachlassen des unheilbar auf ihnen lastenden Leidens bedeutete. Und wirklich war Swanns Liebe bis zu dem Grade gediehen, vor dem der Arzt und in manchen Fällen selbst der wagemutigste Chirurg sich fragt, ob es noch geraten, ja überhaupt möglich sei, dem Patienten sein Laster zu rauben oder sein Leiden zu nehmen.

Natürlich hatte Swann gar kein unmittelbares Bewußtsein von der Ausdehnung dieser Liebe. Wollte er sie messen, dann schien sie ihm manchmal weniger geworden, ja fast auf ein Nichts zusammengeschrumpft; so kam das geringe Gefühl, ja fast Gegengefühl, das ihm, bevor er Odette liebte, ihre scharfen Züge oder ihr unfrischer Teint eingeflößt hatte, an manchen Tagen wieder über ihn. „Wirklich, ich spür's, es wird immer schlimmer," sagte er sich am nächsten Morgen, „bei Lichte besehen hatte ich gestern fast gar kein Vergnügen bei ihr im Bett, komisch, ich fand sie geradezu häßlich." Und natürlich war das seine ehrliche Meinung, aber seine Liebe erstreckte sich ja weit über die Regionen des körperlichen Verlangens hinaus. Sogar Odettes Person spielte dabei keine große Rolle mehr. Wenn sein Blick Odettes Photographie auf dem Tische streifte, oder wenn sie ihn besuchte, machte es ihm Mühe, das Gesicht aus Fleisch oder aus Papier mit der schmerzlichen, unaufhörlichen Unruhe, die in ihm wohnte, zusammenzubringen. Er sagte sich, fast mit Erstaunen: „Das ist sie", wie wenn einer uns plötzlich eins unserer Leiden von außen her zeigt und wir, so wie wir es da vor uns sehen, gar keine Ähnlichkeit mit dem, was wir durchmachen, entdecken können. „Sie" — er versuchte, sich zu fragen, was das sei; denn darin liegt eine Ähnlichkeit der Liebe mit dem Tod (mehr als in den vielberufenen anderen Ähnlichkeiten, die so vage sind): daß wir uns hier wie dort tiefer mit dem Mysterium der Persönlichkeit einlassen, aus Furcht, ihre Realität könnte schwinden. Und dies Leiden, als welches die Liebe Swanns sich darstellte, war schon derart fortgeschritten, diese Liebe war so eng verbunden mit allen Gewohnheiten Swanns, all' seinem Tun und Treiben, seinem Denken, seiner Gesundheit, seinem Schlaf, seinem Leben, ja sogar mit dem, was er sich für die Zeit nach seinem Tode wünschte, sie war schon derart eins mit ihm, daß man sie ihm nicht aus dem Herzen hätte reißen können, ohne ihn fast völlig zu zerstören; oder wie die Chirurgen sagen: seine Liebe war nicht mehr zu operieren.

Durch diese Liebe war Swann so sehr von allen Interessen losgerissen worden, daß ihm folgendes zustieß: er ging zufällig wieder einmal in die große Welt, denn er sagte sich, seine Beziehungen könnten ihm wie eine elegante Aussteuer, deren Wert im übrigen nicht genau zu schätzen sei, in Odettes Augen einen gewissen Wert an sich verschaffen (und das wäre vielleicht wirklich so gewesen, wenn seine guten Verbindungen nicht wiederum dadurch entwertet worden wären, daß seine Leidenschaft alles, was in ihren Bereich kam, als minder wertvoll abzustempeln schien und daher in Odettes Augen herabsetzte); und nun empfand er dort, neben der Beklemmung, an Stätten und unter Leuten zu sein, die sie nicht kannte, das gleiche uninteressierte Vergnügen wie über einem Roman oder vor einem Gemälde, auf dem die Zerstreuungen einer müßigen Klasse dargestellt sind (auch zu Hause nämlich erging er sich in Betrachtungen über den Apparat des häuslichen Lebens, über elegante Garderobe und Livrée oder über gute Anlage des Kapitals — Betrachtungen im Stile Saint-Simons, eines seiner Lieblingsautoren, wenn er über den Tagesmechanismus und die Menus der Frau von Maintenon oder über den schlauen Geiz und die glänzenden Erfolge Lullis berichtet). Und gerade weil ihm so wenig von seinen früheren Interessen geblieben war, empfand er einen besonderen Reiz darin, daß er für einen Augenblick in die schmalen Landstriche seiner Seele auswandern konnte, die von seiner Liebe und seinem Gram noch fast unberührt geblieben waren. In diesem Sinne war die Persönlichkeit, mit der meine Großtante ihn ausstattete, nämlich „Swann junior", in ihrer ganzen Unterschiedenheit von der individuelleren Persönlichkeit Charles Swann gerade die, in der er sich jetzt am besten behagte. Einmal hatte er der Prinzessin von Parma, weil sie Geburtstag hatte (und auch weil sie Odette oft indirekt gefällig sein konnte, indem sie ihr Plätze zu Galavorstellungen und Jubiläen verschaffte), einen Korb mit Früchten schicken wollen, hatte aber nicht recht gewußt, wo er sie bestellen sollte, und eine Kusine seiner Mutter damit beauftragt, die glücklich war, einmal etwas für ihn erledigen zu können und ihm in einem Brief genauen Bericht erstattet hatte: sie habe nicht alle Früchte im selben Geschäft geholt, sondern die Trauben bei Crapote (denn das sei seine Spezialität), die Erdbeeren bei Jauret, die Birnen bei Chevet, wo sie schöner seien usw., „jede Frucht von mir Stück für Stück besichtigt und geprüft". Und in der Tat: aus den Dankesworten der Prinzessin hatte er das Aroma der Erdbeeren und das Kernigzarte der Birnen entnehmen können. Vor allem aber hatte das „jede Frucht von mir Stück für Stück besichtigt und geprüft" seinen Schmerzen Linderung gebracht, denn dadurch schwang sich sein Bewußtsein in eine Region, die er selten aufsuchte, obwohl er eigentlich dort hingehörte als Erbe einer Familie aus der reichen und guten Bourgeoisie, in der sich die Bekanntschaft mit „guten Adressen" und die Kunst, gut einzukaufen, als eine jederzeit zu seiner Verfügung stehende Erbschaft erhalten hatte.

Ja, daß er „Swann junior" war, daran hatte er lange nicht mehr gedacht! So genoß er die momentane Erinnerung daran tiefer als so manche andere Reize, gegen die er allmählich abgestumpft war; und mochte die Liebenswürdigkeit der bürgerlichen Kreise, für die er in erster

Linie Bürger blieb, auch weniger lebhaft sein als die des Adels (dafür aber schmeichelhafter, weil sie wenigstens immer mit Achtung verbunden ist), so konnte ihm doch ein Brief von einer Hoheit mit Vorschlägen zu irgendwelchen prinzlichen Vergnügungen längst nicht soviel Freude machen wie einer, in dem er gebeten wurde, Trauzeuge oder auch nur Gast zu sein bei einer Hochzeit in der Familie von alten Freunden seiner Eltern, entweder solchen, die weiter mit ihm verkehrt hatten (wie mein Großvater, der ihn das Jahr vorher zur Hochzeit meiner Mutter eingeladen hatte) oder anderen, die ihn zwar persönlich kaum kannten, sich aber doch zu Höflichkeitspflichten gegenüber dem Sohn und würdigen Nachfolger von Herrn Swann selig verbunden glaubten.

Infolge der intimen Beziehungen aber, die er schon seit langer Zeit zu Adelskreisen hatte, gehörten diese bei ihm gewissermaßen Haus, Heim und Familie. Wenn er an seine glänzenden Freundschaften dachte, so hatte er das Gefühl einer ebensolchen Stütze außerhalb seiner selbst und eines ebensolchen Komforts, wie wenn er die schönen Ländereien, das schöne Silberzeug und die schöne Tafelwäsche betrachtete, die er von seinen Vorfahren überkommen hatte. Und der Gedanke, daß, angenommen ihn rührte plötzlich der Schlag, sein Kammerdiener natürlich gleich den Herzog von Chartres, den Fürsten von Reuß, den Herzog von Luxemburg und den Baron von Charlus holen würde, brachte ihm den gleichen Trost wie unserer alten Françoise das Bewußtsein, daß sie in ganz feinen Tüchern begraben werden würde, die ihr gehörten, ihr Zeichen trugen und nie gestopft waren (oder doch so fein, daß einen das nur mit um so größerer Hochachtung für die ausbessernde Hand erfüllen konnte), weswegen sie sich dies Leichentuch denn auch immer wieder vor Augen führte und daraus eine gewisse Befriedigung, wo nicht für ihr Wohlbefinden so doch für ihr Selbstgefühl zog. Nun wurde Swann bei allem, was er für Odette tat und dachte, ständig von dem uneingestandenen Gefühl beherrscht und gelenkt, daß sie jeden beliebigen Menschen, selbst den langweiligsten der Verdurinschen Getreuen wenn auch vielleicht nicht lieber hatte, so doch lieber sah als ihn. So gab ihm der Gedanke an die Kreise, für die er der Inbegriff des feinen Mannes war, die ihn mit allen Mitteln umwarben und untröstlich waren ihn nicht zu sehen, erneuten Glauben an die Existenz eines glücklicheren Lebens, ja geradezu Appetit danach — Appetit des Patienten, der seit Monaten bei strenger Diät im Bett liegt und nun in einer Zeitung das Menu eines offiziellen Frühstücks oder die Ankündigung einer Spritztour nach Sizilien zu sehen bekommt.

Wenn er sich bei den Weltleuten entschuldigen mußte, weil er ihnen keine Besuche machte, so machte er umgekehrt bei Odette Besuche, um sich bei ihr zu entschuldigen. Immerhin bezahlte er diese Besuche (wobei er sich am Ende des Monats fragte, ob er ihre Geduld nicht fast ein bißchen mißbraucht habe und zu oft zu ihr gegangen sei, und ob es auch wirklich genügte, daß er ihr viertausend Franken schickte). Für jeden einzelnen Besuch fand er sich selbst gegenüber einen Vorwand: entweder ein Geschenk, das er ihr bringen mußte, oder eine Auskunft, die sie brauchte. Oder aber er hatte Herrn von Charlus getroffen, als er zu ihr ging, und war von ihm aufgefordert worden, ein Stück mitzukommen. Und da er gerade nichts Besseres wußte, bat er Herrn von Charlus, schnell zu ihr zu gehen, und ihr gleichsam zufällig im Laufe der Unterhaltung zu sagen, es falle ihm ein, daß er noch mit Swann zu sprechen habe, und ob es ihr recht sei, wenn er ihr bestellte, er solle gleich zu ihr kommen; aber meist wartete Swann vergebens und Herr von Charlus sagte ihm am Abend, sein Mittel habe nicht geholfen. Sie war jetzt häufig fort; sogar wenn sie in Paris blieb, sah sie ihn wenig; und während sie in der Zeit ihrer Liebe stets gesagt hatte: „Ich bin doch ein freier Mensch“ und „Was gehen mich die Meinungen der Anderen an?“, berief sie sich jetzt jedesmal, wenn er sie sehen wollte, auf die Pflichten der Gesellschaft oder schützte dringende Geschäfte vor. Sprach er von einem Wohltätigkeitsfest, einem Elitetag oder einer Première, wo sie ebenfalls hingehen wollte, dann sagte sie zu ihm, er wolle ihr Verhältnis wohl überall ausposaunen, er behandele sie wirklich wie ein kleines Kind. Es kam so weit, daß Swann, um nicht jeder Möglichkeit eines Zusammenseins beraubt zu werden, meinen Großonkel Adolf — einen früheren Freund von ihm, der, wie er wußte, mit ihr bekannt war und von ihr besonders geschätzt wurde — eines Tages in seiner kleinen Wohnung in der rue de Bellechasse aufsuchte, um ihn zu bitten, von seinem Einfluß auf Odette Gebrauch zu machen. Da sie immer, wenn sie mit Swann von meinem Onkel sprach, in den höchsten Tönen von ihm schwärmte und sagte: „Ach, das ist ein anderer Kerl als du, sowas Schönes, sowas Großes, sowas Hübsches wie seine Freundschaft mit mir gibts nicht noch einmal. Der würde mich viel zu sehr achten, um sich öffentlich mit mir zeigen zu wollen,“ wurde Swann ganz verlegen und wußte nicht recht, einen wie erhabenen Ton er anschlagen müsse, um mit meinem Onkel von ihr zu reden. Er statuierte also erst einmal Odettes Wert a priori, das Axiom ihres seraphisch-überirdischen Wesens, die Offenbarung ihrer undemonstrierbaren, aus der Erfahrung nicht abzuleitenden Tugenden. „Ich möchte mit Ihnen reden. Sie wissen ja selbst, was für eine überragende Frau, was für ein verehrungswürdiges Wesen, was für ein Engel Odette ist. Aber Sie wissen auch, was es mit dem Leben in Paris auf sich hat. Es kennen ja nicht alle Leute Odette so gut wie wir Beide sie kennen, Sie und ich. Dann finden auch manche Leute, daß ich eine etwas lächerliche

Rolle spiele; sie bringt es nicht einmal über sich, zuzulassen, daß ich mich draußen mit ihr treffe, und sei es auch nur im Theater. Zu Ihnen hat sie doch so großes Vertrauen, könnten Sie bei ihr nicht ein paar Worte für mich einlegen und ihr versichern, daß sie sich den Schaden zu groß vorstellt, den ein Gruß von mir ihr bringen kann?"

Mein Onkel riet Swann, er solle Odette für kurze Zeit nicht besuchen (sie würde ihn dann nur um so mehr lieben), und Odette, sie solle Swann erlauben, überall, wo es ihm gefiele, mit ihr zusammenzutreffen. Einige Tage darauf sagte Odette zu Swann, sie habe eine große Enttäuschung mit meinem Onkel erlebt: er sei wie alle Männer und habe sie im Sturm nehmen wollen. Sie beruhigte Swann, der im ersten Moment hingehn und meinen Onkel fordern wollte, aber er weigerte sich, ihm die Hand zu geben, als er ihn traf. Er bedauerte diesen Streit mit meinem Onkel Adolf um so lebhafter, als er durch mehrmaliges Zusammensein unter vier Augen von ihm zu erfahren hoffte, was an gewissen Gerüchten wahr sei, die sich auf Odettes früheres Leben in Nizza bezogen. Mein Onkel Adolf verbrachte nämlich den Winter dort, und Swann dachte, daß er Odette vielleicht gerade dort kennen gelernt hatte. Irgendeine in seiner Gegenwart gefallene Äußerung, worin jemand als Geliebter Odettes bezeichnet worden war, hatte Swann ganz aus dem Gleichgewicht gebracht. Aber die Dinge, die er vordem gewiß für schlechthin unsagbar und unglaublich gehalten hätte, waren nun, da er sie wußte, für immer mit seiner Traurigkeit verschmolzen, er gewährte ihnen Einlaß und hätte nicht mehr begreifen können, daß sie nicht auf Wahrheit beruhten. Schon jede einzelne für sich brachte an der Vorstellung, die er sich von seiner Geliebten gemacht hatte, eine unauslöschliche Korrektur an. Er glaubte auf einmal sogar zu begreifen, daß diese unvermutete moralische Laxheit Odettes ziemlich bekannt war und ihr in Baden-Baden und Nizza, wo sie früher jedes Jahr ein paar Monate verbracht hatte, den Ruf einer schönen Sünderin eingetragen haben mochte. Um dahinterzukommen, suchte er mit einigen Lebemännern in Verbindung zu treten; aber sie wußten ja, daß er Odette kannte; und außerdem fürchtete er, diese Leute von neuem auf Odette aufmerksam zu machen und auf ihre Spuren zu hetzen. Wenn ihn bisher nichts so angewidert hatte wie alles, was sich auf das internationale Leben in Baden-Baden oder Nizza bezog, so brauchte er jetzt nur zu hören, daß Odette sich vielleicht früher einmal in diesen Städten voll rauschender Vergnügungen amüsiert hatte (ohne daß er jemals erfahren sollte, ob das aus bloßer Geldnot geschehen sei, unter der sie dank seiner Hilfe nicht mehr litt, oder aber aus Launen, die wiederkommen konnten) — und schon beugte er sich in ohnmächtiger, blinder, schwindelnder Angst über den bodenlosen Abgrund, von dem jene Jahre aus den ersten Zeiten der dritten Republik sich hatten verschlingen lassen, jene Jahre, in denen man den Winter auf der „englischen Promenade“, den Sommer unter den Lindenbäumen von Baden-Baden verbrachte und denen in seinen Augen eine schmerzliche, aber großartige ja geradezu poetische Tiefe eignete. Auf die Rekonstruktion der kleinen Fakten aus der Chronik der Côte d'Azur hätte er, falls ihm dadurch irgendwie ein besseres Verständnis von Odettes damals noch so anständigem und schlichtem Lächeln oder Blick vermittelt worden wäre, mehr Leidenschaft verwandt als der Kunsthistoriker, der die noch vorhandenen Dokumente über das Florenz des 15. Jahrhunderts untersucht, um sich tiefer in die Seele der Primavera, der Bella Vanna oder der Venus von Botticelli einfühlen zu können. Oft sah er sie wortlos und mit schwerem Blicke an; dann sagte sie zu ihm: „Was für ein trauriges Gesicht du machst!“ Noch nicht lange war es her, daß er von der Idee, sie sei ein gutes Geschöpf, das sich den besten Frauen die er gekannt an die Seite stellen könne, zu der Idee übergegangen war, sie sei ein ausgehaltenes Frauenzimmer; und umgekehrt kam es seitdem auch vor, daß er von der Odette de Crécy, die unter Bummlern und Weiberhelden vielleicht bis zum Überdruß bekannt war, zu diesem Gesicht mit dem manchmal so zarten Ausdruck, zu dieser Natur voller Menschlichkeit zurückkehrte. Er sagte sich: „Ach, was will das schon heißen, daß in Nizza jedes Kind weiß, wer Odette de Crécy ist! Dies Renommée, selbst wenn es auf Wahrheit beruht, stammt doch aus der Vorstellungswelt der Anderen“; er dachte, diese Legende (mochte sie getrost authentisch sein) hafte nur äußerlich an Odette und stecke nicht in ihr als unzersetzbar-böses persönliches Wesen; dies Geschöpf, mochte es auch einmal zu schlechtem Tun verleitet worden sein, es sei ja eine Frau mit guten Augen, mit einem Herzen voller Gefühl für das Elend und mit einem fügsamen Leibe, den er gehalten, in die Arme geschlossen und betastet habe, eine Frau, die er vielleicht noch einmal ganz besitzen werde, wenn es ihm gelänge, sich ihr unentbehrlich zu machen. Da stand sie, oft abgespannt, und ihr Gesicht war für einen Augenblick leer von der fiebrig-frohen Beschäftigung mit den unbekannten Dingen, unter denen Swann so litt; sie strich die Haare mit den Händen zur Seite; ihre Stirn, ihr Gesicht schienen geräumiger geworden; und irgendein schlicht-menschlicher Gedanke, irgendein gutes Gefühl, wie es in allen Geschöpfen lebt, wenn sie in einem Moment der Ruhe oder der Sammlung sich selbst überlassen sind, sprudelte dann auf einmal wie ein gelber Strahl von ihren Augen. Und auf einmal erhellte sich ihr ganzes Gesicht wie eine wolkenüberhangene graue Heide, die in neuer Gestalt erscheint, wenn sich im Augenblick der scheidenden Sonne plötzlich die

Wolken teilen. Das Leben, das in diesem Moment in Odette wohnte, mitsamt der Zukunft, in die sie träumerisch zu blicken schien, hätte Swann mit ihr teilen können; keine schlechte Regung schien einen Bodensatz darin gelassen zu haben. Und wurden diese Momente auch immer seltener, so waren sie doch nicht ohne Frucht. Mittels der Erinnerung verband Swann diese Inselchen miteinander, tilgte die Zwischenräume und schmiedete gleichsam das goldene Bild einer Odette aus lauter Güte und Ruhe. Für diese Odette brachte er später (es wird im zweiten Teile dieses Werkes gezeigt werden) Opfer, wie sie die andere Odette nie durchgesetzt hätte. Aber wie spärlich waren diese Momente und wie selten sah er sie jetzt! Selbst vor ihren abendlichen Rendezvous sagte sie ihm erst in der letzten Minute, ob sie ihm eins gewähren könne, denn da sie sich darauf verließ, daß er immer frei war, suchte sie sich erst einmal zu vergewissern, ob auch niemand anders zu ihr kommen wollte. Sie gab vor, sie müsse noch eine für sie außerordentlich wichtige Antwort abwarten, ja, wenn sie Swann schon hatte kommen lassen und ein paar Freunde sie mitten im Abend baten, sich mit ihnen im Theater oder beim Souper zu treffen, tat sie einen Freudensprung und zog sich ganz schnell an. Je weiter sie in ihrer Toilette vorrückte, desto näher führte jede ihrer Bewegungen Swann an den Moment heran, in dem er sie verlassen mußte und sie in unwiderstehlichem Drange davonflattern würde; und als sie, endlich fertig, ihre vor Erwartung gespannten und leuchtenden Blicke ein letztes Mal in den Spiegel tauchte, daraufhin noch ein bißchen Rot auf die Lippen legte, ein Löckchen in die Stirn strich und endlich ihren hellblauen Abendmantel mit den goldenen Eicheln forderte, machte Swann ein so trauriges Gesicht, daß sie eine Gebärde der Ungeduld nicht unterdrücken konnte und sagte: „Das ist also der Dank dafür, daß ich dich bis zur letzten Minute dabehalten habe. Und ich glaubte gerade besonders nett zu sein! Na gut, das merk' ich mir fürs nächste Mal.“ Manchmal nahm er sich, auf die Gefahr sie zu verstimmen, fest vor, in Erfahrung zu bringen, wo sie hingegangen sei, ja er phantasierte von einer Verbindung mit Forcheville, der ihn vielleicht aufklären konnte. Im übrigen kam es, wofern er nur wußte, mit wem sie den Abend verbrachte, kaum jemals vor, daß er bei seinen tausend Verbindungen nicht irgendjemanden ausfindig machen konnte, der, wenn auch nur indirekt, den Mann kannte, mit dem sie ausgegangen war, und der dies oder jenes darüber leicht in Erfahrung bringen konnte. Und während er an einen seiner Freunde schrieb, um von ihm Aufklärungsversuche in dieser oder jener Richtung zu erbitten, fand er Erholung darin, daß er, statt sich Fragen ohne Antworten zu stellen, einem Anderen die Mühe der Untersuchung übertrug. Allerdings kam Swann mit bestimmten Auskünften auch nicht viel weiter, denn Wissen und Hindern ist zweierlei. Immerhin aber halten wir die Dinge, die wir wissen, wenn auch nicht in Händen, so doch im Geiste und können dort nach Belieben mit ihnen schalten und walten, wodurch wir leicht zu der Illusion kommen, wir hätten eine gewisse Macht über sie. Er war jedesmal glücklich, wenn Herr von Charlus bei Odette war. Zwischen Herrn von Charlus und ihr, das wußte Swann genau, konnte sich nichts entspinnen, und wenn Herr von Charlus mit ihr ausging, so geschah das nur aus Freundschaft für ihn, nur damit er ihm ohne Schwierigkeit über Odettes Tun und Treiben berichten könne. Manchmal blickte unter der kategorischen Erklärung, es sei ihr unmöglich, heut' abend mit ihm zusammenzusein, so deutlich der Wunsch auszugehen durch, daß Swann geradezu ein Stein vom Herzen fiel, wenn Herr von Charlus sich freimachte und sie begleitete. Am nächsten

Tage getraute er sich zwar nicht, Herrn von Charlus viel zu fragen, nötigte ihm aber dadurch, daß er seine ersten Antworten nicht recht zu verstehen schien, Ergänzungen auf, nach denen er sich jedesmal erleichtert fühlte, denn er merkte sehr schnell, daß Odette den Abend in höchst harmlosen Vergnügungen verbracht hatte. „Was denn, Méméchen, das versteh' ich nicht ganz . . ., Sie sind also nicht gleich von ihr aus in den Kunstverein Grévin gegangen? Sie waren also erst anderswo? Nein? Ach wie komisch! Sie machen mir wirklich Spaß, Méméchen. Aber was für eine komische Idee von ihr, gleich danach ins Chat Noir zu gehen, das ist echt Odette . . . Nein? es war Ihre Idee? Wie drollig! Gott, schließlich ist es gar keine schlechte Idee, sie kannte dort sicher tausend Leute, nicht? Nein? sie hat mit niemandem gesprochen? Sonderbar. Dann sind Sie also dort sozusagen ganz allein zu zweien geblieben? Das seh' ich ordentlich vor mir. Sie sind ein netter Kerl, Méméchen, ich bin Ihnen gut." Swann fühlte sich erleichtert. Es war ihm ja schon manchmal mitten im Gespräch mit gleichgültigen Leuten, denen er kaum zuhörte, passiert, daß er gewisse Sätze zu hören bekam (z. B. „Gestern hab' ich Frau von Crécy gesehen, sie war mit einem Herrn zusammen, den ich nicht kenne"), Sätze, die in seinem Herzen sofort gerannen, krustenhart wurden, Wunden rissen und unverrückbar festsaßen. Und nun dagegen diese wohltuenden Worte: „Sie kannte niemanden, sie hat mit niemandem gesprochen": wie behaglich zirkulierten die in ihm, wie waren sie flüssig, leicht und schön zu atmen! Und doch sagte er sich einen Augenblick später, Odette müsse ihn wohl recht langweilig finden, wenn das die Vergnügungen seien, die sie seiner Gesellschaft vorzog. Und die Unbedeutendheit dieser Vergnügungen schuf ihm zwar das Gefühl der Sicherheit, aber auch die Pein des Verratenseins.

Aber selbst wenn er nicht erfahren konnte, wo sie hingegangen war: — zur Beruhigung seiner damaligen Angst, gegen die Odettes Gegenwart und das Wohlgefühl bei ihr zu sein das einzige einschlägige Mittel war (ein Mittel, das wie viele seinesgleichen das Leiden zwar auf die Länge verschlimmerte, aber wenigstens momentan die Schmerzen linderte) hätte es ja schon genügt, wenn Odette ihm nur erlaubt hätte, in ihrer zu Wohnung zu bleiben, solange sie nicht da war, und bis zur Stunde ihrer Rückkehr auf sie zu warten; in den Frieden dieser Stunde wären dann all' die vorhergehenden Stunden miteingeflossen, die ihm im Lichte von Blendwerk und Bosheit so absonderlich vorkamen. Aber sie wollte es nicht; so ging er wieder nach Hause, zwang sich unterwegs tausend Projekte ab und hörte auf, über Odette nachzugrübeln; ja, als er endlich daheim war, rollten ihm beim Ausziehen recht vergnügliche Gedanken im Kopf herum; mit der Hoffnung im Herzen, sich morgen einmal irgendein schönes Bild anzusehen, legte er sich zu Bett und löschte das Licht aus; da er aber vorm Einschlafen mit dem ganz gewohnheitsmäßig und unbewußt gewordenen Zwang gegen sich selbst aufhörte, überlief ihn auf der Stelle ein eisiger Schauer und er fing an zu schluchzen. Er wollte gar nicht wissen warum, wischte sich die Augen ab und sagte lachend: „Das ist ja entzückend, jetzt werde ich noch nervenleidend." Dann vermochte er nur mit großer Erschöpfung daran zu denken, wie er morgen von neuem erkunden müsse, was Odette getrieben habe, und wie er alle Hebel in Bewegung setzen würde, um sie zu sehen. Diese Notwendigkeit einer rastlos-wandellos-erfolglosen Aktivität lag so grausam auf ihm, daß er einmal angesichts einer Verdickung auf seinem Leib ordentlich froh wurde in dem Gedanken, er habe vielleicht ein tödliches Geschwür und brauche sich um nichts mehr zu kümmern, die Krankheit werde ihn von nun an regieren und zu ihrem Spielball machen. Und wenn jetzt oft eine uneingestandene Todessehnsucht in ihm aufstieg, so wollte er damit weniger der Schärfe seiner Schmerzen als vielmehr der Monotonie seiner Spannung entrinnen.

Und doch hätte er am liebsten so lange gelebt, bis er sie nicht mehr liebte, bis sie keinen Grund mehr hatte, ihn zu belügen und er endlich von ihr erfahren konnte, ob sie an dem Tage, als er sie nachmittags hatte besuchen wollen, Forcheville bei sich im Bett gehabt habe oder nicht. An manchen Tagen lenkte ihn der Verdacht, sie liebe jemand anders, von dem Forchevilleproblem ab, machte ihn fast gleichgültig dagegen, ganz wie uns die neuen Formen innerhalb derselben Krankheit auf Augenblicke von den früheren Formen erlöst zu haben scheinen. Ja, es kamen sogar Tage, an denen kein Argwohn ihn quälte. Dann hielt er sich für geheilt. Aber am nächsten Morgen beim Erwachen fühlte er an derselben Stelle denselben Schmerz, dessen Empfindung er am Tage vorher vom Strome anderer Eindrücke nur gleichsam hatte verdünnen lassen. Aber er war nicht vom Fleck gewichen. Und eben über der Schärfe dieses Schmerzes war Swann ja erwacht.

Odette erteilte ihm keinerlei Auskünfte über diese äußerst wichtigen Dinge, die ihn Tag für Tag so sehr beschäftigten (obwohl er ja alt genug war, um zu wissen, daß es sich immer nur um Vergnügungen und wieder Vergnügungen handelte); er selber andererseits hielt es bei dem Versuch, sie sich auszumalen, nie lange hintereinander aus, sein Gehirn lief dann leer; so fuhr er sich schließlich mit dem Finger über die müden Lider, als hätte er vorher das Glas seines Kneifers getrocknet, und hörte ganz auf zu denken. Auf der Oberfläche dieses Unbekannten schwammen freilich von Zeit zu Zeit einige immer wieder auftauchende Beschäftigungen, die von ihr in einen losen

Zusammenhang mit irgendeiner Verpflichtung gegen entfernte Verwandte oder frühere Freunde gebracht wurden; und weil diese Leute die einzigen waren, die sie ihm gegenüber oft als die Urheber dringender Abhaltungen bezeichnete, schienen sie Swann gleichsam die eiserne Ration in Odettes Leben zu bilden. Von Zeit zu Zeit sagte sie zu ihm: „an dem Tag geh' ich mit meiner Freundin ins Hippodrom," und zwar sagte sie das in einem solchen Ton, daß er sich, angenommen er war elend und dachte: „Vielleicht möchte Odette ein bißchen zu mir kommen," urplötzlich daran erinnerte, daß heute ja „der Tag" sei; und so sagte er sich: „Ach nein, ich brauche sie ja gar nicht erst zu mir zu bitten, das hätt' ich mir doch gleich sagen können, heut' ist ja der Tag, an dem sie mit ihrer Freundin ins Hippodrom geht. Da will ich mich doch lieber für eine bessere Gelegenheit aufsparen; wozu sich verausgaben in unannehmbaren und von vornherein abgelehnten Vorschlägen?" Und Swann hielt diese auf Odette lastende Pflicht ins Hippodrom zu gehen, vor der er sich so demütig beugte, nicht nur für unumgänglich, vielmehr schien der Charakter der Notwendigkeit, der ihr anhaftete, auch noch alles, was in naher oder ferner Beziehung zu ihr stand, plausibel und legitim zu machen. War Odette auf der Straße von einem Passanten gegrüßt worden, wodurch wieder die Eifersucht in Swann erwachte, und antwortete sie ihm dann auf seine Fragen dergestalt, daß sie die Existenz des Unbekannten mit einer der zwei oder drei großen Pflichten, von denen sie ihm erzählte, in Verbindung brachte, indem sie etwa sagte: „Der Herr saß in der Loge meiner Freundin, mit der ich ins Hippodrom gehe," — dann wurde Swann durch diese Erklärung beruhigt, denn er fand es tatsächlich ganz selbstverständlich, daß die Freundin noch andere Gäste als Odette in ihrer Loge im Hippodrom hatte, ohne daß er freilich versuchte, geschweige denn dazu gelangte, sie sich vorzustellen. Ach wie gern hätte er diese Hippodromfreundin kennen gelernt, wie gern wäre er von ihr mit Odette zusammen mitgenommen worden! All' seine Verbindungen hätte er dahingegeben für irgendeine Person, die Odette gewohnheitsmäßig zu sehen bekam, und wenn es eine Friseuse oder ein Ladenfräulein war. Für solche Menschen hätte er sich tiefer in Unkosten gestürzt als für Königinnen. Denn hätten sie ihm nicht in den Grenzen, in denen sie Odettes Leben umspannten, das einzige wirksame Linderungsmittel gegen seine Schmerzen verschafft? Mit tausend Freuden wäre er zu solch einem Persönchen gerannt, zu dem Odette entweder aus bestimmten Gründen oder auch aus wirklicher innerer Anspruchslosigkeit Beziehungen unterhielt. Ohne weiteres hätte er sich mit ihr zusammengetan und sich seine Behausung für immer im fünften Stock eines schmutzigen, übelbeleumundeten Hauses gesucht, wohin Odette ihn nicht mitnahm und wo er gern mit der kleinen ehemaligen Näherin gehaust, unter Umständen auch ihren Liebhaber gespielt hätte, um nur ja fast jeden Tag Odettes Besuch zu empfangen. In diesen beinahe gemeinen Vierteln hätte er mit Freuden und auf unbestimmte Zeit ein zwar bescheidenes und mißachtetes, aber von Ruhe und Glück gespeistes Leben geführt.

Wenn auf einem gemeinsamen Spaziergang jemand, den er nicht kannte, auf sie zukam, dann konnte er noch ab und zu auf ihrem Gesicht den gleichen trüben Ausdruck lesen wie an dem Tage, als er sie hatte besuchen wollen, während Forcheville da war. Aber das kam selten vor; denn wenn sie jetzt trotz allem, was sie zu tun hatte, und trotz der Besorgnis, was die Leute denken würden, Swann doch noch sah, war der beherrschende Zug in ihrer Gesamthaltung die Selbstsicherheit; was für ein gewaltiger Kontrast (vielleicht aus unbewußtem Vergeltungswillen, vielleicht aus natürlicher Reaktion) zu der furchtsamen Erregung, die sie in den ersten Zeiten ihrer Bekanntschaft erfüllt hatte, wenn sie bei ihm oder auch wenn sie fern von ihm war, etwa damals, als sie einen Brief mit den Worten begann: „Lieber Freund, meine Hand zittert so sehr, daß ich kaum schreiben kann" (behauptete sie wenigstens, also mußte doch etwas an dieser Unruhe echt gewesen sein, sonst hätte sie ja nicht den Wunsch haben können, ein Mehr zu fingieren). Swann gefiel ihr damals. Wer um geliebter Menschen willen zittert, tut es im Grunde immer nur um seiner selbst willen. Steht unser Glück nicht mehr in ihrer Hand, wie sind wir dann voller Ruhe, voller Behagen, voller Mut in ihrer Nähe! Wenn sie jetzt mit ihm sprach, jetzt an ihn schrieb, hatte sie jene Worte nicht mehr, durch die sie sich die Illusion, er gehöre ihr, zu verschaffen gesucht, indem sie Gelegenheiten des „Mein"-Sagens schuf, wenn es sich um ihn handelte: „Sie sind mein Besitz, das ist die Würze unserer Freundschaft, die hüt' ich mir," und dann hatte sie ihm von der Zukunft, ja, vom Tode, gesprochen, als sei er einunddasselbe für sie Beide. Damals hatte sie auf alles, was er sagte, voller Bewunderung erwidert: „Sie werden nie sein wie die Anderen!"; dabei hatte sie auf seinen langen Kopf mit den etwas gelichteten Haaren geblickt, von dem die Leute, die Swanns Erfolge kannten, meinten: „Nun ja, regelmäßig ist eine Schönheit nicht, aber chic ist er: diese Tolle, dies Monokel, dies Lächeln!"; und stärker noch beherrscht von der Neugier zu erfahren, wer er sei, als von dem Wunsch seine Geliebte zu werden, hatte sie gesagt: „Wenn ich doch herausbekäme, was in dem Kopf da steckt!"

Jetzt antwortete sie auf jedes Wort von Swann in einem manchmal gereizten, manchmal nachsichtigen Tone: „Na, ja, du wirst eben nie sein wie die Anderen!"

Sie blickte auf diesen Kopf, der von der Sorge nur ein bißchen gealtert war (freilich meinten jetzt alle von ihm mit derselben Anpassungsfähigkeit, derzufolge man den Gehalt eines Tonwerkes aus dem Programm und die Ähnlichkeiten eines Kindes aus der Kenntnis seiner Verwandten erschließt: „Nun ja, direkt häßlich ist er ja nicht, aber so albern: dies Monokel, diese Tolle, die Lächeln!“, denn mit dem intuitiven Blick der Phantasie erfaßten sie die ideelle Grenzlinie, die den Kopf eines wirklichen Geliebten und den Kopf eines Hahnreis mit ein paar Monaten Zwischenraum voneinander scheidet); dann sagte sie:

„Ach wenn ich das doch ändern und vernünftig machen könnte, was in dem Kopf da steckt.“

Und er, immer bereit zu glauben was er wünschte, sobald Odettes Art mit ihm umzugehen auch nur den geringsten Zweifel zuließ, stürzte sich gierig auf dies Wort:

„Du kannst es, wenn du nur willst,“ sagte er zu ihr.

Und er versuchte ihr zu zeigen, daß ihn beruhigen, ihn lenken, ihn zur Arbeit bringen eine edles Unternehmen sei, dem ganz andere Frauen als sie sich brennend gern hätten weihen wollen (nur daß ihm allerdings in deren Händen das „edle Unternehmen“ als ein indiskretes und unerträgliches Attentat auf seine Freiheit erschienen wäre). „Wenn sie mich nicht ein klein wenig liebte,“ sagte er sich, „würde sie nicht den Wunsch haben, mich umzubilden. Um mich aber umzubilden, wird sie doch wohl mehr mit mir zusammensein müssen.“ So fand er in dem Vorwurf, den sie ihm machte, gleichsam einen Beweis von Interesse, vielleicht sogar von Liebe; und freilich gab sie ihm jetzt deren so wenig, daß er schon die Verbote, die sie ihm in diesem oder jenem Punkte zugehen ließ, als solche Beweise betrachten mußte. Eines Tages erklärte sie ihm, sie könne seinen Kutscher nicht leiden, er mache ihn wohl scharf gegen sie, jedenfalls begegne er ihr nicht mit der Korrektheit und Ehrerbietung, die sie wünsche. Sie fühlte, daß er von ihr zu hören wünschte: „Nimm ihn nicht mehr, wenn du zu mir kommst“ — fühlte, daß er es sich so sehnlich wünschte wie einen Kuß. Da sie guter Laune war, sagte sie es, und er war ganz gerührt. Als er abends mit Herrn von Charlus plauderte, mit dem er wohltuenderweise ganz offen über sie reden konnte (denn auch seine geringfügigsten Äußerungen, selbst wenn sie auf Menschen gingen, die sie gar nicht kannten, bezogen sich irgendwie auf sie) sagte er zu ihm:

„Ich glaube doch, daß sie mich liebt; sie ist so nett zu mir; was ich tue, ist ihr bestimmt nicht ganz gleichgültig.“ Und wenn er, um zu ihr zu fahren, mit einem Freunde, den er unterwegs absetzen wollte, in seinen Wagen stieg und der Andere in diesem Augenblick zu ihm sagte:

„Nanu, wer ist denn da oben auf dem Bock, das ist ja gar nicht Lorédan!“ — mit wie melancholischer Freude antwortete Swann ihm da:

„Ach richtig nein! ich will dir sagen, ich kann Lorédan nicht nehmen, wenn ich in die rue La Pérouse fahre. Odette will nicht, daß ich Lorédan nehme, sie findet, er ist nicht das Rechte für mich; was soll man da machen, du weißt ja, die Frauen! ich weiß genau, sie würde sich sehr darüber ärgern. Oh je, wenn ich Rémi genommen hätte, das wäre eine schöne Bescherung geworden!“

Natürlich litt Swann unter dem gleichgültigen, zerstreuten und reizbaren Benehmen, das Odette neuerdings ihm gegenüber zeigte; aber er kannte sein Leiden nicht; da Odette nicht auf einmal, sondern Schritt für Schritt und Tag für Tag kälter zu ihm geworden war, hätte er ja die Odette von heute mit der von einst in Gedanken zusammenstellen müssen, um die ganze Tiefe der Veränderung, die vor sich gegangen war, zu ermessen. Nun war aber gerade diese Veränderung seine tiefe, geheime

Wunde, die ihn Tag und Nacht schmerzte, und sowie er daher spürte, daß seine Gedanken dieser Wunde ein wenig zu nahe kamen, lenkte er sie mit einem Ruck in andere Richtung aus Angst vor übergroßem Schmerz. Wohl sagte er sich in abstrakter Weise: „Es gab eine Zeit, da liebte Odette mich mehr," aber nie vergegenwärtigte er sich diese Zeit. Ebenso wie es in seinem Arbeitszimmer eine Kommode gab, die er geflissentlich nicht ansah und um die er beim Herein- und Herausgehen jedesmal einen Bogen machte, weil in einer Schublade die Chrysantheme lag, die sie ihm am ersten Abend, an dem er sie nach Hause brachte, gegeben hatte, und daraufgepreßt die Briefe, in denen es hieß: „Warum haben Sie nicht auch Ihr Herz hier vergessen, das würde ich Sie nicht zurückholen lassen" und: „Zu welcher Tages- oder Nachtzeit Sie mich brauchen, geben Sie mir ein Zeichen und verfügen Sie über mein Leben" — ganz ebenso gab es in ihm selbst eine Stelle, an die er seinen Geist nie herankommen ließ, indem er ihm nötigenfalls den Umweg einer langen Reihe von Überlegungen aufzwang, damit er nur nicht dort vorbeikomme: das war die Stelle, wo die Erinnerung an die Tage des Glückes lebte.

Aber seine unsäglich behutsame Klugheit wurde eines Abends auf einer mondänen Gesellschaft doch zuschanden gemacht.

Und zwar geschah das bei der Marquise von Saint-Euverte auf der letzten ihrer diesjährigen Soiréen, wo sie die Künstler vorführte, die nachher auf ihren Wohltätigkeitskonzerten spielten. Swann, der zu jeder dieser Soiréen hatte gehen wollen, sich aber nie dazu hatte entschließen können, zog sich gerade an, um diesmal wirklich hinzugehen, als er Besuch bekam: es war der Baron von Charlus, der ihm seine Begleitung anbieten wollte; vielleicht würde er sich dann, meinte er, bei der

Marquise etwas weniger langweilen und nicht soviel Trübsal blasen. Aber Swann gab ihm zur Antwort: „Sie wissen ja selbst, wie gern ich mit Ihnen zusammen bin. Aber das Liebste, was Sie mir antun könnten, wäre, daß Sie Odette besuchten. Sie wissen, was für einen ausgezeichneten Einfluß Sie auf sie ausüben. Ich glaube, bevor sie heut' abend ausgeht, besucht sie erst ihre ehemalige Näherin, und es wird ihr ganz gewiß recht sein, wenn Sie sie dahin begleiten. Jedenfalls treffen Sie sie vorher bei ihr zu Hause. Sehen Sie doch zu, daß Sie sie zerstreuen und gleichzeitig ein vernünftiges Wort mit ihr reden. Vielleicht können Sie für morgen irgendwas arrangieren, woran sie Spaß hat und was wir zu dritt unternehmen könnten. Und dann sehen Sie zu, daß Sie ihr — vielleicht hat sie Lust — irgendeine Spritztour für diesen Sommer in Aussicht stellen, vielleicht zu dreien oder so was Ähnliches, nicht? Für heut' abend rechne ich ja gar nicht darauf, sie zu sehen; sollte sie aber den Wunsch äußern oder sollten Sie eine gute Idee haben, so brauchen Sie mir nur ein paar Zeilen zu Frau von Saint-Euverte schicken bis 12, und nachher zu mir ins Haus. Dank für alles, was Sie für mich tun, Sie wissen, wie ich Ihnen gut bin."

Der Baron versprach ihm, den gewünschten Besuch zu machen, wollte ihn aber erst bis vor die Tür der Villa Saint-Euverte bringen. Dort angelangt, war Swann ganz beruhigt in dem Gedanken, daß Herr von Charlus den Abend in der rue La Pérouse verbringen würde, zugleich aber erfüllte ihn eine melancholische Gleichgültigkeit gegen alles, was nicht mit Odette in Berührung stand, insbesondere gegen alles Mondäne — ein Zustand, in dem sich ihm das mondäne Leben mit dem Charme alles dessen umkleidete, was rein als solches vor uns erscheint, weil es kein Ziel mehr für unseren Willen ist. Schon als Swann aus dem Wagen stieg und sich nun auf dem Vordergrunde einer Ausstellung befand (in dieser Form pflegen ja die Hausfrauen an festlichen Tagen, wenn es ihnen auf die Wahrheit von Kostüm und Dekoration ankommt, ihr häusliches Leben den Gästen selbstgefällig zu präsentieren), amüsierte er sich über die Stallknechte (die Nachfolger der Balzacschen „Betreßten"), diese ständigen Begleiter auf Spazierfahrten, die gestiefelt und gespornt draußen vor dem Hause auf dem Trottoir oder vor den Ställen harrten, als wären sie von Gärtnershand vor Beete gepflanzt worden. Die ihm eigentümliche Neigung, überall nach Analogien zwischen lebendigen Menschen und Museumswerken zu suchen, betätigte sich auch jetzt, nur in einer mehr systematisch-allgemeinen Weise; das ganze mondäne Leben zog jetzt, wo er sich davon losgemacht hatte, wie eine Reihe von Bildern an ihm vorüber. Im Vorraum, in den er früher, als er noch Weltmann war, im Überzieher hineintrat, um im Frack herauszukommen (freilich ohne zu wissen, was um ihn herum geschehen war, denn er weilte während der paar Augenblicke, die er sich dort aufhielt, entweder noch auf dem Fest, von dem er kam, oder schon auf dem Fest, in das er hinein sollte) — dort interessierte ihn, durch die jähe Ankunft des späten Gastes aus dem Schlaf geschreckt, zum ersten Male die aufgelöste, stattliche, müßige Meute der großen Lakaien, die hier und dort auf Bänken und Truhen schliefen, nun aber ihre scharfen edlen Windhundsprofile hoben, sich aufrichteten, zusammenschossen und ihn umstellten.

Einer von ihnen, der besonders wild aussah, ungefähr so wie der Scharfrichter in manchen Hinrichtungsbildern der Renaissance, schritt mit unversöhnlicher Miene auf ihn zu, um ihm seine Sachen abzunehmen. Doch wurde die Härte seines stählernen Blickes wieder gutgemacht durch die Sanftheit seiner wollenen Handschuhe, und wie er so auf Swann zuging, schien er ebensoviel

Verachtung gegen seine Person wie Sorgfalt gegen seinen Hut zu bekunden. Er faßte ihn mit einer Behutsamkeit an, deren minutiöse Korrektheit geradezu ängstlich wirkte, und bewies eine Zartheit, die angesichts seiner physischen Kraft einen beinahe rührenden Eindruck machte. Dann übergab er ihn einem seiner Gehilfen, der die Schreckhaftigkeit des schüchternen Neulings dadurch ausdrückte, daß er nach allen Richtungen grimme Blicke rollte und überhaupt die ganze Erregung eines gefangenen Tieres in den ersten Stunden seines Haustierdaseins an den Tag legte.

Ein paar Schritte davon träumte ein mächtiger Kerl in Livrée unbeweglich, gemeißelt und müßig vor sich hin, ganz wie der rein dekorative Krieger, der auf den wildbewegtesten Bildern von Mantegna auf seinen Schild gelehnt versonnen dasteht, während neben ihm die Menschen aufeinander losstürzen und einander erwürgen; außerhalb des Kreises seiner Kameraden stehend, die sich rings um Swann drängten, schien er fest entschlossen, dieser Szene, die er mit seinen grünlichen grausamen Augen unbestimmt verfolgte, gänzlich kalt gegenüberzustehen — als wär's die Hinmetzelung der Kindlein oder das Martyrium des heiligen Jacobus. Er schien ein charakteristischer Vertreter jener untergegangenen Rasse zu sein (die vielleicht nie anderswo existiert hat als auf der Altarwand von San Zeno und den Fresken der Eremitani, wo Swann ihr begegnet war und wo sie jetzt noch ihr träumerisches Dasein führt), jener Rasse, die aus der Befruchtung einer antiken Statue durch irgendein Paduaner Modell des Meisters oder einen Sachsen Albrecht Dürers entstanden ist. Und die Locken seiner rötlichen Haare, die von Natur gekräuselt, doch von Brillantine geglättet waren, hatten einer breiten Behandlung unterlegen, ganz wie auf der griechischen Skulptur, die der Maler von Mantua unaufhörlich studierte, und die zwar der Idee nach nur den Menschen darstellt, nichtsdestoweniger aber aus ihren einfachen Formen Reichtümer von solcher Fülle, solcher Verwurzelung in der gesamten lebenden Natur zu ziehen versteht, daß ein wallendes Haar durch das glatte Rollen und die spitzen Schnäbel seiner Locken oder durch den Aufbau des dreifaltigen, blühenden Diadems seiner Flechten, zugleich aussieht wie ein Algenbündel, ein Taubennest, ein Bund Hyazinthen und eine Schlangenwindung.

Wieder andere, nicht minder riesenhaft, standen auf den Stufen einer monumentalen Treppe — standen so dekorativ und unbeweglich, daß diese Treppe wie die des Dogenpalastes „Gigantentreppe" hätte heißen können. Swann betrat sie schweren Herzens: Odette war ja noch nie hinaufgeklettert. O wie froh und leicht hätte er die schwarze, übelriechende und halsbrecherische Stiege erklommen, die zum fünften Stock in die Behausung der kleinen ehemaligen Näherin hinaufführte! Mit tausend Freuden hätte er den vielfachen Preis eines Abonnementsplatzes im Orchesterfauteuil der Oper bezahlt, wenn er dafür den einen Abend, an dem Odette kam, hätte dort sein dürfen; ja auch jeder andere Tag wäre ihm kostbar gewesen, wofern er nur von ihr hätte reden können, nur mit den Leuten hätte leben können, bei denen sie in seiner Abwesenheit verkehrte, und die ihm infolgedessen das Innerstwirkliche, Innerstunzugängliche und Innerstheimliche im Leben seiner Geliebten zu verbergen schienen. Während auf der verpesteten und doch ersehnten Treppe der ehemaligen Näherin, in deren Haus es ja keinen Aufgang für Dienstboten gab, abends vor jeder Tür eine leere, schmutzige Milchkanne auf der Fußmatte stand, prangten gleich mehrere Schranzen auf der großartigen und doch verschmähten Treppe, die Swann jetzt hinaufging; denn beiderseits, in verschiedener Höhe, vor jeder Vertiefung, die das Fenster der Loggia oder die Tür eines Zimmers in der Wand bildete, hatten sie sich postiert, die repräsentativen Leiter des „Innendienstes“, die den Gästen ihre Huldigungen darbrachten: ein Portier, ein Haushofmeister und ein Schatzbeschließer (lauter brave Leute, die an den übrigen Wochentagen zumeist wohl selbständig in ihrer Domäne hausten, dort tafelten wie kleine Kaufleute im eigenen Heim und morgen schon gutbürgerliche Diener bei einem Arzt oder Industriellen sein konnten); die paßten auf, daß sie nichts von dem falsch machten, was ihnen ans Herz gelegt worden war, bevor sie die glänzende Livrée hatten umtun dürfen, die sie nur in langen Zwischenräumen anzogen und in der sie sich nicht recht wohl fühlten. Da standen sie denn, jeder unter dem Bogen seines Portals, mit einem pompösen Glanz, in den sich mildernd der gutmütige Ausdruck des einfachen Mannes mischte — standen wie Heilige in ihren Nischen; und ein riesiger Torwart, gekleidet wie ein Kirchendiener, schlug jedesmal, wenn ein neuer Gast vorbeikam, mit seinem Stab auf die Fliesen. Schließlich erreichte Swann das obere Ende der Treppe (bei jedem Schritt begleitete ihn währenddessen ein Diener mit einem Milchgesicht und einem Schwänzchen von Haaren, die hinten zu einem Zopf geknotet waren, so daß der ganze Kerl aussah wie ein Sakristan von Goya oder ein Gerichtsschreiber vom Theater). Dann kam der Gast an einem Büro vorbei, wo ein paar Lakaien, die wie Notare vor großen Registern saßen, aufsprangen und seinen Namen eintrugen. Hernach ging es durch ein kleines Vestibül: und wie manche Zimmer von ihrem Besitzer nur als Einfassung eines Kunstwerkes hergerichtet werden, nach dem sie dann heißen, oder wie sie in gewollter Kahlheit überhaupt nichts anderes enthalten — so war am Eingange dieses Vestibüls gleich einem kostbaren Wächterbild von Benvenuto Cellini ein junger Lakai „ausgestellt“: sein Körper war leicht vornüber geneigt, und über seinem roten Ringkragen straffte sich ein noch röteres Gesicht, aus dem Ströme von Glut, Angst und Eifer herausdrangen; mit seinem ungestümen, wachsamen, heftigen Blicke durchbohrte er die Aubussonteppiche, die vor dem Salon hingen, aus dem die Musik herüberdrang, und erwartete mit soldatischer Straffheit oder überirdischer Zuversicht (gleichsam als Allegorie des Alarms, als Inkarnation der Spannung, als Wahrzeichen der Gefechtsbereitschaft) einem Engel oder Späher gleich, vom Turm eines Luginsland oder einer Kathedrale das Erscheinen des Feindes oder die Stunde des Jüngsten Gerichts. Swann mußte nun wohl oder übel in das Musikzimmer hinein, dessen Türen ihm ein klirrender Türhüter öffnete, wobei er eine Verbeugung machte, als übergäbe er ihm die Schlüssel einer Stadt. Er aber mußte an das Haus denken, in dem er gerade jetzt hätte sein können, wenn Odette es erlaubt hätte; und die von ungefähr in ihm aufsteigende Erinnerung an eine leere Milchkanne auf einer Fußmatte schnürte ihm das Herz zu.

Blitzschnell stieg wieder das Gefühl der Manneshäßlichkeit in Swann auf, als hinter dem Teppich der Anblick der Gäste den der Dienstboten ablöste. Diese Häßlichkeit erschien ihm sogar auf Gesichtern, die er recht gut kannte, in ganz neuem Lichte: neuerdings waren die Züge dieser Leute ja nicht mehr lediglich Mittel zur Identifizierung von dem oder jenem, neuerdings bedeuteten ihm all' diese Menschen nicht mehr lauter einzelne Bündel von Genüssen, die gesucht, Verdrießlichkeiten, die gemieden, oder Höflichkeiten, die erwiesen sein wollten, sondern ihre Gesichter ruhten, zu einem rein ästhetischen Bezugssystem geordnet, in der Eigengesetzlichkeit ihrer Linien. Und an diesen Menschen, zwischen denen Swann eingepreßt war, hatten sogar die Monokels, die viele trugen (woraufhin Swann früher höchstens gesagt hätte, daß sie halt alle ein Monokel trügen), jetzt nicht mehr die Aufgabe, eine allen gemeinsame Gewohnheit zu versinnbildlichen, sondern schienen ihm, jedes für sich, mit einer Art von Individualität ausgestattet zu sein. Den General von Froberville und den Marquis von Bréauté, die sich im Entrée unterhielten, betrachtete er ja nur noch wie zwei Figuren auf einem Gemälde (sie, die lange seine wertvollen Freunde gewesen waren, ihn in den Jockeyklub eingeführt und ihm bei Duellen sekundiert hatten), und daher kam es vielleicht, daß ihm das Monokel des Generals (das in seinem ordinären, narbigen, sieggewohnten Gesicht wie ein Granatsplitter zwischen den Lidern stecken geblieben war, so daß die Stirn geblendet und einäugig wie die eines Zyklopen wirkte) vorkam wie eine ungeheure Wunde, auf die er ja stolz sein mochte, die er aber doch als anständiger Mensch nicht so herumzeigen durfte; während das Monokel, das Herr von Bréauté zur Feier des Tages außer seinen perlfarbenen Handschuhen, seinem Zylinder und seiner weißen Krawatte spendierte und das er (ganz ebenso wie Swann) in eleganter Gesellschaft statt des mehr familiären Kneifers einklemmte, sich wie ein Mikroskop bei einem naturwissenschaftlichen Experiment dicht über einen unendlich differenzierten, von Liebenswürdigkeiten wimmelnden Blick legte, der unaufhörlich über die hohe Decke, das herrliche Fest, die interessanten Vorführungen und die vorzüglichen Erfrischungen lächelte.

„Hallo, Sie sind da, na Sie hat man aber auch eine Ewigkeit nicht gesehen," sagte der General zu Swann, doch da er bemerkte, wie abgespannt er aussah, nahm er an, er sei wohl infolge schwerer Krankheit der großen Welt ferngeblieben, und so setzte er hinzu: „Sie sehen aber gut aus, wissen Sie!" während Herr von Bréauté fragte:

„Heda, Sie, was haben Sie eigentlich hier zu suchen,

mein Lieber?", eine Frage, die einem mondänen Romancier galt, der eben ein Monokel eingeklemmt hatte und nun, mit diesem seinem einzigen Werkzeug psychologischer Forschung und unerbittlicher Analyse bewaffnet, mit wichtiger, geheimnisvoller Miene und einem Zungen-R zur Antwort gab:

„Wir machen Studien."

Das Monokel des Herrn von Forestelle war winzig, hatte keinen Rahmen und nötigte das Auge, in welchem es sich festgesetzt hatte wie ein unnützer Knorpel (dessen Gegenwart man sich nicht erklären kann und dessen Stoff selten vorkommt) zu einer ununterbrochenen schmerzhaften Zusammenkrampfung, so daß das Gesicht des Marquis eine melancholische Feinheit bekam und er von den Frauen für einen erotisch tief verwundbaren Mann gehalten wurde. Das Monokel des Herrn von Saint-Candé dagegen war wie der Saturn von einem riesigen Reif umgeben und bildete das Gravitationszentrum eines Gesichts, das sich jeden Augenblick nach ihm ausrichtete, indem die vibrierende rote Nase und der dicklippige, sarkastische Mund mit ihren Grimassen stets auf gleicher Höhe sein wollten wie die rollenden Feuer des Geistes, von denen die gläserne Scheibe funkelte, und so wurde dies Gesicht von geschmäcklerisch verderbten jungen Frauen den schönsten Augen von der Welt vorgezogen, weil es künstliche Reize und raffinierte Genüßlichkeit ahnen ließ. Ganz anders wirkte hinter seinem Monokel der Herr von Palancy, der mit seinem dicken Karpfenkopf und den runden Augen darin langsam im festlichen Gewoge hin und her rückte, wobei er alle Augenblicke seine Kinnbacken lockerte, als wollte er seinen Kurs suchen: so schien er nur ein zufälliges, vielleicht sogar rein symbolisches Fragment seiner Aquariumscheiben mit sich herumzutragen, gleichsam einen Teil, der das Ganze bedeuten sollte, so daß Swann, der große

Verehrer der „Tugenden und Laster“ von Giotto in Padua, sich an jenen Ungerechten gemahnt fühlte, neben dem ein blätterreicher Zweig hängt, der an die Wälder erinnert, wo seine Diebeshöhle verborgen liegt.

Swann war auf das Drängen der Frau von Saint-Euverte und auch um eine Flötenarie aus dem Orpheus zu hören, weiter nach vorn gegangen und hatte sich in eine Ecke gesetzt, wo er leider nur die Aussicht auf zwei Frauen mittleren Alters hatte, die nebeneinander saßen: die Marquise von Cambremer und die Vicomtesse von Franquetot. Bewaffnet mit ihren Täschchen und gefolgt von ihren Töchtern traten sie als gute Kusinen auf allen Soiréen zusammen auf, wobei sie ganz wie auf dem Bahnhof immerfort einander suchten und nicht eher ruhten, bis sie mit dem Fächer oder dem Taschentuch zwei Plätze nebeneinander belegt hatten: Frau von Cambremer, weil sie wenig Beziehungen hatte und darum doppelt froh war, eine Begleiterin zu haben, Frau von Franquetot dagegen, weil sie, die Stadtbekannte, es irgendwie elegant und originell fand, allen ihren „guten Verbindungen“ zu zeigen, daß sie ihnen eine Dame vorzog, die zwar im Verborgenen blühte, mit ihr aber durch Jugenderinnerungen verbunden war. Voll ironischer Melancholie sah Swann, wie die Beiden dem Klavierintermezzo zuhörten („Der Heilige Franz spricht zu den Vögeln“ von Liszt), das die Flötenarie abgelöst hatte, und wie sie dem halsbrecherischen Spiel des Virtuosen folgten: Frau von Franquetot angstvoll, mit bestürzten Augen (als wären die Tasten, über die er beweglich hineilte, lauter Trapeze, von denen er aus achtzig Meter Höhe abstürzen konnte) und nicht ohne ihrer Nachbarin Blicke des Staunens und des Nichtfürwahrhaltens zuzuwerfen, die sagen wollten: „Unglaublich, nie hätt’ ich mir träumen lassen, daß ein Mensch sowas kann,“ — Frau von Cambremer, indem sie als Frau mit viel musikalischer Erziehung den Takt schlug und zwar mittels ihres Kopfes, der sich in den Pendel eines Metronoms verwandelt hatte und nun (mit der ganzen Ausschweifung und Maßlosigkeit im Blick wie bei Schmerzen, in denen man sich nicht mehr kennt, sich nicht mehr beherrschen will und spricht: „Ich kann nicht dafür!") derartig weite und jähe Schwankungen von einer Schulter zur anderen ausführte, daß ihre Anhänger sich alle Augenblicke in den Schnüren ihrer Taille verhakten und sie die schwarzen Beeren in ihrer Frisur fest stecken mußte, ohne daß sie deshalb der Schnelligkeit ihrer Bewegungen Einhalt tat. Auf der anderen Seite neben Frau von Franquetot, nur etwas weiter vorn, saß die Marquise von Gallardon, die mit ihrem Lieblingsgedanken, nämlich ihrer Verbindung mit der Familie derer von Guermantes, beschäftigt war: aus dieser Verbindung erwuchs ihr vor der Welt und vor ihr selber zwar viel Ruhm, aber auch ein wenig Schande, da die glänzendsten Mitglieder der Familie sie ein bißchen links liegen ließen, vielleicht weil sie langweilig oder weil sie boshaft war oder aber weil sie aus einer Nebenlinie stammte — oder vielleicht ohne jeden Grund. Saß sie neben jemandem, den sie nicht kannte, wie jetzt neben Frau von Franquetot, dann litt sie darunter, daß sich das Bewußtsein ihrer Verwandtschaft mit den Guermantes nicht in sichtbaren äußeren Zeichen kundgeben konnte (solche Zeichen gibt es auf den Mosaiken der byzantinischen Kirchen: da stehen sie in vertikaler Kolonne neben der Gestalt eines Heiligen und enthalten die Aussprüche, die ihm zugeschrieben werden). Sie grübelte gerade darüber nach, daß ihre junge Kusine, die Fürstin des Laumes sie in den ganzen sechs Jahren ihrer Ehe noch nie eingeladen oder besucht hatte. Dieser Gedanke erfüllte sie mit Zorn, aber auch mit Stolz; denn da sie allen Leuten, die sich wunderten, sie nie bei Frau des Laumes zu sehen, als Grund angab, sie riskiere dort die

Fürstin Mathilde zu treffen (was ihre hyperkonventionelle Familie ihr nie verziehen hätte), so glaubte sie vor lauter Reden schließlich selbst, das sei wirklich der Grund, aus dem sie nie zu ihrer jungen Kusine ging. Freilich erinnerte sie sich daran, daß sie Frau des Laumes schon mehr als einmal gefragt hatte, ob sie sich denn nicht einmal treffen könnten, aber sie erinnerte sich nur flüchtig daran und glich im übrigen alles wieder aus, indem sie sich über diese etwas demütigende Erinnerung hinwegsetzte und vor sich hinmurmelte: „Schließlich brauche ich doch wohl nicht den ersten Schritt zu machen, ich bin doch zwanzig Jahre älter als sie.“ Nach diesem Selbstgespräch warf sie stolz ihre Schultern zurück, die sich von ihrer Büste scharf abhoben und auf denen ihr Kopf beinahe wagerecht saß, so daß man an den „selbstgeschossenen“ Kopf eines stolzen Fasans denken mußte, der mit allen seinen Federn auf einer Tafel serviert wird. Sie war zwar von Natur stämmig, männisch und dicklich; aber das ewige Vor-den-Kopf-stoßen hatte sie zu dieser kerzengeraden Haltung gebracht ganz wie einen Baum, der in schlechter Stellung am Rande eines Abgrundes emporkeimt und sich gezwungen sieht, nach hinten zu wachsen, um sich im Gleichgewicht zu erhalten. Um sich darüber hinwegzutrösten, daß sie nicht auf einer Stufe mit den anderen Guermantes stand, mußte sie sich unaufhörlich vorsagen, sie treffe ja nur aus Prinzipienstrenge und Stolz so selten mit ihnen zusammen — und dieser Gedanke hatte schließlich ihren ganzen Körper umgebildet und eine Art von Stattlichkeit in ihr entwickelt, die bürgerlichen Augen als ein Zeichen von Rasse galt und bisweilen ein flüchtiges Begehren im müden Blick der Klubleute erregte. Hätte man Frau von Gallardons Redeweise den Analysen unterworfen, welche die mehr oder minder häufigen Wiederholungen bestimmter Worte festhalten und einen dadurch in den Stand setzen, den Schlüssel einer chiffrierten Sprache zu entdecken, so hätte man klar erkannt, daß kein Ausdruck, auch der alltäglichste nicht, so häufig darin vorkam wie „bei meiner Kusine Guermantes“, „bei meiner Tante Guermantes“, „das Befinden Elzéars von Guermantes“, „die Loge meiner Kusine Guermantes.“ Sprach man ihr von irgendeiner Berühmtheit, so erwiderte sie, persönlich sei sie zwar nicht mit ihr bekannt, aber sie habe sie tausendmal bei ihrer Tante Guermantes getroffen, doch erwiderte sie das in so eisigem Ton und mit so stumpfer Stimme, daß einem sonnenklar war: wenn sie sie nicht persönlich kannte, so geschah das auf Grund aller der unerschütterlich eingewurzelten Prinzipien, an die ihre rückwärts gezogenen Schultern stießen wie an Leitern, auf denen man sich auf Geheiß des Turnlehrers ausstrecken muß, damit man einen weiteren Brustkasten bekommt.

Nun war die Fürstin des Laumes, auf deren Erscheinen bei Frau von Saint-Euverte niemand gefaßt war, gerade eingetroffen. Um zu zeigen, daß sie in diesem Salon, in den sie sich lediglich aus Leutseligkeit begab, ihren höheren Rang nicht fühlen lassen wollte, war sie mit zurückgezogenen Schultern hereingekommen (selbst hier, wo es keine Menge zu zerteilen und keinen Passanten vorbeizulassen galt) und hielt sich absichtlich im Hintergrund, als sei sie dort an ihrem Platz — wie ein König, der vor der Tür eines Theaters Queue steht, solange die maßgebenden Persönlichkeiten noch nicht benachrichtigt worden sind, daß er da ist; und um nur ja nicht den Eindruck zu erwecken, als wolle sie ihre Gegenwart verkünden und Aufmerksamkeiten beanspruchen, beschränkte sie ihren Blick auf die Betrachtung der Teppichblumen oder ihres eigenen Rockes und stand aufrecht an der Stelle, die ihr am unauffälligsten vorkam (denn sie wußte, daß Frau von Saint-Euverte sie nur zu sehen brauchte, um sie sofort mit einem Schrei der Begeisterung von dort wegzuholen), nämlich neben Frau von Cambremer, die ihr unbekannt war. Sie beobachtete die Mimik ihrer musikwütigen Nachbarin, tat es ihr aber nicht nach. Dabei war die Fürstin des Laumes an und für sich bestrebt, so liebenswürdig wie möglich zu sein, wenn sie einmal, und sei es auch nur für fünf Minuten, Frau von Saint-Euverte besuchte (schon damit die Höflichlichkeit, die sie ihr erwies, doppelt hoch im Kurse stände). Aber sie hatte von Natur einen Widerwillen gegen alles „Outrierte“, wie sie's nannte, und zeigte in betonter Weise, daß solch' ein „Aus-dem-Häuschen-kommen“ nichts für sie sei, weil es nicht zu der „Lebensart“ der Clique paßte, in der sie lebte; andererseits verfehlte all' das doch nicht, auf sie Eindruck zu machen, denn es gibt eine Art von Nachahmungsgeist, der an Befangenheit grenzt und sich auch bei den selbstsichersten Leuten entwickelt, sobald sie in die Atmosphäre eines neuen, wenn auch tieferen Milieus kommen. Sie fing an sich zu fragen, ob dies Gebärdenspiel nicht eine notwendige Folge des Stückes sei, das gerade gespielt wurde und das vielleicht nicht in den Rahmen der Musik, die sie bisher gehört hatte, hineinpaßte, ob ein Nichtmitmachen denn nicht ein Beweis von Unverständnis gegenüber dem Werke und von Unhöflichkeit gegenüber der Hausfrau sei: um also ihre widersprechenden Empfindungen schlecht und recht zum Ausdruck zu bringen, beschränkte sie sich darauf, ihre Achselbänder hinaufzuschieben oder in ihre blonden Haare die Korallen- und Emaillekügelchen besser hineinzustecken (in deren diamantenem rötlichem Schmelz ihre Frisur ebenso schlicht wie reizend wirkte), und warf einen prüfenden Blick voll kühler Neugier auf ihre wilde Nachbarin; dann schlug sie mit ihrem Fächer einen Augenblick lang den Takt, allerdings — um ihre Selbständigkeit nicht ganz aufzugeben — entgegen dem Rhythmus. Als der Pianist das Stück von Liszt beendet und ein Präludium von Chopin angefangen hatte, sandte Frau von Cambremer ein gerührtes Lächeln voll sachverständiger Zufriedenheit und Anspielung auf Vergangenes zu Frau von Franquetot hinüber. Sie hatte in ihrer Jugend gelernt, über den schlangengleich-unendlichen Hals der Chopinschen Phrasen hinzufahren und sie zu streicheln, wenn sie so daherkommen in ihrer freien, biegsamen Sinnlichkeit, suchend zuerst und tastend nach einem Platze draußen, weit weg von ihrer Anfangsrichtung, weit weg auch von dem Punkt, bis zu dem die Reichweite ihrer Fühler sich unserer ursprünglichen Erwartung nach erstrecken sollte — indem sie doch diesen unwirklichen Seitenweg nur vortäuschen, um dann nur umso bewußter wiederzukommen und uns durch diese doppelt planmäßige Rückkehr mit doppelter Schärfe (als schnitten sie in Kristall, daß es knirscht und man aufschreien muß) ins Herz zu treffen.

Da sie im Schoß einer Provinzfamilie lebte, die über wenig Beziehungen verfügte (weswegen sie kaum auf Bälle ging), pflegte sie sich, wenn sie in ihrer Burgeinsamkeit Chopin spielte, daran zu berauschen, daß sie lauter ausgedachte Pärchen erst ganz langsam und dann rasend schnell an sich vorbeitanzen ließ, sie ausspreßte wie Trauben, dann einen Augenblick aus dem Ballsaal ging, um den Wind in den Tannen am Rande des Sees pfeifen zu hören — und eine Gestalt erblickte, die plötzlich hervorschoß, schöner als alles, was man sich je im Traum unter irdischen Liebhabern vorgestellt hatte: einen schlanken jungen Mann mit einer etwas singenden, fremden und falschen Stimme, der weiße Handschuhe anhatte. Doch heute schien die unmoderne Schönheit dieser Musik völlig glanzlos geworden. Seit Jahren schon dem Kennergeschmack entfremdet, hatte sie ihren Ruhm und ihren Zauber eingebüßt, und selbst die Leute mit schlechtem Geschmack empfanden dabei nur noch ein mäßiges

Vergnügen, das sie am liebsten verleugnet hätten. Frau von Cambremer warf einen verstohlenen Blick hinter sich. Sie wußte, daß ihre junge Schwiegertochter (die bei aller Hochachtung für ihre neue Familie doch in geistigen Dingen ihren eigenen Kopf hatte, weil sie bis in die Probleme des Kontrapunkts und der griechischen Grammatik hinein auf der Höhe war) von Chopin nichts hielt und beim Zuhören Qualen ausstand. Aber da Frau von Cambremer außer Reichweite des strengen Blicks dieser Wagnerianerin war, (die weiter hinten in einem Kreis von Altersgenossinnen saß), überließ sie sich ihren Wonnegefühlen. Die Fürstin des Laumes empfand ebenso. Ohne von Natur musikalisch zu sein, hatte sie vor fünfzehn Jahren Stunde bei einer Klavierlehrerin des Faubourg-Saint-Germain gehabt, einer geistvollen Frau, die am Ende ihres Lebens vor dem Nichts gestanden und nun, mit siebzig Jahren, wieder angefangen hatte, den Töchtern und Enkeltöchtern ihrer früheren Schülerinnen Stunden zu geben. Jetzt lebte sie nicht mehr. Aber ihre Methode, ihr schöner Ton lebten unter den Fingern ihrer Schülerinnen bisweilen wieder auf, sogar bei solchen, die im übrigen ganz mittelmäßige Menschen geworden waren, der Musik Valet gesagt hatten und fast nie mehr ein Klavier öffneten. So konnte Frau des Laumes in voller Sachkenntnis und in richtiger Würdigung der Art, in der der Pianist dies Präludium spielte, mit dem Kopf nicken, denn sie wußte es auswendig. Das Ende der angefangenen Phrase sang von selbst auf ihren Lippen. Und sie flüsterte „das ist und bleibt charmant“ mit einem doppelten ch am Anfang des Wortes, das ein Zeichen von Delikatesse war und unter dem sie ihre Lippen einer schönen Blume gleich so zauberhaft rascheln fühlte, daß sie ihren Blick unwillkürlich in Einklang mit ihnen brachte und diesem Augenblicke dadurch etwas gefühlshaft Unbestimmtes verlieh. Währenddessen war Frau von Gallardon in ihren Selbstgesprächen gerade dabei, es ärgerlich zu finden, daß sie so selten Gelegenheit hatte, mit der Fürstin des Laumes zusammenzutreffen, denn sie wünschte ihr eine Lektion zu erteilen, indem sie ihren Gruß nicht erwiderte. Sie wußte nicht, daß ihre Kusine da war. Da bewegte Frau von Franquetot den Kopf — und sie entdeckte sie. Sofort stürzte sie quer durch die Leute hindurch auf sie zu. Nun strebte sie freilich einen stolzen und eisigen Ausdruck zu bewahren, der alle daran erinnern sollte, daß sie zu einem Menschen, bei dem man mit der Fürstin Mathilde zusammenprallen konnte, keine Beziehungen zu haben wünschte, zumal da sie ja nicht nötig hatte, einer „Nicht-Zeitgenossin" entgegenzukommen. Doch wollte sie andererseits diese stolze und reservierte Miene wieder ausgleichen durch irgendein Wort, das ihren Schritt rechtfertigen und die Fürstin zur Aufnahme der Unterhaltung zwingen sollte. Als Frau von Gallardon also zu ihrer Kusine vorgedrungen war, streckte sie ihr die Hand wie einen widerwillig ausgespielten Trumpf hin und sagte mit strengem Gesicht: „Wie geht's deinem Mann?", wobei ihre Stimme ebenso besorgt klang, als wäre der Fürst schwerkrank gewesen. Die Fürstin brach in ein Lachen aus, das ihr eigentümlich war und die doppelte Bestimmung hatte, den Anderen zu zeigen, daß sie sich über jemanden lustig machte, und zugleich ihre Reize mehr ins Licht zu rücken dadurch, daß sie ihre Gesichtszüge um ihren lebensvollen Mund und ihren leuchtenden Blick konzentrierte; und unter Lachen gab sie ihr zur Antwort:

„Aber so gut wie noch nie!"

Und sie lachte immer noch. Frau von Gallardon indessen straffte ihre Taille, machte wieder ein kälteres Gesicht, auf dem freilich noch die Besorgnis über das Befinden des Fürsten vorhielt, und sagte zu ihrer Kusine:

„Oriane (hierbei sah Frau des Laumes erstaunt und lachend einen unsichtbaren Dritten an, vor dem sie bezeugen zu wollen schien, daß sie Frau von Gallardon niemals ermächtigt habe, sie beim Vornamen zu nennen), „mir liegt sehr viel daran, daß du morgen abend einen Augenblick zu mir kommst und dir ein Klarinettenquintett von Mozart anhörst. Ich würde gern dein Urteil wissen."

Sie schien nicht so sehr eine Einladung auszusprechen als einen Dienst zu erbitten, als brauchte sie die Meinung der Fürstin über das Mozartsche Quintett ebenso sehr wie die hochgeschätzte Ansicht eines Feinschmeckers über eine Stichprobe aus den Schöpfungen einer neuen Köchin.

„Ach das Quintett kenn' ich, ich kann dir jetzt schon sagen, ich ... ich liebe es sehr!"

„Du weißt doch, meinem Mann geht's nicht gut ... er hat's wieder mit der Leber ... er würde sich so sehr freuen, dich zu sehen," fing Frau von Gallardon wieder an, indem sie der Fürstin das Erscheinen auf ihrer Soirée nun zu einer Pflicht der Nächstenliebe machte.

Die Fürstin sagte den Leuten nicht gern, daß sie nicht zu ihnen gehen wollte. Tagtäglich schrieb sie, zu ihrem Bedauern habe sie nicht kommen können (wegen eines unerwarteten Besuchs ihrer Schwiegermutter, einer Einladung ihres Schwagers, einer Opernvorstellung, einer Landpartie), obwohl sie nicht im Traum daran gedacht hatte, zu der betreffenden Soirée zu gehen. So erweckte sie in vielen Leuten den frohen Glauben, sie gehöre zu ihren Beziehungen und wäre sehr gern zu ihnen gegangen, wenn nicht die leidigen Abhaltungen des fürstlichen Lebens dazwischen gekommen wären, mit denen ihre Soirée also schmeichelhafterweise in einem Atem genannt wurde. Außerdem gehörte sie ja zu dem geistreichen Kreis derer von Guermantes (wo noch etwas von dem gespannten Geiste lebte, der so gänzlich frei ist von Gemeinplätzen und Allerweltsgefühlen, diesem Geist, der von Mérimée herkommt und seinen letzten Ausdruck in den Stücken von Meilhac und Halévy gefunden hat) — und deren Geist brachte sie auch in ihre gesellschaftlichen Beziehungen hinein, ja, ließ ihn bis in ihre Höflichkeit eindringen, die sich bemühte, ganz bestimmte Tatsachen zu geben und sich der schlichten Wahrheit zu nähern. Sie erging sich der Dame des Hauses gegenüber meist nicht in langen Ausführungen darüber, wie gern sie zu ihrer Soirée gekommen wäre, sondern fand es liebenswürdiger, ihr ein paar bescheidene Daten zu liefern, von denen es abhängen würde, ob sie kommen könnte oder nicht.

„Hör' mal, ich will dir sagen,“ sagte sie zu Frau von Gallardon, „morgen abend muß ich zu einer Freundin gehen, die mich schon seit langem für diesen Tag aufgefordert hat. Nimmt sie uns mit ins Theater, dann wird es mir beim besten Willen nicht möglich sein, zu dir zu kommen; wenn wir aber bei ihr bleiben, dann werde ich wohl, da wir soviel ich weiß allein sind, von ihr fortgehen können.“

„Sag' mal, hast du deinen Freund Herrn Swann gesehen?

„Aber nein, der geliebte Charles, ich wußte gar nicht, daß er da ist, ich will dafür sorgen, daß er mich sieht.“

„Komisch, daß er ausgerechnet zur alten Saint-Euverte geht,“ sagte Frau von Gallardon. „Gott ja,“ sagte sie dann, „intelligent ist er ja, ich weiß“ (intelligent hieß bei ihr soviel wie „ein Intrigant“), „aber wenn auch! ein Jude im Hause der Schwester und Schwägerin von zwei Erzbischöfen!“

„Ich muß zu meiner Schande gestehen, daß mich das nicht im mindesten stört,“ sagte die Fürstin des Laumes. „Ich weiß ja, er ist getauft, und sogar schon seine Eltern und Großeltern. Aber man sagt, die Getauften hängen viel mehr an ihrer Religion als die Anderen, es wäre alles nur Getue, stimmt das?“

„Ich bin darüber nicht unterrichtet.“

Der Pianist, der zwei Stücke von Chopin spielen sollte, hatte gleich nach Schluß des Präludiums eine Polonäse in Angriff genommen. Seitdem aber Frau von Gallardon ihrer Kusine Swanns Anwesenheit mitgeteilt hatte, hätte Chopin selbst von den Toten erstehen und eigenhändig alle seine Werke spielen können — Frau des Laumes wäre nicht imstande gewesen aufzupassen. Sie gehörte zu der einen Menschheitshälfte, bei der an die Stelle der Neugier, welche die andere Hälfte allen ihr unbekannten Menschen entgegenbringt, das Interesse für die ihr bekannten Menschen getreten ist. Wie bei vielen Frauen des Faubourg Saint-Germain brauchte nur jemand aus ihrem Kreis, dem sie im übrigen gar nichts Besonderes zu sagen hatte, am selben Orte zu sein wie sie — und schon wurde ihre Aufmerksamkeit auf Kosten der ganzen übrigen Welt allein hierdurch mit Beschlag belegt. Von jetzt an lebte die Fürstin nur noch der Hoffnung, daß Swann sie sehen würde, und ganz wie eine zahme weiße Maus, der man ein Stück Zucker hinreicht und dann wieder wegnimmt, tat sie nun nichts anderes als ihr Gesicht (auf dem sich nicht die geringste Beziehung zur Gefühlswelt der Chopinschen Polonäse malte, dafür aber tausend Zeichen geheimen Einverständnisses spielten) in die Richtung zu drehen, in der Swann saß; und wenn er von der Stelle rückte, verschob sich automatisch auch ihr magnetisierter lächelnder Blick.

„Oriane, sei mir nicht böse," fing Frau von Gallardon wieder an, denn auf das dunkle, unmittelbare Privatvergnügen, etwas Unangenehmes zu sagen, konnte sie nie verzichten, selbst wenn sie ihre großen Hoffnungen auf einen dereinstigen blendenden Aufstieg in der Gesellschaft dadurch zuschanden machte, „manche Leute behaupten, dieser Herr Swann sei jemand, den man nicht bei sich empfangen kann, stimmt das?"

„Na . . . du mußt doch wissen, daß es stimmt," erwiderte

die Fürstin des Laumes, „du hast ihn ja fünfzig Mal eingeladen und er ist nie gekommen.“

Damit drehte sie ihrer erstarrten Kusine den Rücken und brach von neuem in ein Lachen aus, das zwar bei den Leuten, die der Musik zuhörten, Anstoß erregte, jedoch die Aufmerksamkeit der Frau von Saint-Euverte auf sich zog, die aus Höflichkeit in der Nähe des Klaviers saß und erst jetzt die Fürstin gewahr wurde. Frau von Saint-Euverte war doppelt entzückt von Frau des Laumes' Erscheinen, weil sie sie noch in Guermantes und mit der Pflege ihres kranken Schwiegervaters beschäftigt glaubte.

„Nein, wirklich, Fürstin, Sie waren da?“

„Nun ja, ich hab' mich in ein Eckchen gesetzt und schöne Dinge gehört.“

„Was, Sie sind schon eine lange Weile da?“

„Aber ja doch, eine sehr lange Weile, die mir sehr kurz vorkam, und lang nur, weil ich Sie nicht sah.“

Frau von Saint-Euverte bot der Fürstin ihren Sessel an, doch die antwortete:

„Aber auf keinen Fall! Wozu das? Ich bin doch nicht bei wildfremden Leuten!“ Und dabei faßte sie, um die Einfachheit der großen Dame recht zu betonen, geflissentlich einen kleinen Sessel ohne Rückenlehne ins Auge:

„Da, dies Stühlchen, mehr brauch' ich nicht. Da kann ich mich fein gerade drauf halten. O Gott, ich mache schon wieder Krach, sie werden mich noch steinigen.“

Der Pianist spielte jetzt doppelt so schnell, die musikalische Erregung war auf dem Höhepunkt, ein Diener verabreichte Erfrischungen auf einem Tablett und ließ die Löffel bimmeln, sodaß Frau von Saint-Euverte ihm wie jede Woche ein paarmal das von ihm nicht bemerkte Zeichen gab, er solle sich davonmachen. Eine jungverheiratete Dame, der beigebracht worden war, eine junge Frau dürfe kein blasiertes Gesicht machen, lächelte immerzu vor Vergnügen und suchte mit den Augen die Dame des Hauses, um ihr mit Blicken dafür zu danken, daß sie einen solchen Leckerbissen „extra für sie“ auftischte. Immerhin folgte sie, wenn auch mit mehr Ruhe als Frau von Franquetot, so doch nicht ohne Besorgnis dem Stücke, nur galt ihre Unruhe nicht dem Klavierspieler, sondern dem Klavier, auf dem eine Kerze bei jedem fortissimo hin und herschwankte und womöglich noch den Lampenschirm in Brand zu stecken, ganz sicher aber Flecke auf dem Ebenholz zu machen drohte. Zum Schluß konnte sie nicht mehr an sich halten, erstieg die zwei Stufen der Estrade, auf der der Flügel stand und stürzte vor, um die Leuchtermanschette wegzunehmen. Doch kaum wollten ihre Hände sie fassen, als das Stück mit einem Schlußakkord endigte und der Pianist sich erhob. Immerhin machte die kühne Initiative der jungen Frau und das kurze Tête-à-Tête zwischen ihr und dem Pianisten allgemein einen guten Eindruck.

„Haben Sie gesehen, was das Persönchen gemacht hat, Fürstin,“ sagte der General von Froberville zur Fürstin des Laumes, als er sie begrüßt hatte und Frau von Saint-Euverte einen Augenblick fort war. „Sowas Drolliges. Ist das eigentlich eine Künstlerin?“

„Nein, es ist eine kleine Frau von Cambremer,“ erwiderte die Fürstin leichthin, und dann setzte sie lebhaft hinzu: „Ich gebe nur wieder, was ich gehört habe, ich habe keine blasse Ahnung davon, wer sie ist, es hieß nur hinter mir, es seien Landnachbarn von Frau von Saint-Euverte, aber ich glaube, kein Mensch kennt sie. Es müssen „Leute vom Lande“ sein. Übrigens weiß ich nicht, ob Sie in der glänzenden Gesellschaft, die hier versammelt ist, sehr bewandert sind, ich jedenfalls habe keine Ahnung, wie diese erstaunlichen Leute alle heißen. Womit, meinen Sie, verbringen die wohl ihr Leben außerhalb der Soiréen von Frau von Saint-Euverte? Sie hat sie wohl kommen lassen zugleich mit all den Musikern und den vielen Sesseln und Erfrischungen. Sagen Sie selbst: diese „hochansehnliche Festversammlung“ ist doch was Erhebendes, nicht? Getraut sie sich wirklich, diese Statisten Woche für Woche zu mieten? Das ist doch ausgeschlossen!“

„Na, aber Cambremer ist doch ein echter, alter Name,“ sagte der General.

„Daß er alt ist, find’ ich nicht weiter schlimm,“ erwiderte die Fürstin trocken, „aber auf alle Fälle ist er nicht euphonisch,“ setzte sie hinzu, indem sie das Wort euphonisch heraushob, als ob es in Gänsefüßchen stände (das war eine kleine Manieriertheit, die dem Guermantesschen Kreise eigen war).

„Finden Sie? So niedlich ist sie, ordentlich zum Anbeißen“, sagte der General, der Frau von Cambremer nicht aus den Augen verlor. „Sind Sie nicht auch der Meinung, Fürstin?“

„Sie drängt sich zu sehr vor, ich finde, bei einer so jungen Frau wirkt das nicht nett, denn ich glaube kaum, daß sie eine Zeitgenossin von mir ist,“ antwortete Frau des Laumes (dieser Ausdruck war Gemeingut der Gallardons und Guermantes).

Da die Fürstin aber sah, daß Herr von Froberville Frau von Cambremer unverwandt anschaute, fügte sie, halb aus Bosheit gegen sie, halb aus Liebenswürdigkeit gegen den General, hinzu: „Es wirkt nicht nett . . . auf ihren Mann! Es tut mir leid, daß ich sie nicht kenne, wo sie solchen Eindruck auf Sie macht, ich hätte sie Ihnen vorgestellt,“ sagte sie dann, obwohl es ihr wahrscheinlich gar nicht eingefallen wäre, das zu tun, wenn sie die junge Frau gekannt hätte. „Ich muß mich nun leider gleich von Ihnen verabschieden, denn eine Freundin von mir hat heute Geburtstag, zu der muß ich hin und gratulieren,“ sagte sie im bescheidenen Tone der Wahrheit, so daß die mondäne Reunion, zu der sie ging, zu einer bloßen langweiligen Zeremonie zusammenzuschrumpfen schien, der man aus Anstand und Nettigkeit nicht fernbleiben durfte. „Übrigens treffe ich dort sicher Basin, der während meines Hierseins Freunde besucht hat, Sie kennen sie, glaub' ich, auch, sie haben einen Namen wie eine Brücke, von Jena heißen sie."

„Das war ursprünglich der Name eines Sieges, Fürstin"; sagte der General, „wissen Sie, so ein alter Haudegen wie ich"... und dabei nahm er sein Monokel heraus, um es abzuwischen, geradeso als ob er einen Verband wechselte, indes die Fürstin instinktiv die Augen wegwendete, „na ja, der Adel aus dem ersten Kaiserreich ist natürlich was Anderes, aber schließlich, wenn man's richtig ansieht, ist er in seiner Art was sehr Schönes, es sind doch immerhin Leute, die sich wie Helden geschlagen haben."

„Aber ich habe ja den größten Respekt vor Helden"; sagte die Fürstin in leicht ironischem Ton, „wenn ich nicht mit Basin zu der Fürstin von Jena gehe, so geschieht das nicht deswegen, sondern einfach aus dem Grunde, daß ich sie nicht kenne. Basin kennt sie und liebt sie zärtlich. O nein, Sie könnten denken, es ist ein Flirt, das ist es nicht, ich habe nichts dagegen einzuwenden. Im übrigen, was würde mir's helfen, wenn ich was dagegen einwenden wollte?" setzte sie mit melancholischer Stimme hinzu, denn jedermann wußte, daß der Fürst des Laumes sie schon gleich nach der Hochzeitsnacht und von da an unaufhörlich betrogen hatte. „Aber kurz und gut: so ist es hier nicht, es sind alte Bekannte von ihm, er lebt bei ihnen einen guten Tag, und warum auch nicht? Nur will ich Ihnen gleich sagen, schon was er mir von ihrem Haus gesagt hat, würde genügen ... Denken Sie, alle ihre Möbel sind ‚Empire'!"

„Aber selbstverständlich, Fürstin, das kommt daher, daß es das Mobiliar ihrer Großeltern ist."

„Aber ich sage ja gar nichts, nur ist es deswegen nicht

weniger häßlich. Ich kann sehr gut verstehen, daß einer keine hübsche Sachen hat, aber er braucht doch zum Mindesten keine albernen Sachen zu haben. Wissen Sie, ich kenne nichts Protzigeres und Spießigeres als diesen gräßlichen Stil mit seinen Kommoden und den Schwanenköpfen darauf wie im Theater.“

„Aber ich glaube doch, sie haben schöne Sachen, sie müssen doch den berühmten Mosaiktisch haben, auf dem der Vertrag von Tilsit unterzei —“

„Gott ja, sie haben vielleicht Sachen, die vom historischem Standpunkt aus interessant sind, dagegen sag' ich ja gar nichts. Aber sowas kann doch nicht schön sein — wenn's doch gräßlich ist! Ich hab' ja selber solche Sachen, Basin hat sie von den Montesquious geerbt. Bloß stehen die unterm Dach in Guermantes, wo kein Mensch sie sieht. Aber schließlich wäre das ja auch ganz gleichgültig, ich würde mich ja kopfüber hineinstürzen mit Basin, ich würde sie sogar mitten in ihren Sphinxen und Bronzen besuchen, wenn ich sie kennte, aber — ich kenne sie eben nicht! Mir hat man, als ich klein war, immer gesagt, es sei nicht höflich, zu Leuten zu gehen, die man nicht kennt,“ sagte sie im Kinderton „nun, da mach' ich's eben, wie ich's gelernt hab'. Sehen Sie mal, was würden die guten Leutchen sagen, wenn da plötzlich jemand hereinkäme, den sie nicht kennen? Sie würden mir vielleicht einen sehr schlimmen Empfang bereiten!“ sagte die Fürstin.

Und kokett wie sie war, verschönte sie das Lächeln, das ihr diese Fiktion entlockte, noch dadurch, daß sie einen versonnen-weichen Ausdruck in den fest auf den General gehefteten Blick ihrer blauen Augen legte.

„Ach was, Fürstin, Sie wissen doch ganz genau, daß sie vor Freude außer sich wären ...“

„Aber nein, warum denn?“ fragte sie ihn mit übertriebener Lebhaftigkeit, sei es, um den Anschein zu vermeiden, als wüßte sie, daß ihre Stellung als eine der größten Weltdamen Frankreichs der Grund dafür war, sei es aus Freude an den Worten als solchen: „Warum denn? Wie kommen Sie darauf? Es wäre ihnen vielleicht wer weiß wie unangenehm. Ich weiß nicht, wenn ich von mir aus urteile, so langweile ich mich schon derartig mit Leuten, die ich kenne; wenn ich nun noch mit Leuten zusammensein sollte, die ich nicht kenne, und mögen sie dreist „heroisch" sein — ich glaube, ich würde verrückt werden. Im übrigen, nun ja, wenn's alte Freunde wie Sie sind, die man auch ohnedies kennt — aber sonst weiß ich nicht, ob der Heroismus sich in der Gesellschaft gut machen würde. Es ist mir oft schon langweilig genug, Diners zu geben, aber wenn ich erst Spartacus den Arm geben müßte und ihn zum Tischherrn hätte... Nein wirklich, Vercingetorix würde ich mir nie als Vierzehnten heranholen. Ich habe so das Gefühl, den würde ich auf die großen Soiréen verschieben. Und da ich solche nicht gebe..."

„Ach, Fürstin, Sie sind nicht umsonst eine Guermantes. Sie haben ihn richtig intus, diesen Geist der Guermantes!"

„Aber man sagt immer, der Geist der Guermantes, ich habe nie begreifen können, warum. Kennen Sie denn nicht noch Andere, die auch welchen haben?" setzte sie mit einem sprühenden, lustigen Auflachen hinzu, und die Züge ihres Gesichtes, umfangen vom Netzwerk ihrer Erregung, drängten und fügten sich zueinander, ihre Augen funkelten und flammten von einem Strahlenfeuer der Heiterkeit, wie es immer aufleuchtete, wenn irgendwie — direkt oder indirekt, von Anderen oder auch von ihr selbst — etwas Gutes auf ihren Geist oder ihre Schönheit gesagt wurde. „Sehen Sie mal dort, Swann scheint Ihre Cambremer zu grüßen, da ... er steht neben der alten Saint-Euverte, sehen Sie ihn nicht? Bitten Sie ihn doch, er möchte Sie vorstellen. Aber machen Sie schnell, er will schon wieder weg!"

„Haben Sie gesehen, wie furchtbar er aussieht?" sagte der General.

„Mein Charleschen! Na endlich kommt er, ich hatte schon Verdacht, er wollte mich nicht sehen."

Swann war der Fürstin des Laumes sehr zugetan, außerdem erinnerte ihr Anblick ihn an Guermantes, das Nachbarland von Combray, an diese ganze Landschaft, die er so liebte und in die er nur deshalb nicht mehr zurückkehrte, weil er sich nicht von Odette entfernen wollte. Im Verkehr mit der Fürstin bediente er sich halb künstlerischer, halb galanter Formen, mit denen er ihr zu gefallen wußte und die ihm ganz ungezwungen wieder zu Gebot standen, wenn er für einen Augenblick wieder in seinem früheren Milieu untertauchte; außerdem wollte er auch vor sich selber seinem Heimweh nach dem Lande Ausdruck verleihen, und so sagte er:

„Ah sieh da die charmante Fürstin" (er sprach es in die Kulissen, damit er zugleich von Frau von Saint-Euverte, mit der er sprach, und von Frau des Laumes, für die er sprach, gehört würde). „Sehen Sie, sie ist extra von Guermantes hergekommen, um sich den „Heiligen Franz von Assisi" von Liszt anzuhören, und sie hat nur eben noch Zeit gehabt, wie eine reizende Meise ein paar kleine Schlehen- und Weißdornfrüchte aufzupicken und sich ins Haar zu stecken; es sind noch ein paar Tautröpfchen, noch ein bißchen Reif daran — die Herzoginmutter wird den Kopf geschüttelt haben. Ganz reizend sieht's aus, meine liebe Fürstin."

„Was, die Fürstin ist extra von Guermantes gekommen? Nein, das ist zu viel! Ich wußte das gar nicht, ich bin ja ganz außer mir," rief Frau von Saint-Euverte ganz naiv, denn sie war an Swanns Geistesart nicht gewöhnt. Und dann prüfte sie die Frisur der Fürstin: „Ja wirklich, genau wie ... was soll ich rasch sagen ... wie Kastanien, nein, so nicht, o, was für ein entzückender Einfall, aber wie konnte die Fürstin mein Programm kennen. Die Musiker haben es ja nicht einmal mir verraten."

Da Swann in Gegenwart einer Frau, der gegenüber er von jeher einen galanten Ton angeschlagen hatte, fein differenzierte Dinge zu sagen pflegte, die viele Menschen in der Gesellschaft nicht verstanden, verschmähte er es, Frau von Saint-Euverte zu erklären, daß er nur bildlich gesprochen hatte. Die Fürstin lachte laut auf; Swanns Geist wurde ja in ihrem Kreise besonders hochgeschätzt und sie konnte nun einmal kein von ihm an sie gerichtetes Kompliment hören, ohne ihn entzückend graziös und unwiderstehlich komisch zu finden."

„O, ich bin begeistert, Charles, daß meine kleinen Früchte Ihnen gefallen. Warum grüßen Sie eigentlich diese Cambremer, ist das auch eine Gutsnachbarin von Ihnen?"

Da Frau von Saint-Euverte sah, daß die Fürstin sich anscheinend gern mit Swann unterhielt, entfernte sie sich.

„Aber es ist ja eine von Ihnen, Fürstin!"

„Von mir? dann haben die wohl überall Güter, diese Leute? Mit denen möcht' ich tauschen."

„Ich meine gar nicht die Cambremers, sondern ihre Eltern; sie ist eine geborene Legrandin aus Combray. Ich weiß nicht, ob Sie wissen, daß Sie Gräfin von Combray sind und daß das Domkapitel Ihnen einen Tribut schuldig ist."

„Ich weiß nicht, was das Domkapitel mir schuldig ist, ich weiß nur, daß der Pfarrer mich Jahr für Jahr um hundert Franken erleichtert, worauf ich gern verzichten würde. Um wieder auf diese Cambremer zu kommen — was für ein drolliger Name! Er endet rechtzeitig, aber er endet bös," sagte sie lachend.

„Anfangen tut er auch nicht besser," erwiderte Swann.

„Ja wirklich, diese doppelte Verstümmelung! ...“[1]).

„Irgendein cholerischer, aber wohlerzogener Herr hat sich hier nicht entschließen können, das erste Wort ganz auszusprechen.“

„Aber wenn er sich schon nicht enthalten konnte, das zweite anzufangen, dann hätte er besser getan, erst einmal das erste zustandezubringen, um wenigstens damit zu Rande zu kommen. Ein reizendes Feuerwerk geben wir da zum Besten, Charleschen, aber was ist das für eine langweilige Sache, daß man Sie nie mehr sieht,“ setzte siein schmeichlerischem Ton hinzu, „ich unterhalte mich doch so gern mit Ihnen. Denken Sie, es war doch nicht menschenmöglich, diesem Idioten von Froberville begreiflich zu machen, daß der Name Cambremer drollig ist. Nicht wahr, das Leben ist was Furchtbares. Nur Sie unterbrechen ab und zu meineLangeweile.“ Nun, das war natürlich nicht wahr. Aber Swann und die Fürstin hatten ganz die gleiche Art über Kleinigkeiten zu urteilen, und die Wirkung — wo nicht Ursache — davon war eine bis in die Aussprache hinabreichende Ähnlichkeit der Ausdrucksweise. Diese Ähnlichkeit war nur deshalb nicht so frappant, weil ihre beiden Stimmen so verschieden wie nur möglich waren. Kam man aber soweit, sich die klangvolle Hülle und den flankierenden Schnurrbart von Swanns Worten wegzudenken, dann sah man deutlich, daß die Redensarten, der Tonfall und der Habitus des Guermantesschen Kreises darin lebten. In allem Wichtigen hatten Swann und die Fürstin nicht die mindeste geistige Gemeinschaft. Seitdem aber Swann so trüber Stimmung war und immer den leichten Schauder empfand, der einen überläuft, wenn man dem Weinen nahe ist, hatte er das gleiche Bedürfnis von seinem Gram zu reden wie ein Mörder von seinem Verbrechen. Bei den Worten der Fürstin, das Leben sei etwas Furchtbares,

[1]) Aus cambr(ioleur) und mer(de). Anm. d. Übers.

empfand er also das gleiche Wohlgefühl, als wenn sie ihm von Odette gesprochen hätte.

„Ach ja, das Leben ist was Furchtbares. Wir müssen uns wieder einmal sehen, liebe Freundin. Wie nett von Ihnen, daß Sie ohne das nicht froh sind. Man könnte doch einmal einen Abend zusammensein."

„Das glaub' ich, warum möchten Sie denn nicht nach Guermantes kommen, meine Schwiegermutter würde sich freuen. Es gilt als sehr häßlich, aber ich will Ihnen sagen, ich habe nichts gegen das Land, einen Ekel habe ich nur vor den „malerischen" Landschaften."

„O ja ich glaub's, es ist schon wunderbar," erwiderte Swann, „es ist beinahe zu schön, zu lebendig für mich im Augenblick; es ist ein Land, um glücklich darin zu sein. Vielleicht ist das nur deshalb so für mich, weil ich dort gelebt habe, aber die Dinge dort sprechen nun einmal so zu mir. Sowie ein Lüftchen sich erhebt, sowie die Ähren sich regen, denk' ich, es wird gleich einer kommen mit einer neuen Unglücksbotschaft aus Paris; und dann die Häuschen am Ufer . . . ich würde mich todunglücklich fühlen."

„O Gott, Charleschen, Vorsicht, da ist die furchtbare Rampillon, sie hat mich gesehen, verstecken Sie mich, sagen Sie mir rasch, was war noch mit ihr los ? ich bring's durcheinander, sie hat ihre Tochter verheiratet oder ihren Geliebten, ich weiß nicht mehr; vielleicht auch alle beide . . . und miteinander! . . . Ach nein, jetzt fällt mir's ein, ihr Fürst hat nichts mehr von ihr wissen wollen . . . tun Sie so, als ob Sie mit mir reden, damit diese Berenice nicht auf mich zukommt und mich zum Essen einlädt. Im übrigen mach' ich jetzt, daß ich fortkomme. Hören Sie, Charleschen, das eine Mal, wo ich Sie sehe: wollen Sie sich nicht von mir entführen lassen und mit zur Fürstin von Parma kommen? sie würde sich sehr freuen und Basin gleichfalls, mit dem ich mich dort verabredet habe. Wenn man nicht noch manchmal über Mémé von Ihnen hörte ... Denken Sie, ich sehe Sie ja nie mehr!"

Swann lehnte ab; er hatte Herrn von Charlus gesagt, er werde von Frau von Saint-Euverte aus direkt nach Hause gehen, und so wollte er nicht dadurch, daß er zur Fürstin von Parma ging, das Risiko auf sich nehmen, ein paar Zeilen zu verpassen, die er schon den ganzen Abend aus den Händen eines Bedienten zu empfangen gehofft, und die er vielleicht bei seinem Portier vorfinden würde.

„Der arme Swann," sagte Frau des Laumes abends zu ihrem Mann, „Gentleman wie immer, aber so ein unglückliches Gesicht! Du wirst ihn ja sehen, er hat mir versprochen, dieser Tage bei uns zu essen. Im Grunde find' ich es albern, daß ein Mann von seiner Intelligenz sich wegen einer Person von dieser Sorte quält, nicht einmal interessant ist sie, kreuzdumm soll sie sein," setzte sie mit der Verständigkeit der nichtverliebten Leute hinzu, die finden, ein Mann von Geist solle nur eines Menschen wegen unglücklich sein, dessentwegen sich das lohne — was ungefähr dasselbe ist, wie wenn einer sich darüber wunderte, daß man sich der Cholera und all ihren Leiden unterzieht, wo doch der Kommabazillus so winzig ist.

Swann wollte fort, aber gerade als er endlich hinauszuschlüpfen gedachte, bat ihn der General von Froberville, er möchte ihn Frau von Cambremer vorstellen, und so mußte er wohl oder übel mit ihm in den Salon zurück, um sie zu suchen.

„Wissen Sie, Swann, lieblich denk' ich mir das, dies Weib zur Frau zu haben, die muß ihrem Mann die Hölle heiß machen, was meinen Sie?"

Das Wort „die Hölle heiß machen" drang Swann ins Herz wie ein schmerzhafter Stich; sofort verspürte er das Bedürfnis, die Unterhaltung mit dem General fortzusetzen:

„Ach ja,“ sagte er zu ihm, „so manches schöne Leben hat auf diese Art geendigt ... Z. B. Sie wissen doch ... dieser Seemann, dessen Asche Dumont d'Urville heimgebracht hat, La Pérouse ... (und nun war Swann schon so glücklich, als ob er von Odette spräche). Ein herrlicher Charakter ist das und interessiert mich sehr, dieser La Pérouse,“ setzte er mit melancholischen Gesicht hinzu.

„Ach, ich bin im Bilde, La Pérouse,“ sagte der General. „Es ist ja ein ganz bekannter Name. Sogar eine Straße heißt nach ihm.“

„Sie kennen jemanden in der rue La Pérouse?“ fragte Swann erregt.

„Nur Frau von Chanlivault, die Schwester des wackeren Chaussepierre. Einen wunderhübschen komischen Abend hat sie uns neulich gegeben. Der Salon wird eines Tages noch hochelegant, Sie werden sehen!“

„Soso, in der rue La Pérouse wohnt sie. Wie sympathisch, es ist eine so hübsche Straße, ein bißchen trist.“

„Aber nein; Sie sind bloß lange nicht dort gewesen; von trist ist keine Rede mehr, das macht sich immer mehr heraus, das ganze Viertel dort.“

Als Swann Herrn von Froberville schließlich der jungen Frau von Cambremer vorstellte, ließ sie die Umrisse eines freudig-überraschten Lächelns erglänzen, ganz als hätte sie nie einen anderen Namen aussprechen hören (dabei hörte sie den Namen des Generals zum ersten Male); da sie nämlich die Freunde ihrer neuen Familie nicht kannte, glaubte sie von jedem Menschen, den man ihr brachte, er gehöre zu diesen Freunden, und in der Überzeugung, es sei ein Beweis von Takt, wenn sie ein Gesicht machte, als habe sie von dem Betreffenden trotz der kurzen Zeit ihrer Ehe schon reden hören, reichte sie ihm mit gewollter Unsicherheit die Hand, wodurch die anerzogene Zurückhaltung, die sie zu überwinden hatte, zugleich mit der spontanen Sympathie, die diese Hemmungen schließlich besiegte, bekundet werden sollte. Darum erklärten ihre Schwiegereltern, die sie immer noch für die gesellschaftlichen Leuchten von ganz Frankreich hielt, sie sei ein Engel; und zwar betonten sie das um so mehr, als es ihnen lieber war, wenn es hieß, sie hätten die Ehe ihres Sohnes mit dieser Frau mehr wegen der Reize ihrer Person als wegen ihres großen Vermögens zugegeben.

„Man sieht gleich, daß Sie mit Leib und Seele Musikerin sind, gnädige Frau," sagte der General mit einer unbewußten Anspielung auf den Zwischenfall mit der Leuchtermanschette.

Aber das Konzert fing wieder an und Swann sah ein, daß er vor Schluß dieser neuen Programmnummer nicht fortgehen konnte. Er litt darunter, zwischen lauter Leuten eingepfercht zu sein, deren Dummheit und albernes Wesen ihn doppelt schmerzlich traf: denn dadurch daß diese Leute von seiner Liebe nichts ahnten und, selbst wenn sie davon gewußt hätten, außerstande gewesen wären, sich dafür zu interessieren beziehungsweise und irgend etwas Anderes zu tun als darüber zu lächeln wie über eine Kinderei oder bedauernd darüber hinwegzugehen wie über eine Verrücktheit, — dadurch erschien ihm seine Liebe unter dem Aspekt eines rein subjektiven Zustandes, der nur für ihn existierte, dessen Wirklichkeit ihm durch nichts Äußeres verbürgt war; vor allem aber litt er (und zwar so, daß er schon beim Klang der Instrumente hätte aufschreien mögen) weil er noch länger verbannt an dieser Stätte bleiben mußte, wo Odette nie hinkommen würde, wo niemand und nichts sie kannte, wo sie schlechthin nicht da war.

Auf einmal aber war es, als käme sie herein, und dies Auftauchen bereitete ihm einen so reißenden Schmerz, daß er die Hand ans Herz führen mußte. Die Geige war hoch hinaufgeklettert und blieb nun dort oben wie um zu warten; und während sie unablässig die Noten aushielt, steigerte sich ihre Erwartung, je länger sie dauerte, immer mehr hinein in das verzückte Wesen eines Menschen, der das Objekt seiner Erwartung schon herankommen sieht und mit einer letzten verzweifelten Anstrengung versucht, bis zu seiner Ankunft auszudauern, ihm seinen Gruß zu entbieten noch vor dem letzten Atemzug, ihm noch einen Augenblick mit allen Kräften die Bahn freizuhalten, damit es hindurch kann — wie einer eine Tür offenhält, die sonst zufallen würde. Und bevor Swann Zeit gefunden hatte zu begreifen und sich zu sagen: „Das ist die kleine Phrase aus der Sonate von Vinteuil, nicht hinhören!" waren schon alle seine Erinnerungen an die Zeit, da Odette in ihn verliebt war, wieder lebendig; und mochte er sie auch bis zu diesem Tage in den Tiefen seines Ich versteckt gehalten haben — jetzt waren sie, getäuscht durch den jähen Strahl der Liebeszeit, die sie wiedergekommen wähnten, alle wieder wach geworden und pfeilschnell emporgeschossen, um ihm glühend und ohne Mitleid mit seinem gegenwärtigen Unglück die vergessenen Strophen des Glückes vorzusingen.

Statt abstrakter Ausdrücke wie „die Zeit, in der ich glücklich war", „die Zeit, in der ich geliebt wurde" (Ausdrücke, die er seither schon oft und ohne allzu großen Schmerz vor sich hingesprochen, denn sein Geist hatte nur scheinbare Destillate aus der Vergangenheit, die von ihr nichts bewahrten, in diese Ausdrücke hineingetan) statt dessen traf er nun wieder auf all das, was für immer die spezifische, bewegliche Substanz jenes verlorenen Glückes bestimmt hatte; alles sah er wieder vor sich: die schneeigen, gekräuselten Blütenblätter der Chrysantheme, die sie ihm in den Wagen geworfen und die er an seine Lippen gepreßt hatte — den gedruckten Kopf der „Maison Dorée" auf dem Brief, in dem zu lesen stand: „Meine Hand zittert so sehr, während ich an Sie schreibe", das Einanderentgegenrücken ihrer Brauen, wenn sie mit flehentlichem Ausdruck zu ihm sagte: „Nicht wahr, Sie lassen nicht gar zu lange mit einem Lebenszeichen auf sich warten?“; er spürte, wie das Eisen roch, mit dem er sich beim Friseur seine Tolle machen ließ, während Lorédan die kleine Arbeiterin holte, spürte die vielen Regengüsse jenes gewitterigen Frühjahrs, die fröstelnde Heimfahrt in seiner Viktoria bei Mondschein, kurz, all' die einzelnen Maschen von Geistesgewohnheiten, Witterungseindrücken und Oberflächengebilden, die über eine Reihe von Wochen hin ein einförmiges Netz gebreitet hatten, worin sein Leib sich von neuem verfangen sah. Nun tat er einer genüßlichen Neugier Genüge, indem er die Freuden derer kennen lernte, die von Liebe leben. Er hatte geglaubt, er werde sich fern davon halten können und solcherlei Schmerzen nicht durchmachen müssen; doch wie wenig galt ihm jetzt der Liebreiz Odettes gegenüber dem fürchterlichen Schrecken, der diesen Liebreiz umdunstete wie ein trüber Hof, gegenüber der unendlichen Beklemmung, nicht in jedem Augenblick zu wissen, was sie trieb, sie nicht überall und jederzeit zu besitzen! Ach ihm fiel der Akzent wieder ein, mit dem sie gerufen hatte: „Aber ich werde immer mit Ihnen zusammensein können, ich bin immer frei!“ — und jetzt war sie es nie mehr! er dachte an das Interesse, die Neugier, die sie seinem individuellen Leben entgegengebracht hatte, an das leidenschaftliche Begehren, er möchte ihr die Gnade erweisen, in dies Leben eindringen zu dürfen (während er jetzt dies Eindringen als einen Anlaß verdrießlicher Störungen geradezu fürchtete); dann, wie sie ihn erst bitten mußte, bevor er sich zu Verdurins mitnehmen ließ; und wie er sie nur einmal im Monat in seine Wohnung hatte kommen lassen und sie ihm, bevor er sich erweichen ließ, erst hundertmal hatte sagen müssen, wie selig sie wäre, wenn aus ihrem Zusammensein die alltägliche Gewohnheit würde, von der sie damals träumte und die damals in seinen Augen nur etwas widerlich Lästiges war; nachher aber hatte sie sich an dieser Gewohnheit übersättigt und endgültig mit ihr gebrochen, während für ihn daraus ein so unbezwingliches und schmerzhaftes Bedürfnis geworden war. Er wußte nicht, wie wahr er gesprochen hatte, als er ihr beim dritten Zusammensein auf ihr wiederholtes: „Aber warum lassen Sie mich denn nicht öfter kommen?" lachend und galant geantwortet hatte: „Aus Angst vor Kummer." O, auch jetzt kam es noch manchmal vor, daß sie von einem Restaurant oder Hotel aus auf dementsprechend bedruckten Papier an ihn schrieb; aber das waren gleichsam Feuerbriefe, die ihn versengten. „Das stammt aus dem Hotel Vouillemont? Was mag sie dort vorgehabt haben! mit wem? was ist da vor sich gegangen?" Er erinnerte sich an die Gaslaternen, die auf dem Boulevard des Italiens ausgelöscht wurden, als er sie wider alles Erwarten zwischen den irrenden Schatten getroffen hatte — in jener Nacht, die ihm fast übernatürlich vorgekommen war, denn in der Tat: als eine Nacht aus jener Zeit, in der er sich gar nicht erst zu fragen brauchte, ob er sie vielleicht verstimmte, wenn er ihr nachginge und sie wieder träfe (so sicher war er, daß sie keine größere Freude kannte als ihn zu sehen und mit ihm nach Hause zu fahren) mochte diese Nacht wohl einer Welt des Geheimnisses angehören, in die man nie wieder zurück kann, wenn ihre Tore sich einmal geschlossen haben. Und unbeweglich vor diesem wiedererstandenen Glücke verweilend wurde Swann einen Unglücklichen gewahr, den er nicht gleich erkannte, und der daher sein Mitleid so sehr erregte, daß er die Augen senken mußte, damit man nicht sähe, daß sie voller Tränen standen. Dieser Unglückliche war er selber.

Als er das begriffen hatte, hörte sein Mitleid auf, dafür wurde er aber eifersüchtig auf diesen alter ego, den sie geliebt hatte, wurde eifersüchtig auf alle, von denen er sich ohne allzugroßen Kummer oft gesagt hatte: „Sie liebt sie vielleicht," — jetzt, da er die vage Idee von Liebe, in der gar nichts von Liebe steckt, gegen die Blütenblätter der Chrysantheme und den gedruckten „Kopf“ der Maison d'Or ausgetauscht hatte, Dinge, in denen die Fülle der Liebe enthalten war. Da nahm das Schmerzgefühl überhand, er fuhr sich mit der Hand über die Stirn, ließ sein Monokel herausgleiten und wischte das Glas ab. Und hätte er sich in diesem Augenblick gesehen — er hätte seiner reichhaltigen Monokelsammlung gewiß auch dies Monokel eingefügt, das er jetzt wegtat wie einen lästigen Gedanken und aus dessen feuchtem Angesicht er mit einem Taschentuch die Sorgen fortzuwischen suchte.

Die Violine (sofern man das Instrument nicht sieht und somit zwischen dem Gehörten und dem optischen Eindruck, der die Klangwirkung immer irgendwie beeinflußt, keine Beziehungen herstellen kann) enthält Akzente, die sie mit manchen Tonfällen im tiefen Alt so völlig gemein hat, daß man in der Illusion lebt, eine Sängerin habe sich dem Ensemble gesellt. Man hebt die Augen, und sieht nichts als die Klangkörper, die kostbar sind wie chinesische Kästchen, aber im Augenblick umgaukelt einen noch der trügerische Anruf der Sirene; manchmal glaubt man auch einen gefangenen Geist zu hören, der sich tiefunten in dem gelehrten Kasten losringt, bebend und verzaubert wie eine Art Beelzebub im Weihkessel; manchmal endlich geht's um in der Luft wie ein überirdisches Wesen, das vorüberzieht und seine unsichtbare Botschaft entfaltet.

Swann war zumute, als sei das, was die Musiker lieferten, nicht eigentlich die Darbietung der kleinen Phrase, vielmehr nur die Ausführung der für ihr Erscheinen erforderlichen Riten, als sprächen sie nur die Formeln, die unerläßlich waren, wenn das Beschwörungswunder für ein paar Augenblicke erzielt und festgehalten werden sollte; und da sie ihm nie mehr anders als in einem Bannkreis ultravioletten Lichtes erschien, da er so etwas wie die Erquickung einer Metamorphose durchkostete, wenn er ihr mit momentaner Blindheit geschlagen, näher und näher rückte — so empfand er ihre Gegenwart wie die einer Göttin, die die Schützerin und Vertraute seiner Liebe war und sich in diese klingende Gestalt nur verkleidet hatte, um auf ihn zuzukommen vor allem Volk und ihn auf ein paar Worte beiseite zu nehmen. Und wie sie vorbeizog, leicht, ruhespendend und Flüsterns voll wie ein Parfüm, wie sie ihm sagte, was sie ihm zu sagen hatte, all' diese Worte, die er einzeln prüfte und mit Bedauern so rasch entflattern sah — da schob er unwillkürlich die Lippen vor, als küßte er den harmonischen Leib in seinem Vorüberfliehen. Er fühlte sich nicht mehr verbannt und allein, da ja sie sich eigens an ihn wandte, um ihm halblaut von Odette zu sprechen. Denn er hatte nicht mehr wie früher den Eindruck, daß Odette und er keine Bekannten der kleinen Phrase seien. Dazu war sie seither viel zu oft Zeugin ihrer Freuden gewesen! freilich ebenso oft auch Mitwisserin ihrer Bresthaftigkeit. Darum schauerte Schmerz ihn an in ihrem Lächeln, in ihrer durchsichtigen, entzauberten Tongebung — und so fand er heute eher die Anmut einer fast heiteren Resignation in ihr. Über die Kümmernisse, von denen sie ihm früher gesprochen und denen er unberührten Herzens nachgesehen hatte, wenn sie sie lächelnd mit sich zog auf ihrer kurvenreichen, reißenden Bahn — über diese Kümmernisse, die jetzt die seinen waren, ohne daß er hoffen konnte, jemals davon befreit zu werden, schien sie ihm wie einst über sein Glück zu sagen: „Was ist denn daran, all' das ist nichts." Und Swanns Geist wandte sich zum ersten Male in einem Aufschwung frommer Innigkeit diesem Vinteuil zu, diesem unbekannten, hohen Bruder, der auch so viel hatte leiden müssen; wie mochte sein Leben verlaufen sein? aus der Tiefe welcher Schmerzen schöpfte er diese Kraft eines Gottes, diese grenzenlose Macht des Schaffens? Erzählte die kleine Phrase ihm von der Nichtigkeit seiner Leiden, dann fand Swann etwas Wohltuendes in ihrer Verständigkeit — derselben Verständigkeit, die ihm ganz unerträglich vorkam, wenn er sie auf den Gesichtern der gleichgültigen Leute zu lesen glaubte, die seine Liebe als eine bedeutungslose Abirrung betrachteten. Wie anders die kleine Phrase: gleichviel welche Ansicht über die kurze Dauer solcher Gemütszustände sie haben mochte — jedenfalls sah sie darin nicht wie all' jene Leute etwas minder Ernstes als das „reale" Leben, sondern im Gegenteil etwas derart darüber Erhabenes, daß einzig und allein dergleichen Dinge des Ausdruckes würdig schienen. Das bezaubernde Wesen tiefinnerer Traurigkeit war ja gerade das, was sie nachzusingen, nachzuschaffen suchte, was sie bis in die Substanz hinein (die doch nichts Anderes ist als die Nichtmitteilbarkeit und scheinbare Frivolität in den Augen derer, die dergleichen nicht empfinden) erfaßt und sichtbar gemacht hatte. So zwang sie alle Hörer (sofern sie nur ein wenig musikalisch waren), diesem Zauber Wert zuzugestehen und seine Himmelsmilde zu spüren — während dieselben Leute denselben Zauber gleich darauf im Leben (etwa in Gestalt irgendeiner besonderen Liebesgeschichte. die sich vor ihren Augen entspinnen mochte) ganz gewiß nicht wiedererkennen konnten. Wohl ließ sich die Form, in der sie ihn kodifiziert hatte, rational nicht auflösen. Aber seitdem die Liebe zur Musik vor mehr als einem Jahre begonnen hatte, Swann tausend Schätze seiner eigenen Seele zu enthüllen, und wenigstens für einige Zeit in ihm erblüht war, — seitdem galten ihm die musikalischen Motive soviel wie Ideen im wahren Sinne des Wortes d. h. wie Gestalten aus einer anderen Welt, aus einer anderen Ordnung, schattenumhüllte, dem Geiste unbekannte und undurchdringliche Wesenheiten, die aber dessenungeachtet völlig voneinander unterschieden, völlig einander ungleich sind an Funktion und Bedeutung. Wenn er nach einem Abend bei Verdurins, an dem er sich die kleine Phrase wieder hatte vorspielen lassen, herauszubekommen versucht hatte, warum sie ihn wie ein Duft, wie ein Streicheln umfuhr und umhüllte, dann hatte er sich gesagt, dieser Eindruck von spröder, schauernder Süße sei offensichtlich auf den geringen Abstand zwischen den fünf Noten, aus denen sie bestand, und auf die ständige Wiederholung zweier dieser Noten zurückzuführen; in Wirklichkeit aber wußte er sehr wohl, daß er damit nicht über die Phrase als solche theoretisierte, sondern über bloße Funktionen, die seine Vernunft der Bequemlichkeit halber an die Stelle der geheimnisvollen Substanz gesetzt hatte, die er noch vor der Bekanntschaft mit Verdurins zuerst auf der Soirée gewahr geworden war, wo er die Sonate zum ersten Male gehört hatte. Er wußte, daß die bloße Erinnerung an das Klavier ihm das weite Land, als das sich ihm die Welt der Musik darstellte, bereits in falschem Lichte zeigte, daß das Feld, welches dem Musiker offensteht, nicht eine kümmerliche Klaviatur von sieben Noten ist, sondern eine inkommensurable, fast gänzlich unbekannte Klaviatur, auf der nur hie und da einige wenige von Millionen Tasten, Tasten der Innigkeit, der Leidenschaft, des Mutes, der Heiterkeit, die sich aus unerforschten dichten Finsternissen gelöst haben und eine von der anderen verschieden sind wie Welten voneinander, irgendwann von großen Künstlern entdeckt worden sind: die leisten uns dann den Dienst, das, was dem von ihnen gefundenen Thema entspricht, in uns wachzurufen und uns dadurch zu zeigen, welch ungekannter Reichtum, welche Mannigfaltigkeit in jener undurchdrungenen und entmutigenden großen Nacht unserer Seele steckt, die wir für leer und nichtig halten. Vinteuil war einer von diesen Komponisten gewesen. In seiner kleinen Phrase, mochte sie dem Verstande auch nur eine undeutliche Angriffsfläche darbieten, spürte man einen so festen und entwickelten Gehalt, dem sie eine so neue und ursprüngliche Kraft verlieh, daß die, die sie gehört hatten, sie auf eine Stufe mit den Ideen des Geistes stellten. Swann vergegenwärtigte sie sich ständig wie eine Vorstellung von Liebe und Glück, deren Eigentümlichkeit ihm ebenso unmittelbar bewußt war wie das Charakteristische an der Vorstellung „Fürstin von Kleve“ oder „René“, sobald die dazugehörigen Namen in seinem Gedächtnis auftauchten. Selbst wenn er nicht an die kleine Phrase dachte, existierte sie latent in seinem Geist und nahm dort dieselbe Stellung ein wie gewisse andere unersetzliche Begriffe: etwa der Begriff des Lichtes, des Tones, des Ruhmes, des Sinnengenusses, aller dieser reichen Besitztümer, die die Mannigfaltigkeit und den Schmuck unserer inneren Welt ausmachen. Vielleicht werden wir sie verlieren, vielleicht werden sie schwinden, wenn wir ins Nichts zurückgehen. Aber solange wir leben, können wir ihnen gegenüber nichts Anderes tun als eben sie kennen lernen — wie ja auch jedem wirklichen Dinge gegenüber: zweifeln wir doch auch nicht am Schein der Lampe, die vor den verwandelten Dingen unseres Zimmers angezündet wird und die letzte Erinnerung an die Dunkelheit davonjagt. So hatte auch die Phrase von Vinteuil (darin Themen aus dem „Tristan“ ähnlich, die wir ebenfalls für Fortschritte in der Welt der Gefühle halten) uns in unserer Sterblichkeit gefördert, war irgendein Menschliches geworden, von dem lebendige Rührung ausging. Ihr Los war nun mit der Zukunft verbunden, mit der Wirklichkeit unseres Gemütes, zu dessen eigentümlichsten und differenziertesten Ornamenten sie gehörte. Vielleicht ist das Nichts das Wahre und all' unser Traum ist unwirklich, dann aber, so fühlen wir, werden auch diese Phrasen der Musik, diese Begriffe, die nur in der Relation zu dieser Traumwelt Bestand haben, gleich dem Nichts sein. Wir werden untergehen, aber als Geiseln haben wir diese göttlichen Gefangenen, die unserem Geschicke folgen müssen. Und der Tod mit ihnen hat etwas minder Bitteres, minder Ruhmloses — vielleicht minder Wahrscheinliches.

Swann hatte also nicht ganz unrecht, wenn er glaubte, die Phrase aus der Sonate von Vinteuil existiere wirklich. Freilich gehörte sie, so menschlich sie einesteils erschien, doch zu einem Reich übernatürlicher, niegesehener Geschöpfe, die wir, seltsam genug, voll Entzücken wiedererkennen, wenn es irgendeinem Erforscher des Unsichtbaren gelingt, eins zu greifen und es aus der göttlichen Welt, zu der er Zugang hat, herauszuholen, damit es für ein paar Augenblicke über unserer Welt erglänze. Das hatte Vinteuil mit der kleinen Phrase geleistet. Swann hatte das Gefühl, daß der Komponist nichts weiter habe tun wollen, als sie mit seinen Musikinstrumenten entschleiern, sie sichtbar machen, ihren Umrissen nachgehen, ehrfürchtigen Sinns und mit so zarter, kluger, feiner und sicherer Hand, daß der Klang sich fortwährend wandelte: verwehend, wenn er einen Schatten andeuten wollte, wiederauflebend, wenn es galt, der Fährte eines kühnen Konturs zu folgen. Und ein Beweis dafür, daß Swann sich nicht irrte, wenn er an die wirkliche Existenz dieser Phrase glaubte, lag darin, daß jeder auch nur etwas feinhörige Kenner sofort den Betrug gemerkt hätte, wenn Vinteuil aus Mangel an der nötigen Kraft, ihre Formen zu schauen und wiederzugeben, mit ein paar grellen Strichen hier und dort die Lücken seiner Vision oder die Fehler seiner Hand zu verschleiern gesucht hätte.

Nun war sie fort. Swann wußte, daß sie hinter dem letzten Takt wieder erscheinen würde, nach einem ganzen langen Stück, das der Pianist von Frau Verdurin immer übersprang. Wundervolle Einfälle steckten darin, die Swann beim ersten Hören gar nicht bemerkt hatte und jetzt dennoch gewahr wurde, als hätten sie in der Kleiderkammer seines Gedächtnisses die einförmige Hülle der Neuheit inzwischen abgetan. Swann horchte auf die verstreuten Themen, die hernach in die Komposition der Phrase münden sollten wie die Prämissen in die notwendige Konklusion, er wohnte ihrem Werden bei. „O diese Kühnheit, die vielleicht" — dachte er im stillen — „ebenso genial ist wie die Lavoisiers und Ampères, diese Kühnheit eines Vinteuil, der da experimentiert, der die geheimen Gesetze einer unbekannten Kraft entdeckt, der durch das unerforschte Land zum einzig möglichen Ziele hin das unsichtbare Gespann lenkt, dem er sich anvertraut und das er doch nie mit Augen sehen wird." Und dann der schöne Dialog, der sich vor Swanns Ohren zwischen Klavier und Violine am Anfang des letzten Satzes entspann! Die Unterdrückung der Menschenrede hatte nicht etwa, wie man hätte glauben können, zur Herrschaft, sondern zur Ausmerzung aller Phantastik geführt; niemals eignete dem gesprochenen Wort eine so unbeugsame Notwendigkeit, eine derartige Vertrautheit mit dem, was die Frage passend, die Antwort schlagend macht. Zuerst klagte einsam das Klavier, wie ein Vogel, den seine Gefährtin verlassen hat; die Violine vernahm's und erwiderte ihm vom nahen Baum. Es war wie am Anfang der Welt, als lebten nur diese Beiden auf der Erde, oder vielmehr auf der von allem Übrigen abgeschlossenen, mit der Logik eines Schöpfers konstruierten Welt, in der auf ewig nur sie Beide sein sollten — eben dieser Sonate. War's ein Vogel, war's die noch unvollkommene Seele der kleinen Phrase, war's eine unsichtbare seufzende Fee, vor der das Klavier nun zart seine Klage wiederholte? Seine Schreie waren so plötzlich, daß der Geiger sich auf seinen Bogen stürzen mußte, um sie aufzunehmen. Wunderbarer Vogel! der Geiger schien ihn locken, zähmen, haschen zu wollen. Schon war er in seine Seele eingegangen, schon bewegte sich die kleine Phrase auf Anruf hin und her wie ein Medium, dessen Leib sich wahrhaftig in der

Gewalt des Geigers befand. Swann wußte, daß sie bald noch einmal sprechen würde, Und er hatte sich so stark in die Beziehung des Ich zum Du hineingelebt, daß die Erwartung des bevorstehenden Augenblicks, in dem er ihr wieder von Angesicht zu Angesicht gegenüberstehen sollte, ihn derart erschütterte, daß er schluchzte, wie man über einen schönen Vers oder eine traurige Nachricht schluchzen muß, nicht so sehr wenn man allein ist, als vielmehr wenn man sie Freunden mitteilt, weil man sich dann gleichsam als den Anderen sieht und somit ahnt, daß seine Freude groß ist und die Freunde rühren muß. Nun erschien sie wieder, doch diesmal nur, um sich in der Luft schwebend zu erhalten, sich einen kurzen Augenblick gleichsam unbeweglich dort zu ergehen — und dann zu verscheiden. So wollte Swann sich von der kurzen Frist, die ihr gewährt war, nichts entgehen lassen. Noch war sie da wie eine schillernde Blase, die sich hält. Sie glich einem Regenbogen, dessen Glanz verblaßt, der sich erst senkt, dann wieder hebt und, bevor er vergeht, ein letztes Mal aufblüht wie noch nie; zu den beiden Tönungen, die sie bisher hatte hervortreten lassen, fügte sie andere Saiten von der ganzen Farbenpracht des Spektrums und lieh ihnen Stimme. Swann wagte sich nicht zu rühren und hätte alle übrigen Leute festhalten mögen, als könnte die geringste Bewegung den überirdischen, köstlichen und schwachen Nimbus, der nah am Ersterben war, beeinträchtigen. Tatsächlich fiel es niemandem ein zu sprechen. Die unaussprechlichen Worte eines einzigen fernen Wesens, vielleicht eines Toten (Swann wußte nicht, ob Vinteuil noch lebte), ergossen sich über die Riten dieser Offizianten, und mehr bedurfte es nicht: nun wurden dreihundert Menschen in Spannung gehalten, nun wurde dies Podium, wo dergestalt eine Seele beschworen ward, zum edelsten Altar, auf dem eine überirdische Zeremonie sich vollziehen mochte. Als daher die kleine Phrase sich endlich in ihre Elemente auflöste und zerstückelt in den folgenden Motiven umhertrieb, die schon an ihre Stelle getreten waren, ärgerte Swann sich zwar im ersten Moment über die durch ihre Naivetäten berühmte Gräfin von Monteriender, die sich zu ihm beugte, um ihm ihre Eindrücke anzuvertrauen, noch bevor die Sonate zu Ende war, aber er konnte sich doch nicht enthalten zu lächeln, ja vielleicht sogar einen tiefen Sinn, den sie nicht sah, in den von ihr gebrauchten Worten zu finden. Begeistert über das virtuosenhafte Spiel rief nämlich die Gräfin Swann zu: „Wundervoll, sowas hab' ich noch nie erlebt ..." Aber ein Exaktheitsbedenken zwang sie, ihre erste Behauptung zu berichtigen, und so setzte sie einschränkend hinzu: „Noch nie ... seit dem Tischrücken!"

Von diesem Abend an sah Swann ein, daß Odettes früheres Gefühl für ihn nie wiedererstehen würde, daß seine Glückshoffnungen sich nicht mehr verwirklichen konnten. Und wenn sie etwa noch den einen oder anderen Tag nett und zärtlich zu ihm war oder ihm ein wenig Aufmerksamkeit bezeugte, so vermerkte er diese auffälligen und doch so trügerischen Zeichen einer leichten Rückwendung zu ihm mit der ganzen gerührt-skeptischen Empfindung, der ganzen verzweifelten Freude von Leuten, die über einen von ihnen gepflegten Freund, der ins letzte Stadium einer unheilbaren Krankheit gekommen ist, als kostbare Tatsachen zu berichten wissen: „gestern hat er selber nachgerechnet und einen Additionsfehler entdeckt, den wir gemacht hatten; er hat mit Behagen ein Ei verspeist wenn's ihm gut bekommt, wollen wir's morgen mit einem Kotelett versuchen," obwohl sie wissen, daß diese Dinge am Vorabend des unvermeidlichen Todes gänzlich bedeutungslos sind. Gewiß, Swann wußte genau: hätte er jetzt fern von Odette gelebt, sie wäre ihm schließlich so gleichgültig geworden, daß er es sogar zufrieden gewesen wäre, wenn sie Paris für immer verlassen hätte; zum Bleiben hätte er dann den Mut gehabt — zum Fortgehen reichte seine Kraft nicht hin.

Oft schon hatte er daran gedacht. Jetzt, wo er sich wieder an seine Studie über Ver Meer begeben hatte, wäre es dringend erforderlich gewesen, daß er wenigstens für ein paar Tage wieder in den Haag, nach Dresden, nach Braunschweig fuhr. Er war überzeugt, daß eine „Toilette der Diana“, die vom Mauritshuis auf der Auktion Goldschmidt als ein Nicolas Maes angekauft worden war, in Wirklichkeit von Ver Meer stammte. Und er hätte das Gemälde gern an Ort und Stelle studiert, um seine Überzeugung zu stützen. Aber Paris verlassen, während Odette dort war, ja selbst wenn sie nicht dort war? hätte nicht die neue Umgebung, deren Eindrücke nicht durch die Gewohnheit ertötet waren, seinem Schmerz nur neue Kraft und neues Leben zugeführt? so war dies denn für ihn ein so grausames Projekt, daß er nur deshalb überhaupt lange hintereinander daran zu denken vermochte, weil er sich endgültig entschlossen hatte, es nie auszuführen. Doch kam es vor, daß im Schlaf der Gedanke der Reise in ihm aufstieg (ohne daß er sich die Unmöglichkeit dieser Reise vergegenwärtigte) — und dann erlangte sie Wirklichkeitscharakter. Einmal träumte ihm, er reise auf ein Jahr fort. Aus der Tür des Abteils zu einem jungen Mann geneigt, der ihm auf dem Bahnsteig weinend Lebewohl sagte, suchte er, Swann, ihn zu überreden, er solle mit ihm zusammen fortreisen. Der Zug schütterte, die Angst weckte ihn auf, er erinnerte sich, daß er nicht abreiste, daß er Odette heute abend, morgen abend und beinahe jeden Tag sehen würde. Noch voll von der Erregung seines Traumes pries er die besonderen Verhältnisse, denen er es zu verdanken hatte, daß er selbst unabhängig war, in Odettes Nähe bleiben konnte, ja sogar manchmal mit ihr zusammen sein durfte; und wenn er all' diese Vorteile rekapitulierte: seine gesellschaftliche Stellung, sein Vermögen, das sie oft denn doch allzu nötig hatte, als daß sie nicht vor dem endgültigen Bruch hätte zurückschrecken müssen (ja es hieß sogar, sie habe den Hintergedanken sich von ihm heiraten zu lassen), ferner die Freundschaft mit Herrn von Charlus, die ihm zwar bei Odette noch nie sehr viel genützt hatte, ihn aber immerhin in die wohlige Sicherheit wiegte, daß dieser von ihr so hoch geschätzte gemeinsame Freund ihr Schmeichelhaftes über ihn sagte; wenn er dazu noch seine Intelligenz nahm, deren einziges Geschäft in der täglichen Einfädelung neuer Intrigen bestand, die Odette seine Anwesenheit wo nicht angenehm so doch unentbehrlich machten, — dann trat ihm vor Augen, was geworden wäre, wenn ihm all' das gefehlt hätte; denn gesetzt, er wäre wie so viele Andere demütig, arm und bloß, müßte alles nehmen, was sich ihm bot, wäre an Eltern oder an eine Frau gefesselt und sollte dann womöglich Odette verlassen — wäre dann nicht dieser Traum, dessen Schreck noch in ihm nachzitterte, möglicherweise die volle Wahrheit gewesen? und so dachte er im stillen: „Man weiß gar nicht, wie glücklich man ist. Man ist nie so unglücklich, wie man meint.“ Dann aber überlegte er sich, daß diese Existenz schon mehrere Jahre dauerte, daß alles, was er hoffen konnte, ihre ewige Dauer sei, daß er seine Arbeiten, seine Freuden, seine Freunde, kurz sein ganzes Leben der täglichen Erwartung eines Rendezvous opferte, das ihn nicht einmal irgendwie glücklich machte — und nun fragte er sich doch, ob er sich nicht irre, ob nicht all' das, was für sein Verhältnis gesprochen und den Bruch so lange verhindert haben mochte, seine Bestimmung längst erfüllt habe, und ob das Ziel seiner Wünsche nicht eigentlich identisch sei mit dem Ereignis, an dem er sich vergnügte, solange es nur im Traum bestand: seiner Abreise. Dann auf einmal dachte er im stillen, man wisse gar nicht, wie unglücklich man sei, man sei nie so glücklich, wie man meine.

Manchmal hoffte er, sie werde ohne Schmerzen durch irgendeinen Zufall ums Leben kommen, da sie doch von Morgens bis Abends draußen auf Straßen und Wegen war. Kam sie dann gesund und wohlbehalten zurück, so staunte er, wie doch der menschliche Körper geschmeidig und stark sei, daß er allen ihn umgebenden Gefahren fortwährend entgegentreten und entgegenwirken könne (diesen Gefahren, die Swann unzählbar fand, seitdem sein geheimer Wunsch sie taxieren wollte), ja, daß er den Menschenkindern gestattete, Tag für Tag und fast ungestraft ihr geschäftiges Scheindasein zu führen und dem Genusse nachzujagen. Und Swann fühlte sich Mahomet II. innerlich ganz nahe (dessen von Bellini herrührendes Porträt er so liebte): als der nämlich spürte, daß er sich rasend in eine seiner Frauen verliebt hatte, erdolchte er sie, „auf daß er," sagt ganz naiv sein venezianischer Biograph, „die Freiheit seines Geistes wiedergewönne." Dann aber war Swann empört, daß er dermaßen nur an sich dachte, und die Schmerzen, die er durchgemacht hatte, schienen ihm gar kein Mitleid zu verdienen, da er ja selbst ein so wohlfeiles Ding aus Odettes Leben machte.

Konnte er sich von ihr schon nicht auf Nimmerwiedersehen trennen, so wäre sein Schmerz schließlich wohl doch zur Ruhe gekommen und seine Liebe vergangen, wenn er wenigstens ohne ständige Unterbrechungen mit ihr zusammengewesen wäre. Doch wenn sie Paris nicht gleich auf immer verlassen wollte, hätte er am liebsten gesehen, daß sie es nie verließe. Nun wußte er, daß ihr einziges langes Fortsein alljährlich in den August und September fiel, und so hatte er schon mehrere Monate vorher Muße genug, den bitteren Gedanken daran auf eine ganze lange vorweggenommene Zukunft zu verteilen, die, aus Tagen von gleicher Beschaffenheit wie die gegenwärtigen Tage bestehend, durchsichtig und kalt in seinem Geiste zirkulierte und die Traurigkeit am Leben erhielt, ohne ihm allzu scharfe Schmerzen zu bereiten. Doch siehe da: diese innere Zukunft, dieser Fluß, farblos und frei wie er da strömte, brauchte nur durch ein einziges, tief hinunterlangendes Wort Odettes angerührt zu werden — und schon ward er unbeweglich wie ein Klumpen Eis, seine Flüssigkeit wurde hart, er gefror ganz und gar; und Swann fühlte sich plötzlich von einer riesenhaften, unzerbrechlichen Masse erfüllt, die auf die Wandungen seines inneren Menschen drückte, bis sie sie sprengte: zum Beispiel hatte Odette mit lächelndem, lauernd-heimlichem Blick zu ihm gesagt: „Forcheville will eine schöne Reise machen zu Pfingsten. Er fährt nach Ägypten," und Swann hatte sofort begriffen, daß das bedeutete: „Ich will zu Pfingsten mit Forcheville nach Ägypten." Und richtig: wenn Swann ein paar Tage darauf zu ihr sagte: „Hör' mal, was ich sagen wollte, diese Reise mit Forcheville, von der du mir erzählt hast," dann antwortete sie ihm leichthin: „Ja, mein Kleiner, wir fahren am 19., du bekommst eine Ansichtskarte von den Pyramiden." Da wollte er wissen, ob sie Forchevilles Geliebte sei, wollte sie selbst danach fragen. Er wußte, daß sie, abergläubisch wie sie war, gewisse Meineide nicht schwören würde, und außerdem war die bisher hemmende Furcht, Odette durch Ausfragen zu ärgern und mit Haß gegen ihn zu erfüllen, nicht mehr vorhanden, da er jetzt ja alle Hoffnung verloren hatte, je wieder von ihr geliebt zu werden.

Eines Tages bekam er einen anonymen Brief, in welchem stand, Odette sei die Geliebte nicht nur von zahllosen Männern (von denen ihm einige genannt wurden, darunter Forcheville, der Marquis von Bréauté und der Maler), sondern auch von Frauen, und sie gehe in Absteigequartieren aus und ein. Er litt Qualen bei dem Gedanken, daß unter seinen Freunden ein Mensch sei, der fähig war, einen solchen Brief an ihn zu schreiben (denn gewisse Détails verrieten, daß der Schreiber mit Swanns Leben intim vertraut war). Er forschte, wer es sein könne. Nie war ihm bisher der Verdacht gekommen, die Menschen könnten unbekannte Dinge tun, die mit ihren Worten nicht in sichtbarem Zusammenhange ständen. Wollte er also herausbekommen, ob das unbekannte seelische Erdreich, aus dem solch eine unvornehme Handlung kommen konnte, eher in dem bekannten Charakter des Herrn von Charlus, des Herrn des Laumes oder des Herrn von Orsan liegen mochte, so sah er keinen Grund, diese Gemeinheit eher mit der Natur des einen als mit der des anderen in Verbindung zu bringen, da ja keiner dieser Männer sich jemals vor ihm für anonyme Briefe ausgesprochen hatte, vielmehr alles, was sie je zu ihm gesagt hatten, eine Mißbilligung solchen Verfahrens in sich schloß. Herrn von Charlus' Charakter war ein bißchen haltungslos, aber im Grunde gut und liebevoll; Herrn von Laumes' Natur ein bißchen trocken, aber gesund und aufrecht. Was Herrn von Orsan betraf, so war Swann noch nie einem Menschen begegnet, der ihm auch in den traurigsten Lagen so einfühlende Worte, so diskretes und taktvolles Gebaren entgegengebracht hätte. Das ging soweit, daß Swann die ein wenig unfeine Rolle nicht begreifen konnte, die Herr von Orsan in seinem Verhältnis mit einer reichen Frau angeblich spielte, und daß er jedesmal, wenn er an ihn dachte, an diesem schlechten Ruf vorbeidenken mußte, der mit soviel sicheren Beweisen von Feinheit unvereinbar war. Einen Augenblick fühlte Swann, daß sein Geist sich verdunkelte, und er dachte an etwas Anderes, um wieder ein wenig Licht zu finden. Dann faßte er sich ein Herz und kehrte zu seinen Überlegungen zurück. Da er aber niemanden so recht hatte verdächtigen können, blieb ihm schließlich nichts Anderes übrig, als alle zu verdächtigen.

Nun ja, Herr von Charlus liebte ihn ja und war ein guter Kerl. Aber ein Neurastheniker war er trotzdem, vielleicht würde er morgen weinen, wenn er ihn krank wüßte — und doch konnte er heute, in einem Anfall von Eifersucht oder Wut oder im Verfolg eines plötzlichen Einfalls, von dem Wunsch, ihm wehzutun, gepackt worden sein. Im Grunde ist dieser Menschenschlag der schlimmste. Gewiß, der Fürst des Laumes liebte Swann längst nicht so wie Herr von Charlus. Aber gerade deswegen war in ihrem Verhältnis kein solches Auf und Ab möglich; und dann war der Fürst zwar sicher kalt von Natur, aber auch ebenso unfähig zu Schurkereien wie zu großen Taten. Swann bereute es, sich nicht sein Lebelang nur solchen Menschen angeschlossen zu haben. Dann aber bedachte er, daß das Wesen der Güte ja gerade darin bestehe, dem Nächsten nicht wehzutun, und daß er im Grunde nur mit verwandten Naturen in Wechselbeziehung treten könne; und was das Gemüt angeht, war Herr von Charlus gerade eine solche Natur. Schon der Gedanke, Swann diese Qual zu bereiten, hätte ihn empört. Bei einem gefühllosen Manne aber von der menschlichen Artung des Fürsten des Laumes — konnte man da vorher wissen, zu welchen Handlungen ihn die Triebkräfte einer ganz anderen seelischen Substanz bringen mochten? Gemüt ist alles, und Herr von Charlus hatte Gemüt. Herr von Orsan war auch nicht ohne Gemüt und sein kordiales, wenn auch nicht sehr intimes Verhältnis zu Swann, das aus ihrer durchgängig gleichen Gesinnung und der daher stammenden Freude an der Unterhaltung miteinander entsprungen war, beruhte auf festerem Grunde als die exaltierte Zuneigung des Herrn von Charlus, der immer eine Tendenz zu Akten der Leidenschaft, guten oder schlechten, innewohnte. Wenn es jemanden gab, von dem Swann sich immer verstanden und feinsinnig geliebt fühlte, so war es Herr von Orsan. Ja, aber das wenig ehrenhafte

Leben, das er führte? Swann bedauerte, daß er sich darüber nicht vergewissert, daß er oft im Scherz gesagt hatte, er müsse gestehen, die Gefühle von Sympathie und Achtung nie so lebhaft empfunden zu haben wie in der Gesellschaft einer Kanaille. „Das hat schon seinen Grund," dachte er jetzt, „daß die Menschen, solange die Welt steht, ihren Nächsten nach seinen Handlungen beurteilen. Nur das bedeutet wirklich etwas, nicht aber was wir sagen und denken. Charlus und des Laumes mögen die und die Fehler haben, aber es sind anständige Leute. Orsan hat vielleicht keine solche Fehler, aber er ist eben kein anständiger Mensch. Vielleicht ist das jetzt nur noch eine mehr von seinen Übeltaten." Dann hatte Swann auf einmal Rémi im Verdacht, der den Brief freilich nur inspiriert haben konnte, aber diese Fährte schien ihm für einen Augenblick die richtige. Erstens einmal hatte Lorédan Gründe, auf Odette böse zu sein. Und dann: sollte man nicht annehmen, daß unsere Bediensteten, die in einer tief unter uns liegenden Lebensschicht zu Hause sind, hinter unserem Vermögen phantastische Reichtümer, hinter unseren Fehlern phantastische Laster vermuten, so daß sie uns teils beneiden, teils verachten und sich unwiderstehlich dazu getrieben fühlen, anders zu handeln als Menschen unserer Sphäre? Er bekam auch Verdacht gegen meinen Großvater. Hatte er nicht jedesmal, wenn Swann ihn um eine Gefälligkeit gebeten hatte, „Nein" gesagt? nun mochte er mit seinen philiströsen Ansichten geglaubt haben, zu Swanns Bestem zu handeln. Ihm kam weiter der Verdacht gegen Bergotte, den Maler, Verdurins, er bewunderte nebenher noch ein weiteres Mal die Klugheit der Weltleute, daß sie nicht in solchen Künstlermilieus verkehren wollten, wo derartige Dinge möglich seien, vielleicht sogar als gute Witze offiziell zugelassen würden; dann aber erinnerte er sich an die Züge von Geradheit bei diesen Bohémiens und verglich sie mit den Schwindeleien, ja beinahe Gaunereien, zu denen das Leben in Adelskreisen infolge von Geldmangel, Bedürfnis nach Luxus und genießerischer Verderbtheit oftmals führt. Kurz: dieser anonyme Brief bewies, daß er einen Menschen mit verbrecherischen Instinkten kannte, aber er vermochte nicht, mit Gründen zu entscheiden, hinter welcher undurchdrungenen Maske diese Verbrechernatur sich verbarg: ob hinter der des Liebevollen oder des Kühlen, des Künstlers oder Bourgeois', des Grandseigneurs oder Kammerdieners. Welchem Kriterium soll man den Vorzug geben, um über die Menschen zu urteilen? im Grunde gab es unter seinen Bekannten keinen einzigen, der einer solchen Gemeinheit nicht fähig sein mochte. Sollte er darum den Verkehr mit allen abbrechen? Sein Geist verschleierte sich; er fuhr sich ein paarmal mit den Händen über die Stirn und wischte mit seinem Taschentuch die Gläser seines Kneifers trocken; dann dachte er, schließlich verkehrten Leute, die nicht weniger seien als er, doch auch mit Herrn von Charlus, dem Fürsten des Laumes und den Anderen, und er sagte sich, das bedeute zwar nicht, daß sie jeglicher Gemeinheit unfähig seien, aber doch, daß es eine allgemein anerkannte Notwendigkeit des Lebens sei, mit Leuten zu verkehren, die dazu vielleicht nicht unfähig sind. Und er drückte auch weiterhin all' diesen verdächtigen Freunden die Hand, mit dem — rein formalen — Vorbehalt, daß sie ihn vielleicht zur Verzweiflung hatten bringen wollen. Im Grunde genommen beunruhigte ihn der Brief an und für sich gar nicht, denn nicht eine einzige der gegen Odette erhobenen Beschuldigungen hatte auch nur einen Schatten von Wahrscheinlichkeit für sich. Swann war wie viele Leute trägen Geistes und erfindungsarm. Er wußte zwar als allgemeine Wahrheit, daß das Leben der Menschenkinder voller Widersprüche ist, aber bei jedem Menschenkind im besonderen dachte er sich die ihm unbekannte Lebenshälfte identisch mit der ihm bekannten. Seine Vorstellung von dem, was man ihm verschwieg, machte er sich vermittelst dessen, was man ihm sagte. Wenn Odette bei ihm war und sie miteinander gerade von der unfeinen Handlung oder dem unfeinen Empfinden eines Anderen sprachen, brandmarkte sie solches Verhalten auf Grund derselben Prinzipien, die Swann immer von seinen Eltern hatte bekennen hören und denen er treugeblieben war; und dann rückte sie ihre Blumen zurecht, trank eine Tasse Tee und erkundigte sich besorgt nach Swanns Arbeiten. Mithin dehnte Swann diese Gewohnheiten auch auf Odettes übriges Leben aus und führte sich dies Gebaren vor Augen, wenn er sie sich während ihres Fernseins vergegenwärtigen wollte. Hätte einer sie ihm geschildert, so wie sie war oder vielmehr so wie sie lange mit ihm gestanden hatte, nur daß statt seiner ein anderer Mann figurierte, so hätte ihm das wehgetan, gerade weil dies Bild ihm wahrheitsgetreu vorgekommen wäre. Aber daß sie zu Kupplerinnen gehen, mit Frauen Orgien feiern, kurz das wüste Leben verworfener Geschöpfe führen sollte — diese Verirrungen waren so toll, daß ihre vollständige Unmöglichkeit durch die launigen Chrysanthemen, die regelmäßigen Tees und die tugendhafte Empörung Odettes Gottseidank zur Genüge erwiesen wurde. Ab und zu nur ließ er bei ihr durchblicken, daß boshafte Leute ihm alles berichteten, was sie treibe; und da er dann gewöhnlich ein unbedeutendes, aber wahres Détail, das er zufällig erfahren hatte, aufgriff und verwertete, als sei es das einzige, ihm wider Willen entfahrene Stückchen von Tausenden, aus denen sich eine von ihm versteckt gehaltene, vollständige Rekonstruktion von Odettes Leben zusammensetzte, so rief er in ihr die Vermutung hervor, er sei genau über Dinge unterrichtet, die er in Wirklichkeit gar nicht wußte, ja nicht einmal argwöhnte; denn wenn er Odette oft beschwor, der Wahrheit die Ehre zu geben, so geschah das (mochte er sich's gestehen oder nicht) nur zu dem Zweck, daß Odette ihm alles sagte, was sie trieb. Gewiß, es war so, wie er Odette sagte: er liebte die Aufrichtigkeit, aber er liebte sie wie eine Kupplerin, die ihn über das Leben seiner Geliebten auf dem Laufenden zu halten imstande war. So war sein Ehrlichkeitsfanatismus nicht wahrhaft rein und hatte ihn daher auch nicht besser gemacht. Die Wahrheit, die er wert hielt, sollte ihm aus Odettes Munde kommen; um aber in den Besitz dieser Wahrheit zu gelangen, scheute er sich nicht, seine Zuflucht zur Lüge zu nehmen, zur Lüge, die er Odette unaufhörlich als die entwürdigende Verführerin des menschlichen Geschlechtes hinstellte. Alles in allem log er ebensoviel wie Odette, denn er war zwar unglücklicher als sie, aber nicht minder egoistisch. Und sie, wenn sie hörte, wie Swann ihr in dieser Weise ihre eigenen Taten erzählte, sie sah ihn mißtrauisch und aufs Geratewohl ärgerlich an — ärgerlich, damit nicht der Eindruck entstünde, als fühlte sie sich gedemütigt und schämte sich dessen, was sie getan hatte.

Eines Tages (es war gerade in der längsten ihm je beschieden gewesenen Ruheperiode zwischen zwei Eifersuchtsanfällen) hatte er sich entschlossen, abends mit der Fürstin des Laumes ins Theater zu gehen. Als er in der Zeitung blätterte, um nachzusehen, was gespielt wurde, las er den Titel: „Die Marmormädchen" von Théodore Barrière; da fühlte er sich so hart getroffen, daß er zurücktaumelte und den Kopf wegwandte. Dies Wort „Marmor", das er infolge allzu häufigen Sehens gar nicht mehr mit Anschauung hatte erfüllen können, war ihm nun, im Lichte der Bühne und an der neuen Stelle, wo es figurierte, plötzlich wieder sichtbar geworden und hatte ihn sofort an die von Odette früher einmal ausgeplauderte Geschichte eines Besuches erinnert, den sie mit

Frau Verdurin im Salon des Palais d'Industrie gemacht und im Verlaufe dessen Frau Verdurin zu ihr gesagt hatte: „Paß auf, ich werde dein Eis schon zu schmelzen wissen, du bist ja nicht aus Marmor.“ Odette hatte ihm versichert, das sei nur ein Scherz gewesen, und er hatte der Sache keinerlei Bedeutung beigemessen. Doch hatte er damals mehr Vertrauen zu ihr gehabt als heute. Und der anonyme Brief sprach ja gerade von solcher Liebe. Er wagte die Augen nicht gegen die Zeitung zu heben, breitete sie aus, blätterte um, damit er nur ja dies Wort „Marmormädchen“ nicht mehr sehen müßte, und fing an, ganz mechanisch die Nachrichten aus der Provinz zu lesen. Im Ärmelkanal hatte ein Sturm gewütet, Verwüstungen wurden gemeldet aus Dieppe, aus Cabourg, aus Beuzeval. Sofort taumelte er wieder zurück.

Der Name Beuzeval hatte in ihm den Gedanken an eine andere Lokalität in dieser Gegend wachgerufen. Das war Beuzeville, durch einen Bindestrich mit einem anderen Namen, dem Namen Bréauté verbunden, den er oft auf der Karte gesehen hatte, bei dem er aber jetzt zum ersten Male die Identität mit dem Namen seines Freundes, Herrn von Bréauté bemerkte, von welchem der anonyme Brief behauptete, er sei ein Liebhaber Odettes gewesen. Schließlich war bei Herrn von Bréauté die Beschuldigung nicht gar so unglaubwürdig; aber das mit Frau Verdurin — nein, das war eine glatte Unmöglichkeit. Daraus, daß Odette manchmal log, konnte man doch nicht schließen, daß sie nie die Wahrheit sagte; und in den Worten, die sie mit Frau Verdurin getauscht und die sie ihm ja selber wiedererzählt hatte, waren höchstens die unnützen und gefährlichen Scherze zu erkennen gewesen, die manche Frauen in ihrer Lebensunerfahrenheit und Unkenntnis des Lasters gerne hören — Frauen, deren Unschuld dadurch nur um so klarer wird, und die (wie z. B. Odette) weniger als jede andere übertrieben zärtliche Empfindungen für eine andere Frau hegen. Die Empörung hingegen, mit der sie die Vermutungen zurückgewiesen hatte, welche sie einen Augenblick vorher durch ihre Erzählung unwillkürlich in ihm wachgerufen hatte, paßte zu allem, was er von den Neigungen und dem Temperament seiner Geliebten wußte. In diesem Moment aber durchfuhr ihn eine Eingebung der Eifersucht analog denen, welche dem Dichter oder Gelehrten, der vorerst nur einen Reim oder eine Beobachtung in Händen hat, die Idee oder das Gesetz zuführen, das ihnen dann die Fülle der Kraft spendet: Swann erinnerte sich nämlich zum ersten Male an einen Satz, den Odette ihm vor bereits zwei Jahren gesagt hatte: „O, Frau Verdurin, bei der bin ich jetzt Hahn im Korbe, sie sagt, ich wäre „was Geliebtes," sie küßt mich ab, sie will, daß ich Besorgungen mit ihr mache und daß ich sie duze." Weit entfernt, in dieser Redensart irgendwelche Beziehung zu den unverständlichen, das Laster verhüllenden Worten zu erblicken, die Odette ihm erzählt hatte, nahm er das damals als einen Beweis wärmster Freundschaft. Jetzt aber kam die Erinnerung an diese Zärtlichkeit Frau Verdurins urplötzlich wieder und verband sich mit der Erinnerung an den ordinären Geschmack, den sie in der Unterhaltung zeigte. Er konnte diese Erinnerungen im Geiste nicht mehr voneinander trennen und sah sie auch in der Wirklichkeit ineinander gewirrt, indem die Zärtlichkeit eine gewisse Ernsthaftigkeit und Bedeutung über jene Scherze breitete, die gleichzeitig die Zärtlichkeit minder unschuldig erscheinen ließen. Er ging zu Odette. In weiter Entfernung von ihr setzte er sich hin. Er getraute sich nicht, sie zu küssen, da er nicht wußte, ob in ihr, ob in ihm Liebe oder Zorn durch einen Kuß erregt werden würde. Er schwieg und sah ihrer beider Liebe sterben. Plötzlich faßte er sich ein Herz.

„Odette,“ sagte er zu ihr, „mein Geliebtes, ich weiß wohl, ich bin gräßlich, aber ich muß dich einiges fragen, du erinnerst dich doch an die Idee, die mir damals kam wegen der Sache mit dir und Frau Verdurin. Sag' mir: stimmte das, mit ihr oder einer Anderen?“

Sie schüttelte den Kopf und legte den Mund in Falten, was meist einer ablehnenden Antwort gleichkommt, die man aus Angst vor Langeweile jemandem erteilt, der einen gefragt hat: „Möchten Sie zur Parade kommen oder sich die Revue ansehen?“ Aber dies Kopfschütteln hat, neben und infolge dieser einen, gewöhnlich in die Zukunft gerichteten Bedeutung, noch einen anderen Sinn: es gibt der Leugnung eines Vergangenheitsereignisses einen Beisatz von Unsicherheit. Außerdem wendet es sich, mehr als die glatte Verwerfung und moralische Entrüstung, nur an die Erwägungen persönlicher Höflichkeit. Als Swann sah, wie Odette ihm hiermit andeuten wollte, all' das sei falsch, leuchtete ihm ein, es möchte wohl wahr sein.

„Ich hab dir's gesagt, du weißt es ganz gut,“ setzte sie mit ärgerlichem und unglücklichem Gesicht hinzu.

„Ja, ich weiß, aber bist du dessen gewiß? Sag' mir nicht: ‚Du weißt es ganz gut,‘ sondern sag': ‚Ich habe nie mit irgendeiner Frau etwas Derartiges getan‘.“

Ironisch und als wollte sie ihn loswerden, wiederholte sie wie in der Schule:

„Ich habe nie mit irgendeiner Frau etwas Derartiges getan.“

„Kannst du mir's schwören bei deiner Medaille von Notre-Dame de Laghet?“

Swann wußte, daß Odette bei dieser Medaille keinen Meineid schwören würde.

„O wie machst du mich unglücklich,“ rief sie, indem sie sich mit einem Satz dem Schraubstock seiner Frage zu entwinden suchte. „Bist du bald fertig? Was hast du nur heute? Es ist also beschlossene Sache bei dir, daß ich dich hassen, dich verabscheuen soll. Da hab' ich's wieder mal: ich wollte wieder gut mit dir leben wie früher und das ist der Dank!"

Er aber ließ nicht locker, sondern wartete wie ein Chirurg das Ende dieses Krampfes ab, der sein Eingreifen störte, ohne ihn zum Verzicht darauf zu bringen:

„Du bist sehr im Unrecht, wenn du dir vorstellst, ich sei dir auch nur im mindesten böse, Odette," sagte er mit ebenso überredender wie verlogener Sanftmut zu ihr. „Ich spreche dir immer nur von dem, was ich weiß, und ich weiß viel mehr, als ich sage. Aber du allein kannst durch deinen Schwur all' das lindern, weswegen ich dich hassen muß, solange bloß die Anderen es mir hinterbringen. Meine Wut auf dich kommt nicht von deinen Handlungen, ich verzeihe dir alles, da ich dich ja liebe, sondern von deiner Falschheit, deiner dummen Falschheit, infolge deren du beharrlich Dinge leugnest, die ich weiß. Aber wie soll ich dich noch weiter lieben können, wenn ich sehe, daß du vor mir eine Behauptung aufrecht erhältst, ja beschwörst, von der ich weiß, daß sie falsch ist. Odette, verlängere diesen Augenblick nicht, der eine Qual für uns beide ist. Wenn du nur willst, ist ja in einer Sekunde alles in Ordnung und du bist dann für immer davon erlöst. Sag' mir bei deiner Medaille: ja oder nein, hast du jemals solche Dinge getan?"

„Ach was weiß denn ich davon," rief sie voller Zorn, „es ist schon sehr lange her, ich wußte gar nicht recht, was ich da machte, vielleicht zwei- oder dreimal."

Swann hatte alle Möglichkeiten ins Auge gefaßt. Die Wirklichkeit ist aber doch etwas, das gar keine Beziehung zu den Möglichkeiten hat, nicht mehr als ein Messerstich in unseren Leib zu den leichten Bewegungen der Wolken über unserem Kopf; so tätowierten ihm diese Worte „zwei- oder dreimal" etwas wie ein Kreuz ins lebende Herz. Seltsame Sache: diese Worte „zwei- oder dreimal“, nichts als Worte und Luftschälle aus ziemlicher Entfernung, sie sollten also imstande sein, das Herz zu zerreißen, als ob sie es wirklich durchbohrten, einen krank zu machen wie ein Gift, das man einnimmt? Unwillkürlich mußte Swann an die Worte denken, die er bei Frau von Saint-Euverte gehört hatte: „Sowas hab' ich noch nie gesehen seit dem Tischrücken.“ Das Leiden, das er jetzt verspürte, war unvergleichbar mit allem, was er für möglich gehalten hatte, und zwar nicht nur deshalb, weil er auch in den Stunden des vollständigsten Mißtrauens die Vorstellung vom Schlechten kaum je so weit ausgebildet hatte, sondern weil diese Dinge, selbst wenn er sie sich ausgemalt hatte, doch immer unbestimmt und ungewiß geblieben und nicht mit der besonderen Scheußlichkeit behaftet waren, die ihm aus den Worten „zwei- oder dreimal“ entgegengesprungen war, kurz, weil sie nicht die spezifische Grausamkeit an sich hatten, die von allem, was er kannte, ebenso verschieden war wie eine Krankheit, die einen zum ersten Male befällt. Und doch war ihm diese Odette, von der ihm all' das Schlimme kam, nicht weniger lieb, ganz im Gegenteil: viel kostbarer war sie ihm, da im selben Maße, wie der Schmerz wuchs, zugleich auch der Wert des Linderungsmittels und Gegengiftes wuchs, das diese Frau allein besaß. Er wollte sie nun sorgfältiger behüten wie ein Leiden, dessen ernsterer Charakter einem plötzlich klar wird. Er wollte, daß die furchtbare Sache, die sie nach ihrer eigenen Aussage „zwei- oder dreimal“ gemacht hatte, nicht mehr vorkommen konnte. Deshalb mußte er von nun an über Odette wachen. Es heißt oft, dadurch daß man einem Freunde die Fehler seiner Geliebten hinterbringe, erreiche man nur, daß er sich ihr noch fester verbinde, weil er nicht daran glauben werde — wieviel fester aber erst, wenn er daran glaubt! Aber, dachte Swann, was tun, um sie zu schützen? Er konnte sie vielleicht vor einer Frau behüten, aber es gab hundert andere — und er sah ein, was für ein Wahnsinn ihn befallen hatte, als an dem Abend, da er Odette bei Verdurins nicht getroffen hatte, die Sehnsucht nach dem ewig unmöglichen Besitz eines anderen Wesens in ihm aufgekommen war. Glücklicherweise lebte in Swann unter den neuen Qualen, die eben in einer Art von Masseninvasion in seine Seele eingebrochen waren, eine ältere, mildere, stillwirkende Naturschicht, lebte dort wie die Zellen eines verwundeten Organs, die sich sofort daran machen, die zerstörten Gewebe wiederherzustellen, oder wie die Muskeln eines gelähmten Gliedes, die ihre Beweglichkeit wiederzubekommen streben. Diese älteren, autochthoneren Bewohner seiner Seele benutzten einen Augenblick lang alle seine Kräfte zu der dunklen Wiederherstellungsarbeit, die dem Rekonvaleszenten oder Operierten die Illusion des Ausruhens verschafft. Diese Abspannung infolge von Erschöpfung vollzog sich allerdings diesmal nicht wie sonst in Swanns Gehirn, sondern in seinem Herzen. Aber alle Lebensdinge, die einmal existiert haben, wollen wieder zu Kräften kommen, und wie ein sterbendes Tier von einem letzten Sichaufbäumen, einer letzten Zuckung, die schon vorüber schien, emporgerissen wird, so kam in einem geschickt gewählten Augenblick wieder dieselbe Qual ganz von allein über Swanns Herz und zeichnete dort wieder dasselbe Kreuz ein. Er erinnerte sich der Mondscheinabende, an denen er, langausgestreckt in seiner Viktoria lag, die ihn in die rue la Pérouse brachte, und die Erregungen des Verliebten wollüstig in sich pflegte, ohne zu ahnen, welch' vergiftete Frucht sie unausweichlich hervorbringen sollten. Aber all' diese Gedanken dauerten nur den Zeitraum einer Sekunde, so lange also, wie er die Hand ans Herz hielt, Atem holte und sich zu einem Lächeln überwand, das seine Pein verhehlen sollte.

Nun fing er wieder an, seine Fragen zu stellen. Denn seine Eifersucht verfuhr so unbarmherzig mit ihm, wie es nicht einmal ein Feind getan hätte, wenn er ihn mit wildem Hieb den grausamsten Schmerz seines Lebens hätte lehren wollen; sie fand, er habe noch nicht genug gelitten und suchte ihm eine noch tiefere Wunde beizubringen. Wie von einer boshaften Gottheit wurde Swann von seiner Eifersucht inspiriert und in sein Verderben gestoßen. Es war nicht sein, sondern nur Odettes Verdienst, wenn seine Pein sich zunächst nicht verschärfte.

„Mein Liebling," sagte er zu ihr, „geschehen ist es ja doch, war's mit jemandem, den ich kenne?"

„Aber nein, ich schwör' dir's zu, außerdem hab' ich wohl sehr übertrieben, soweit bin ich wohl gar nicht gekommen."

Er lächelte und fing wieder an:

„Warum denn nicht? es macht doch gar nichts, nur schade, daß du mir den Namen nicht sagen kannst. Wenn ich mir die Betreffende vorstellen könnte, dann brauchte ich nicht mehr immerfort daran zu denken. Ich sage das in deinem Interesse, weil ich dich dann nicht mehr damit langweilen würde. Es ist so beruhigend, sich die Dinge vorzustellen. Das Furchtbarste ist immer, wenn man sich von etwas kein Bild machen kann. Aber du bist schon so nett gewesen, ich will dich nicht weiter anstrengen. Ich danke dir von ganzem Herzen für alles Gute, was du an mir getan hast. Also Schluß damit. Nur noch ein Wort: wie lange ist es her?"

„O Charles, aber siehst du denn nicht, daß du mich umbringst, es ist ja schon eine Ewigkeit her. Ich hatte nie wieder daran gedacht, fast möchte man meinen, du willst mich absolut wieder auf solche Gedanken bringen. Dann hättest du auch was Schönes erreicht," sagte sie mit unbewußter Dummheit und absichtlicher Bosheit.

„O, ich wollte nur wissen, ob es war, seitdem ich dich kenne. Aber es wäre ja so natürlich; ist es vielleicht hier passiert? kannst du mir nicht einen bestimmten Abend sagen, damit ich mir vorstellen kann, was ich an diesem Abend machte? Du mußt doch einsehen, es ist ganz unmöglich, daß du dich nicht erinnerst, mit wem, Odette, mein Geliebtes!"

„Ach, was weiß ich, ich glaube, es war im Bois eines Abends, als du kamst, um dich mit uns auf der „Insel' zu treffen. Du hattest vorher bei der Fürstin des Laumes zu Nacht gegessen," sagte sie, hocherfreut darüber, daß sie ein genaues Detail lieferte, welches für ihre Wahrhaftigkeit Zeugnis ablegte. „Am Nebentisch saß eine Frau, die ich sehr lange nicht gesehen hatte. Die sagte zu mir: „Kommen Sie doch hinter den kleinen Felsen, wir wollen uns den Mondschein auf dem Wasser ansehen," Erst hab' ich gegähnt und hab' geantwortet: „Nein, ich bin müde und ich sitz' hier sehr gut." Dann hat sie gesagt, so ein Mondschein wäre bestimmt noch nie dagewesen. Ich hab' zu ihr gesagt: „So ein Schwindel!", ich wußte ja ganz genau, worauf sie hinauswollte."

Odette erzählte das beinahe lachend, mochte ihr's nun ganz natürlich vorkommen, oder glaubte sie auf diese Weise die Wichtigkeit der Sache abzuschwächen, oder wollte sie nur nicht gedemütigt wirken. Als sie aber Swanns Gesicht sah, schlug sie einen anderen Ton an:

„Ein elender Kerl bist du, du hast deinen Spaß dran, mich zu quälen und mich dazu zu bringen, daß ich lüge, bloß damit du mich in Ruhe läßt."

Dieser zweite Streich, der gegen Swann geführt wurde, war noch grausamer als der erste. Nie hatte er vermutet, daß es eine so neue Geschichte sei, daß es sich so heimlich vor seinen Augen, die nichts zu entdecken verstanden, abgespielt habe, und zwar nicht etwa in einer Vergangen-

heit, die er nicht gekannt hatte, sondern an Abenden, von denen er noch so gut wußte, daß er sie mit Odette verbracht hatte, Abenden, die er so gut zu kennen geglaubt und die jetzt für den rückschauenden Blick etwas Grausamlistiges bekamen; mitten unter ihnen klaffte nun diese gähnende Öffnung, dieser Moment auf der Insel im Bois. Ohne klug zu sein, hatte Odette den Charme des natürlichen Menschen. Mit Worten und Mienenspiel hatte sie diese Szene so einfach und gut wiedergegeben, daß Swann schweratmend alles vor sich sah; das Gähnen Odettes, den kleinen Felsen usw. Er hörte sie antworten — ach nur zu heiter: „So ein Schwindel!" Er fühlte, daß sie heut' abend nichts mehr erzählen würde, daß im Augenblick keine neue Enthüllung zu erwarten sei; so schwieg er lieber und sagte nur noch:
„Mein gutes Kind, verzeih mir, ich fühle, daß ich dich quäle, also Schluß, ich denke nicht mehr daran."
Aber sie sah, wie er die Augen unverwandt auf die unbekannten Dinge und auf die vergangene Zeit ihrer Liebe gerichtet hielt, jene Zeit, die in seiner Erinnerung so süß und eintönig war mit aller ihrer Unbestimmtheit, und die jetzt eine jähe tiefe Wunde bekam: eben jene Minute im Bois beim Mondschein nach dem Nachtessen bei der Fürstin des Laumes. Aber er hatte sich so sehr daran gewöhnt, das Leben interessant zu finden, die merkwürdigen Entdeckungen, die man darin machen konnte, zu bestaunen, daß er in aller seiner Qual, als er schon meinte, er werde einen solchen Schmerz nicht aushalten können, doch im stillen dachte: „Das Leben ist wirklich erstaunlich und birgt die schönsten Überraschungen; alles in allem ist das Laster etwas viel weiter Verbreitetes, als man glaubt. Da ist eine Frau, der ich vertraute, die so schlicht, so anständig aussieht, und die, selbst wenn sie ein bißchen leicht war, doch auf alle Fälle ganz normal und gesund in ihren Neigungen zu sein schien: auf eine

unglaubwürdige Denunziation hin frage ich sie aus, und schon das Wenige, was sie mir gesteht, enthüllt viel mehr, als man je hätte vermuten können." Aber er vermochte sich nicht auf diese rein theoretischen Beobachtungen zu beschränken. Er suchte den genauen Wert dessen, was sie ihm erzählt hatte, abzuschätzen, um zu wissen, ob er daraus zu folgern habe, daß sie diese Dinge oft getan habe und daß sie sich wiederholen würden. Er sprach wieder die Worte vor sich hin, die sie gesagt hatte: „Ich sah ganz genau, worauf sie hinauswollte," „zwei- oder dreimal," „so ein Schwindel!", aber sie tauchten nicht waffenlos in Swanns Gedächtnis wieder auf, jedes von ihnen hielt ein Messer in der Hand und versetzte ihm damit einen neuen Stich. Wie ein Kranker sich des Versuches, in jeder Minute wieder die schmerzende Bewegung zu machen, nicht enthalten kann, so sagte er sich immer wieder die Worte vor: „Ich sitz' hier sehr gut", „So ein Schwindel!" aber der Schmerz war so stark, daß er innehalten mußte. Er wunderte sich, daß Handlungen, die er immer so milde und heiter beurteilt hatte, ihm jetzt so schwer wurden wie eine tödliche Krankheit. Er kannte sehr viele Frauen, die er hätte bitten können, Odette zu überwachen. Doch wie konnte er erwarten, daß sie seinem jetzigen Standpunkt beitreten und nicht vielmehr bei seinem eigenen früheren bleiben würden, der für sein genüßliches Leben immer maßgebend gewesen war; würden sie ihm nicht ins Gesicht lachen und sagen: „Eifersüchtiger Hund, bring' doch die Anderen nicht um ihr Vergnügen!" Was war das für eine plötzlich aufgetane Versenkung, die ihn (der früher aus seiner Liebe zu Odette nur geschmackvolle Freuden zog) jählings in diesen neuen Höllenkreis gestürzt hatte, aus dem ein Ausweg nicht zu sehen war. Arme Odette! er war ihr nicht böse. Sie war nur halb schuldig. Hieß es nicht, ihre eigene Mutter habe sie, die fast noch ein Kind war, in Nizza einem reichen Engländer in die Hände geliefert? Ja, eine schmerzliche Wahrheit gewannen jetzt in seinen Augen die Zeilen aus dem „Tagebuch eines Dichters" von Alfred de Vigny, die ihn früher vollkommen kalt gelassen hatten: „Wenn man spürt, daß man sich in eine Frau verliebt hat, müßte man sich sagen: Wie steht's mit ihrer Umgebung? Wie war ihr Leben? Alles Glück des Lebens beruht hierauf." Swann wunderte sich, daß bloße Sätze, die er im Kopf buchstabierte, wie: „So ein Schwindel!", „Ich sah ganz genau, worauf sie hinauswollte", ihm so wehtun konnten. Aber er begriff, daß das, was er für bloße Sätze hielt, Metallklammern waren, zwischen denen der Schmerz, den er während der Erzählung Odettes empfunden hatte, festgehalten wurde und ihm jederzeit wieder gebracht werden konnte. Denn gerade diesen Schmerz empfand er jetzt von neuem. Was half es ihm, daß er jetzt Bescheid wußte (ja, was hätte es ihm geholfen, wenn er allmählich vergessen und verziehen hätte) — im Augenblick, da er sich diese Worte wieder vorsagte, schuf der alte Schmerz ihn wieder um und machte ihn zu dem, der er gewesen war, bevor Odette sprach: dem nichtsahnenden, vertrauensseligen Menschen; seine grausame Eifersucht versetzte ihn wieder zurück in diesen Stand, damit Odettes Geständnis ihn träfe in der Position dessen, der noch nicht weiß; und selbst nach mehreren Monaten wühlte ihn diese alte Geschichte immer noch auf wie eine Offenbarung. Er staunte über die furchtbare neuschöpferische Kraft seines Gedächtnisses. Nur von einem Nachlassen dieser zeugenden Gewalt, deren Fruchtbarkeit mit den Jahren abnimmt, konnte er eine Linderung seiner Qual erhoffen. Schien aber die Macht ihm wehzutun, die allen aus Odettes Munde kommenden Worten eigen war, ein wenig erschöpft, so stellte sich schnell eins von den Worten ein, bei denen Swanns Geist bisher weniger verweilt hatte, löste, fast neu wie es war, die anderen ab und traf ihn mit unversehrter Kraft. Die Erinnerung an den Abend, an dem er bei der Fürstin des Laumes zu Nacht gegessen hatte, war der schmerzliche Kern seines Leidens: der sandte seine Strahlen ungeordnet rings in alle angrenzenden Tage. Und wo auch immer Swann in seinen Erinnerungen ansetzen wollte — stets schmerzte ihn der ganze Sommer, in dem Verdurins so oft auf der Ile du Bois diniert hatten. Und er schmerzte ihn so sehr, daß die neugierigen Fragen seiner Eifersucht nach und nach zum Schweigen kamen durch die Angst vor neuen Qualen, die ihm die Befriedigung seiner Neugier verhieß. Er war sich klar darüber, daß die ganze Periode in Odettes Leben, die verflossen war, bevor sie ihm begegnete, — eine Periode, die er sich früher nie vorzustellen versucht hatte — keine unbestimmte abstrakte Weite war, sondern aus eigenlebigen Jahren bestand und von konkreten Ereignissen strotzte. Die alle kennen lernen aber, so fürchtete er, würde bedeuten, daß diese farblose, flüssige und immerhin erträgliche Vergangenheit einen betastbaren und unsauberen Leib, ein individuelles und diabolisches Gesicht annähme. Und er suchte auch weiterhin nicht, einen Begriff davon zu bekommen, nur jetzt nicht mehr aus geistiger Trägheit, sondern aus Furcht vor Schmerz. Er hoffte, eines Tages soweit zu kommen, daß er den Namen Ile du Bois oder Fürstin des Laumes hören könnte auch ohne das alte zerreißende Schmerzgefühl; und so hielt er es für unklug, Odette dazu herauszufordern, ihn mit neuen Worten, Ortsnamen und allerhand Einzelheiten zu versehen, durch die der kaum gestillte Schmerz in anderer Gestalt hätte wiederaufleben müssen.

Oft aber enthüllte ihm Odette selbst, ganz spontan und ohne recht zu wissen was sie tat, die Dinge, die er nicht kannte und vor deren Kenntnis er jetzt Furcht hatte;

tatsächlich wußte sie nicht, wie groß der Abstand war, den das Faktum des Lasters zwischen dem Leben der wirklichen Odette und dem verhältnismäßig harmlosen Leben statuierte, das Swanns Geliebte nach einer bisher gehegten und auch jetzt noch oft durchbrechenden Meinung führte; ein lasterhafter Mensch, der immer die gleiche Tugend vor denen zur Schau trägt, die seine Laster nicht ahnen sollen, hat ja nicht die Möglichkeit, sich kritisch darüber klar zu werden, wie sehr ihn diese Laster, deren stetiges Wachstum ganz unmerklich vor sich geht, allmählich immer weiter von der Lebensart des normalen Menschen fortziehen. Tief in Odettes Geist, in trautem Beisammensein mit der Erinnerung an Handlungen, die sie Swann verheimlichte, warfen diese Laster allmählich ihren Schein auf andere neue Handlungen und steckten sie an, ohne daß Odette irgend etwas Besonderes an ihnen finden konnte, ohne daß sie in dem bestimmten Umkreis ihrer Seele, wo sie ihnen ihren Platz anwies, explodierten; wenn sie sie aber Swann erzählte, dann erschrak er über die Offenbarung der darin sich verratenden Sphäre des Lebens. Einmal wollte er Odette, möglichst ohne sie zu verletzen, fragen, ob sie noch nie eine Kupplerin aufgesucht habe. Eigentlich war er ja überzeugt davon, daß sie es nie getan habe; durch die Lektüre des anonymen Briefes war dieser Verdacht zwar in seinen Verstand eingedrungen, aber in rein mechanischer Weise; er hatte dort keinen Glauben gefunden, war aber nun einmal dort hängen geblieben; und Swann, der von der zwar rein stofflichen, aber dennoch lästigen Gegenwart des Argwohns frei werden wollte, hatte den Wunsch, Odette möge ihn ausrotten. „O nein! Gewiß, verfolgt haben sie mich ja schon deswegen," setzte sie hinzu, und dabei enthüllte ihr Lächeln eine Art von befriedigter Eitelkeit, die Swann, was sie gar nicht mehr gewahr wurde, unter keinen Umständen für zulässig halten konnte. „Eine hat sogar grad' gestern über zwei Stunden auf mich gewartet, sie machte mir ein Angebot, Preis Nebensache. Irgendein Gesandter hat ihr, scheint's, gesagt: „Ich bringe mich um, wenn Sie sie mir nicht schaffen." Es wurde ihr gesagt, ich wäre aus, schließlich mußte ich selbst ein Wörtchen mit ihr reden, damit sie sich aus dem Staube machte. Das hättest du sehen sollen, wie ich sie empfangen habe; mein Zimmermädchen, die mich aus dem Nebenzimmer hörte, hat gesagt, ich hätte aus Leibeskräften geschrien: „Aber wenn ich Ihnen doch sage, daß ich nicht will! So'n Einfall auf einmal, nein, das paßt mir nicht. Ich bin doch ein freier Mensch, sollt' ich meinen, und kann tun und lassen, was ich will! Wenn ich noch Geld brauchte, aber so ..." Na der Portier hat Order, sie nicht mehr hereinzulassen, er soll sagen, ich bin auf dem Lande. Ach du hättest irgendwo versteckt sein sollen, ich glaube, du wärest zufrieden gewesen, Liebling. Siehst du, ihr Gutes hat sie doch, deine kleine Odette, trotz allem und wenn man sie auch gräßlich findet."

Im übrigen dienten ihm sogar ihre Geständnisse (die sie ihm immer machte, wenn sie die darin zugegebenen Fehler von ihm entdeckt glaubte) vielmehr als Ausgangspunkte neuer Zweifel, als daß sie den alten, über die sie immer ganz unverhältnismäßig hinausragten, ein Ziel gesetzt hätten. Mochte Odette auch alles Wesentliche aus ihrem Bekenntnis wegschneiden — im Nebensächlichen blieb immer noch so manches, was Swann sich nie vorgestellt hatte, was ihn in all' seiner Neuheit niederdrückte und ihn sogleich in den Stand setzte, Fragen und Ziele seiner Eifersucht zu verändern. Und vergessen konnte er diese Geständnisse nie mehr. Seine Seele zog sie stromauf, stromab, wiegte sie hin und her wie Kadaver ... und Gift floß von ihnen in sie über ...

Einmal sprach sie ihm von einem Besuch, den Forcheville ihr am Tage des Festes Paris-Murcia gemacht hatte.

„Was, da kanntest du ihn schon? Ach richtig ja!“ sagte er und nahm seine Frage zurück, damit es nicht so wirkte, als hätte er es nicht gewußt. Und plötzlich fing er an zu zittern in dem Gedanken, sie möchte an diesem Tage des Festes Paris-Murcia, als er den seither so sorgfältig aufbewahrten Brief von ihr bekommen hatte, mit Forcheville in der Maison d'Or zu Mittag gegessen haben. Sie verschwor es hoch und heilig. „Aber ich weiß nicht, mir ist doch so, als ob mit der Maison d'Or irgendwas nicht gestimmt hat,“ sagte er, um sie zu erschrecken. „Ja, daß ich nicht dort war an dem Abend, als ich dir sagte, ich käme von dort, als du mich bei Prévost gesucht hattest,“ antwortete sie ihm (da sie aus seiner Miene glaubte schließen zu können, daß er es wisse), und zwar sagte sie es mit einer Entschiedenheit, in der nicht so sehr Zynismus steckte als vielmehr Schüchternheit oder besser gesagt: Angst ihn zu ärgern (die sie aus Stolz verbergen wollte) gepaart mit dem Wunsch, ihm zu zeigen, daß sie offen sein konnte. So traf sie ihn mit der Sauberkeit und Kraft eines Scharfrichters, ohne daß Grausamkeit damit verbunden war, denn Odette hatte keine Ahnung davon, wie weh sie ihm tat, sie fing sogar an zu lachen, allerdings wohl hauptsächlich um nicht den Eindruck einer Gedemütigten und Verwirrten zu machen. „Freilich, in der Maison Dorée war ich nicht, ich kam von Forcheville. Bei Prévost war ich aber wirklich, das war kein Schwindel, er traf mich dort und bat mich, mit zu ihm zu kommen und mir seine neuen Radierungen anzusehen. Aber es war gerade Besuch zu ihm gekommen. Ich hab' dir gesagt, ich käme von der Maison d'Or, weil ich Angst hatte, du ärgerst dich darüber. Du siehst, es war eher nett von mir. Angenommen aber auch, es war Unrecht von mir, wenigstens sag' ich dir's offen. Was sollt' ich für ein Interesse daran haben, dir nicht ebenso frei zu sagen, daß ich am Fest Paris-Murcia mit ihm zu Mittag gegessen habe, wenn es wahr wäre? Um so mehr als man einander damals noch nicht kannte, gelt, Liebling?" Er lächelte ihr zu mit der plötzlichen Schlaffheit des Entkräfteten, die eine Wirkung dieser niederschmetternden Eröffnungen war. Also selbst in den Monaten, an die er nie mehr zurückzudenken gewagt hatte, weil sie gar zu glücklich gewesen waren, in diesen Monaten, in denen er von ihr geliebt worden war, hatte sie ihn schon belogen! Mußte also dieser Moment, in dem sie ihm gesagt hatte, sie käme aus der Maison Dorée (an dem ersten Abend, als sie „Catleyas" miteinander gemacht hatten!) — mußte der nicht Tausende seinesgleichen gehabt haben, tausend Hehler von Lügen, die Swann sich nicht hatte träumen lassen? Er erinnerte sich daran, daß sie einmal zu ihm gesagt hatte: „Ich brauche Frau Verdurin ja nur zu sagen, mein Kleid war noch nicht fertig, oder mein Wagen ist zu spät gekommen. Man kann sich immer irgendwie aus der Affäre ziehen." Auch ihm gegenüber hatte sie wahrscheinlich, ohne daß er's damals ahnte, so manches Mal unter den geschmeidigen Worten, die eine Verspätung erklären oder die Verlegung eines Rendezvous rechtfertigen sollten, irgend etwas verborgen, was sie mit einem Anderen vorhatte, mit einem Anderen, zu dem sie gesagt hatte: „Ich brauche Swann ja nur zu sagen, mein Kleid war noch nicht fertig oder mein Wagen ist zu spät gekommen. Man kann sich immer irgendwie aus der Affäre ziehen." Und unter den süßesten Erinnerungen Swanns, unter den einfachsten Worten Odettes, an die er wie an Worte des Evangeliums geglaubt hatte, unter den alltäglichsten Handlungen, die sie ihm erzählt hatte, unter den gewohntesten Plätzen, dem Haus der Näherin, der Avenue du Bois, dem Hippodrom — überall fühlte er ein verstecktes Etwas heraus (über das sich nur eben schützend jener Überschuß an Zeit breitete, der auch in den aufs Genaueste eingeteilten Tagen noch einen Spielraum läßt und allerlei Handlungen Unterschlupf gewährt): dieses Etwas, das er überall sich einschleichen fühlte, war die latente, unterirdische Gegenwart von Lügen, durch die all' sein Teuerstes herabgezerrt wurde (seine besten Abende, ja die Rue La Pérouse selber, die Odette gewiß immer zu anderen Zeiten, als sie ihm sagte, verlassen hatte), so daß überall etwas von dem finsteren Widerwillen kreiste, den er bei dem Geständnis in der Maison-Dorée-Angelegenheit verspürt hatte; und wie durch das Nagen des schmutzigen Getiers bei der Verwüstung Ninivehs kam Stein auf Stein am Gebäude seiner Vergangenheit ins Wanken. Wandte er sich jetzt jedesmal ab, wenn sein Gedächtnis ihm den grausamen Namen der Maison Dorée sagte, so geschah das nicht — wie noch ganz kürzlich auf der Soirée der Frau von Saint-Euverte — deshalb, weil er sich an ein längst verlorenes Glück gemahnt fühlte, sondern weil er sich eines eben erst erfahrenen Unglückes erinnerte. Dann wurde es mit dem Namen der Maison Dorée ebenso wie mit dem der Ile du Bois: er hörte allmählich auf, Swann wehzutun. Was wir für unsere Liebe, unsere Eifersucht halten, ist ja nicht einunddieselbe stetig-unteilbare Leidenschaft! Nein, Liebe und Eifersucht setzen sich zusammen aus einer unendlichen Menge einander folgender Liebesgefühle, ganz verschiedener Eifersuchtsempfindungen rein ephemerer Natur, deren ununterbrochene Menge freilich den Eindruck der Stetigkeit und den Anschein der Einheit erweckt. Das Leben der „Liebe Swanns", die Beständigkeit seiner Eifersucht waren erwachsen aus Tod, Unbeständigkeit, zahllosen Wünschen, zahllosen Zweifeln, die alle Odette zum Gegenstande hatten. Hätte er sie lange Zeit hindurch nicht gesehen, so wären die sterbenden Wünsche und Zweifel nicht durch andere ersetzt worden. Odette die leibhaft Gegenwärtige aber fuhr fort, abwechselnd Liebe und Argwohn in Swanns Herz zu säen.

An manchen Abenden begegnete sie ihm dann plötzlich wieder mit einer Huld, die er (so riet sie ihm schroff) nur ja gleich ausnutzen solle, widrigenfalls er auf Jahre hinaus nichts dergleichen zu erhoffen habe; er mußte schleunigst zu ihr kommen und einen „Catleya" mit ihr machen, und dies Begehren nach ihm, das sie angeblich verspürte, war so plötzlich, so unerklärlich, so gebieterisch, die Zärtlichkeiten, mit denen sie ihn dann überhäufte, so demonstrativ und ungewöhnlich, daß diese brutale und unglaubwürdige Wallung Swann ebensoviel Kummer machte wie eine Lüge oder eine Bosheit. Eines Abends, als er auf solch ein Geheiß von ihr mit in ihr Haus gekommen war und sie zwischen ihren Küssen leidenschaftliche Worte hervorstieß, die mit ihrer gewöhnlichen Frostigkeit ihm gegenüber sehr kontrastierten, glaubte er auf einmal ein Geräusch zu hören; er stand auf, suchte überall, fand niemanden, getraute sich aber nicht recht, sich wieder zu ihr zu legen; da nahm sie in höchster Wut eine Vase, warf sie entzwei und sagte zu Swann: „Mit dir kann man aber auch nie was machen!" Und er blieb im Zweifel, ob sie nicht jemanden versteckt gehalten hatte, dessen Eifersuchtsqualen oder Sinnenglut sie hatte steigern wollen.

Manchmal ging er in Freudenhäuser, weil er hoffte, dort etwas über sie zu erfahren, ohne daß er sich indessen getraute, ihren Namen zu nennen. „Ich habe eine Kleine, die wird Ihnen gefallen," sagte die Kupplerin. Und er blieb eine Stunde in schwermütiger Unterhaltung bei irgendeinem Mädelchen, das ganz erstaunt war, daß er ihr weiter nichts tat. Eine blutjunge, entzückende Person sagte einmal zu ihm: „Ich möchte weiter nichts als einen Freund finden, der könnte dann ganz sicher sein, daß ich nie mehr mit jemand anders gehen würde." „Wirklich, hältst du das für möglich, daß eine Frau vor lauter Rührung darüber, daß man sie liebt, einen nie betrügt?" fragte Swann beklommen. „Aber sicher! das hängt bloß von den

Charakteren ab!“ Swann konnte sich nicht enthalten, diesen Mädchen dieselben Dinge zu sagen, die der Fürstin des Laumes gefallen hätten. Zu der, die einen Freund suchte, sagte er lächelnd: „Das ist nett, du hast dir die Augen blau gemacht, damit sie zur Farbe deines Gürtels passen.“ — „Blaue Manschetten haben Sie ja auch.“ — „Was für eine schöne Unterhaltung, wenn man bedenkt, in solch' einem Hause! Ich halte dich doch nicht auf? du hast vielleicht zu tun?“ — „O nein, Zeit hab' ich unbegrenzt. Wenn Sie mich aufgehalten hätten, hätt' ich's Ihnen schon gesagt. Im Gegenteil, ich höre so gern, wenn Sie plaudern.“ — „Sehr schmeichelhaft für mich. Nicht wahr, wir unterhalten uns nett,“ sagte er zu der Kupplerin, die eben hereingekommen war. „Aber ja doch, das hab' ich ja gerade gesagt. Was das für kluge Herren sind! Da haben wir's: nun kommen sie schon zu mir, wenn sie sich unterhalten wollen. Der Fürst sagte neulich schon, hier ginge das viel besser als bei seiner Frau. Bei den oberen Zehntausend da redet, scheint's, jetzt eine wie die andere, das ist ja richtig ein Skandal! Na, ich geh' jetzt, ich bin diskret.“ Und sie ließ Swann bei dem Mädchen mit den blauen Augen. Aber er stand bald auf und sagte ihr Adieu, sie war ihm gleichgültig, sie kannte Odette nicht.

Der Maler war krank gewesen, und Doktor Cottard verordnete ihm eine Reise ans Meer; mehrere Getreue sprachen davon, mit ihm zusammen fortzureisen; Verdurins konnten sich nicht entschließen, allein zu bleiben, mieteten eine Jacht, erwarben sie dann, und so machte Odette zahlreiche Segelpartien. Jedesmal wenn sie eine kurze Zeit fort war, fühlte Swann, daß er anfing, sich von ihr zu lösen, aber ganz als nähme dieser seelische Abstand proportional mit dem räumlichen Abstand zu und ab, konnte er es, sobald er Odette zurück wußte, nicht über sich bringen, ihre Gegenwart zu meiden. Einmal waren sie, hieß es, nur auf einen Monat verreist, aber mochten sie nun unterwegs der Versuchung nicht haben widerstehen können oder mochte Herr Verdurin, um seiner Frau eine Freude zu machen, schon zum Voraus alles heimlich arrangiert und die Getreuen nur von Fall zu Fall in Kenntnis gesetzt haben, — kurz: sie fuhren erst von Algier nach Tunis, dann nach Italien, dann nach Griechenland, Konstantinopel und Kleinasien. Die Reise dauerte fast ein Jahr. Swann fühlte sich vollkommen ruhig, ja beinahe glücklich. Obwohl Herr Verdurin den Pianisten und Doktor Cottard davon zu überzeugen suchte, daß die Tante des einen und die Patienten des Anderen sie absolut nicht brauchten, und obwohl es auf jeden Fall höchst unvorsichtig war, Frau Cottard nach Paris zurückzulassen, das nach Frau Verdurins Versicherungen in hellem Aufruhr war, konnte man doch nicht umhin, ihnen in Konstantinopel die Freiheit wiederzugeben. Und der Maler fuhr mit ihnen zurück. Eines Tages, kurz nach der Heimkehr dieser drei Reisenden, sah Swann einen Omnibus nach dem Palais Luxembourg fahren, wo er zu tun hatte, sprang auf und saß auf einmal Frau Cottard gegenüber, die ihre „Jours“ abmachte: glänzend angezogen, Reiherfeder auf dem Hut, Seidenkleid, Muff, Sonnenschirm, Kartentäschchen und blendendweiße Handschuhe. Mit diesen Insignien ausgerüstet ging sie bei trockenem Wetter zu Fuß von einem Haus zum anderen, wenn es dasselbe Viertel war; um aber in ein anderes Viertel zu kommen, benutzte sie den Omnibus mit Umsteigefahrscheinen. Im ersten Augenblick, bevor noch die angebotene Liebenswürdigkeit des Weibes die Steifheit der Kleinbürgerin hatte überwinden können, war sie befangen, und da sie noch dazu nicht recht wußte, ob sie Swann von Verdurins erzählen sollte, brachte sie, wie sich denken läßt, mit ihrer langsamen, unbeholfenen, überaus zarten Stimme, die vom Getöse des Omnibus alle Augenblicke vollständig übertönt wurde, lauter Dinge vor, die sie in den fünfundzwanzig Häusern, in denen sie täglich treppauf treppab trippelte, zu hören bekam und weitergab:

„Ich brauche wohl nicht erst zu fragen, ob ein so versierter Mann wie Sie bei Mirlitons das Porträt von Machard gesehen hat, ganz Paris läuft ja hin. Nun, was meinen Sie dazu? Stehen Sie im Lager derer, die es gut finden, oder derer, die es tadeln? In allen Salons spricht man nur von dem Porträt von Machard, man ist nicht chic, man ist nicht Klasse, man ist nicht auf der Höhe, wenn man nicht seine Meinung über das Porträt von Machard zum Besten gibt."

Als Swann antwortete, er habe dies Porträt nicht gesehen, bekam Frau Cottard Angst, ihn durch ihre Nötigung zu diesem Geständnis verletzt zu haben.

„Ach famos, wenigstens gestehen Sie es offen und halten es nicht für eine Schande, daß sie das Porträt von Machard nicht gesehen haben. Das find' ich schön von Ihnen. Na, ich hab' das Bild ja nun gesehen, die Meinungen sind geteilt, manche finden es ein bißchen geleckt, ein bißchen Schlagsahne, aber *ich* find's ideal. Natürlich hat sie keine Ähnlichkeit mit den blauen und gelben Frauen unseres Freundes Schnuckchen. Aber ich muß Ihnen offen gestehen, Sie werden mich vielleicht nicht ganz auf der Höhe der Zeit finden, aber ich rede wie ich's meine: ich versteh's nicht. Gott ja, ich erkenne an, das Porträt meines Mannes hat seine Qualitäten, es ist ja auch weniger sonderbar als das, was er gewöhnlich macht, aber mußte er ihm ausgerechnet einen blauen Schnurrbart machen? Nun aber Machard dagegen! Denken Sie, gerade der Mann der Freundin, zu der ich eben gehe (was mir das große Vergnügen verschafft, mit Ihnen zusammen zu fahren), der hat ihr versprochen, wenn er Mitglied der Akademie wird (er ist ein Kollege vom Doktor), dann läßt er sie von Machard malen. Natürlich ein schöner Traum! ich habe eine andere Freundin,

die sagt, sie hat Leloir lieber. Ich bin ja nur ein blutiger Laie, und Leloir ist vielleicht noch was Höheres vom Standpunkt der Wissenschaft aus. Aber ich finde, die wichtigste Eigenschaft eines Porträts, noch dazu wenn es 10000 Franks kostet, ist, daß es ähnlich ist und zwar angenehm ähnlich."
Nachdem Frau Cottard diese Worte von sich gegeben hatte (es waren Eingebungen ihres hohen Reihers, der Initialen auf ihrem Täschchen, der kleinen Nummer, die der Färber mit Tinte in ihre Handschuhe geritzt hatte, und der Verlegenheit, ob sie Swann von Verdurins erzählen sollte), sah sie, daß man noch weit von der Haltestelle Rue Bonaparte entfernt war, wo der Schaffner sie erinnern sollte, und horchte daher auf die Stimme ihres Herzens, das ihr andere Worte anriet.
„Die Ohren müssen Ihnen geklungen haben, Herr Swann, während der Reise, die wir mit Frau Verdurin gemacht haben. Man sprach nur von Ihnen."
Swann war sehr erstaunt, er nahm an, daß sein Name vor Verdurins nie ausgesprochen werden dürfe.
„Na und außerdem," setzte Frau Cottard hinzu, „Frau von Crécy war ja mit und das sagt alles. Wenn Odette irgendwo ist, hält sie's nie sehr lange aus, ohne von Ihnen zu sprechen. Und Sie können sich ja denken, daß das dann nicht in bösem Sinne geschieht. Was, Sie zweifeln daran?" sagte sie, als sie Swann eine skeptische Gebärde machen sah.
Und hingerissen von der Aufrichtigkeit ihrer Überzeugung sagte sie (ohne sich im übrigen irgend etwas Böses bei diesen Worten zu denken, die sie nur so brauchte, wie man sie zur Bezeichnung innigster Freundesliebe braucht):
„Aber sie vergöttert Sie! O, ich glaube, man dürfte vor ihr auch nicht soviel über Sie sagen! Da würde man schön ankommen! Bei jeder Gelegenheit, z. B. wenn wir uns

ein Gemälde ansahen, sagte sie: „Ach wenn er jetzt da wäre! er könnte euch sagen, ob das echt ist oder nicht. Niemand versteht sich auf sowas so gut wie er.“ Und alle Augenblicke fragte sie: „Was mag er in diesem Augenblick machen? Wenn er doch bloß ein bißchen arbeitete! Schade, ein so begabter Junge, daß der so faul ist. (Sie sind mir doch nicht böse, nicht wahr?) Gerade jetzt seh' ich ihn, er denkt an uns, er fragt sich, wo wir jetzt wohl sind.“ Ja, sie brauchte auch ein Wort, das ich besonders hübsch fand; Herr Verdurin sagte zu ihr: „Aber wie können Sie sehen, was er jetzt macht, wo wir doch achthundert Meilen von ihm weg sind.“ Darauf gab ihm Odette zur Antwort: „Für das Auge einer Freundin ist nichts unmöglich.“ Nein, ich schwöre Ihnen, ich sage das nicht, um Ihnen zu schmeicheln, Sie haben an ihr eine wahre Freundin, wie man sie nicht oft findet. Ich will Ihnen im übrigen auch sagen, wenn Sie's noch nicht wissen: Sie sind der einzige! Frau Verdurin sagte mir noch am letzten Tag (Sie wissen ja, an den Abenden, bevor man abreist, plaudert es sich am besten): „Ich will nicht sagen, daß Odette uns nicht liebt, aber wir könnten ihr sagen, was wir wollten, es würde alles nicht schwer wiegen neben dem, was Herr Swann ihr sagen würde.“ O Gott, o Gott, der Schaffner winkt mir, fast hätt' ich mich mit Ihnen verplaudert und die Rue Bonaparte verpaßt, ... würden Sie mir den Gefallen tun, mir zu sagen, ob mein Reiher richtig sitzt?“

Und Frau Cottard holte ihre weißbehandschuhte Rechte aus ihrem Muff und streckte sie Swann hin, diese Hand, der zugleich mit einem Fahrschein eine Vision hochfeiner Lebensart entflatterte, die, in Färbergeruch getaucht, den Omnibus erfüllte. Und Swann spürte in sich eine überströmende Zärtlichkeit für sie und nicht minder für Frau Verdurin (ja, beinahe ebenso auch für Odette, denn sein Gefühl war für sie jetzt frei von Schmerz, also kaum noch

Liebe), und im Gefühl dieser Zärtlichkeit verfolgte er sie gerührten Blickes vom Perron herab, wie sie mutig die Rue Bonaparte hinunterflitzte: hoch oben wehte der Reiher, mit der einen Hand hob sie den Rock an, in der andern hielt sie den Sonnenschirm und das Kartentäschchen, dessen Initialen sie sehen ließ, und vor ihr baumelte der Muff.

Um Swanns krankhaften Gefühlen für Odette erfolgreich entgegenzutreten, hatte Frau Cottard, mit einer besseren Therapie, als ihr Mann sie je angewandt hätte, daneben andere Gefühle aufgepfropft, Gefühle normaler Art als da sind: Dankbarkeit, Freundschaft; dadurch sollte nämlich Odette in Swanns Augen menschlicher erscheinen (anderen Frauen ähnlicher, weil auch andere Frauen solche Empfindungen wachrufen konnten), dadurch sollte ihre endgültige Umwandlung in jene mit friedevoller Zuneigung geliebte Odette beschleunigt werden, die ihn eines Abends nach einem Fest mit zum Maler genommen hatte, wo er mit Forcheville ein Glas Pomeranzenlimonade getrunken und die Zukunftsmöglichkeit eines glücklichen Lebens an ihrer Seite hatte aufblitzen sehen.

Früher hatte er oft mit Schrecken daran gedacht, daß er eines Tages aufhören werde, in Odette verliebt zu sein, und hatte sich dann jedesmal vorgenommen, wachsam zu sein und sich beim ersten Vorgefühl entweichender Liebe an seine Leidenschaft zu klammern und sie festzuhalten. Doch siehe da: dem Nachlassen seiner Liebe entsprach zugleich ein Nachlassen des Wunsches, verliebt zu bleiben. Denn sich zu wandeln, d. h. ein anderer Mensch zu werden ist unmöglich, solange man fortfährt, den Gefühlen des Menschen, der man nicht mehr ist, hörig zu sein. Wenn ihm ab und zu aus einer Zeitung der Name eines Mannes entgegensprang, der zu den mutmaßlichen Liebhabern Odettes gehört hatte, so packte ihn wieder die Eifersucht. Aber sie fuhr nur leicht über ihn hin und bedeutete ihm, daß er der Zeit der tausend Qualen (aber auch des genüßlichen Gefühlskultus) noch nicht ganz entronnen war, bedeutete ihm auch, daß ihn sein Weg von ungefähr an eine Stelle führen könnte, von der aus er die Schönheiten dieser Zeit verstohlen und aus der Ferne noch einmal sehen würde; und so zog er aus dieser Art von Eifersucht vielleicht gar eine angenehme Erregung — wie der trübgestimmte Pariser, der Venedig verläßt, um wieder nach Frankreich zu gehen, dem aber eine letzte Mücke bedeutet, daß Italien und Sommerszeit noch nicht weit entfernt sind. Wenn er sich freilich mühte, von der so besonderen Zeit seines Lebens, aus der er herauskam, eine klare Anschauung zu behalten, solange er es noch konnte (mochte er auch nicht versuchen, in ihr zu verweilen) — so sah er meistens, daß er es schon nicht mehr konnte; am liebsten hätte er die Liebe, die eben von ihm gewichen war, so gesehen wie man eine Landschaft sieht, die einem entschwinden will; aber diese Selbstverdoppelung, diese wahrheitsgetreue Aufführung einer ausgelebten Leidenschaft vor sich selbst — das war etwas so Schwieriges, daß er Finsternis über sein Gehirn hereinbrechen fühlte, bald auf jede Sehtätigkeit verzichtete, seinen Kneifer abnahm und die Gläser abwischte; er sagte sich, es sei wohl besser, sich ein wenig auszuruhen, nachher sei ja auch noch Zeit, und drückte sich in eine Ecke, teilnahmslos und umnebelt wie ein schläfriger Reisender, der den Hut ins Gesicht zieht, um zu schlafen, während er spürt, wie der Wagen ihn schneller und schneller von dem Lande fortzieht, in dem er so lange gelebt hat und das er eigentlich — wenigstens hatte er sich's fest vorgenommen — nicht ohne ein letztes Lebewohl entschwinden lassen wollte. Und ganz wie diesem Reisenden beim endlichen Aufwachen in Frankreich erging es auch Swann: als er zufällig neben sich den Beweis dafür auflas, daß Forcheville Odettes Liebhaber gewesen, wurde er auf einmal gewahr, daß er darüber keinerlei Schmerz verspürte, daß die Liebe jetzt in weiter Ferne war; und er bedauerte, daß ihm im Augenblick, als er seine Leidenschaft für immer verließ, niemand einen Wink gegeben hatte. Bevor er Odette zum ersten Male geküßt hatte, war er dem Gesicht, das ihr so lange eigen gewesen und das nun durch die Erinnerung an diesen Kuß eine Wandlung durchmachen sollte, im Geiste nachgegangen, um es seinem Gedächtnis einzuprägen: ganz ebenso hätte er am liebsten, wenigstens in Gedanken, der bisherigen Odette Lebewohl gesagt solange sie existierte, dieser Odette, von der die Eingebungen der Liebe und der Eifersucht über ihn gekommen waren, die ihm von seinen Leiden erzählen konnte, und die er nun nie mehr wiedersehen würde. Er irrte sich. Er sollte sie noch einmal wiedersehen, ein paar Wochen später. Es war im Schlaf, in der Dämmerung eines Traumes. Er, machte mit Frau Verdurin, Doktor Cottard, einem jungen Mann im Fez, den er nicht identifizieren konnte, dem Maler, Odette, Napoléon III. und meinem Großvater einen Spaziergang und zwar auf einem Weg, der an der See entlang lief und sie steil überragte, bald aus großer Höhe, bald nur um ein paar Meter, so daß man beständig auf- und abstieg; diejenigen von den Spaziergängern, die schon wieder hinabstiegen, waren für die, die noch hinaufstiegen, nicht mehr sichtbar, das wenige Tageslicht, das noch leuchtete, wurde schwächer und schwächer, und bald schien es, als wollte gleich eine schwarze Nacht hereinbrechen. Für Augenblicke sprangen die Wogen bis an den Rand, und Swann fühlte eisige Spritzer auf der Backe. Odette sagte zu ihm, er solle sie abwischen, er konnte es aber nicht und genierte sich vor ihr wie auch deswegen, weil er im Nachthemd war. Er hoffte, in der Dunkelheit werde niemand darauf achten, doch Frau Verdurin fixierte ihn mit einem langen erstaunten Blick, indes ihr Gesicht sich verunstaltete, ihre Nase immer länger wurde und ein Schnurrbart über ihrer Lippe erschien. Er wandte sich weg und sah auf Odette: ihre Wangen waren bleich uud rotgepunktet, ihre Züge gespannt, sie hatte blaue Ränder und sah ihn an mit liebesseligen Augen, die sich loslösen wollten wie Tränen, um auf ihn zu fallen: da spürte er ein solches Gefühl der Liebe in sich, daß er sie am liebsten gleich mitgenommen hätte. Plötzlich streifte Odette ihren Ärmel zurück, sah auf eine kleine Uhr und sagte: „Ich muß gehen," dann verabschiedete sie sich von allen in derselben Weise, ohne Swann beiseite zu nehmen, ohne ihm zu sagen, wo sie ihn am Abend oder an einem der nächsten Tage wiederzusehen gedachte. Er getraute sich nicht, sie danach zu fragen, am liebsten wäre er ihr gefolgt und mußte doch, ohne sich nach ihr umzudrehen, lächelnd auf eine Frage von Frau Verdurin anworten; aber sein Herz schlug entsetzlich, er fühlte einen tiefen Haß gegen Odette in sich, am liebsten hätte er ihr die Augen ausgestochen, die er eben noch so liebte, hätte ihr die unfrischen Wangen zerdrückt. Er setzte mit Frau Verdurin zusammen den Aufstieg fort, d. h. er entfernte sich mit jedem Schritt von Odette, die in entgegengesetzter Richtung hinunterging. Einen Moment später war sie schon viele Stunden fort. Der Maler machte Swann darauf aufmerksam, daß Napoleon III. sich einen Augenblick nach ihr verzogen habe. „Das ist sicher ein abgekartetes Spiel von den beiden," setzte er hinzu, „sie haben sich ganz bestimmt unten am Strand wieder getroffen; nur um den Anstand zu wahren, haben sie nicht zusammen Adieu sagen wollen. Sie ist seine Geliebte." Der unbekannte junge Mann fing an zu weinen. Swann versuchte ihn zu trösten. „Schließlich hat sie recht," sagte er zu ihm, indem er ihm die Augen abwischte und ihm seinen Fez abnahm, damit ihm besser würde. „Ich hab's ihr Dutzende von Male geraten. Warum darüber traurig sein? Das war eben der Mann, der sie begreifen konnte." So sprach Swann zu sich selbst, denn der junge Mann, den er zuerst nicht hatte identifizieren können, war ebenfalls er; wie manche Romanciers hatte er seine Persönlichkeit auf zwei Personen verteilt: einen, der den Traum träumte und einen, der mit einem Fez geschmückt vor ihm erschien.

Was Napoleon III. betraf, so trug er diesen Namen zunächst auf Grund irgendeiner vagen Ideenassoziation mit Forcheville, ferner infolge eines bestimmten Zuges in der gewöhnlichen Physiognomie des Barons, endlich wegen des Kreuzes der Ehrenlegion, das er um den Hals hatte; in Wirklichkeit aber und in allem, was die gegenwärtige Person des Traumes an Vorstellungen und Erinnerungen in ihm wachrief, war er so recht Forcheville. Swann zog nämlich aus unvollkommenen und veränderlichen Bildern im Schlaf ganz falsche Schlüsse, wodurch er freilich an momentaner Schöpferkraft nicht einbüßte, sich vielmehr wie gewisse untergeordnete Organismen durch bloße Teilung fortpflanzte; mit der deutlich gefühlten Hitze seiner eigenen flachen Hand modellierte er die Form einer fremden Hand, die er zu drücken glaubte; und aus Gefühlen und Eindrücken, deren er sich noch nicht bewußt war, ließ er gleichsam Peripetien entstehen, deren Aufgabe es war, durch ihre zwingende logische Gewalt die Person, die seine Liebe entgegenzunehmen oder sein Erwachen zu provozieren hatte, zur rechten Zeit in seinen Traum einzuführen. Auf einmal brach schwarze Nacht herein, eine Sturmglocke läutete, Menschen entflohen aus brennenden Häusern und rannten an ihm vorbei: Swann hörte das Brüllen einer Springflut, und mit gleicher Heftigkeit schlug ihm angstvoll das Herz in der Brust. Plötzlich klopfte sein Herz doppelt so schnell, er spürte einen Schmerz, eine unerklärliche Übelkeit; ein Bauer, der über und über mit Brandwunden bedeckt war, schrie ihm hastig im Vorüberlaufen zu: „Gehen sie zu Charlus und fragen Sie ihn, wo Odette mit ihrem Freund abends

noch hingegangen ist, er geht schon lange mit ihr und sie sagt ihm alles. Die beiden haben den Brand gemacht."
Es war sein Kammerdiener, der ihn wecken kam und zu ihm sagte:
„Herr Swann, es ist acht Uhr und der Friseur ist da, ich hab' ihm gesagt, er soll in einer Stunde wieder vorbeikommen."
Diese Worte drangen zwar in die Wogen des Schlafes, in die Swann getaucht war, kamen aber nicht direkt in sein Bewußtsein, sondern auf einem Umweg; denn wie auf dem Grunde des Wassers ein Strahl wie eine Sonne wirkt, so hatte einen Augenblick vorher der Schall der Klingel in der Tiefe dieser Abgründe die Klangform einer Sturmglocke angenommen und die Episode des Brandes erzeugt. Indessen zerflatterte und zerstob die Dekoration, die er vor sich gesehen, er machte die Augen auf und hörte ein letztes Mal den Wogenlärm der entweichenden Flut. Er faßte sich an die Backe. Sie war trocken. Und doch erinnerte er sich der Empfindung von kaltem Wasser und Salzgeschmack. Er stand auf und zog sich an. Den Friseur hatte er auf diese frühe Stunde bestellt, weil er am Abend vorher an meinen Großvater geschrieben hatte, er werde am Nachmittag in Combray sein; es war ihm nämlich erzählt werden, Frau von Cambremer (geborene Legrandin) halte sich für ein paar Tage dort auf. In seiner Erinnerung gesellte sich zum Reize dieses jungen Gesichtes der Reiz des Heidelandes, das er seit so langer Zeit nicht mehr aufgesucht hatte; und diese Reize im Verein übten eine solche Anziehungskraft auf ihn aus, daß er sich entschlossen hatte, endlich einmal für ein paar Tage von Paris fortzugehen. Die verschiedenen Zufälle, denen unser Zusammensein mit bestimmten Menschen zu verdanken ist, fallen ja zeitlich nicht mit unserer Liebe zu diesen Menschen zusammen, sondern übersteigen die Liebeszeit, so daß sie sich ereignen können, bevor die Liebe beginnt, und sich

oft auch wiederholen, nachdem sie aufgehört hat — woher es denn wohl auch kommen mag, daß die ersten Begegnungen mit einem Menschen, der uns später noch einmal gefallen soll, für den rückschauenden Blick den Wert von Warnungen und Vorzeichen annehmen. So hatte Swann sich oft das Bild Odettes vergegenwärtigt, wie er sie im Theater getroffen hatte an jenem ersten Abend, als er sich nicht träumen ließ, sie je wiederzusehen; so erinnerte er sich jetzt auch an die Soirée bei Frau von Saint-Euverte, auf der er Frau von Cambremer dem General von Froberville vorgestellt hatte. Die Interessen unseres Lebens sind ja so vielfältig, daß nicht selten in einer und derselben Einzelheit die Wahrzeichen eines Glückes, das nicht mehr ist, dicht neben den Bildern eines Kummers wohnen, an dem wir täglich schwerer tragen. Natürlich hätte Swann Ähnliches auch anderswo erleben können als bei Frau von Saint-Euverte. Womöglich wären dann — gesetzt er hätte jenen Abend anderswo verbracht — ganz andere Glücksgefühle, ganz andere Leiden über ihn gekommen und wären ihm hinterher als unvermeidlich erschienen. Diesen Eindruck des Unvermeidlichen machte ihm aber nun einmal nur das wirklich Gewesene, und es fehlte nicht viel, so hätte er in der Tatsache, daß er sich entschlossen hatte, auf die Soirée der Frau von Saint-Euverte zu gehen, geradezu einen Wink der Vorsehung erblickt; denn sein Geist verlangte so sehr danach, den Erfindungsreichtum des Lebens zu bewundern, und war so unfähig, sich lange Zeit eine schwierige Frage vorzulegen oder sich das Wünschbarste zu ergrübeln, daß er in den Leiden jenes Abends sowie in der damals noch ungeahnten und doch schon keimenden Freude eines Zusammentreffens mit Frau von Cambremer — Dingen, die schwer miteinander in Einklang zu bringen waren — eine Art von notwendiger Verkettung erblickte.

Während er aber eine Stunde nach dem Erwachen dem Friseur Weisungen gab, damit seine Tolle in der Bahn nicht in Unordnung käme, dachte er wieder an seinen Traum; er sah alles vor sich, ebenso nah, wie er's gespürt hatte: Odettes bleichen Teint, die mageren Wangen, die gespannten Züge, die umränderten Augen, kurz all' das, was er (im Laufe der tausend Zärtlichkeiten, durch die seine Liebe zu Odette nachgerade gleichbedeutend mit einem gründlichen Vergessen seiner ersten Eindrücke geworden war) nicht mehr bemerkt hatte, schon seit jener ersten Zeit ihres Verhältnisses nicht mehr, in die sein Gedächtnis während des Schlafes gewiß zurückgestrebt hatte, um die genaue Empfindung von alledem wiederzugewinnen. Und mit der zeitweise erwachenden Häßlichkeit, die wieder in ihm emporkam, seitdem er nicht mehr unglücklich war und damit auch an menschlichem Wert verlor, rief er innerlich laut: „Nein daß ich Jahre meines Lebens vertan habe, daß ich sterben wollte, daß ich meine größte Liebe hatte — und alles wegen einer Frau, die mir gar nicht gefiel, die gar nicht mein Genre war!"

Dritter Teil

ORTSNAMEN.

VON NAMEN ÜBERHAUPT

Keins der Zimmer, deren Bild ich in meinen schlaflosen Nächten am häufigsten heraufbeschwor, hatte weniger Ähnlichkeit mit den Zimmern in Combray (die immer mit einer körnigen, blütenstaubartigen, bekömmlich-frommen Atmosphäre überstreut waren) als das Zimmer im Grand-Hôtel de la Plage in Balbec, dessen glattgeschabte Wände (den polierten Wandungen eines Fischteiches ähnlich, in welchem blau das Wasser steht) eine reine azurene Salzluft enthielten. Der bayrische Innenarchitekt, der mit der Einrichtung dieses Hôtels beauftragt worden war, hatte die Dekoration in den Stuben variiert und in dem Zimmer, wo ich untergebracht war, niedrige Bücherregale mit Glasscheiben davor auf drei Seiten an den Wänden entlanglaufen lassen. Die von ihm gewiß nicht geahnte Folge war, daß sich durch irgendeine Besonderheit in der Placierung das eine oder andere Stück aus einer Bilderflucht von Meeresansichten darin spiegelte, so daß sich ein Fries von lichten Seestücken entrollte, die nur von den Mahagoniflächen unterbrochen wurden. So wirkte die ganze Stube wie einer von den Schlafräumen, die als Möbeleinrichtungsmodelle auf Ausstellungen im „modern style" zu sehen sind und dort prangen im Schmuck von Kunstwerken, die dem müden Insassen hoffentlich eine Augenweide sein werden, zumal da die Sujets zu dem Genre der Landschaft passen, in der die Behausung liegen soll.

Nichts hatte aber auch weniger Ähnlichkeit mit diesem wirklichen Balbec als das Balbec, von dem ich so manches Mal an stürmischen Tagen geträumt hatte, wenn der Wind so heftig blies, daß Françoise, die oft mit mir in die Champs-Elysées ging, mir empfahl, nicht zu nah' an den Mauern zu laufen, um keine Ziegelsteine auf den Kopf zu bekommen, und seufzend von den großen Seeschäden und Schiffbrüchen sprach, die die Zeitungen meldeten. Ich kannte keinen sehnlicheren Wunsch als den, einen Sturm auf dem Meere mitanzusehen, weniger als schönes Schauspiel denn als ein Ereignis, in dem sich das wirkliche Leben der Natur entschleierte; oder richtiger: schöne Schauspiele waren für mich nur die, von denen ich wußte, daß sie nicht künstlich zu meinem Vergnügen gestellt, sondern notwendig und unabänderlich waren: also die Schönheiten der Landschaft oder der großen Kunst. Ich war nicht neugierig, war nicht lüstern danach, irgendetwas kennen zu lernen, das ich nicht für wahrer als mich selbst hielt, das für mich nicht den Wert hatte, mir ein weniges vor Augen zu führen vom Denken eines großen Genies oder von der Gewalt und Gnade der Natur, so wie sie sich zeigt, wenn sie sich selbst überlassen ist und keine Menschenhand dazwischenfährt. Wie uns der schöne Klang der Stimme, isoliert vom Phonographen wiedergegeben, nicht über den Verlust der Mutter trösten würde, so hätte mich ein mechanisch nachgeahmter Sturm kalt gelassen wie die farbigen Fontänen im Panoptikum. Damit der Sturm nur ja ganz wahr sei, wollte ich auch, daß das Ufer selbst ein natürliches Ufer sei, nicht etwa ein Deich, den in neuester Zeit eine Behörde geschaffen hatte. Auch schien mir die Natur schon durch all' die Gefühle, die sie in mir wachrief, das absolute Gegenteil mechanischen Menschenwerkes zu sein. Je weniger sie dessen Gepräge trug, um so größeren Spielraum gewährte sie dem Streben nach

Ausdehnung in meinem Inneren. Nun war ja gerade der Name Balbec, den Legrandin vor uns ausgesprochen hatte, in mir haften geblieben als der eines Strandes ganz in der Nähe „jener Küsten des Todes mit dem schaurigen Ruhm so vieler Schiffbrüche, die sechs Monate im Jahr vom Leichentuch des Nebels und vom Schaume der Wogen umhüllt sind."

„Ja dort," sagte er, „dort spürt man's noch unter den Füßen, mehr als am Kap Finisterre; und wenn sich auch noch so viele Hôtels jetzt über der ältesten Gesteinsschicht des Landes türmen sollten — dort spürt man das wirkliche Ende des französischen, des europäischen Bodens, kurz: der Terra antiqua. Dort ist ja auch das letzte Fischernest, diese Fischer sehen noch genau so aus wie ihre Ahnen am Anfang der Welt, wie all' die, die Jahrtausende hindurch im Angesichte des ewigen Nebel- und Schattenreiches gelebt haben." Als ich in Combray einmal vor Herrn Swann von diesem Balbecer Strande sprach, um von ihm zu erfahren, ob das der bestgewählte Punkt für die Betrachtung der schwersten Stürme sei, hatte er mir erwidert: „O, ich kenn' mich aus in Balbec, das will ich meinen! Die Balbecer Kirche stammt aus dem 12. oder 13. Jahrhundert, ist noch zur Hälfte romanisch und stellt vielleicht die seltsamste Probe normannischer Gotik dar, dabei ist sie etwas so Einzigartiges, fast möchte man sagen persische Arbeit." Bisher waren diese Gegenden mir vorgekommen wie eine unvordenkliche Natur, die, immer noch Zeitgenossin der großen geologischen Phänomene gleich dem Ozean oder dem großen Bären außerhalb der menschlichen Geschichte stand mitsamt den wilden Fischern, für die es ebensowenig wie für die Walfische ein Mittelalter gab. Nun aber nach Swanns Worten hatte es für mich doch auch einen großen Reiz gehabt, diese Landschaft auf einmal in die Reihe der Jahrhunderte eintreten zu sehen — zu sehen, wie sie durch die romanische Epoche hindurchgegangen, wie sie dann dabei gewesen, als die gotische Rosette kam und ihre nervig-feine Gestalt in das wilde Felsgestein einprägte zu der Zeit, die sie sich wählte (just wie die zarten, aber lebendigen Pflanzen, die sich, wenn es Frühling wird, hie und da wie Sterne in den Polarschnee einzeichnen). Und wenn die Gotik diesen Stätten und Menschen einen bestimmten Charakter verlieh, dessen sie vorher ermangelt hatten, so empfing sie doch auch selbst von ihnen etwas Entsprechendes zurück. Ich versuchte mir vorzustellen, wie diese Fischer gelebt haben mochten, welche schüchternen, unvermuteten Ansätze zur Gesellschaftsbildung sie damals im Mittelalter wohl gemacht hatten, diese Menschen, die sich auf einen Punkt des Höllengestades zu Füßen todbringender Riffe zusammendrängten — und auf einmal kam mir die Gotik doppelt lebendig vor, denn nun sah ich sie zum ersten Male losgelöst von den Städten, in denen ich sie mir bisher immer vorgestellt hatte, sah, wie sie etwa auf wilden Felsen zu einem feinen Turm emporgekeimt und erblüht war. Man führte mich vor Reproduktionen der berühmtesten Statuen von Balbec: der krausköpfigen, stupsnäsigen Apostel oder der Muttergottes in der Halle; und vor Freude stockte mir der Atem in der Brust, wenn ich dachte, ich könnte sie bald überm salzigewigen Nebel reliefartig sich abheben sehen. Da kam es, daß an gewittrig-milden Februarabenden der Wind mein Herz beben machte wie den Ofen im Zimmer, indem er den Plan einer Reise nach Balbec hineinblies und die Sehnsucht nach der gotischen Baukunst mit der Sehnsucht nach einem Sturm an der See in meinem Inneren mischte.

Am liebsten hätte ich gleich morgen den schönen Zug genommen, der so großzügig um 1 Uhr 22 abging und dessen Abfahrtszeit ich nie ohne Herzklopfen auf den Plakaten der Eisenbahngesellschaften und den Ankündigungen der Reisebüros lesen konnte: dies 1 Uhr 22 schien mir an einem bestimmten Punkte des Nachmittags einen köstlichen Einschnitt zu machen, eine mysteriöse Grenzlinie, von der aus die Stundenbahn seitlich zum Abend und auch noch zum nächsten Morgen hin weiterlief, nur diesmal nicht innerhalb von Paris selbst, sondern durch die Städte, die der Zug berührt und zwischen denen er uns zu wählen gestattete; denn er hielt in Bayeux, in Coutances, in Vitré, in Questambert, in Pontorson, in Balbec, in Lannion, in Lamballe, in Benodet, in Pont-Aven, in Quimperlé und fuhr weiter und weiter, großartig beladen mit Namen, die er mir anbot, von denen ich aber keinen hätte vorziehen mögen, da es undenkbar war, auch nur einen zu opfern. Doch hätte ich diesen Zug nicht einmal abzuwarten brauchen, hätte mich geschwind umziehen und schon am Abend abfahren können — wenn die Eltern mir's erlaubt hätten; dann wäre ich in Balbec angekommen, wenn der grauende Tag sich über der wütenden See erhob, und hätte mich vor ihrem fliegenden Schaum in die Kirche im persischen Stil flüchten müssen. Rückten aber die Osterferien näher und hatten mir die Eltern für diese Zeit gerade eine Reise nach Oberitalien versprochen — siehe da, dann wußte ich nichts mehr von diesen Träumen vom Sturm. Und hatte doch vorher so gänzlich darin gelebt, daß ich mir nichts weiter wünschte als Wogen, die von überallher heranbrausten und sich überstürzten auf dem Weg zu einer grausigen Küste, in deren Nähe Kirchen steil und rauh wie Klippen aufragten und kreischende Seevögel auf ihren Türmen beherbergten. Statt dessen erhob sich nun plötzlich in mir ein ganz anderer Traum, der seinen Vorgänger vernichtete, entzauberte und ausschloß als einen Feind, von dem ihm nur Schwächung drohte: das war der Traum vom buntesten Frühling, nicht etwa dem Combrayer Frühling, der scharf noch dreinstach mit allen Nadeln des

Reifes, sondern von dem, der schon mit Lilien und Anemonen die Felder von Fiesole bedeckte und Florenz aus Goldhintergründen Fra Angelicos überblinkte. Von nun an schienen mir nur noch Strahlen, Wohlgerüche und Farben einen Wert zu haben; denn die Änderung der Bilder hatte in mir auch einen Richtungswechsel der Sehnsucht herbeigeführt und zugleich damit, so jäh wie es sonst nur manchmal in der Musik geschieht, die Empfänglichkeit meines Gemütes gänzlich umgestimmt. Auch kam es wohl vor, daß eine bloße atmosphärische Veränderung genügte, um diese Modulation in mir hervorzurufen, ohne daß die eigentliche Wiederkehr der betreffenden Jahreszeit abgewartet werden mußte. Findet man doch oft in der einen Jahreszeit einen verirrten Tag aus einer anderen: der versetzt uns dann in sie hinein, beschwört sie sogleich herauf, weckt die Sehnsucht nach ihren besonderen Freuden und unterbricht die Träume, denen wir uns gerade hingaben, indem er vor oder nach seiner eigentlichen Zeit dies Blatt aus einem anderen Kapitel in den Schaltkalender des Glückes einschiebt. Bald danach aber wurde es mit diesen Träumen wie mit den Naturerscheinungen, aus denen unsere Bequemlichkeit und unsere Gesundheit nur eine zufällige und ziemlich dürftige Wohltat zu ziehen vermag, bis eines Tages die Wissenschaft sich ihrer bemächtigt, sie willkürlich hervorbringt und dadurch die Möglichkeit ihrer Erscheinung in unsere Hände legt, so daß diese Möglichkeit der Vormundschaft des Zufalls entzogen und seines Wohlwollens nicht mehr bedürftig ist. Ganz ebenso war nun auch die Erzeugung dieser Träume von Ozean und Italien nicht mehr ausschließlich dem Wandel der Jahreszeiten und des Wetters unterworfen; wollte ich nämlich diese Träume wiedererstehen lassen, so brauchte ich nur die N a m e n auszusprechen: Balbec, Venedig, Florenz; im Innern dieser Namen hatte sich ja alles Verlangen nach den ersehnten Orten, die darin bezeichnet wurden, niedergeschlagen. Auch im Frühling brauchte ich in einem Buch nur den Namen Balbec zu finden, um sogleich die Sehnsucht nach Stürmen und normannischer Gotik wieder in mir aufsteigen zu fühlen; auch an einem stürmischen Tage vermittelte mir der Name Florenz oder Venedig die Sehnsucht nach Sonne und Lilien, nach dem Dogenpalast und Santa Maria dei fiori.

Wenn die Namen aber das Bild, das ich von den Städten hatte, für immer in sich aufsogen, so wurde das damit erkauft, daß sie es umbildeten und es nicht anders als ihren eigenen herrischen Gesetzen gemäß wieder in mir erschienen ließen; die Folge davon war, daß sie es viel schöner, aber auch ganz anders herrichteten, als normannische oder toskanische Städte in Wirklichkeit sein konnten, und daß sie die künftigen Enttäuschungen meiner Reisen um so schwerer gestalteten, je mehr sie die willkürlichen Freuden meiner Phantasie steigerten. Manches Fleckchen Erde bekam in meiner Vorstellung nur dadurch einen so übertriebenen Charakter, daß diese Namen ihm mehr Eigenleben und damit mehr Wirklichkeit andichteten. Ich stellte mir die Städte, die Landschaften, die Denkmäler dann nicht so vor, wie man sich mehr oder weniger angenehme Gemälde vorstellt, die hie und da heraustreten aus einer Welt gemeinsamer Stofflichkeit; nein, wie ein Unbekanntes kam mir jedes dieser Dinge vor, wie ein wesentlich von anderen Verschiedenes, nach dem meine Seele dürstete und dessen Kenntnis ihr frommen müßte. Wieviel individueller war der Charakter, den sie nun annahmen, da sie von Namen bezeichnet wurden, Namen, die nur für sie da waren, Namen, wie Menschen sie haben! Die Worte bieten uns von den Dingen ein klares, gebräuchliches Bildchen ähnlich denen, die man in den Schulen an den Wänden aufhängt, um den Kindern an einem Beispiel zu zeigen, was eine Hobelbank, ein Vogel, ein Ameisenhaufen ist, wobei vorausgesetzt wird, daß diese Dinge allen ihren Artgenossen aufs Haar gleichen. Die Namen aber bieten von den Menschen (und von den Städten, die sie uns mit der Zeit für so individuell und einzigartig wie Menschen halten lassen) ein verworrenes Bild, das aus ihrer blitzenden oder düsteren Klanglichkeit einen bestimmten einförmigen Farbcharakter entnimmt, so daß es wirkt wie eins von den ganz blau oder ganz rot gemalten Plakaten, auf denen infolge der beschränkten Möglichkeiten des technischen Verfahrens oder auch aus bloßer Zeichnerlaune nicht nur Himmel und Meer, sondern auch Boote, Kirchen und Passanten blau oder rot sind. Der Name Parma (das war eine der Städte, die zu besuchen mein sehnlichster Wunsch war, seitdem ich die „Chartreuse" gelesen hatte) erschien mir fest, glatt, braunviolett und sanft, und wenn mir daher einer von irgendeinem Haus in Parma sprach, in das ich aufgenommen werden könnte, so verschaffte er mir den vergnüglichen Gedanken, ich würde in einer glatten, festen, braunvioletten und sanften Behausung wohnen, die in gar keiner Beziehung stand zu den Behausungen irgendeiner italienischen Stadt, da meine Vorstellung von ihr auf nichts Anderem beruhte als auf den schweren Silben des Namens Parma — dieses schlechthin windstillen Namens — und auf all' dem, was ich mir von Stendhalscher Weichheit und vom Widerschein der Veilchen daraus entnommen hatte. Und wenn ich an Florenz dachte, so hatte ich vor mir eine Stadt voll himmlischen Duftes von der Gestalt einer Blumenkrone, da sie ja die Stadt der Lilien hieß und ihr Dom Santa Maria dei fiori. Balbec endlich — mit diesem Namen war's wie mit einem altnormannischen irdenen Topf, der die Farbe des Bodens bewahrt, aus dem er gezogen wurde: es zeichnete sich vor dem geistigen Auge noch so etwas darauf ab wie ein abgeschaffter Brauch, eine feudale Gerechtsame, ein früherer Zustand der Landschaft, eine aus der Gewohnheit gekommene Art der Aussprache, woraus sich diese wunderlichen Silben ergeben hatten; und ich lebte der sicheren Hoffnung, all' das dort wiederzutreffen, selbst beim Gastwirt, der mir gewiß gleich bei meiner Ankunft Kaffee mit Milch servieren und mich dann schnurstracks vor die Kirche führen würde, damit ich den rechten Blick auf die entfesselten Fluten hätte; weswegen ich ihm denn auch den rechthaberischen, feierlichen und mittelalterlichen Charakter einer altfranzösischen Schwankfigur verlieh.

Hätte meine Gesundheit sich gefestigt und hätten die Eltern mir erlaubt, ein einziges Mal den Zug 1 Uhr 22, in den ich in Gedanken schon so viele Male eingestiegen war, nun wirklich zu benutzen, wo nicht um für eine Zeit nach Balbec zu fahren, so doch um normannische oder bretonische Baukunst und Landschaft kennen zu lernen — ich hätte in den schönsten Städten am liebsten besonders lange verweilt; aber was half mir alles Vergleichen? kann man denn zwischen individuellen, unvertauschbaren Wesen wählen? konnte man also wählen zwischen Bayeux, das hoch aufragte mit seinem vornehmen rötlichen Spitzenkragen und dessen Spitze vom alten Golde seiner letzten Silbe erleuchtet wurde? Vitré, dessen accent aigu schwarzes Holz schräg in seine alten Kirchenvitrinen fügte? dem sanften Lamballe, dessen Weiß zwischen dem gelblichen Glanz der Eierschale und dem grauen Schimmer der Perle schillert; Coutances, dieser normannischen Kathedrale, die ihr feister, gelblicher Endvokal mit einem Turm aus Butter krönt? Lannion, dessen dörfliche Stille das Gerassel eines von Fliegen umschwärmten Wagens unterbricht? Questambert, Pontorson, den rinnenden poetischen Orten, auf deren Straßen drollig und naiv weiße Federn und gelbe Schnäbel verstreut liegen? Benodet, dem kaum verankerten Namen, den der Fluß inmitten seiner Algen fortschleppen zu wollen scheint? Pont-Aven, dem rosaweißen Flattern einer leichten Haube, die sich zitternd in grünlichem Kanalwasser spiegelt? Quimperlé, das im Gegensatz dazu fester haftet und seit dem Mittelalter zwischen den Bächen liegt, die es durchzwitschern und überperlen in einem einförmigen Grau, wie es die Sonnenstrahlen zeichnen, wenn sie sich, durch die Spinngewebe eines Kirchenfensters dringend, in abgeblendete, silbrig-braune Spitzen verwandeln? Diese Bilder waren noch aus einem anderen Grunde falsch: sie waren nämlich gezwungenermaßen vereinfacht; ganz gewiß hatte ich all' das, worauf meine Phantasie hindrängte und was meine Sinne nur unvollkommen und ohne Gegenwartsfreude wahrnahmen, in dies Namenobdach eingeschlossen; ganz gewiß wirkten die Namen nur deshalb jetzt so magnetisch auf meine Sehnsüchte, weil ich Träume in ihnen aufgehäuft hatte; aber Namen sind nicht sehr geräumig; sie weiteten sich daher höchstens, wenn ich ein paar „Hauptsehenswürdigkeiten" der Stadt in sie einführte, die sich ihnen dann sofort zugesellten; so sah ich im Namen Balbec (wie in dem Vergrößerungsglase der Federhalter, die es in Seebädern zu kaufen gibt) lauter Wogen, die sich rings um eine Kirche im persischen Stil erhoben. Ja, vielleicht war gerade die Vereinfachung dieser Bilder einer der Gründe für die unumschränkte Herrschaft, die sie über mich gewannen. Es kam ein Jahr, in dem mein Vater beschloß, wir sollten die Osterferien in Florenz und Venedig verbringen, und da im Namen Florenz keine Stelle war, wo ich die gewöhnlichen Kennzeichen von Städten anbringen konnte, sah ich mich gezwungen, etwelche lenzliche Wohlgerüche mit dem, was ich für die Substanz Giottoscher Genialität hielt, zusammenzubringen und aus dieser Ehe eine überirdische Stadt hervorgehen zu lassen. Nun war (da in einem Namen das Zeitliche ja auch nicht viel besser zu investieren ist als das Räumliche) allenfalls dasselbe erreicht wie auf manchen Gemälden eben dieses Giotto, wo einunddieselbe Person in zwei verschiedenen Momenten der Handlung gezeigt wird: hier im Bette liegend, dort gerüstet aufs Pferd zu steigen; so war nun auch der Name Florenz in zwei Fächer eingeteilt: im einen betrachtete ich unter einem Steinbaldachin eine Freske, über der, sie teilweise verkleidend, ein Vorhang aus dunstiger, schräger, steigender Morgensonne lag, im anderen drang ich eilends — um schneller zum Mittagessen zu kommen, das mit Obst und Chiantiwein meiner harrte — über den mit Jonquillen, Narzissen und Anemonen überschütteten Ponte-Vecchio (denn da ein Name mir nicht als ein unzugängliches Ideal vorschwebte, sondern als eine wirkliche Atmosphäre, in der ich untertauchen wollte, so verlieh das noch nicht gelebte Leben, das unversehrte, reine Leben, das ich in solchen Namen verschloß, den materiellsten Genüssen, den einfachsten Szenen einen Reiz, wie er den Werken der primitiven Menschen eignet). Und war ich auch mitten in Paris — nur diese Dinge sah ich, nicht aber, was um mich war. Selbst vom rein realistischen Standpunkt aus betrachtet nehmen ja die ersehnten Landschaften jeweils viel mehr Raum in unserem eigentlichen Leben ein als das Land, wo wir uns wirklich befinden. Hätte ich damals von mir aus mehr darauf geachtet, was beim Aussprechen der Worte „Florenz, Parma, Pisa, Venedig" in meinem Geiste lebte, so hätte ich gewiß deutlich erkannt, daß das, was ich sah, keineswegs eine Stadt war, sondern etwas in seiner Unterschiedenheit von allem Bekannten ebenso Köstliches wie etwa für eine Menschheit, deren Leben ewig in winterlichen Dämmerungen dahingeflossen wäre, der wunderbare Fremdling mit Namen „Frühlingsmorgen". Derlei unwirkliche, unverrückbare, immergleiche Bilder beschäftigten mich Tag und Nacht und schieden diese

Epoche meines Lebens reinlich von den vorangegangenen (die sich für das Auge eines Beobachters, der die Dinge nur von außen, also überhaupt nicht sieht, mit ihr vermischen mochten); sie bedeuteten daher in meinem Dasein etwas ebenso Neues wie ein Opernmotiv, das man nie geahnt hätte, wenn man über die Lektüre des Librettos nicht hinausgegangen wäre, und das man noch weniger vermuten kann, wenn man draußen vor dem Theater auf und abgeht und die Viertelstunden zählt. Ja, mehr noch: selbst unter rein quantitativen Gesichtspunkten betrachtet, gleichen die Tage in unserem Leben einander durchaus nicht. Ein wenig nervöse Naturen, zu denen ich gehörte, fahren ganz wie die Automobile mit verschiedenen „Geschwindigkeiten" durch die Tage. Es gibt bergige und beschwerliche Tage, zu deren Erklimmung man unendlich viel Zeit braucht, und abschüssige Tage, die man nur so hinuntersaust. Damals in dem Monat vor der Reise war ich unersättlich darin, mir die Bilder von Florenz, Venedig und Pisa vorzuhalten, wie man sich Melodien vorsummt; meinem Verlangen nach diesen Bildern haftete ja etwas ebenso Innerstindividuelles an wie nur je einer Liebe, einer richtigen Liebe zu einem Mädchen. Während dieses Monats nun lebte ich unaufhörlich des Glaubens, jenen Bildern entspräche eine von mir unabhängige Wirklichkeit — weswegen die Hoffnung, die sie mich kennen lehrten, denn auch ebenso schön war wie nur je die eines harrenden Gläubigen der urchristlichen Zeit am Vorabend des Eintritts ins Paradies. Ich kümmerte mich nicht im geringsten um den Widerspruch, der darin lag, daß ich mit den Sinnesorganen etwas schauen und greifen wollte, was durch Schwärmerei hervorgebracht und nicht von ihnen wahrgenommen worden war (freilich darum nur um so verlockender auf sie wirkte, gerade weil es sich von allem, was sie kannten, unterschied).

Vielmehr wurde ich gerade hierdurch an die Wirklichkeit dieser Bilder gemahnt, gerade hierdurch am meisten in meiner Sehnsucht bestärkt, da ja ein Erfüllungsversprechen darin enthalten schien. Und obwohl meiner Begeisterung ein Verlangen nach künstlerischen Genüssen zugrunde lag, schürten die Reiseführer sie mehr als die Werke ästhetischen Charakters, und mehr noch als die Reiseführer — das Kursbuch. Vor allem erregte mich ja der Gedanke, daß dies Florenz, welches nah, aber unzugänglich vor meinem geistigen Auge stand, solange die Strecke Weges, die mich von ihm trennte, nicht gangbar war — daß dieses selbe Florenz auf einem Seitenpfad, einem Umweg für mich zu erreichen war, wenn ich den „Landweg“ einschlug. Und wenn ich mir gar, Werte über Werte auf die bevorstehenden Sehenswürdigkeiten häufend, immerzu vorsagte, daß Venedig „die Schule Giorgiones, die Heimat Tizians, das vollständigste Arsenal mittelalterlicher Hausbaukunst“ sei, dann fühlte ich mich überglücklich. Und doch war ich in anderen Augenblicken auf andere Weise noch glücklicher, etwa wenn ich auf einem Ausflug ein schnelles Tempo anschlug des Wetters wegen, das nach einigen vorwitzigen Frühlingstagen wieder winterlich geworden war (so gings uns gewöhnlich in der Karwoche in Combray), wenn ich dann auf den Boulevards die Kastanienbäume sah, die, von der Luft wie von eiskaltem Wasser umronnen, nichtsdestoweniger als pünktliche, nicht zu entmutigende Gäste in großer Gala erschienen waren und nun trotz allem begannen, mitten in ihren gefrorenen Massen das unwiderstehliche Grün zu runden und auszumeißeln, dessen unaufhaltsames Vorrücken von der lebenabtreibenden Gewalt des Frostes wohl erschwert, aber nicht endgültig zurückgedämmt werden konnte — und wenn ich angesichts dessen denken mußte, wie der Ponte-Vecchio schon haufenweis mit Hyazinthen und

Anemonen bestreut war, wie die Frühlingssonne schon die Fluten des Canale Grande mit so dunklem Azurblau und so edlem Smaragdgrün färbte, daß sie, anbrandend zu Füßen tizianischer Malereien, an Reichtum des Kolorits mit ihnen wetteifern konnten. Ich konnte mich vor Freude nicht mehr halten, als Vater, der eben noch in tiefem Sinnen vor dem Barometer gestanden und den Frost bejammert hatte, plötzlich anfing, nach den besten Zügen zu suchen, und als ich begriff, daß man nach dem Mittagessen nur in die Eisenbahn, diese rauchige Werkstatt und magische Kammer, die lauter Veränderung rings um sich selbst zu bewirken hatte, einzudringen brauchte, um am nächsten Morgen in der Gold- und Marmorstadt zu erwachen, „die da besetzt ist mit Jaspis und gepflastert mit Smaragden." Sie und die Stadt der Lilien waren demnach nicht nur eingebildete Gemälde, die man willkürlich vor sein geistiges Auge zitierte, sondern existierten in einer bestimmten Entfernung von Paris, die man unbedingt durchmessen mußte, wenn man sie sehen wollte, an einem bestimmten, genau festgelegten Fleck Erde und an keinem anderen, mit einem Wort: sie waren wirklich vorhanden. Dieser Eindruck verstärkte sich nur noch, als Vater sagte: „Alles in allem könntet Ihr vom 20. bis 29. April in Venedig bleiben und schon am Ostermorgen in Florenz ankommen," denn dadurch enthob er beide Städte nicht mehr nur dem abstrakten Raum, sondern auch der imaginären Zeit, in die wir nicht nur eine, sondern mehrere Reisen auf einmal hineinverlegen mit dem Gefühl der Beruhigung, daß es sich ja nur um Möglichkeiten handelt (Möglichkeiten einer Art von Zeit, die ständig neu erzeugt wird, so daß man sie noch in einer Stadt verbringen kann, nachdem man sie bereits in einer anderen verbracht hat), dadurch widmete er den beiden Städten ein paar von jenen besonderen Tagen, welche die Echtheit der von ihnen umschlossenen Dinge verbürgen, denn diese Tage sind einzig, sie verzehren sich durch den Gebrauch, sie kommen nicht wieder, man kann sie nicht hier leben, wenn man sie dort gelebt hat; und ich spürte deutlich: zur kommenden Woche, die am Montag begann, dem Tage, an dem die Wäscherin die weiße Weste, die ich mit Tinte begossen hatte, wiederbringen sollte, zu dieser kommenden Woche hin bewegten sich (um nun, nach dem Austritt aus der Zeit, in der sie noch nicht wirklich existierten, ganz in der wirklichen Zeit aufzugehen) die beiden Königinnen unter den Städten, deren Kuppeln und Türme ich auf Grund der aufregendsten aller Geometrien bald in den Plan meines eigenen Lebens einzeichnen sollte. Aber der höchste Grad der Wonne stand mir noch bevor; ich erreichte ihn endlich (es war kurz nach der Entdeckung, daß auf den plätschernden, vom Widerschein Giorgionescher Fresken geröteten Straßen nicht, wie ich mir trotz aller Warnungen unentwegt vorgestellt hatte, Menschen gingen, „majestätisch und furchtbar wie die See, die ihre bronzene widerscheinende Rüstung unter den Falten ihres blutigen Mantels trugen,“ sondern daß in der nächsten Woche am Tage vor Ostern ich selbst die winzige Gestalt sein konnte, die auf einer großen Photographie von Sankt Markus, die ich mir geliehen hatte, mit einem runden Hütchen auf dem Kopf vor der Halle stehend, vom Illustrator dargestellt worden war), als Vater zu mir sagte: „Es ist gewiß noch kalt auf dem Canale Grande, du würdest gut tun, auf alle Fälle deinen Winterüberzieher und deinen dicken Anzug miteinzupacken.“ Bei diesen Worten sprang ich in einer Art von Ekstase auf; was ich bisher für unmöglich gehalten, das fühlte ich jetzt leibhaftig, fühlte, wie ich vorstieß in diese „einem Riff im Indischen Ozean gleichenden Amethystfelsen“ mit einer äußersten, alle meine Kräfte übersteigenden turnerischen Anstrengung entledigte ich mich der Zimmerluft um mich herum wie eines zwecklosen Gehäuses, ersetzte sie durch gleich große Teile venezianischer Luft, jener unaussprechlichen, eigenartigen Meeresatmosphäre, wie sie meine schwärmende Phantasie in den Namen Venedig eingeschlossen hatte — und spürte, wie eine wunderbare Entkörperung sich in mir vollzog; sie steigerte sich sofort aufs Doppelte durch den unbestimmten Brechreiz, den man empfindet, wenn einen eben ein tüchtiges Halsweh befallen hat, und ich mußte ins Bett mit einem so hartnäckigen Fieber, daß der Doktor erklärte, es sei nicht nur keine Rede davon, daß ich jetzt nach Florenz und Venedig reisen dürfte, sondern ich müßte, selbst wenn ich ganz wiederhergestellt wäre, für die Dauer von mindestens einem Jahr jeden Reiseplan und jeden Grund zur Aufregung vermeiden.

Und leider, leider verbot er mir ebenfalls mit absoluter Strenge, ins Theater zur Berma zu gehen; die erhabene Künstlerin, die Bergotte genial fand, hätte mich vielleicht in etwas ebenso Wichtiges und Schönes eingeweiht und mich dadurch über den Verlust von Florenz und Venedig und über die entgangene Reise nach Balbec hinweggetröstet. Es mußte sein Bewenden dabei haben, daß ich jeden Tag in die Champs-Elysées geschickt wurde unter der Obhut von jemandem, der dafür sorgen sollte, daß ich mich nicht überanstrengte; und zwar wurde dazu Françoise bestimmt, die nach dem Tode von Tante Léonie in unsere Dienste getreten war. In die Champs-Elysées zu gehen war mir unerträglich. Wenn noch Bergotte sie in einem seiner Bücher geschildert hätte! dann hätte ich wohl das Verlangen gefühlt, sie kennen zu lernen wie all' die Dinge, von denen meine Phantasie ein „Duplikat" besaß und denen sie Wärme gab, Leben einblies, Persönlichkeit verlieh, so daß ich den Wunsch hatte, ihnen in der Wirklichkeit wiederzubegegnen; aber in diesem öffentlichen Park stand nichts in Beziehung zu meinen Träumen. —

Eines Tages, als ich mich auf unserem gewohnten Platze neben den Holzpferden langweilte, nahm Françoise mich mit zu einer Exkursion über die Grenze, die in gleichen Abständen von den kleinen Bastionen der Malzbonbonfrauen bewacht wird, und führte mich in die nahen, aber fremden Regionen, wo die Gesichter unbekannt sind und das Ziegenwägelchen vorbeifährt; dann ging sie zurück und holte ihre Sachen von ihrem Klappsessel, der an einem Lorbeerdickicht lehnte. Inzwischen trottete ich auf dem großen Rasen herum, der dürftig, kahl und sonnenvergilbt dalag; an seinem Ende befindet sich bekanntlich ein Bassin, das von einer Statue beherrscht wird. Da hörte ich, wie von der Allee her einem Mädelchen mit rötlichen Haaren, das vor dem großen Becken Tennis spielte, von einer Anderen, die gerade ihren Mantel umtun und ihren Schläger einpacken wollte, hastig zugerufen wurde: „Adieu, Gilberte, ich geh' nach Hause, vergiß nicht, daß wir heut' abend nach dem Essen zu dir kommen.“ So zog er dicht an mir vorbei, der Name Gilberte, und beschwor die Existenz derjenigen, die er bezeichnete, um so stärker herauf, als er sie nicht nur benannte wie einen Abwesenden, von dem man spricht, sondern sie direkt anredete; sozusagen in Tätigkeit also zog er vorbei, und mit einer Gewalt, die durch die Kurve seines Wurfes und die größere Nähe seines Zieles nur noch gesteigert wurde — und trug er nicht fühlbar auf seinem Rande die Kenntnis und die Begriffe, die zwar nicht ich, wohl aber die rufende Freundin von der Empfängerin besaß? all' das, was sie beim Aussprechen vor sich sah oder wenigstens im Gedächtnis hatte, die täglichen Intimitäten, die gegenseitigen Besuche, kurz: all' das Unbekannte, das für mich nur noch unzugänglicher und schmerzlicher wurde, wenn ich sah, wie vertraulich und mühelos dies glückliche Mädchen das Unerreichbare an mir vorbeisausen ließ und es mit einem Schrei in Gottes freie Natur schleuderte? — ließ nicht dieser Name in der Luft die köstliche Emanation schweben, die er aus einigen unsichtbaren Stellen in Fräulein Swanns Leben durch sicheren und leisen Druck hatte entquellen lassen (etwa aus dem bevorstehenden Abend, der unter allen Umständen nach dem Essen bei ihr verbracht werden sollte)? — formte er nicht als flüchtiger Himmelsbote zwischen Kindern und Bonnen ein Wölkchen von kostbarer Farbe, wie es sich etwa über einem schönen Poussinschen Garten wölbt und einer mit Rossen und Wagen angefüllten Opernwolke gleich irgendeine Erscheinung aus dem Leben der Götter im kleinen genau widerspiegelt? — projizierte er nicht auf die kahle Fläche dorthin, wo Sie stand, ein Stück verwelkten Rasens zugleich mit einem Spätnachmittagsmoment der blonden Tennisspielerin (die den Ball unermüdlich hinüberspielte und wieder auffing, bis eine Erzieherin mit blauer Feder auf dem Hut ihr ein Halt zurief), so daß ein wunderbares heliotropfarbenes Streiflein entstand, ungreifbar wie ein Strahl und schichtartig wie ein Teppich, auf dem ich mit langsamen, heimwehkranken, profanierenden Schritten unermüdlich hin und herging? — da aber rief Françoise mir zu: „Los, Mantel zuknöpfen und dann dalli!“, und ich bemerkte zum ersten Male zu meinem großen Ärger, daß sie eine gewöhnliche Sprache und, leider, keine blaue Feder auf dem Hut hatte.

Würde sie wenigstens wieder in die Champs-Elysées kommen? Am nächsten Tage war sie nicht zu sehen, dafür aber die folgenden Tage. Ich kreiste immerzu um die Stelle, wo sie mit ihren Freundinnen spielte, so daß sie mich einmal, als sie nicht genug Leute zum Völkerball hatte, fragen ließ, ob ich nicht mit in ihr Lager kommen wolle, und von nun an spielte ich jedesmal mit ihr, wenn sie da war. Das war aber nicht alle Tage der Fall; manchmal konnte sie nicht kommen infolge ihrer Kurse, Religionsstunden, Kaffeeeinladungen, kurz: dieses ganzen, von dem meinigen getrennten Lebens, wie es, zum Namen Gilberte verdichtet, zweimal ganz nah an mir vorübergestrichen war: einmal auf der Anhöhe in Combray und dann neulich auf dem Rasen in den Champs-Elysées. Für diese Tage kündigte sie ihr Nichterscheinen schon vorher an; waren Unterrichtsstunden daran schuld, dann sagte sie: „Sowas Langweiliges, morgen kann ich nicht kommen; ihr werdet euch dann alle ohne mich amüsieren," und dabei machte sie ein recht bekümmertes Gesicht, das mich ein wenig tröstete; dafür antwortete sie mir aber, wenn sie etwa zu einer Matinée eingeladen war und ich sie ahnungslos fragte, ob sie morgen zum Spielen käme: „Hoffentlich nicht! hoffentlich läßt Mutter mich zu meiner Freundin gehen." An solchen Tagen wußte ich aber wenigstens, daß wir uns nicht sehen würden; manchmal jedoch nahm ihre Mutter sie ganz unvermutet auf gemeinsame Gänge mit, und sie sagte am nächsten Tage zu mir: „Ach ja, ich war mit Mutter aus," als ob das die natürlichste Sache von der Welt wäre und als ob es nicht einen gewissen Jemand gäbe, für den dies das denkbar größte Unglück war. Auch war manchmal schlechtes Wetter, und dann wollte ihre Erzieherin, die für sich selber Angst vor Regen hatte, sie nicht in die Champs-Elysées lassen.

Kam mir also der Himmel bedenklich vor, so prüfte ich ihn vom frühen Morgen an unaufhörlich und führte genau Buch über alle Vorzeichen. Wenn die Dame von gegenüber ans Fenster trat und sich den Hut aufsetzte, dachte ich bei mir: „Die Dame will ausgehen; das Wetter ist also doch so, daß man ausgehen kann; warum sollte Gilberte es nicht ebenso machen wie die Dame?" Aber das Wetter verfinsterte sich, Mutter sagte, zwar könne es sich noch aufklären, es brauche nur ein bißchen Sonne zu scheinen, aber wahrscheinlicher sei, daß es regnen werde und wozu in die Champs-Elysées gehen, wenn es regnete? So wichen denn vom Mittagessen an meine angstvollen Blicke nicht mehr vom unsicheren, bewölkten Himmel. Er blieb dunkel. Der Balkon vor dem Fenster war grau. Auf einmal kam Leben über sein unfreundliches Gestein: ich sah zwar noch keine lichtere Farbe, fühlte aber etwas wie ein Streben zu lichterer Farbe hin; es war das Pulsieren eines schwanken Strahles, der sein Licht aus sich entlassen möchte. Einen Augenblick darauf war der Balkon bleich und spiegelnd wie morgendliches Wasser, und tausend Reflexe vom Eisenwerk seiner Umzäunung kamen herzu und setzten sich drauf. Ein Windhauch zerstreute sie, der Stein verfinsterte sich von neuem, doch wie gezähmte Tiere kamen sie wieder; nun ging der Stein allmählich und ganz unmerklich in Weiß über, und mit demselben unaufhaltsamen musikalischen Crescendo, mit dem am Ende einer Ouvertüre ein einziger Ton zum höchsten fortissimo aufsteigt, nachdem er alle dazwischenliegenden Grade durcheilt hat, erreichte er das unverzehrbare, ruhende Gold der schönen Tage, auf dem sich der Schatten der ornamentalen Geländerbrüstung tiefschwarz abhob wie eigenwillige Vegetation, mit einer Zartheit der Linienführung auch in den kleinsten Détails, als sei das planmäßig arbeitende Bewußtsein eines künstlerischen Willens am Werke, und mit einem Relief, einer samtenen Ruhe in den dunklen, glücklichen Massen, als ob die breiten, blätterreichen Reflexe, die auf diesem Sonnensee ausruhten, selber wüßten, daß sie Unterpfänder des Friedens und der Seligkeit waren.

O Efeuranke, Augenblickskind, flüchtige Pflanzenwelt am Gemäuer! du farblosestes, scheinbar trübstes unter allen, die eine Mauer zu umranken oder ein Fenster zu schmücken vermögen; für mich von allen das Teuerste seit dem Tage, als du auf unserem Balkon erschienest so recht wie der Schatten der wirklich gegenwärtigen Gilberte, die vielleicht schon in den Champs-Elysées war und gleich wenn ich kam, zu mir sagen würde: „Wir wollen gleich anfangen mit Völkerball, Sie sind in meinem Lager," du Schwaches, vom Wind Verwehtes, das doch, wenn nicht mit der Jahreszeit, so mit der Stunde verknüpft ist; du Versprechen des unmittelbaren Glückes, das der Tag weigern oder gewähren wird, also des unmittelbaren Glückes schlechthin: des Liebesglückes; du, milder und wärmer auf dem Stein als selbst das Moos; du Lebendiges, dem ein Strahl genügt, um Freude keimen und aufbrechen zu lassen selbst im Herzen des Winters!

Es kamen die Tage, an denen alle andere Vegetation verschwunden war, an denen das schöne grüne Leder, das den Stumpf uralter Bäume umkleidet, sich barg unterm Schnee, der zu fallen aufgehört hatte, ohne daß der noch allzu bedeckte Himmel die Hoffnung verstattete, Gilberte werde ausgehen: wenn nun an solchen Tagen Mutter auf einmal sagte: „Sieh einer an, da wird ja schönes Wetter, ihr könntet vielleicht doch versuchen, in die Champs-Elysées zu gehen," so geschah das, weil auf dem Schneemantel, der den Balkon bedeckte, die plötzlich erschienene Sonne Goldfäden ineinanderflocht und einen Besatz aus schwarzen Reflexen stickte. An solchem Tage trafen wir niemanden oder allenfalls ein einziges Mädelchen, das gerade fortgehen wollte und mir versicherte, Gilberte werde nicht kommen. Leer waren die Stühle, verlassen von der zwar fröstelnden, aber imposanten Schar der Erzieherinnen. Nur eine etwas bejahrte Dame saß nah am Rasen; sie kam bei jedem Wetter und immer in der gleichen geschmacklosen Toilette: einem protzigen dunklen Kleid. Für die Bekanntschaft mit dieser Dame hätte ich damals, wenn mir der Tausch erlaubt gewesen wäre, alle noch so großen zukünftigen Vorteile meines Lebens hingegeben. Denn Gilberte ging alle Tage zu ihr, begrüßte sie und mußte ihr Auskunft erteilen über ihre Mutter „diese geliebte Person“; wenn ich sie also kennen gelernt hätte — schien mir — dann wäre ich für Gilberte auf einmal ganz jemand anders gewesen, jemand, der die „Beziehungen“ ihrer Eltern kannte. Während ihre kleinen Kinder in einiger Entfernung spielten, las sie immer die „Débats,“ die sie „meine alten Débats“ nannte, wie denn auch der Schutzmann oder die Frau, die die Stühle vermietete, bei ihr aristokratischerweise nicht anders hießen als: „Mein alter Freund, der Schutzmann,“ „die Frau, die die Stühle vermietet und ich, wir beiden alten Freunde.“

Da Françoise zu sehr fror, um still dasitzen zu können, gingen wir bis zum Pont de la Concorde und beschauten uns die gefangene Seine, an die alle, sogar die Kinder, ohne Furcht ganz nah herangingen wie an einen ungeheuren Walfisch, der wehrlos auf den Strand gesetzt ist und ausgenommen werden soll. Dann gingen wir zurück in die Champs-Elysées; wehmütig stand ich zwischen den unbeweglichen Holzpferden und dem weißen Rasen, der im schwarzen Netz der vom Schnee befreiten Wege gefangen lag, während die über ihm aufragende Statue einen Klumpen Eis an der Hand hatte, der wie eine Erklärung ihrer Gebärde wirkte. Die alte Dame hatte ihre „Débats“ zusammengefaltet, fragte ein Kindermädchen, das gerade vorbeikam, nach der Uhr und dankte ihr mit den Worten: „Wie liebenswürdig von Ihnen!“, dann bat sie den Wärter, ihren Kinderchen zu sagen, sie sollten zurückkommen, ihr wäre kalt, und setzte hinzu: „Ach, tausend Dank für Ihre Güte, Sie wissen, ich bin so zerstreut!“ Plötzlich zerriß die Luft: zwischen dem Hanswurst und der Reitbahn, am verschönten Horizont unterm halbbedeckten Himmel sah ich wie ein Märchenzeichen Fräuleins blaue Feder auftauchen. Und schon rannte Gilberte so schnell wie sie konnte auf mich zu, funkelnd und rot unter ihrer Pelzmütze, mit der ganzen Lebendigkeit, die Kälte, Zuspätkommen und Spielbegier erzeugen; kurz bevor sie bei mir anlangte, schlidderte sie auf dem Eise und glitt dahin, lächelnd mit weitausgespannten Armen, in die sie mich schließen zu wollen schien (wobei nicht auszumachen war, ob sie diese Gebärde machte, um ihr Gleichgewicht besser zu bewahren, oder weil sie es graziöser fand, oder um die aufrechte Haltung einer Schlittschuhläuferin zur Schau zu tragen.) „Brava, brava! famos, ich würde sagen wie Sie, es ist direkt chic, es ist fabelhaft, wenn ich nicht aus einer anderen Zeit stammte, der Zeit des ancien régime," rief die alte Dame und sprach damit im Namen der schweigenden Champs-Elysées Gilberte den Dank dafür aus, daß sie gekommen war, ohne sich vom Wetter einschüchtern zu lassen. „Sie und ich, wir bleiben unseren alten Champs Elysées treu, komme was da wolle; wir sind zwei Unentwegte. Ob Sie's glauben oder nicht, ich bin gern hier, selbst bei diesem Wetter. Bei diesem Schnee — Sie werden ja lachen über mich — da muß ich immer an Hermelin denken." Und die alte Dame fing an zu lachen.

Dieser Tag eröffnete zwar die Reihe der Tage, denen der Schnee als Sinnbild der Gewalten, die mir Gilbertes Anblick rauben konnten, die Traurigkeit eines Trennungs-, ja Abschiedstages verlieh, weil er der gewohnten Stätte unserer einzigen flüchtigen Begegnungen ihren Charakter nahm und sie fast unbenutzbar machte, so sehr war sie jetzt verändert und ganz in ihren Bettbehang eingehüllt — und doch verhalf dieser erste Tag meiner Liebe zu einem Fortschritt: er war gleichsam der Träger eines ersten Kummers, den sie mit mir teilte. Nur wir beide waren da von unserer ganzen Schar; und dass ich somit als einziger bei ihr war — das bedeutete nicht nur von mir aus etwas wie beginnende Intimität, sondern war offenbar auch von ihr aus (die bei solchem Wetter doch wohl nur um meinetwillen gekommen war) etwas ebenso Rührendes wie der Verzicht auf eine Matinée wegen eines Zusammenseins mit mir in den Champs-Elysées; ich faßte mehr Vertrauen zur Lebenskraft und Zukunft unserer Freundschaft, die inmitten aller Erstarrung, Einsamkeit und Trümmerhaftigkeit der umgebenden Welt lebendig blieb; und während sie mir Schneebälle in den Hals warf, lächelte ich gerührt, denn ich hielt es sowohl für einen Beweis von besonderer Vorliebe, wenn sie mich als Reisegefährten in diesem winterlichen und neuen Lande duldete, als auch für eine Art von Treue, die sie mir mitten im Unglück bewahrte. Bald kamen wie zögernde Sperlinge tiefschwarz überm Schnee der Reihe nach alle ihre Freundinnen. Wir begannen zu spielen, und dieser Tag, der so traurig angefangen hatte, sollte noch ausmünden in Freude: als ich nämlich vor der Völkerballpartie zu der Freundin mit der hastigen Stimme heranging, die ich am ersten Tage den Namen Gilberte hatte rufen hören, da sagte sie zu mir: „Nein, nein, das weiß ja jedes, daß Sie lieber in Gilbertes Lager spielen; außerdem sehen Sie ja, sie winkt Ihnen schon.“ Sie rief mich nun wirklich, ich solle auf den schneeigen Rasen in ihr „Lager“ kommen — in dies Lager, dem die Sonne die rosigen Reflexe und den metallischen Glanz abgenutzten Brokates und damit so etwas wie die Stofflichkeit goldenen Tuches verlieh.

Dieser Tag, den ich so sehr gefürchtet hatte, war im Gegenteil einer der wenigen, an denen ich nicht gar so unglücklich war.

Kein Wunder: ich hatte ja nur noch den Gedanken, es

möchte nie mehr ein Tag verstreichen, an dem ich nicht mit Gilberte zusammenträfe (das ging so weit, daß ich einmal, als Großmutter nicht rechtzeitig zum Abendessen zurück war, gleich unwillkürlich im stillen dachte: wenn sie nun von einem Wagen überfahren ist, kann ich ja eine Zeitlang nicht in die Champs-Elysées gehen! — man liebt eben niemanden mehr, sobald man liebt) — und doch: diese Momente, in denen ich in ihrer Nähe war, diese Momente, die ich seit dem Abend vorher so ungeduldig herangewartet hatte, um derentwillen ich gezittert hatte, für die ich alles Übrige hingegeben hätte, — sie keineswegs waren glückliche Momente. Das wußte ich selbst am besten, denn es waren die einzigen Momente meines Lebens, denen sich meine Aufmerksamkeit aufs Genaueste und Leidenschaftlichste zuwandte — und siehe da: sie entdeckte in ihnen kein Atom von Genuß.

Während der ganzen Zeit, die ich fern von Gilberte verbrachte, hatte ich das Bedürfnis, sie zu sehen, weil mir ihr Bild trotz unaufhörlicher Anstrengung doch am Ende immer wieder entschwand, sodaß ich dann nicht mehr genau wußte, was meiner Liebe objektiv entsprach. Auch hatte sie mir ja noch nie gesagt, daß sie mich liebe. Ganz im Gegenteil, sie hatte oft behauptet, sie habe Freunde, die sie lieber hätte als mich, ich sei nur ein guter Kamerad, mit dem sie gern spiele, wenn er auch allzu zerstreut und nicht recht bei der Sache sei; kurz: sie hatte mir mehrmals offensichtliche Beweise von Kälte gegeben, die meinen Glauben, ich sei für sie ein Mensch anders als die Andern, hätten erschüttern können — wenn dieser Glaube das Ergebnis einer Liebe Gilbertes zu mir und nicht, wie es doch der Fall war, ein Produkt meiner Liebe zu ihr gewesen wäre; so aber gewann er eine ganz andere Widerstandskraft, weil er nunmehr mit der gleichen inneren Notwendigkeit von meiner Gedankenwelt abhing wie diese Gedankenwelt ihrerseits von Gilberte. Aber auch ich hatte ihr ja die Gefühle, die ich für sie empfand, noch nie ausdrücklich kundgegeben. Natürlich schrieb ich auf alle Seiten meiner Hefte unendlich oft ihren Namen und ihre Adresse, aber das waren ja nur unbestimmte Linien, die ich da zog, ohne daß Sie deshalb mehr an mich dachte; all' der greifbare Raum, den ich ihr im Bereiche meines Ich zuwies, verband ja ihr Leben nicht in höherem Grade mit meinem Leben — und so fühlte ich mich tief entmutigt, wenn ich auf diese Schriftzüge niedersah: sie sprachen mir ja nicht von Gilberte — der sollten sie ja nicht einmal zu Gesichte kommen — sondern nur von meiner eigenen Sehnsucht, die sie mir als etwas rein Persönliches, Unwirkliches, Fades und Ohnmächtiges zu erweisen schienen. Mein allerdringlichster Wunsch war, wir möchten einmal zusammenkommen, Gilberte und ich, und uns gegenseitig unsere Liebe gestehen; alles Bisherige wäre dann sozusagen nur der Auftakt gewesen. Zweifellos wären die verschiedenen Überlegungen, aus denen heraus ich so ungeduldig ihres Anblicks harrte, für einen reifen Mann weniger gebieterisch gewesen. Später kommt man soweit, daß man sich eine gewisse Geschicklichkeit in der Genußkultur erwirbt und sich daher mit dem zufriedengibt, was einem eine Frauengestalt (wie mir die Gilbertes) an Gedanken entlockt, ohne sich durch die Frage, ob dies Bild auch der Wirklichkeit entspricht, beunruhigen zu lassen, ja, ohne über das eigene Liebesgefühl hinaus das Bedürfnis nach einer Gewähr der Gegenliebe zu empfinden; auf das Vergnügen, ihr die eigene Neigung zu gestehen, verzichtet man dann wohl gar, um *ihre* Neigung zu schüren — ein Verfahren wie das der japanischen Gärtner, die, um eine schöne Blume zu bekommen, mehrere andere ihresgleichen opfern. In der Zeit aber, als ich Gilberte liebte, glaubte ich noch, daß „die Liebe" wirklich außerhalb unser existiere, glaubte, wir brauchten nur willfährig zu sein und allenfalls Hindernisse wegzuräumen, damit sie uns ihre Gaben reiche in einer Ordnung, an der niemand rütteln konnte; es kam mir so vor, als verwirkte ich, gesetzt ich wählte statt süßen Gestehens scheinbare Gleichgültigkeit, eine der meisterträumten Freuden — und als verfertigte ich mir statt dessen zu meinem Privatgebrauch eine künstliche und ganz bedeutungslose Liebe ohne jede Verbindung mit der wahren Liebe, zu deren geheimnisvollen, längstgebahnten Pfaden ich mir auf diese Weise den Zugang endgültig versperrte.

Kam ich aber in die Champs-Elysées und war nun mein erstes Bestreben, meine Liebe mit ihrer lebendigen, von mir unabhängigen Ursache zu konfrontieren, um die notwendigen Berichtigungen an ihr zu vollziehen, dann erlebte ich etwas Seltsames: sobald ich nämlich neben dieser Gilberte Swann stand, auf deren leibhaftige Gegenwart ich mich verlassen hatte, wenn ich die Bilder, die mein ermüdetes Gedächtnis nicht mehr wiederfand, wiederauffrischen wollte, neben dieser Gilberte Swann, mit der ich gestern gespielt hatte und die ich eben aus dem gleichen blinden Instinkt heraus erst gegrüßt und dann erkannt hatte, mit dem man beim Marschieren einen Fuß vor den anderen setzt, ohne vorher noch daran denken zu können — da ging auf einmal alles genau so vor sich, als ob sie und das Mädchen meiner Träume zwei ganz verschiedene Wesen wären. Wenn ich z. B. seit dem letzten Abend zwei Glutaugen inmitten voller, schimmernder Wangen im Gedächtnis hatte, so drängte Gilbertes Gesicht mir jetzt höchst beharrlich eine Einzelheit auf, an die ich gerade n i c h t gedacht hatte, etwa eine scharf zulaufende Nasenspitze, die sich augenblicklich mit anderen Zügen verband, dadurch die Bedeutung eines zur Definition der Spezies dienenden naturwissenschaftlichen Charakteristikums annahm und sie in ein kleines Mädchen aus der Gattung der Spitznäslinge verwandelte. Während ich mich nun rüstete, diesen ersehnten Augenblick zu benutzen, um über das Gilberte-Bild, das ich vor meinem Kommen vorbereitet hatte und jetzt in meinem Kopfe nicht mehr wiederfand, hinauszudringen und mich ganz in die rechte Einstellung zu versetzen, auf Grund deren ich dann in den langen Stunden des Alleinseins gewiß sein durfte, daß auch wirklich sie es war, an die ich mich erinnerte, daß auch wirklich meine Liebe zu ihr es war, die ich allmählich wachsen ließ wie ein werdendes Werk — da spielte sie mir einen Ball zu; und wie der idealistische Philosoph, dessen Körper Notiz nimmt von der äußeren Welt, an deren Wirklichkeit sein Verstand nicht glaubt, hieß mich dasselbe Ich, demzufolge ich sie erst gegrüßt und dann identifiziert hatte, den Ball, den sie mir gab, schleunigst auffangen (als ob sie eine Kameradin wäre, mit der ich hatte spielen, und nicht eine schwesterliche Seele, der ich hatte begegnen wollen!), hieß mich ihr bis zum Auseinandergehen aus lauter Anstand tausend unbedeutende Liebenswürdigkeiten sagen und verwehrte mir somit, entweder den Augenblick des Schweigens zu erleben, in dem ich endlich die Hand auf das bedrängende, verstörte Bild legen konnte, oder die Worte zu ihr zu sprechen, die unserer Liebe zu den entscheidenden Fortschritten verhelfen konnten, deren sicheres Eintreffen ich jedesmal erst für den folgenden Nachmittag anzusetzen gezwungen war. Immerhin waren Fortschritte zu konstatieren. Einmal gingen wir mit Gilberte zu der Bude unserer Händlerin, die besonders nett zu uns war (denn bei ihr ließ Herr Swann seine Pfefferkuchen kaufen, und zwar aß er aus Gesundheitsrücksichten sehr viel davon, weil er an Ekzemen, dem Übel seiner Rasse, und an Verstopfung litt); dort zeigte mir Gilberte lachend zwei kleine Jungens, die gleichsam der kleine Maler und der kleine Naturforscher aus dem Bilderbuch waren. Der eine nämlich wollte keinen roten Bonbon, weil er violette lieber hatte, und der andere wies tränenden Auges eine Pflaume zurück, die ihm seine Bonne kaufen wollte, „denn," so rief er mit leidenschaftlicher Stimme: „ich möchte lieber die andere Pflaume, weil da eine Made drin ist". Ich kaufte mir zwei Murmeln für einen Sou. Bewundernd sah ich mir die Achatkugeln an: schimmernd und gefangen ruhten sie jede in ihrer Mulde und kamen mir über alle Maßen köstlich vor, weil sie lächelnd und blond dalagen wie junge Mädchen und weil sie fünfzig Centimes das Stück kosteten. Gilberte, die viel mehr Taschengeld bekam als ich, fragte mich, welche ich am schönsten fände. Ach, alle hatten sie die Durchsichtigkeit und Hingegossenheit des Lebens selber. Es wäre mir am liebsten gewesen, wir hätten auf keine einzige zu verzichten brauchen. Ach hätte sie sie doch alle kaufen, alle befreien können! Dennoch bezeichnete ich ihr eine, die die Farbe ihrer Augen hatte. Gilberte nahm sie, suchte ihren goldenen Strahl, streichelte sie, zahlte ihr Lösegeld und gab mir ihre Gefangene sofort in die Hand mit den Worten: „Da, sie gehört Ihnen, ich schenke sie Ihnen, bewahren Sie sie auf als Andenken!"

Ein andermal (ich war in dieser Zeit gerade erfüllt von dauernder Sehnsucht, die Berma in einem klassischen Stück zu hören) hatte ich sie gefragt, ob sie nicht eine Broschüre besäße, in der Bergotte sich über Racine aussprach und die im Handel nicht mehr zu haben war. Sie hatte mich gebeten, sie an den genauen Titel zu erinnern; so hatte ich denn am Abend ein Rohrpostbriefchen an sie geschickt und dabei auf das Kuvert den Namen Gilberte Swann geschrieben, den ich soviele Male in meine Hefte gemalt hatte. Am nächsten Tage brachte sie mir in einem mit braunvioletten Seidenbändern umwickelten und mit weißem Wachs versiegelten Päckchen die Broschüre, die sie hatte holen lassen. „Bitte schön, da haben Sie, was

Sie wollten,“ sagte sie und zog dabei aus ihrem Ärmel den Brief, den ich ihr geschickt hatte. Gestern noch war dieser Eilbrief ein Nichts, ein von mir beschriebenes blaues Stück Papier gewesen, nun aber ein Eilbote es Gilbertes Portier gegeben und ein Diener es ihr ins Zimmer gebracht hatte, war etwas unendlich Wertvolles daraus geworden, nämlich einer von den Eilbriefen, die sie gestern erhalten hatte. Mit Mühe nur konnte ich jetzt die windigen und einzeln hingesetzten Linien meiner Schrift darauf wiedererkennen unter den gedruckten Kreisen des Postbeamten, den Bleistiftzeichen des Briefträgers, all diesen Zeichen faktischer Verwirklichung, diesen Siegeln der äußeren Welt, diesen Symbolen des praktischen Lebens in Form von violetten Gürteln, aus denen meinem Traum zum ersten Male Förderung, Stützung, Erhebung und Labsal erwuchs.

Es kam auch ein Tag, an dem sie zu mir sagte: „Wissen Sie, Sie können mich Gilberte nennen, jedenfalls werde ich Sie bei Ihrem Taufnamen nennen. So ist es doch zu steif.“ Einen Augenblick beließ sie es dann allerdings noch beim „Sie“, und als ich sie darauf aufmerksam machte, lächelte sie; dann bildete oder vielmehr konstruierte sie einen Satz, so recht aus der Grammatik einer fremden Sprache, dessen einziges Ziel die Anwendung eines neuen Wortes ist; und diesen Satz ließ sie ausmünden in — meinen Vornamen. Und wenn ich mich später an mein Gefühl in diesem Augenblick erinnerte, so löste sich als Kern immer der Eindruck heraus, einen Augenblick von ihr im Munde gehalten zu sein, als nacktes Ich, ohne die gesellschaftlichen Bestimmtheiten, die in gleicher Weise auch auf andere Kameraden oder — wenn sie meinen Familiennamen gesagt hätte — auf meine Eltern gepaßt hätten; ja, ich sehe es noch: ihre Lippen machten eine etwas an ihren Vater erinnernde Anstrengung beim Hervorheben bedeutsamer Worte und schienen mich jener gesellschaftlichen Bestimmtheiten ausdrücklich entkleiden zu wollen (wie man eine Frucht schält, von der man nur das Fleisch hinunterschlucken kann), während ihr Blick den gleichen neuen Grad von Intimität annahm wie ihre Rede, mich aber noch unmittelbarer traf, nicht ohne sein Wissen um diesen Fortschritt, seine Freude darüber, ja seine Dankbarkeit ausdrücklich zu bezeugen in Gestalt eines mitschwingenden Lächelns.

Im Augenblick selber jedoch wußte ich die Bedeutung dieser neuen Freuden nicht zu schätzen. Sie waren ja kein Geschenk des Mädchens, das ich liebte, an das Ich, das sie liebte, sondern eine Gabe des anderen Mädchens, mit dem ich spielte, an jenes andere Ich, welches weder die Erinnerung an die wahre Gilberte noch das niewankende Herz in sich barg, das allein über den Wert eines Glücksgutes hätte befinden können, da es allein der Träger der Sehnsucht danach gewesen war. Selbst als ich wieder zu Hause war, gingen mir die neuen Genüsse noch nicht ein; hatte ich doch täglich unter dem inneren Zwang gestanden, die genaue, ruhevolle, selige Betrachtung Gilbertes, das endliche Geständnis ihrer Liebe mitsamt den Gründen ihrer bisherigen Zurückhaltung vom nächsten Tage zu erhoffen; und dieser innere Zwang nötigte mich auch jetzt, die Vergangenheit für nichts zu achten, immer nur vor mich zu blicken, die kleinen Vergünstigungen, die sie mir gewährt hatte, nicht als eigenwertige, selbstgenugsame Einzelheiten zu betrachten, sondern als neue Stufen, auf die es den Fuß zu setzen galt, da ich dann hoffen durfte, einen Schritt weiter nach vorn zu tun und endlich zu dem Glücke zu gelangen, dem ich noch nie begegnet war.

Wenn sie mir manchmal solche Freundschaftsbeweise gab, so quälte sie mich doch auch wieder, indem sie mitunter gar keine Freude am Zusammensein mit mir zu haben schien, und zwar geschah das häufig gerade an den Tagen, von denen ich die Erfüllung meiner Hoffnungen am sichersten erwartet hatte. Wenn ich etwa ganz früh in den Salon ging, um Mutter einen Gutenmorgenkuß zu geben (sie war schon fix und fertig, ihre schwarzen Haare waren kunstgerecht aufgeschichtet und ihre Hände, schön in ihrer Fülle und Weiße, dufteten noch nach Seife) wenn ich dann einen Staubstreifen hell auf dem Flügel sich auszeichnen sah, einen Leierkasten unterm Fenster: „Wer weiß wann wir uns wiedersehn“ spielen hörte und nun begriff, daß der Winter einen Frühlingstag als unerwarteten schimmernden Gast, der bis zum Abend blieb, aufgenommen hatte — dann war ich fast überzeugt, Gilberte würde in die Champs-Elysées kommen, und verspürte eine innere Frische, die mir als bloßes unbestimmtes Vorspiel eines großen Glückes erschien. Während wir Mittag aßen, öffnete die Dame von gegenüber das Fenster und beförderte einen zwinkernden Strahl an meinem Stuhl vorbei; der durchstrahlte mit einem einzigen Satz die ganze Breite unseres Eßzimmers und ging dann gleich wieder dorthin zurück, von wo er, seine Mittagsruhe unterbrechend, hergekommen war. In der Schule während der Stunde von 1—2 verging ich fast vor Ungeduld und Langeweile, woran die Sonne schuld war, die bis über mein Pult hin einen goldenen Schein warf, gleichsam eine Einladung zu dem Fest, auf dem ich doch nicht vor drei Uhr erscheinen konnte, denn erst dann holte Françoise mich bei Schulschluß ab, erst dann bewegten wir uns durch die lichtgeschmückten, von Menschen wimmelnden Straßen (wo die Balkons, dampfend und von der Sonne entsiegelt, wie Goldwolken vor den Häusern schwebten) den Champs-Elysées zu. Leider traf ich Gilberte nicht in den Champs-Elysées, sie war noch nicht gekommen. Unbeweglich stand ich auf dem Rasen, der von der unsichtbaren, hie und da die Spitze eines Grashalmes entzündenden Sonne gespeist wurde und auf dem Tauben saßen wie antike Skulpturen, die der Spaten eines Gärtners an die Oberfläche eines ehrwürdigen Bodens gefördert hatte. Die Augen unverwandt auf den Horizont gerichtet hoffte ieh jeden Moment Gilberte zu sehen, wie sie hinter ihrer Erzieherin auftauchte im Rücken der Statue, die ihr von Strahlen überronnenes Kind der Sonne zum Segensspruche hinzureichen schien. Die alte Débatsleserin saß auf ihrem Sessel, an derselben Stelle wie immer; sie winkte einem Wächter freundschaftlich zu und schrie: „Was für ein entzückendes Wetter!" Und als die Aufseherin kam, um die Stuhlmiete einzukassieren, steckte sie das Billet für 10 Centimes unter tausend Zierereien in die Öffnung ihres Handschuhs, als ob es ein Bukett wäre, für das sie aus Liebenswürdigkeit gegen den Schenker die allerschmeichelhafteste Stelle aussuchte. Als sie diese Stelle gefunden hatte, drehte sie ihren Hals kreisförmig herum, rückte ihre Boa wieder zurecht, zeigte der Stuhlvermieterin den Zipfel gelben Papiers, der an ihrem Handgelenk hervorguckte, und bedachte sie dabei mit dem schönen Lächeln einer Frau, die vor einem jungen Mann auf ihre Bluse deutet und zu ihm sagt: „Sie sehen, es sind wieder Ihre Rosen!"

Ich zog Françoise mit fort, damit wir Gilberte bis zum Arc de Triomphe entgegengingen, aber wir trafen sie nicht, und ich kam schon in der festen Überzeugung, sie werde nicht mehr kommen, zum Rasen zurück, als das Mädchen mit der hastigen Stimme mir vor den Holzpferden entgegenstürzte und rief: „Schnell, schnell, Gilberte ist schon seit einer Viertelstunde da, sie will bald wieder weg, man erwartet Sie schon zum Völkerball." Während ich die Avenue des Champs-Elysées hinaufging, war Gilberte durch die Rue Boissy-d'Anglas gekommen, da Fräulein das schöne Wetter benutzt hatte, um Besorgungen für sie zu machen. Nachher wollte Herr Swann seine Tochter abholen. Der Fehler lag also bei mir; ich hätte mich nicht vom Rasen entfernen sollen; man wußte ja nie genau, aus welcher Richtung Gilberte kommen und ob es mehr oder weniger spät werden würde; und nicht nur die ganzen Champs-Elysées und die ganze lange Spanne des Nachmittags — gleichsam eine unermeßliche Weite von Raum und Zeit, wo allerorten und jederzeit das Bild Gilbertes auftauchen konnte — sondern auch dies Bild selbst, ihre Person als solche wurde durch dieses Warten für mich etwas viel tiefer Aufregendes: denn hinter diesem Bild — das fühlte ich — verbarg sich der Grund, weswegen sie mir statt um ½3 um 4, statt mit einer Spielmütze mit einem Besuchshut und statt zwischen den beiden Hanswürsten vor den „Botschaftern" hochvergnügt entgegenschoß; dies Bild ließ mich erraten, daß Gilberte wieder etwas vorhatte, wohin ich ihr nicht folgen konnte und wodurch sie auszugehen oder zu Hause zu bleiben gezwungen war, kurz, es brachte mich in Kontakt mit dem Geheimnis ihres unbekannten Lebens. Dies Geheimnis hatte mich ja so sehr beunruhigt, als ich auf Geheiß des Mädchens mit der hastigen Stimme schleunigst zu unserer Völkerballpartie rannte, wobei mir auffiel, wie Gilberte, die zu uns so lebhaft und brüsk war, vor der Dame mit den Débats ganz anders auftrat: als diese ihr nämlich zurief: „Was für eine herrliche Sonne, das reinste Feuer" — da machte Gilberte einen Knicks und sprach so schüchtern lächelnd, so zurechtgelegt mit ihr, daß ich auf einmal eine Vorstellung gewann von dem jungen Mädchen ganz anderer Art, als das Gilberte sich sonst darstellen mochte, etwa im Hause ihrer Eltern gegenüber den Freunden ihrer Eltern oder auf Besuchen, kurz: in ihrer ganzen sonstigen, meinen Blicken sich entziehenden Existenz. Von dieser Existenz vermittelte mir niemand einen solchen Eindruck wie Herr Swann, der ein wenig später kam, um seine Tochter abzuholen. Er und Frau Swann (bei denen Gilberte als Tochter wohnte, von denen ihre Studien, ihre Spiele, ihre Freundschaften abhingen) enthielten für mich ganz ebenso wie Gilberte, ja vielleicht in noch höherem Grade als Gilberte das Unzugänglich-Fremde und Schmerzlich-Bezaubernde, das ein Produkt und Zubehör der Allmacht darstellte, die diese Instanzen über sie ausübten. Auf alles, was diese Beiden betraf, waren meine Gedanken beständig gerichtet, und wenn nun gar Herr Swann Gilberte in den Champs-Elysées abholte (er, den ich früher, als er bei meinen Eltern verkehrte, so oft ohne jede Neugier gesehen hatte,) — dann machte seine Erscheinung, auch wenn sich mein Herzklopfen beim Anblick seines grauen Hutes und seiner Pelerine endlich gelegt hatte, immer noch denselben Eindruck auf mich wie eine historische Persönlichkeit, über die man gerade eine Reihe von Werken gelesen hat und deren geringfügigste Eigentümlichkeiten einen leidenschaftlich erregen. Seine Beziehungen zum Grafen von Paris, die mir in Combray gleichgültig vorgekommen waren, gewannen jetzt in meinen Augen den Charakter des Wunderbaren, als ob noch nie jemand anders die Orléans gekannt hätte; durch diese Beziehungen hob er sich lebhaft ab vom vulgären Hintergrunde der Spaziergänger verschiedener Stände, die diese Allee der Champs-Elysées bevölkerten und in deren Mitte er zu figurieren geruhte, wunderbarerweise ohne besondere Rücksichten zu fordern (die denn auch niemand anders ihm zu erweisen gedachte so tief war das Inkognito, in das er sich gehüllt hatte.)

Höflich erwiderte er die Grüße von Gilbertes Kameraden, selbst den meinigen (obwohl er mit unserer Familie böse war); freilich schien er mich nicht zu erkennen. (Dabei fiel mir ein, daß er mich doch so oft auf dem Lande gesehen hatte — eine Erinnerung, die mir geblieben war, allerdings nur schattenhaft, denn seitdem ich Gilberte wiedergesehen hatte, war Swann für mich vor allem ihr Vater und nicht mehr der Combrayer Swann; da die Ideen, auf denen ich jetzt seinen Namen einpflanzte, grundverschieden waren von den Ideen, in deren Netzwerk er früher eingefangen war und deren ich mich nie mehr bediente, wenn ich an ihn zu denken hatte, war er zu einer neuen Gestalt geworden; immerhin verband ich ihn durch eine künstliche, sekundäre und quer gezogene Linie mit unserem Gast von ehemals; und da für mich alles nur noch insoweit Wert hatte, als meine Liebe davon profitieren konnte, begegnete ich diesen Jahren im Geiste nur mit einer Gebärde der Scham und mit einem Bedauern, sie nicht auslöschen zu können, so sehr hatte ich mich damals vor demselben Swann, der in diesem Augenblick in den Champs-Elysées vor mir stand und dem Gilberte zum Glück wohl noch nicht meinen Namen gesagt hatte, lächerlich gemacht mit meinen Bittgesuchen an Mutter, sie möchte heraufkommen in mein Zimmer und mir gute Nacht sagen, während sie mit ihm, Vater und den Großeltern am Gartentisch Kaffee trank). Er sagte zu Gilberte, sie dürfe noch eine Partie spielen, er habe noch ein Viertelstündchen Zeit; dann setzte er sich wie ein gewöhnlicher Sterblicher auf einen eisernen Stuhl und bezahlte seinen Schein mit der Hand, die Philipp VII. so oft in der seinen gehalten hatte, während wir auf dem Rasen zu spielen begannen und die Tauben aufscheuchten, deren schöne, herzförmig gestaltete schimmernde Leiber — im Reiche der Vögel dasselbe wie der Flieder unter den Blumen — sich in lauter Asyle flüchteten: eine auf das große steinerne Gefäß, in dem ihr Schnabel verschwand, so daß die Darreichung der Früchte und Körner, die sie anscheinend darin aufpickte, seine Leistung und Bestimmung zu sein schien, ein paar andere auf die Stirn der Statue, die sie mit Emaillefiguren zu belegen schienen, wie sie der polychromen Abwechslung halber auf manchen antiken Werken die Eintönigkeit des Steines unterbrechen, Attributen gleich, die der Göttin, welche sie an sich hat, ein besonderes Epitheton eintragen und aus ihr (ebenso wie ein besonderer Vorname aus einer Sterblichen) eine neue Gottheit machen.

An einem dieser Sonnentage, der meine Hoffnungen wieder nicht verwirklicht hatte, reichte meine Selbstbeherrschung nicht hin, Gilberte meine Enttäuschung zu verbergen.

„Ich hatte dich gerade vieles zu fragen," sagte ich zu ihr „ich glaubte dieser Tag würde in unserer Freundschaft viel zu bedeuten haben. Und nun bist du kaum da und willst schon wieder fort! Sieh doch zu, daß du morgen schon früh kommst, damit ich endlich mit dir reden kann."

Da erglänzte ihr Gesicht, sie tat einen Freudensprung und gab mir zur Antwort:

„O verlass dich drauf, mein schöner Freund, morgen komm' ich nicht! da hab' ich eine große Kaffee-Einladung; und am Spätnachmittag geh' ich zu einer Freundin und seh' mir von deren Fenstern aus den Einzug des Königs Theodosius an, das wird fabelhaft, und den Tag darauf geh' ich noch zu Michael Strogoff und dann kommt ja bald Weihnachtsferien und Neujahr. Vielleicht darf ich dann mit in den Süden. O das wäre chic! allerdings werd' ich dann keinen Weihnachtsbaum haben; na und wenn ich in Paris bleibe, komm' ich jedenfalls auch nicht her, denn dann mach' ich mit Mutter Besuche. Adieu, Papa ruft mich."

Ich ging mit Françoise durch die Straßen zurück, die noch mit Sonne gepflastert waren wie am Abend eines Festes, das schon verklungen ist. Kaum konnte ich meine Beine schleppen.

„Kein Wunder," sagte Françoise, „das Wetter paßt ja auch nicht in die Jahreszeit, es ist ja viel zu heiß. Ach Gott, ach Gott, da gibt's sicher wieder überall arme kranke

Leute die schwere Menge, man muß wirklich glauben, da oben ist alles außer Rand und Band."

Mein Schluchzen hinunterwürgend sagte ich mir wieder die Worte vor, in die Gilberte ausgebrochen war aus lauter Freude darüber, daß sie nun für lange nicht in die Champs-Elysées kommen würde. Aber schon das Entzücken, mit dem sich mein Geist durch sein bloßes Funktionieren erfüllte sobald er an sie dachte, dazu die besondere, einzigartige Lage (mochte sie auch entmutigend sein), in die mich jede Art von Beziehung zu Gilberte durch den inneren Zwang einer geistigen Gewöhnung unausweichlich versetzte — all' das hatte schon ganz sachte selbst dieses Zeichen von Gleichgültigkeit irgendwie romanhaft umkleidet; und mitten in Tränen formte sich mir ein Lächeln, das nur die schüchterne Andeutung eines Kusses war. Und als der Postbote kam, sagte ich mir diesen Abend wie alle anderen Abende: „Ich bekomme jetzt einen Brief von Gilberte, darin schreibt sie mir endlich, sie habe mich ohne Unterlaß geliebt, und löst mir das Rätsel, warum sie es mir bis jetzt notgedrungen verheimlichen mußte und immer so tat, als könnte sie glücklich sein ohne mich, löst mir das Rätsel, warum sie sich den Anstrich der bloßen guten Kameradin Gilberte gegeben hat."

Abend für Abend erging ich mich in der Ausmalung dieses Briefes, glaubte ihn zu lesen, sagte mir jeden Satz daraus her. Auf einmal hielt ich erschrocken inne. Es ging mir auf, daß ein Brief, den ich etwa von Gilberte zu bekommen hätte, jedenfalls nicht mit diesem identisch sein könnte, da ich ihn ja selber eben verfertigt hatte. Und von nun an bemühte ich mich, meinen Geist von den Worten abzulenken, die sie geschrieben hätte, wenn es nach mir gegangen wäre, denn gerade diese Worte (die teuersten, die ersehntesten) fürchtete ich durch lautes Nennen aus dem Bereich der Möglichkeiten auszuschließen. Selbst wenn Gilberte durch ein unwahrscheinliches Zusammentreffen gerade diesen von mir erfundenen Brief an mich gerichtet hätte, so hätte ich darin doch mein Werk erkannt und hätte nicht den Eindruck gehabt, als erhielte ich da etwas nicht von mir Stammendes, etwas Wirkliches, Neues, ein Glück, das außerhalb meines Geistes existierte, unabhängig von meinem Willen bestand und ein echtes Geschenk der Liebe war.

Inzwischen las ich wieder und wieder eine Seite, die mir Gilberte zwar nicht geschrieben hatte, die aber wenigstens von ihr kam, die Seite von Bergotte über die Schönheit der alten Mythen, von denen sich Racine hatte begeistern lassen — ein Angebinde, das ich neben der Achatmurmel immer bei mir trug. Ich war gerührt durch die Güte meiner Freundin, die es für mich hatte holen lassen; und wie jeder Gründe für seine Leidenschaft braucht, bis er voller Seligkeit im geliebten Wesen die Eigenschaften wiedererkennt, die sich ihm in Lektüre oder Unterhaltung als die der Liebe würdigsten enthüllt haben, bis er diese Eigenschaften durch Nachahmung angeglichen und neue Gründe für seine Liebe daraus gemacht hat, mögen es auch gänzlich andere Eigenschaften sein, als diese Liebe sie im naiven Zustand gesucht hätte (dergleichen war einst für Swann der ästhetische Charakter von Odettes Schönheit) — so erging es auch mir: hatte ich Gilberte zuerst in Combray geliebt um ihres ganzen unbekannten Daseins willen, in das ich mich am liebsten hineingestürzt, ja mit Leib und Leben eingelassen hätte, ich, dem das eigene Leben nichts mehr galt, so erschien es mir jetzt als ein unschätzbarer Gewinn, daß Gilberte diesem meinem allzu bekannten und darum mißachteten Leben einmal demütig zu Diensten sein würde als geschickte und bequeme Mitarbeiterin, die, um mir abends bei meinen Arbeiten zu helfen, Korrekturen für mich lesen würde. Was Bergotte betraf, diesen unendlich weisen, fast göttlichen Greis, dessentwegen ich anfangs

Gilberte geliebt, bevor ich sie überhaupt gesehen hatte, so liebte ich ihn jetzt hauptsächlich Gilbertes wegen. Mit ebensoviel Vergnügen wie seine Seiten über Racine sah ich mir das Umschlagpapier an, das mit großen weißen Wachssiegeln verschlossen und mit einer Flut von braunvioletten Bändern zusammengeknotet war: in diesem Papier hatte sie mir ja die Bücher gebracht. Ich küßte die Achatmurmel, die das bessere Teil im Herzen meiner Freundin verkörperte, das Teil, das nicht leichtsinnig, sondern treu war und, geschmückt mit dem geheimnisvollen Zauber um Gilbertes Leben, nah bei mir weilte, mein Zimmer bewohnte und mit mir im Bette lag. Aber die Schönheit dieses Steines wie auch die Schönheit der Seiten Bergottes (die ich so gern mit der Idee meiner Liebe verband, als vermöchten sie ihr, wenn sie mir mitunter nichtig vorkam, eine gewisse Festigkeit zu verleihen) — diese Schönheiten waren ja, das merkt' ich nun, vor der Zeit meiner Liebe entstanden, sahen ihr nicht ähnlich, ihre Elemente waren vom Talent des Künstlers oder von den Gesetzen der Mineralogie bestimmt worden, längst bevor Gilberte mich kannte; nichts am Buch und nichts am Stein wäre anders gewesen, wenn Gilberte mich nicht geliebt hätte: infolgedessen war ich durch nichts ermächtigt, aus ihnen eine Glücksbotschaft herauszulesen. Und während meine Liebe unaufhörlich vom nächsten Tage das Liebesgeständnis Gilbertes erwartete, jeden Abend das schlecht gearbeitete Tagewerk für nichtig erklärte und auflöste, ließ im Schatten meines Innern eine unbekannte Arbeiterin die zerrissenen Fäden nicht umkommen, sondern gab ihnen ohne Rücksicht auf mein Einverständnis oder mein Glück eine ganz andere Ordnung, die sie allen ihren Werken mitteilte. Da sie sich nicht sonderlich für meine Liebe interessierte und keinerlei Entscheidung darüber fällte, ob ich geliebt würde oder nicht, nahm sie die Handlungen Gilbertes, die mir unerklärlich vorgekommen waren, ebenso ruhig entgegen wie die Fehler, die ich entschuldigt hatte. Nun bekamen die Handlungen wie die Fehler endlich einen Sinn. Auf Grund dieser neuen Ordnung sah ich wohl ein: wenn Gilberte, statt in die Champs-Elysées zu kommen, auf eine Matinée gegangen war, mit ihrer Erzieherin Besorgungen gemacht und für eine Weihnachtsreise Vorbereitungen getroffen hatte, so hatte ich ganz zu Unrecht bei mir gedacht: „Sie ist entweder leichtsinnig oder folgsam." Sie wäre ja weder leichtsinnig noch folgsam gewesen, wenn sie mich geliebt hätte; vielmehr hätte sie dann mit derselben Verzweiflung gehorcht wie ich an den Tagen, an denen ich sie nicht sehen durfte. Ferner sagte diese Ordnung, ich müßte doch eigentlich wissen, was Liebe sei, da ich ja Gilberte liebte; sie wies mich zum erstenmal hin auf meine beständige Sorge, mich vor ihr hervorzutun, etwa wenn ich Mutter zu überreden versuchte, sie solle Françoise einen Regenmantel und einen Hut mit einer blauen Feder kaufen oder, noch besser, mich nicht mehr mit dieser Bonne, deren ich mich schämen müßte, in die Champs-Elysées schicken (worauf mir Mutter erwiderte, ich sei ungerecht gegen Françoise, sie sei eine brave Person und sehr anhänglich gegen uns); auch auf das einzigartige Bedürfnis, Gilberte zu sehen, wurde ich zum ersten Male aufmerksam, auf dies Bedürfnis, aus dem heraus ich schon monatelang vorher eifrigst in Erfahrung zu bringen suchte, zu welcher Zeit sie Paris verlassen werde und wohin sie zu fahren gedenke; denn ein Exil schien mir der schönste Ort ohne sie, und ich hatte keinen anderen Wunsch, als immer in Paris zu bleiben, solange ich sie in den Champs-Elysées treffen konnte. Daß aber diese Sorge und dies Bedürfnis in Gilbertes Tun und Lassen schlechterdings nicht zu entdecken war, konnte ich unschwer einsehen. Im Gegenteil: sie schätzte ihre Erzieherin, ohne sich darum zu kümmern, was ich dazu meinte. Sie fand es nur natürlich, nicht in die Champs-Elysées zu kommen, wenn sie mit Fräulein Einkäufe zu machen hatte, fand es sogar angenehm, wenn sie mit ihrer Mutter ausgehen sollte. Und angenommen selbst, sie hätte mir erlaubt, während der Ferien an denselben Ort zu gehen wie sie, so wäre für die Wahl dieses Ortes bei ihr doch nur der Wunsch ihrer Eltern und die Fülle der verheissenen Vergnügungen ausschlaggebend gewesen, keineswegs aber die Absicht meiner Familie, mich dorthin zu schicken. Wenn sie mir manchmal versicherte, sie liebe mich weniger als einen ihrer Freunde, ja weniger als am Tage vorher, weil sie durch meine Unachtsamkeit eine Partie verloren habe, so bat ich sie um Verzeihung, bat sie, mir zu sagen, was ich tun sollte, damit sie mich allmählich wieder ebenso wie die Anderen, vielleicht gar mehr als die Anderen liebe; ich wollte von ihr hören, das sei ja schon der Fall, ich bat sie flehentlich darum, als ob sie ihre Neigung zu mir nach ihrem oder meinem Belieben mit ein paar Worten hätte modeln können, jenachdem wie ich mich benahm. Wußte ich denn nicht, daß das, was ich für sie empfand, weder von ihren Handlungen noch von meinem Willen abhing?

Schließlich brachte mich die von der unsichtbaren Arbeiterin gewirkte neue Ordnung noch zu der Einsicht, daß wir zwar immerhin wünschen mögen, die Handlungen eines Menschen, der uns bisher viel Kummer gemacht hat, möchten nicht echt gewesen sein — daß aber nichtsdestoweniger in der Verkettung dieser Handlungen eine Klarheit zutage tritt, gegen die unser Wunsch nun einmal nichts vermag, so daß wir nicht ihn, sondern diese Klarheit zu befragen haben, wenn wir wissen wollen, wie dieser Mensch morgen handeln wird.

Meine Liebe vernahm sie, diese neuen Worte; sie liess sich überzeugen, daß der nächste Tag nicht anders sein werde als all die andern Tage, daß Gilbertes Gefühl für mich, ohnehin schon zu alt, um sich noch wandeln zu können, nichts als Gleichgültigkeit sei, daß in unserer Freundschaft ich allein es sei, der da liebte. „Ja, es ist wahr," erwiderte meine Liebe, „mit dieser Freundschaft ist nichts mehr zu machen, sie wird sich nicht verändern." Schon am nächsten Tage also (vielleicht vor irgendeinem Namenstag, einem Geburtstag, vielleicht auch vor Neujahr, kurz vor einem jener Sondertage, an denen die Zeit von vorn anfängt, das Erbe der Vergangenheit verwerfend, verschmähend auch das Vermächtnis ihrer Traurigkeiten) am nächsten Tage also bat ich Gilberte, auf unsere alte Freundschaft zu verzichten und die Grundsteine zu einer neuen Freundschaft zu legen. —

Ich hatte immer in erreichbarer Nähe einen Plan von Paris, der mir einen wahren Schatz zu enthalten schien, weil darauf die Straße zu sehen war, in der Herr und Frau Swann wohnten. Und aus reinem Vergnügen, wohl auch aus einer Art von ritterlicher Treue sagte ich bei allen möglichen Gelegenheiten den Namen dieser Straße, sodaß Vater, der nicht wie Mutter und Großmutter über meine Liebe unterrichtet war, mich fragte:

„Aber warum sprichst du nur immerzu von dieser Straße, sie hat doch nichts Besonderes, es wohnt sich ja sehr nett dort, weil sie bloß zwei Schritte vom Bois entfernt ist, aber ein Dutzend andere liegen ebenso hübsch."

Wo ich konnte, suchte ich meinen Eltern den Namen Swann zu entlocken: natürlich sagte ich ihn mir in Gedanken unaufhörlich vor, aber ich hatte auch das Bedürfnis, seinen köstlichen Klang zu hören und mir diese Musik vorspielen zu lassen, deren stumme Lektüre mir nicht genügte. Auch ging es mir mit dem Namen Swann, den ich doch schon so lange kannte, jetzt ebenso wie manchen Aphasikern mit den allergebräuchlichsten Worten: er war für mich ein neuer Name. Immerfort war er meinem Geiste gegenwärtig — und doch konnte ich mich nicht an ihn gewöhnen. Ich zerlegte ihn, ich buchstabierte ihn, seine Orthographie war mir wie eine Offenbarung. Und je vertrauter er mir wurde, um so mehr schien mir seine Unschuld zu schwinden. Meine Freuden beim Hören seines Klanges hielt ich für so schuldhaft, daß ich glaubte, die Anderen errieten meine Gedanken und wechselten den Gesprächsstoff immer dann, wenn ich die Rede darauf bringen wollte. Ich beschränkte mich auf die Themen, die noch irgendwie zu Gilberte in Beziehung standen, ich käute endlos die gleichen Worte wieder; und mochte ich mir auch vorhalten, es seien nur Worte (Worte, fern von ihr gesprochen, Worte ohne Kraft, die nur wiederholten, was war, ohne es verändern zu können) so bildete ich mir doch ein, wenn ich auf diese Weise alles in Gilbertes Bannkreis durchknetete und umrührte, würde ich vielleicht ein Gran Seligkeit herausholen können. Immer wieder erzählte ich meinen Eltern, Gilberte liebe ihre Erzieherin sehr, als müßte diese zum hundertsten Male vorgebrachte Geschichte schließlich doch zur Folge haben, daß Gilberte urplötzlich hereinkam, um für immer mit uns zu leben. Immer wieder sang ich mein Loblied auf die alte Dame, die die „Débats" las (ich hatte meinen Eltern einreden wollen, sie sei eine Botschaftersfrau oder womöglich eine Hoheit), und unaufhörlich feierte ich ihre Schönheit, ihre Großartigkeit, ihre Vornehmheit, bis ich endlich erzählte, nach der Anrede zu schließen müsse sie Frau Blatin heißen.

„O, dann weiß ich, wer das ist," rief Mutter, während ich die Schamröte in mir aufsteigen fühlte. „Achtung! Achtung!" hätte dein guter Großvater gesagt. Was, und die findest du schön? Ekelhaft ist sie und ist's immer gewesen. Sie ist die Witwe eines Türstehers. Du weißt es bloß nicht mehr: als du klein warst, machte ich immer einen großen Bogen um sie, wenn ich mit dir zur Turnstunde ging, denn sie kannte mich gar nicht und wollte mich doch immer ansprechen, angeblich um mir zu sagen, du wärest „zu schön für einen Jungen". Sie ist immer wild darauf gewesen, Leute kennen zu lernen, und sie gehört wirklich in die Anstalt — was ich mir ja schon immer gedacht habe — wenn sie es jetzt fertiggebracht hat, mit Frau Swann bekannt zu werden. Dass sie aus der untersten Hefe stammt — gut, dafür kann sie nichts, darüber will ich gar nichts sagen. Aber muß sie sich überall Liebkind machen? Ekelhaft ist sie, gräßlich ordinär und dabei ein Großmaul ersten Ranges."

Besonders versuchte ich, Swann recht ähnlich zu werden; so fuhr ich mir die ganze Zeit bei Tisch immerfort über die Nase und rieb mir die Augen. Vater sagte: „So ein verrückter Junge, der wird noch 'mal unausstehlich." Vor allem wünschte ich sehnlichst, eine ebenso große Glatze zu haben wie Swann. Er schien mir ein so außergewöhnliches Wesen zu sein, daß ich es ganz wunderbar fand, wenn Leute, mit denen ich verkehrte, ihn ebenfalls kannten, so daß es sich irgendwann durch Zufall ergeben konnte, daß man ihm in die Arme lief. Einmal als Mutter uns wie stets beim Abendbrot über ihre Nachmittagsgänge berichtete und beiläufig erwähnte: „Übrigens ratet mal, wen ich in den Trois Quartiers in der Schirmabteilung getroffen habe: Swann" — da brach inmitten ihres für mich höchst trockenen Berichtes eine geheimnisvolle Blume auf. Wieviel schwermütige Wollust lag in dieser Kunde, daß Swann heute nachmittag, überirdisch in der Menge sich zeigend, einen Regenschirm erstanden hatte! Zwischen lauter Ereignissen, die mich, ob bedeutend oder winzig, gleichermaßen kalt ließen, rief dieser Vorgang in mir die besonderen Schwingungen wach, von denen meine Liebe zu Gilberte ständig durchzittert wurde. Vater sagte, ich interessierte mich auch rein für gar nichts, weil ich nämlich nicht zuhörte, als von den politischen Folgen die Rede war, die der Besuch des Königs Theodosius haben konnte, der eben jetzt als Gast und, behauptete man, als Verbündeter in Frankreich weilte. Dafür war ich aber wer weiß wie begierig zu erfahren, ob Swann seine Pelerine umhatte!

„Habt ihr euch guten Tag gesagt?“ fragte ich.

„Aber natürlich,“ erwiderte Mutter, die unser kühles Verhältnis zu Swann nie gern eingestand, offenbar aus Furcht, der Frager werde sich dann ins Mittel zu legen suchen, was ihr unerwünscht war, da sie Frau Swann nicht kennen lernen wollte. „Er ist auf mich zugekommen und hat mich begrüßt, ich sah ihn gar nicht.“

„Dann seid ihr also gar nicht böse?“

„Böse? aber warum sollten wir denn böse sein?“ erwiderte sie lebhaft, als ob ich der Fiktion ihrer guten Beziehungen zu Swann ans Leben wollte und einer Wiederannäherung vorarbeitete.

„Er könnte dir doch übelnehmen, daß du ihn gar nicht mehr einlädst.“

„Man ist doch nicht verpflichtet, alle Welt einzuladen; lädt er mich denn ein? Ich kenne seine Frau ja gar nicht.“

„Aber in Combray kam er doch immer.“

„Nun ja, in Combray kam er und in Paris hat er eben andere Dinge zu tun und ich auch. Aber du kannst mir's glauben: wir wirkten durchaus nicht wie zwei Leute, die miteinander böse sind. Wir blieben einen Augenblick zusammen, weil er sein Paket noch nicht hatte. Er fragte mich, was es Neues von dir gäbe, und erzählte mir, du spieltest mit seiner Tochter“, setzte Mutter hinzu. Wunder über Wunder: ich existierte also in Swanns Geist, mehr noch, er hatte ein ziemlich vollständiges Bild von mir, so daß er, wenn ich in den Champs-Elysées vor ihm in Liebe zitterte, meinen Namen kannte, wußte, wer meine

Mutter war, und meiner Eigenschaft als Spielkamerad seiner Tochter bestimmte Einzelheiten beimengen konnte, die meine Großeltern, ihre Familie, unsere Wohnung, manche vielleicht sogar mir unbekannte Besonderheiten unseres früheren Lebens betrafen. Aber Mutter schien es nicht sonderlich reizvoll gefunden zu haben in dieser Abteilung der Trois Quartiers, wo sie in Swanns Augen gleich auf den ersten Blick eine bestimmte Person war, mit der ihn gemeinsame Erinnerungen verbanden, die ihn zum Näherkommen und zu einer Gebärde der Begrüßung bewogen hatten.

Im übrigen schien weder sie noch Vater jemals Anlaß nehmen zu wollen, über Swanns Großvater, den „Herrn Bankdirektor" (wie wonnevoll klang das!) ein Wort zu sagen. Meine Phantasie aber hatte sich für die geliebte Familie zwei abgesonderte, geweihte Plätze erlesen: einen sozialen Ort in dem gesellschaftlichen Paris und einen wirklichen Ort in dem Paris aus Stein; letzteren hatte sie mit einem künstlerisch ausgeschmückten Torweg und kostbar verzierten Fenstern ausgestattet. Freilich war diese Hausornamentik nur für meine Augen da. Wie Vater und Mutter das Haus, in dem Swann wohnte, nicht viel anders fanden als die übrigen zur gleichen Zeit gebauten Häuser im Bois-Viertel, so schien ihnen Swanns Familie vom selben Schlage zu sein wie viele andere Bankiersfamilien. Sie beurteilten sie mehr oder minder günstig lediglich nach dem Grade ihrer Allerweltsbravheit und fanden an ihr nichts Einzigartiges. Im Gegenteil: was sie an ihr schätzten, das trafen sie anderwärts in einem ebenso hohen oder sogar noch höheren Grade. Nachdem sie also die gute Lage des Hauses anerkannt hatten, sprachen sie von einem anderen, das noch günstiger lag, mit Gilberte aber nichts zu tun hatte, oder von Finanzleuten, die noch eine Stufe höher standen als ihr Großvater; und schienen sie wirklich einmal einen Augenblick der gleichen Meinung zu sein wie ich, so war das ein Mißverständnis, das sich nur zu schnell als solches entpuppte. Denn um in allem, was Gilberte umgab, eine fremde Eigenschaft wahrzunehmen, die dem entsprach, was unter den Farben das Infra-Rot liegen mag — dazu bedurfte es des ergänzenden und zeitweiligen Sinnes, mit dem mich die Liebe ausgestattet hatte: und der ging meinen Eltern ab.

An den Tagen, für die mir Gilberte ihr Nichterscheinen in den Champs-Elysées angekündigt hatte, sah ich zu, daß ich Spaziergänge machte, die mich ein wenig in ihre Nähe führten. Manchmal schleppte ich Françoise mit und wir pilgerten vor das Haus, in dem Swanns wohnten. Sie mußte mir immerfort wiederholen, was sie von der Erzieherin über Frau Swann gehört hatte. „Sie gibt, scheint's, mächtig viel auf Talismane. Sie wird nie auf Reisen gehen, wenn sie das Käuzchen gehört hat oder ein Ticken in der Wand, oder wenn sie eine Katze um Mitternacht gesehen hat oder wenn an irgendeinem Möbel das Holz gekracht hat. Die is' wirklich 'ne fromme Person!“ Ich war so verliebt in Gilberte, daß ich sogar, wenn ihr alter Hausmeister einen Hund ausführte, vor Erregung stehen bleiben mußte und leidenschaftliche Blicke auf seine weißen Koteletten heftete. Françoise sagte dann wohl zu mir:

„Was haben Sie denn?“

Dann zogen wir unsere Straße weiter bis vor ihre Hintertür: dort stand ein von allen anderen Portiers verschiedener Portier, der bis in die Tressen seiner Livrée hinein von demselben schmerzlichen Charme durchdrungen war, den ich im Namen Gilberte verspürt hatte; er schien zu wissen, daß ich zu denen gehörte, die infolge radikaler Unwürdigkeit niemals eindringen durften in das geheimnisvolle Leben, das er zu behüten hatte und über dem sich die Fenster des Zwischenstocks mit vollem Bewußtsein zu schließen schienen (indem sie zwischen ihren vornehm zurücktretenden Musselinvorhängen nicht wie beliebige Fenster, sondern wie Gilbertes Augen wirkten). Ein andermal gingen wir die Boulevards entlang; dann stellte ich mich am Eingang der Rue Duphot auf; ich hatte gehört, Swann sei dort oft zu treffen, wenn er zu seinem Zahnarzt ginge; und meine Einbildungskraft hob Gilbertes Vater derartig aus der übrigen Menschheit heraus, seine Gegenwart inmitten der wirklichen Welt brachte soviel Wunderbares hinein, daß ich schon lange vor der Rue Madeleine in dem Gedanken bebte, nun würden wir an eine Straße kommen, in der die überirdische Erscheinung auftauchen konnte.

Wenn ich schon Gilberte nicht sehen sollte, so dirigierte ich Françoise wenigstens in die Richtung des Bois de Boulogne, da ich erfahren hatte, daß Frau Swann fast jeden Tag in der Akazienallee, der Königin-Marguerite-Allee und um den großen See herum spazieren ging. Der Bois bedeutete für mich dasselbe wie die zoologischen Gärten, wo die verschiedensten Landschaften, jede mit ihrer Flora und Fauna, versammelt sind: da trifft man wohl hinter eine Anhöhe eine Grotte, eine Wiese, ein paar Felsen, einen Fluß, einen Graben, einen Hügel, einen Sumpf, aber man weiß ja: das alles ist nur da zum Zeitvertreib für das Nilpferd, die Zebras, die Krokodile, die Meerschweinchen, die Bären und den Reiher, denen es als eigens hergerichtetes Milieu oder als pittoresker Rahmen dient; ganz ebenso vereinigte der Bois—selber nicht minder zusammengesetzter Natur — sehr verschiedenartige, geschlossene kleine Welten in sich, reihte irgendeine Plantage mit roten Bäumen (amerikanischen Eichen aus einer landwirtschaftlichen Unternehmung in Virginien) an einen Tannenhain am Rande des Sees oder an einen Hochwald, aus dem auf einmal in geschmeidigem Pelz mit den schönen Augen eines Tieres irgendeine hastige Spaziergängerin auftauchte. Er war der Garten der Frauen! und wie die Myrtenallee der Aeneis war die Akazienallee um der Frauen willen mit Bäumen einer Substanz bestanden, unter denen die gefeierten Schönheiten sich ergingen. Wie die Kinder vor Freude außer sich sind, wenn sie von weitem den Felsen sich aufgipfeln sehen — da sie wissen, daß sie dann gleich die Robbe zu Gesicht bekommen, die sich von ihm aus ins Wasser wirft — so brauchte man noch lange nicht in der Akazienallee zu sein, um an ihrem überallhin ausstrahlenden Dufte schon von fern die baldige Nähe und das einzigartige Wesen einer ebenso machtvollen wie weichen Pflanzenindividualität zu spüren; kam ich dann näher, so sah ich den Höhenzug ihres leichten, weichlichen Laubwerkes mit seiner schwebenden Eleganz, seinem koketten Zuschnitt und seinem dünnen Gewebe, sah, wie sich Hunderte von Blüten — geflügelten, bebenden Kolonien kostbarer Parasiten gleich — darauf niedergelassen hatten; ihr müßig-wohliger, weiblicher Name drang in mich ein: und alles das, Duft, Laub und Name, ließ mein Herz höher schlagen vor weltlicher Sehnsucht, denn es ging die gleiche Wirkung davon aus wie von den Walzern, bei deren Klängen man nur noch an die Namen der schönen Frauen denkt, die der Diener den Ballgästen angesagt hat. Man hatte mir erzählt, ich würde in der Allee ein paar elegante Frauen sehen, die, wenn auch zum Teil unverheiratet, doch für gewöhnlich mit Frau Swanns in einem Atem genannt wurden, meist freilich unter ihrem Spitznamen; ihr neuer Name — wenn sie einen hatten — war lediglich eine Art Inkognito, das die, die von ihnen sprechen wollten, nur lüfteten, um sich verständlich zu machen. Da ich annahm, daß das Schöne (soweit es in der Sphäre weiblicher Eleganz zutagetritt) von verborgenen Gesetzen regiert werde, in die sie eingeweiht waren, so daß sie allein imstande waren, es zu verwirklichen — so sah ich von vornherein eine Art Offenbarung in ihrer Erscheinung: in ihren Toiletten, ihren Equipagen, in all' den tausend Einzelheiten, worin ich meinen Glauben senkte wie eine stillwirkende Seele, die diesem ephemeren und flüchtigen Beieinander den inneren Zusammenhang eines Kunstwerkes verlieh. Aber ich wollte ja Frau Swann sehen, und so wartete ich, daß sie vorbeikäme, wartete in einer Erregung, als ob es Gilberte wäre, deren Eltern, von ihrem Zauber trächtig wie alles was sie umgab, in mir ebensoviel Liebe wachriefen wie sie selbst, zudem eine Unruhe noch schmerzlicherer Natur (weil der Berührungspunkt zwischen Eltern und Kind eben in jenem innersten Lebenskreise lag, der mir verschlossen war); und letzten Endes (denn wie man sehen wird, erfuhr ich bald, daß es ihnen nicht angenehm war, wenn ich mit ihr spielte) erfüllten sie mich mit einer Verehrung, wie wir sie stets denjenigen zollen, die über eine unumschränkte Gewalt uns wehzutun verfügen.

Schlichtheit! das war unter allen ästhetischen Vorzügen und mondänen Herrlichkeiten mein vornehmster Eindruck, als ich Frau Swann sah, wie sie in einem Schnürrock aus Tuch, ein niedlich beschopftes Häubchen auf dem Kopf, einen Veilchenstrauß an der Bluse, zu Fuß die Akazienallee durcheilte, als ob es für sie keinen kürzeren Nachhauseweg gäbe, und den Herren im Wagen zuzwinkerte, die, schon von weitem ihre Silhouette erkennend, sie grüßten und im stillen dachten, es gebe doch niemanden, der soviel Chic habe. Und doch: die Schlichtheit mußte hinter der Pracht zurückstehen, als ich Frau Swann einmal in anderer Gestalt wiedersah: nachdem ich Françoise, die schon nicht mehr weiterkonnte und sagte, ihre Beine „wollten nicht mehr," eine Stunde lang gezwungen hatte auf und ab zu gehen, bog endlich vor meinen erstaunten Augen aus der Allee, die von der Porte Dauphine kommt (ein Bild war's von königlichem Nimbus, von herrscherlicher Auffahrt, wie später keine wirkliche Königin es mir hat vergegenwärtigen können, weil ich von deren Macht einen weniger unbestimmten, mehr auf Erfahrung beruhenden Begriff hatte), dort also bog um die Ecke, mitgerissen vom Fluge zweier glühender, schmaler Rosse (mit Konturen wie auf Zeichnungen von Constantin Guya, wo auf dem Bock ein riesiger Kutscher, pelzverbrämt wie ein Kosake, neben einem kleinen Groom sitzt, der an den „Tigre“ des „seligen Baudenord“ erinnert) und weniger auf mein Auge als auf mein Gefühl wirkend, so daß ich den Formeindruck einer blanken, zehrenden Wunde hatte — eine unvergleichliche Viktoria, etwas üppig angelegt und mit Anspielungen an frühere Formen mitten in allem „hochmodernen “Luxus; im Innern des Wagens aber ruhte lässig Frau Swann, die jetzt blonden Haare (mit einer einzigen grauen Strähne dazwischen) von einem schmalen, zumeist aus Veilchen bestehenden Blütenband umschlossen, von welchem lange Schleier herabhingen, in der Hand einen braunvioletten Sonnenschirm, auf den Lippen ein zweideutiges Lächeln, in dem ich nur das Wohlwollen einer Majestät erblickte, in dem aber doch vor allem das herausfordernde Wesen der Kokotte lebte und das sie den Menschen, die sie grüßten, beglückend zu kosten gab. Dies Lächeln sagte in Wirklichkeit zu den einen: „O ja, ich weiß noch, es war besonders schön!“, zu anderen: „Wie hätte ich geliebt! schade, daß die Umstände so ungünstig waren!“ zu wieder anderen: „Nun wenn Sie wollen! Ich will nur noch ein bißchen hier mit lang fahren, sowie ich kann, rück' ich aus der Reihe.“ Wenn Fremde vorbeikamen, beließ sie trotzdem rings um ihre Lippen ein müßiges Lächeln, das sich gleichsam vorwärts zur Erwartung oder rückwärts zur Erinnerung eines Freundes drehte, so daß jeder sagte: „Wie ist sie schön!“ Und nur ein paar Männern gegenüber setzte sie ein spitzes, gezwungenes, schüchternes und kühles Lächeln auf, das zu sagen schien: „Ja, du Biest, ich weiß, daß du eine bitterböse Zunge hast und immerzu reden mußt! Kümmere ich mich denn um dich?“ In lebhafter Unterhaltung mit einer Schar von Freunden ging Coquelin vorbei und bot ein paar Vorüberfahrenden mit der Hand einen breiten Bühnengruß. Aber ich dachte nur an Frau Swann und tat, als hätte ich sie nicht gesehen, denn ich wußte: war sie erst in der Höhe des „Taubenschlages“, dann liess sie ihre Kutscher aus der Wagenreihe rücken und halt machen, damit sie aussteigen und zu Fuß die Allee hinunterlaufen könne. Jedesmal, wenn ich den Mut in mir fühlte, an ihr vorbeizugehen, schleppte ich Françoise in diese Richtung. Und wirklich: einmal (es war auf dem Weg „nur für Fußgänger“) sah ich Frau Swann auf uns zukommen: hinter sich ließ sie die lange Schleppe ihres braunvioletten Gewandes sich breiten, angetan war sie, wie das Volk sich Königinnen vorstellt, mit kostbaren Stoffen und reichstem Staat, wie andere Frauen ihn nicht trugen; manchmal senkte sie den Blick auf den Griff ihres Sonnenschirms und achtete kaum auf die Vorübergehenden, als sei sie zu sehr von ihrer großen Sache und ihren Plänen besessen, um daran denken zu können, daß sie gesehen wurde und daß alle Köpfe sich nach ihr drehten. Manchmal allerdings, wenn sie sich umdrehte und ihren Windhund rief, warf sie einen unmerklichen Blick in die Runde.

Sogar die, die sie nicht kannten, fühlten sich getroffen wie von etwas Einzigartigem und Außergewöhnlichem (vielleicht auch nur von einer der telepathischen Strahlenwirkungen, wie sie sogar in der unwissenden Menge Beifallsstürme entfesselten, wenn die Berma einen ihrer großen Momente hatte), und auf diese Weise wurden sie inne, daß das eine bekannte Persönlichkeit sein müsse. Sie fragten sich: „Wer ist das?“, interpellierten wohl auch einen Passanten oder nahmen sich vor, sich die

Toilette zu merken um so einen Anhaltspunkt zu haben, auf Grund dessen besser unterrichtete Freunde sie dann aufklären konnten. Andere Spaziergänger gingen plötzlich langsamer und sagten:

„Wissen Sie, wer das ist? Frau Swann! Sagt Ihnen das nichts? Odette de Crécy?"

„Odette de Crécy? Richtig, das dacht' ich mir schon, diese traurigen Augen ... Aber wissen Sie, die Jüngste kann sie auch nicht mehr sein! Ich entsinne mich, am Tage der Demission Mac Mahons bei ihr geschlafen zu haben."

„Ich glaube, Sie werden gut tun, sie nicht daran zu erinnern. Sie ist jetzt Frau Swann, die Frau eines Herrn aus dem Jockeyklub, eines Freundes des Prinzen von Wales. Sie ist übrigens immer noch prachtvoll."

„Ja, aber wenn Sie sie damals gekannt hätten, nein, was war sie entzückend! Sie bewohnte ein ganz seltsames Häuschen mit lauter Nippsachen darin. Ich erinnere mich, wir ärgerten uns noch so über das Geschrei der Zeitungsverkäufer, schließlich mußte sie mich auf die Beine bringen."

Ohne diese Bemerkungen zu verstehen, spürte ich rings um sie das unbestimmte Raunen der Berühmtheit. Mein Herz schlug ungeduldig, wenn ich dachte, daß nur noch ein Augenblick vergehen würde, bis vor den Augen aller dieser Leute (zwischen denen leider der brünette Bankier nicht zu sehen war, dessen Verachtung mir so wehgetan hatte ich, der unbekannte junge Mann, dem niemand Beachtung schenkte, diese Frau grüßte, deren Ruf als schönes, leichtlebiges und elegantes Wesen allgemein war (und die ich eigentlich ja gar nicht kannte; aber durfte ich mir nicht das Recht dazu nehmen, da doch meine Eltern ihren Mann kannten und ich der Spielkamerad ihrer Tochter war?). Doch schon stand ich ganz dicht bei Frau Swann. Ich zog meinen Hut so tief, mit einer so gedehnten und langen Bewegung, daß sie unwillkürlich lächelte. Ein paar Leute lachten. Sie selber hatte mich nie mit Gilberte gesehen und wußte meinen Namen nicht, vielmehr war ich für sie (nicht anders als der Boiswächter oder der Fährmann oder die Enten auf dem See, denen sie Brot zuwarf) eine sekundäre, alltägliche, anonyme Persönlichkeit, die, ebenso bar aller individuellen Kennzeichen wie ein Statist auf der Bühne, auf ihren Spaziergängen im Bois figurierte. Manchmal, wenn ich sie in der Akazienallee nicht gesehen hatte, passierte es mir, daß ich sie in der Königin-Marguerite-Allee traf, wo die Frauen hingehen, wenn sie wirklich oder scheinbar allein sein wollen; sie blieb es nicht lange, bald holte irgendein Freund sie ein, den ich nicht kannte (meist trug er eine graue „Röhre" auf dem Kopf); der plauderte dann lange mit ihr, während ihre beiden Wagen hinterherfuhren. —

Diese Zusammengesetztheit des Bois de Boulogne, die aus ihm eine Stätte der Künstlichkeit und, im zoologischen oder mythologischen Sinne des Wortes, einen „Garten" macht, habe ich in diesem Jahre wieder angetroffen, als ich ihn auf dem Wege nach Trianon durchquerte; es war an einem der ersten Morgen im November, wenn das nahe und doch so ungreifbare Schauspiel des Herbstes, das ja so rasch und ohne Publikum zu Ende geht, Paris und seine Häuser mit einem Heimweh, einem wahren Welklaubfieber erfüllt bis zu einem Grade, der einen nicht mehr schlafen läßt. In meiner geschlossenen Stube schoben sich die welken Blätter, heraufbeschworen von meinem Verlangen nach ihrem Anblick, seit einem Monat zwischen meine Gedanken und jedes beliebige Ding, mit dem ich mich befaßte, und wirbelten umher wie die gelben Flecken, die manchmal vor unseren Augen tanzen, worauf wir auch blicken mögen. Und gerade an diesem Morgen, an dem ich nicht mehr wie an den vorigen Tagen den Regen fallen hörte, sondern das schöne Wetter in den Winkeln der zugezogenen Gardinen lächeln sah wie in den Winkeln eines geschlossenen Mundes, der sich so das Geheimnis seines Glückes entschlüpfen läßt — da hatte ich das Gefühl: durchdrungen vom Licht und in ihrer höchsten Schönheit würden sie jetzt zu schauen sein, diese gelben Blätter; und da es mich unwiderstehlich zog, da der fauchende Wind in meinem Ofen mich antrieb, die Bäume von einst aufzusuchen oder ans Meeresufer zu reisen, so war ich zum Trianon aufgebrochen und hatte den Weg durch den Bois de Boulogne gewählt. Es war die Stunde und die Jahreszeit, zu der der Bois vielleicht am vielfältigsten wirkt, nicht nur wegen der größeren Zahl seiner kleinen Welten, sondern mehr noch wegen ihres veränderten Charakters. Selbst in den erschlossenen Teilen, wo der Blick einen weiten Raum umfängt, war es einem so, als ob hie und da — gegenüber den fernen dunklen Baummassen, die keine Blätter oder noch ihre Blätter vom Sommer her hatten — eine Doppelreihe orangefarbener Kastanienbäume wie in einem eben begonnenen Gemälde vorläufig ganz allein vom Maler ausgeführt wäre, da er mit der Kolorierung noch nicht bis zu den übrigen Bäumen gekommen war und erst einmal die Kastanienallee in vollem Lichte hinbreiten wollte, um seine später fest aufzutragenden Gestalten vorläufig in ihr umhergehen zu lassen.

Weiter hinten waren die Bäume von all' ihrem grünen Laube bedeckt; nur ein kleiner stämmiger Kerl steifte immer wieder sein gebrochenes Genick und schüttelte einen gemeinen roten Schopf im Winde. Noch anderswo war es wie erstes Erwachen im Blättermai, und schon seit dem Morgen stand ein Empelopsis, wundervoll und lächelnd wie winterlicher Rotdorn, in voller Blüte. Und der Bois bot den vorläufigen und künstlichen Anblick einer

Baumschule oder eines Parkes, wo man aus botanischem Interesse oder zur Vorbereitung eines Festes mitten in lauter gewöhnliche Bäume, die noch nicht angepflanzt worden sind, zwei oder drei kostbare Arten mit phantastischem Laubwerk frisch hineingesetzt hat, die nun rings um sich Raum zu heischen, Luft zu spenden und Klarheit zu schaffen scheinen. So war es die Jahreszeit, in der der Bois de Boulogne die Gestalt eines kunstvollen Gefüges annimmt, worin er all' seine mannigfachen Substanzen preisgibt, all' seine verschiedenen Regionen nebeneinanderstellt. Und auch die rechte Stunde war's. Dort, wo die Bäume noch ihr Laub bewahrten, schienen sie eine Veränderung ihres Stoffes durchzumachen unterm Lichte der Sonne, das zweimal fast horizontal über sie hinstreifte: einmal am Morgen und dann wieder nach ein paar Stunden Weges, wenn es sich inmitten einbrechender Dämmerung wie eine Lampe entzündete, künstlich-warmen Widerschein aus der Ferne übers Laub warf und die obersten Blätter eines Baumes in Flammen setzte, der als unverbrennlicher, glanzloser Kandelaber seines angesteckten Wipfels stehen blieb. Bald verdickte das Licht sich backsteinartig; wie ein gelbes persisches Gemäuer mit blauen Zeichnungen kittete es die Blätter der Kastanienbäume breit an den Himmel — bald löste es die Blätter ab, wenn sie dem Himmel gerade ihre goldenen Finger entgegenkräuselten. Auf halber Höhe eines von wildem Wein umschwärmten Baumes pfropfte und verbreiterte es einen Strauß (Genaueres konnte der geblendete Blick nicht unterscheiden) einen riesigen Strauß wie aus roten Blumen, vielleicht einer Nelkenart. Auseinandergetreten waren jetzt die verschiedenen Teile des Bois, die das dichte eintönige Grün des Sommers soviel wohliger miteinander vermengt hatte. Hellere Räume gewährten Einblick in die Zugänge fast aller dieser kleinen Welten, manchmal hing auch Laub über solchem Eingang herab und prangte wie ein Wappen in golden lohender Fahne. Wie auf einer farbigen Karte unterschied man Armenonville, den Pré Catelan, Madrid, den Champ de courses, die Ufer des Sees. Für Momente tauchte irgendeine unnütze Anlage auf: eine falsche Grotte, eine Mühle, vor der die Bäume zur Seite traten, um ihr Platz zu machen, und die ein Rasen auf seiner saftigsanften Fläche vorwärts trug. Man spürte deutlich: dies „Wäldchen" war nicht nur ein Wäldchen, sondern erfüllte eine Bestimmung, die mit dem Leben und Treiben seiner Bäume kaum etwas zu tun hatte; und meine Begeisterung gründete sich nicht lediglich auf die Bewunderung des Herbstes, sondern entsprang einer Sehnsucht! Aus solchen Tiefen quillt all jene Freude, die unsere Seele verspürt, ohne zunächst ihren Grund zu erkennen, ohne einzusehen, daß nichts Äußeres ihr Motiv ist. So ruhte auch mein Blick voll unbefriedigter Koselust auf den Bäumen, oder nein, drang über sie hinaus und wandte sich, mir unbewußt, dem Kunstwerk zu, das sie tagtäglich einige Stunden umschließen: den unter ihnen lustwandelnden Schönen! Ich ging der Akazienallee zu. Durch Hochwald kam ich, den das Licht des Morgens tausend neuen Teilungen unterwarf, wobei es nicht versäumte, die Bäume auszuputzen, die verschiedensten Stämme miteinander zu vermählen und Sträuße zu binden. Geschickt zog es zwei Bäume an sich heran; mit einer mächtigen Schere aus Strahl und Schatten schnitt es jedem eine Hälfte seines Stammes und seiner Zweige weg, flocht die beiden übrigen Hälften ineinander und machte daraus bald einen Schattenpfeiler, den der durchsonnte Raum ringsherum begrenzte, bald ein bloßes Phantom von Helle, um dessen künstliche, bebende Konturen ein Netz aus schwarzem Schatten sich legte. Wenn ein Sonnenstrahl die höchsten Zweige vergoldete, schienen sie, mit blinkender Feuchte getränkt, ganz allein aus der flüssigen, smaragdgrünen

Atmosphäre hervorzutauchen, worin der Wald wie unter Wasser ganz und gar gebadet war. Denn die Bäume lebten unbeirrt ihr eigenes Leben weiter, und wenn sie keine Blätter mehr hatten, dann glänzte es doppelt schön auf dem Pelz aus grünem Sammet, der ihre Stämme umhüllte, oder auf dem weißen Schmelz der Kügelchen, die rund wie Sonne und Mond in Michelangelos „Schöpfung“ auf die Wipfel der Pappeln gesät waren. Doch da die Bäume seit soviel Jahren durch eine Art Impfung zu gemeinsamen Leben mit dem Weibe gezwungen waren, beschworen sie in mir das Bild ihrer Dryade herauf: der eilenden, geschminkten Lebedame, über deren flüchtige Schritte sie ihre Zweige breiten und der sie die auch über ihnen waltende Macht der Jahreszeit zu fühlen geben; sie gemahnten mich an die glückliche Zeit meiner glaubensvollen Jugend, als ich gierig dorthin ging, wo Meisterwerke weiblicher Eleganz zwischen ahnungslosem, hilfreichem Laub für ein paar Augenblicke Gestalt gewinnen sollten. Aber die Schönheit, nach der die Tannen und Akazien im Bois de Boulogne mich dürsten machten (darin waren sie noch aufregender als die Kastanienbäume und Fliedersträuche von Trianon, zu denen ich wollte) — sie war nicht außerhalb meiner selbst in den Erinnerungen an eine historische Epoche, nicht in Werken der Kunst, nicht in einem von goldenen Palmblättern umschichteten kleinen Liebestempel verfangen. Ich ging zurück zu den Ufern des Sees und dann zum „Taubenschlag“. Die Idee der Vollkommenheit, die ich in mir trug, hatte damals für mich die Gestalt einer großen Siegesgöttin angenommen, war mir bildhaft geworden in jenen mageren Pferden, deren wütige, leichte Wespenleiber und blutunterlaufene Augen (wie sie an den grausen Rossen des Diomedes geschildert werden) ich jetzt wieder vor Augen zu haben begehrte, so gepackt war ich vom Wunsche wiederzusehen was ich geliebt hatte, so heftig brannte in mir das gleiche Verlangen, das mich einst vor Jahren auf dieselben Wege trieb: der riesige Kutscher von Frau Swann hatte mir's wieder angetan, neben dem kurz wie ein Däumling und kindlich wie der heilige Georg der wachsame kleine Groom, saß und der die stählernen Weichen zu meistern suchte, mit denen die Tiere wild und zuckend aufbegehrten. Ach! jetzt gab es nur noch Automobile, gesteuert von bärtigen Chauffeuren, neben denen große Lakaien saßen. Die kleinen Frauenhüte, die so niedrig wie einfache Kronen waren, wollte ich mit leiblichem Auge sehen, um zu prüfen, ob sie ebenso charmant seien wie die, die mein geistiges Auge in der Erinnerung hatte. Jetzt waren sie alle riesengroß und mit Früchten, Blumen und Vögeln aller Art bedeckt. Statt der schönen Roben, in denen Frau Swann aussah wie eine Königin, bauschten sich griechisch-sächsische Gewänder mit Tanagrafalten und Libertychiffons, die, mit Blumen besät wie bemaltes Papier, flatterten wie im Stil des Directoire. Auf dem Kopf der Herren, die mit Frau Swann in der Königin-Marguerite-Allee hätten spazieren gehen können, fand ich nicht den grauen Hut von früher, aber auch keinen anderen. Sie gingen mit bloßem Kopf spazieren. Und ich war nicht mehr gläubig genug, um diese neuen Teile des Schauspiels auf Bestand, Einheit und Existenz hin zu prüfen, geschweige denn sie damit auszustatten; einzeln zogen sie an mir vorüber, aufs Geratewohl, ohne Wahrheit, ohne Schönheit von der Art, wie sie meine Augen früher nachzuzeichnen versucht hätten. Auch ein paar Frauen betrachtete ich, aber ich hatte kein Vertrauen zu ihrer Eleganz, und ihre Toiletten schienen mir bedeutungslos. Wenn ein Glaube schwindet, so wird er überdauert (und zwar um so lebendiger, je mehr das Fehlen der verlorenen Macht, neuen Dingen Wirklichkeit zu verleihen, maskiert werden soll) von einer fetischistischen Anhänglichkeit an die von ihm beseelten Dinge von einst; aber wohnt denn in ihnen und nicht vielmehr in uns das Göttliche? hat denn unser jetziger Unglaube seinen rechtmäßigen Grund in einer Götterdämmerung?

Wie entsetzlich! dachte ich bei mir: kann irgend jemand diese Automobile ebenso elegant finden wie die Equipagen von früher? ich bin sicher schon zu alt — aber ich bin nicht geschaffen für eine Welt, in der die Frauen sich in Kleider wickeln, die nicht einmal recht aus Stoff sind. Was soll man noch unter diesen Bäumen, wenn nichts mehr besteht von dem, was sich unter diesem zarten errötenden Laube sammelte? wenn Gewöhnlichkeit und Narrheit an die Stelle des Auserlesenen, das sie umrahmten, getreten ist? Wie entsetzlich! Der Gedanke an die Frauen, die ich gekannt habe, ist mein einziger Trost in diesem Heute, das von keiner Eleganz mehr weiß. Wie sollten aber Leute, die sich weiden am Anblick dieser entsetzlichen Geschöpfe unter ihren vogelbauer- oder suppentopfartig überdachten Hüten, wie sollten die überhaupt imstande sein zu fühlen, wie entzückend Frau Swann anzuschauen war mit ihrer einfachen braunvioletten Kapuze oder ihrem kleinen Hut, über dem eine einzige Schwertlilie senkrecht aufragte! Hätte ich ihnen überhaupt die Erregung verständlich machen können, in die ich geriet, wenn Frau Swann mir an einem Wintermorgen begegnete: zu Fuß, in einem Mantel aus Otternfell, auf dem Kopf ein einfaches Barett mit zwei messerförmigen Rebhuhnfedern darüber, doch so, daß die künstliche Wärme ihres Zimmers von dem einzigen Veilchenstrauß in die Runde strahlte, der mühsam an ihrem Mieder hervorguckte und dessen lebendiges blaues Blühen — in seinem Kontrast zum grauen Himmel, zur eisigen Luft, zu den Bäumen mit den kahlen Zweigen — Jahreszeit und Wetter nur als Rahmen benutzte und recht eigentlich in menschlicher Atmosphäre, in der Atmosphäre dieser Frau webte, so daß davon die gleiche bezaubernde Wirkung ausging wie von den Blumen, die in den Vasen und auf den Blumentischchen ihres Salons standen und so — in der Nähe des brennenden Ofens vor dem seidenen Kanapee — durch das geschlossene Fenster den Schnee fallen sahen? Im übrigen hätte ich mich nicht damit begnügt, die gleichen Toiletten wie in jenen Jahren wiederzufinden. Da zwischen den verschiedenen Bestandteilen einer Erinnerung eine Solidarität besteht, kraft deren unser Gedächtnis die Bestandteile in einem Gleichgewicht und einem Zusammenhange hält, innerhalb dessen wir nichts zerstreuen und abweisen dürfen — so wäre meinem Wunsche nur dann ganz entsprochen worden, wenn ich den Tag im Hause einer solchen Frau hätte beenden können: bei einer Tasse Tee, in einem Zimmer mit dunkelbemalten Wänden, wie noch Frau Swanns Zimmer eines war (wenigstens in dem Jahre nach Schluß des ersten Teiles dieser Erzählung) und wo die orangenen Gluten, der rote Brand, die rosaweiße Flamme der Chrysenthemen aufleuchten sollten, wenn in der Novemberdämmerung Augenblicke kamen wie die, in denen ich (man wird es später sehen) nicht recht ergründen konnte, nach welchen Freuden ich mich eigentlich sehnte. Jetzt aber schienen mir diese Momente, mochten sie mich auch zu nichts geführt haben, doch schon an und für sich von innerem Reiz beseelt zu sein. Ich wollte sie wiederfinden, so, wie ich sie im Gedächtnis hatte. Ach, es gab nur noch Räume im Louis-Seize-Stil, ganz weiß und mit blauen Hortensien überstrichen. Auch kam man damals immer erst sehr spät nach Paris zurück. „Erst im Februar, lange nach der Chrysanthemenzeit, komme ich von Schloß X zurück“ — das hätte Frau Swann mir geantwortet, wenn ich sie gebeten hätte, um meinetwillen die Elemente jener Erinnerung wieder aufzubauen, die (das fühlte ich) fest verbunden war mit einem fernen Jahre, einer Jahreszahl, zu der wiederaufzusteigen mir nicht vergönnt wäre; hätte es mir geantwortet, wenn sie mir die Elemente jener Sehnsucht hätte vergegenwärtigen sollen, die in ihrem eigentlichen Wesen unzugänglich geworden war wie der Genuß, nach dem ich einst vergeblich gesucht hatte. Auch hätten es dieselben Frauen sein müssen, die Frauen nämlich, deren Toilette mich deshalb interessierte, weil zu der Zeit, da ich noch gläubig war, meine Einbildungskraft sie individualisiert und mit einer Sage umwoben hatte. Ach! in der Akazienallee (dem Myrtenweg) sah ich einige wieder: alt waren sie und nur noch schreckliche Schatten dessen, was sie gewesen, umherirrten sie und suchten verzweifelt nach irgendwas in den virgilischen Hainen. Längst waren sie ja dahin — und ich befragte noch immer vergeblich die verödeten Wege. Die Sonne hatte sich versteckt. Die Natur begann wieder zu herrschen über den Bois, entflattert war aus ihm die Idee, er sei der Garten Eden des Weibes; über der künstlichen Mühle hing grau der wahre Himmel; der Wind zog im Großen See tausend undeutliche kleine Runzeln wie in einem wirklichen See; dicke Vögel durchhasteten den Wald wie einen wirklichen Wald; und scharfe Schreie ausstoßend setzten sie sich hintereinander auf die großen Eichen, die unter ihrer Druidenkrone mit einer Majestät wie in Dodona die unmenschliche Kahlheit des um seinen Sinn gebrachten Haines hinauszurufen schienen. Diese stummberedten Bäume! sie verhalfen mir zum besseren Verständnis des Widerspruches, der darin liegt, daß man in der Wirklichkeit nach Bildern der Erinnerung sucht — denen doch immer der Zauber fehlen müßte, der ihnen gerade dadurch zuteil wird, daß sie reine Erinnerungen sind und von den Sinnen nicht wahrgenommen werden. Die Wirklichkeit, die ich gekannt hatte, existierte nicht mehr. Wenn nur Frau Swann nicht als ganz dieselbe im gleichen Momente kam, war die Allee schon eine andere. Die Orte, die wir einmal kannten, gehören ja nicht nur zu der Welt des Raumes, in der wir ihnen der größeren Bequemlichkeit halber ihren Platz anweisen. Sie waren einst nichts als winzige Stückchen inmitten benachbarter Eindrücke, die unser damaliges Leben formten; sich an ein bestimmtes Bild erinnern heißt nur: einem bestimmten Augenblick nachtrauern; und die Häuser, die Straßen, die Alleen sind flüchtig, ach, wie die Jahre.